Eloy Jansen

Schwarze Katze...

Und die Abgründe der Moral

Dieses Buch ist meinem Freund

Clemens gewidmet

Text und Data Mining

Die automatisierte Analyse des Werkes,
um daraus Informationen insbesondere über
Muster, Trends und Korrelationen gemäß § 44b UrhG
(„Text und Data Mining") zu gewinnen ist untersagt.

Impressum
© 2024 Elvy Jansen
Verlag: BoD • Books on Demand GmbH, In de Tarpen 42,
22848 Norderstedt
Druck: Libri Plureos GmbH, Friedensallee 273, 22763 Hamburg
ISBN: 978-3-7597-9471-0

2. Auflage August 2024

Das feuerrote, italienische Motorrad schmiegte sich elegant in die Kurven. Die Nachmittagssonne gab dem Wald zusammen mit seinen bunten Blättern einen goldenen Schimmer. Der Mensch auf dem Motorrad hob ein wenig sein Visier an, um die verschiedenen Düfte des Waldes und der Wiesen aufzunehmen. Durch das Visier wirkte die Natur rechts und links der Straße so pittoresk und überirdisch schön, dass er sich wünschte, dieser Augenblick möge niemals vergehen. Tief atmete der Mensch ein und versuchte die Düfte zu sondieren. Auf seinen Lederklamotten spürte er die Wärme der Sonne und er wurde eins mit seiner roten Maschine. Besser kann es nicht sein. Er bog von der Schnellstraße ab und fuhr in eine weniger befahrene Seitenstraße. Er nahm eine Bewegung im Gebüsch wahr. Zwei Rehe überquerten den Weg und das Motorrad musste seine Geschwindigkeit drosseln. Der Mensch lächelte leise in sich hinein und gab erneut Gas. Er fühlte angenehm die starke Maschine mit ihren vielen Pferdestärken unter seinem Sitz. Er senkte den Kopf, um das Motorrad wieder auf Geschwindigkeit zu bringen...
Doch plötzlich wurde die Fahrt unterbrochen.
Es war, als wäre er gegen eine unsichtbare Wand gefahren. Er wurde durch die Luft geschleudert. Er sah zuerst den Himmel und nahm für Sekundenbruchteile wahr, wie ein Schwarm Wildgänse schreiend über den Wald flog. Dann knallte er unsanft auf die Straße und rutschte mehrere Meter bis auf das Gras neben der Straße. Das Motorrad fiel krachend zur Seite, drehte sich ein paar mal um sich selbst und schleuderte in den Graben. Das Vorderrad des Motorrades drehte sich noch immer weiter, als weigerte es sich, die Tatsache anzuerkennen, dass die Fahrt auf dramatische Art und Weise beendet wurde. Bewegungsunfähig und hilflos blieb der Mensch auf der Grasnarbe liegen. Die Nachmittagssonne wanderte weiter und die Bäume schienen den Menschen mit ihren Schatten beschützen zu wollen.

*

Es ist ein wunderschöner Herbstnachmittag. Wir spazierten zu fünft durch unseren bunten Wald...ich ärgerte mich gerade mit einem Eichhörnchen herum und wäre Laura nicht dazwischengegangen, gäbe es eins weniger. So einen Aufstand zu machen! Wegen eines Eichhörnchens. Unfassbar! Laura hat einfach ein zu gutes Herz. Aber Moment mal, vielleicht sollte ich uns erst einmal vorstellen. Man will doch schon wissen, mit wem man es zu tun hat.

Also, da wäre zuerst einmal ich, eine etwas zu klein geratene, wahnsinnig hübsche, schwarze Katze, und mein Name ist Laila. Man sagt mir nach, dass ich gerne Regeln übertrete und auch schon mal mit der Tür ins Haus falle, wenn ich etwas erfahren möchte. Neben mir spaziert die Namenlose mit ihrem Sohn. Sie möchte sich an keinen menschlichen Haushalt fest binden und nimmt keinen Namen an, ist uns aber in tiefer Liebe und Freundschaft verbunden. Die Namenlose ist so ziemlich das attraktivste, weibliche Katzenmodell unter der Sonne. Ihre Augen strahlen eine Kraft aus, die jeden in seinen Bann zieht, ihr grau gestreiftes Fell gibt elegant ihre Bewegungen wieder und sie trägt ihre Anmut mit sich, wie eine Königin ihre Krone. Das ärgert mich...aber nur ein bisschen. Ihr Sohn, mit Namen Oscar, ist genau das Gegenteil. Riesengroß, wiegt mehr als das vierfache als ich, ist weiß mit schwarzen Flecken oder umgekehrt. Aber das ist Ansichtssache, je nachdem von welcher Seite man ihn zuerst sieht. Man könnte ihn aus der Ferne auch für ein kleines Kalb halten. Das ist aber auch so was von egal. Er lebt auch mit mir und unseren Menschen fest in einem Haus. Oscar beschäftigte sich gerade mit Inbrunst, diese dämlichen Blättermonster zu fangen. Er konnte so schnell sein wie er wollte, die Monster waren immer schneller und er hielt nichts als Blätter in seinen Pfoten.

Unsere Menschen...die da wären, Laura und Sebastian, sind beide in den dreißigern, arbeiten zusammen in einer Firma und nehmen sich trotzdem immer wahnsinnig viel Zeit für uns, wenn wir schon mal zu Hause sind.

Laura hat riesengroße dunkle Augen, wunderschöne braune Locken und ist gebaut wie eine Heuschrecke. Sebastian...mein Sebastian...

darauf muss ich leider bestehen, ist groß, schlaksig und mit blonden, stets verwuschelten Haaren.

Der fünfte im Bunde ist Sam. Eine Bordeauxdogge von der Größe eines Kleinelefanten. Sein Schlafkörbchen würde besser in eine Garage passen als in ein Wohnzimmer. Aber er ist unser bester Freund. Er teilt gerne mit Oscar ein stinkendes altes Schweineohr, besonders dann, wenn Probleme zu bewältigen sind. Seine Menschen sind Wolfgang und Helga, unsere Nachbarn. Doch mittlerweile hat es sich so eingebürgert, dass, wenn unsere Menschen einen schönen großen Ausflug machen, Sam uns begleitet.

So, jetzt wisst ihr Bescheid, jetzt wisst ihr, mit wem ihr es zutun habt.

Hätte ich auch nur im Entferntesten geahnt, was nach diesem Nachmittag alles auf uns zukommt, vielleicht wäre ich gar nicht erst von meinem roten Sessel aufgestanden!

Das ist natürlich vollkommener Quatsch, jeder weiß, wie krankhaft neugierig ich bin, und wie oft ich meine Freunde dadurch in die Bredouille geritten habe.

*

Der alte Lagerschuppen lag am Rande des Waldes und sein altes Holz nahm dankbar die Wärme der Sonne entgegen. Neben dem Schuppen stand eine hohe Tanne und unter der Tanne wuchsen Pilze. Schöne Pilze. Sie waren rot und hatten weiße Punkte und niemand störte sie hier. Fast niemand, wenn man von den fünf Katern einmal absah, die es sich in dem alten Lagerschuppen gemütlich gemacht hatten und den Nachmittag abhängen wollten.

Ekki, der kleine Kater mit den braunen, dunkelbraunen, schwarzen, roten und weißen Flecken, langweilte sich fürchterlich. Er stand auf, reckte und streckte sich und machte hinterher noch einen Riesenbuckel. Dann gähnte er herzhaft, dass ihm die Sonne bis in die Speiseröhre schien und seine Schnurrbarthaare ihn kitzelten. Daraufhin musste er fürchterlich niesen und konnte nicht mehr aufhören.

„Sag mal," brüllte Pirat, der gestreifte einäugige Kater, „geht's noch lauter? Auf der anderen Seite des Waldes soll es noch eine Maus geben, die von unserer Anwesenheit noch nichts geahnt hat."

„Das dürfte sich erledigt haben," brüllte der feuerrote Richie gegen das Niesen an. „Wenn wir jetzt noch was fleischiges wollen, müssen wir unsere Versorger in den Supermarkt schicken."

„Aber ich gebe Ekkis Versorger Bescheid. Der braucht im Moment nichts, bei der Niesdiät," meinte der gestreifte Robert missbilligend hinterher.

„Haltet die Klappe," brüllte Zorro, der große, schwarze, imposante Kater und Chef der Gang dazwischen, „aber ein bisschen plötzlich! Hör endlich auf zu niesen, Ekki! Himmeldonnerwetternocheins! Ich drehe dich mit der Nase eigenhändig in die Pilze, wenn du nicht aufhörst. Da nähert sich irgendwas motorisiertes. Hört ihr das?"

Ekki versuchte seinen Niesanfall unter Kontrolle zu bringen. Er hielt die Luft an, seine Backen wurden immer dicker und seine bernsteinfarbenen Augen hatten mittlerweile die Form von kleinen Monden.

„Ekki sieht aus wie diese bescheuerten Ballons, die es auf dem Jahrmarkt zu kaufen gibt," schnurrte Richie zufrieden. „Das bringt mich auf eine glänzende Idee," warf Pirat ein. „Vielleicht sollten wir ihn verkaufen, dann hätten wir einen kleinen Notgroschen für schlechte Zeiten, aber viel wird es für das Ballongesicht nicht geben."

„Ich sage euch jetzt was. Stellt euch in einer Reihe hintereinander auf, dann brauch ich nur einmal zuzuschlagen!" Zorro begann sich hektisch am Hinterkopf zu kratzen. Das war das Zeichen, dass Zorro aufgedreht war und seine Nerven gespannt waren, wie Bogensehnen. „Meine Nerven sind nicht aus Bandnudeln. Ich sagte, Klappe halten, und sperrt eure dämlichen Ohren auf...und Ekki, du weißt Bescheid. Sonst krieg ich wirklich die Krise."

Vor Ekkis Augen tanzten Feuerkreise.

„Ammes knar, Boss"

„Hol endlich wieder Luft, Ekki. Du meine Güte womit habe ich das verdient?"

Das Motorengeräusch war nicht mehr zu überhören. „Gehen wir nachsehen, wer sich hierhin verirrt hat, Boss?" Richie hob witternd seine Nase in den Wind.

„Ja, das tun wir. Ich will wissen, wer sich hier herumtreibt. Es ist unser Clubheim und außer mit diesen bescheuerten Fledermäusen müssen wir es mit niemandem teilen. Aber die waren ja auch schließlich zuerst da. Die hängen den Tag über ab und wir können abends Party machen. Vollkommen in Ordnung, wir sind eine nette Wohngemeinschaft. Wenn die nur nicht so stinken würden."

„Es ist eigentlich das, was sie aus ihren Hintern pressen, was so fürchterlich stinkt," meinte Ekki.

„Das kann uns nicht passieren, weil wir unsere Häufchen schön und ordentlich vergraben."

„Halt die Klappe, Ekki! So genau will es keiner wissen, weil..."

„Jetzt solltest du aber die Klappe halten, Boss," flüsterte Robert.

Die fünf Kater machten sich auf den Weg. Sie blieben parallel zu der Seitenstraße im Wald und liefen dem Motorengeräusch entgegen. Zwei Rehe standen auf einer kleinen Lichtung und zupften Gras. Neugierig versteckten sich die fünf Kater im Gebüsch, um die wunderschönen Tiere zu beobachten. „Das wäre auch mal ein netter Braten, mit Rotweinsauce und so..." sinnierte Richie leise vor sich hin. Sein Magen schickte ein drohendes Knurren in die Natur. Aber die aufmerksamen Tiere haben weit mehr drauf, als nur Gras zu fressen. Ihre Ohren steil aufgerichtet, hatten sie die Witterung der Kater, und wahrscheinlich auch das Knurren, aufgenommen, und sprangen in eleganten Sätzen gegen den Wind auf den Waldrand zu.

„Also als Großwildjäger eignest du dich nicht," schimpfte Zorro. Mit deiner dämlichen Rotweinsauce hast du die Viecher vertrieben." Das Motorengeräusch kam näher.

„Na ja, vielleicht erledigt dieses Motorending das Ganze für uns. Wenn eins von den Viechern überfahren wird, könnte es doch noch was werden. Mal sehen, wie ich an Rotweinsauce komme."

Vollkommen entnervt rollte Zorro mit den Augen und sie schlichen den Rehen hinterher. Die beiden Tiere spürten wohl die vermeintliche Gefahr hinter sich und sprangen mit Riesensätzen auf die Straße zu. Das Motorengeräusch kam näher.

„Jetzt bin ich aber gespannt," flüsterte Robert.

Die Rehe kreuzten die Straße und ein rotes, zweiräderiges Ding wurde langsamer und ließ die Rehe passieren.

„Das ging leider daneben, heute gibt es keinen Braten und schon gar keinen mit Rotweinsauce," maulte Pirat.

„Meinst du wirklich, wir hätten diese Riesenviecher jagen können?" fragte Richie.

„Nein, natürlich nicht. Aber man wird doch noch träumen dürfen!" Zorro schüttelte seinen dicken, schwarzen Kopf, „kommt, Leute, lasst uns sehen was dieses rote Motording hier will. Das ist viel wichtiger."

„Das ist wahr Boss, viel wichtiger."

„Ekki, du bist ein Schleimer."

„Und du bist einer, der die Großwildjagd versaut hat, Richie."

„Schluss jetzt! Ist das zu fassen! Mir nach, aber schleunigst." Zorro setzte mit großen Sprüngen dem roten Motordings hinterher und die anderen sahen zu, dass sie den Anschluss nicht verpassten. Sie hatten das rote Ding bald wieder eingeholt. Das war aber auch kein Wunder, denn es musste Kurven fahren und die Kater konnten praktisch den geraden Weg durch den Wald laufen. Sie hatten das Motording fast eingeholt. Plötzlich hob die Maschine von der Straße ab und der Fahrer flog hoch durch die Luft. Er landete ziemlich unsanft auf dem Gras neben der Straße. Das Motording drehte sich um sich selbst und landete krachend im Graben. Mit einem würgenden Geräusch verstummte die Maschine, nur das Vorderrad lief quietschend weiter. Eine gespenstische Stille breitete sich aus. Selbst die Vögel hielten den Schnabel.

„Was war das jetzt?" Robert hielt witternd seine Nase in den Wind. Man kann doch die Dinger mit Sicherheit anders zum stehen bringen. Das ist ja lebensgefährlich wie man sieht."

„Warum steht der Fahrer nicht auf. Können wir sicher sein, dass das ein Mensch ist?"

„Keine Ahnung, Richie. Lass uns das Ganze mal von nahem

betrachten. Besonders gefährlich sieht er nicht aus."

„Wenn du meinst, Boss."

Zögerlich liefen die anderen Kater hinter Zorro her. Robert hielt immer noch witternd seine Nase in den Wald. „Ich habe das Gefühl, dass wir nicht alleine sind."

„Da hast du Recht, Robert. Denn tausende von Kaninchen, Hasen, Vögeln und was weiß ich, was sonst noch alles hier herumkriecht, sind auch noch da."

„Nein, Pirat. Ich habe menschliche Witterung."

„Darum kümmern wir uns später, aber ich muss sagen: gute Nase Robert, gute Nase."

„Danke, Boss"

Das Vorderrad kam langsam zum Stillstand. Zorro besah sich die Maschine.

„Also vor diesem Ding brauchen wir keine Angst mehr zu haben. Sehen wir uns dieses verunglückte Häufchen Elend einmal genauer an."

Langsam, ganz langsam, kamen die anderen Kater näher. „Das sieht nicht besonders gut aus," meinte Richie. Der Fahrer lag auf der Seite und es gab kein erkennbares Lebenszeichen. Alle Kater standen um den Fahrer am Boden herum. Alle, bis auf Ekki. Ekki rannte über die Straße und versuchte, irgendetwas zu fangen.

„Jetzt hab ich dich," brüllte er triumphierend. „Egal was es ist, Ekki, lass es leben. Wir haben jetzt anderes zu tun," schimpfte Zorro. „Ich komme sofort, wirklich," sagte Ekki und verschwand auf der anderen Straßenseite. „Wahrscheinlich hat unser Glückskater wieder einen Schmetterling gesehen," feixte Richie.

Zorro sah sich die verunglückte Gestalt etwas näher an. „Also tot ist das Ding nicht, es atmet. Aber es scheint Hilfe zu brauchen. Auch der Körperbau von diesem Ding ist sehr fragil. Vielleicht steckt doch ein Mensch darunter? Wo ist dieser verdammte karierte Telefonkater?"

Auf einmal kam Bewegung aus dem Gebüsch auf der anderen Seite. Ein unterdrückter Schrei und ein Fluch. „Scheiße!" Es wurden Hölzer niedergetrampelt. Dann konnte man mehr ahnen als sehen, dass jemand durch den Wald davonlief.

„Ich habe doch gesagt, dass wir nicht alleine sind," sagte Robert trotzig.

Ekki kam wie der Teufel aus dem Wald gerannt und hatte das Ende eines dünnen Seils in der Schnauze. „Das ist ja eine tolle Beute, die du da gemacht hast, Ekki."

„Das Seil lag auf der Straße und wollte vor mir flüchten. Aber nicht mit Ekki, ich habe es eingeholt. Und jetzt gehört es mir."

„Ganz toll, Ekki. Aber jetzt musst du was wichtiges tun. Laila und Konsorten treiben sich doch auch hier irgendwo im Wald herum. Schicke ihnen eine Nachricht, dass sie sich gefälligst herbemühen sollen, sag ihnen, wir hätten ein Problem."

„Alles klar, Boss."

*

Ich liebte diese großen gemeinsamen Spaziergänge. Laura verdarb mir ja nicht immer den Spaß, so wie heute mit dem Eichhörnchen. Aber ich würde wiederkommen. Ich habe mir sein Gesicht gemerkt. Niemand wirft ungestraft eine Nuss nach mir, jawohl niemand!!

„Seid ihr noch im Wald?" Die Namenlose und ich blickten uns an.

„Was ist jetzt? Seid ihr noch im Wald?" „Ja," antworteten wir. Dazu bedarf es einer kleinen Erklärung. Bei manchen Katzen ist es angeboren, dass sie über ziemlich weite Strecken Nachrichten versenden können. Es ist angeboren und man kann es nicht erlernen. Viele Katzen haben diese Fähigkeiten, wissen aber nicht, dass sie sie haben. So ähnlich war es bei Ekki und es hat lange gedauert, bis er die ersten verständlichen Nachrichten versenden konnte.

„Egal was ihr vorhabt, ihr müsst dringend vorbeikommen."

„Was ist denn so dringend?" fragten wir an.

„Hier liegt ein komisches Ding auf der Straße."

„Ein komisches Ding? Etwas genauer bitte." Manchmal könnte ich Ekki wirklich helfen. Mit einem kräftigen Tritt in den Hintern zum Beispiel.

„Ein komisches Ding ist auf einem noch komischeren Ding verunglückt. Eins liegt im Graben und das andere auf der Straße.

Ziemlich kompiliziert!"

„Meinst du ein oder zwei Lebewesen?" fragte die Namenlose ungeduldig nach.

„Eins könnte ein Lebewesen sein. Es riecht von innen nach Mensch und von außen nach Kuh. Und wo Menschen ihren Kopf haben, sitzt hier eine Kugel und es liegt ganz still auf der Straße."

„Wir sind auf dem Weg, Ekki!"

Gemeinsam beschlossen wir dann unsere Richtung zu ändern. Na ja, fast gemeinsam. Laura und Sebastian hatten immer noch keine Ahnung davon, aber wir würden sie schon zu überzeugen wissen. Die Sonne veränderte langsam ihre Farbe und es wurde Zeit, dass wir zu unserem Ziel kamen. Der Feldweg gabelte sich nach links und rechts, rechts wäre der direkte Weg nach Hause gewesen. Wir bequatschten die Situation mit Sam und er meinte, hier bestehe dringender Handlungsbedarf, da könne man nicht so lange herum diskutieren. Sam spazierte einfach stur geradeaus weiter und legte einen ordentlichen Zahn zu, aber nicht, ohne sich ein paar Mal umzudrehen und diesen bittenden, von unten nach oben berühmt berüchtigten Hundeblick loszulassen, dem keiner widerstehen konnte. Also marschierten meine zwei launig weiter. Zügig erreichten wir das neue Clubheim, aber erwartungsgemäß war keiner von den Katern da. „Dann wollen wir doch mal sehen, wo sich die Jungs herumtreiben."

„Ekki sagte an der Straße, Laila..." die Namenlose wollte gerade weitersprechen, als sie rüde unterbrochen wurde. „Wo bleibt ihr denn so lange?" schimpfte Zorro uns entgegen.

„Ich dachte schon, Ekki hätte eine falsche Verbindung gehabt, da wollte ich ihn gerade mit einem Schlag auf seinen Schädel neu justieren. Hallo, Sam, alles klar? Schickt eure Menschen auf das Ding los, damit wir endlich mal wissen, mit wem oder besser, mit was wir es hier zu tun haben!"

Laura und Sebastian erreichten die Straße und erkannten mit einem Blick die Situation. „Das ist ein Motorradunfall, Laura. Der Fahrer trägt zum Glück die richtigen Motorradklamotten aus Leder. Wir müssen ihm vorsichtig den Helm ausziehen."

„Ich kann auch im Moment keine äußerlichen Verletzungen finden." Laura hatte in der Zwischenzeit mit ihrem Handy den Notruf alarmiert. Sebastian zog vorsichtig den Helm herunter und zum Vorschein kam eine Flut kastanienbrauner Haare. „Das ist eine junge Frau, Sebastian. Ich glaube ich kenne sie sogar...aus meiner Schulzeit. Ist sie bewusstlos?"

„Ja, aber sie bewegt die Augen. Ich glaube, langsam kommt sie wieder zu sich."

Neugierig, aber mit sicherem Abstand, standen wir Katzen um das Unfallopfer herum.

„Wir hatten also Angst vor einer kleinen Frau, die gebaut ist wie deine Laura, Laila? Ich bin wirklich stolz auf uns," knurrte Zorro.

„Ihr hattet nicht wirklich Angst," besänftigte ihn die Namenlose.

„Zunächst einmal habt ihr Hilfe geholt. Das tut auch nicht jeder und wie ich sehe, gerade im richtigen Moment!"

Die junge Frau fing vor Schmerzen an zu weinen. Sie konnte aber Sebastian und Laura den Unfall nicht erklären, weil sie auf Grund der Bewusstlosigkeit noch nicht wieder richtig sprechen konnte.

„Sie soll aufhören zu weinen," erklärte Pirat. „Das hält doch keiner aus. Irgendwie stört mich das."

„Weil es dir ans Herz geht, du harter Kerl?"

„Ja, das kann sein, Laila." Auch die anderen Kater standen bedrückt herum und Sam leckte einmal nur ganz kurz über die Wange der jungen Frau.

„Sie kann die Füße bewegen, das ist sehr gut!" sagte Sebastian. Laura drückte die Hand der jungen Frau. „Wie heißt du denn?" sprach sie die junge Frau an. „Kennen wir uns nicht von der Schule? Es ist lange her, ich weiß. Jetzt fällt es mir wieder ein. Dein Name ist Michelle, stimmt das?" Die junge Frau schluchzte, nickte aber schwach mit dem Kopf. „Das ist doch schon mal was."

Von Ferne waren die Signale von Martinshörnern zu vernehmen.

„Jungs, unsere Arbeit ist getan, verpissen wir uns. Jetzt wird es gleich hektisch hier. Das müssen wir uns nicht antun. Laila, Namenlose! Wenn ihr was wisst, könnt ihr eine Info an unseren Telefonkater weiterleiten."

„Darf ich das Seil mitnehmen, Boss?"

„Was für ein Seil, Ekki?"

„Was für ein Seil?" plapperte ich Zorro nach.

„Na, das ich dahinten bei dem roten Ding gefunden habe. Das Seil wollte vor mir weglaufen, aber ich war schneller."

„Lass das Seil liegen, das klaut dir keiner. Der Lärm kommt näher. Auf geht's Jungs..... lasst uns von hier verduften."

„Alles klar, Boss. Ich hätte aber schon ganz gerne....."

„Ekki!?"

„Ja Boss?"

„Halt die Klappe!"

Die Kater flohen in großen Sätzen vor den drei Fahrzeugen, die mit rasender Geschwindigkeit in die Seitenstraße einbogen.

„Ich kümmere mich um dein Seil," schickte ich Ekki eine Botschaft.

„Versprochen?"

„Versprochen."

„Schau dir das an, Laura! Ein Krankenwagen mit einem Notarzt, das ist Klasse. Jetzt bekommt unsere junge Dame wirklich Hilfe. Und die Polizei ist auch dabei, das ist gut."

Sam wollte die Jungs und Mädels mit ihren orangenen Klamotten zuerst nicht an Michelle heranlassen, und begann fürchterlich zu bellen und zu knurren. Laura nahm ihn zur Seite und sprach leise auf ihn ein, damit er sich beruhigte. Sebastian erklärte dem Notarzt, wie sie Michelle gefunden hatten und zeitgleich begann der Notarzt mit seiner Arbeit. In kürzester Zeit lag Michelle sicher auf der Trage und wurde sanft in den Krankenwagen transportiert. Laura fragte noch nach, in welche Klinik man sie bringen würde. „Ich komme dich besuchen, Michelle, ganz bestimmt," rief Laura dem Krankenwagen hinterher, der mit singendem Martinshorn und ziemlicher Geschwindigkeit, zusammen mit dem Notarztwagen, davonfuhr.

Die zwei Polizisten begannen, die Unfallstelle abzusichern.

„Eigentlich ist diese Straße sehr wenig befahren. Die Motorradfahrerin hatte unglaubliches Glück, dass sie ausgerechnet hier spazieren gegangen sind."

Laura dachte daran, mit welcher Penetranz die drei Katzen, und besonders Sam, plötzlich den anderen Weg gehen wollten. „Das stimmt, wir hatten überhaupt nicht vor, so weit zu gehen. Aber unsere Katzen und Sam schlugen eine Richtungsänderung vor." Der Polizist machte ein ungläubiges Gesicht. „Ist ja auch egal..." stotterte Laura „...wir waren da, aus welchem Grund auch immer."

Der andere Polizist schaute sich mit Sebastian das Motorrad an.

„Wie konnte das passieren? Die Reifen sind in Ordnung, keiner ist geplatzt und ein Hindernis ist auch nicht in Sicht. Es ist mir ein Rätsel." Der Polizist machte jede Menge Fotos.

Ich ließ die beiden am Motorrad zurück und machte mich auf die Suche nach dem Seil. Ich hatte ja schließlich was versprochen. Gar nicht weit, hinter dem verunglückten Motorrad, lag das Seil. Ich hangelte mit meiner Pfote nach dem dünnen Seil und wollte es zu mir heranziehen. Aber das funktionierte nicht, weil es auf der anderen Straßenseite irgendwie befestigt war. „Sebastian," maunzte ich, „kannst du mir helfen? Ich habe Ekki versprochen, mich um dieses dämliche dünne Seil zu kümmern, aber ich komme nicht wirklich weiter."

„Was hast du denn gefunden, Laila? Das sieht wirklich sehr interessant aus. Kannst du das wieder hinlegen Laila, bitte, bitte!"

„Aber ich habe es Ekki versprochen, das geht nicht so einfach, verstehst du das?" schimpfte ich. Aber an seinem bittenden Ton merkte ich, dass es ihm sehr ernst war. „Aber du erklärst das Ekki... nicht ich," maulte ich und legte das Seil zurück.

Sebastian sah, dass das Seil quer über der Straße lag. Der Polizist machte immer wieder Fotos. „Da wollen wir doch mal sehen, wo das Seil endet."

„Das interessiert mich auch, schließlich gehört Ekki das Seil. Er hat es ja auch gefunden," teilte ich dem Herrn Polizisten mit.

„Ich sehe schon, das Seil ist an einer Seite festgebunden," stellte der Polizist fest. „Das gefällt mir nicht, das gefällt mir ganz und gar nicht. Warum liegt das Seil quer auf der Straße?"

„Sie meinen, da hat jemand nachgeholfen, damit es zu dem besagten Unfall kam?" Sebastian riss entsetzt die Augen auf.

„Könnte sein.... aber noch ist es zu früh, um was zu sagen. Ich werde auf alle Fälle die richtigen Fachleute kommen lassen, die hier alles untersuchen. Und um das Motorrad werden die sich auch kümmern." Auf dem Nachhauseweg hing jeder seinen Gedanken nach. Laura unterbrach das Schweigen als erste. „Michelle hat doch bestimmt Familienangehörige, die benachrichtigt werden müssen."

„Macht das nicht die Polizei, Laura?"

„Kann sein, keine Ahnung." Laura kramte ihr Handy hervor und suchte über das Internet die Adresse von Michelle. „Sieh an," staunte Laura, „hier gibt es immer noch die alte Nummer in der Bergerstraße. Vielleicht sollte ich dort einmal anrufen."

„Aber wenn sich dort jemand meldet, was willst du sagen? Die wissen nicht wer du bist und könnten dich für eine Betrügerin halten."

„Das stimmt auch wieder. Aber in dem zweistöckigen Haus wohnten früher ihre zwei Tanten, wenn sie noch da sind, müssten die mich noch von der Schulzeit her kennen."

Laura hatte schnell die Nummer der Tanten herausgefunden.

Uns interessierte dieses Gelaber nicht, wir konzentrierten uns darauf, wie wir den Nachhauseweg so interessant wie möglich gestalten können.

*

Am Sonntagmorgen saßen wir alle auf der Terrasse und genossen unser Frühstück. Hardy und Carol, ihre Arbeitskollegen und Freunde waren auch da. Sie hatten einen großen Korb dabei. Hardy stellte ihn auf der Terrasse in die wärmende Sonne. Neugierig wollten wir nachsehen, was sich in dem Korb befand. Wir konnten nur zwei winzige Köpfchen von der Größe des Tennisballs von Sam entdecken.

„Warum sind die Dinger so klein?" fragte ich neugierig. „Du meine Güte! Die Babys können einen Waschlappen als Schlafsack benutzen!"

„Ich schätze, die Tragezeit war zu kurz," meinte die Namenlose fachmännisch. „Normalerweise sind es bei Menschen neun Monate.

Hier scheinen ein paar Monate zu fehlen. Aber mal ehrlich, bei Oscar wäre ich auch glücklich gewesen, wenn er etwas früher zur Welt gekommen wäre." Oscar musste grinsen. „Aber die Babys scheinen gesund zu sein. Das ist doch die Hauptsache. Schaut mal her! Eines von den winzigen Dingern hat mit mir gelacht!"

Die Herbstsonne schien warm auf uns und die leckeren Sachen auf dem Tisch. Laura war noch oben im Bad und Sebastian brachte den Kaffee auf den schön gedeckten Frühstückstisch.

„Brauchst du noch lange, Laura? Unser Besuch ist da und der Kaffee wird auch kalt." Statt einer Antwort kam ein schriller Schrei aus dem offenen Badezimmerfenster. Wir Katzen schauten uns zufrieden an.

„Sieh dir das an, Sebastian!" Aus dem offenen Fenster ragte eine Hand, die mit zwei spitzen Fingern eine total zerfledderte Maus hielt. „Und weißt du wo die war? In meiner Dose bei den Kämmen und Spangen und dann der Gestank. Wer weiß wie lange die Maus da schon liegt. Wie bekommt man als Katze eine Dose geöffnet? Langsam hege ich den Verdacht, dass mein Ehemann mit den Katzen gemeinsame Sache macht. Ich komme jetzt herunter und lege dir das Beweisstück auf deinen Teller!"

Sebastian verschlug es die Sprache. „Donnerwetter, ihr werdet wirklich immer besser," nickte er anerkennend. Natürlich legte Laura Sebastian den Kadaver nicht auf den Teller, sondern legte ihn auf die Treppe, damit wir ihn später gemeinsam im Garten beerdigen konnten. Dann konnten wir endlich gemeinsam frühstücken. Wir Katzen liebten das. Ich hatte auf meinem Tellerchen...jawohl jede von uns Katzen hatte ihr eigenes Geschirr...Schinkenwurst und Käse liegen, Oscar das gleiche, aber die dreifache Menge und noch Ei dazu und die Namenlose naschte nur ein wenig Schinkenwurst. Viel Essen war nicht ihr Ding. Aber die Krönung war der Milchschaum auf dem Kaffee, darin war Sebastian unübertrefflich. Für uns fiel auch immer ein Riesenberg ab. Von den Babys war nur ab und zu ein zufriedenes Gurren zu hören. Hardy und Carol erzählten von der spannenden Geburt.

„Da bin doch froh, dass ich kein Mensch bin," seufzte die Namenlose. „Solche Probleme sind zum Glück sehr selten bei uns Katzen." Ich schleckte gerade an meinem Milchschaum aus meiner eigenen kleinen Puppentasse, ein Geschenk von Laura, und sabberte meinen Schnurrbart so richtig genüsslich voll, als Sebastian auf den Feldweg zeigte. „Schau mal, da stromert doch der rote Kater herum, wie heißt er noch gleich... Richie." Er spazierte auf uns zu und bemühte sich locker zu erscheinen. Er lief auf den Gartenteich zu und schaute sich unsere Fische an. Meine Piraten waren ganz erstaunt über das neue Gesicht und betrachteten Richie vom Wasser aus. Das war sonst nicht seine Art. „Alles klar, bei euch? War gerade in der Gegend und da dachte ich, schau doch mal vorbei was die Leute so machen."

„Wie du siehst, frühstücken wir gerade. Aber ehrlich, Richie. Es gibt da ein altes Sprichwort, das sagt: du trägst die Ruhe aus dem Haus."

„Alles klar, ich will nicht stören, Laila. Bin schon wieder weg."

„Du lässt mich nicht ausreden. Wenn du die Ruhe nicht aus dem Haus tragen willst, dann heißt das...frühstücke mit uns, wir haben, wie du siehst, ohnehin Besuch...unsere Menschen machen mit Sicherheit keinen Aufstand und laden dich ein."

Richie kam zögerlich näher und setzte sich auf den äußersten Rand der Terrasse. Laura stand auf, ging in die Küche und kam mit einem kleinen Teller zurück.

„Guten Morgen Richie," sagte sie und stellte ihm den kleinen Teller voll mit Leckereien vor seine Nase.

Richies Nase fing an, die herrlichen Gerüche zu verarbeiten.

„Worauf wartest du?" maunzte ihm Oscar schmatzend und kauend entgegen. „Besser wird's nicht. Hau rein!"

„Na gut, wenn ich schon eingeladen bin, dann will ich mal nicht so sein."

Zu unserem Erstaunen schlang Richie die Leckerbissen in kürzester Zeit hinunter.

„Wollen der Herr noch einen Nachschlag?" fragte Laura mit einem Stück Schinkenwurst in der Hand. Der Herr wollte und er verschlang auch das in kürzester Zeit.

„Warst du nicht zu Hause?" fragte ich neugierig. „Nein, ich bin herumgestreunt und dann war es mir zu spät um nach Hause zu gehen, da habe ich heute Nacht im Clubheim geschlafen. Ich habe aber keine Ruhe gekriegt. Diese bescheuerten Fledermäuse. Die ganze Nacht lang ging das rein, raus, rein, raus. Auf jedem Bahnhof wäre es ruhiger gewesen."

„Dann solltest du dir aber jetzt etwas Ruhe gönnen," meinte die Namenlose. „Du hast doch Zuhause bestimmt ein schönes Körbchen oder ein Sofa."

„Aber vorher musst du dir unbedingt die Babys ansehen."

„Welche Babys, Oscar?"

„Schau in den Korb."

Richie gähnte ausgiebig. „Ja, ein schönes Körbchen habe ich, das ist wahr. Fast so schön wie das hier. Warum sind die so klein?" Er warf noch einmal einen Blick hinein.

„Scheint aber alles dran zu sein, was man als Baby so braucht. Seht euch nur mal die Näschen an! Die sind gerade mal so groß wie die Knusperherzen."

Dann hatte es Richie plötzlich sehr eilig. „Äh...vielen Dank für das tolle Frühstück. War nett mit euch. Und noch etwas...eure Laura ist der Hammer! Also bis später. Was macht ihr übrigens mit der zerfledderten Maus? Kann ich die haben?"

„Du meine Güte! Die kannst du nicht mehr essen, Richie! Das war ein Geschenk und Lernmaterial für Laura, aber sie hat sie viel zu spät gefunden. Die taugt höchstens noch für die Raben. Aber wie ich Laura kenne, wird das Vieh mit Anstand und Blumen im Garten beerdigt."

„War nur so eine Frage, Laila. Also dann, man sieht sich." Richie setzte über den Zaun und war mit wenigen Sätzen verschwunden.

„Richie hatte echt Kohldampf," stellte Oscar fest. „Na ja, so eine durchstreunte Nacht, das kostet Kraft. Da hatte er ja Glück, dass er in unserer Nähe war. Aber ein wenig gesprächiger hätte er schon sein können."

„Vom Clubheim aus, wäre er schneller durch den Wald Zuhause gewesen. Aber er war hier bei uns. Schon seltsam." Nachdenklich blickte die Namenlose Richie hinterher.

*

„Ich kann nicht in der Klinik bleiben, das weißt du genau." Michelle Kessler fing wieder an zu weinen. Marcel Wagner, ihr Freund, groß und dünn, saß ratlos neben ihr und hielt ihre Hand.

„Aber wieso nicht? Du hast doch gesagt, dass deine Arbeit fertig ist und dass du sie eingereicht hast. Ich verstehe deine Verhaltensweise nicht. Ich habe mit den Kollegen gesprochen, du hast einen komplizierten Oberschenkelbruch, von den Prellungen und Zerrungen mal ganz abgesehen, so was braucht seine Zeit."

„Die ich nicht habe, verdammt noch mal."

„Willst du mir nicht endlich sagen was los ist?"

„Ich habe die Bewerbungsunterlagen nicht weggeschickt!"

Marcel starrte Michelle entgeistert an. „Warum nicht?"

„Ich habe noch einmal alles recherchiert und festgestellt, dass mir bei der Abschlussrechnung ein Fehler unterlaufen ist."

„Das ist nicht dein Ernst!"

„Wenn ich es doch sage. Ich habe noch neun Tage Zeit, um den Fehler zu korrigieren, dann müssen die Unterlagen eingereicht sein. Ich bin am Samstag noch einmal alles durchgegangen und beim zweiten Durchgang habe ich festgestellt, dass ich eine Position falsch bestimmt habe. Da dachte ich noch, macht ja nichts. Du hast noch ein paar Tage Zeit, das kriegst du wieder hin. Um den Kopf frei zu bekommen hielt ich es für eine gute Idee, eine kleine Motorradtour zu machen...jetzt liege ich hier und weiß nicht mehr weiter."

Michelle schluchzte hemmungslos. „Das schlimme ist, ich habe der Firma bereits mitgeteilt, dass meine Arbeit soweit ist."

„Du redest von deiner Präsentation?"

„Ja."

„Aber was ist mit deiner letzten Studie für das Preiskomitee, konntest du die pünktlich einreichen?"

„Ja, die ist dort, wo sie hingehört. Aber du glaubst doch nicht im Ernst, dass ich wirklich eine Chance habe, den Preis zu gewinnen.

Da waren so viele gute Leute. Ich bin mit den Nerven am Ende."

„Die Arbeit, die du jetzt machst, ist mehr ein Bewerbungsschreiben, da lässt sich doch sicher was machen."

„Es wäre der Abschluss. Ich habe ein halbes Jahr hart in dieser Firma gearbeitet. Ich will ihnen unser Konzept schmackhaft machen, um dauernd mit uns zusammenzuarbeiten. Diese Arbeit sollte nicht nur ein Bewerbungsschreiben sein, sondern auch eine Machbarkeitsstudie. Da dürfen mir keine Fehler unterlaufen. Sonst war alles umsonst."

Marcel streichelte ihr durch die Haare und wischte mit einem Taschentuch die Tränen aus ihrem Gesicht. Michelle beruhigte sich ein wenig und so ganz langsam versiegten die Tränen.

„Na siehst du, schon besser," tröstete Marcel.

Es klopfte an der Tür und ein dunkelhaariger Mann in den vierzigern betrat das Zimmer.

„Entschuldigung wenn ich störe, mein Name ist Wieland, Kommissar Wieland. Frau Kessler, wie geht es ihnen?"

Michelle schnäuzte ordentlich ins Taschentuch und schämte sich für ihr verheultes Gesicht.

„Geht so, aber ehrlich, es könnte besser sein," und zeigte auf ihr gebrochenes Bein.

„Könnten sie mir ein paar Fragen beantworten? Ich beeile mich auch, damit sie wieder zur Ruhe kommen."

„Weißt du was, Schatz? Ich komme heute Abend wieder, dann habe ich Spätdienst und ihr könnt euch in Ruhe unterhalten." Marcel stand auf, rückte seine Brille zurecht, gab dem Kommissar die Hand und stellte sich vor. „Ich rufe dich nachher noch an, alles klar." Marcel drückte Michelle noch einen Kuss auf die Wange und verschwand.

„Können sie ungefähr den Unfallhergang schildern, Frau Kessler. Meine Güte, sie sind ja ganz aufgelöst. Wollen sie einen Schluck Wasser oder vielleicht besser einen Kaffee?"

„Ein Kaffee wäre gar nicht schlecht."

„Na sehen sie, das ist doch schon mal was. Dann gehe ich uns jetzt zwei wunderbare Kaffee holen, ich bin gleich wieder da."

Der Kommissar verschwand durch die Tür und kam kurz darauf mit zwei dampfenden Tassen Kaffee zurück.

Dankbar schlürfte Michelle leise einen kleinen Schluck.

„Geht´s wieder?"

Michelle nickte und stellte die Tasse auf ihrem Beistellschränkchen ab.

„An was können sie sich denn noch erinnern?"

Michelle sah aus dem Fenster und begann zu erzählen...

„Ich wollte durch die Seitenstraße fahren, weil ziemlich am Ende eine schöne Bank steht. Da wollte ich hin, um eine Pause zu machen. Plötzlich kreuzten zwei wunderschöne Rehe die Straße, aber da ich ohnehin langsam fuhr, konnte ich die Geschwindigkeit ganz gut drosseln. Ab da ging es ganz schnell. Nach höchstens einhundert Metern endete die Fahrt abrupt und plötzlich."

„Wie meinen sie das? Hatte das Motorrad einen Defekt oder lag ein Hindernis auf der Straße?"

„Weder noch. Also ich habe zumindest kein Hindernis gesehen. Es war, als ob ich plötzlich gegen eine unsichtbare Wand gefahren wäre. Dann kam der Sturz und ich verlor das Bewusstsein. Als ich wieder zu mir kam, saßen um mich eine Menge Katzen und ein riesiger Hund leckte mir über die Wange."

„Es könnte sein..." Kommissar Wieland räusperte sich und holte tief Luft um weiterzusprechen. Die großen blauen Augen von Michelle machten es ihm nicht gerade einfach.

„Ja?"

„Es könnte sein, dass ein Anschlag auf sie verübt worden ist."

Sekundenlang starrte Michelle den Kommissar an.

„Aber wieso das? Was soll der Quatsch denn?"

„Wir haben ein Seil gefunden. Das Seil war quer über die Straße gespannt. Die Spurensicherung ist noch bei der Arbeit. Es kann sein, dass sie jemand mit diesem Seil zu Fall bringen wollte. Überhaupt hatten sie Glück im Unglück. Sie mussten ihre Maschine wegen den Rehen abbremsen, dadurch wurde noch schlimmeres, als es ohnehin schon war, verhindert."

„A...aber wer macht denn so was?"

„Das ist eine gute Frage. Haben sie Feinde? Irgendjemand, mit dem sie über Kreuz sind und ihnen vielleicht etwas Böses will?"

„Nein!" Michelle schüttelte energisch den Kopf. „Ich habe normale Dispute mit meinen Kollegen, aber das hat wohl jeder an seinem Arbeitsplatz."

„Wusste irgendjemand welche Strecke sie fahren?"

„Ich habe keine Ahnung...lassen sie mich überlegen...meine Tanten kennen diese Seitenstraße mit der Bank. Waltraud, das ist eine meiner Tanten, hat auch schon mit mir dort gesessen."

„Wusste außer ihren Tanten sonst noch jemand von ihrer Vorliebe für diese Bank?"

„Ganz ehrlich...keine Ahnung."

„Dann könnte es noch sein, dass ein militanter Naturschützer oder ein Motorradhasser diese Falle gebaut hat und sie waren nur zur falschen Zeit am falschen Ort."

„Super! Ganz toll. Das heißt, der Blödmann kann noch weitere Fallen bauen und andere Motorradfahrer zu Fall bringen?"

„Im Prinzip, ja."

Michelle schüttelte ungläubig mit dem Kopf. „Was ist eigentlich mit meiner Maschine? Kann man sie wieder reparieren?"

„Das ist halb so wild. Einen Tag Werkstatt und dann läuft sie wieder."

„Wo kamen denn die vielen Katzen her und der große Hund."

„So ein richtig großer? Eine rote Bordeauxdogge?"

„Ja, kann sein. Ich kenne mich mit Hunden nicht so gut aus."

„Waren da auch eine schwarze, eine gestreifte Katze und so ein Riesenmonster von einem schwarzweißen Kater?"

„Da waren mehrere Katzen, aber im einzelnen kann ich mich nur an das Riesenmonster erinnern. Warum? Ist das wichtig?"

„Nein, ich frage nur aus Neugier. Der Polizeibeamte, der den Unfall aufgenommen hatte, hat mir erzählt, dass ein Ehepaar mit einem Hund und drei Katzen unterwegs war und sie gefunden hat. Sonst hätte es noch Stunden gedauert, bis man sie gefunden hätte."

„Das ist wahr. Die Frau kenne ich sogar aus meiner Schulzeit. Sie hat versprochen mich zu besuchen."

Der Kommissar erhob sich. „Sie hält ihr Versprechen, ganz bestimmt. So, für heute reicht es. Werden sie erst einmal wieder gesund. Sobald es etwas Neues gibt, melde ich mich."
„Vielen Dank, Herr ... ach ja, Wieland."
„Auf Wiedersehen, Frau Kessler."

*

Waltraud Lohmann war sehr nervös. Sie hatte den Briefkasten geöffnet und hielt mehrere Umschläge, mit Werbung dazwischen, in der rechten Hand. Aber was sie sehr nervös machte, war ein großes Kuvert in ihrer linken Hand. So schnell sie konnte versuchte sie mit ihren zweiundsechzig Jahren die Treppe zu erklimmen.
„Gisela, mach mir die verdammte Tür auf! Hörst du denn nicht?" rief sie schon von der Treppe her. „Wenn man dich mal braucht bist du nicht da, im Prinzip wie immer."
„Du meine Güte, was ist denn schon wieder los?"
Gisela Lohmann stand wütend und mit verschränkten Armen in der Tür. Sie war neunundfünfzig Jahre alt und, im Gegensatz zu ihrer Schwester, wirkte sie schlank und agil.
Es dauerte eine Zeit, bis sich Waltraud die Treppe hoch geschleppt hatte.
„Willst du mir wieder mal die Welt erklären, Waltraud? Über wen oder was regst du dich denn schon wieder so auf?"
„Der Umschlag, siehst du den?"
„Ich bin ja nicht blind!"
„Herrje, lies den Absender, liebste Schwester und Nervensäge."
„Das ist Post vom Preiskomitee. Ich werde auf der Stelle wahnsinnig."
„Das weiß ich schon lange. Wahnsinnig ist immerhin besser als schwachsinnig. Komm schon, wir müssen Michelle anrufen."
„Es kann aber auch eine Absage sein, meinst du nicht?"
„Das war klar, dass du wieder was negatives in einem Umschlag siehst, wie sollte es auch anders sein."
„Nein...ich meinte doch nur...eine Absage wäre jetzt das Letzte, was

Michelle, unser heißgeliebter Spatz, vertragen könnte."
Wider willen musste Waltraud ihrer Schwester klein beigeben.
„Ich hasse es, wenn du Recht hast. Was machen wir jetzt?"
„Lass uns gemeinsam zur Klinik fahren. Dann soll sie, sofern sie möchte, in unserem Beisein den Umschlag öffnen. Ist es eine schlechte Nachricht, können wir sie trösten, ist es eine gute Nachricht können wir feiern."
„Wie gesagt, ich hasse es abgrundtief, wenn du Recht hast!"

*

Die Kater strichen leise durchs Unterholz. Sie glaubten jedenfalls leise zu sein. In ihrer Gesellschaft war eine getigerte Katze. Sie lag auf der Lauer, nicht weit von ihr saß eine Taube. Ihr Flügel war verletzt. Einer der Kater bewegt sich unvorsichtig und das Unterholz knackte. Die Taube schreckte auf und versuchte davonzufliegen.
„Was bin ich doch hier mit tollen Assen zusammen. Große Klasse," schimpfte die Katze. Es nützte nichts, wenn sie was zum Abendessen wollten, musste sie die Jagd verkürzen.
Die Taube versuchte, sich mit hilflosen Schlägen in Sicherheit zu bringen. Die Katze vollführte einen eleganten Sprung, erwischte die Taube und machte mit einem zielsicheren Biss in die Kehle ihrem Leben ein Ende.
„Ich hoffe, dass wir hier endlich ein Revier haben, wo wir den Winter verbringen können," meinte der kleinste der Kater. Er war braun gestreift, wirkte noch nicht ganz ausgewachsen und ziemlich abgemagert. Die anderen zwei Kater waren ebenfalls braun gestreift, aber nicht ganz so mager.
„Vielleicht hätten wir uns doch Menschen suchen sollen, die uns beim Essen ein wenig helfen."
„Wie hilfsbereit Menschen sind, siehst du ja an dir. Seit dem letzten menschlichen Kontakt sind deine Knochen noch immer nicht richtig verheilt."
„Das ist aber nur passiert, weil unser jüngster und dämlichster Bruder meinte, er könnte sich in einem Hühnerstall einen

Sonntagsbraten holen."

„Aber das allerdämlichste war doch, dass wir den Mensch gehört hatten, alle, außer dir. Und da hast du die Prügel deines Lebens bezogen. Ein Wunder, dass du noch lebst."

„Hört auf, auf ihm herumzuhacken," fuhr die Katze dazwischen, „das sind doch alte Mäuse von gestern. Wir müssen den Blick nach vorne richten, immer nur nach vorne, hinten ist nur Vergangenheit, und die macht uns nicht satt. Es ist nicht viel, aber lasst uns die Taube verspeisen. Und dann sehen wir weiter."

„Ich habe dahinten am Ende des Waldes einen alten Schuppen gesehen. Den können wir uns später mal ansehen," meinte der älteste der drei Brüder.

„Ach, das wäre was. Ein richtiges Dach über dem Kopf," träumte der mittlere der Brüder... „im Winter nicht mehr so zu frieren," spann der jüngste den Faden weiter.

Die Katze schüttelte missbilligend den Kopf. „Wir müssen erst nachsehen, ob der Schuppen leersteht."

„Ich habe immer noch Hunger," jammerte der Jüngste.

„Ich fürchte, dabei wird es heute Abend auch bleiben," mahnte die Katze. „Aber den Schuppen sehen wir uns an, das lenkt ein wenig vom Hunger ab."

„Und was machen wir, wenn er von anderen Viechern oder Katzen bewohnt wird?" fragte der Mittlere.

„Dann werden wir sie vertreiben," fauchte die Katze wütend. „Wir haben überhaupt keine andere Möglichkeit mehr. Unser Jüngster überlebt sonst den Winter draußen nicht."

*

Es war nicht zu übersehen. Der Herbst kam mit Riesenschritten. Die Blätter wurden immer bunter, bis sie schließlich vertrocknet waren und sich mit dem Wind zu Boden gleiten ließen. Die Zugvögel hatten schon lange ihre Koffer gepackt und waren gen Süden gezogen. An diesem Morgen war der Nebel so dicht, dass man seine Pfote vor den Augen kaum erkennen konnte. Wolfgang und Helga, unsere liebsten

Nachbarn und Freunde, waren mit Sam unterwegs. Diesmal gingen sie nicht den gewohnten Weg zu den Pferdewiesen, sondern blieben auf der Straße. Sie wollten Herrn Altmeyer einen kurzen Besuch abstatten und sich erkundigen, wie es den kleinen, wilden Kätzchen erginge, die bei Herrn Altmeyer ein neues Zuhause gefunden hatten. Das war nicht immer so.

Vor einiger Zeit lag Herr Altmeyer mit uns und unseren Nachbarn in bitterem Streit. Er beschuldigte Oscar, seine Hasen gerissen zu haben. Aber der Fall wurde natürlich von uns Katzen aufgeklärt. Aus dem ehemaligen Katzenhasser wurde ein Katzenfreund. Zuerst begegneten wir ihm noch mit Vorsicht und Zurückhaltung. Aber seine leeren Hasenställe waren zu verführerisch. Sie waren leer, weil Herr Altmeyer niedergeschlagen worden war und deshalb ein Problem mit seiner Gesundheit hatte.

Aber ich habe jetzt überhaupt keine Lust, alte, zugegebener Maßen spannende, Geschichten hier wiederzugeben. Lest gefälligst die ersten zwei Bücher und dann wisst ihr Bescheid! Wer bin ich denn? Muss ich mir hier einen Wolf über alte Sachen erzählen, wo es so viel Neues gibt? Nur soviel. Der alte Altmeyer lag im Krankenhaus und da dachten wir, wir hätten sturmfreie Bude und haben die zwei kleinen Katzen, die auf tragische Weise ihre Mama verloren hatten, in einem der Hasenställe einquartiert. Ihre Mama war die Schwester der Namenlosen und wir nannten sie die Sanfte.

Es hat funktioniert, die Kleinen wuchsen prächtig und bei ihren Patentanten lernten sie sehr viel.

In Oscars ehemaligem Zuhause wohnten jetzt Irene, die Künstlerin, mit Sissi und Medea. Sissi war ein winziges, schneeweißes, Pudelchen, von der Größe einer Küchenrolle und hielt sich bewusstseinsmäßig für eine Katze. Medea, eine ehemalige Streunerin, war eine, mittlerweile hübsche, aber blinde, schwarze Katze. Sissi und Medea hatten die Patenschaft für Paulchen und Gretchen übernommen. So hat Herr Altmeyer die beiden Wildfänge getauft. Wir hatten mit Sam verabredet, uns im Garten von Altmeyer zu treffen. Wolfgang und Helga klingelten und Herr Altmeyer ließ sie in den Garten.

„Wir stören auch nicht lange. Wir wollten nur sehen, wie sich die Kätzchen entwickelt haben."
„Sie stören nicht, bleiben sie solange wie sie wollen. Sam kann sich frei bewegen. Ich weiß doch wie sehr er die kleinen Katzen mag."
Der kleine Kater saß auf dem Hasenstall und beobachtete seine Schwester. Die hing im Pflaumenbaum an einem Ast, aber nur noch mit einer Pfote.
„Willst du mir nicht helfen?" fauchte sie
„Warum denn? Du brauchst nur loszulassen und schon bist du unten. Wo ist das Problem?"
„So ist das," schnurrte Medea, „man soll nicht höher hinaufsteigen, als man herunterspringen kann."
„Sag ich doch," entgegnete der kleine Kater schadenfroh.
„Wenn ich irgendwann wieder Land unter meinen Pfoten habe..," schimpfte die Kleine, und versuchte verzweifelt mit den Hinterpfoten den Ast zu erreichen... „kannst du dich warm einpacken, das sage ich dir. Dein Frühstück ist gestrichen, das kriege ich. Du kannst dich schon mal warm boxen. Wenn ich mit dir fertig bin, kannst du sowieso nicht mehr frühstücken, wegen Abwesenheit deiner Zähne. Mit denen spiele ich dann nämlich Schnitzeljagd im Garten, oder, Katze ärgere dich nicht. Das muss ich mir noch genau überlegen."
„Jetzt hab' ich aber Angst." Der kleine Kater fegte gelangweilt ein Blatt vom Dach des Stalles.
„Solltest du auch," moserte das Katzenmädchen böse.
„Wie lange kann man sich denn mit einer Kralle halten?" fragte der kleine Kater interessiert und beobachtete voller Schadenfreude, dass seine Schwester wie ein altes Blatt am Baum hing und ihr Ärmchen immer länger wurde. Es war nur eine Frage der Zeit, wann sie loslassen musste.
„Du siehst aus wie diese überreifen Birnen, die da noch hängen. Eben ist eine heruntergefallen. Es hat Klatsch gemacht und sie ist auseinander geflossen wie ein rohes Ei. Ich schätze mal, dir passiert das Gleiche, wenn du herunterfällst. Ich sehe mich schon mal nach

einem Besen um."

„Wenn ich herunterfalle kriegst du höchstpersönlich von mir ein Testprogramm von meiner Kralle, die mich so lange gehalten hat."

Sam spazierte unter den Pflaumenbaum

„Was hast du vor?" fragte ich neugierig.

Sam meinte nur, er müsse mal was probieren.

„Pass auf deine Augen auf. Die Kleine hat schon verdammt scharfe Krallen."

Er stellte sich auf seine Hinterbeine, stütze sich mit den Vorderpfoten am Pflaumenbaum ab und hielt seinen riesigen Kopf hoch. Die kleine Katze fauchte zuerst, aber dann erkannte sie ihre Chance. Sie kletterte auf Sams Kopf, rutschte über seinen Rücken und sprang auf den Boden. Fassungslos staunten die Menschen über dieses Manöver. „Sam erstaunt mich immer wieder aufs Neue," grinste Wolfgang.

„Das ist ein Freund! Kannst du auch so einen Freund aufweisen, Blödkater? Nein, kannst du natürlich nicht."

„Das ist nicht nur dein Freund. Ich habe schließlich vorige Woche mit ihm Fußball gespielt. Der hat dir nur geholfen, weil du zu doof warst alleine herunterzukommen."

Das kleine Katzenmädchen stand aufmüpfig vor ihm, drehte den kleinen Kopf zu uns und meinte, „seit er in der Pubertät ist, ist er unausstehlich."

„Wenn ich in der Pubeltät bin, dann bist du es auch, schließlich sind wir gleichaltrig."

„Mädchen sind viel weiter entwickelt. Ich bin da vorigen Monat schon durch."

„Ich bleibe sowieso nicht mehr lange hier. Es wird Zeit, die Welt zu entdecken. Ich finde, wir haben genug gelernt."

Sissi stürmte in den Garten. Irene spazierte mit einem Korb hinterher.

„Hallo zusammen, habe ich was verpasst?"

„Nein," säuselte Medea, „außer, dass Herr Paulchen meint, er hätte genug gelernt und will jetzt die Welt entdecken."

„Das kann ich verstehen, aber ihr habt bei weitem noch nicht genug gelernt. Gib dir noch ein wenig Zeit. Frauchen zupft noch ein paar Löwenzahnblätter für unsere Hasen und solange könnten wir doch spielen."

Wolfgang und Helga unterhielten sich noch eine Weile mit Herrn Altmeyer und Irene. In der Zeit spielten wir Hunde und Katzen zusammen mit einem kleinen Ball. Es war ein sehr harmonischer Morgen. Der Nebel verschwand, die Sonne kam durch und wärmte unser Fell. Während wir mit dem Ball herum fegten, flogen frisch gefallene Blätter um uns her. Die Kleinen sprangen begeistert zwischen dem Ball und den Blättern hin und her. Nichts deutete daraufhin, dass es in den nächsten Tagen nicht mehr ganz so entspannt sein würde.

*

„Würdest du bitte nicht so schnell fahren, Waltraud?" Gisela versicherte sich zum gefühlten hundertsten Mal, ob der Gurt richtig saß und krallte sich mit beiden Händen am Armaturenbrett fest.

„Ich fahre gerade mal neunzig Sachen. Ich bin heute noch sehr human, aber nur wegen dir. Mit deinen altmodischen Ansichten fällst du schon in das Artenschutzabkommen."

„Laut dem Verkehrsschild waren hier aber nur siebzig Kilometer erlaubt."

„Heute kann ich nicht lesen."

„Solltest du aber. Noch ein Knöllchen und du kannst den Führerschein abgeben!"

„Du bist kleinlich, Gisela." Waltraud schaltete einen Gang herunter, damit sie die Kurve so richtig mit Pfeffer nehmen konnte.

„Wenn wir es wieder einmal eilig haben, nehmen wir das nächste Mal das Motorrad."

„Solange dieser Mistkerl nicht gefangen ist, der Michelle das angetan hat, werde ich mich nicht mehr aufs Motorrad setzten und schon gar nicht mit dir."

Beleidigt drückte Waltraud das Gaspedal durch und Gisela schwieg den Rest der Fahrt zur Klinik.

„Mit dem Bus braucht man eine dreiviertel Stunde." Waltraud schaute auf ihre Uhr. „Wir haben es in zwölf Minuten geschafft. Wie findest du das?"

„Sobald sich mein Puls beruhigt hat, kriegst du eine Antwort. Aber die richtige!"

Gisela stieg mit wackeligen Knien aus dem dreißig Jahre alten Coupe. Sie holte tief Luft, um ihren Kreislauf zu stabilisieren und schaute sich auf dem Klinikgelände um.

„Weißt du wo der Eingang ist?"

„Selbstverständlich! Ich weiß sogar wo das Zimmer von Michelle ist. Ich muss schon sagen, du hast den Orientierungssinn einer Küchenschabe. Hast du den Umschlag dabei?"

„Ja, doch! Was denkst du denn? Ich habe auch Kuchen dabei und ich habe Michelle am Telefon kein Wort von dem Umschlag gesagt."

„Du kannst manchmal richtig vernünftig sein, aber leider nur manchmal."

Als sie das Zimmer von Michelle erreichten, schlug den beiden Tanten das Herz bis zum Hals. Nach einem leisen Klopfen an die Tür betraten die beiden das Zimmer. Michelle lächelte ihre beiden Tanten an. „Ist das schön, dass ihr da seid."

Gisela und Waltraud drückten Michelle, fragten tausend Sachen auf einmal und bestaunten das von oben bis unten eingegipste Bein.

Waltraud drehte sich um, damit sie den Kuchen auf den Tisch stellen konnte.

„Oh, du hast Besuch."

„Ihr wart so stürmisch, ihr zwei! Ich bin noch gar nicht dazu gekommen euch jemanden vorzustellen. Das ist Laura! Laura und ihr Mann haben mich gefunden. Ohne die beiden würde ich wahrscheinlich immer noch im Wald liegen."

„Ah, Laura heißt die junge Dame. Sie haben uns doch angerufen, nicht wahr?" Gisela nahm Lauras Hand und drückte sie herzlich und fest.

„Wie können wir ihnen nur danken? Schlimm was unserem Liebling passiert ist... nicht auszudenken, wenn sie nicht gekommen wären!" Waltraud schüttelte Lauras andere Hand.

„Ihr könnt ihre Hände jetzt loslassen. Ich glaube sie hat es kapiert," grinste Michelle.

„Was hast du denn da für einen Umschlag dabei, Gisela?"

„Ach, der Umschlag... deswegen sind wir so schnell wir konnten hierher gekommen."

„Ja, in zwölf Minuten sozusagen!"

„Würdest du mich bitte nicht unterbrechen Waltraud."

Waltraud schmollte beleidigt.

„Wenn es jetzt familiär wird, verabschiede ich mich für heute."

„Nein, warte bitte, Laura. Was ist das für ein Umschlag, Gisela?"

„Vom Preiskomitee," platzte Waltraud dazwischen.

Wütend schaute Gisela ihre Schwester an, weil sie ihr die Überraschung vorweggenommen hatte.

„Ich sollte jetzt wirklich gehen."

„Bitte nicht, Laura. Bleib hier. Du musst nachher unbedingt meinen Tanten erzählen, wer mich deiner Meinung nach wirklich gefunden hat. Verdammt noch mal, ich habe Schiss, diesen blöden Umschlag aufzumachen. Mach du ihn auf, Waltraud!"

Triumphierend blickte Waltraud zu Gisela, öffnete betont langsam den Umschlag und übergab feierlich das Schreiben an Michelle weiter. Michelle nahm das Schreiben mit zittrigen Händen, las das Schreiben durch, dann noch einmal, ließ es mit zitternden Händen fallen und fing an zu weinen.

„Du musstest ja unbedingt den Kuchen mitnehmen," zischte Waltraud Gisela wütend an.

Michelle schluchzte hemmungslos und hielt den Tanten das Schreiben hin.

„Ich bin zu aufgeregt," Gisela liefen auch die Tränen, „wenn sie es für uns vorlesen könnten, Laura?"

Laura überflog das Schreiben kurz und sagte, „Es genügt völlig, wenn ich den letzten Satz vorlese: ...haben wir im Komitee die Entscheidung getroffen, dass wir ihnen den Preis für hervorragende und innovative Arbeit zuerkennen. Ferner sind wir überein gekommen, dass die Preisdotierung allein ihrer Arbeit zugesprochen wird. Und so weiter und so weiter..."

Laura verteilte jede Menge Taschentücher.

„Was hältst du jetzt von Kaffee und Kuchen?" schniefte Waltraud.

Michelle konnte immer noch nicht sprechen, aber nickte heftig.

„Ich kümmere mich darum." Laura verschwand leise aus dem Zimmer und kam kurz darauf mit dampfenden Kaffeetassen wieder.

„Das ist das zweite Mal, dass mich jemand mit Kaffee so nett beruhigt. Heute Mittag war ein Kommissar bei mir und wollte wissen, wie es zu dem Unfall kam. Das ist alles ein bisschen viel für mich. Noch was, meine lieben Tanten. Übermorgen komme ich aus dem Krankenhaus."

Vor Erstaunen ließ Waltraud die Kuchengabel fallen und Gisela verschluckte sich heftig.

„Warum?"

„Ich muss meine Präsentation korrigieren, ich habe schon mit Marcel darüber gesprochen."

„Ach, mit dem Schnösel."

„Ich weiß, du magst ihn nicht, Waltraud."

„Das ist noch sehr höflich ausgedrückt. Ich kann ihn nicht ausstehen. Aber wo die Liebe hinfällt. Er fährt ja noch nicht einmal Motorrad."

„Michelle," schaltete sich Gisela ein, „hör nicht auf das Geschwafel von Waltraud. Sie mag niemanden, den du kennenlernst, weil sie eifersüchtig ist."

„Na und, ich gebe es wenigstens zu. Aber wenn du aus dem Krankenhaus kommst, ist die Wohnung noch nicht fertig. Da stehen von mir noch die alten Möbel drin."

„Aber der Internetanschluss steht...richtig?"

Die Tanten nickten.

„Wenn dein gemütliches Bett drinsteht, ein funktionierendes Klo und ein Mikrowellenherd, ist die Bude für mich komplett."

„Das ist alles da, mein lieber Schatz"

„Und wenn du nach Hause kommst, ist alles sauber und geputzt, dafür werden wir sorgen, nicht wahr Waltraud?"

„Da bin ich mal ausnahmslos deiner Meinung. Dürfen wir dann eine kleine Feier organisieren?"

„Wenn ich meine Arbeit fertig habe, auf alle Fälle."
„Ein bisschen weniger Aufregung wäre aber auch nicht verkehrt. Auch wenn es angeblich jung hält, so weiß ich doch nicht, ob es das richtige Rezept ist, um alt zu werden."
„Du brauchst dich nicht viel zu ändern. Du bist jetzt schon eine alte, sauertöpfische Kröte."
„Bitte, nicht wieder streiten, ihr zwei! Wo wäre ich ohne euch? Wer war immer für mich da? Wer hat mich getröstet, als meine Eltern gestorben sind? Wer hat auf mich aufgepasst und dafür gesorgt, dass ich eine vernünftige Ausbildung erhalte? Na, wer wohl? Und wer hat mich letzten Endes immer so leben lassen, dass ich meine eigenen Entscheidungen treffen konnte? Deshalb fällt es mir auch so leicht, in euer Haus zu ziehen, weil ich genau weiß, dass ich zwei Freundinnen habe und keine Wachtürme. Ach übrigens, die meisten Möbel werde ich übernehmen. Wenn ich nur an dieses riesengroße, weiche, herrliche, Sofa denke..."
Gisela und Waltraud standen mit hochroten Wangen da und verdrehten vor Verlegenheit ihre Hände, die wahrscheinlich nur der Chiropraktiker wieder auseinander dröseln konnte.
„A..aber das ist doch nichts besonderes," schniefte Waltraud.
„Ja, finde ich auch. Man muss dich doch liebhaben, ob man will oder nicht," stimmte Gisela brummend Waltraud zu.
Michelle drückte ihre beiden Tanten ganz eng an sich.
„Ich freue mich auf mein neues, altes Zuhause."
Gisela befreite sich zögerlich aus der Umarmung. „Komm, Waltraud, wir haben noch viel zu tun, wenn die Bude fertig sein soll."
„Das ist wahr. Aber sei so nett und lass uns zurück länger als zwölf Minuten brauchen. Sonst nehme ich den Bus. Zweimal am Tag halten meine Nerven diesen Stress nicht aus."
„Wir werden nach Hause schleichen, das verspreche ich dir. Ich werde mindestens einhundertachtundfünfzig Autos hinter mir herschleppen. Du wirst voll zufrieden sein." Waltraud reichte Laura die Hand. „Ich hoffe doch, wir sehen sie wieder, Laura?"
Waltraud und Gisela verabschiedeten sich und verließen das

Zimmer.

„Deine Tanten sind wirklich ein Naturereignis," grinste Laura.

„Und was für eins. Sie sind sehr süß. Aber man darf sie nicht unterschätzen. Wenn ich Hilfe brauche, dann sind sie da, auch physisch, das kann ich dir sagen."

„Ich kann mich noch sehr gut an den Auftritt deiner Tanten in der Schule erinnern, als du verhindern wolltest, dass der junge Afrikaner von der Schule verwiesen und ausgewiesen werden sollte."

„Da haben wir alle mitgemacht, du auch."

„Das ist richtig, aber der Direktor hat behauptet, du hättest Unterschriften für die Petition gefälscht."

„Meine Tanten haben damals sensationell reagiert, mit Presse und allem was dazu gehört."

Laura zog ihre Jacke über.

„Wie gesagt, sie sind ein Naturereignis. Wenn du willst, können wir unsere alte Freundschaft wieder erneuern. Ich komme dich besuchen und stelle dir wieder meinen Mann vor. Die Art und Weise, wie ihr euch kennengelernt habt, war nicht das gelbe vom Ei."

„Aber selbstverständlich. Kannst du mir auch sagen, wie viele von den Katzen mitkommen, die da alle um mich herumgesessen haben?"

„Nur drei, die anderen waren Freunde, ebenso wie der Hund."

„Das geht ja noch. Aber der Hund ist süß, er hat mir einen Kuss gegeben"

„Kannst du mir sagen, Michelle, wer dir so was antun möchte?"

Laura zeigte entsetzt auf das Gipsbein.

„Nein, beim besten Willen nicht. Der Kommissar meinte, dass es vielleicht ein militanter Naturschützer sein könnte."

„Du meinst, er hat nicht deine Person gemeint, sondern dass du nur zur falschen Zeit am falschen Ort warst."

„Kommissar Wieland hatte genau das gleiche gesagt."

„Ich kenne ihn. Wenn einer den Täter schnappen kann, dann er!"

*

Oscar und ich streiften durch die Gärten unserer Straße. Die Namenlose war wieder einmal alleine auf Tour. Das tat sie manchmal, um den Kopf freizubekommen, sagt sie jedenfalls. Ich glaube, die Wahrheit ist, dass sie einfach nur ab und zu ihre Freiheit braucht und sonst gar nichts. Gehen können, wann man will und zurückkommen, wenn einem der Sinn danach steht. Aber ich glaube, so frei wie sie auch sein mag, sie liebt Sebastian und Laura sehr und kommt immer wieder gerne zurück.

Ich hatte eine fette Maus gefangen und war gerade dabei, sie für mich und Oscar in schöne, für unsere Schnauze gerechte Stückchen aufzuteilen. Oscar bekam die Leber, das war ich ihm noch schuldig. Ich hatte ihn in den vergangenen Wochen in Situationen gebracht... na ja, ich bin froh, dass er sich kein neues Zuhause gesucht hat. Aber dafür bekam er noch mindestens bis in den Winter eben von jeder Maus, die ich fing, die Leber. Was tut man nicht alles für einen guten Freund und gefühlten Bruder. Wir ließen uns die Zwischenmahlzeit ordentlich schmecken, als vor dem Garten, in dem wir uns gerade aufhielten, ein infernalischer Lärm zu uns herüberdrang. Oscar interessierte sich überhaupt nicht für den Lärm und widmete sich weiterhin dem Genuss seiner Leber. Ich tat so, als interessierte mich der Lärm überhaupt nicht, hatte aber meine Ohren aufgestellt wie riesige Schornsteinrohre und auf volle Kraft gestellt.

„Wir waren zuerst da, also verschwinde da, aber schleunigst!"

„Ihr könnt mich mal. Das ist mein Platz und ich denke nicht im mindesten daran, zu verschwinden!!"

Die Stimme kam mir bekannt vor.

„Dann werden wir dir, so leid es uns tut, ein wenig nachhelfen müssen."

„Wir sind sehr hilfsbereit, was das nachhelfen angeht. Und in unserem Engagement in Sachen Hilfsprojekte übertrifft uns so schnell keiner."

Die anderen Stimmen kannte ich nicht und ich wurde zunehmend neugieriger.

„Also was ist los? Kriegt ihr das mit dem Kater jetzt geregelt oder muss ich alles alleine machen?"

Eine fremde Katze in meinem Revier? Zumal noch, wie es schien, mit einem phänomenalen Selbstbewusstsein? In meinem Revier hat keine Katze mehr Selbstbewusstsein, als ich! Na gut, die Namenlose noch, aber das zählt nicht. Sie gehört schließlich zur Familie.

Das Fauchen und Knurren wurde immer bedrohlicher.

„Ich werde diesen Platz mit meinem Leben verteidigen, wenn es sein muss!"

„Schau mal einer an, wieder so einer, der wegen einer Mülltonne in die ewigen Jagdgründe einfahren will. Das fasziniert mich immer wieder," tönte einer der Kater.

„Mir knurrt der Magen, könnte man das Verfahren ein wenig beschleunigen?" brummte ein anderer.

„Ja, würde ich auch sagen, beenden wir das Kapitel."

„Kommt nur, ich bin bereit."

„Ja, würde ich auch sagen," brüllte ich aus Leibeskräften. „Oscar, das duldet keinen Aufschub. Lass uns Blut vergießen!"

„Immer dasselbe," maulte Oscar und würgte schnell noch das letzte Stückchen Leber herunter. „Warum müssen wir immer die Welt retten? Kannst du mir das mal sagen?"

„Das wirst du gleich sehen, Oscar, beeil dich bitte."

Drei ziemlich verwahrloste Kater und eine Katze standen vor einer Mülltonne und fauchten und spuckten. Aber der wirklich interessante Teil dieser Versammlung saß auf der Mülltonne.

„Richie?"

Ungläubig und kopfschüttelnd kam Oscar näher.

„Ach sieh mal an, diese Feuerboje hat auch einen Namen?" tönte einer der Kater arrogant.

„Ja, das hat er," fauchte ich dazwischen. „Und ich bin Laila. Ein Name, den ihr euch gut merken müsst. Wer mit mir Streit bekommt, ist immer gut beraten, wenn er die Adresse des nächsten Tierarztes im Kopf hat."

„Wir fürchten uns zu Tode. Allerdings bist du nicht viel größer als ein Meerschweinchen, könnte schwierig für dich werden," meinte der größte der drei Kater.

„Darf es auch ein bisschen mehr sein?" Imposant und riesig, Oscar hatte kurz zuvor noch einmal tief Luft geholt, damit seine Figur richtig zur Geltung kam, stolzierte er hinter der Mülltonne hervor.

„Guten Abend die Herren! Guten Abend, die schöne Dame! Richie, alles in Ordnung?"

Er nannte doch tatsächlich dieses Miststück von Katze schöne Dame! Mein Blut floss wie glühende Lava durch meine Adern. Ich hätte gerne ein Rezept gegen diese verdammte Eifersucht!

Die Kater glotzten Oscar an und hielten für einen Moment beeindruckt die Luft an.

„Der wirft einen mächtigen Schatten. Da staunt ihr, was?" maunzte ich zufrieden.

Richie saß auf der Mülltonne mit einem riesigen Buckel und fauchte die Kater an.

„Und wenn es das letzte ist was ich tue, das ist meine Tonne, merkt euch das!"

„Ihr habt gehört was er gesagt hat," zischte ich, „es ist seine Tonne. Und darüber wird nicht diskutiert, sondern nur noch geprügelt."

Ich brachte meine eindrucksvollen Krallen zum blitzen und zeigte meine Eckzähne. Oscar packte ebenso seine Waffen aus, schielte immer wieder zu der Katze hinüber und ließ seine Muskeln spielen.

Einer der Kater versuchte zu Richie auf die Mülltonne zu springen, da kratzte ich ihm von unten über seinen Bauch. Der Kater brüllte auf vor Schmerz und ließ sich wieder zurückfallen. „Das war nur eine Kostprobe," fauchte ich.

Der zweite Kater wollte von hinten über mich herfallen. Oscar rannte ihn einfach um und scheuerte dem Kater eine ordentliche Backpfeife hinterher. „Denk nicht mal daran!"

Der dritte und kleinste der Kater versuchte Oscar von der Seite anzufallen. Oscar warf ihn um und hielt ihn einfach mit seinem Vorderbein fest. Irgendwie widerstrebte es ihm, diesem mutigen, kleinen Kerl wehzutun.

„Hört auf," maunzte die Katze dazwischen. „Das Geschäft ist gelaufen. Ziehen wir uns zurück, jedenfalls für heute."

Fauchend und knurrend zogen sich die beiden Kater langsam zurück. Die Katze stolzierte ganz langsam den Katern hinterher und sendete Oscar noch einen schmachtenden Blick zu.

„Übrigens, du kannst den Kleinen jetzt loslassen."

Oscar hatte nur Augen für sie.

„Oh,...äh, ja, natürlich."

Oscar ließ los und der kleine Kater sprang in großen Sätzen den anderen hinterher. Er drehte sich noch einmal um und rief, „das nächste Mal kommst du nicht so ungeschoren davon. Ich war heute nur freundlich und wollte niemandem wehtun. Merk dir das!"

„Auf alle Fälle, mein Freund. Geht klar. Ich weiß dann wenigstens was mich das nächste Mal erwartet," grinste Oscar ihm hinterher.

Richie saß immer noch verstört auf seiner Mülltonne. Ganz langsam ließ er mit den Drohgebärden nach.

„Was da heutzutage so alles auf der Straße rumläuft, wirklich unglaublich," sagte Richie.

Es sollte cool wirken, aber Oscar und ich merkten, dass er mit den Nerven ziemlich am Ende war.

„Ich habe die Katzen hier noch nicht gesehen," meinte Oscar.

„Vielleicht sind sie nur auf der Durchreise."

„Kann sein, ist mir aber auch piepschnurzegal. An meiner Mülltonne haben sie jedenfalls nichts zu suchen, aber überhaupt nichts! Jedenfalls fand ich es klasse, dass ihr da wart. Danke für die Hilfe."

„Aber wofür denn, Richie? Du hättest das gleiche für uns getan," schnurrte ich.

„Ihr kommt nicht in so eine Situation, nie im Leben. Entschuldigt, Leute, ich hab noch einen Termin. Aber nochmals danke, ihr zwei."

„Kann es sein, dass du etwas abgenommen hast, Richie?"

„Ich mache jetzt mehr Sport, Laila. Ganz neues Programm...es soll Wunder wirken."

Richie schlenderte davon, als ob nichts gewesen wäre.

Wir nahmen unter einem Holunderbusch Platz, um das, was gerade passiert ist, noch einmal Revue passieren zu lassen.

„Verstehst du das?" Oscar schüttelte sich, dass die letzten Zecken nur so flogen.

„Ich meine, warum bricht Richie so einen Streit vom Zaun?"

„Zumal, gegen so eine Mehrheit, denn eigentlich sahen die sehr kampferprobt aus. Man hat diesen Katzen angesehen, dass ihnen niemand ein Schälchen Futter hinstellt. Sie sind es gewohnt, um ihr Essen zu kämpfen, Oscar."

„Die Katze scheint von den dreien die intelligenteste gewesen zu sein. Auf alle Fälle war sie die hübscheste."

„Sie war ja auch die einzige," knurrte ich eifersüchtig, „bei den laschen Brüdern."

Ein klapperndes Geräusch ließ uns aufmerken. Neugierig schlichen wir unter dem Holunderstrauch hervor um nachzusehen, was die Ursache dieses Geräusches war. Das Klappern wurde immer stärker und wenn wir unsere Ohren richtig ausgerichtet hatten, war auch der eine oder andere Fluch zu hören. Der Lärm kam eindeutig von der Mülltonne. Neugierig schlichen wir bis zu der Buchsbaumhecke in Richies Garten und legten uns auf die Lauer. Der Deckel der Mülltonne bewegte sich ohne fremde Hilfe nach oben. Zumindest sah es auf den ersten Blick so aus. Dann öffnete sich der Deckel noch einmal und heraus kamen zwei ehemals feuerrote Pfoten, die sich am Rand der Mülltonne festhielten. Dann klapperte der Deckel noch einige Male und ein äußerst schmutziger und streng riechender Richie schaffte es endlich mit einem Satz, die Mülltone zu verlassen. In seiner Schnauze hielt er was undefinierbares und verschwand damit in die Felder.

„Deshalb hat er die Mülltonne so verteidigt," meinte Oscar, „da war ein Leckerbissen drin, den er keinem anderen gönnte."

„So viel Aggressivität, Oscar? Für ein halbes Putenschnitzel oder wer weiß was?"

*

Laura und Sebastian saßen gemütlich auf der Terrasse und das mitten in der Woche! Laura erzählte Wolfgang und Helga, die bei ihnen zu Gast waren, dass sie ihre Überstunden abfeiern mussten. Wir Katzen lümmelten uns um den Gartenteich und Sam hatte sein Lieblingsspielzeug, seine große, blaue, von Hand gearbeitete, gehäkelte Maus, mitgebracht.

Käptn Sparrow, Störtebeker, Blackbeard und Käptn Morgan, unsere Piraten und Goldfische, versuchten die Wasserläufer zu fangen. Aber außer Störtebeker gelang das natürlich keinem.

Die Namenlose war nach zwei Tagen wieder da und wirkte außerordentlich zufrieden und aufgeräumt. Aber wo sie war, wollte sie nicht preisgeben. Zum Teufel noch mal. Sie weiß doch wie neugierig ich bin! Das konnte sie doch nicht machen! Doch sie konnte. Kein Wort war ihr zu entlocken. Es war gerade egal, welche Redewendungen ich anwandte, sie wich mir geschickt aus.

„Na gut," maulte ich, „ändern wir das Thema." Dann erzählte ich ihr von Richies seltsamen Verhalten und den vier fremden Katzen.

„Das ist in der Tat wirklich seltsam," dachte die Namenlose laut nach, „das passt eigentlich nicht zu Richie. Er mag es doch lieber sauber und elegant. Genaugenommen ist er ein Gentleman erster Klasse. Ich bin doch ziemlich schockiert."

„Könnte es nicht auch ein Revierkampf gewesen sein?" gab ich zu bedenken.

„Das ist auch möglich, klingt interessant." Die Namenlose fing an, mit der Pfote ihre Ohren zu putzen. „Ich habe aber keinen Bock auf einen Revierkampf, das würde wieder Krieg bedeuten."

Sam stand auf und ging zu sich nach Hause und kam gleich darauf wieder zurück, mit einem wunderbaren, stinkenden Schweineohr. Seiner Meinung nach gab es nichts besseres, wenn man nachdenken musste. Er lud wie immer Oscar ein, mit ihm das Schweineohr zu teilen. Das Schweineohr knusperte zwischen Sams Zähnen und plötzlich hob er seinen Riesenkopf. Er schaute uns der Reihe nach an und meinte, dass es für das seltsame Verhalten nur einen Grund geben könnte. Er wartete mit seiner Antwort bis Oscar endlich aufhörte, auf dem Schweineohr herumzukauen und ihn erwartungsvoll ansah.

„Nun mach es nicht so spannend, Sam. Ich halte das sonst nicht aus und platze gleich," mokierte ich.

Sam setzte sich in Positur und meinte, dass nur ein Faktor zum tragen komme, ...nämlich... „Hunger".

„Hunger?" echo
ten wir alle drei.

Sam war der Meinung, wenn man Hygiene und alles andere außer
Acht ließe, auf das man vorher so großen Wert gelegt hatte, dann
bliebe nur noch der Hunger... oder Liebeskummer. Er spreche da aus
eigener Erfahrung.
Aus der Ferne hörten wir ein lautes Motorengeräusch. Es wurde
immer lauter und lenkte uns von unserem Thema ab. Das
Motorengeräusch verstummte abrupt vor unserem Haus.
Noch bevor es an der Haustür klingelte, meldete Sam durch kehliges
Bellen den Besuch schon an.
Sebastian ging neugierig zur Tür. Wir reckten unsere Hälse, um mehr
zu sehen. Aber Sebastian ging mit seinem Besuch hinaus auf die
Straße. Nach ein paar Minuten kam er begeistert mit seinem Freund
auf die Terrasse. „Das müsst ihr euch unbedingt ansehen. Ist das ein
schönes Motorrad. Habt ihr den Sound gehört? Und sooo breite
Reifen!" Sebastian zeigte mit den Händen, wie breit die Reifen
waren.
„Willst du uns nicht zuerst einmal deinen Freund vorstellen? Dann
können wir gemeinsam über breite Reifen, Sound und so weiter
schwärmen?"
„Ja Laura, das ist richtig. Du meine Güte, das ist aber auch ein tolles
Ding."
„Dein Freund?"
„Natürlich, der auch. Darf ich vorstellen: Willi, Willi Neuhaus, ein
richtig guter Freund aus meiner Jugendzeit." Man stellte sich noch
einmal gegenseitig vor und Willi nahm Platz.
„Du kannst deinen Helm hier auf die Fensterbank legen."
„Danke, das mache ich."
„Einen Kaffee und ein schönes Stückchen Apfelkuchen, von unserer
Helga gebacken, magst du sicherlich auch."
„Es darf auch ein großes Stückchen sein, Laura."
Laura ging in die Küche, um für Willi noch ein Gedeck zu holen.
„Ich wusste, dass es eine gute Idee war hierherzukommen," freute

sich Willi.

Neugierig pirschten wir uns ran, um Willi näher in Augenschein zu nehmen. Sam meinte, dass dieser Willi ganz gut riechen würde. Er war groß, wirkte ziemlich athletisch, neigte zu leichtem Übergewicht und hatte haselnussbraune Augen. Aber was mich am meisten faszinierte, waren seine Haare und sein Vollbart. Feuerrot und wenn die Sonne darauf schien, sah es aus, als ob sein Kopf brennen würde.

Willi begann den Apfelkuchen zu genießen. „Ist der gut. Phantastisch!" Dann wandte er sich Sebastian zu. „Ich habe einen neuen Job gefunden. Der macht mir riesigen Spaß. Nachdem meine alte Firma pleite gegangen war, hat es ein wenig gedauert, bis ich wieder Fuß fassen konnte. Na ja. Du weißt wie das ist, Sebastian, wenn du arbeitslos bist, dann bist du nicht so gut drauf. Und dann ist mir meine Freundin auch noch weggelaufen."

„Eine Freundin, die gleich bei den ersten Schwierigkeiten wegrennt?," Laura schüttelte verständnislos den Kopf. „Was soll ich dazu sagen?"

Ich beschloss, dass seine Exfreundin eine Frau ohne Charakter war, denn ich mochte Willi jetzt schon. Sam mochte ihn auch und legte seinen Kopf auf Willi´s Schoß.

„Warten wir erst mal ab," flüsterte mir die Namenlose zu, „ob er nicht doch ein klein wenig mit Schuld hat, aber ich mag ihn auch."

„Nicht unbedingt bei den ersten Schwierigkeiten, aber dann habe ich es wahrscheinlich übertrieben. Du weißt schon, mit den falschen Typen tagelang abgehangen, saufen... das ganze Programm, da hat sie nicht mehr mitgespielt."

Wolfgang und Helga hörten gespannt zu. „Aber das Leben geht weiter. Und andere Mütter haben auch schöne Töchter, wenn ich das mal sagen darf," meinte Wolfgang.

„Genau den gleichen Satz hat meine Mutter auch gesagt," antwortete Willi und widmete sich wieder seinem Apfelkuchen.

„Wo arbeitest du jetzt?" wollte Sebastian wissen.

„In dem neuen Industriegebiet. Da hat eine Werkstatt aufgemacht, die suchten dringend Kraftfahrzeugmechaniker. Ich habe mich beworben und hatte Glück."

„Das freut mich für dich."

„Danke Sebastian. Aber der eigentliche Grund warum ich zu dir gekommen bin... ich wollte euch einladen. Meine Motorradfreunde und ich haben ein kleines Grundstück gepachtet und das wollen wir am Wochenende einweihen. Was haltet ihr davon?"

„Du bist immer noch mit diesen komischen Typen zusammen? Also ich weiß nicht. So richtig gefallen hat es mir dort nie. Du bist doch ein Freigeist. Wie kommst du nur mit diesen Typen klar?"

„Dieser Club ist Geschichte, jedenfalls für mich. Mit denen will ich nichts mehr zu tun haben. Ich habe schweren Herzens meine Kutte dort gelassen und den Club freiwillig verlassen. Aber ich bin nicht ganz unschuldig an den Ereignissen. Ich habe sehr viel nachgedacht und festgestellt, dass es auch anders geht!"

„Da spricht wieder mein alter Freund Willi."

„Darf ich fragen, was eine Kutte ist?" warf Helga dazwischen.

„Das ist so eine Art Lederweste mit dem Clubabzeichen. War verdammt teuer das Ding. Aber ich habe es trotzdem einfach liegen lassen und bin gegangen. Ich rede nicht mehr gerne über diese Zeit. Diese Jungs und Mädels, mit denen ich jetzt viel zusammen bin, sind nicht ganz so stressig, das verspreche ich euch."

„Wo ist denn euer Grundstück?"

„Am Ende des neuen Industriegebiets. Zuerst steht da eine Spedition, aber ich glaube, die liegt im Moment still. Dann weiterfahren, bis so ein alter Lagerschuppen kommt und daneben ist unser Grundstück. Wir dürfen sogar ein kleines Holzhaus darauf bauen. Ich freue mich schon darauf." Er kraulte mit beiden Händen Sams Kopf. „Kommst du auch? Du würdest gut zu uns passen."

Laura und Sebastian sahen sich entsetzt an.

„Was ist denn? Das ist keine krumme Sache, da ist alles geregelt, mit Vertrag und so."

„Weißt du denn nicht, was letztes Wochenende passiert ist?"

„Nein, Sebastian, was denn?"

„Eine Motorradfahrerin hatte einen schweren Unfall. Genau auf dieser Strecke."

„Das ist nicht gut! Das ist überhaupt nicht gut! Wie geht es ihr?"

„Sie hat sich das Bein gebrochen. Aber den Umständen entsprechend geht es ihr gut, das hätte schlimmer ausgehen können. Aber eben die Umstände, die zu dem Unfall geführt haben, sind es, die uns Kopfzerbrechen machen."

„Was denn? Spann mich doch nicht so auf die Folter."

„Quer über die Straße war ein Seil gespannt. Sie konnte den Unfall überhaupt nicht verhindern. Zum Glück im Unglück musste das Mädel vorher bremsen, weil zwei Rehe die Fahrbahn kreuzten, sonst wäre der Unfall dramatischer ausgegangen."

„Das kann echt nicht wahr sein. Vor einer Woche hat es in der Stadt, in der ich früher gewohnt habe, auch so einen Unfall gegeben. Die Polizei vermutete wie üblich keine Manipulation. Sie haben auch kein Seil oder etwas ähnliches gefunden, so wie hier. Für den Motorradfahrer ging es nicht so glimpflich aus...er liegt unter der Erde. Aber die Gerüchteküche läuft. Ich habe so das Gefühl, dass es der Polizei ziemlich egal ist, was da passiert ist.Was geht so einer hohlen Pfeife durch den Kopf? Nicht zu fassen. Aber vielen Dank. Wir haben am Samstag ein Auto dabei, wegen der Fressalien und so. Den schicken wir dann voraus."

Willi ließ sich von Helga gerne noch ein Stück Apfelkuchen auflegen. „Der Kuchen ist echt ein Knaller. Wenn meine Mutter Apfelkuchen gebacken hatte, sah er immer aus wie eine Pizza...," er verzog leicht das Gesicht und wandte sich wieder seiner Köstlichkeit auf dem Teller zu … "er schmeckte allerdings auch wie Pizza."

Ich sprang auf die Fensterbank, um mir dieses Helmding genauer anzusehen. Es lag auf der Fensterbank in der Ecke, mit der Öffnung nach oben. Das schwarze Innenfutter wurde von der Sonne beschienen und war angenehm warm. Ich tastete mich hinein, drehte mich ganz langsam einmal um mich selbst und ließ dann genüsslich Vorder- und Hinterpfoten aus dem Helmding heraushängen. Wie für mich gemacht!

Sebastian lachte schallend. „Ich glaube, dein Helm ist im Moment besetzt, Willi. Willst du noch eine Tasse Kaffee?"

*

„Hast du alles? Ist der Schrank leer? Hast du in der Schublade nachgesehen?"

„Ja, Marcel. Alles wurde dreimal und noch mehr umgedreht. Ich habe alles zusammen."

„Das heißt, wir können gehen, Michelle?"

„Du gehst. Ich fahre!" Unternehmungslustig drehte Michelle ihren Rollstuhl vor und zurück.

„Ich kann immer noch nicht verstehen, warum du auf eigene Verantwortung nach Hause gehst? Was ist, wenn Komplikationen auftreten?"

„Lass den Doktor nicht heraushängen, Herr Doktor! Wenn es Komplikationen gibt, gehe ich eben wieder ins Krankenhaus. Wir leben nicht in Amerika, wo die Kreditkarte entscheidet, wie krank ich sein darf."

„Ich mache mir halt Sorgen um dich. Und warum ziehst du in die Wohnung von deinen Tanten? Das kann ich auch nicht verstehen. Bei mir ist doch Platz genug."

„Bitte nicht böse sein. Aber bei dir im Haus wohnen nur intellektuelle Biotonnen und so ein Kram. Nach diesem Seminar brauche ich zum Nachdenken eben laute Musik, und lebe auch sonst ganz gerne, aber bei dir habe ich ständig Angst, irgendjemandem auf die Füße zu treten."

„Was hast du gegen Bio?"

„Nichts! Ich habe überhaupt nichts gegen biologischen Anbau und den ganzen Schlamassel. Aber wenn ich Bock auf ein Eis habe, will ich mir keine Abhandlung darüber anhören müssen, dass der Zucker in meinem Körper ein richtiger Warlord ist und einen Weltkrieg anfängt."

„Jetzt übertreibst du aber."

„Okay, dann lasse ich den Weltkrieg weg...aber alles andere stimmt. Wann musst du wieder in die Klinik?"

„Morgen früh."

„Dann kannst du bei mir schlafen. Ich bin mal gespannt, ob es mit dem Sex klappt. Die eine Hälfte von mir ist schließlich eingegipst."

„Musst du immer sagen, was du gerade denkst?"

„Nein, muss ich nicht. Das mache ich freiwillig."

„Du machst mich noch wahnsinnig. Jetzt hör mir mal genau zu. Du hast auf eigene Verantwortung die Klinik verlassen, kannst nur mit Mühe alleine aufs Klo gehen, geschweige denn, einen Haushalt führen, einkaufen gehen und sonstiges."

„Ich habe doch meine Tanten! Die sind immer für mich da."

„Tagsüber sind deine Tanten in der Firma. Aber was machst du nachts, wenn wieder eine Schmerzattacke erfolgt und du dann auf Grund des Schmerzes nicht alleine aufs Klo kannst?"

„Das mit dem Klo scheint dir zu gefallen. Auf was willst du hinaus?"

„Ich hätte da jemanden für dich, der sich bei dir einquartiert, bis der Gips wieder ab ist."

„Bist du irre? Wer soll das sein? Eine Krankenschwester vielleicht? Wie in den alten Filmen?"

„Nicht schlecht geraten, Michelle. Eine Krankenschwester von meiner Station. Sie ist eigentlich Physiotherapeutin und hat leider keine Stelle bekommen und ihr Zeitvertrag als Schwester ist ausgelaufen. Sie würde dir den Haushalt führen."

„Du hast sie doch nicht mehr alle. Du kannst von mir aus Zuhause schlafen."

„Das bist du mir einfach schuldig. Ich komme sonst um vor Sorge. Sieh sie dir doch wenigstens mal an. Sie kommt aus Russland, spricht aber fließend deutsch und sucht verzweifelt eine Bleibe. Aus dem Schwesternwohnheim muss sie ausziehen, weil ihr Arbeitsvertrag abläuft. Aber sie hat im Moment kein Geld um sich eine eigene Wohnung zu mieten. Du verstehst, die Kaution und so weiter."

„Das hört sich an, als wäre die Sache schon längst abgeklärt. Du scheinst mit jedem gesprochen zu haben, außer mit mir."

„Ja, sogar deine Tanten haben nach einigem Hin und Her zugestimmt."

„Gisela auch?"

„Gisela auch."

Michelle seufzte. „Was kostet mich der Spaß?"

„Nur Kost und Logis, mehr nicht. Nadeshda ist glücklich, wenn sie ein warmes Bett hat."

„Wenn sie ein einziges Mal meinen Waldmeisterpudding von Gisela auffrisst, lernt sie fliegen. Ist das klar?"

„Danke, mein Schatz. Ich wusste dass du ein vernünftiges Mädchen bist."

*

Der Monitor flimmerte schon seit mehreren Stunden. Bei der Person vor dem Bildschirm bildeten sich kleine Schweißperlen auf der Stirn. Anstrengend war das. Sich ständig über den Computer in anderer Leute Sachen einmischen ohne, dass diese Personen davon erfuhren, war nicht einfach. Man durfte keine Spuren hinterlassen. Aber der Mensch um den es hier geht, war sich absolut sicher, dass er unentdeckt bleiben würde. Mit der jahrelang geübten Fähigkeit eines Hackers begann er, das Leben einer bestimmten Person auszuloten. Mit der für ihn gewohnten Präzision fischte er sich die Daten heraus, die wichtig für ihn waren. „Damit kann man doch schon was anfangen," murmelte er in die schmuddelige Tasse hinein und trank den letzten Rest des kalten Kaffees. Er übertrug die Daten auf einen Stick und löschte sorgfältig seine Spuren auf dem Computer.

„Brauchst du noch lange?" rief jemand aus dem Wohnzimmer. „Der Film fängt gleich an, den wollten wir uns doch zusammen ansehen. Jetzt mach schon, da habe ich mich schließlich den ganzen Tag darauf gefreut."

„Nein, ich bin gleich soweit. Noch höchstens fünf Minuten." Mit grimmiger Entschlossenheit versteckte er den Stick im Schreibtisch.

*

Der Lagerschuppen sah ganz passabel aus.

„Der wäre genau richtig. Da könnte uns der Winter so schnell nichts anhaben." Der älteste der Kater streifte vorsichtig und leise um das baufällige Gebäude.

„Ja, aber er gehört schon jemandem, jedenfalls ist er auffällig markiert." Schnuppernd hielt der Jüngste die Nase in den Wind.

„Und wie auffällig. Da ist eine Duftrichtung dabei, da könnte man meinen, derjenige wäre schon tot," der mittlere der Kater versuchte, sein Jakobsorgan so viel wie möglich zurückzunehmen.

„Was sollen wir jetzt machen?" der Jüngste schien ziemlich verzweifelt.

„Wir fangen uns etwas zum Abendessen und dann sehen wir weiter," entgegnete die Katze.

„Wir müssen einen Schritt nach dem anderen machen..."

„Lass uns verschwinden," fauchte der Jüngste leise. „Ich glaube, wir kriegen Besuch."

„Von mir aus, hauen wir ab," brummte der Älteste. „Aber wir bleiben in der Nähe und stellen uns gegen den Wind. Dann können wir sehen von wem die Bude bewohnt wird."

Mit großen Sätzen verschwanden die Katzen im Unterholz und waren nicht mehr zu sehen.

*

Ekki rannte zu der Stelle, wo er das Seil gefunden hatte. Aber es war nicht da. „Schade. Aber Laila hat es mir doch versprochen. Das wäre das erste Mal, das sie ein Versprechen nicht hält."

„Ekki," brüllte Zorro, „komm her, du nichtsnutziges Vieh. Wo treibst du dich schon wieder herum?"

„Ja, doch, du Brüllaffe. Bin gleich da."

„Wie hast du mich genannt?"

„Brülläffchen. Die sind ganz niedlich, doch, wirklich." Ekki wollte gerade zurückgehen, als ihm etwas ins Auge fiel. „Kommt mal her, nur ganz kurz. Da liegt etwas, was eigentlich nicht in den Wald gehört."

Neugierig pirschten sich die Kater an Ekkis Entdeckung heran.

„Ich habe so was schon einmal gesehen," überlegte Pirat laut. „Aber ich weiß nicht mehr wo."

Vor ihnen lag ein feuerrotes Metallding mit einem Bügel daran.

„Darf ich das behalten Boss? Sieht schön aus."

„Willst du unter die Schrottsammler gehen, Ekki? Du verzapfst nur Blödsinn. Halte doch einfach nur die Klappe."

„Moment mal, Richie. Erstens hat er mir die Frage gestellt und zweitens ist das mein Spruch, zum Kuckuck nochmal. Aber sag mal Richie, hast du nicht etwas zu viel Platz in deinem Fell? Du siehst aus wie ein Bär nach dem Winterschlaf."

„Soll ich jetzt zum Kuckuck gehen oder die Klappe halten, Boss?"

„Manchmal könnte ich weinen! Rotz und Wasser. Lass das Ding liegen, Ekki."

„Aber weißt du was komisch ist, Boss?"

„Nein, aber du wirst es mir mit absoluter Sicherheit gleich kund tun."

„Das Seil und das Metallding haben die gleiche Witterung, Boss"

„Und was interessiert uns das, Ekki?" höhnte Richie.

„Das Seil und das Metallding gehören zusammen."

„Was?" plapperten alle Kater auf einmal und schauten entgeistert auf Robert.

„Wer das Seil gespannt hat, hat auch dieses Ding hier verloren. Und erinnert euch, als unser Schuppen von den Dieben als Lager benutzt wurde, haben sie mit so einem Ding die Tür verschlossen."

„Soll ich das Ding mit zum Kuckuck nehmen, Boss?"

„Halt die Klappe, Ekki! Eine Botschaft an Laila kannst du auch leise senden, aber ein bisschen plötzlich, wenn ich bitten darf. Sie will doch immer alles wissen. Also vergiss nichts."

Pirat besah sich Richie von der Seite. „Der Boss hat Recht. Dein Fell sieht aus, als ob es dir zwei Nummern zu groß ist. Stimmt was nicht mit dir?"

„Nein, alles in Ordnung. Doch echt. Läuft!"

„Sieht aber nicht so aus, Richie."

„Ich mache so eine Art Diät. Das soll gut für das Immunsystem sein, habe ich mir sagen lassen."

„Wer redet denn so einen Quark?"

„Habe ich im Internet gehört. Mein Versorger hat das laut vorgelesen. Wenn ich ganz in mich hinein höre, spüre ich bereits die wohltuende Wirkung meines Konzepts."

„Es ist seltsam, wenn ich nämlich in dich hineinhöre, dann höre ich nur, dass dein Magen knurrt und zwar ordentlich."

Das Gespräch der beiden wurde von einem Motorengeräusch unterbrochen. Die Kater versteckten sich im Unterholz und warteten darauf, dass das Fahrzeug vorüberfuhr. Aber sie wurden enttäuscht. Es waren zwei Motorräder, die extrem langsam fuhren und zu allem Überfluss fuhren sie nicht vorbei, sondern blieben in der Nähe ihres Schuppens stehen. Die Fahrer stiegen ab und zogen ihre Helme aus. Einer der beiden Motorradfahrer war eine hübsche Frau mit schulterlangen schwarzen Haaren. „Ach, ist das schön hier. Hier könnte man sich wohlfühlen."

„Könnte?" antwortete der Mann. Er hatte ebenfalls seinen Helm ausgezogen und fuhr sich mit der Hand durch die feuerroten Haare. „Was meinst du mit `könnte`, Ingrid?"

„Na ja, ich muss an die Motorradfahrerin denken, die hier verunglückt ist. Es könnte doch sein, dass es jemand auf uns abgesehen hat."

Willi quollen vor Erstaunen seine Augen auf die Größe von Rosskastanien..

„Du meinst, dieser 'Jemand' könnte es speziell auf uns abgesehen haben?"

„Ich habe keine Ahnung, aber möglich wäre es doch, oder? Ich könnte mir vorstellen, dass derjenige geglaubt hat einen von uns zu treffen, anstatt die Motorradfahrerin, die wahrscheinlich nur aus Zufall hier war."

„Aber wer alles weiß denn von unserem Grundstück hier?"

„Wir haben es doch genügend Leuten erzählt, Willi. Es ist ja auch kein Geheimnis, wir haben das Grundstück offiziell von der Stadt gepachtet. Und weil ich im öffentlichen Dienst bin, konnte ich den ganzen Bürokram sozusagen unbürokratisch beschleunigen. Ein paar Leute haben sich aufgeregt. Die einen wegen Naturschutz und die anderen wegen Lärmbelästigung und so weiter. Es wollte allerdings, außer uns, niemand das Grundstück haben."

„Das ist doch vollkommen verrückt. Wir wollen uns hier doch nur treffen und ein wenig Spaß haben. Aber selbst wenn an der Geschichte was Wahres dran ist, lassen wir uns diesen Platz nicht vermiesen. Das wollen wir doch mal sehen."

Willi wollte gerade seinen Helm wieder anziehen, als Ingrid rief: „sieh dir die Katzen an, sind die süß!"

„Wer ist hier süß?" fauchte Zorro sauer. „Wir sind alles, aber ganz bestimmt nicht süß. Was bildet die sich ein?"

„Die sollen sich auf ihre komischen Zweiraddinger setzen und den Abgang inszenieren," pflichtete lautstark Pirat Zorro bei.

„Ich will nicht hetzen, aber ich glaube, die Frau kommt auf uns zu," warnte Robert.

„Dann soll sie doch kommen," fauchte Richie dazwischen, „wir werden ihr schon zeigen, wo unsere Krallen sitzen."

Ekki war immer noch mit seiner Botschaft beschäftigt. Als erstes schickte Ekki, dass Zorro weinen wollte, aber warum hatte er vergessen. Das nächste sollte das mit dem Metallding sein und mit dem Seil...plötzlich spürte Ekki eine sanfte Berührung an seinen Ohren.

„Hätte der Herr Glückskater wohl die Güte seine Krallen auszufahren," schimpfte Zorro.

„Hä?"

Ekki spürte eine sanfte Hand, die ihn zwischen den Ohren kraulte. Dermaßen überrascht aus seiner Trance herausgerissen, tat Ekki genau das, was man in so einer Situation immer tut...er schnurrte.

„Irgendwann bringe ich diesen karierten Kater um," fauchte Zorro. „Wie soll man sich so Respekt verschaffen?"

Ingrid streichelte Ekki, bis von seinen Augen nur noch das weiße zu sehen war. „Ob die anderen sich auch streicheln lassen? Was meinst du Willi?"

„Da bin ich mir nicht so sicher. Die lassen wir lieber in Ruhe. Aber dieser bunte Kater ist wirklich süß, da muss ich dir Recht geben." Willi setzte sich hin und fing ebenfalls an, Ekki zu streicheln.

„Darüber reden wir noch, du Süßer. Ich stricke dir ein ganz neues Muster ins Fell. Das verspreche ich dir. Zwei links, zwei rechts, und zwei mitten in die Fresse!"

„Das kannst du dir schenken, Boss. Im Moment ist Ekki so weggetreten, dass er nichts mitbekommt."

„In dem Zustand wird er auch bleiben, wenn ich mit ihm fertig bin, Monate lang, mindestens!"

„Aber richtig bösartig sehen die Zwei nicht aus, wenn ich das mal so sagen darf, Boss."

„Nein, darfst du nicht Pirat. Ich will jetzt sauer auf die zwei sein, einfach so und ohne Angabe von Gründen, verstehst du das?"

„Ich gebe mir Mühe."

„Dann lass uns mal wieder fahren." Ingrid schloss den Reißverschluss ihrer Lederjacke. „Für Samstag haben wir noch einiges zu tun. Sollen wir eine Gulaschsuppe machen oder Würstchen grillen."

„Also ich wäre für Würstchen," schnurrte Ekki dazwischen.

„Das können wir uns noch genau überlegen, Ingrid. Aber Würstchen hört sich gut an."

Die beiden zogen ihre Helme an, setzten sich auf ihre Motorräder und fuhren los.

„Wann ist Samstag?"

„Warum, Ekki?"

„Wegen den Würstchen, Boss. Ich will pünktlich da sein und...."

„Wenn du nicht sofort die Klappe hältst, dreh ich dir höchstpersönlich den Hals um, dann können dir diese Menschen am Samstag die Würstchen per Einlauf kredenzen!"

„Das habe ich noch nie probiert, aber wenn du meinst Boss?!"

„Haltet mich zurück, Jungs! Sonst platziere ich meine Pfote in seinen Magen und stülpe ihn auf links."

*

Michelle fuhr mit ihrem Rollstuhl langsam durch die ganze Wohnung. Gisela hatte alle Möbel auf ihren Wunsch stehen lassen. Die meisten kannte sie von ihrer Kindheit her und begrüßte sie, wie eine alte Freundin. Sie freute sich an den Blumen, die ihre Tanten in jedem Zimmer aufgestellt hatten. Als Willkommensgruß sozusagen.

Ein Lächeln stahl sich auf ihre Lippen und sie roch an einem Blumenstrauß. „Ach, ihr seid so süß, ihr zwei," sagte sie leise zu sich selbst.

Marcel war zu sich nach Hause gefahren, um ihre Sachen zu holen und wollte dann auch gleich Nadeshda mitbringen. Michelle hatte absolut keinen Bock auf dieses Schwesterngedöns, aber selbst mit der allergrößten Anstrengung gelang es ihr im Moment nicht, zum Beispiel alleine die Toilette zu benutzen. Das Schleudertrauma und die heftigen Prellungen taten ein übriges, um ihre Bewegungsfreiheit noch mehr einzuschränken. Sie nahm einen Filzstift aus ihrem Etui und schrieb mit dicken, schwarzen Buchstaben „SCHEISSE" auf ihr Gipsbein.

„Bin ich froh, wenn dieser Gips weg ist und ich eine Schiene bekomme."

Danach fühlte sie sich ein wenig besser. Sie musste an ihre Eltern denken.

Gisela hatte ihren Computer in der Wohnung gelassen, damit Michelle damit arbeiten konnte.

Gisela und Waltraud hatten beschlossen, zusammen eine Wohnung zu nehmen, um Kosten zu sparen. Als dann Michelle Interesse an der aufgegebenen Wohnung zeigte, waren sie überglücklich. Wenn sie auch von morgens bis abends stritten, so waren sie doch unzertrennlich. Sie waren Schwestern und ihr gemeinsamer Bruder war der Vater von Michelle. Die Mutter war Französin. Als Michelle noch ein Kind war, starben die Eltern und die Ehemänner der beiden Tanten bei einem schweren Verkehrsunfall und das Mädchen fühlte sich von heute auf morgen grenzenlos alleine. Sie waren in dem familieneigenen Firmenwagen zu einem Kundenbesuch unterwegs und sollten doch nie mehr nach Hause kommen.

Die Photovoltaikanlagen liefen gut. Die Firma Kessler machte ordentlich Gewinn und hatte einen fetten Auftrag an Land gezogen. Zu viert war man gut gelaunt und bei schönstem Wetter unterwegs, um die Verträge bei dem neuen Kunden zu unterschreiben. Anschließend hatte man das Ganze noch mit einem schönen Essen gefeiert und danach machten sie sich gemütlich auf den Heimweg...

Sie hatten auf der Fahrt nach Hause das Radio ausgeschaltet, weil es doch so viel zu erzählen gab. Sie freuten sich auf die Zukunft, weil ihnen dieser Auftrag gestattete, die Firma vielleicht zu vergrößern. Marianne drehte den Kopf nach hinten, um mit ihrem Schwager gemeinsam noch von dem tollen Essen zu schwärmen. So konnte sie die schreckgeweiteten Augen ihres Mannes nicht mehr wahrnehmen. Er hatte seinen Überholvorgang noch nicht beendet, als vor ihm zwei Scheinwerfer auftauchten...Es sollte das letzte Bild sein, das seine Augen speicherten...vor Schreck griff er ans Armaturenbrett und schaltete dadurch unbewusst das Radio ein.

..... *"und bitte überholen sie nicht, bleiben sie auf der rechten Fahrspur, ich wiederhole, bitte nicht überholen, wir informieren sie, wenn die Gefahr vorüber ist."*

Danach explodierte alles in einem Inferno aus Licht, zerberstendem Glas, Metall und Feuer...
Monatelang waren das Mädchen und ihre Tanten traumatisiert. Aber das Verantwortungsgefühl für Michelle ließ den Tanten nicht lange Zeit für Selbstmitleid. Sie sorgten dafür, dass das Mädchen eine vernünftige Ausbildung bekam, studieren konnte und überschütteten sie mit Liebe. Zu alledem leiteten sie ihre Firma, wenn auch verkleinert, weiter.
Michelle hielt ein Foto von ihren Eltern in der Hand. Beide saßen auf einer Bank in ihrem Garten und lachten glücklich in die Kamera. Sie drückte das Foto ganz fest an sich und fing an zu weinen. „Papa, Mama, was wärt ihr stolz auf mich. Ich habe den Preis bekommen. Ich kann es immer noch nicht fassen. Und das Geld werde ich gegen den Rat meiner Tanten in die Firma stecken. Meine Tanten sagen auch, dass ich mein neues Projekt in Afrika schließen soll...es würde mich langsam auffressen...aber mein ganzes Herz hängt daran! Wenn das in Afrika funktioniert, kann zumindest dieses kleine Dorf seine Energie selber herstellen. Stellt euch mal vor...sie bräuchten keinen von diesen großen internationalen Gierhälsen zu fragen und wären nur noch für sich selbst verantwortlich! Na ja. Bis dahin ist es noch

ein langer Weg. Ich habe noch drei Tage Zeit, meine Präsentation zu korrigieren. So ein Mist aber auch! Und wenn ich alles richtig mache, hätten wir einen fetten Investor für unsere Firma. Manchmal wird mir richtig Angst, ihr fehlt mir so unendlich. Ach, Papa! Ich hätte so viele Fragen an dich. Mit dem Bein, das müsst ihr nicht so eng sehen. Das heilt wieder von alleine."

Es klingelte.

„Ich komme," rief Michelle laut, „es dauert nur ein wenig länger."

Sie rollte umständlich zur Eingangstür, machte sie auf und sagte, „Marcel, hast du dich aber be..."

Vor ihr stand nicht Marcel, sondern ein anderer Mann in den dreißigern. Mittelgroß, schlaksig, mit braunen, kurz geschnittenen Haaren.

„Mirko, was für eine Überraschung? Komm rein. Mensch, wir haben uns ja ewig nicht mehr gesehen."

„Was ist mit deinem Bein passiert? Hoffentlich kein Motorradunfall. Bei deiner Fahrweise wäre es nicht verwunderlich."

„Leider doch! Aber jetzt komm erst mal herein und dann erzählst du mir, was dich hierher verschlagen hat."

„Du erzählst zuerst."

„Nein, du!"

„Nein, du!"

„Das geht stundenlang so weiter, ich kenne uns zwei. Das war schon auf der TU so. Gehen wir auf die Veranda, da scheint noch schön warm die Sonne. Ich mache mir einen Kaffee. Magst du auch einen?"

„Jo. Ich habe sogar deine Lieblingskekse dabei."

„Die echten bretonischen Dinger da?"

„Die Echten."

„Was soll jetzt noch schiefgehen?"

Auf der Veranda genossen beide die ersten Minuten schweigend mit Kaffee und den bretonischen Keksen.

„Mmh, dass du dich daran noch erinnerst, Mirko?"

„Wir sind keine alten Leute, Michelle. Es ist gerade mal ein Jahr her, dass wir uns zuletzt gesehen haben. Außerdem haben wir öfter im

Internet miteinander gesprochen"

„Stimmt. Besonders im letzten Halbjahr, wo ich in dieser Firma gearbeitet habe."

„Bist du immer noch mit deinem traurigen Doktor zusammen?"

„So traurig ist er nun auch wieder nicht."

„Na ja, er konnte schon eine ziemliche Spaßbremse sein. Wenn eine tolle Party war, hatte Marcel so eine Art an sich, mit einem Blick auf seine Uhr und anhaltendem Gähnen, dir die gute Laune zu verderben."

„Na, ja. Er ist halt kein Partylöwe."

„Ist er überhaupt ein Löwe...?"

Michelle runzelte die Stirn und funkelte ihn böse an.

„Okay, das ging zu weit. Frieden? Glaubst du, du kannst die Firma für dein Konzept begeistern? Oder war es doch zu viel Stress und zu wenig Kohle?"

„Meine Tanten sagen immer, ich soll nicht darüber sprechen. Aber wir kennen uns jetzt schon so lange. Für die eingereichte Arbeit habe ich tatsächlich einen Preis bekommen. Und für mein Engagement in der Firma, in der ich schließlich ein halbes Jahr gearbeitet habe, muss ich noch meine Präsentation oder Machbarkeitsstudie fertigstellen."

„Aber wenn du einen Preis erhalten hast, dann ist das ganze doch sowieso öffentlich. Warum darfst du dann nicht darüber sprechen?"

„Weil ich die anschließende Präsentation bis am Montag abgeben muss. Ich habe anscheinend Scheiße gebaut, ich weiß zwar nicht wann und wo, aber ich habe zwei wichtige Posten falsch dokumentiert. Ich habe zwar schon das Schreiben über den Preis erhalten, doch die Öffentlichkeit weiß noch nichts davon. Ich werde die Hälfte des Geldes in mein Projekt in Afrika stecken."

„Du hast das Projekt wirklich durchgezogen? Wie läuft es denn? Wer überwacht denn das ganze von hier aus?"

„Das hatte ich selbst übernommen. Aber die Leitungen und Telefonverbindungen sind nicht so gut. Manchmal kann ich sie tagelang nicht erreichen. Aber das wird sich ändern. Der afrikanische Staat sucht bereits Investoren, die bessere Verbindungen bauen sollen."

„Dann wünsche ich dir mal alles Gute. Ich meine, das ist schon sensationell, deine Mischung aus Photovoltaik und Energiegewinnung aus alten Maschinen und Computern, die sowieso nicht mehr benutzt werden. Aber wieso hattest du die Arbeit nicht fertig? Ich kenne dich doch. Du bist doch immer unsere kleine Rampensau gewesen. Ist dir der Unfall dazwischen gekommen?"

„Nein, den Fehler bemerkte ich kurz vor dem Unfall. Deshalb habe ich mich auf das Motorrad gesetzt, um ein wenig abzuschalten."

Michelle erzählte und erzählte. Vor allen Dingen erwähnte sie den großen Hund und die vielen Katzen. Mit jedem Satz, den sie sprach, merkte sie, wie ihr Herz freier und freier wurde. Ihr wurde bewusst, dass sie die ganze Zeit dieses Ereignis verdrängt hatte und fing leise an zu weinen.

„Du brauchst noch einen Keks und ein riesengroßes Taschentuch. Und ich habe ein noch größeres Herz, da kannst du dich einkuscheln, bis es dir wieder besser geht."

Eine Zeitlang heulte Michelle in das Taschentuch von Mirko.

„Danke dir," schniefte sie in das Taschentuch. „Hast du noch einen Keks?"

„Selbstverständlich! Kriegst du das wieder hin, mit deiner Arbeit? Ich kann mir beim besten Willen nicht vorstellen, dass du diese wichtigen Posten verschoben hast."

„Genau das ist es ja, was mich so fertig macht. Hätte ich die Arbeit so abgegeben, wäre das eine Katastrophe gewesen."

„Du meinst, wenn die Solarpaneelen nicht richtig ausgerechnet sind, stimmt das ganze Konzept nicht mehr?"

„So ungefähr."

Es klingelte wieder an der Haustür.

„Wenn du willst, gehe ich. Ich glaube im Moment zumindest, bin ich ein wenig schneller als du, Michelle."

„Gute Idee."

Mirko öffnete die Tür.

„Was willst du denn hier?"

„Danke, der Nachfrage. Mir geht es gut, Marcel. Ich wollte nur mal kurz nach Michelle sehen. Ich bin schon wieder weg."

Mirko drehte sich um, ließ Marcel und seine Begleitung stehen und ging auf die Veranda zu Michelle.

„Dein Lieblingsdoktor ist da und ist noch genau so höflich wie immer."

„Er meint das nicht so. Er macht sich nur zu viele Sorgen um mich."

„Was ist das für eine blonde Sirene, die er da im Anhang hat?"

„Das ist Nadeshda. Sie wohnt für kurze Zeit hier und soll mir ein bisschen den Alltag erleichtern."

„Nur deinen? Mirko...halte deine große...ungewaschene Klappe! Für heute verschwinde ich, sonst liegt noch mehr Ärger in der Luft. Also denk daran, wenn du Hilfe brauchst, ein Klick im Netz und ich bin da."

„Ich würde dich auch gerne wiedersehen, wenn ich keine Probleme habe. Meinst du, das kriegen wir hin? Mit bretonischen Keksen?"

„Für dich immer, mein Schatz!"

Er verabschiedete sich mit einem dicken Schmatzer auf die Wange und ging grußlos an Marcel und Nadeshda vorbei.

„Das war ja ein Spitzenauftritt, den du da hingelegt hast, Marcel. Darüber reden wir später. Willst du mir nicht mal deine Begleiterin vorstellen?"

Die junge, höchstens fünfundzwanzigjährige, platinblonde, aber ansonsten bildhübsche Frau, schien sich überhaupt nicht wohlzufühlen.

„Vielleicht sollte ich besser wieder gehen, Marcel," gurrte sie mit einem entzückenden Akzent.

„Das hat sie jetzt gesagt, nicht ich, Marcel. Sie nennt dich beim Vornamen? Donnerwetter, ihr scheint euch wirklich gut zu kennen."

„Von mir aus braucht dieser Typ in seinen Billigjeans überhaupt nicht mehr aufzutauchen. Er bringt nur Unruhe in dein Leben. Nadeshda, ich habe deine Koffer in den Flur gestellt."

„Dieser Typ in Billigjeans ist ein echt guter Freund! Mit ihm kann ich quatschen, was ich bei manchen, die mir angeblich so nahe stehen, ziemlich vermisse."

„Müssen wir eigentlich immer streiten? Und ständig musst du das letzte Wort haben."

„Das ist kein streiten. Ich nenne das... austauschen von Meinungen."
Nadeshda fing an zu weinen. „Ich habe gleich gesagt, dass das keine
gute Idee ist. Ich bringe meine Koffer wieder zum Auto. Fahr mich
bitte wieder zurück."

„Ja wohin denn? verdammt noch mal. Du wohnst nicht mehr im
Schwesternheim! Schon vergessen?"

Nadeshda weinte jetzt hemmungslos. Marcel durchquerte mit
riesigen Schritten die Wohnung. Immer hin und her. Nadeshda tat
Michelle, gegen ihren Willen, leid.

„Hör auf zu rennen, dadurch wird die Wohnung nicht größer. Von
mir aus kann sie bleiben. Vorerst eine Woche. Dann sehen wir
weiter."

*

Die Nacht war kühl und sternenklar. Die Milchstraße prangte am
samtig schwarzen Nachthimmel, als hätte jemand mit einer
Riesenhand Diamanten ausgeschüttet, die mit einem
unvergleichlichen Licht um die Wette strahlten.

„Schau dir das an," flüsterte die Frau auf der Parkbank. „Bei der
vielen Beleuchtung in der Stadt siehst du Sterne eigentlich nur noch,
wenn du ins Internet gehst. Das ist atemberaubend. Siehst du den
hellen Stern da? Das ist die Wega."

„Du brauchst nicht zu flüstern. Die können dich da oben ganz
bestimmt nicht hören."

„Aber es ist irgendwie magisch." Aufgeregt zeigte sie mit der Hand
nach oben. „Hast du das gesehen? Eine Sternschnuppe! Eine ganz
große!"

Er legte den Arm um sie und drückte sie fest an sich.

„Selbstverständlich habe ich sie gesehen. Sie hat sich in deinen
Augen gespiegelt. Weißt du was. Ich schenke sie dir. Oder willst du
lieber die Wega haben? Nimm die Wega, die ist morgen auch noch
da."

„Aber du weißt doch, dass man sich bei einer Sternschnuppe etwas wünschen muss."

„Was kann besser sein, als dieser Moment. Aber wenn es dich glücklich macht, ich habe mir etwas gewünscht und zwar..."

„Nein," zärtlich hielt sie ihm mit einer Hand den Mund zu und gab ihm einen zarten Kuss. „Deinen Wunsch darfst du niemals laut aussprechen, sonst geht er nicht in Erfüllung."

„Alles klar. Ich kenne mich mit Magie noch nicht so gut aus. Aber dafür habe ich jetzt dich. Du bist pure Magie. Manchmal denke ich, dass du nicht von dieser Welt bist."

„Ich wohne aber nur zwei Straßen weiter als du."

„Aber du bringst es immer wieder fertig, mich in eine Welt zu entführen, die ich mit meinen Kumpels auch nicht mal annähernd erreichen könnte."

Sie legte glücklich den Kopf auf seine Schulter, dann blickten sie gemeinsam in den unendlichen Kosmos und die aber Milliarden Sterne luden sie ein, mit ihnen auf die Reise zu gehen. Die junge Frau fing an zu frieren und zitterte.

„Es wird Zeit, dass wir fahren. Zu dir oder zu mir?"

„Können wir nicht hier sitzenbleiben? bis die Sonne wieder aufgeht?"

„Aber du frierst doch jetzt schon. Du hast es vielleicht noch nicht mitgekriegt, aber es ist kein Sommer mehr."

Sie kuschelte sich noch enger an ihn.

„Aber es ist der schönste 'Keinsommer mehr' den ich je hatte. Lass uns zu dir fahren, dein Bett ist viel größer als meins."

„Ich gebe zu, das hat was. Außerdem habe ich eine göttliche Espressomaschine."

Sie zogen beide ihre Helme über und stiegen auf ihre Motorräder. Bevor er das Visier herunterklappte sagte er zu ihr, „deine Sterne begleiten uns nach Hause, aber ins Zimmer kommt keiner von denen, da wäre ich doch ganz gerne mit dir alleine."

So fuhren sie dahin, dem Verlauf der Allee folgend. Die Maschinen legten sich elegant in die Kurven und sie genossen beide die Fahrt auf der leeren Straße. Von Ferne leuchteten ihnen die ersten Lichter ihrer Stadt entgegen. Die Landstraße stieg ein wenig an und es sah aus, als ob sie direkt in den Sternenhimmel führte. Beide gaben Gas, um die Anhöhe mit Schwung zu nehmen. Die Scheinwerfer waren noch in den Himmel gerichtet und dadurch konnten sie die Hölle auf Erden nicht sehen. Das erste Motorrad krachte ungebremst in das Seil, welches quer über die Straße gespannt war. Es überschlug sich mehrmals und kollidierte mit dem anderen Motorrad.

Die Motorradfahrerin erhaschte einen letzten Blick auf den Nachthimmel, bevor sie brutal vom Motorrad heruntergeschleudert wurde.

Danach wurde es still...

Die Sterne deckten schweigend alles mit ihrem kalten Licht zu. Eine Sternschnuppe zog traurig über den Himmel und nahm den letzten Wunsch der Fahrerin mit in den Kosmos.

Niemand sah, wie das Seil langsam wieder eingerollt wurde. Es war an mehreren Stellen defekt und der Mensch bemühte sich, alle Reste aufzusammeln. Er warf mit seiner Taschenlampe einen kurzen Blick auf die Körper des Fahrers und der Fahrerin. Sein Herzschlag setzte einen Moment aus und sein Blut schoss mit irrwitziger Geschwindigkeit durch sein Gehirn und versuchte, das Gesehene fortzuwischen.

„Nein!" schrie der Mensch entsetzt in die alles umfassende Nacht, „nicht du! das war doch nicht für dich bestimmt. Das habe ich nicht gewollt!" Er brüllte seine Trauer und seine Wut in den sternenübersäten Nachthimmel...

Er brach eine Blume am Wegesrand ab und legte sie auf den reglosen Körper der Motorradfahrerin. Dann setzte er sich auf sein Fahrrad und fuhr auf der einsamen Landstraße durch die Nacht davon.

Niemand hatte diese gespenstische Szene beobachtet.

Zumindest kein Mensch.

Richie saß im Unterholz und hatte alles fassungslos mitangesehen. Er hatte den Mensch zu spät gesehen und konnte nur noch beobachten, wie er das Seil auf den Gepäckträger seines Fahrrads legte und in die gespenstische, dunkle Nacht davonfuhr. Dadurch achtete er nicht darauf, was in seinem Rücken vor sich ging.

„Wen haben wir denn da?" tönte eine Stimme hinter ihm.

„Und so schön alleine!" klang eine weitere Stimme.

„Ja, so ist es. Und heute Nacht kann dir kein dreizehn Kilo Kater und eine rotzfreche Katze zu Hilfe eilen."

„Was willst du jetzt machen? Das würde uns brennend interessieren."

Richie drehte sich verärgert herum.

„Dafür haben wir jetzt keine Zeit. Hat einer von euch den Mensch auf dem Fahrrad von nahem gesehen? Warum verdammt nochmal kann ich keine Botschaften versenden?"

Die drei gestreiften Kater sahen sich ratlos an. „Es tut uns wahnsinnig leid, aber wir waren mehr mit deiner Fresse beschäftigt, als uns diesen unnützen Zweibeiner einzuprägen. He, es sind nur Menschen! Was das mit den Botschaften angeht, sind wir auch zu blöd dafür. Aber unsere Schwester kann mit so was umgehen. Doch warum in aller Mäuse Namen sollten wir so etwas tun?"

„Weil die beiden Hilfe brauchen und mir sonst nichts anderes einfällt."

„Du willst Zweibeinern helfen?" fragte der kleine Kater neugierig.

„Ja, gelegentlich, wenn ich Zeit dazu habe."

„Du siehst nicht aus, als würdest du zu Menschen näheren Kontakt haben," meinte der mittlere Kater.

„Im Prinzip siehst du aus wie wir, abgemagert, schmutzig und voller Flöhe," warf der Älteste hinterher.

Die Katze bewegte sich auf die Unfallstelle zu und Richie folgte ihr. Ein durchdringender Geruch von auslaufendem Benzin lag über der Straße. Die Katze und Richie sahen sich nacheinander die Menschen an.

„Es tut mir sehr leid für dich, aber diesen beiden Menschen ist wahrscheinlich nicht mehr zu helfen." Die Katze schüttelte unmerklich mit dem Kopf. Fassungslos schaute Richie die Katze an.

„Man kann nichts mehr tun?"

„Ich will mal so sagen, ihr Lebensodem zieht sich schon zu den Sternen hinauf, aber das spürst du doch auch, mein roter Freund."

Die Katze sah ihn sehr nachdenklich an. „Im Gegensatz zu den

Menschen spüren wir, wenn das Leben den Körper verlassen will."
„Ja, ich weiß." Richie liefen die Tränen. Er konnte nichts, aber auch
gar nichts dagegen tun.
„Aber wir müssen es doch wenigstens versuchen. Sie sind so jung...
so wie mein..."
„Hast du ihn verloren, deinen Zweibeiner, so wie die beiden hier?"
mitfühlend sah die Katze ihn an.
„Ja und nein."
„Willst du darüber reden?"
„Im Moment nicht, dass ist eine lange Geschichte. Wie ist das mit
der Botschaft? Hilfst du mir?"
„Wenn du dich dadurch besser fühlst."

Ich wollte mich soeben in Sebastians Bauch einkuscheln. Mit viel
Mühe hatte ich ihn mir richtig zurecht geknetet und wollte gerade die
Pfoten lang machen. Oscar lag wie immer über das gesamte Ende
vom Bett und schnarchte bereits leise vor sich hin. „Hallo, hörst du
mich? Ich soll dir eine Nachricht von Richie senden." Irritiert fragte
ich die fremde Stimme, „kennen wir uns?"
„Klar von der Mülltonne."
Ich war mit einem Schlag hellwach.
„Wenn ihr Richie was angetan habt, könnt ihr was erleben, und..."
„Halt. Stopp. Es geht nicht um Richie. Dem geht es gut, den
Umständen entsprechend jedenfalls. Hier ist etwas fürchterliches
passiert und Richie legt großen Wert darauf, euch zu
benachrichtigen."
„Wo seid ihr?"
„Auf der Landstraße, bevor es zu Richie´s Clubheim geht. Die
Straße steigt hier an und da ist es passiert."
„Was denn?"
„Zwei Menschen auf ihren Zweirädern sind durch die Gegend
geflogen. Meiner Meinung nach aussichtslos, wenn du mich fragst.
Die sind wahrscheinlich gerade dabei, ihre letzte Reise anzutreten,
was auch nicht weiter wichtig ist. Aber Richie erschien es trotzdem
wichtig, euch zu informieren. Soll ich ihm was ausrichten?"

Ich war schon lange aufgestanden und damit beschäftigt, Oscar wach zu klopfen.

„Was´n los?" murmelte er schlaftrunken.

„Richie braucht unsere Hilfe."

„Jetzt, mitten in der Nacht?"

„Ja, verdammt noch mal! Jetzt mitten in der Nacht!"

„Störe ich?" meldete sich die Stimme wieder.

„Nein, nein alles klar. Erzähl uns was passiert ist. Kann sein, dass wir noch jemanden mitbringen. Wir sind unterwegs."

Bei unseren Nachbarn war noch Licht. Ich setzte mich unmissverständlich vor die Terrassentür und begann laut zu miauen. Oscar tat das gleiche. Sam antwortete sofort mit kehligem Bellen. Helga öffnete die Tür und fragte, was denn los sei. „Wir wollten gerade zu Bett gehen."

In ein paar Worten hatte ich Sam das nötigste erklärt, er schnappte sich seine Leine und legte sie Wolfgang auffordernd in den Schoß. „Da scheint es irgendwo zu brennen. Ich nehme die Taschenlampe mit, Helga."

„Zieh die dicke Jacke an und nimm dein Handy mit."

Helga ahnte wohl schon, dass unser Anliegen nicht nur um die nächste Kurve lag. Wolfgang nahm die Leine in die Hand. „Die brauchen wir heute Nacht nicht. Ich nehme sie nur mit für den Notfall." Sam und wir standen schon ungeduldig an der Gartenpforte.

Die Namenlose schickte eine Botschaft, dass sie uns unterwegs treffen würde. Wir gingen mit zügigem Schritt voran und Wolfgang konnte gut mit unserem Tempo mithalten. Auf der Höhe des Clubheims schloss sich die Namenlose uns an. „Ich bin froh, dass Wolfgang alleine mitkommt. Das wird für ihn schwer genug, aber für Helga wäre das definitiv zu viel."

Der Himmel war mit Sternen übersät. Aber keiner von uns hatte einen Blick dafür. Wir bogen von der Straße des Clubheims ab in die Landstraße. „Jetzt ist es nicht mehr weit," maunzte ich.

„Ich kann euch schon riechen," hörte ich die Stimme. „Seid ihr irre? Warum bringt ihr so ein riesiges stinkendes Monstrum mit?"

Benzingeruch machte sich breit. Wolfgang ahnte wohl schon etwas und legte noch einen Zahn zu. Mit der Taschenlampe leuchtete er die Straße ab, und entdeckte bald das erste komplett zerstörte Motorrad. Er holte sein Handy heraus und telefonierte mit der Polizei und kurz darauf mit Helga.

Ich entdeckte Richie am Straßenrand, „gut, dass ihr da seid."

Sam bekam menschliche Witterung und machte sich auf die Suche. Mit Bellen deutete er seinem Herrchen an, dass er einen Mensch gefunden hatte. Wolfgang lief zu der Stelle, an der Sam stand und erschauerte. „Das darf nicht wahr sein. Was für eine Katastrophe."

Er ließ den Lichtkegel seiner Taschenlampe suchend über die Straße gleiten und fand das zweite Motorrad. Sam hatte inzwischen auch den anderen Menschen gefunden. Er stand nur da und hielt den Kopf gesenkt.

Wolfgang rief abermals die Polizei an. „Hier ist etwas furchtbares passiert. Zwei Motorradfahrer sind verunglückt und..." Er konnte im Moment nicht mehr weitersprechen. Der Polizist am anderen Ende der Leitung versuchte, Wolfgang zu beruhigen. „Es kommt gleich Hilfe, das verspreche ich ihnen. Die Polizei und Krankenfahrzeuge sind bereits unterwegs."

Wolfgang ging zu dem ersten Opfer zurück. Er beugte sich über es, öffnete den Verschluss des Helmes und zog ihn vorsichtig über den Kopf. Dann brachte er den Fahrer mit vorsichtigen Griffen in die stabile Seitenlage.

„Sam, kannst du auf ihn aufpassen? Ich muss nach dem anderen sehen."

Sam setzte sich daneben und behielt das Opfer im Auge. Wolfgang leuchtete mit seiner Taschenlampe die Stelle aus, wo das zweite Unfallopfer lag. „Eine Blume! Wie seltsam. Es sieht aus, als hätte sie jemand extra da hingelegt."

Wolfgang zog auch hier sehr vorsichtig den Helm vom Kopf.

„Das darf nicht wahr sein. Eine junge Frau und ebenfalls bewusstlos. Hoffentlich geht das gut!"

Richie sah ziemlich fertig aus. „Hast du den Unfall beobachtet?"

„Ich kam zu spät, Laila. Vielleicht hätte ich diesen Unfall verhindern können."

„Wie sollte das denn gehen? Wolltest du dich vor die Motorräder werfen? Dann würdest du jetzt hier liegen."

„Wenn ich das Seil früher gesehen hätte, hätte ich vielleicht etwas machen können. Ich mache mir solche Vorwürfe."

„Du hast ein Seil gesehen?"

„Ja."

„Weißt du was das heißt? Es ist so ein ähnlicher Unfall, wie bei eurem Clubheim. Wo ist eigentlich diese unterernährte Katzengang? Die Katze hat mir doch eine Botschaft gesendet. Ohne sie wären wir nicht hier. Also wo seid ihr? Ich kann euch doch riechen."

„Über die unterernährte Katzengang reden wir noch. Du musst gerade was sagen, du bist doch mindestens zwei Nummer zu klein für eine erwachsene Katze, mich erinnerst du mehr an ein kleines schwarzes Meerschweinchen," motzte die gestreifte Katze aus dem Gebüsch.

Die vier Katzen standen im Unterholz und beobachteten Sam aus respektvoller Entfernung.

„Streiten können wir später immer noch. Aber sagt mal, habt ihr den Mensch gesehen, der dieses Seil gespannt hat?"

„Es hat uns nicht interessiert," meinte der große Kater.

„Nein, noch nicht für einen kleinen Mäuseknochen hat uns das interessiert. Wenn die sich gegenseitig umbringen, gut so. Dann haben wir wieder zwei weniger, die uns quälen können."

Entgeistert starrte ich den kleinsten der drei Kater an.

„Ihr habt keine guten Erfahrungen mit Menschen gemacht. Kann das sein?"

„Merkt man das?"

Von Ferne waren die Martinshörner schon zu hören und wenig später tauchten die Scheinwerfer auf der Landstraße auf.

„Wir verziehen uns, und denk dran," fauchte die Katze leise, „wir haben noch eine Rechnung offen."

„Von mir aus. Ich gehe keinem Streit aus dem Weg. Ich verlange absolute Satisfaktion! Schon alleine wegen „schwarzes Meerschweinchens" und so. Da kannst du alle meine Freunde fragen.

Wo kann ich dich denn treffen, damit wir die Sache zu meinen Gunsten aus der Welt schaffen können?"

„Dahinten an dem Feldweg ist so ein alter Schuppen, da wohnen wir die nächste Zeit."

„Super! Richtig gute Wahl. Aber ihr müsst ja wissen was ihr tut. Das nenne ich eine flotte Hausbesetzung."

Die Katzen und Richie waren in wenigen Sätzen in der Nacht verschwunden.

Aus dem Feldweg rumpelte ein Auto auf die Landstraße und hielt kurz vor uns an.

Das Auto kam mir bekannt vor. Die Türen gingen auf und heraus kamen...Laura und Sebastian.

„Helga hat uns angerufen. Das ist ja entsetzlich. Das kann man mit Worten gar nicht beschreiben. Wie ist das bloß passiert?"

Laura saß still neben Wolfgang und hielt nur seine Hand.

Wolfgang sagte nur immer wieder. „Die Katzen...die Katzen haben Sam gerufen. Aber wie! Das hättest du hören sollen. Ich dachte sofort, dass etwas nicht in Ordnung ist...dass irgendein Tier ein Problem hätte...aber doch nicht so was."

Die Polizei und die Krankenwagen waren inzwischen eingetroffen.

Der Notarzt untersuchte nacheinander die Unfallopfer und gab präzise Anweisungen was zu tun sei. Plötzlich kam noch ein zusätzliches Fahrzeug. Es war uns ebenfalls wohlbekannt. Aus dem Auto stiegen Kommissar Stefan Wieland und Kommissar Jordi Montroig. Die beiden begaben sich auf direktem Weg zu Wolfgang. Wir durften die Kommissare bei ihren Vornamen nennen. Normalerweise waren wir darauf mächtig stolz und er nannte uns immer seine Sheriff. Heute Nacht hatte keiner von uns Bock Höflichkeitsfloskeln auszutauschen. „Wenn die Krankenwagen weg sind, könnt mit eurer Arbeit anfangen," sagte Stefan zu den Beamten. „Nichts vergessen...und macht jede Menge Fotos."

„Wir machen diesen Job nicht zum ersten Mal," schimpfte einer der Polizisten.

„Ist ja schon gut. Tut mir leid!"

Der Notarzt rief nach den Kommissaren.

„Kommen sie bitte her! Ich denke, das sollten sie sich unbedingt ansehen."

„Genau so habe ich sie gefunden, Herr Kommissar. Genau so. Mit dieser Blume. Wäre ich schneller gewesen, würden die beiden vielleicht noch leben."

„Eine Blume, sagen sie? Warten sie, ich muss kurz zum Notarzt,.. Herr..."

„Becker. Ich heiße Becker!"

„Ich bin gleich wieder bei ihnen."

Der Notarzt zeigte auf sein Handy. „Sehen sie sich das an. Ich habe schnell ein Foto gemacht, weil ich dachte, dass das wichtig für sie ist. Aber ich konnte natürlich nicht warten, bis sie mit ihren Ermittlungen fertig sind. Das Leben hat immer Vorrang. Wir mussten die junge Frau reanimieren."

„Selbstverständlich. Wie geht es den beiden? Können sie schon etwas sagen? Ich weiß, das ist zum jetzigen Zeitpunkt viel verlangt."

Der Kommissar lief neben der Trage und dem Notarzt her.

„Im Moment kann ich noch nicht viel sagen. Wir konnten bei ihr zumindest den Kreislauf stabilisieren und werden jetzt beide in die Klinik fahren...dann müssen wir weitersehen."

„Trotzdem Danke."

Bevor der Notarzt in den Krankenwagen stieg, warf er einen Blick auf Wolfgang.

„Kümmern sie sich um ihn, Kommissar? Ich habe leider keine Zeit mehr."

„Geht klar. Machen wir, keine Sorge."

„Du hast mit deinem Werkzeugkasten die Frau wieder zum Leben gebracht?" miaute ich so laut es ging dem Notarzt hinterher.

„Donnerwetter, du bist ein Teufelskerl!"

„Wie kommen sie überhaupt zu dieser Zeit zum Unfallort?" wollte ein uniformierter Polizist wissen. „Was hatten sie hier zu suchen? Um diese Zeit ist man selten auf einem Spaziergang unterwegs."

Wolfgang wollte ihm gerade antworten, als der Polizist schon wieder lospolterte, „Ich habe sie etwas gefragt!"

Der Polizist kam noch näher heran.

„Beantworten sie endlich meine Fragen. Ich kann sie auch mit ins Präsidium nehmen, wenn ihnen das lieber ist."

Sam stellte sich bedrohlich auf und knurrte unmissverständlich den Polizisten an. Wir waren der gleichen Meinung und beschützten Wolfgang, indem wir mit Sam den Kreis schlossen. Gemeinsam fauchten und spuckten wir den Polizisten an.

„Verzieh dich!" donnerte Stefan den Polizeibeamten an.

„Ich mache nur meine Arbeit. Und wenn mich eines von diesen Viechern angreift, werde ich Maßnahmen ergreifen müssen.."

„Jetzt reicht's. Mach dich vom Acker. Oder noch besser, schreib die Nummernschilder der Motorräder auf. Du kannst auch die Spiegel an deinem Dienstfahrzeug putzen."

„Ich werde mich über dich bei meinem Vorgesetzten beschweren."

„Himmel, Arsch und Zwirn! Wenn du nicht in einer Minute weg bist, setz ich dir einen Tritt in denselben, dass dir hören und sehen vergeht. Also, was ist jetzt?"

Beleidigt kratzte der Polizist die Kurve.

„Widerlicher Streber."

Endlich konnte Stefan sich zu uns gesellen. „Der will doch nur ein paar Sternchen für seine Uniform. Dem ist doch scheißegal was hier passiert ist." Wie immer streichelte er uns nacheinander.

„Sie leben! Haben sie verstanden, Herr Becker! Sie leben...alle beide. Und das haben sie, so wie es aussieht, ihnen zu verdanken."

„Was?"

„Hast du gehört, was der Kommissar gesagt hat." Sebastian hatte seine Hand auf die Schulter von Wolfgang gelegt.

„Ich kann es kaum glauben. Es sah so endgültig aus. Und diese Blume...sie leuchtete regelrecht."

„Ich muss jetzt leider die gleiche blöde Frage, wie der uniformierte Beamte stellen. Was hat sie bewogen, mitten in der Nacht ausgerechnet an dieser, kaum befahrenen Landstraße, spazieren zu gehen?"

Wir Katzen fingen zu dritt an, dem Kommissar die Ohren voll zu miauen. Und Sam erklärte mit sanftem, aber immer lauter werdendem Bellen, den Hergang des Abends.

„So wird das nichts," rief die Namenlose laut dazwischen. „Stefan kann kein Wort verstehen, wenn wir alle durcheinanderreden. Lassen wir Wolfgang alles erklären. Sollte es nötig sein, können wir das Gesprochene noch ergänzen."

Mit stockenden Worten erklärte Wolfgang, was ihn dazu bewogen hatte, um diese Zeit auf der Landstraße zu sein.

„Ich hab´s mir fast gedacht, dass unsere Sheriffs wieder einmal die Pfoten im Spiel hatten," erklärte der Kommissar. „Und Sam hat das ganze wieder einmal richtig umgesetzt. Keine Sorge, Herr Becker, die Öffentlichkeit erfährt davon nichts."

„Können wir nach Hause fahren, Stefan?"

„Aber selbstverständlich, Laura. Ich melde mich bei euch...und euren Superkatzen. Bringt mir Herrn Becker gut nach Hause."

„Nur damit ihr Bescheid wisst, wir steigen nicht in diese Fußgaskabine. Merkt euch das!" schimpfte ich. Sam meinte, er müsse wohl mitfahren, wegen Herrchen und so. Laura konnte mit ihren riesigen braunen Augen noch so bittend gucken. Keiner von uns Katzen stieg in das Auto. Sebastian schloss die Tür des Autos und öffnete das Fenster. „Also, ich habe Vertrauen zu euch. Wenn ihr nach Hause kommt, gibt es für jeden eine Riesenschüssel mit Knusperherzen."

„Danke, Sebastian," brüllten wir alle. Sam stieg zu seinem Herrchen ins Auto und als Sebastian anfuhr, schaute Sam uns noch lange nach. Wir gingen in den Wald zurück und Richie gesellte sich wieder zu uns. Wir fingen Mäuse, die um diese Zeit am besten schmecken. Er verputzte sogar noch die Reste von unserer Mahlzeit. „Ich habe immer noch die Witterung von dem Fahrradfahrer in der Nase. Die will gar nicht mehr weggehen."

*

„Stefan," brüllte einer der Beamten, „komm mal her." Der Beamte kniete vor einem der verunglückten Motorräder. „Sieh dir das an." Jordi saß daneben und sah Stefan erwartungsvoll an. „Weißt du was

das ist?" sagte der Beamte und hielt ihm eine Pinzette unter die Nase.
„Das sieht aus wie ein Stück Tau, ein Seil oder so was," antwortete Stefan.
„Richtig. Ich will noch nicht zu viel verraten und ich sag das nur zu euch. Aber es könnte sein, dass die Motorräder aus voller Fahrt brutal abgebremst wurden. Wie genau, das muss ich noch untersuchen. Ein Wunder, dass die zwei überlebt haben."
„Zunächst einmal müssen sie die Nacht überstehen," erwiderte Stefan leise.

*

Der Monitor zeigte kraftvolle Menschen in mittelalterlichen Rüstungen und phantasievollen Waffen. Sie bekämpften sich gegenseitig ziemlich lautstark und unterstrichen jeden Schlag noch mit markigen Worten. Der Lärm und das Waffengeklirr waren bis auf den Flur zu hören. Nach einer Weile legte der Mensch die Computermaus auf die Seite. Er stand auf und lugte vorsichtig ins Wohnzimmer. Er hatte richtig gepokert.
Die andere Person lag entspannt auf dem Sofa und war eingeschlafen. Zufrieden schlurfte er in sein Zimmer zurück, beendete das Spiel und startete seinen Computer neu.
Nach einer Weile schüttelte er den Kopf.
„Das wird immer spannender. Ich weiß noch nicht, was ich mit dem Material anfangen soll. Aber ich werde weitersuchen und ich werde nicht aufgeben, bis ich das habe, was ich will!"

*

Jordi und Stefan brüteten vor ihren Computern. Stefan hatte mit seinem Computer wieder einmal Probleme.
„Das Ding macht was es will. Oder ich bin zu blöd...das kann auch sein."
Stefan hatte sich an dem Automaten einen Kaffee gezogen.

„Sag mal, Jordi, kann es sein, dass der Kaffee nach Rost und Kloreiniger schmeckt?"

„Mit dem Rost könntest du Recht haben. Aber ob er nach Kloreiniger schmeckt? Keine Ahnung, noch nie probiert. Ich habe als Kind einmal die Zahnreinigungstabletten meines Opas gekostet, das kommt dem Geschmack dieses Kaffees ziemlich nahe."

Stefan gluckste in seinen Kaffeebecher hinein.

„Du hast Zahnreinigungstabletten probiert?"

„Ich war drei, Stefan. Ich dachte, das ist so eine Art Limonade und Opas Zähne im Glas wären die ersten, die davon probieren durften. Hör auf so blöd zu lachen, komm lieber mal rüber an meinen Computer und sieh dir das an."

Stefan fuhr mit seinem Drehstuhl um den Schreibtisch.

„Lass sehen."

„Das war heute Nacht der dritte Motorradunfall, bei dem höchstwahrscheinlich manipuliert worden ist."

„Der Dritte?" plapperte Stefan intelligent nach. „Ich weiß nur von dem einen Unfall mit Frau Kessler. Da wurde sogar ein Seil gefunden. Was war denn noch für ein Unfall? Warum wissen wir davon nichts?"

„Das ist noch nicht alles. Bei diesem Unfall ist sogar der Fahrer auf der Strecke geblieben."

„Du willst damit sagen, dass er tot ist?"

„Ja. Er starb noch in derselben Nacht am Unfallort."

„Scheiße!" Stefan knüllte wütend seinen Kaffeebecher zusammen, kalter Kaffee rann ihm die Finger herunter und tropfte auf seine Jeans.

„Super! Das wird ein richtig guter Tag. Ich frage noch mal, warum wissen wir davon nichts?"

„Die Verkehrsunfälle wurden von einem gewissen Herrn Brandt aufgenommen und verwaltet."

„Das ist doch dieser Clown von heute Nacht, der den Herrn Becker so unnötig heftig traktiert hat."

„Genau, der."

„Da steht aber nichts, was daraufhin weisen könnte, dass bei den

Unfällen manipuliert worden ist. Die Kollegen haben nur einen Verdacht geäußert."

„Na, der kann was erleben. Das sag ich dir. Weißt du wie es den Unfallopfern von heute Nacht geht?"
„Sie haben beide die Nacht überstanden. Die Frau ist immer noch bewusstlos. Beide haben mehrere Knochenbrüche und die Frau scheint innere Verletzungen zu haben. Der Arzt konnte noch nichts genaues sagen."
„So ein verdammter Mist! Ist der Mann vernehmungsfähig?"
„Keine Ahnung. Ich werde nachfragen."
Stefans Handy klingelte.
„Herr Wieland, sofort in mein Büro. Unverzüglich!!"
Wütend steckte Stefan sein Handy in die Tasche. „Was ist denn los?," wollte Jordi wissen.
„Ich muss zum Chef. Und er hört sich verdammt wütend an. Ich hole mir jetzt vom Boss meinen Einlauf ab, aber du könntest in der Zwischenzeit vielleicht ein wenig recherchieren."
„Mach ich, aber was meinst du genau?"
„Vielleicht kannst du herausfinden, ob die Opfer der Unfälle in Motorradclubs waren..."
„Das wäre zumindest mal ein Anfang."
„Wir müssen von allen Unfallbeteiligten das komplette Umfeld ausloten. Das wird eine Menge Arbeit geben und..."
Stefans Handy klingelte erneut und der Klingelton hört sich schon stinke wütend an,
„Wo bleiben sie?"
„Ich war noch auf dem Klo. Man soll immer gut vorbereitet sein, wenn man einen Einlauf bekommt." Gespräch Ende.
„Übertreibe es nicht, Stefan," sagte Jordi und konnte sich ein Grinsen nicht unterdrücken. „Sonst endest du wieder als Streifenpolizist."
„Was solls. Streifen stehen mir bestimmt gut." Stefan verließ das Büro und knallte die Tür ordentlich hinter sich zu, dass die Scheiben vibrierten.

Das Büro lag am Ende des Ganges. Mit ausholenden Schritten lief er den Gang entlang, holte dreimal tief Luft und trat ein.
„Es wurde auch Zeit!" donnerte der Chef ihm entgegen. „Setzen sie sich. Wenn ich mit ihnen fertig bin, müssen sie an der Türklinke empor springen, so klein habe ich sie dann zusammengefaltet."

Mit einem unguten Gefühl nahm Stefan auf dem angebotenen Sessel Platz. Der Chef hieß Dieter Rumpold und war normalerweise ein sympathischer Mitfünfziger, der für und mit seiner Arbeit lebte.
„Was fällt ihnen ein, den Kollegen Dirk Brandt in der Öffentlichkeit so zu diffamieren?"
„Was? Wann denn?"
„Jetzt hören sie aber auf. In der Nacht des Unfalls natürlich. Er war gerade dabei einen Mann zu befragen, der nicht richtig erklären konnte, was er in der Nacht, zu so später Stunde, auf der Landstraße zu suchen hatte. Er erklärte, sie wären wie ein Berserker auf ihn losgegangen und nur weil er eine weitere Eskalation verhindern wollte, hatte er sich zurückgezogen. Die Person steht übrigens nach wie vor auf seinem Verdächtigenindex. Sie wissen zufällig wer der Vater von Kollege Brandt ist?"
Jetzt dämmerte es Stefan. Ihm wurde noch ungemütlicher zumute. Brandt. Der Chef von seinem Chef. Und der Chef von seinem Chef hatte auch noch große Verwandtschaft in Industrie und Politik.
„Kollege Brandt hat sich für die Kriminalabteilung beworben. Sein Vater sieht für ihn eine große Zukunft bei uns. Was haben sie dazu zu sagen?"
„Der Mann ist eine absolute Null. Wo andere Leute Feingefühl haben, sitzt bei ihm...nichts. Dem fehlt Instinkt, kurzum alles was man in unserem Beruf so braucht. So einen Typen sollte man nicht auf die Leute loslassen."
„Ich dachte mir, dass sie das sagen. Ich habe sie jetzt mündlich verwarnt. Nehmen sie das zur Kenntnis. Ich werde einen Termin ausmachen und dann werden sie sich beim Kollegen Brandt entschuldigen."
„Lieber falle ich tot um."

„Machen sie nicht so einen Aufstand. Wenn ich das mit der Entschuldigung hinkriege, muss ich keine schriftliche Abmahnung an sie weiterleiten. Verstehen sie was ich meine?"

„Ehrlich gesagt, nein."

„Sie sind ein richtig guter Polizist. Ich will sie nicht verlieren. Stellen sie sich bloß vor, die Familienlobby behält die Überhand und ich bekäme solche Männer herein. Also entschuldigen sie sich und ich kann das Schlimmste verhindern."

„Das ist ein dickes Ding, dass ich da schlucken muss."

„Ja, ich weiß, sie kriegen auch ein extra großes Glas Wasser. Wie weit sind sie mit ihren Ermittlungen?"

„Wir wären mit Sicherheit weiter, wenn Kollege Brandt den ersten Unfall weitergeleitet hätte."

„Wie bitte?"

„Es kommt nicht von ungefähr, dass ich auf diesen Kollegen richtig sauer bin. Er hat selbstherrlich und vor allen Dingen inkompetent den Fall nicht weitergegeben, sondern selbst ermittelt."

„Und was hat er ermittelt?"

„Dass es ein Unfall war, mehr nicht."

„Und wieso nehmen sie dann an, dass es bei den Unfällen nicht mit rechten Dingen zugegangen ist, also manipuliert wurde?"

„Von den Randnotizen der Kollegen und aus dem Internet, sonst wüssten wir von diesem Fall überhaupt nichts und er wäre schon im Archiv verschwunden. Im übrigen ist das Opfer noch an der Unfallstelle verstorben. Das ist alles Zeit, die uns davongelaufen ist."

„Ich werde das überprüfen lassen."

„Muss ich mich immer noch bei diesem Arschloch entschuldigen?"

„Mäßigen sie sich, Herr Wieland. Um diese Entschuldigung werden wir wohl nicht herumkommen."

„Aber ich werde ihm keine Hand geben. Ich hab nicht gern Scheiße in der Hand."

„Raus jetzt."

*

„Weißt du wo die Kiste mit den Dokumenten ist?"

Michelle kam mit ihrem Rollstuhl gerade aus dem Bad. Auf ihrem Schoß saß ein dicker, fetter, neun Jahre alter, gestreifter Kater.

„Hier treibst du dich also herum, Heinrich. Dann ist Mathilde doch auch nicht weit."

„Die ist bei Nadeshda."

„Alle Umzugskisten standen zuerst im Gästezimmer. Aber weil Nadeshda das Zimmer braucht, haben wir die Kisten unter der Treppe in den Abstellraum gepackt, Michelle. Meinst du, dass es gut ist, wenn Heinrich hier herumläuft? Er mag dich sehr, das ist unübersehbar. Aber Marcel hat doch diese fürchterliche Katzenallergie."

„Das macht natürlich Sinn, Waltraud. Aber ich bin ehrlich, das habe ich vollkommen vergessen. Und jetzt ist es sowieso zu spät."

„Das meine ich aber auch," schnurrte Heinrich zufrieden. „Ich habe dich wirklich gern und habe immer Zeit für dich, im Gegensatz zu dieser dämlichen Nieskapsel."

„Ich suche mein Prüfungszertifikat von der Industrie und Handelskammer. Natürlich hab ich es kopiert und in meine Cloud gestellt. Aber in meinem Computer kann ich es im Moment nicht finden. Ich dachte, es wäre bei meinen Unterlagen. Dann wird es wohl in einer der Umzugskisten sein."

„Es wird schon wieder auftauchen, mein Mädchen."

„Wo ist denn Gisela?"

„Wo soll sie schon sein? Joggen natürlich. Mal eben zehn Kilometer runter bürsten. Was für ein Stress."

„Dann lass sie doch. Sie kann damit entspannen, wie du beim Motorradfahren."

„Wirst du dich jemals wieder auf ein Motorrad setzen?"

„Sobald meine Knochen wieder heil sind. Was denkst du denn?"

„Keine Angst?"

„Davor nicht."

„Wovor hast du denn Angst?"

„Ich muss meine Präsentation fertig kriegen."

„Du schaffst das."

Nadeshda kam durch die Tür gerauscht. „Soll ich euch einen Kaffee machen?," gurrte sie mit ihrem russischen Akzent.

„Ja, das ist nett. Aber nur wenn du auch einen mittrinkst."

„Dankeschön."

Nadeshda verschwand mit ihrer platinblonden bis zur Taille reichenden Mähne in der Küche.

„Und wie kommst du mit ihr zurecht?"

„Wider Willen mag ich sie. Das war nicht vorgesehen. Sie ist eine echt große Hilfe. Ich muss zugeben, ohne sie wäre ich ziemlich aufgeschmissen, Gisela. Aber du solltest die Blicke sehen, die Marcel ihr zuwirft."

„Du weißt, ich mag Marcel nicht besonders, aber sagen wir mal so... es fällt ziemlich schwer ihren Anblick zu ignorieren. Sie ist wirklich sehr attraktiv. Aber ich glaube, sie ist ein nettes Mädchen. Und wenn sie diese Pelmenis macht...einfach sagenhaft," schwärmte Gisela.

Michelles Handy klingelte.

„Hallo Laura. Du willst mich besuchen? Wann denn? Wann ich Zeit habe?"

Nadeshda kam aus der Küche mit Kaffee, frischen selbst gebackenen Pfannkuchen und Mathilde, einer fast schneeweißen Katzendame. Nur ihre Pfötchen waren schwarz.

„Dann sag ich dir was. Jetzt habe ich Zeit und Nadeshda bringt gerade frische Pfannkuchen. Kannst du sie riechen? Dann gib Gas. Du bist schon in der Nähe? Ah, die Kätzchen sind auch bei dir? Ich bin gespannt, wie Heinrich und Mathilde reagieren. Wunderbar, wir warten auf dich."

Laura stand vor dem schönen großen Haus und wartete, dass die Tür geöffnet wurde.

„Ich will da nicht rein," maulte ich. „Lass uns zurückgehen und in der Wiese eine fette Maus fangen. Ich würde dir sogar die Leber abtreten, Laura. Da haben wir echt mehr von."

„Begeistert bin ich auch nicht. Aber wenn Laura sich traut...," motzte Oscar.

„Ich mag schon aus Prinzip keine Häuser. Aber überlegt euch das,

das hier ist ein Krankenbesuch. Da sollten wir vielleicht eine Ausnahme machen," sagte die Namenlose und setzte sich anmutig mit umgelegtem Schwanz neben Laura. Wie macht sie das bloß? Nie wird es mir gelingen, so elegant zu wirken. Ich sehe immer nur aus wie eine Katze, die sitzt.

Eine korpulente Frau öffnete.

„Kommen sie herein. Wir kennen uns ja noch von ihrem Krankenbesuch. Sie sind also die eine Hälfte der Familie, die meine Nichte gefunden hat. Sagen sie mal, kennen wir uns nicht von früher. Wenn ich mich recht erinnere, waren sie und Michelle doch in der Schule befreundet. Ich kann ihnen nicht sagen, wie dankbar ich ihnen bin."

„Und was ist mit uns?," moserte ich dazwischen.

„Die drei Herrschaften sind natürlich auch eingeladen. Wo ist der Hund? Aber tretet erst mal ein."

Widerwillig und vorsichtig schlichen wir um Laura herum und ließen sie nicht aus den Augen. Eine junge Frau in Lauras Alter kam im Rollstuhl auf uns zu. Auf ihrem Schoß saß ein dicker fetter Kater und glotzte uns, meiner Meinung nach, böse an.

„Hier gibt es schon zwei Katzen. Ihr könnt wieder gehen."

Nette Begrüßung.

„Du willst dich doch hoffentlich nicht als Katze bezeichnen. Rollmops wäre vielleicht treffender. Wie man unschwer übersehen kann, sitzt bei dir dein Hirn im Bauch," giftete ich zurück.

„Aber Heinrich! Was ist denn das für ein Benehmen?!" Elegant und kapriziös kam eine fast schneeweiße Katze auf uns zu geschlendert. Nur ihre Pfötchen waren schwarz.

„Empfängt man so seine Gäste? Heinrich habt ihr ja schon kennengelernt. Mein Name ist Mathilde. Ich freue mich, euch kennenzulernen."

Anmutig spazierte sie viel zu nah, wie ich fand, an Oscar vorbei.

„Donnerwetter! Da hat die Natur aber mit allen Pfoten was wunderschönes kreiert," flüsterte Oscar heiser.

„Was soll daran schön sein?" fauchte ich eifersüchtig, „sie sieht aus, als wäre sie noch nicht ganz fertig. Im Rohzustand sozusagen. Wo ist

denn die Farbe geblieben?"
Die Namenlose rollte genervt mit den Augen.
„Darf ich uns vorstellen? Die kleine freche ist Laila, das ist mein Sohn Oscar und mein Name ist...die Namenlose."
„Dann tretet ein," schnurrte Mathilde.
„Ist das eine Freude. Und deine Kätzchen sind echt niedlich!"
Michelle war begeistert.
„Habt ihr gehört? Ich bin ein Kätzchen," schnurrte Oscar zufrieden und ließ sich ordentlich durch kraulen. „Und niedlich bin ich auch."
„Wenn du niedlich bist, dann bin ich ein Zuckerpüppchen," maulte der Dicke, auf Michelles Schoß.
„Ihr seid aber wirklich allerliebst."
„Warum spricht die Blonde so komisch? Und schaut mal, was die für lange rote Krallen hat. Ob sie die zur Jagd einsetzt? Die sind zum fürchten, damit könnte sie locker Mäuse erledigen."
Die Blonde setzte sich hin und kraulte mich genau zwischen den Ohren. Meine absolute Schwachstelle. Da bin ich hilflos ausgeliefert und kann nur noch schnurren.
So ein Ärger!
Die Damen genossen ihren Kaffee mit Pfannkuchen und wir durften Vanillesoße schlecken.
„Wenn das schwarzweiße Ungeheuer mehr Vanillesauce bekommt als ich, werde ich mächtig sauer!," knurrte Heinrich beleidigt.
„Meinst du, du kannst am Wochenende mal für ein paar Stunden das Haus verlassen, Michelle?"
„Bis Samstagmittag bin ich noch mit meiner Arbeit beschäftigt. Ab dem Nachmittag hätte ich Zeit. Aber wo soll ich denn schon hingehen? Marcel hat Spätdienst und ich bräuchte auch wahrscheinlich einen kleinen LKW, um von hier wegzukommen."
„Nette Freunde von uns haben sich ein Grundstück gepachtet. Es ist nicht weit weg...," Laura stockte ein wenig..., also, es ist nicht weit weg von da, wo du verunglückt bist. Sie sind auch alle Motorradfahrer und wollen am Samstag das Grundstück einweihen und was grillen. Was hältst du davon?"
„Und wie soll ich hinkommen?"

„Wozu hab ich mein Gespann? Was glaubst du?" trumpfte Waltraud auf.

„Ein Gespann? Was ist denn das?"

„Das ist ein großes, schweres, italienisches Motorrad mit einem riesigen Beiwagen und Waltrauds ganzer Stolz, Laura. Das ist natürlich eine Idee. Aber wer..., bitteschön..., bringt das Gisela bei?

Bei dem bloßen Gedanken daran wird sie wahrscheinlich durchdrehen."

Alle drei blickten erwartungsvoll Nadeshda an.

„Ich...? Auf gar keinen Fall. Da mische ich mich nicht ein. Das könnt ihr vergessen."

„Bitte, bitte, bitte! Zu dir muss sie nett sein. Schließlich bist du nur die Überbringerin der Nachrichten."

„Ja, aber wie hat Napoleon gesagt: Ich liebe Verrat, aber ich hasse den Verräter."

„Irgendein berühmter Fuzzi hat gesagt...der Weg ist das Ziel! Dich kann man gar nicht hassen."

„Okay, aber nur, weil du es bist, Michelle."

Der Computer piepte. „Ich muss ganz kurz an den Rechner. Ich habe eine E-Mail bekommen." Michelle schaute auf den Monitor.

„Ist das schön. Kommt her und schaut euch das an." Auf dem Bildschirm erschien ein junges dunkelhäutiges Mädchen und sprach in einer fremden Sprache in die Kamera. Dann wechselte das Bild und auf dem Monitor erschien...Michelle.

Verwundert starrten wir auf die kleinere Ausgabe von Michelle auf dem Schirm.

„Wisst ihr was das Mädchen gesagt hat? Sie hat sich für die Hilfsaktion bedankt. Jetzt kann sie unbesorgt zur Schule gehen, denn in ihrem Dorf ist die Elektrizität, dank unseres Hilfsprojektes, gesichert. Wenn alles gut geht und wir unsere Arbeit hier abgeschlossen haben, kann die Schule in zwei oder drei Wochen beginnen."

„Dich gibt es zweimal? Das ist ja ein Ding." Verwundert drehte ich den Kopf vom Computer und Michelle immer hin und her.

„Das ist das neue Werbevideo für unser Projekt in Afrika. Ich will es mit meiner Präsentation an die Firma schicken, in der ich das letzte halbe Jahr gearbeitet habe."

„Du hast das tatsächlich geschafft, Michelle? In der Schule hast du schon davon geträumt. Wie hast du das gemacht?"

Waltraud ging in die Küche.

„Ich hole noch einen Nachschlag von der Vanillesauce. Die ist wirklich grandios."

„Bring Mathilde und mir auch etwas mit," maunzte Heinrich Waltraud hinterher. „Den Besuch kannst du auslassen, die haben ihr Anstandsleckerchen schon bekommen. Man will den Leuten ja nichts aufdrängen."

„Das war nicht einfach. In diesem Land wird auch ein seltenes Mineral gefunden. Daran war die Industrie natürlich eher interessiert, als an einer Schule, die im Prinzip nur Geld kostet. Ich habe mir Sponsoren in der Entwicklungshilfe gesucht und unsere neue Anlage zur Verfügung gestellt."

„Du meinst, umsonst?" Lauras Augen wurden riesengroß.

„Ja," Michelle blickte in die Küche, um zu sehen, ob Waltraud außer Hörweite war.

„Es war die beste Methode, um zu sehen, ob meine Erfindung auch funktioniert."

„Da steckt verdammt viel Geld drin."

Michelle beugte sich vor um sicher zu sein, dass Waltraud wirklich nichts hörte.

„So sieht es aus. Besonders in meinem privaten Bereich. Mein Konto hat leuchtende rote Zahlen. Aber hast du gesehen, wie glücklich das Mädchen lachte..."

„Du hast dich nicht verändert, Michelle! Ein gutes Herz hattest du schon immer. Aber hoffentlich klappt das alles."

Waltraud kam wieder aus der Küche zurück und die beiden wechselten das Thema.

„Ich bin gespannt, wie du am Samstag auf das Gespann kommst. Da werden die anderen Augen machen."

„Ich auch."

„Die Vanillesauce war toll. Keine Ahnung was ihr heute noch so vorhabt. Aber ich will jetzt gehen. Ich muss einen wichtigen Termin wahrnehmen und möchte pünktlich sein."

„Wo musst du denn hin, Laila?" fragte Oscar und leckte sich die letzten Tröpfchen Vanillesauce aus seinen Schnurrbarthaaren. Die Namenlose sah mich streng an.

„Du willst dich doch nicht wirklich mit dieser Katze duellieren?"

„Natürlich will ich das. Ich freue mich regelrecht darauf."

„Bei mir sitzt also das Gehirn im Bauch. Dann möchte ich gerne wissen, wo es bei dir sitzt, Laila. Jedenfalls nicht im Kopf. Vielleicht doch weiter hinten? So in der Nähe des Darmausgangs?"

Wütend geworden wollte ich soeben meinen Senf wieder lautstark dazugeben, als die Namenlose mich unterbrach. „Ich muss dir absolut Recht geben, Heinrich. Aber es ist nicht zu ändern. Die Fehdepfote wurde geworfen und da gilt es, strenge Regeln einzuhalten. Vielleicht ist es auch gut für ihre Katharsis!"

„Klingt total bescheuert. Was heißt das, Katharsis?"

Wütend warf ich der Namenlosen einen bösen Blick zu. „Das frage ich mich auch!"

„Das heißt," fuhr die Namenlose ungerührt meines Einwurfes fort, „dass Laila nach diesem Kampf wieder mit sich im reinen ist."

„Ja, ich weiß," motzte ich. „Für so was hast du natürlich keine Zeit, weil du in dieser Zeit nichts mampfen kannst."

„Was ist falsch daran, Laila?"

„Das bin ich auch gerade am überlegen." Oscar legte seine Stirn nachdenklich in Falten.

„Bei einem richtigen Duell brauchst du natürlich Sekundanten. Wir werden dich begleiten."

„Keinen blassen Schimmer was Sekundanten sind, Namenlose. Aber ich hätte euch sowieso gefragt, denn es gibt wahrscheinlich mehr Schwierigkeiten, als uns lieb sind."

„Das hört sich an, als ob es ein spannender Nachmittag für euch sein wird," schnurrte Mathilde. „Ihr könntet doch gelegentlich wieder vorbeikommen und erzählen wie es ausgegangen ist, das Duell meine ich."

„Aber ihr braucht euch nicht zu beeilen,“ motzte der Dicke hinterher. Die Namenlose verabschiedete sich wie immer formvollendet.

„Du machst es aber spannend,“ maulte ich. „Komm endlich. Aber du hast ja Recht. Also meine Damen, bis zum nächsten Mal. Und du, Heinrich, solltest deine Mahlzeiten kleiner gestalten. Stell dir mal vor was passiert, wenn dir dein Fell zu eng wird und du aufplatzt wie eine Wurst, die zu lange im Kessel war. Kannst du dir auch nur annähernd die Sauerei vorstellen?“

„Der Nachmittag war einfach zu schön. Ich wusste doch, dass es wieder Ärger gibt.“

Oscar schleckte noch einmal über den vollkommen leer geputzten, blanken Teller und warf Mathilde noch einen heißen Blick zu. Dann betraten wir den Balkon, gelangten von dort aus in den Garten und sprangen mit Riesensätzen auf den Wald zu.

*

Zorro sprang von außen auf die Fensterbank ihres Clubheims. Da der alte Schuppen in einem verdächtig schäbigen Zustand war, wackelte die Fensterbank bedenklich. „Da hört sich doch alles auf.“ Zorro hatte Mühe sein Gleichgewicht zu halten und sprang wieder von der Fensterbank herunter.

„Was ist denn los?,“ wollte Pirat wissen.

„Riechst du das denn nicht?“ Robert schlich um den alten Schuppen herum.

„Unser Clubheim ist besetzt.“

„Was machen wir jetzt, Boss?“

„Halt die Klappe, Ekki. Ich muss nachdenken.“

„Ja Boss.“

Ekki plusterte sein Fell auf.

„Boss?“

„Was?“

„Könntest du schneller nachdenken. Mir ist kalt.“

„Ekki, wenn du nicht auf der Stelle den Rand hältst, bist du die längste Zeit telefonischer Glückskater gewesen." „Das ist wunderbar," tönte es aus dem Fenster. „Das spart uns eine Menge Arbeit, wenn ihr euch gegenseitig selbst aus dem Weg räumt." „Boss?"„Was?"„Müssen wir uns das gefallen lassen?"„Ich denke nicht." Der braun gestreifte, älteste Kater erschien am Fenster. „Aber ich denke, wir werden euch ein bisschen nachhelfen, mit...aus dem Weg räumen...meine ich." „Ja, es wird Zeit, dass wir das endlich mal klären." Pirat stellte sich in Positur, seine Rückenhaare bildeten einen Kamm und dadurch wirkte er doppelt so groß wie normal. Die anderen Jungs taten es ihm nach und bald sahen sich die gestreiften Katzen, fünf fauchenden, spuckenden, eindrucksvollen Katern gegenüber.

Zwei gestreifte Kater und eine Katze sprangen aus dem Fenster.

„Ratet mal, wer in der Überzahl ist?," frohlockte Pirat.

„Ihr seid es nicht," stellte Robert fest.

„Damit dürfte klar sein, wie das hier ausgeht. Wollt ihr nicht lieber eine Kapitulation anbieten?," meinte Zorro fachmännisch.

„Boss?"

„Jetzt nicht Ekki."

„Ich will doch nur wissen was eine Kapilation ist."

„Weißt du," antwortete statt dessen Pirat, „das ist so. Diese Gestreiften da, in unserem Haus, sagen...okay...das ist euer Haus, wir wollen das in Wirklichkeit gar nicht, und verpissen uns wieder."

„Aber das stimmt doch nicht. Das Haus scheint ihnen doch ganz gut zu gefallen."

„Ekki! Geht´s noch? Auf welcher Seite stehst du eigentlich?"

„Mir ist kalt. Außerdem dauert das alles viel zu lange. Das geht mir auf den Wecker. Wenn das so weitergeht, geh ich nach Hause."

„So geht das nicht, Ekki," dröhnte Zorro. „Das ist eine ernste Situation und die müssen wir jetzt erst ausdiskutieren und..."

„Könnte sich bitteschön mal jemand um uns kümmern?"

Der gestreifte Kater stand fauchend vor dem Haus. „Okay, das ist euer Haus, aber in Wirklichkeit wollen wir es und wir werden uns ganz bestimmt nicht verpissen."

Von Ferne hörten wir schon das Fauchen und Schreien der Kater. „Mir scheint, wir kommen gerade zur rechten Zeit," rief die Namenlose mir zu. „Das hört sich gut an," freute ich mich, „ich könnte wieder ein gutes Selbstverteidigungstraining gebrauchen." „Warum willst du immer nur Streit, Laila?" „Du meine Güte, Oscar. Weil es Spaß macht?" „Du bist wirklich unverbesserlich." „Ich hoffe doch." Zorro sah uns entgegen. „Das nenne ich doch eine Punktlandung. Also, unser Revier ist fast vollständig vertreten." Dann wandte er seinen Kopf den Gegnern zu. „Was gedenken unsere Streifenhörnchen von außerhalb jetzt zu unternehmen?" Die braun gestreifte Katze trat vor. „Ich habe vorher noch etwas anderes zu erledigen. Hier geht es um meine Ehre. Die schwarze Katze hat mich in meiner Würde beleidigt. Ich habe sonst nichts, was ich verlieren könnte und darum fordere ich die schwarze Katze zum Kampf. Wir brauchen Sekundanten. Um unbedingt objektiv zu sein, wähle ich meine Sekundanten aus der gegnerischen Partei. Zorro und die Namenlose würdet ihr mir die Ehre erweisen?" Die Namenlose hob stolz ihren Kopf. „Selbstverständlich." Zorro nickte nur hoheitsvoll und teilte so seine Zustimmung mit. Es hatte fast etwas feierliches. Ich schaute die beiden braun gestreiften Kater an. „Wollen die beiden Herren meine Sekundanten sein?" „Wir sind sehr stolz darauf, so einer verdammt hübschen Katze assistieren zu dürfen,"entgegnete einer der beiden. „Ich bin gespannt, wie sie hinterher aussieht, die kleine, rassige Schwarze," meinte der Andere. „Haltet die Klappe," brüllten Zorro und die gestreifte Katze gleichzeitig. Meine beiden Sekundanten bauten sich neben mir auf. Zorro und die Namenlose bezogen ihre Stellung links und rechts von der gestreiften Katze. Pirat stellte sich in die Mitte. „Also, ihr wisst Bescheid. Das ist ein Duell. Keine Schläge in die Augen. Habt ihr das verstanden? Sollten

trotzdem unerlaubte Schläge erfolgen, sind eure Sekundanten angewiesen, unverzüglich einzugreifen. Das ist ein Kampf auf Ehre und Gewissen. Alles andere klären wir später. Ich bitte die Kontrahentinnen mit ihren Sekundanten in die Mitte zu treten."
Die Katze und ich traten zwei Schritte vor.
„Die Sekundanten bleiben zurück. Der Kampf ist eröffnet." Pirat zog sich zurück und mit seinem einzigen Auge blinzelte er mir zu.
Wir umkreisten uns und jede von uns beobachtete die kleinsten Bewegungen der anderen. Sie täuschte einen Schlag an, aber ich konnte geschickt ausweichen und setzte ihr mit meinen Hinterpfoten einen Schlag auf ihren Rücken. Blitzschnell drehte ich mich um, nahm sie in den Würgegriff und bearbeitete mit den Hinterpfoten ihren Bauch. Sie konterte, indem sie mir mindestens zehn oder mehr trockene Schläge auf den Hinterkopf verabreichte. Dadurch wurde ich richtig wütend und wir wälzten uns auf dem Boden und schenkten uns gegenseitig nichts. Sie war eine gute Kämpferin und sie hatte Mut. Ich hatte allerhand zu tun, um nicht den Boden unter den Füßen zu verlieren. Unsere Sekundanten verfolgten den Kampf und passten auf, dass alles seine Ordnung hatte. Für den Bruchteil einer Sekunde hatten wir uns voneinander gelöst. Ich nutzte diese Sekunde, um sie von der Seite anzuspringen und wir verkeilten uns erneut und teilten heftig gegeneinander aus.
„Ich halte das nicht mehr aus!" klang es auf einmal klagend aus dem Schuppen. „Immer nur Zank und Streit. Nirgendwo ist ein Platz für uns. Das ist doch kein Leben! Außerdem habe ich Schmerzen. Ich wollte, ich wäre tot. Dann hätte ich endlich meine Ruhe. Ich kann und will einfach nicht mehr."
Wir fuhren vor Schreck auseinander. Pirat trat würdevoll zu uns.
„Der Kampf wird unterbrochen. Sekundanten, nehmt die Kontrahentinnen zurück und seht nach, ob ihr bei den Damen eventuell erste Hilfe leisten müsst."
„Aber gern, nichts was ich lieber täte."
„Wenn du mich anfasst, bist du tot!," fauchte ich den gestreiften Kater an.
Ein herzzerreißendes Schluchzen drang aus dem Schuppen nach

draußen zu uns.

„Kann ich einen Moment nach ihm sehen? Dann können wir von mir aus weitermachen."

„Aber selbstverständlich," antwortete ich meiner Kontrahentin.

„Was ist denn los? Was fehlt ihm denn?"

„Er ist der jüngste von uns und in der Jagdtechnik noch nicht voll ausgebildet. Vor ein paar Wochen ist er in einen Hühnerstall eingebrochen. Er meinte, wenn er ein ganzes Huhn bringt, hätten wir die nächsten Tage was zu essen. Aber der Mensch, dem der Hühnerstall gehörte, hat ihn erwischt und ordentlich verprügelt und ziemlich schwer verletzt. Davon hat er sich immer noch nicht richtig erholt. Im Gegenteil, es geht ihm von Tag zu Tag schlechter und wir können nicht genug Futter erjagen, damit wir alle satt werden. Er bräuchte auch einen Platz, wo er sich in Ruhe auskurieren kann. Wir reden später weiter. Ich muss nachsehen, was los ist."

„Kann ich mitkommen?" Die Katze sah mich entsetzt an.

„Was denkst du denn von mir? Ich will ihn mir nur ansehen, sonst nichts," versicherte ich ihr.

„Ich würde auch gern mitkommen," die Namenlose nickte der Katze aufmunternd zu. „Ich bin deine Sekundantin. Also zur Hilfe verpflichtet, Zorro ebenfalls, wie ich annehme."

„Keine Frage, Namenlose." Gemeinsam sprangen wir durch das Loch in der Wand in den Schuppen. Der kleine Kater lag zusammengekauert auf dem Boden und weinte immer noch herzzerreißend.

„Lasst mich einschlafen, mit ein bisschen Glück werde ich nicht mehr wach. Damit wäre uns doch allen am meisten geholfen." Dann sah er seine große Schwester mit riesigen Augen an. „Ich bin nur ein Klotz am Bein, wenn ich weg wäre, könntet ihr weiterziehen und Zank und Streit aus dem Wege gehen." Der kleine Kerl schluchzte erbärmlich.

Ich musste an die kleinen Katzen denken, die jetzt bei Herrn Altmeyer im Garten friedlich aufwuchsen. Hier bekamen wir an erster Stelle mit, wie es läuft, wenn es nicht richtig läuft. Die Namenlose sah mich an und ich konnte ihre Gedanken spüren. Da die Katze ebenso über diese Fähigkeit verfügte, brauchte keine von uns ein Wort zu sagen.

Zorro räusperte sich als erster. „Ich würde vorschlagen, die gestreifte Katze bleibt bei dieser Heulboje und wir gehen erst einmal vernünftig auf die Jagd. Was der kleine Kerl dringend braucht, sind Proteine. Wenn sein Magen gut gefüllt ist, kann er auch wieder klar denken. Weißt du, kleiner Kerl, mit den neun Leben, die wir als Katzen angeblich haben, wäre ich ein wenig vorsichtiger. Vielleicht sind es ja auch nur sechs, oder drei, oder vier."

Der kleine Kater unterbrach sein Schluchzen. „Drei, oder vier?"

„Wer weiß das schon so genau? Aber du bist meiner Meinung nach viel zu jung um das herauszufinden." Zorro saß jetzt direkt vor dem kleinen Kerl. Die gestreifte Katze wollte dazwischen gehen. Aber wir gaben ihr einen Gedankenimpuls, sie verstand und zog sich wieder zurück. Und dann tat Zorro etwas, was ich nie für möglich gehalten hätte. Er wusch mit seiner rauen Zunge dem kleinen Kerl die Tränen aus den Augen, bis er sich beruhigte. „So, das war was für die Seele. Jetzt wollen wir doch mal sehen, ob wir für den Magen auch was tun können."

„Boss?"

Verärgert über die Störung drehte Zorro seinen dicken Kopf zu dem Fenster.

„Was ist los, Robert?"

„Dahinten, an der Stelle wo die Menschentussi das Motorrad geworfen hat, tut sich was."

„Könntest du bitte, wenn es dir nicht zu viel Mühe macht, ein wenig mehr Information herüber wachsen lassen?" Während er das sagte, blickte er unentwegt zu dem kleinen Kater und kniff ihm ein Auge.

„Ich glaube, das sind die beiden Kommissare, Stefun und Joggi , weiß der Geier wie die heißen!"

„Bleibst du noch kurz bei dem kleinen Kerl, Zorro?"

„Wenn du meinst, Laila."

„Wir sind gleich wieder da. Komm, gehen wir die Kommissare besuchen. Ich habe da so eine Idee."

Die gestreifte Katze sah ratlos zu Zorro hinüber.

„Du brauchst dir keine Sorgen zu machen. Laila ist zwar bekloppt wie ein Mäusekotelett, aber es funktioniert, meistens jedenfalls. Und noch etwas. Kommt ein Miauen aus eurem Hals, was ich gerade hier gemacht habe, lernt ihr mich von einer anderen Seite kennen. Alles klar?"

„Selbstverständlich, du alter, großer, gefährlicher Brummbärkater," schnurrte ich. Der kleine Kater hatte doch tatsächlich ein kleines Grinsen im Gesicht, während ihm immer noch die Tränen an den Wangen herunterliefen.

Stefan und Jordi liefen an der Unfallstelle herum. „Hier verirrt sich doch kaum einer hin, Jordi."

„Weißt du was ich glaube? Der, der diese Unfälle provoziert, muss gewusst haben, dass hier ein Motorradfahrer vorbeikommt."

„Das heißt, der Täter muss seine Opfer gekannt haben. Hier müssen wir ansetzen. Das wird sehr schwierig, aber nicht unlösbar."

Ekki, neugierig geworden, kam den Kommissaren bis auf wenige Schritte entgegen. „Schau mal wer da kommt," schmunzelte Stefan.

„Das ist doch ein Mitglied von dieser Katzengang."

„Ja, das war ziemlich cool, wie die mit uns sozusagen 'zusammengearbeitet' haben, das werde ich im Leben nicht vergessen."

„Ich konnte mir gerade ein paar Minuten freinehmen," maunzte Ekki ihnen entgegen. „Soll ich euch zeigen was ich hier gefunden habe. Ich habe den Boss noch nicht gefragt, ob ich es behalten darf, aber das kann ich ja noch machen."

Ekki maunzte und rannte auf den Waldrand zu. Stefan und Jordi liefen ihm nach. „Hier, an diesem Baum könnte er das Seil befestigt haben. Schau mal Jordi, hier sind Spuren zu sehen, als ob ein Seil gescheuert hat. Hat das die Spurensicherung aufgenommen?"

„Keine Ahnung. Wir werden Fotos machen und nachfragen."

„Ihr redet nur unwichtiges Zeug. Seht doch mal was ich gefunden habe."

Ekki drehte sich um die Beine von Stefan und zeigte auf seinen Fund.

„Was machen die da bloß?" Mit Riesensätzen liefen wir den

Kommissaren entgegen. So sahen wir, wie Ekki auf seinen Fund zeigte.

„Ekki hat sonst auch keine Sorgen, oder was?" schimpfte Oscar. Einer der Kommissare bückte sich, um den Fund von Ekki zu begutachten.

„Schau dir das mal an, Stefan. Das lag neben dem Baum. Meinst du das ist Zufall?"

„Was ist das denn? Zeig mal her."

„Das könnte so ein Liebesschloss sein."

„Ein was?"

„Ein Liebesschloss eben. Mit Initialen, oder einem Spruch und so. Man kann es nicht mehr richtig lesen. Aber wenn man es gründlich reinigt..."

„Aha."

„Du bist schon länger verheiratet, kann das sein?"

„Äh, ja, schon über fünfzehn Jahre. Aber was hat das damit zu tun?"

„Irene und ich haben uns an einem Wochenende diesen Spaß gegönnt. Wir haben uns ein Vorhängeschloss gekauft, unsere Namen eingraviert, anschließend das Schloss an einer Brücke befestigt und den Schlüssel in den Fluss geworfen."

„Wofür soll das gut sein, Jordi?"

„Das frage ich mich auch?" Oscar schüttelte den Kopf.

„So schwört man sich ewige Liebe, eternamente Amor, para todos los tiempos!"

„Para was?"

„Para todos los tiempos, für alle Zeiten."

„Und das funktioniert nur, wenn man ein Schloss ins Wasser wirft, und die Schlüssel,...nein das war jetzt falsch."

„Madre mia, Stefan! Es ist einfach nur romantisch!"

„Also, wenn es fließendes Wasser sein muss, dann könnte ich doch auch theoretisch so ein Schloss bei uns ins Klo werfen und die Schlüssel am Handtuchhalter befestigen..."

„Du musst die Schlüssel ins Klo werfen und nicht das Schloss... du machst mich ganz verrückt."

„Wenn ihr fertig seid mit Schlössern ins Wasser zu werfen oder an die Brücke, ins Klo oder wohin auch immer, könntet ihr dann bitte eure Aufmerksamkeit auf uns richten? Es ist wirklich wichtig."

Mittlerweile war ich richtig stinkig. Meine beiden Kommissare hatten heute gewaltig einen an der Waffel. Jordi hatte das feuerrote Vorhängedings mit einem Tütchen aufgehoben und packte es ein. „Das gehört mir," jammerte Ekki. „Ich habe es gefunden. Das ist eine Unverschämtheit."

„Lass ihnen doch das blöde Ding, Ekki. Das scheint ihnen mehr wert zu sein, als ein Ehering. Ich kapiere das auch nicht. Aber wir haben jetzt andere Sorgen, Ekki. Ich weiß, dass Stefan immer Leckerchen vorne in seinem Auto für uns hat. Wenn wir erfolgreich sind, darfst du eines davon behalten. Der kleine Kater muss was zu essen haben und zwar schnell."

Stefan reagierte auf mein Geschimpfe und setzte sich endlich hin, um uns zu streicheln. „Tut mir leid, dass ich das jetzt abkürzen muss," schnurrte ich unzufrieden darüber, dass ich die Schmuseeinheiten nicht voll auskosten konnte. „Auf geht's! Gehen wir alle zu ihrem Auto, damit wir so viele Kaustängchen und Leckerchen wie möglich ins Clubheim bringen können."

Stefan verstand sofort. Er marschierte mit uns und gab jedem von uns ein Kaustängchen. Wir rannten wie die Irren zum Clubheim und bevor der letzte, Ekki natürlich, an der Reihe war, stand ich schon wieder vor Stefan und forderte Nachschub. Das machten wir dreimal, dann zeigte Stefan seine erhobenen Hände. „Es ist nichts mehr da. Tut mir leid. Die Tüte ist leer. Das nächste Mal habe ich mehr dabei. Alles klar?" Er griff in seine Tasche und zauberte noch ein paar Knusperherzen hervor.

„Die sind für dich, du buntes Katerchen. Du hast uns heute vielleicht einen neuen Puzzleteil geliefert."

„Ich denke, es war so ein Liebesvorhängedings für ins Wasser oder sonst wohin. Ist ja auch egal. Was meinst du Laila? Darf ich die behalten?"

„Genieße sie und hau die Dinger weg. Die sind verdammt lecker."

„Ich esse die Hälfte, die andere Hälfte ist für den Kleinen. Ach Quatsch er kann sie alle haben...vielleicht probiere ich einen. Oscar, du hast so eine schöne große Schnauze. Hilfst du mir, die Dinger zu dem kleinen Kater zu bringen?"

„Du hast ein gutes Herz, Ekki."

„Meinst du, Laila? Weinende Kinder sind einfach nicht mein Ding." Wir breiteten die Leckerchen vor dem kleinen Kater aus und fassungslos sah er seine große Schwester an. Alle anderen Kater waren jetzt auch im Clubheim.

„Das reicht für euch alle," stellte Richie fest. „Zumindest für heute."

„Das ist richtig. Aber ich würde vorschlagen, wir gehen alle auf die Jagd, um den Vorrat aufzustocken. Die nächsten Tage braucht der kleine Kerl Wärme und vernünftiges Essen. Das wollen wir doch mal sehen. Und jetzt schlag zu. Die Dinger schmecken gut. Vielleicht kannst du deinen Geschwistern auch eins abgeben. Denn wenn wir uns später gegenseitig die Fresse vermöbeln wollen, brauchen deine Geschwister Kraft."

Das war wieder mal typisch für Zorro. Bloß nicht zugeben, dass man doch ein ganz brauchbarer Kerl war. Ich sprang als erste wieder aus dem Schuppen und im vorbeigehen sagte ich Richie, dass er mir unauffällig folgen sollte. Draußen, hinter dem Schuppen, hatte ich für Richie eine Knabberstange versteckt.

„Iss das Ding kommentarlos auf, du brauchst mir nichts zu erklären."

*

Armin räumte in seiner Holzhütte auf. Er machte jeden Tag ordentlich sein Bett und sorgte auch sonst dafür, dass er es gemütlich hatte. Vor Jahren schon hatte er sich entschlossen, abgeschieden von der Zivilisation, und vor allem von den Menschen, im Wald zu leben. Er hatte sogar ein kleines Stück Land mit Kartoffeln angepflanzt. Gestern hatte er die Kartoffeln ausgegraben und saß jetzt unfassbar stolz vor seinen Schätzen. „Was kann ich nicht alles mit euch anstellen? Bratkartoffeln, Pellkartoffeln, Püree, Kartoffelsuppe und noch viel mehr. Wunderbar."

Er hatte neben seiner Hütte eine Grube ausgehoben. Nun setzte er eine Holzkiste hinein, um seinen Kartoffelschatz darin zu verwahren. Nachdem er die Kartoffeln eingeräumt hatte, schloss er die Kiste mit dem Deckel zu. Außerdem sicherte er die Kiste mit dicken schweren Steinen ab. Für jede Maus und sonstiges Getier war somit sein Schatz unantastbar. Sein alter Hund hatte ihn vor Jahren in den Wald begleitet und zusammen mit ihm zufrieden im Wald gelebt, aber er war leider vorige Woche gestorben. Armin hatte sein Grab an der Ostseite des Hauses ausgehoben. „Da siehst du jeden Morgen die Sonne aufgehen, mein Freund. Niemand kann dich ersetzen. Du fehlst mir so."

Unten an der Landstraße zogen ein paar Motorräder vorbei. Der Lärm der Fahrzeuge drang bis hinauf zu seiner Holzhütte. Sehr nachdenklich sah er den Fahrzeugen hinterher. „Da unten könnt ihr brettern so lange ihr wollt. Aber bleibt mir aus dem Naturschutzgebiet raus, sonst lernt ihr mich noch besser kennen."

*

Jordi brütete über den Akten. „Kannst du schon irgendeinen Zusammenhang erkennen?" Stefan setzte sich ebenfalls an seinen Schreibtisch. „Ich habe das Vorhängeschloss in der KtU abgegeben. Mal sehen, ob die etwas herausfinden werden. Ich bin sehr gespannt, Jordi."

„Die beiden Unglücksraben von dem letzten Unfall sind in einem Motorradclub. Iron Heart nennt sich der Verein."

„Das wäre schon mal ein Anhaltspunkt. Hast du noch etwas über den anderen Unfall herausbekommen, wo angeblich nicht manipuliert wurde?"

„Der Mann, der tödlich verunglückt ist, war auch Mitglied in einem Club mit Namen Kilometerfresser".

„Gibt es da irgendwelche Schwierigkeiten oder Rivalitäten zwischen den Clubs? Wie sieht es mit Kriminalität aus? Gibt es Mitglieder in den Gangs, die bei uns registriert sind? Drogen, Prostitution und so weiter?"

„Ich kann bis jetzt keine finden, aber das muss ja nichts heißen. Das

Erscheinungsbild der beiden Clubs ist grundverschieden. Hier schau mal, Stefan. Ich habe von beiden Clubs die Internetseiten aufgemacht."

„Die Iron Heart lieben den dramatischen Auftritt mit ihren schwarzen Maschinen und ihren schwarzen Lederklamotten und präsentieren sich gerne auf großen Motorradtreffen. Aber die Kilometerfresser sind Jungs und Mädels, die gerne große Touren und schöne Reisen machen. Da gibt es eigentlich keine gemeinsamen Konfliktpunkte. Aber trotzdem werden wir beide kontaktieren müssen."

„Lass uns aber zuerst ins Krankenhaus fahren, Stefan. Der Doktor hat gesagt, dass der Mann für kurze Zeit vernehmungsfähig ist. Die Frau ist leider immer noch ohne Bewusstsein."

„Machen wir. Die Fahrt zum Krankenhaus ist lange genug für zwei Zigaretten und ordentlich Metal in den Ohren."

„Geht das auch ohne Zigaretten?"

„Komm schon, Blödmann."

„Ich meine ja nur...weil ich nicht rauche. Vielleicht darf ich dann einen Song mehr hören."

„Ich erschlage dich gleich, du Spanier du."

„Das war jetzt aber echt gemein von dir."

„Bei dir ist Hopfen und Salsa verloren."

Im Krankenhaus unterhielten sie sich zuerst mit dem Stationsarzt.

„Der Mann hat mehrere Knochenbrüche und ein Lendenwirbel ist angebrochen. Außerdem hat er eine schwere Gehirnerschütterung. Aber mit einer guten Reha kriegen wir ihn wieder hin."

„Wie geht es denn dem Mädel?"

„Da sieht es ernster aus, Herr Wieland. Sie hat ebenfalls mehrere Knochenbrüche und ein Halswirbel ist angebrochen, aber das ist nicht unser Problem. Ihre Lunge und eine Niere haben böse Quetschungen erlitten. Außerdem hat sie, genau wie der junge Mann, eine böse Gehirnerschütterung. Wir haben sie in ein künstliches Koma versetzt, weil sie die Schmerzen sonst nicht ertragen könnte. Aber das habe ich doch schon alles ihrem Kollegen erzählt. Machen sie ihre Arbeit immer zweimal?"

„Welchem Kollegen?"

„Bei euch weiß anscheinend die rechte Hand nicht was die Linke tut."

„Nein, ja...ist jetzt auch egal. Wissen sie den Namen des Kollegen?"

„Nein, den habe ich vergessen. Er konnte sich jedenfalls ordnungsgemäß ausweisen. Sie können den jungen Mann jetzt befragen, aber bitte nicht lange. Den Kollegen von ihnen habe ich nicht zu dem Patienten gelassen, denn heute Morgen ging es ihm noch zu schlecht."

„Kann es sein, dass wir uns schon irgendwo mal gesehen haben, Herr Doktor?" Stefans fragender Blick ruhte auf dem Mann in Weiß.

„Jetzt fällt es mir wieder ein. Sie waren auch bei Frau Kessler im Zimmer. Ich habe sie nicht sofort erkannt, entschuldigen sie bitte. Haben sie Frau Kessler auch behandelt?"

„Nein. Ich hatte an diesem Tag Spätdienst. Frau Kessler und ich sind miteinander befreundet."

„Ist Frau Kessler noch in der Klinik? Wie geht es ihr?"

„Frau Kessler hat auf eigenen Wunsch die Klinik verlassen."

„Wie bitte? Mit dem gebrochenen Bein?"

„Ja. Ich konnte sie nicht davon abhalten. Sie ist ein verdammter Sturkopf." Im Krankenhausflur leuchtete über einem Zimmer eine rote Lampe auf. „Tut mir leid. Ich muss gehen. Man sieht sich." Der Doktor rannte mit Laufschritten auf das Zimmer mit dem Rotlicht zu.

Die beiden Kommissare betraten das Krankenzimmer. Im Bett lag ein großer dunkelhaariger Mann, übersät mit Verbänden, Schienen und einer Infusion am Handgelenk. So weit die Verbände es zuließen, konnte man auf den Armen Tätowierungen erkennen.

„Guten Tag, Herr Yildirim? Wie geht es ihnen?"

„Wie sie sehen hervorragend. Ich lebe noch, gerade so. Wer sind sie?"

„Entschuldigung. Ich bin Kommissar Wieland und das ist mein Kollege, Kommissar Montroig. Können sie uns ein paar Fragen beantworten?"

„Ich kann sehr schlecht weglaufen. Dauert noch ein bisschen, hat der Herr Doktor gesagt.“

„Aber der Herr Doktor hat auch gesagt, dass er sie wieder hinkriegt.“

„Dem traue ich alles zu. Scheint ein feiner Kerl zu sein. Wissen sie wie es meiner Freundin geht? Sie geben mir keine richtige Antwort. Erzählen mir immer was von künstlichem Koma. Ist das gut oder ist das schlecht? Wenn sie das nicht schafft...bin ich schuld.“ Dem Mann liefen die Tränen.

„Wieso sind sie schuld, Herr Yildirim?“

„Ich wollte unbedingt zu diesem Konzert. Nitro Gods heißen die Jungs. Die machen echt geilen Rock, verstehen sie?“

„Selbstverständlich. Ich habe auch zwei CD´s von ihnen. Kann ich nachvollziehen.“

„Sie wollte lieber gemütlich zu Hause bleiben und Spaghetti kochen. Dabei liebe ich ihre Spaghetti. Keiner kocht sie so gut wie sie...“ Yildirim weinte still vor sich hin.

„Wie heißen sie mit Vornamen, Herr Yildirim?

„Cengis.“

„Also, Cengis, mein Name ist Stefan. Wir haben eben mit dem Arzt gesprochen. Für ihre Freundin besteht im Moment keine Lebensgefahr. Sie wurde in ein künstliches Koma versetzt, damit sie bei dem komplizierten Heilungsprozess keine Schmerzen verspürt. Das hört sich schrecklich an, wird aber mit jedem Tag besser. Sie werden schon sehen.“

„Irgendwie wirkst du wie ein Rocker. Ich will dir gerne glauben.“

„Cengis? Darf ich auch Cengis sagen? Mein Name ist Jordi?“

„Hört sich spanisch an.“

„Das ist richtig. Deiner hört sich türkisch an.“

„Ja, stimmt. Meine Eltern kommen vom anatolischen Hochland. Der Name des Dorfes wird dir nichts sagen, aber Göbekli Tepe vielleicht?“

„Das ist doch der wahrscheinlich älteste Tempel der Welt, mehr als zwölftausend Jahre alt. Würde ich gerne einmal hinfahren.“

„Wenn meine Knochen wieder gerade sind, könnte ich das organisieren. Du weißt, Türken haben überall Verwandtschaft.“

„Das hört sich gut an, Cengis. Kommen wir auf die Unfallnacht zu sprechen. An was können sie sich erinnern?"

Cengis stockte und das Sprechen fiel ihm plötzlich sehr schwer.

„Wir waren auf dem Heimweg. Das Konzert war unglaublich gut und klang noch regelrecht in mir nach. Wir fuhren auf einen Waldparkplatz, weil ich eine Zigarette rauchen wollte. Ich hatte Daniela im Arm und sie erklärte mir den atemberaubenden Nachthimmel." Cengis verstummte für einen Moment und starrte zum Fenster hinaus. „Bis zu diesem Abend wusste ich überhaupt nicht, dass es Sterne gibt, war mir nie wichtig genug. Ich glaube, ich habe ihr die Wega geschenkt..." Cengis unterbrach sich und schaute eine Zeitlang ins Leere und fuhr dann fort.

„Ich muss unbedingt nachsehen, ob die Wega noch da ist. Die gehört jetzt schließlich Daniela...wir setzten unsere Fahrt fort, weil Daniela anfing zu frieren. Dabei wollte sie die ganze Nacht auf der Bank sitzen bleiben. Aber dann...ich kann mich nicht mehr richtig erinnern. Plötzlich war es, als ob ich gegen eine Wand gefahren bin. Da war ein Hindernis auf der Straße, aber ich weiß nicht was. Dann verlor ich die Besinnung. Ich habe keine Ahnung wie es zu dem schrecklichen Unfall gekommen ist."

„Haben sie vor dem Unfall Menschen auf der Landstraße gesehen? Oder ein parkendes Auto, oder sonst irgendetwas?"

„Nein, niemand. Es wundert mich, dass uns überhaupt jemand gefunden hat. Diese Straße wird nachts kaum befahren, weil sie durchs Industriegebiet führt. Das ist für uns Motorradfahrer natürlich die Gelegenheit, weil wir die Kurven richtig nehmen können."

„Haben sie in ihrem Umfeld irgendwelche Leute mit denen sie noch eine Rechnung offen haben, Cengis?"

„Du meinst, dass mir einer wortwörtlich ans Leder will? Da fällt mir beim besten Willen keiner ein."

„Kein Stress mit anderen Clubs?"

„Nicht so, dass man sich gegenseitig an die Gurgel geht. Nur der übliche Scheiß."

„Und was ist denn der übliche Scheiß?"

„Wir machen zum Beispiel nicht so einen Aufstand mit unseren

Prospekts.“

„Was sind Prospekts?“

„Anfänger, genau genommen Anwärter, die in unserem Club Mitglied werden wollen.“

„Was heißt Aufstand? Was ist damit gemeint?“

„Bei uns herrschen auch strenge Regeln. Das ist halt so. Unsere Prospekts durchlaufen ihre Probezeit und wir lassen sie Mensch sein.“

„Uns das ist nicht die Regel?“

„Oh, nein! In vielen Clubs müssen sich die Prospekts zum absoluten Horst machen, bevor sie wenigstens den Namen tragen dürfen. Aber da haben sie noch lange nicht das Logo oder die Colours. Es kann sogar sein, dass sie zu absoluten Dienstboten degradiert werden, Bier holen, Clubheim putzen, Motorräder richtig parken und so einen Scheiß.“

„Aber sie glauben nicht, dass einer dieser Clubs ihnen ans Leder will?“

„Nein, kann ich mir nicht vorstellen, aber möglich ist alles.“

Es klopfte und der Doktor steckte kurz seinen Kopf durch die Tür.

„Nicht böse sein, aber der Patient braucht jetzt wieder Ruhe. Er muss auch wieder zur Untersuchung. Ich will mir den Lendenwirbel nochmal ansehen.“

„Alles klar, Herr Doktor. Wir sind schon weg.“

Stefan drückte Cengis die Hand. „Also Kopf hoch, im wahrsten Sinne des Wortes. Wir melden uns wieder.“

„Könnt ihr noch nach Daniela sehen. Sie wagen es bestimmt nicht, euch wegzuschicken. In der Schublade liegt mein Handy. In der Innentasche liegen Visitenkarten von mir. Nehmt eine raus und dann könnt ihr euch immer direkt mit mir in Verbindung setzen. Ich kann im Moment noch nicht mal eine Nummer eingeben.“

„Gute Idee.“

„Wir sind noch nicht so lange zusammen, verdammte Scheiße! Sie muss das schaffen! Haben sie gehört? Sie muss einfach. Es bleibt ihr nichts anderes übrig. Die Wega ist ein kleines Streichholz gegen sie...wartet.“

Erwartungsvoll sahen Stefan und Jordi Cengis an.

„Findet dieses Arschloch vor uns. Sonst kann ich für nichts garantieren."

„Wir machen gute Arbeit. Aber, Cengis, wir leben nicht mehr im Mittelalter. Vergesst das in eurem Club nicht. Es ist bei uns nicht alles Gold was glänzt, das weiß ich auch. Aber wenn mich etwas richtig ankotzt, sind es diese selbsternannten Wächter, die glauben, das Recht zu ihren Gunsten beugen zu können."

„Da wäre noch etwas?"

„Ja?"

„Die haben mir mit ihren dämlichen Skalpellen, und was weiß ich für Folterinstrumenten, einen Großteil meiner Tatoos ruiniert."

„Das kriegen sie wieder hin."

Stefan nahm eine Karte aus Cengis Handy und dann verließen sie das Krankenzimmer.

„Warum haben wir Cengis nichts von der Blume erzählt, die bei Daniela gefunden wurde, Stefan?"

„Ich glaube, dafür ist es noch zu früh. Wir wollen keine falschen Geister wecken. Das wäre so ziemlich das letzte, was wir jetzt gebrauchen können."

*

Michelle arbeitete konzentriert an ihrem Bildschirm. Seite für Seite durchforstete sie ihre komplette Arbeit. „Es ist mir ein Rätsel, wie mir so ein schwerwiegender Fehler passieren konnte. Wahrscheinlich habe ich zu viel gearbeitet."

Nadeshda und Heinrich betrachteten ebenfalls neugierig den Monitor. Heinrich hatte es sich angewöhnt, ständig auf Michelles Schoß zu sitzen. Das machte ihm aber noch bedeutend mehr Spaß, seit er erfahren hat, dass Marcel eine Katzenallergie hat.

„Wenn ich ehrlich sein soll, dann sehe ich nur Zahlen und Striche, ich kann mir keinen Reim darauf machen. Das du da überhaupt durchblickst, wundert mich."

„Das ist nichts anderes wie mit deiner Arbeit, Nadeshda. Davon habe ich auch keine Ahnung, aber du weißt trotzdem, was im Körper eines Menschen vor sich geht und was gut für ihn ist."

„Nadeshda weiß auch was gut für uns ist," mischte Heinrich sich ein.

„Marcel sagt aber, dass ich noch sehr viel lernen müsste."

„Marcel ist ein Klugscheißer, ein ganz Großer."

„Ein Klugscheißer und ein nervöses Hemd mit Schnappatmung," seufzte Heinrich zufrieden. „Ich sehe ihn auch lieber von hinten."

Beide kicherten den Monitor an. „Wenn ich diese Repräsentationsarbeit so abgegeben hätte, wäre das wohl das Ende gewesen. Dann hätten wir einpacken können. Wir sind auf den Kunden angewiesen."

„Was machst du da eigentlich, Michelle?"

„Es geht darum, Solarenergie möglichst kostengünstig herzustellen. Ich habe ein Verfahren entwickelt, das es Ländern mit kleinem Budget auf dieser Welt ermöglicht, mit weniger Ausgaben dafür zu sorgen, dass sie viel mehr Strom produzieren können, als mit herkömmlichen Mitteln. Ich habe in Afrika, in einem kleinen Dorf, probeweise so eine Anlage gebaut und habe da sehr viel Geld investiert. Auch aus meinem Privatvermögen. Außerdem wollen wir Leute ausbilden, die aus alten Maschinen und Computern Teile ausbauen und wieder verwenden können. Das macht sie unabhängiger!"

„Das hört sich phantastisch an. Hast du deshalb solange in der anderen Firma gearbeitet?"

„Ja, ich hoffe, ich konnte sie überzeugen. Das ist ja das schöne an meiner Arbeit. Mit dem Baukastensystem kannst du große Mengen an Energie gewinnen, ebenso wie die kleinen Dörfer, wo mein Projekt gerade läuft. Aber die großen Energiekonzerne sehen das anders. Bis heute waren sie keine große Hilfe. Im Gegenteil. Deshalb sind meine Tanten so hinterher, dass ich diese Arbeiten und Projekte überwache. Aber weil ich zusätzlich in der anderen Firma gearbeitet habe, war ich doch ziemlich überfordert. Und ausgerechnet jetzt fehlt uns das nötige Kleingeld. Das kostet wirklich alles viel Kohle. Deshalb muss ich diesen Scheiß pünktlich abgeben. Verstehst du das?"

„Voll und ganz. Wann kommt Marcel wieder zu dir?"

„Keine Ahnung. Er ist im Moment voll im Stress. Der Posten des Oberarztes steht zur Debatte und da will er natürlich gut dastehen, und schuftet Tag und Nacht."

„Ich finde, er ist wirklich sehr fleißig und eines Tages wird er es weit bringen."

„Meinst du? Mir geht er im Moment eher auf die Nerven, mit seinem Leben nach Plan, mit vierzig will er dies und mit fünfzig will er jenes erreicht haben und zugleich fühle ich mich wie eingeparkt."

„Hast du Angst, dass er dich einengt?"

„Irgendwie...ja. Ich glaube, er weiß nicht einmal so richtig, was ich überhaupt mache."

„Er hat einen sehr komplizierten Tagesablauf musst du wissen, und er arbeitet jeden Tag mindestens zwölf Stunden. Aber meistens sind es mehr."

„Ja, ich weiß. Aber trotzdem...ach ich weiß auch nicht was los ist."

„Du meinst, du weißt nicht, was du noch für ihn fühlst?"

„Kann sein. Vielleicht habe ich auch nur zu viel gearbeitet. Dazu noch der Unfall, das hat mich komplett aus der Bahn geworfen. Mit meinem Computer stimmt auch irgendetwas nicht. Es wird alles ein bisschen viel."

„Apropos Computer. Du könntest doch diesen Computernerd anrufen, der an dem Tag da war, als ich bei dir ankam."

„Mirko?"

„Ja, genau der."

„Das ist eine gute Idee. Dass ich da nicht schon früher drauf gekommen bin."

„Nur so ganz nebenbei. Es war meine Idee."

„Wo du Recht hast, hast du Recht. Aber er soll es nicht wagen ohne bretonische Kekse vorbeizukommen."

„Da Marcel im Moment ganz weit weg ist, mit seinem Wochenenddienst, kann er euch nicht stören. Ich gehe derweil einkaufen. Ich frage noch deine Tanten, ob sie auch was brauchen."

Michelle hatte schon ihr Handy am Ohr. „Mirko, kannst du kurz vorbeikommen? Aber natürlich nur, wenn du Zeit hast. Mein Computer spinnt irgendwie. Wenn ich das Ding nicht richtig zum laufen bringe, könnte es eng für mich werden. Weißt du, ich wäre dir wirklich dankbar. Aber jetzt werde ich absolut unverschämt. Hast du noch von den bretonischen Keksen?"

Zwanzig Minuten später stand Mirko mit einer Riesenpackung Kekse vor der Tür.

„Mensch Mirko. Ich bin glücklich, dass du das so kurzfristig einrichten konntest. Wann essen wir die Kekse? Vor oder nach der Arbeit? Wo bekommst du die eigentlich her?"

„Ich würde sagen, vor der Arbeit, während der Arbeit und nach der Arbeit. Und wo ich die herbekomme, geht dich nichts an. Solange du nicht weißt, wie du sie kriegen kannst, werde ich immer etwas besonderes für dich sein."

„Du spinnst! Du glaubst also, dass ich deinen Wert nach den Keksen messe? Okay! Dann lass uns loslegen."

„Was genau ist dein Problem?"

„Meine Dateien sind komplett durcheinander. Meine Präsentation hatte am Anfang nur einen Fehler. Eine Position war falsch und ich wollte herausfinden, wieso mir so ein gravierender Fehler unterlaufen ist. Aber jetzt ist sie chronologisch komplett durcheinander. Ich verstehe das nicht. Mein Prüfungsergebnis von der Uni habe ich in meinem Ordner für alte Rechnungen gefunden."

„Hast du denn keine Sicherungskopie gemacht?"

„Siehst du. Jetzt weiß ich was ich vergessen habe. Ich habe alle Daten vom Laptop auf den Computer übertragen und bis vorgestern war alles in Ordnung."

„Und du bist sicher, dass du alles richtig eingegeben hast?"

„Ich denke doch."

„Soll ich dir deine Präsentation chronologisch richtig stellen?"

„Das geht?"

„Selbstverständlich. Anhand der Daten, wann du deine Dokumente erstellt hast. Wird ein bisschen Arbeit, aber ich bekomme das hin."

„Aber du hast doch bestimmt ein Privatleben. Kriegst du da keinen Stress?"

„Ja, ich habe ein Privatleben, sogar ein sehr zufriedenes und harmonisches. Gerade deshalb bekomme ich keinen Stress. Meine Frau hat einen Job, in dem sie sehr viel herumreisen muss. Sie ist Modedesignerin. Du solltest ihre Klamotten mal sehen, die sie entwirft. Nicht so einen durchgeknallten Scheiß, den niemand tragen kann. So, aber jetzt halt die Klappe und gib mir einen Keks."

Verbissen arbeitete Mirko sich durch die Daten. Auf einmal wurde er stutzig. „Da stimmt doch was nicht."

Er ging denselben Vorgang noch einmal durch.

„Was ist denn?" fragte Michelle mit vollem Mund. Heinrich angelte sich, von den anderen unbemerkt, mit seiner Pfote einen Keks aus der Packung.

„Ist das der Computer von deiner Tante?""

„Ja... Warum?"

Heinrich nutzte die Gunst der Stunde.

„Die zwei sind mit ihrem Fernsehen beschäftigt. Dann kann ich noch einen Keks für Mathilde klauen oder auch zwei?"

„Der Computer von deiner Tante ist überhaupt nicht abgesichert. Hast du mal darüber nachgedacht, dass man dir dein Konzept stehlen könnte? Diese großen Energiekonzerne sind sich nicht zu schade, dafür zu sorgen, dass dein, hoffentlich baldiges, Konzept überhaupt nicht auf den Markt kommt."

„Nein...ja...wenn du das so sagst. Meine Tanten haben mir auch geraten, schnellstens alles abzusichern."

„Deine Tanten sind sehr klug und vernünftig. Aber mit dem Computer können sie nicht richtig umgehen. Hast du etwa dein Projekt und dein Konzept in diesem Computer gespeichert?"

„Nein, da habe ich dann doch auf Gisela gehört und einen guten alten Tresor benutzt."

„Sehr vernünftig."

Jemand läutete an der Tür.

„Wenn du nichts dagegen hast, gehe ich nachsehen wer da ist. Vielleicht ist es wieder Marcel. Der regt sich immer so schön auf bei meinem Anblick."

Draußen stand ein unauffälliger, schlanker, gepflegter Mann in den dreißigern

„Entschuldigen sie bitte. Kann ich Frau Kessler sprechen? Ihre Tanten sind anscheinend nicht da und ich sollte doch die Unterlagen vorbeibringen."

„Tommy, bist du das?" rief Michelle vom Wohnzimmer aus. „Komm rein. Ich mache dir einen Kaffee und außerdem kann ich dir..."

Michelle bot ihm von den Keksen an und wies auf die Packung...sie war leer. Heinrich hatte es plötzlich sehr eilig.

„Kaffee ist auch was feines."

„Äh... ja, ein Kaffee wäre nicht schlecht," murmelte Tommy etwas unbeholfen und sah dem Kater irritiert zu, wie er die restlichen Kekse heimlich unter dem Teppich versteckte.

„Ich habe den Abrechnungszeitraum fertiggestellt und wollte nur schnell die Unterlagen abgeben. Wie ich sehe bist du beschäftigt."

„Jetzt hör aber auf, Tommy! Für einen Kaffee ist immer Zeit. Darf ich vorstellen, das ist Mirko, Mirko das ist Tommy, unser Buchhalter und gute Seele der Firma. Er gehört sozusagen zur Familie."

Tommy konnte nicht verhindern, dass sein Gesicht puterrot anlief.

„Er hat mich sozusagen kaufmännisch vertreten, während ich in dieser anderen Firma gearbeitet hatte. Und er hat seine Arbeit gut gemacht. Aber es war doch bestimmt nicht nötig, dass du dein Wochenende opferst, Tommy?"

„Nein. Aber ich wollte alles fertig haben, wenn du wieder in die Firma kommst."

Er trank hastig seinen Kaffee aus und stand auf. „Ich freue mich, wenn wir wieder zusammen arbeiten. Ich geh' dann mal. Ich freue mich wirklich. War deine Arbeit in der anderen Firma erfolgreich?"

„Aber ja, Tommy. Ich habe viel gelernt. Ich hoffe, dass ich es zusammen mit dir umsetzen kann."

D..das freut mich," stotterte Tommy verlegen, „also dann, man sieht sich."

„Hat mich wirklich gefreut dich zu sehen. Und vielen Dank noch mal, dass du extra die Unterlagen vorbeigebracht hast."

Tommy stolperte beim Hinausgehen über den Teppich, wo Heinrich unbemerkt die Köstlichkeiten darunter versteckt hatte, und einen richtigen, kleinen Hügel entstehen ließ. Mirko saß vor dem Computer und starrte verblüfft auf die leere Verpackung.

„So, jetzt können wir weitermachen, Michelle. Aber ich wusste nicht, dass wir solche Krümelmonster sind."

*

Die Pilze standen gut in diesem Jahr. Armin hatte seinen Korb schon gut gefüllt mit den Leckereien des Waldes. Er spazierte gemächlich über die kleine Brücke zu dem neuen Industriegebiet. Das Industriegebiet interessierte ihn nicht. Aber der alte Schuppen, unweit daneben, war eine heiße Adresse. Bei den halbverfallenen Bäumen wuchsen die besten Stockschwämmchen, die er je gegessen hatte. Voller Vorfreude beschleunigte er seinen Schritt.

„Was ist denn hier los?"

Staunend beobachtete er, dass der alte Schuppen gut besucht war. Jede Menge Katzen streunten um das Gebäude. Ein kleiner, braun gestreifter Kater lag in der Nachmittagssonne. Aber er wirkte nicht entspannt. Es sah aus, als ob er Schmerzen hatte. Vorsichtig kam Armin den Katzen näher. Die anderen Katzen bauten sich umgehend drohend vor dem kleinen Kater auf und fauchten unmissverständlich.

„Keine Angst! Ich tue euch ganz bestimmt nichts. Von mir droht euch keine Gefahr. Ich bin selbst froh, wenn ich mit Meinesgleichen nichts zu tun habe. Es sei denn, ich brauche Hilfe. Einen Arzt oder so. Ich will mir den kleinen Kerl nur ansehen. Bequatscht das mal miteinander. Ich gehe mir in der Zeit die Stockschwämmchen da drüben holen." Armin spazierte gemächlich zu den halbverfallenen Bäumen, wohl wissend, dass ihm mindestens sechs sehr aufmerksame Katzen hinterher blickten. Die Stockschwämmchen standen goldgelb und in großer Zahl. „Aus euch mache ich heute Abend ein phantastisches Abendessen mit ein paar Kartoffeln." Er bemerkte, dass neben den Bäumen Bewegung war und hörte Menschen sprechen. Neugierig geworden, spähte er durch die Bäume in die Richtung, aus der er die Stimmen hörte. Mehrere Personen waren damit beschäftigt, Tische und Sitzbänke aufzubauen. Am

Rande des Grundstücks standen mehrere Motorräder. Verärgert wollte er sich wieder leise verziehen.

„Armin? bist du das?" Er tat so, als hätte er nichts gehört und wollte zurück in den Wald.

„Armin, jetzt bleib doch mal stehen. Wir beißen doch nicht." Ingrid kam mit einem strahlenden Lächeln auf ihn zu.

„Ach du bist es," entschuldigte er sich scheinheilig, ich habe dich nicht erkannt. Tut mir leid."

„Was machst du hier? Ah.. ich sehe schon, du hast den Wald von Pilzen gesäubert. Wie geht es dir? Wohnst du immer noch in deiner Hütte im Wald?"

„Ja, und mir geht es gut. Außer meinem Hund vermisse ich nichts. Er ist vorige Woche gestorben. Nun ja, er war sechzehn Jahre alt. Aber ich muss jetzt leider gehen. Ich habe keine Zeit. Bei dem alten Schuppen sind jede Menge Katzen und da ist ein kleiner Kerl dabei, der nicht unbedingt gesund aussieht. Ich will sehen, was ich für ihn tun kann."

„Mach das. Du kennst dich mit Hunden und Katzen ja bestens aus. Wir kennen die Katzen. Die scheinen bei dem alten Schuppen so eine Art Treffpunkt zu haben. Aber weißt du was? Nimm hier ein paar Würste mit. Damit kannst du den kleinen Kerl füttern. Wenn du willst, dann komm doch heute Nachmittag auf ein Bier und ein Würstchen vorbei. Du wirst sehen, dass sind alles nette Jungs und Mädels. Ich verspreche dir, wir werden nicht über alte Zeiten quatschen."

„Ich denke darüber nach, Ingrid." Er verschwand wieder in die gleiche Richtung, aus der er gekommen war. Die Katzen saßen noch genauso da, wie er sie verlassen hatte.

„Was meint ihr? Habt ihr euch beraten? Darf ich nach dem kleinen Kerl sehen?" Er nahm sein Messer und schnitt die Würste in kleine Stückchen. „Das ist jetzt Bestechung, ich weiß. Aber ich will ihn mir wirklich nur ansehen. Wenn er einen Knochen gebrochen hat oder sonst was schlimmes hat, müssen wir einen Arzt aufsuchen."

Ganz vorsichtig kam er Schritt für Schritt näher. „Wirklich nur ansehen. Kannst du die Wurst riechen, kleiner Kerl?" Er legte vorsichtig ein Stück Wurst vor ihn auf den Boden. Sehr aufmerksam wurde er von den anderen Katzen beobachtet. Ein großer schwarzer Kater nahm neben dem Kleinen Platz und sah ihm direkt in die Augen.

„Alles klar. Du bist hier der Chef. Das habe ich verstanden. Darf ich nachsehen was dem Kleinen fehlt?"

Armin hatte das Gefühl, der große schwarze Kater hätte unmerklich genickt.

„Dann werde ich ihn jetzt anfassen, alles klar?"

Er begann seine Untersuchung am Kopf, indem er ihn sanft zwischen den Ohren kraulte. „Deinem Köpfchen fehlt nichts, das ist gut." Langsam strich er ihm mit der Hand über den Rücken und tastete ob er irgendeine Verletzung erkennen konnte. Am Ende des Rückgrats schrie der Kleine auf und versetzte ihm mit der Pfote einen Schlag. Der große schwarze Kater stand sofort drohend vor ihm. Armin hob beruhigend seine beiden Hände in die Höhe.

„Sch, sch, sch," beruhigte er den kleinen Kerl. „Alles wird gut." Er stellte ihn auf die Beine und fauchend rannte der kleine Kater weg. Aber nur ein paar Meter, dann blieb er stehen und schielte nach der Wurst.

„Es ist nichts gebrochen. Das ist gut. Aber du hast einen ordentlichen Schlag abbekommen. Eine saftige Prellung, aber die verheilt wieder. Was dir fehlt, ist Wärme und regelmäßige Mahlzeiten. Iss jetzt zunächst einmal die Wurst auf. Ach was soll's. Ich komme heute Nachmittag wieder und da kann ich zwei Fliegen mit einer Klatsche schlagen."

*

„So! Endlich haben wir es geschafft."

„Das soll wohl ein Witz sein, Mirko. Du hast es geschafft. Ich weiß nicht, wie ich dir danken soll." Michelle fuhr mit ihrem Rollstuhl so nahe wie möglich an Mirko heran und drückte ihm einen klatschenden Schmatzer auf die Wange. Vor Verlegenheit wurde Mirko feuerrot im Gesicht. Heinrich hatte die Zeit gut genutzt, um die Kekse unter dem Teppich hervorzuholen und in sein Schälchen zu transportieren.

„Da wird Mathilde Augen machen," freute er sich.

„Für dich jederzeit. Das weißt du doch." Mirko war immer noch verlegen.

„Jetzt bin ich mir absolut sicher, dass meine Arbeit bis Montag fertig gestellt wird. Ein gutes Gefühl. Ich würde nur zu gerne wissen, wo die ganzen Kekse hin verschwunden sind?"

Heinrich war mit dem letzten zu seinem Futterschälchen unterwegs.

„Wo willst du mit dem Keks hin, mein Freund?"

Das mit dem Freund hörte sich nicht mehr ganz so freundlich an. Er wünschte sich unsichtbar zu sein oder, dass der Boden sich öffnet und ihn samt Keks verschlingen möge, oder doch besser nur den Keks. Dann fiel ihm sein vollgefülltes Futterschälchen ein.

„Also, es ist nicht das, wonach es aussieht. Es sind schon Kekse im Futterschälchen, das ist wahr. Ich denke nur an schlechte Zeiten... dann haben wir abends beim fernsehen was zu knabbern...oder es könnte ein Stromausfall passieren...aber nein, das ist nicht richtig, dann funktioniert kein Fernseher..ich glaube, im Moment rede ich mich um Kopf und Kragen."

Michelles Handy meldete sich.

„Wie sieht es aus? Bist du fertig? Können wir fahren? Hier ist mal wieder der Teufel los. Gisela stellt sich an, das kannst du dir nicht vorstellen. Hast du gesehen was draußen für ein schönes Wetter ist. Was rede ich wieder für einen Unsinn. Wo soll denn das Wetter sonst sein? In fünf Minuten bin ich bei dir. Also dann, bis gleich."

„Tommy war da und hat die Unterlagen gebracht, Waltraud."

„Das ist fein, interessiert mich aber im Moment so viel, wie die leere Pfandflasche in meinem Kühlschrank, über die sich Gisela aber so herrlich echauffiert. Gib Gas, Mädchen."

„So ein Mist! Das habe ich vollkommen vergessen, Mirko. Ich wollte mit Waltraud auf so eine Art Motorradtreffen fahren. Jetzt muss ich ordentlich Gas geben. Die Jogginghose und zumindest einen Turnschuh werde ich wohl anbehalten müssen. Aber was meinst du? Würde der feuerrote Schal und der schwarze Pullover gut zusammen passen?"

„Ich kenne niemanden, der in Jogginghose, rotem Schal, einem Turnschuh und schwarzem Pullover hinreißender aussehen würde, als du. Und du verlierst trotzdem nicht die Kontrolle über dein Leben." Beide kicherten über den Spruch von diesem dämlichen unterernährten Modeschöpfer.

„Ich will mich nicht in deine Angelegenheiten einmischen. Aber wie, bitteschön, soll das denn funktionieren? Dein Bein würde auf dem Motorrad abstehen, wie die Rahe auf einem Segelschiff. Weiß Marcel davon?"

Heinrich stand die ganze Zeit still, wie eine Katzenstatue im alten Ägypten, mit Keks in der Schnauze im Wohnzimmer.

„Bitte, bitte lieber Katzengott oder was auch immer, lass sie nicht das Futterschälchen sehen."

„„Selbstverständlich nicht. Ich will den Nachmittag genießen. Waltraud hat doch drei Motorräder. Eines davon ist dieses italienische Ding mit satten zwölfhundert Kubik und einem riesigen französischen Beiwagen. Da passe ich genau rein. Das haben wir schon ausprobiert. Aber Gisela ist außer sich vor Sorge und versucht es immer noch zu verhindern."

Polternd schlug die Tür auf und Gisela und Waltraud stürmten ins Zimmer.

„Bist du fertig, mein Schatz? Du kannst dir nicht vorstellen, wie ich mich freue." Verdutzt blickte sie auf Mirco, der gerade dabei war, Michelle in den schwarzen Pullover zu helfen.

„Mirco? Du hier? Nach so langer Zeit? Es freut mich aufrichtig dich zu sehen, mein Junge. Gut siehst du aus. Na ja, du warst schon immer ein hübscher Kerl. Komm her, lass dich drücken."

Mirko ließ sich von Waltraud in den Arm nehmen und die Luft aus den Lungen drücken.

„Ich will ihn auch umarmen, Waltraud. Du hast ihn nicht für dich alleine. Immer dasselbe. Lass dich ansehen. Aber wo sie recht hat, hat sie recht. Du bist wirklich ein hübscher Kerl. Geht es dir gut? Was machst du so?"

„Dafür haben wir jetzt keine Zeit. Wir müssen fahren. Hör mal wie unser Italiener blubbert. Das hörst du durch das geschlossene Fenster."

„Ich weiß, Waltraud," maulte Gisela, „alle müssen nach deiner Pfeife tanzen. Aber ich komme mit dem Wagen mit, falls Michelle Schwierigkeiten bekommt. Sag mal Mirco, hast du Zeit? Dann komm doch mit. Das richtige Outfit werden wir dir schon besorgen?"

„Das ist eine gute Idee. Wenn er will, kann er meine alte Lederjacke anziehen. In deiner kann er schlecht herumlaufen, Gisela."

„Was ist schlecht an meiner Jacke."

„Sie ist Schweinchen rosa."

Mirko und Michelle bogen sich vor Lachen. Giselas sauertöpfische Miene wandelte sich dann doch auch um in ein befreiendes Lachen.

„Ich komme mit. So wie es aussieht, könnte es der unterhaltsamste Nachmittag meines Lebens werden. Ich rufe nur kurz zu Hause an."

„Seht mal alle her." Waltraud drehte sich langsam im Kreis, damit alle sie bewundern konnten. „Meine alte Ledercombi passt mir immer noch. Ist das nicht fabelhaft?"

Anerkennend nickten Michelle und Mirko.

„Das ist ja auch kein Wunder," entgegnete Gisela, „Dafür mussten mindestens zwei Kühe ihr Leben lassen."

Mirko wischte sich die Tränen aus den Augen. „Gegen deine Tanten ist jedes Kabarett nur noch ein schales, langweiliges Vorprogramm."

„Ich habe die beiden wirklich sehr lieb."

„Das kann ich nachvollziehen."

„Du meine Güte! Warum füttert ihr dieses Monstrum noch mit Keksen?" rief Waltraud, „und gleich das ganze Futterschälchen voll?"

*

Laura besah sich zufrieden ihr Werk. Ratlos stand ich zwischen riesigen Kürbissen, albernen bunten Fähnchen und einem bescheuert wirkenden Heuballen herum, auf dem wiederum von diesen dämlichen Kürbissen lagen. Auf dem Heuballen saß eine überaus hässliche Stoffpuppe mit grellen, orange gefärbten, zerrissenen

Klamotten und hielt irgendetwas sinnloses in ihren ekelhaften Stoffkrallen. Aus den Armen und Beinen der Puppe hingen Strohfetzen heraus. Die ätzende Puppe hatte es sich richtig gemütlich gemacht und grinste mich blöde an.

„Das sieht richtig heimelig aus," rief Helga von nebenan. „Diese Vogelscheuche mit dem Drachen in der Hand sieht niedlich aus. Ich mache ein Foto und schicke es als Herbstgruß an die Kinder."

„Komm rüber, Helga. Ich mache uns einen schönen Kaffee und dabei bestaunen wir gemeinsam die neue Herbstdekoration."

Laura drehte sich um und ging in die Küche.

„Aber bitte mit ordentlich Milchschaum! Und denk an meine Puppentasse," brüllte ich Laura hinterher. „Und vergiss nicht für Oscar und Sam jeweils einen Schokoladenkeks mitzubringen. Ich lenke Helga ab. Dann kannst du Sam unbeobachtet den Keks geben."

Nachdem ich meine Anweisungen gegeben hatte, sah ich mir diesen Dekorationsalptraum genauer an.

„Würdest du bitte aufhören mich so blöde anzugrinsen. Deine Fresse ist widerwärtig. Und Zähne fehlen dir auch. Ich sage es nur noch einmal: hör auf zu grinsen! Ich möchte gerne wissen, auf welchem Müll Laura dich gefunden hat." Dieses widerwärtige Ding dachte nicht im Traum daran sich zu bessern. Mit einem einzigen Schlag pfefferte ich der ekelhaften Kreatur den Hut vom Kopf.

„Na, wie gefällt dir das? Hörst du jetzt auf zu grinsen?"

Nein, das hässliche Ding tat mir nicht den Gefallen und grinste mich weiterhin frech an. Das war das allerletzte! Niemand und keiner ignoriert Laila, die Katze! Das muss ich mir nicht gefallen lassen. Ich riss dieses komische Ding aus ihren Krallen, zerrte das Stroh aus ihren Armen und Beinen und schleuderte sie quer über die Terrasse.

„Siehst du was passiert, wenn man Laila, die Katze, nicht achtet? Jetzt bist du nur noch ein Stück Stoff. Aber dahinten in der Ecke kannst du grinsen, so lange du willst."

Überall auf der Terrasse standen diese Kürbisdinger. Die dämlichen Fähnchen gingen mir ebenfalls gehörig auf die Nerven. Aber sie faszinierten mich auch, weil sie so schön flatterten. Ich sprang hoch und versuchte eines davon zu fangen. Aber es fiel einfach nur um und lag dann still auf dem Boden und rührte sich nicht mehr. „Macht nichts, da sind ja noch mehr."

Ein Fähnchen nach dem anderen fiel um und blieb liegen. Bei einem Fähnchen gelang es mir, den komischen Stoff von der Stange zu ziehen. „Kannst du mir sagen, wozu die Dinger taugen, Laura? Ich hoffe, du hast nicht allzu viel Geld für diesen Krempel ausgegeben. Aber schau mal, Laura wie schön der fliegt, wenn er nicht mehr an der Stange klebt. Ich werde die anderen Fähnchen auch davon befreien." Nach kürzester Zeit flogen überall im Garten wunderbare Stofffetzen herum, wie riesengroße Schmetterlinge. „Das sieht doch schon besser aus," freute ich mich. Aber die Kürbisse auf dem Heuballen ärgerten mich am meisten. Ich versuchte, den kleinsten dieser Kürbisdinger herunterzuwerfen. „Oscar...kannst du mir mal helfen? Alleine kriege ich das nicht hin."

„Warum willst du sie herunterwerfen? Laura hat sich so viel Mühe damit gemacht. Du hast doch gesehen, wie sie sich gefreut hat."

„Wenn ich fertig bin, freut sie sich noch mehr. Glaub mir. Jetzt komm schon und pack mit an."

„Du solltest dich mit dem Foto beeilen, Helga. Laila und Oscar dekorieren schon wieder um." Sebastian hielt sich den Bauch vor Lachen. Zugegeben, es war ein Haufen Arbeit. Aber gemeinsam mit Oscar war es zu schaffen. Die Kürbisdinger vom Heuballen kullerten über die komplette Terrasse. Das gefiel mir. Wir rollten sie vor uns her, bis sie alle im Garten lagen. Oscar gab dem letzten, ziemlich großen Kürbis, einen ordentlichen Stoß. Er rollte die Treppe hinunter, bog dann nach rechts ab und klatschte mit einer riesigen Fontäne in den Teich. Was für ein Spaß! Die Piraten dachten bestimmt, dass ihnen der Himmel auf den Kopf fällt. Sam lief zum Teich und versuchte, den Kürbis wieder herauszuholen. Triefnass bellte er die Piraten an und schimpfte mit ihnen, warum sie nicht helfen würden. Laura kam aus der Küche mit einem Tablett mit Kaffeetassen. „Was ist denn los? Warum lachst du so schmutzig und zufrieden, Sebastian?" Als sie die Bescherung sah, waren Lauras Augen riesengroß und überhaupt nicht mehr von samtigem braun, sondern tiefschwarz. Ich zog es, zumindest für den Moment vor, nicht ihre Nähe zu suchen. Auch wenn der Milchschaum wahnsinnig gut roch. Sam meinte dann noch, der Riesenkürbis im Garten müsste unbedingt gesichert werden und markierte ihn ausgiebig. Der Kürbis sah aus wie frisch geduscht.

„Aber jetzt kommt doch mal her. Wollt ihr denn überhaupt nicht wissen, wozu ich mir die ganze Arbeit gemacht habe?"

„Ein wenig habe ich auch geholfen, Laila. Aber ich befürchte, Laura ist so dermaßen sauer, dass wir heute Nacht draußen schlafen müssen."

„Blödsinn, Oscar. Und wenn? Es ist doch schon vorgekommen, dass wir drei vier Tage weg waren. Das bringt uns nicht um. Wenn wir ihr demonstrieren, für was wir das alles in Gang gesetzt haben, ist alles wieder gut. Du wirst schon sehen. Sam, könntest du bitte auch auf die Terrasse kommen? Danke."

Als erstes bugsierte ich Sam auf den Heuballen. Es dauerte etwas bis er seine fünfundsiebzig Kilo zusammengefaltet hatte. Dann nahm Oscar zwischen den Pfoten von Sam Platz und ich legte mich vor den riesigen weichen Bauch.

„Na, habe ich euch zu viel versprochen? Ist das gemütlich oder ist das gemütlich?" Sam meinte, er könnte keine Luft holen, aber ansonsten hätte ich Recht. Oscar begann seinem Freund ordentlich die Ohren zu waschen und meinte: „du hast doch immer wieder die besten Ideen." Die Namenlose kam von ihrem Erkundungsgang zurück, besah sich den vollgepackten Heuhaufen, quetschte mich zur Seite und nahm ebenfalls Platz. Der Duft des Heuhaufens stieg uns in die Nase und die Sonne schien warm auf uns herab. „Das war jetzt aber echt nett von Laura, uns den Heuballen zur Verfügung zu stellen," seufzte die Namenlose zufrieden. „Was sollen eigentlich diese Stofffetzen im Garten? Laura hat manchmal seltsame Ideen."

„War eher meine Idee," schnurrte ich zurück. „Die waren vorher auf so doofen Stöckchen. Jetzt ist viel mehr Bewegung drin. Aber das muss ich mit Laura noch ausdiskutieren."

Helga machte mehrere Fotos von uns. „Ich finde, das ist auch ein schöner Herbstgruß. Die Deko lebt regelrecht." Sebastian hatte uns schon während unserer Arbeit fotografiert.

„Das ist so krass. Diese Viecher sind so bescheuert. Die Fotos muss ich unbedingt ins Netz stellen. Keine Sorge, Laura. Ich habe auch Fotos gemacht, bevor unsere Helden auf die Idee gekommen sind, die Terrasse und den Garten anders zu gestalten. Ganze fünf Minuten war dein Garten perfekt. Für wen sind denn die Portionen mit Milchschaum und die zwei Schokoladenkekse?"

„Das ist alles für mich."

„Auch der Milchschaum in der Puppentasse?"

„Jawoll! Der ganz besonders."

„Du magst doch gar keine Schokoladenkekse."

„Doch, heute schon. Außerdem gehe ich in die Küche, hole mir eine Hand voll Knusperherzen und werde sie brutal vor den Augen der Katzen genüsslich verzehren. Da kenne ich nichts."

Ungläubig hoben wir alle vier den Kopf.

„So unglaublich brutal kannst du nicht sein, Laura." Ich schüttelte entsetzt den Kopf.

„Ich habe es doch nur gut gemeint. Schau mal, wie schön die Stofffetzen fliegen. Bis zu Wolfgang und Helga hinüber. Das hätte nie funktioniert, wenn sie noch auf diesen Stöckchen gewesen wären. Und die Kürbisse sehen im Garten zwischen den Rosen, Hortensien und Küchenkräutern viel natürlicher aus. Vielleicht könnte man auch die Mäuse damit erschlagen. Wäre mal was Neues."

„Wachsen Küchenkräuter auch weiter, wenn sie horizontal liegen? Die gelben Blumen auch. Da sieht es aus, als ob ein Meteorit eingeschlagen wäre, Laila."

„Das stimmt, Namenlose. Die Kollateralschäden sind doch größer als ich angenommen hatte. Wir werden uns wieder um ein hübsches Geschenk für Laura kümmern müssen."

„Ja, ich denke, das wäre mehr als angebracht."

„Was meinst du? Sollen wir uns langsam auf den Weg machen, Laura? Aber natürlich erst, wenn du den Milchschaum aus der Puppentasse und die Schokoladenkekse verdrückt hast. Ach, ja. Knusperherzen hast du auch noch in deinem Programm. Da brauchst du später kein Würstchen mehr vom Grill."

Wider Willen musste Laura lachen.

„Aber sieh dir doch nur unseren Garten an, Sebastian! Wir können doch nicht alles so liegen lassen. Er sieht aus, als hätte ein Tornado gewütet."

„Ja, da hast du gar nicht mal so unrecht. Ein kleiner schwarzer Tornado zumindest."

„Ich würde sagen, wenn wir die Stofffetzen aufheben, dann ist es gut für heute. Die Kürbisse können sehr schlecht weg fliegen." Helga ging in den Garten und machte sich an die Arbeit.

„Den Rest machen wir morgen gemeinsam, Laura. Das kriegen wir wieder hin."

Fassungslos beobachteten wir von unserem Heuballen aus, wie die drei im Garten herumliefen und die Stoffdinger wieder einsammelten.

„Da geht sie hin, meine schöne Arbeit," murmelte ich enttäuscht.

„Ich sehe aber noch etwas anderes." Die Namenlose hob witternd ihre hübsche Nase.

„Auf dem Tisch stehen vollkommen unbeaufsichtigt zwei Portionen Milchschaum und zwei Schokoladenkekse. Wäre doch schade, wenn sie verderben. Sollen wir das Problem lösen?"

Mit einem Satz waren wir Katzen auf dem Tisch. Mit einer rasanten Bewegung schob Oscar seinem Freund Sam einen Schokoladenkeks vom Tisch und verdrückte den anderen. Mit schnellen Zungen leerten wir unseren Milchschaum. Sam nahm auf der Hollywoodschaukel Platz, damit er unsere Tassen ausschlecken konnte.

„Um das Geschirr brauchen wir uns auch keine Gedanken mehr zu machen, Laura." Sebastian hielt sich die Stofffetzen vor den Mund um ein Lachen zu unterdrücken. Helga wollte mit Sam schimpfen, aber Laura sagte nur, „lass ihn, wir wissen doch beide, wer die Urheberin dieses Desasters ist. Außerdem hat Sebastian recht. Wir räumen nur noch das Tablett ab und machen uns dann auf den Weg."

Wolfgang kam aus seinem Haus mit zwei Jacken über dem Arm.

„Habe ich was verpasst?" Ratlos wanderte sein Blick über das ganze Geschehen.

Wir taten so, als würde uns das alles überhaupt nichts angehen und putzten anmutig unsere Schnäuzchen. Sam ebenfalls.

„Das erkläre ich dir unterwegs, Wolfgang," meinte Helga und wedelte mit den Stofffetzen. Sebastian hielt sein Handy hoch. „Aber ich habe als Beweismittel ein Video gemacht. Da wirst du staunen, was unsere Viecher alles drauf haben."

„Ja, darüber bin ich auch sehr glücklich!," fauchte Laura leise und bedachte mich mit einem vernichtenden Blick. Ich putzte mir zum hundertsten Male meinen Schnurrbart und schaute ziemlich genau nach, ob meine Pfoten auch wirklich sauber waren.

„Du meine Güte! Wie sieht denn die Vogelscheuche aus? Die wurde ja regelrecht hingerichtet. Darf ich raten wessen Idee das war?"

„Könnten wir das Thema wechseln, Wolfgang? Sonst erwürge ich heute noch eigenhändig jemanden, der verdammte Ähnlichkeit mit einer zwei Kilo schweren, schwarzen, bösen, hinterhältigen, Katze hat."

„Also, meine ganz persönliche Meinung?, jetzt übertreibt sie es ein wenig."

„Genau wie du, Laila. Du kannst jetzt aufhören. Deine Pfoten sind die saubersten der Welt."

„Wir gehen schließlich aus, Namenlose, und da will ich hübsch sein."

*

„Was ist das für ein Lärm?" Unwillig hockte Zorro auf dem Baumstumpf, an dem schon wieder neue Stockschwämmchen wuchsen. Von hier aus konnte er beobachten, was auf dem Nachbargelände passierte, ohne selbst gesehen zu werden. Ein großes Auto fuhr auf den Platz. Ein Mann stieg aus und fing an, das Auto zu entladen. Es war wunderschönes, warmes, sonniges Herbstwetter. Und die mittlerweile goldenen Blätter des Waldes ringsum, strahlten mit der Sonne um die Wette. Eine Menge Motorräder und ein Roller kamen nacheinander auf den Platz gefahren und stellten sich schön nebeneinander hin.

„Was für ein Haufen Leute." Zorro reckte den Hals um nichts zu verpassen. „Mich nerven die jetzt schon und die haben noch nicht mal mit ihrem ich-weiß-nicht-was-es-bedeuten-soll angefangen."

„Willi," rief eine Frau mit langen schwarzen Haaren, „kannst du mir mit den Tischen helfen?"

„Natürlich Ingrid. Ich mache das mit Michael und Marius. Du wirst sehen, in kürzester Zeit haben wir alles stehen."

„Das ist prima, dann kann ich mich um den Grill kümmern."

„Ich bin der Vorkoster," freute sich Marius.

„Zuerst die Arbeit, mein Freund, dann das Vergnügen. Fang schon mal mit den Sitzbänken an."

„Und was machst du, Papa?"

Michael holte zwei Flaschen Bier, öffnete sie und reichte eine davon Willi. „Wir müssen unbedingt das Bier testen. Schließlich wollen wir uns heute nicht blamieren."

„Ich will auch das Bier testen," maulte Marius.

„Du kannst die Limo auf Geschmack, und die Brötchen auf ihre Frische testen. Ist schließlich auch eine wichtige Aufgabe." Michael prostete Willi zu und beide nahmen einen schönen Schluck.

„So habe ich mir das gedacht," schimpfte Marius, „genau so," und schleppte die Sitzbänke aus dem Auto. „Wo sollen denn die Bänke stehen?"

„Ich würde sagen, in der Nähe vom Grill, Marius. Du machst das sehr gut," lobte Willi. „Und wenn dein Vater es erlaubt, werden wir zwei heute Abend ein schönes Bier zusammen trinken. Schließlich muss keiner mehr von uns fahren. Wir haben Zelte dabei...ach du Scheiße! Die müssen wir auch noch aufbauen."

„Haben wir die Schlafsäcke dabei, Marius?"

„Aber natürlich, Papa. Auf meinem Roller. Ich will schließlich heute Nacht nicht frieren."

„Ein Glück. Die habe ich total vergessen."

Robert, Sonja und die anderen hatten ihre Zelte schon stehen.

„Macht in Ruhe die Tische fertig. Wenn ihr wollt, baue ich eure Zelte auf."

„Du bist ein Bombenkerl, Robert. Danke," freute sich Willi und schleppte mit Michael die Tische zu den Bänken.

„Das scheint auch so eine Art Rudel zu sein," bemerkte Zorro von seinem Baumstumpf.

„Hast du das gesehen, Zorro? Einer hilft dem anderen. Das gefällt mir." Pirat setzte sich neben Zorro, um nichts zu verpassen.

„Robert! Hilfst du mir bitte?" rief Ingrid „Ich kriege die dämliche Sitzbank nicht aus dem Auto." Unser gestreifter Robert und ein großer Mann eilten gemeinsam zu Ingrid. „Er scheint den gleichen Namen zu haben, wie ich," meinte der Mann, „pass bloß auf, dass du uns nicht verwechselst."

„Ich gebe mir Mühe!" frohlockte Ingrid.

„Menschen können so verschieden sein," murmelte Richie leise. Ein Leben lang bist du eng mit ihnen verbunden, aber dann...."

„Was hast du gesagt, Richie? Du quatscht so leise."

„Nichts, Zorro. Ich habe nur mit mir selbst gesprochen."

„Sag mal. Geht`s noch? Sind wir nicht genug Kater, mit denen du dich unterhalten kannst?" kopfschüttelnd beobachtete Zorro weiterhin die Menschen.

„Aber ich muss doch mal zeigen, wer hier der Boss ist."

„Was machst du, Boss?"

„Das sagte ich doch schon, Ekki. Ach, was rede ich überhaupt mit dir. Sehe und staune."

Zorro spazierte mit erhobenem Kopf zu den Menschen und sprang auf Willi´s Motorrad.

„Also, Leute. Wer ist bei euch der Boss? Bei uns bin ich es und ich sage wo es lang geht."

„Ich glaube, dahinten kommen alte Bekannte," Robert, der Kater, hatte wie immer seine Aufgabe sehr ernst genommen und das komplette Areal beobachtet.

Von weitem sah ich unsere Katzengang schon sehr unauffällig neben und auf dem Baumstumpf sitzen. Die gestreiften Katzen hingegen lagen vor dem Clubheim in der Sonne und der Kleine sah zum ersten Mal entspannt und satt aus. Unsere Menschen spazierten an den Katzen vorbei und begaben sich auf das Nachbargrundstück. Wir Katzen ließen uns Zeit und blieben noch ein wenig bei unseren Freunden hängen. Sam wollte auch bei uns bleiben und sah sein

Herrchen bittend an.

„Wir können ihn doch von hier gut sehen," meinte Sebastian, „wenn was sein sollte, hört er doch sofort auf dich. Du kannst dich voll auf ihn verlassen."

„Alles klar, Sam. Aber bleib in Sichtweite. Meinst du es gibt keine Probleme? Da sind fremde Katzen dabei," gab Helga zu bedenken.

Sam setzte sich gemütlich zu uns.

„Wo ist denn Zorro?"

„Hier bin ich, Laila, auf dem Motorrad. Ich muss nur noch was abklären. Ah, unsere rote Riesentonne. Komm, genieße die Sonne mit uns, mein Freund. Ich habe von deinem Husarenstück gehört. Ich muss sagen: alle Achtung. Das Herrchen mitten in der Nacht auf die einsame Landstraße zu schleifen, dazu gehört schon was."

Sam und die Katzengang waren alte Bekannte. Man hatte schon so manches Abenteuer zusammen erlebt und so was festigt die Freundschaft. Willi schaute sich staunend den Kater auf seinem Motorrad an. „Es freut mich, dass dir mein Motorrad gefällt."

„Das ist der Chef der Katzengang," meinte Sebastian. „Er muss natürlich alles im Auge haben."

„Der Chef sagst du? Da bin ich aber sehr stolz, dass er sich mein Motorrad ausgesucht hat."

Unsere Menschen saßen gemütlich auf einer Bank mit Michael, mit den schönen langen Haaren, seinem Sohn Marius und Rotschopf Willi. Plötzlich drehte Sam sich um und ließ ein leises Knurren hören. Ein fremder Mann saß vor dem kleinen Kater, streichelte ihn, und rieb ihn mit einer Salbe ein. Es wunderte mich, dass er sich von dem Mann anfassen ließ.

„Das geht in Ordnung, Sam," versuchte Zorro Sam zu beruhigen. „Er hat den Kleinen heute Morgen untersucht und ihm Futter gebracht. Könntest du ihm das bitte noch einmal übersetzen, Laila. Sein Knurren hört sich wirklich furchterregend an."

Sam meinte, er wäre nicht blöd, aber er werde den Mann trotzdem im Auge behalten. Man konnte ja nie wissen.

Ein unglaublich lautes Motorengeräusch beendete vorläufig unsere Unterhaltung. Ein riesiges schwarzes Ding bretterte an uns, gefolgt von einem Auto, vorbei, und fuhr auf das Grundstück.

„Was war das denn?" Zorro drehte, angewidert von dem Lärm, die Ohren nach hinten. „Ist das jetzt ein Motorrad oder ein Auto? Die Menschen erfinden wirklich nur noch bekloppte Maschinen."

Laura stand auf und ging dem Motorradgespann und dem Auto entgegen. Beeindruckt stand der Rest der Truppe auf und ließ alles stehen und liegen, um sich die Maschine anzusehen und vor allen Dingen anzuhören.

„Das nenne ich einen satten Sound," meinte Robert fachmännisch. „Und dieser riesige Beiwagen. Da hat der TÜV doch bestimmt gekotzt."

„Da kann man bestimmt super gemütlich drin sitzen," schwärmte Sonja.

Waltraud zog den Helm aus. „Hallo Jungs, könnte einer von euch meiner Nichte aus dem Beiwagen helfen. Sie hat leider im Moment ein kleines Handicap."

„Selbstverständlich, ich bin schon zur Stelle." Willi öffnete die Tür und Michelle zog ihren Helm aus, kastanienbraunes Haar flutete über ihre Schultern, dann reichte sie ihm die Hand.

„Freut mich, dich kennenzulernen. Alleine wäre es ziemlich blöd, hier herauszukommen."

„Darf ich?" Willi nahm sie kurzerhand auf den Arm und setzte Michelle in dem von Mirko bereitgestellten Rollstuhl ab.

„Jetzt gehört sie wieder dir, mein Name ist Willi," stellte er sich Mirko vor.

„Vielen Dank, Willi! Aber sie gehört mir ganz und gar nicht. Wir sind nur Freunde."

„Freut mich zu hören...äh, ich meine...nur Freunde...das ist ja auch was...äh, ich wollte sagen..." Willi wurde vor Verlegenheit so rot wie seine Haare. „Soll ich euch ein Tellerchen Bier und ein Glas Kuchen holen?"

„Gegen ein Tellerchen Bier hätte ich nichts einzuwenden."

„Habe ich das wirklich gesagt?"

„So wahr ich hier stehe, Willi."

„Es kann nur besser werden."

Gisela und Waltraud wurden freundlich von allen begrüß, dann setzten sie sich in die Runde. Ingrid schaute rüber zu den Katzen und rief: „Armin kommst du bitte? Die ersten Würstchen sind fertig. Heiß schmecken sie nun mal am besten. Soll ich dem Präsidenten der Katzengang auch ein Würstchen bringen?"

Einer nach dem anderen schnappte sich einen Teller und ließ es sich schmecken. Wir Katzen und Sam wurden von dem phantastischen Geruch angezogen und rückten etwas näher. Willi nahm zwei Teller und gab einen davon Michelle. Dann setzte er sich neben sie auf den Boden und beide fingen an zu essen. Hinter Willi lugte Richie neugierig aus dem Gebüsch.

„Sieh mal einer an," lachte Willi, „du hast die gleiche Matte wie ich. Stört es dich Michelle, wenn ich ihn zum Abendessen einlade."

„Ganz bestimmt nicht. Vergiss den Chef auf deinem Motorrad nicht. Alle diese Katzen haben auf mich aufgepasst, als ich da vorne auf der Straße meinen Crash hatte. Den riesigen Hund kenne ich übrigens auch. Er hat mir ein Küsschen gegeben, als ich auf der Straße lag."

„Du bist also die arme Sau...also, mit der Sau, das habe ich nicht so gemeint, du bist also das Opfer, das es erwischt hat. Es ist nicht zu fassen!"

„Das stimmt! Aber ich bin nicht hier, um den ganzen Tag über den Unfall zu sprechen. Jetzt freue ich mich, mit dir dieses schöne Essen zu genießen."

Verwundert über ihre eigene Aussage trank sie einen ordentlichen Schluck Bier.

„Geht klar! Wenn du willst, können wir später darüber reden. Nur wenn du willst, Michelle. Jetzt werden wir erst mal mit meinem neuen Freund noch eine Wurst vertilgen. Du auch noch eine?"

„Ja, ich habe wirklich Appetit. Nicht zu fassen." Zufrieden schaute Michelle dem hochgewachsenen Willi, mit seinen feuerroten Haaren und dem ebenso beeindruckenden Bart, hinterher. Armin schnitt ein Würstchen klein und ging hinüber zu dem alten Schuppen, um die gestreiften Katzen zu füttern. Sie hatten es nicht gewagt, näherzukommen. Ich saß mit den anderen Katzen und Sam abseits des Grundstücks und wir ließen uns von Ingrid verwöhnen. Es war sehr gemütlich, sogar Laura sah mich nicht mehr ganz so böse an und unterhielt sich prächtig mit den anderen Jungs und Mädels.

Ohrenbetäubender Motorenlärm drang plötzlich in unsere Ohren. Wir registrierten das natürlich noch vor den Menschen. Wir hörten alle schlagartig auf zu essen und zogen uns in den Wald zurück. Sam blieb auf dem Grundstück, um auf seine Familie aufzupassen. Die gestreiften Katzen zogen sich mit dem kleinen Kater in den Schuppen zurück.

Mindestens zehn schwarze, schwere Maschinen fuhren auf das Grundstück. Neugierig wandten unsere neuen Freunde ihre Köpfe den Neuankömmlingen zu. Sie waren alle ausnahmslos in schwarzes Leder gekleidet und trugen alle das gleiche Logo auf ihren Lederwesten. Ein Skelett, das ein eisernes Herz in der Hand hielt. Also von Individualität schienen sie schon mal nichts zu halten. Wie Schafe, meiner Meinung nach, nur schwarz. Sie zogen alle ihre Helme aus und betraten ungefragt den Platz.

„Willi," brüllte der erste von ihnen, „komm her! du Ausgeburt der Hölle!"

Willi stand langsam auf. „Kannst du mir mal sagen, was das für ein Aufstand ist? Wir haben doch einen sauberen Abschluss gemacht. Also was soll dieser lächerliche Auftritt?"

„Das weißt du ganz genau!"

„Was weiß ich denn so 'ganz genau', verdammt noch mal. Mach endlich das Maul auf oder traust du dich nicht zu reden, weil nur zwölf Stück von euch da sind."

Unsere neuen Freunde standen ebenfalls langsam von ihren Bänken auf. Sam stellte sich schützend vor Wolfgang und Helga und ließ sein kehliges Knurren ertönen. Zorro, auf Willis Maschine, machte einen Riesenbuckel, stellte seine Haare hoch und stand würdevoll neben ihm. „Wenn es zum Kampf zwischen euch beiden kommt, stehe ich dir als Sekundant zur Seite. Aber wir können auch kämpfen. Wir lassen einen Freund nicht im Stich."

Oscar stellte sich mit den anderen Katern unmissverständlich zu Willi. Die Namenlose und ich bildeten den Abschluss.

„Wenn du was mit dem Unfall von Daniela und Cengis zu tun hast, folgst du ihnen nach. Das schwöre ich dir."

„Was für ein Unfall, du Idiot?"

„Du weißt genau, was ich meine. Wer hat denn lautstark getönt, dass er Daniela umbringt? Kannst du dich noch erinnern?"

„Was soll das? Da war ich besoffen, Curry! Du weißt, ich würde deiner Schwester nie etwas zu Leide tun. Willst du nicht endlich mal mit der Sprache rausrücken, was denn überhaupt los ist?"

„Die beiden hatten einen Motorradunfall. Nachts, auf der Landstraße vor der Stadt. Daniela liegt immer noch im Koma."

Wolfgang und Helga sahen sich entsetzt an. „Das sind doch die zwei, die du in der Nacht gefunden hast," flüsterte Helga.

„Was? Mach keinen Scheiß?" brüllte Willi „du willst mich doch nur verarschen!"

„Genau...deswegen haben wir den weiten Weg hierher gemacht...nur um dich zu verarschen."

Ein Polizeiauto kam die kleine Straße heraufgefahren und blieb vor dem Grundstück stehen.

„Wie ich sehe, ist euer übliches Begleitkommando auch schon da," höhnte Willi.

Unschlüssig stand der Kontrahent da und ballte seine Faust. „Komm," riefen seine Kumpels von hinten, „lass uns verschwinden. Wir brauchen nicht noch mehr Ärger. Und schon gar nicht mit der Polizei."

Der Polizist stieg aus und betrat ebenfalls das Gelände.

„Im Moment komm ich mir vor, wie in so einem billigen B-Roadmovie." Sebastian nahm Laura in den Arm. „Ich bin gespannt wie das jetzt weitergeht."

„Ich kenne den Polizisten," räusperte sich Wolfgang, „ein sehr unangenehmer Mensch. Er tauchte plötzlich am Unfallort auf und stellte mir ziemlich unangenehme Fragen. Wenn Herr Wieland nicht dagewesen wäre..."

„Was wollen sie schon wieder von uns?" tönte der Motorradfahrer mit den schwarzen Klamotten. „Wir haben hier nur alte Freunde besucht."

„Mensch, halt doch die Klappe," rief einer von seinen Leuten. „Wir haben doch genug Stress."

Waltraud hatte die Schnauze gestrichen voll.

„Es reicht jetzt, zum Teufel noch mal!!"

Sie baute sich drohend vor dem schwarzen Motorradfahrer auf. Er war mindestens einen Kopf größer als sie und sie musste, mit den Händen in den Hüften, ihren Kopf in den Nacken legen, damit sie ihm ins Gesicht sehen konnte.

„Haben sie jetzt genug Testosteron verschleudert, junger Mann? Das war ziemlich beeindruckend, hilft aber niemandem weiter. Vielleicht sollten sie gemeinsam die Hormone zurückpfeifen und ihr Hirn einschalten."

Der Polizist runzelte missbilligend die Stirn.

„Von ihnen will ich gar nichts, meine Herren."

Dann wandte er sich an Waltraud. „Und sie halten sich bitte zurück. Ist zufällig ein Herr Schimmer anwesend?"

Armin stand auf und trat vor. „Was ist denn los. Ist es mittlerweile verboten Pilze zu sammeln?"

Richie wurde unruhig. Er hob seine Nase witternd in den Wind. Die Motorradfahrer in den schwarzen Klamotten stiegen auf ihre Motorräder und ließen ihre schweren Maschinen an.

„Wir hören noch voneinander," drohte Willis Kontrahent und ballte die Faust. Dann fuhren sie mit lautem Getöse vom Platz. Er winkte dem Polizisten zu. „Du weißt wo wir zu finden sind!"

„Herr Schummer, es wundert mich wirklich, sie hier zu finden. Ihr Hass auf Motorradfahrer dürfte sich doch mittlerweile herumgesprochen haben. Ich wundere mich, dass noch jemand mit ihnen zu tun haben möchte! Oder suchen sie sich hier ihr neues Opfer aus. Die Auswahl ist ja phantastisch. Da können sie doch so richtig aus dem Vollen schöpfen."

„Ich weiß nicht was sie meinen," antwortete Armin müde.

„Ach nein! Dann muss ich ihrer Erinnerung ein wenig auf die Sprünge helfen. Vor vier Jahren wurde ihr bester Freund angeblich von zwei Motorradfahrern zusammengeschlagen und starb anschließend an seinen Verletzungen. Seitdem sagt man, nur so ganz nebenbei, dass sie auf Motorradfahrer nicht mehr so gut zu sprechen sind. Morgen früh melden sie sich bei mir auf dem Revier. Und dann möchte ich von ihnen wissen, wo sie während der letzten ungeklärten Motorradunfälle waren. Das ist keine Bitte sondern eine Vorladung."

„Ihr Umgangston lässt ebenfalls zu wünschen übrig."

„Mischen sie sich nicht in Angelegenheiten, die sie nichts angehen, Frau..."

„Lohmann, ist mein Name. Waltraud Lehmann! Und ich werde mich einmischen so oft und so viel wie ich will! Sie werfen diesem Herrn hier vor versammelter Mannschaft schreckliche Dinge an den Kopf, beleidigen ihn und untergraben seine Würde."

„Mäßigen sie sich! Sonst..."

Gisela war mächtig in Rage.

„Sonst was? Was passiert dann? Bekomme ich dann eine Anzeige, weil ich den Mund aufgemacht habe? Oder nehmen sie mich fest, wegen Widerstand gegen die Staatsgewalt? Das wäre nicht die Erste! Wenn ich sie mir so ansehe, fällt es mir allerdings schwer von Staatsgewalt zu sprechen."

Waltraud stand da wie ein kleiner kompakter Vulkan, der kurz vorm ausbrechen war.

„Die Lady hat verdammt noch mal Mut."

Zorro saß immer noch mit hocherhobenem Haupt auf Willis Motorrad.

Waltraud fixierte den Polizisten mit ihren Augen.

„Wie geht es jetzt weiter, Mister Staatsgewalt?"

Anscheinend konnte der Beamte den Druck, der von Waltrauds Augen ausging, nicht mehr ertragen und senkte den Blick.

„Also, sie wissen Bescheid, Herr Schummer. Montagmorgen pünktlich um neun Uhr melden sie sich. Sonst werden sie mit dem blauen Taxi abgeholt."

Der Polizist stieg in seinen Dienstwagen und fuhr langsam vom Platz. Aufgeregt quatschten alle Menschen, Katzen und Hund durcheinander. Alle...bis auf Sebastian und Richie. Sebastian hatte sein Handy am Ohr und telefonierte. Armin wollte weg, aber Waltraud nahm ihn an der Hand und führte ihn zurück zu seinem

Platz. Willi setzte sich wieder neben Michelle auf den Boden, hatte den Kopf auf beide Hände gestützt und sprach kein Wort.

„Du brauchst „ein Tellerchen" Bier, unbedingt. Ich auch, da bin ich mir absolut sicher."

Michelle fuhr mit ihrem Rollstuhl zu Ingrid und kehrte mit zwei Bier zurück. Willi saß auf dem Boden, bedankte sich für das Bier und versank wieder in tiefes Grübeln. Richie saß nachdenklich neben Willi.

„Zorro?"

„Ja, Richie?"

„Wir müssen uns alle zusammensetzen. Ich glaube es ist sehr wichtig." Zorro hatte von Willis Motorrad einen wunderbaren Überblick.

„Also Leute. Alles hierher zu mir. Richie hat euch was zu sagen." Erwartungsvoll standen wir um Richie herum und waren gespannt was er zu sagen hatte.

„Als diese verrückten Motorradfahrer da waren und dieser komische Polizist, hatte ich wieder diese Witterung in der Nase."

„Welche Witterung?" fragte Zorro.

„Die gleiche, wie in der Nacht des Unfalls. Ich habe euch doch von dem Radfahrer erzählt. Ich bin mir nicht ganz sicher. Aber es könnte sein, dass ich heute die gleiche Witterung gerochen habe, wie in jener Nacht."

„Aber du bist dir nicht sicher."

„Nein, Zorro."

„Das liegt daran, weil du mit deiner angeblichen Diät ziemlich ausgemergelt aussiehst. Das geht mittlerweile soweit, dass deine Sinne nicht mehr richtig funktionieren. Das hast du jetzt davon. Was ist mit deiner Witterung bei Armin und Willi?"

„Ich weiß es wirklich nicht."

„Das ist mir heute auch ziemlich egal. Das ist wieder einmal so ein widersprüchliches Menschending. Sollen sie doch sehen, wie sie klar kommen. Armin kümmert sich um den Kleinen und die Salbe hat ihm auch schon geholfen und Willi mögen wir auch."

Richie maunzte Willi direkt an, „wäre echt schade, wenn du was damit zu tun hast. Du wärst ein echt guter Freund."

Willi kraulte Richie mit der einen Hand am Kopf und mit der anderen führte er die Bierflasche zum Mund. „Ich hatte meine Arbeit verloren. Aber anstatt mich darum zu kümmern, dass sich meine Situation verbessert, verlor ich mich in grenzenlosem Selbstmitleid. Jeden Abend hing ich mit Saufkumpanen zusammen. Meiner Freundin wurde das alles zu viel und irgendwann hatte sie die Nase voll und machte, vollkommen zu recht, Schluss mit mir. Aber anstatt das zu akzeptieren, rastete ich komplett aus..."

Michelle antwortete nichts, sondern sah ihn nur mit ihren riesigen blauen Augen ruhig an.

„Ich verwüstete ihre Wohnung und brüllte besoffen herum, dass ich sie umbringe, wenn sie sich mit einem anderen Typen einlässt. Kein Wunder, dass Curry so wütend war. Ich hätte wahrscheinlich genauso reagiert."

„Hast du sie geschlagen?"

„Nein. Ich hätte sie niemals angefasst. Aber die Möbel konnten sich sehr schlecht wehren."

„Du hast nicht gewusst, dass sie diesen Unfall hatte?"

„Ich schwöre bei meinem Leben, davon habe ich bis eben nichts gewusst."

Marius wollte sich auch zu Willi setzen.

„Komm, lass die beiden alleine. Ich glaube Willi hat viel zu erzählen. Eine Flasche Bier kannst du auch mit mir trinken, Marius. Aber du musst mir ein Versprechen geben."

„Klar, Papa."

„Mama sollte hiervon nichts erfahren."

„Da bin ich ganz deiner Meinung. Meinst du, die Rocker kommen wieder?"

„Nein, das glaube ich nicht."

Armin saß zusammengesunken auf der Bank. Waltraud und Ingrid saßen ihm gegenüber. „Ich hole dir ein Bier, Armin. Magst du auch eins, Waltraud?"

„Nein, danke. Ich muss noch nach Hause fahren. Aber eine kleine

Portion von dem schönen Nudelsalat würde ich nicht verachten."

„Waltraud, wenn du in Zukunft Freizeit übrig hast, könnte ich mir vorstellen, dass du dich bei uns im Club wohlfühlst."

„Gute Idee," rief einer der Motorradfahrer namens Dieter. „Waltraud hat echt Eier in der Hose. Das war ein starker Auftritt."

„Ja, ich glaube auch, du würdest gut zu uns passen," meinte Sonja, und strich eine Strähne ihres blonden Haares nach hinten. „Dann trink wenigstens eine Limo, dann kann ich mit dir anstoßen."

„Vielen Dank. Ich werde darüber nachdenken. Her mit der Limo." Waltraud wurde vor Verlegenheit ganz rot.

„Kann ich mich mit ihnen unterhalten Armin?"

„Klar. Können wir beim Du bleiben?"

„Sehr gerne, Armin. Mein Name ist Waltraud. Möchtest du über den Vorfall mit diesem ungehobelten Polizisten sprechen?"

„Da gibt es nicht viel zu reden. Im Prinzip hat der Polizist sogar recht. Ich hasse Motorradfahrer. Ich bin nur hier wegen Ingrid. Sie ist eine alte Schulkameradin von mir."

„Warum hassen sie Motorradfahrer?"

„Ich bin früher selbst gefahren. Mein bester Freund und ich waren auf einer ausgedehnten Tour unterwegs und waren schon auf dem Heimweg. An einer Kneipe standen mehrere Motorräder. Die Speisekarte versprach Riesensteaks, also stellten wir unsere Motorräder ab und wollten gemütlich zu Abend essen. Das klappte auch alles ganz gut, bis einer der Gäste aus einem fadenscheinigen Grund anfing Stunk zu machen. Mein Freund war auf dem Weg zur Toilette und da wurde er von einem der Gäste blöd angemacht."

Ein uns wohlbekanntes rotes Auto kam auf den Platz gefahren. Stefan und Jordi stiegen aus und Sebastian unterhielt sich mit ihnen. Stefan nickte und setzte sich zu Armin und Gisela an den Tisch. Er stellte sich vor und zeigte seinen Ausweis.

„Reden sie ruhig weiter. Ich höre ihnen zu. Haben sie den Gast erkannt?"

„Nein! Ich kann mich einfach nicht mehr erinnern. Es ist alles weg, als hätte man einen Schalter umgelegt. Mir fehlt komplett die letzte Stunde oder mehr. Das einzige woran ich mich erinnern kann, ist, dass ich meinen Freund schwerverletzt vor dem Lokal fand. Er wurde zusammengeschlagen...der Notarzt konnte nichts mehr für ihn tun. Wo bin ich gewesen? Ich lasse doch meinen Freund nicht im Stich?"

„Wie kommt der Polizist darauf, dass sie was mit den Unfällen zu tun hätten," hakte Stefan nach.

„Die Frau meines Freundes hat mich mitverantwortlich gemacht und ich habe sogar eine Anzeige wegen unterlassener Hilfeleistung bekommen. Sie sagte, es wäre meine Schuld gewesen. Sie meinte, ich hätte bei ihm sein müssen. Und soll ich ihnen was sagen? Sie hatte recht. Die Täter wurden übrigens nie gefasst."

„Aber der Polizist war wegen diesem Fall hier. Und genau da werden wir ansetzen, Herr Schummer. Dann wollen wir jetzt gemeinsam die Sache aus der Welt schaffen. Wo waren sie denn Mittwochabend, so gegen dreiundzwanzig Uhr? Wenn sie dafür eine vernünftige Erklärung haben, haben sie dem Polizisten den Wind aus den Segeln genommen."

Armin riss entsetzt die Augen auf. „Mittwochabend, sagen sie?"

„Ja. Ist das ein Problem für sie?"

„Allerdings. Das ist der Todestag meines Freundes. Wenige Tage vorher war mein Hund gestorben und ich fühlte mich plötzlich zu viel und alleine in der Welt. Und als dann der Tag dieses verfluchten Datums kam, habe ich mir eine Flasche Schnaps gekauft." Armins Blick ging an Waltraud und Stefan vorbei und verlor sich in der Ferne. Neugierig geworden, setzten die Namenlose und ich uns jeweils links und rechts neben Armin und hörten gespannt zu.

„Was ist schlimm daran?" Stefans Blick ruhte auf Armin. „Saufen löst keine Probleme, das ist wahr. Aber sich mal für einen Abend auszuklinken...das kann ich verstehen. Darf ich rauchen?"

Stefan holte seine Zigaretten heraus und bot Waltraud und Armin jeweils eine an.

„Wenn du das doch nur lassen könntest, Stefan," schimpfte ich, „dann riechst du wieder, wie unser kalter Grillrost. Aber noch nicht mal Sam würde dich so noch ablecken wollen."

„Du darfst das Gespräch nicht unterbrechen, Laila. Es ist für Armin sehr wichtig, dass er die richtige Antwort gibt."

„Entschuldigung, Namenlose."

Armins Blick festigte sich und er war wieder bei uns in der Gegenwart.

„Dann habe ich jetzt ein richtiges Problem. Ich habe die Flasche in kürzester Zeit ausgesoffen und bin ziellos herumgestreunt. Aber irgendwann in der Nacht hatte ich einen kompletten Filmriss und bin morgens in dem neuen Industriegebiet auf einer Parkbank aufgewacht. Das ist aber noch nicht alles. Ich habe in der Nacht meine Brieftasche mit all meinen Dokumenten, Ausweis, Führerschein und so weiter verloren."

„Sie können sich an nichts mehr erinnern?"

„Nein. Und ich werde ihnen ihre nächste Frage gleich mit beantworten. Ich weiß nicht, ob ich mit dem Unfall der beiden nicht doch etwas zu tun habe. Zumindest kann ich nicht das Gegenteil beweisen."

„Wenn sie das morgen früh zu Protokoll bringen, sitzen sie in Untersuchungshaft und der Polizist hätte alle Trümpfe in der Hand."

Stefan drückte seine Zigarette aus, aber nur um sich eine Neue anzuzünden. Ich wollte wieder los schimpfen, aber die Namenlose hielt mich zurück.

„Was sagt ihnen denn ihr Bauchgefühl, Herr Schummer? Könnten sie sich vorstellen, zwei junge, unschuldige Menschen zu töten?"

„Nein, natürlich nicht. Ich hatte mal einen Hasen gefangen und wollte ihn eigentlich zum Abendbrot verzehren. Er war verletzt. Ich habe ihn dann doch gesund gepflegt und wieder freigelassen. Er lebt noch heute bei mir in der Nähe meiner Hütte. Aber was tue ich, wenn ich besoffen bin? Werde ich dann zum Killer?"

„Wie oft waren sie denn besoffen in letzter Zeit?"

„Es war das erste Mal. Der Verlust meines Hundes, der ein wirklich guter Freund war, und der Jahrestag, waren zu viel für mich. Aber das hilft mir jetzt auch nicht weiter."

„Haben sie Vertrauen zu mir?"

„Wie meinen sie das?"

„Ich nehme sie mit, bitte nicht erschrecken, in Untersuchungshaft.

Ich werde mit meinem Kollegen versuchen herauszufinden, wo sie sich in jener Nacht herumgetrieben haben. Aber es ist auf jeden Fall besser, wenn wir den Fall bearbeiten, als unser übereifriger Kollege mit seinem vorgefassten Täterbild."

„Das hört sich meiner Meinung nach sehr vernünftig an," meinte Waltraud. Gisela setzte sich ebenfalls zu uns. „Außerdem können wir ihnen einen Spitzenanwalt besorgen. Er gehört zu unserer Familie. Wenn sie wollen werde ich ihn sofort anrufen."

„Ich werde ihn mir kaum leisten können," seufzte Armin leise.

„Das ist auf alle Fälle aber eine gute Idee, Herr Schummer. Mir wäre es sehr recht, wenn sie dem Angebot dieser Dame hier nachkommen würden. Alleine schon um Übergriffe dieses Polizisten zu verhindern. Ich versuche jetzt meinen Chef zu erreichen. Er muss mit dem Staatsanwalt sprechen. Je schneller wir arbeiten können, umso eher haben wir hoffentlich Ergebnisse."

Armin saß zusammengesunken auf der Bank. Sein Bier stand unberührt vor ihm. „Jemand muss sich um den kleinen gestreiften Kater kümmern. Er ist verletzt. Ich habe eine Arnikasalbe hergestellt und die hat ihm schon Linderung verschafft. Aber die Behandlung müsste noch mindestens zwei Tage weitergeführt werden."

„Wir können das erledigen," rief Sebastian vom Nebentisch, „Laura hat ein gutes Händchen dafür, das kriegen wir hin."

Stefan hatte sich etwas abseits gestellt und führte ein langes Telefongespräch mit seinem Chef.

„Natürlich weiß ich, dass das wieder Ärger gibt. Aber was soll ich machen? Der Mann ist in einem desolaten Zustand. Wenn er was damit zu tun hat, dann lassen sie es von Profis herausfinden Chef, und nicht von diesem `Möchtegernkommissaranwärter`, der meiner Meinung nach ständig seine Kompetenzen überschreitet, für die wir übrigens heute Nachmittag jede Menge Zeugen haben...also, was ist jetzt? Kümmern sie sich um den Staatsanwalt?"

Sekundenlanges Schweigen...dann endlich, „ich wusste doch, dass ich mich auf sie verlassen kann. Selbstverständlich warte ich auf ihren Rückruf."

„Menschen sind schon komisch. Was meinst du Namenlose?

Einerseits will Stefan ihm helfen und andererseits will er ihn mitnehmen, in dieses Untersuchungsding. Was ist das denn? Es hörte sich nicht nach Gemütlichkeit an."

„Ich habe mal gehört, dass wäre so eine Art Arrest."

„Wie im Tierheim?"

„Genau so. Stefan weiß auch nicht, ob er was mit den Unfällen zu tun hat. Und weißt du, Laila, was das schwierigste ist? Armin weiß es selbst nicht. Und Richie konnte ihn auch nicht bestimmen. Es waren zu viele Menschen anwesend, sodass er den Geruch nicht sondieren konnte."

„Sondieren?"

„Festlegen, meine ich, bestimmen."

„Dann sag das doch auch. Du immer mit deinen hochgestochenen Worten. Wo findest du die immer nur?"

Stefan erhielt den versprochen Rückruf von seinem Chef. „So, jetzt nehmen wir die Sache in die Hand. Wir werden richtige und objektive Polizeiarbeit machen, Herr Schummer. Wir nehmen sie mit in Untersuchungshaft, dann sind sie zunächst einmal vor unserem übereifrigen Kollegen geschützt."

„Ich habe mit unserem Anwalt gesprochen, Herr Schummer." mischte sich Waltraud ein. „Er steht ihnen selbstverständlich zur Verfügung. Machen sie sich über die Bezahlung keine Sorgen. Er kennt da ein paar Tricks."

„Ich weiß nicht, was ich sagen soll? Ich kenne noch nicht mal ihren Namen und sie wollen mir helfen?"

„Doch, meinen kennst du, schon vergessen? Und wir waren bereits beim Du. Und das ist meine Schwester Gisela."

„Und wenn ich wirklich was damit zu tun habe?"

„Dann wirst du dafür gerade stehen, verdammt noch mal," donnerte Gisela.

Jordi hatte sich neben Willi gesetzt.

„Dieser Motorradclub heute Nachmittag war angeblich nur wegen ihnen da. Stimmt das?"

„Ja." Willi hatte sein Bier mit beiden Händen fest umklammert.

„Weshalb waren die denn so wütend auf sie."

„Ich habe bis heute nichts davon gewusst.“

„Von was wussten sie nichts.“

„Dass Daniela und Cengis verunglückt sind.“

„Kennen sie die beiden?“

„Ja. Ich war mit Daniela zusammen. Aber das ist vorbei.“

„Waren sie auch Mitglied in diesem Club?“

„Eine ziemlich lange Zeit.“ Dann erzählte Willi Jordi was er kurz zuvor mit Michelle besprochen hatte .

Richie setzte sich auf Willi´s Schoß und beobachtete aufmerksam, was um ihn herum passierte. Michelle und Willi streichelten gleichzeitig über den roten Kater. Dabei berührten sich durch Zufall ihre Hände. Richie spürte etwas, das sich anfühlte wie ein Stromschlag. Seine Haare standen zu Berge und er sah aus als hätte man ihn gegen den Strich gebürstet. Irritiert zogen beide ihre Hände wieder zurück und schauten sprachlos auf Richie. Jordi hatte die Veränderung auch bemerkt und glotzte nun auch den roten Kater an.

„Was soll das?“ maunzte Richie. „Ich habe damit nichts zu tun. Die zwei haben mich unter Strom gesetzt. Das ist doch nicht normal? Oder?“

„Das hat was,“ feixte Pirat, „wenn die zwei das öfter machen, können wir dich irgendwann als Lampe benutzen. Das geht natürlich nur, wenn man dir vorher eine Glühbirne in den Hintern dreht.“

„Da sagst du was,“ setzte Robert nach, „in unserem Clubheim ist es ohnehin zu dunkel. Da würde sich so eine Katerlampe ganz gut machen.“

„Gefallen würde mir das schon,“ meldete sich Ekki, „aber wie kriegen wir Richie dazu, sich stundenlang an die Decke zu hängen. Meiner Meinung nach sehen Lampen an der Decke am besten aus.“

„Es reicht jetzt!“ brummte Zorro gebieterisch von Willi´s Motorrad aus. „Lasst ihn in Ruhe. Was soll das denn? Aber wenn ich mir das so überlege...wir haben schon einen bescheuerten karierten Telefonkater. Warum nicht auch noch einen Stromkater, der Licht machen kann? Dann wären diese Superhelden aus dem Fernsehen gegen uns nur noch blasse Abbilder.“ Aber als Zorro das sagte, lag ein unverblümtes Grinsen in seinem Gesicht.

„Ihr seid so bekloppt, alle miteinander. Mein Leben wäre ohne euch leer und ereignislos. Wenn ich könnte, würde ich gerne die Lampe für euch machen. Was meint ihr wäre passend für mich? Eine mit kleinem oder großem Gewinde. Ich muss mal messen."

Alle Kater grinsten sich verschämt an. Zorro sprang vom Motorrad herunter.

„So, bevor es hier weitergeht, müssen wir miteinander sprechen, Richie. Kommt alle mit unter den Holunderstrauch. Holunder ist immer eine gute Idee, wenn es darum geht den Kopf klar zu kriegen. Bei unseren beiden Menschen hier beginnt sich eine Verbindung aufzubauen."

„Du meinst, sie wollen sich paaren?"

„Sieht so aus, Ekki. Aber ich glaube, das haben sie selbst noch nicht so registriert. Also kommt, mir nach."

„Was ist jetzt mit Richie? Hängen wir ihn an die Decke oder nicht?"

„Ekki!"

„Ja, Boss?"

„Halt die Klappe!"

Michelle und Willi saßen beide da und schauten ihre Hände an, als wären die an allem Schuld. Jordi registrierte die plötzliche Verschwiegenheit der beiden und meinte: „Okay, im Moment war das alles. Ich lasse meine Karte da. Lassen sie sich in Zukunft von diesen Leuten nicht mehr provozieren. Das bringt niemandem etwas ein. Man wirft sich nur Sachen an den Kopf, die man schwer wieder zurücknehmen kann."

Willi nickte nur stumm und steckte die Karte ein.

„Hast du das auch beobachtet, Namenlose?"

„Aber selbstverständlich, Laila."

„Meinst du, die beiden haben geschnallt, was da gerade passiert ist?"

„Weißt du, mit den Menschen ist das so eine Sache. Sie haben mit Sicherheit gespürt, was da gerade passiert ist, können es aber noch nicht in Worte fassen. Aber viele Menschen sind unvernünftig."

„Wie meinst du das?"

„Es kann sein, dass einer der beiden in einer festen Verbindung lebt

und deshalb auf diesen Hinweis nicht reagiert."
„Aber dann ist es doch in Ordnung, wenn er nicht darauf reagiert," warf Oscar dazwischen. „Ich meine, nur wenn diese Verbindung eventuell glücklich ist."
„Wenn bei einem von den beiden eine Verbindung existiert, ist sie nicht glücklich. Sonst wäre das nicht passiert, was eben passiert ist. Aber so sind Menschen nun mal. Sie behalten viele Dinge manchmal aus reiner Gewohnheit. Langweilige Lebenspartner zum Beispiel, wo der Ofen schon lange aus ist. Wie ein altes Möbelstück, das die Menschen immer noch abstauben, aber in Wirklichkeit wären sie es gerne los." Kopfschüttelnd beobachtete die Namenlose Michelle und Willi, die sich gerade von Jordi verabschiedeten. Mirko spazierte mit der Bierflasche in der Hand zu den beiden. „Das war mit Abstand der interessanteste Samstag meines Lebens. Was so alles passiert, wenn man einmal über den Tellerrand schaut. Unglaublich. So viele Emotionen auf einem Haufen habe ich noch nie erlebt."
„Das kannst du laut sagen." Aber Willi hatte den Satz so leise gesprochen, dass er kaum zu verstehen war. Mit einem langen Blick auf Michelle sagte er, „Ich bin gespannt, wie das weitergeht."
„Mit dir und dem Club?"
„Das interessiert mich nicht wirklich. Da war was ganz anderes...ist jetzt egal. Ich brauche noch ein Bier. Du auch?"
Michelle nickte, obwohl ihre Flasche noch halb voll war.
„Gefällt es dir noch? Oder möchtest du nach Hause?"
„Nein, Mirko. Ich will nicht nach Hause. Ich glaube, das war bis jetzt der schönste und aufregendste Samstag in meinem Leben."
„Der schönste Samstag? Und wie du schon sagst, bei all der Aufregung hier?"
„Der schönste Samstag? Bei all der Aufregung hier? Wer redet denn so einen Quatsch?"
„Du, Michelle. Du redest so einen Quatsch."
„Echt?"
„Wenn ich es dir sage. Also insofern würdet ihr gut zusammenpassen. Willi wollte mir vorhin ein Tellerchen Bier anbieten. Ihr müsstet euch nur mit der Kommunikation einig werden.

Ist aber auch egal. Wenn ihr es versteht, muss es sonst niemand verstehen."

„Was?"

„Trink das Bier aus und nimm das nächste. Du brauchst das, glaub mir!!"

Jordi und Stefan verließen mit Armin das Grundstück. Sie wollten noch an seiner Hütte vorbeifahren, damit er sich Toilettenartikel mitnehmen konnte. „Meinst du, dass das wirklich in Ordnung ist, wenn wir den Jungen ins Gefängnis stecken. Ich habe kein gutes Gefühl dabei."

„Mir geht es nicht besser, Jordi. Aber was soll ich machen? Unser werter Kollege mit der vorgefassten Meinung, will ihn festnageln. Wir dagegen wollen wissen, was in der Nacht passiert ist. Das ist der Unterschied."

„Vielleicht hat der Haftrichter ein Einsehen, wenn er glaubhaft darstellen kann, dass keine Fluchtgefahr besteht."

„Der Anwalt hat sich auch schon gemeldet. Er ist der gleichen Meinung. Wir müssen jetzt Schritt für Schritt vorgehen." Und zu Armin sagte Stefan, „egal an was sie sich erinnern in jener Nacht, selbst die kleinste Kleinigkeit, schreiben sie es auf. Alles kann von Bedeutung sein."

Zorro hatte seine Kater unter dem Holunderstrauch um sich versammelt.

„Ist das eine interne Sache bei euch oder dürfen wir zuhören?"

„Was ist eine interne Sache, Boss?"

„Die Namenlose will wissen, ob wir etwas verhandeln, wobei nur Clubmitglieder zugelassen sind, oder ob das ganze, sozusagen, in der Öffentlichkeit stattfindet."

„Ich sehe kein Haus um uns herum, also ist es doch öffentlich. Oder nicht?"

„Ekki."

„Ja, Boss."

„Halt die Klappe."

„Ich wollte doch...."

„Wirst du wohl endlich die Klappe halten. Himmeldonnerwetter-nocheins! Laila, die Namenlose und Oscar sind wie Mitglieder einer Familie. Selbstverständlich gehören sie dazu. Bei den Gestreiften dahinten bin ich mir nicht so sicher. Die bleiben vorläufig in der Hütte. Was wollte ich eigentlich sagen?" Zorro begann sich mit Inbrunst am Hinterkopf zu kratzen. Das war das absolute Zeichen, dass unser Freund hochgradig nervös war.

„Du wolltest uns mit Sicherheit mitteilen, um was es hier geht," meinte die Namenlose freundlich.

„Ach ja, genau. Also das ist so." Zorro räusperte sich, setzte sich aufrecht hin und hob stolz seinen Kopf. „Ich komme ohne Umschweife direkt auf den Punkt. Unser Mitglied Richie scheint ein Problem zu haben und kann anscheinend nicht darüber sprechen. Aber wir sind nicht nur ein Club, wir sind auch Freunde."

Richie wünschte sich zehntausend Kilometer weit weg. Oder zumindest an den Nordpol. Oder nur um die nächste Ecke, nur weg von hier.

„Darum fordere ich hiermit Richie auf, über sein Problem zu sprechen. Wir haben alle wahrgenommen, wie Richie sich die letzte Zeit, nicht unbedingt zu seinem Vorteil, verändert hat. Sein Fell sieht stumpf und glanzlos aus. Und er sieht aus, als ob noch eine Katze ins Fell rein passt. Also, was ist los mit dir?"

Richie setzte sich in die Mitte, schaute allerdings keinen von uns an und starrte nur auf den Boden.

„Ich weiß gar nicht wie ich anfangen soll."

„Am besten fängst du vorne an und hörst hinten auf," meinte Pirat fachmännisch, „da kannst du nichts falsch machen."

„Ja, komm schon, Junge. Kotz dich endlich aus."

„Warum soll er denn kotzen, Robert? Er hat, glaube ich, die letzte Zeit sowieso nicht soviel gegessen.."

„Das ist eine Metapher, Ekki, sonst nichts."

„Was ist eine Metapher?"

„Könnte irgendjemand diesem karierten Kater den Hals umdrehen? Eine Metapher ist nur eine grobe übertriebene Darstellung, eine

Versinnbildlichung. Er soll seine Probleme endlich rauslassen, also auskotzen. Hast du das endlich verstanden? Und darf jetzt endlich Richie zu Wort kommen?" Zorro fing wieder an, seinen Hinterkopf zu bearbeiten, dass schwarze Fellstücke durch die Gegend flogen..

„Wenn du so weitermachst, kriegst du hinten eine Glatze. Sieht nicht sehr vorteilhaft aus."

Zorro warf einen giftigen Blick auf Robert, hörte aber auf, sich zu kratzen. Richie saß noch immer wie ein Häufchen Elend in der Mitte.

„Mein Versorger hat immer ein bisschen Probleme mit den Frauen. Aber die letzte war nett und mochte mich, aber meinen Versorger nicht mehr. Eines Tages kam er von der Arbeit und sie war weg. Hat sich von mir noch nett verabschiedet, aber hat gesagt, sie könnte nicht anders und sie müsse jetzt gehen. Und weg war sie. Mein Mensch und Versorger hat ihr Monate nachgetrauert. Bis vor vier Wochen. Da brachte er eine neue Frau an. Zuerst hat alles ganz gut angefangen. Wir lagen gemeinsam auf dem Sofa und schauten uns diese hirnlosen Ratespiele an. Sie spielte mit mir und übernahm so ganz langsam die Kontrolle über unser Zusammenleben. Plötzlich durfte ich nicht mehr ins Schlafzimmer. Nach einiger Zeit war auch das Wohnzimmer für mich tabu und mein Körbchen stand in der Küche. Dann bestand die Freundin darauf, dass nur sie mich noch füttern wollte. Angeblich, damit ich meine Mahlzeiten immer pünktlich bekam und nicht wie bei meinem Versorger, der Wechselschichten hat. Sie hat vor den Augen meines Versorgers mein Futterschälchen immer bis zum Rand aufgefüllt und auf den Balkon gestellt. Ich sollte nicht mehr im Haus essen. Das wäre unhygienisch. Aber soll ich euch was sagen? Ich konnte es nicht essen. Keine Ahnung warum. Aber wenn ich nur in die Nähe des Schälchens kam, drang ein widerlicher Geruch in meine Nase. Aber anscheinend nur in meine Nase. Ich habe meinen Versorger immer wieder darauf angesprochen."

Die Fassungslosigkeit stand Richie immer noch ins Gesicht geschrieben.

„Ich habe ihm laut miauend mitgeteilt, dass irgendetwas mit meinem Futter nicht stimmt. Seine Freundin sagte daraufhin zu ihm, dass ich wahrscheinlich noch ein anderes Haus hätte, wo ich besseres Essen bekäme und sie wüsste auch nicht mehr, was sie mit mir noch anstellen solle. Er hätte mich doch nur mal genau ansehen müssen. Ich Idiot habe doch wirklich geglaubt, dass ihm was an mir liegt. Er sah mich nur traurig an und meinte, vielleicht wäre es besser für mich, wenn ich dorthin gehe, wo ich mich anscheinend wohler fühle."

Fassungslos hingen unsere Blicke gebannt auf Richie. Wir alle wussten, wie sehr er seinen Versorger liebte und das schmerzt doppelt. Wie kann es sein, dass er dieser Frau mehr glaubte, als seinem eigenen und langjährigen Freund? Ich hatte in meiner Zeit als Streunerin auch verschiedene Menschen kennengelernt. Leider musste ich auch lernen, dass man nicht jedem Menschen vertrauen kann. Einmal landete ich sogar im Tierheim. Aber da hat mir eine alte, erfahre Katze im Tierheim gesagt, es gäbe Menschen mit einem sogenannten „Katzengen". Also Menschen, die besonders gut mit Katzen leben können und sie verstehen. Diese Menschen habe ich gefunden, es war meine Entscheidung. Ich musste sie nicht lange überreden mich gerne zu haben. Ich hoffe, dass das so bleibt, trotz Umgestaltung des Gartens. Aber unser armer Richie. Wie muss er sich fühlen? Verraten und verkauft! Ohne seine Freunde wäre er ganz alleine auf der Welt! Die Pupillen der Namenlosen wurden vor Wut ganz schwarz.

„Ich ahne wie die Freundin deines Versorgers dich ausgetrickst hat. Steht das Futter noch auf dem Balkon?"

„Klar. Die Freundin füllt es jeden Tag frisch auf. Das tut sie wahrscheinlich so lange, bis der Vorrat auf diese Weise aufgebraucht ist."

„Und sonst geht niemand an das Futter ran? Also ich meine kein anderes Tier in der Nachbarschaft. Raben, Katzen, oder Mäuse?"

„Nein, es steht unberührt da und stinkt vor sich hin."

„Dann werden wir morgen Gewissheit haben."

„Mein Versorger war doch immer mein bester Freund. Es tut so weh." Richie ließ den Kopf hängen und Tränen liefen ihm die Wangen herunter.

Zorro schüttelte seinen dicken schwarzen Kopf. „Ich bin ein wenig enttäuscht, dass du uns nichts gesagt hast. Aber du bist stolz und wolltest dein Gesicht nicht verlieren und erzählst uns diese dämliche Geschichte mit dem Fasten. Vielleicht hast du auch gedacht, das renkt sich irgendwie wieder ein. Ich weiß, dass das furchtbar weh tut. Aber dein Versorger ist nicht dein Freund. Er hat keinen Charakter und lässt dich sausen wegen eines Weibchens. Ich schätze, er ist zu blöd, diese widerliche Intrige zu erkennen. Das ist das allerletzte."

„Schieß ihn in den Wind!," brüllte Pirat.

„So was hast du nicht nötig," schimpfte Robert hinterher.

„Du brauchst auch nicht die Lampe für uns zu machen," schloss Ekki sich an.

Alle Kater schmiegten sich eng an Richie und gaben ihm Wärme und Zuneigung. Zorros Kopf tauchte aus dem Durcheinander von Katern auf.

„Bis auf weiteres bleibst du in unserem Clubheim und wir sorgen dafür, dass du und der kleine verhungerte Frechdachs da drüben, wieder was auf die Rippen und unters Fell bekommen. Das wollen wir doch mal sehen."

Da zeigte sich wieder einmal, dass Zorro der richtige Kater am richtigen Platz ist. Er kann seine Truppe zusammenhalten und zugleich jedem von den Katern klar machen, dass jeder sehr wichtig und einzigartig ist.

Willi hatte sich noch eine Wurst auf den Teller gelegt und blickte suchend um sich. Michelle zeigte auf die Versammlung der Kater.

„Hast du das gesehen, Willi? Der rote Kater wurde von allen Katern gekuschelt. Auch wenn es sich verrückt anhört, aber es sah aus als wollten sie ihn trösten."

„Richie, ich glaube Willi sucht dich," rief ich. Richie saß da und versuchte nach der Schmuseattacke sein Fell wieder in Ordnung zu bringen.

„Meinst du wirklich, er meint mich?"

„Gehe zu ihm und finde es heraus," brummte Zorro. „Er ist ein netter Kerl. Und wenn es nur Freundschaft für einen Abend ist."

„Da kommt ja mein neuer Freund. Lass uns diese Wurst gemeinsam

vertilgen. Wir haben schließlich das gleiche Fell...so was verbindet."
Willi freute sich unbändig als Richie direkt auf ihn zukam.

„Genauso habe ich mir den Tag heute vorgestellt. Nach dem ganzen Ärger habe ich jetzt nur noch Freunde um mich." Er streichelte Richie sehr intensiv.

„Michelle?"

„Ja, Willi?"

„Hast du einen Freund?" Willi hätte sich auf der Stelle ohrfeigen können. Aber so richtig.

„Ja," antwortete Michelle.

„War mir klar. So was wie du läuft nicht lange frei herum. Entschuldigung."

„Wofür?"

„Ist doch egal. Kann ich trotzdem deine Handynummer haben?"

„Aber nur, wenn ich deine bekomme." Michelle dachte für sich, „super, du hast ihm gesagt, dass du einen Freund hast und willst trotzdem seine Nummer. Ganz große Klasse! Anscheinend vernebelt dir das Bier den letzten Rest von Verstand." Michelle versuchte, sich selbst zur Ordnung zu rufen. „Du dumme Gans," schalt sie sich, „ es kann auch Freundschaft sein. Musst du immer gleich so übertreiben."

„Willst du noch ein Bier?"

„Will ich noch ein Bier? Ich muss heute nicht fahren. Ich lasse höchstens einen fahren...äh ich wollte sagen, ich lasse fahren. Gib mir ein Bier."

Sam machte uns darauf aufmerksam, dass unsere Menschen den Heimweg antreten wollten. Sebastian zog seine Jacke an und schlenderte noch kurz zu Willi hinüber.

„Ich hoffe, wir sehen uns jetzt öfter. Es muss ja nicht immer so nervig sein wie heute."

„Könnte gut hinkommen. Ich habe mir hinter dem neuen Industriegebiet ein Wochenendhäuschen gekauft. Da wohne ich zur Zeit. Es ist sehr gemütlich. Ihr seid herzlich eingeladen."

„Ich schätze, das werden wir dankend annehmen. Übrigens, Willi, dein Freund hier heißt Richie."

Bei der Erwähnung seines Namens stellte Richie die Ohren

kerzengerade und sah Sebastian sehr aufmerksam an.

„Hat er ein Zuhause?"

„Ich glaube, ja. Aber irgendetwas stimmt da nicht. Er war auch schon bei uns am vorigen Sonntag zum frühstücken. Normalerweise ist er Menschen gegenüber sehr zurückhaltend."

„Bravo! Dann hätte ich heute zum zweiten Mal voll ins Klo gegriffen."

„Was?"

„Nur so. Aber das passt zu mir. Ist wieder mal typisch. Ich lerne heute zwei wahnsinnig nette Personen kennen, eine davon ist kein Kater. Und was ist? Alle beide leben in einer mehr oder weniger guten Verbindung."

„Von dem Kater zumindest kenne ich sein Herrchen," warf Helga ein. „Er hat seit ein paar Wochen eine neue Freundin. Wahrscheinlich hängt es damit zusammen."

„Was soll´s. Heute Abend ist er mein Freund und Gast. Und wenn er will, kann er heute Nacht mit mir im Zelt schlafen. Er hat die Wahl."

„Nach diesem Tag wünsche ich euch beiden ein angenehme Nacht. Ich werde diesen Samstag so schnell nicht vergessen. So, Wolfgang, jetzt wird es Zeit für uns zu gehen. Unser Heimweg ist noch lang."

Helga knöpfte ihre Jacke zu.

„Hier scheint für heute alles geregelt zu sein. Dann können wir mit Sam gemütlich nach Hause gehen."

„Wir kommen doch an dem neuen Industriegebiet vorbei, Oscar?"

„Laila! Was willst du schon wieder?"

„Ich dachte nur, vielleicht finden wir was. Könnte doch sein. Armin irrte doch wahrscheinlich in der Nacht mit dem Unfall dort herum."

„Warum fällt es dir so schwer, Feierabend zu machen? Du kannst es nicht ertragen, wenn Ruhe im Haus ist, Laila."

Sam meinte, wenn es sowieso auf dem Weg nach Hause läge, könnte man doch auch Augen und Nase offen halten. Man müsse nur aufpassen, dass unsere Menschen nicht die Abkürzung durch den Wald nehmen. Und anschließend wäre immer noch Zeit genug zum Fernsehen. Die guten Filme würden ohnehin immer spät am Abend kommen. Meist so, wenn sein Herrchen schläft, dann würde für ihn und sein Frauchen immer erst das Fernsehprogramm interessant.

„So ganz unrecht hat er da nicht," stellte die Namenlose fest. Einige Motorradfahrer, die nur zu Besuch gekommen waren, rüsteten sich ebenfalls zum Aufbruch.

Also stiefelten wir alle gemeinsam los. Es wurde dunkel, die Fledermäuse zogen bereits ihre Runden. Und vereinzelt waren schon die ersten Nachtvögel zu hören. Nach dem Lärm und Streit des Tages war es angenehm, den Geräuschen der Nacht zu lauschen. Wir Katzen und Sam hörten das Wispern der Mäuse, die Flügelschläge der Eulen und das Husten eines Maulwurfs. Und aus der Ferne hörten wir, wie eine Füchsin sanft ihre Jungen zur Ordnung rief. Wir hörten, wie sich die Kaninchen in ihrer seltsamen Sprache miteinander unterhielten. Jede Nacht anscheinend das gleiche Palaver. Wer wen heiratet und schon wieder geschieden ist, wer gerade wieder zwölf Kinder bekommen hat und wer der Füchsin zum Opfer gefallen ist. Auf einer Waldlichtung grasten Rehe und wir hörten, wie sie das Gras zupften und sie sich über ihren Boss mokierten, der ja wohl voll der Macho war. Und ständig diese blöde Anmache. Nie könne man seine Mahlzeit in Ruhe genießen, weil der Trottel ständig an irgendeinem Hintern schnüffelte. Und was hörten unsere Menschen? Anscheinend nichts. Wie immer. Und wisst ihr was das stärkste ist? Manchmal ziehen sie auch noch Kopfhörer an, um von dieser, unserer, Welt überhaupt nichts mehr mitzubekommen. Was für arme Geschöpfe! Könnten wir euch nur für ein paar Minuten unsere Ohren leihen. Ihr würdet die Kopfhörer im Garten vergraben. Wir liefen selbstverständlich am Waldweg vorbei und blieben auf der Straße. Plötzlich nahm ich ein anderen Geräusch wahr. Etwas das nichts mit dem Wald zu tun hatte. Sam hatte es auch gehört. Wir Katzen drehten unsere Köpfe in die Richtung, aus der das Geräusch kam. Da Sam´s Ohren noch besser waren als unsere, hatte er es zuerst gehört, rannte in den Wald und wir hinter ihm her. Überrascht blieben unsere Menschen stehen.

„Sam," rief Wolfgang, „komm zurück. Du darfst kein Wild aufscheuchen. Sonst kriegen wir Ärger."

„Herrchen, ich schwöre dir, das ist kein Wild. Es sei denn, Wild riecht nach Fahrradreifen."

Aber es war zu spät. Wir sahen nur noch, wie das Fahrrad als winziger Punkt, verschwand. Unsere Menschen haben das Fahrrad natürlich nicht gesehen und standen ratlos auf der Straße herum.

„Sam, du darfst nachts nicht in den Wald laufen. Wenn das noch einmal vorkommt, muss ich dich an die Leine legen," schimpfte Wolfgang. „Wie kannst du nur so unvernünftig sein?"

„Unvernünftig? Wer ist hier unvernünftig?" motzte ich. „Ihr habt alle Semmelknödel auf den Ohren! Aber wir sind unvernünftig. Es ist nicht zu fassen was..."

„Laila!"

„Was? Warum unterbrichst du mich, Oscar? Es ist sehr wichtig, dass ich Wolfgang meine Meinung geige, sonst..."

„Laila! Warum ist es so schwer für dich, deine vorlaute Klappe zu halten. Sieh mal, da vorne auf der Straße."

Mir verschlug es den Atem. Quer über die Straße war ein Seil gespannt. Sam lief voraus und Wolfgang mit der Taschenlampe hinterher. Im Schein der Taschenlampe folgte er dem Seil, das jeweils links und rechts der Straße fest verknotet war.

„Sieh dir nur an, wie hoch das Seil gebunden ist. Der erste Motorradfahrer, der da durchgefahren wäre, hätte sich enthauptet."

Entsetzt leuchtete Sebastian mit seiner Taschenlampe das Seil ab.

„Wir müssen die Straße absichern und die Polizei anrufen."

„Mir wäre lieber, wenn wir Stefan anrufen. Meinst du nicht Sebastian?"

„Da hast du natürlich recht, Laura. Du meine Fresse! Ich höre Motorräder, sie sind schon in der Nähe. Wir müssen sie warnen!"

Das Geräusch der Motorräder kam näher. Wolfgang und Sebastian standen mit ihren Taschenlampen mitten auf der Straße und Helga und Laura versuchten verzweifelt, das Seil zu lösen.

Die Motorräder kamen näher...wurden langsamer und blieben schließlich stehen. Sie entpuppten sich aber beim näherkommen als ein Motorradgespann und ein Auto. Waltraud zog ihren Helm aus und stieg von ihrem Gespann ab. Äußerst aufgeregt, mit Gisela im Schlepptau, sahen sie sich gemeinsam das Seil an. Mirko stellte in der Zeit ein Warndreieck auf.

„Wer macht so etwas, frage ich mich? Und vor allen Dingen, warum?" Waltraud umklammerte ihren Helm, als wäre er ein Baby.

„Das ist doch wunderbar!" schallte es aus dem Beiwagen.

„Wie bitte?"

Michelle hatte Mühe, ihre Gedanken in gerade Bahnen zu fassen. Wo sie doch die ganze Zeit so schön geträumt hatte. Mit jeder Menge Bier im Bauch funktionierte das exzellent.

„Träume ich das? Oder hat wieder einmal jemand versucht, dieses Mal mich mit meiner Familie, um die Ecke zu bringen? Das wird allmählich langweilig!! Gisela?"

„Ja, mein Kind?"

„Ich muss auf's Klo."

Sam tappte zu Michelle an den Beiwagen und teilte ihr mit, dass er hier in der Nähe einen tollen Platz zum markieren hätte und würde ihn ihr gerne anbieten. „Was habe ich denn da für einen riesengroßen Pullover an? Ach, das ist Willi´s Pullover! Und wie gut der riecht!" Sie schlang die Arme ganz eng um sich, um den Geruch ganz bewusst wahrzunehmen. „Ist das schön," seufzte sie glücklich, „Dann werde ich den jetzt mal ausziehen, damit er nicht schmutzig wird, wenn ich mit Sam den Wald markiere."

Waltraud sah sich das fest verknotete Seil an.

„Ist ihnen eigentlich klar, dass sie meiner Schwester und unserer Nichte dass Leben gerettet haben?"

„Sam!" erwiderte Laura, „Sam hat das Seil als erster gesehen. Darum konnten wir so schnell reagieren. Ihm und niemand sonst gebührt die Ehre."

Sam nutzte diese Ehre natürlich schamlos aus, indem er die wehrlose Michelle mit tausend saftigen Küsschen bedachte.

„Ich gehe mir das Ding mal aus der Nähe ansehen."

„Das kannst du nicht machen, Oscar. Wenn das von alleine angeht und mit dir wegfährt, was machst du dann?"

„Wenn Richie das kann, kann ich das auch, Laila." Er sprang auf die Sitzbank des Motorrades und ließ sich von Michelle streicheln.

Das rote Auto von Stefan und Jordi hielt direkt vor uns. Sie hatten einen Streifenwagen mitgebracht, der die Straße absichern sollte.

„Keine Ahnung wie ihr das immer anstellt, aber dieses Mal habt ihr wahrscheinlich das Schlimmste verhindert."

„Ja, Stefan. Wenn man bedenkt, dass wir normalerweise den Weg durch den Wald nehmen wollten. Aber unsere Viecher waren wieder einmal anderer Meinung."

„Ihr habt gut daran getan, das Seil nicht zu entfernen, Sebastian. Für die Spurensicherung ist das sehr wichtig."

„Ich muss dir was gestehen, Stefan. Helga und ich haben versucht das Seil zu lösen. Aber es ist uns nicht gelungen."

„Das kann ich verstehen, Laura. Aber das müssen wir bei der Untersuchung natürlich berücksichtigen. Jetzt braucht ihr keine Angst zu haben. Unsere Spurensicherung kriegt das schon hin."

„Gisela... Waltraud," brüllte Michelle aus dem Beiwagen. „Ich muss immer noch aufs Klo! So was erledigt sich nicht von alleine. Das kann man nicht aussitzen...oder wartet mal, doch das geht mit dem richtigen Untersatz mit Spülung und so." Michelle kicherte über ihren eigenen Witz.

„Ich habe dir gleich gesagt, dass das keine gute Idee war, hierhin zu fahren," schimpfte Gisela. „Da siehst du was beinahe passiert wäre, wenn die netten Herrschaften und der kluge Hund nicht dagewesen wären."

„Ja, ja, ja... und wenn du aus dem Bett steigst und dein verfressener Kater wieder einmal sein Stofftier vor dem Bett liegen lässt und du dir die Gräten brichst. Was ist dann?"

„Das kann man doch überhaupt nicht miteinander vergleichen."

„So, und warum nicht, bitte schön?"

„Weil...weil das eine im Haus passiert ist, höhere Gewalt sozusagen. Hier handelt es sich um ein Verbrechen."

„Sollen wir uns deswegen verbarrikadieren? Oder wie stellst du dir das vor?"

„Also weißt du..."

„Hören sie bitte auf zu streiten, meine Damen," Jordi hob beschwichtigend beide Hände in die Höhe. „Ich kann sie beide sehr gut verstehen, glauben sie mir. Aber ich bin mir sicher, dass es uns schon viel helfen würde, wenn sie in Zukunft einsame Straßen wie diese hier, meiden würden, besonders in der Nacht."

„Da hörst du es, Waltraud. Er hat nicht von höherer Gewalt gesprochen, sondern von vermeiden, also nicht fahren. Hast du das kapiert?"

„Ich bin ja nicht blöd."

„Aber ja, Marcel," tönte es erneut aus dem Beiwagen. „Mir geht es hervorragend. Ich muss auf's Klo, aber das interessiert keinen, weil wieder so ein doofes Seil über die Straße gespannt ist. Das weiß ich doch nicht, was es da zu suchen hatte. Die Polizei ist auch da, hat aber auch leider kein Klo mitgebracht. Das sind Probleme sag ich dir. Außerdem knutsche ich gerade mit einem anderen Mann. Da staunst du, was! Wie alt er ist? Keine Ahnung, aber er wirkt jung und topfit. Wie alt bist du Sam?"

Sam kannte die Frage von seinem Herrchen und der hatte ihm beigebracht, dass er dann zweimal bellen musste.

„Er sagt, er wäre zwei Jahre alt. Warum ich so komisch spreche? Also, ich finde, ich spreche mit fünf Bier im Bauch noch ziemlich fließend. Hier ist noch jemand, der mich umschwärmt. So ein schwarz-weißer, ziemlich großer, ich-weiß-nicht-was. Der hat mindestens zwölf Kilo. Ich mache jetzt Schluss, weil ich immer noch aufs Klo muss. Tschüssken."

Mittlerweile kamen noch mehr Motorradfahrer an.

„Hat einer von euch ein Klo dabei?"

„Nein Mädchen, tut mir leid. Und Handtuch und Wachbecken haben wir leider auch nicht dabei."

„Darauf kann ich verzichten, wenn ihr sowieso kein Klo dabei habt."

Stefan telefonierte mit der Zentrale. „Wir müssen noch einen Streifenwagen zu dem Motorradtreffen schicken. Der Wagen soll die andere Straße abfahren, um die Sicherheit der Motorradfahrer zu gewährleisten. Und er soll Bescheid sagen, dass niemand mehr hierhin fährt."

„Was machen wir jetzt?" fragte Gisela.

„Genau, was machen wir jetzt? Wenn ich nicht in den nächsten zehn Minuten auf ein Klo komme...brauche ich keins mehr. Dass fünf Bier aber auch soviel Platz brauchen, hätte ich nicht gedacht."

„Können sie mir bitte einen Moment zuhören. Damit nicht noch mehr passiert, wird unser Dienstfahrzeug bis zur Hauptstraße vor ihnen herfahren," rief Stefan zu den Motorradfahrern. Waltraud stand mit ihrem Helm vor ihrem Gespann.

„Du meine Güte! Diesen Tag werde ich so schnell nicht vergessen! Was für eine Aufregung!" Dann sah sieh den riesigen Kater auf ihrer Bank sitzen. „Junger, schwarz-weißer Herr, sie sind doch Oscar? Dürfte ich bitte auf den Sitz. Oder wollen sie fahren?"

„Wäre eine coole Sache, Waltraud. Aber ich habe keinen Führerschein. Vielleicht kannst du mich irgendwann einmal mitnehmen." Oskar sprang elegant von der Sitzbank herunter.

Waltraud saß auf, wendete ihr Gespann und fuhr dem Polizeifahrzeug mit den anderen Motorrädern hinterher.

„Es wurde auch Zeit. Meine Blase hat mittlerweile die Größe einer Mongolfiere erreicht."

„Wir sind gleich zu Hause, kleiner Spatz."

Stefan und Jordi setzten sich auf einen umgestürzten Baumstamm.

„Was für ein Tag. Ein positiven Aspekt hat dieser versuchte Anschlag jedenfalls. Das kann unser Möchtegernkommissar Brand Herrn Schummer nicht in die Schuhe schieben. Heute Nachmittag haben wir ihn mitgenommen und sind diese Straße gefahren, weil wir den Unfall auf der Hauptstraße umfahren wollten. Zu dieser Zeit war hier alles in Ordnung. Wir sind seine Zeugen, also besser geht's nicht."

Stefan nahm einen tiefen Zug von seiner Zigarette und schüttelte mit dem Kopf. „Das ist wenigsten etwas. Aber wir müssen Gas geben, um dieses Arschloch dingfest machen."

Laura und Sebastian verabschiedeten sich.

„Wenn ihr uns nicht mehr braucht, machen wir uns auf den Heimweg, Stefan."

„Habt ihr keine Angst in der Nacht nach Hause zu laufen? Sollen wir euch fahren?"

„Nein, danke. Seht euch mal unseren Geleitschutz an. Drei Katzen und ein riesiger Hund. Was soll uns da noch passieren? Wir laufen, in einer dreiviertel Stunde sind wir zu Hause."

*

Es war mitten in der Nacht. Aus der Ferne hatte die Person mit einem Nachtsichtglas alles beobachtet. Unzufrieden über den Ausgang des Geschehens warf der Mensch das Fahrrad achtlos auf den Boden. „Bloß nicht durchdrehen. Ich muss nachdenken, ich muss nachdenken, ich muss nachdenken...", sagte er sich immer wieder. Eine Zeitlang saß er da im Gebüsch und überlegte. Dann endlich hatte er eine Idee. „Das ist gut. Das werde ich machen. Dadurch bekomme ich den Freiraum, den ich brauche." Grimmig hob der Mensch das Fahrrad auf und machte sich auf den Weg.

*

Am nächsten Morgen, nach dem Sonntagsfrühstück, ich war gerade dabei mein letztes Stückchen Schinkenwurst zu verputzen, marschierte Laura in den Garten, um die Kollateralschäden von gestern wieder geradezurücken. Helga war bewaffnet mit Gartenhandschuhen und packte kräftig mit an. Sie sammelten die Kürbisse wieder ein, versuchten den verbliebenen Blumen wieder auf die Sprünge zu helfen und setzten dann die Kürbisse rund um den Teich. Sam, Oscar, die Namenlose und ich legten uns auf den Heuballen und sahen den beiden interessiert zu.

„Dürfen wir was verändern, wenn es uns nicht gefällt?" maunzte ich.

Sebastian räumte den Tisch ab und kümmerte sich um das Geschirr. Das heißt, er räumte es in diese komische Maschine und die kümmerte sich.

„Sebastian! Kannst du uns helfen?" Laura´s Hilferuf ereilte ihn in der Küche.

„Ja, klar. Ich komme."

„Wir kriegen den Kürbis nicht aus dem Teich. Er ist zu schwer für uns. Kann man eigentlich nicht nachvollziehen. Wo es doch einem fiesen, kleinen, schwarzen Miststück gelungen ist, ihn mit Leichtigkeit im Teich zu versenken."

„Laura betitelt mich doch nicht wirklich als fieses, kleines, schwarzes Miststück, Oscar?"

„Siehst du hier noch so eines herumlaufen?"

„Nein"

„Damit dürfte das dann geklärt sein."

Schwer beleidigt setzte ich mich demonstrativ mitten auf den Tisch und fing an meine Öhrchen zu putzen. Lauras sündhaft teurer Seidenschal lag noch von gestern auf der Hollywoodschaukel. Ich holte mir den Schal auf den Tisch, knüllte ihn unordentlich zusammen und machte mich darauf breit. Fühlte sich gut an.

Sebastian versuchte mit einem riesigen Spaten den schweren Kürbis aus dem Teich zu holen. Aber er rutschte ihm immer wieder ab. Nachdem die Piraten gestern gemeint hatten, dass ihnen der Mond auf den Kopf fällt, mussten sie heute annehmen, dass in ihrem Teich sich Ragnarök oder der Weltuntergang abspielt. Das Wasser war schwarz und schlammig, weil der Kürbis ständig vom Spaten herunterfiel. Selbst der starke Störtebecker betete wahrscheinlich zu seinem Fischgott und biss sich an einem Schilfhalm fest, um nicht mit jedem Schlag, den der fallende Kürbis jedes mal verursachte, weggetrieben zu werden. Wolfgang kam ebenfalls dazu. Er hatte einen langen Stock dabei. An dem Stock war ein Ring befestigt, an dem ein langes grünes Netz hing.

„Jetzt werden wir es mal mit meinem Kescher aus meiner Anglerzeit probieren."

Gemeinsam steckten Sebastian und Wolfgang mit beiden Armen komplett im Wasser und versuchten den Kürbis in das grüne Netz zu hieven.

„Er ist im Netz," jubelte Sebastian, „jetzt heraus mit ihm."

Beide hoben mit vereinten Kräften den Kürbis aus dem Wasser und schüttelten ihn aus dem Netz. Ich hatte das ganze Debakel vom Tisch aus wunderbar beobachten können. Hinter dem Kürbis lag

Störtebecker und beschwerte sich bitterlich. Das wäre ja wohl das allerletzte. Er war sich nicht sicher, ob er sich diese Behandlung gefallen lassen müsste. Neugierig sprangen wir Katzen an den Teich und wollten uns Störtebecker aus der Nähe ansehen. Sein Geruch nach frischem Fischfilet war unwiderstehlich. Störtebecker wurde leicht hysterisch und verlangte umgehend zu Wasser gelassen zu werden. Was nicht ganz einfach war.

„Stell dich doch nicht so an, Störtebeker," maulte ich. „Wir wollen doch höchstens mal probieren, eine Flosse oder so."

Störtebeker sah das natürlich anders und schlug um sich, dass man Angst haben musste, dass er sich das Rückgrat bricht. Er sagte auch, er bekäme keine Luft mehr und, dass es bald mit ihm zu Ende gehen würde. Wenn es soweit wäre, dürften wir auch mehr als nur eine Flosse probieren. Plötzlich schlug über ihm das grüne Netz zusammen und Wolfgang hob ihn langsam hoch und ließ ihn vorsichtig in den Teich gleiten.

„Was für ein theatralischer Auftritt von Störtebecker." Meine Augen verfolgten ihn, bis er sich im Schilf versteckte.

„Das stimmt," meinte Oscar. „Er neigt leicht zu Übertreibungen."

„Aber schaut mal, bei den anderen ist er jetzt ein Held. Er war schließlich, wenn auch nur für kurze Zeit, in der Anderswelt."

„Er wird das wochenlang ausschlachten, schätze ich, Namenlose. Auch wenn er sich versteckt hat, ich kann ihn trotzdem immer noch sehen und diesen phantastischen Geruch von Fischfilet, habe ich auch immer noch in der Nase."

Laura sah mit Missbilligung, wie ihr Schal zusammengeknüllt auf dem Tisch lag. Sie nahm den Schal, schüttelte ihn aus, warf mir wieder einen giftigen Blick zu und legte ihn sich um den Hals.

„Was soll das denn? Habe ich die Krätze oder so was? Seit wann sind wir denn so empfindlich?" schimpfte ich.

„Gehst du mit mir, Sebastian?"

„Wohin denn, Laura?"

„Nach der kleinen Katze sehen. Das haben wir doch Armin versprochen. Die Salbe und ein wenig Futter habe ich auch schon eingepackt."

„Gehen unsere Monster auch mit?"

„Das ist mir egal, ich kann es ohnehin nicht verhindern. Die machen sowieso was sie wollen."

„Das hast du gut erkannt, Laura," lobte ich.

„Können wir Sam mitnehmen?" Als Sam seinen Namen hörte, rannte er hinüber zu seinem Haus und kam mit seiner Leine zurück.

„Von mir aus gerne," antwortete Helga. „Wenn ihr zurückkommt, ist mein Kuchen fertig und dann machen wir es uns gemütlich."

*

Richie hatte die Einladung angenommen und bei Willi im Zelt übernachtet. Zuerst hatte er sich eng an die Wand gedrückt. Aber mit jeder Stunde rückte er näher an Willi heran, weil er merkte, dass er leicht fror. Am Morgen lag Richie zufrieden in Willi´s Schlafsack an seinen Bauch gekuschelt. Willi schlug am Morgen die Augen auf und sah, dass von Richie nur seine Ohren vorwitzig aus dem Schafsack spitzten.

„Guten Morgen, mein Freund. Hast du auch so gut geschlafen wie ich? Ich habe so schön geträumt. Die Kleine ist echt clever und zugleich so süüüß. Und sie hat so einen schönen Namen...Michelle. Hast du jemals im Leben so schöne blaue Augen gesehen? Als ich sie wieder in den Beiwagen setzen durfte habe ich festgestellt, dass der Gips an ihrem Bein wahrscheinlich mehr wiegt, als Michelle...was für ein schöner Name. Der schönste der Welt. Schau mich nicht so vorwurfsvoll an...träumen darf man doch, das kann mir keiner verbieten."

„So habe ich das nicht gemeint, Willi. Wenn wir Kater eine Katzenfrau besonders hübsch finden, dann kämpfen wir um sie. Egal ob sie einen Partner hat oder nicht. Ich meine auch gesehen zu haben, dass sie sich für dich interessiert. Vor allen Dingen habe ich es gespürt...der Stromschlag war nicht von schlechten Eltern. Das habe ich sogar gerochen. Wie bei uns Katzen verströmen Menschenweibchen auch einen bestimmten Duft, wenn sie sich für jemanden interessieren. So was kriegt man, also als Kater zumindest, doch geschnallt. Ich glaube, ich muss dir noch viel beibringen.

Außerdem würde ich dir vorschlagen, dass du sie ein bisschen anfütterst."

Willi krabbelte aus seinem Zelt, rieb sich die Augen und schaute um sich, wer alles schon wach war. Sonja, Robert und Michael saßen bereits mit einem Kaffee am Tisch. Ingrid war an ihrem Motorrad, um ihren Schlafsack zu verzurren. Nach und nach öffneten sich die Reißverschlüsse der anderen Zelte und verschlafene Gesichter, mit mehr oder weniger dicken Augen, kamen zum Vorschein. Aus einem der Zelte kam ein verzweifelter Hilferuf.

„Hat einer von euch eine komplette Packung Kopfschmerztabletten dabei? Die brauche ich, zusammen mit einem großen Eimer Wasser. Das letzte Bier war bestimmt schlecht."

„Es ist immer das letzte Bier, was schlecht ist," rief Robert gut gelaunt. „Und weißt du was das tragische daran ist? Man weiß vorher nicht, dass es das letzte ist. Sonst würde man es im Angesicht der Tatsache, dass es schlecht ist, vielleicht doch nicht mehr trinken."

„Dein Vorschlag kommt zu spät, Blödmann," schimpfte es aus dem Zelt.

„Warum kommst du nicht aus dem Zelt und trinkst mal einen ordentlichen Kaffee mit uns? Dann sieht die Welt gleich anders aus," meinte Michael.

„Ich bin zwar gestern Abend, oder besser, in der Nacht, ins Zelt gekrochen, aber jetzt komme ich nicht mehr heraus."

„Warum nicht?"

„Wegen meinem Kopf. Er stört ein bisschen, er ist größer als der Riesenkürbis in meinem Garten."

Ingrid hatte ihren Schlafsack ordentlich verstaut und warf einen Blick über die anderen Motorräder um zu sehen, ob alles in Ordnung war. Sie lief die Reihe ab und konnte auf den ersten Blick nichts außergewöhnliches entdecken. Ein paar Meter entfernt lag ein Fahrrad, das anscheinend achtlos auf die Seite geworfen wurde. Sie blickte suchend um sich, ob der Besitzer des Rades vielleicht noch in der Nähe war, konnte aber niemanden entdecken. Schulterzuckend ging sie langsam zurück. Der Nebel lichtete sich und die Sonne schien auf die Menschen, die jetzt nacheinander aus den Zelten gekrochen kamen und sich auf einen warmen Kaffee freuten. Man ließ beim gemeinsamen Gespräch noch einmal den gestrigen Tag Revue passieren. Willi hockte vor seinem Zelt. In der Hand hatte er einen Kaffeebecher und vor sich ein dickes Wurstbrot, was er sich redlich mit Richie teilte. Zorro und seine Jungs waren inzwischen auch wieder da. Er nahm selbstverständlich wieder seinen Platz auf Willis Motorrad ein. Ingrid sah die Katerbande und richtete auf einem Holztablett einige Wurststückchen an.

„Wie wäre es mit einem kleinen Frühstück?"

„Wir haben zwar zu Hause gefrühstückt, aber gegen einen netten Sonntagsbrunch haben wir nichts einzuwenden. Vielen Dank, Ingrid!," schnurrte Zorro.

Ekki war als erster am Frühstücksbuffet.

Marius packte die Schlafsäcke auf seinen Roller und besah sich das Fahrrad etwas genauer.

„Willi, ist das nicht dein Pullover auf dem Fahrrad?"

*

Auf dem Weg in den Wald kamen wir an Richies Zuhause vorbei. Auf dem Balkon stand eine Frau. Angewidert, mit sichtbarem Ekel im Gesicht, nahm sie das Futterschälchen und verschwand damit in der Wohnung. Kurz darauf kehrte sie zurück und stellte das frisch aufgefüllte Schälchen wieder auf seinen Platz. Dann begann sie damit, ein seltsames Gestell aufzubauen und anschließend befestigte sie Wäschestücke daran. Ein Mann kam dazu, gab ihr einen Kuss in den Nacken und schaute sich suchend im Garten um.

„Ich verstehe das nicht. Richie ist diese Nacht schon wieder nicht nach Hause gekommen. Wenn ich nur wüsste, wo er sich herumtreibt...ah, ich sehe schon, du hast sein Futterschälchen wieder frisch aufgefüllt. Was würde ich nur ohne dich machen."

Laura und Sebastian grüßten nur und wollten direkt weitergehen. Wir maunzten, dass wir nur ganz kurz was zu tun hätten und gleich wieder bei ihnen wären. Wir warteten, bis die beiden vom Balkon wieder ins Haus gingen. Dann sprangen wir auf den Balkon. Laura wollte zuerst einschreiten, aber Sebastian hielt sie zurück.

„Es muss was zu bedeuten haben, dass sie sich ausgerechnet diesen Balkon aussuchen."

Wir näherten uns dem gut gefüllten Futterschälchen. Der Gestank war allerdings kaum zu ertragen.

„Ich habe mir fast so etwas gedacht." Die Namenlose verzog angewidert ihr reizendes Schnäuzchen.

„Was ist das, Mama? Warum stinkt das Essen so?" Oscar fing an zu würgen.

„Lass uns von hier verschwinden, Namenlose. Das stinkt wirklich widerwärtig. Du kannst uns unterwegs erzählen, was mit dem Futter los ist."

Sam und meine beiden Menschen hatten uns genau beobachtet.

„Teebaumöl!"

„Was?" echoten Oscar und ich gemeinsam.

„Sie hat Teebaumöl unter das Futter gemischt. Deshalb ist das Futter für uns Katzen ungenießbar."

Die Namenlose schüttelte über so viel Niedertracht ihren hübschen Kopf.

„Aber wieso riecht Richies Mensch das Teebaumöl nicht?"

„Du kennst doch menschliche Nasen, Oscar? Er riecht es einfach nicht. Aber wie du siehst, um ganz sicher zu gehen, stellt diese Frau das Futterschälchen auf den Balkon. In der Wohnung könnte er vielleicht doch Verdacht schöpfen, wenn er einen Hauch von diesem Teebaumöl riechen würde."

„Dann bin ich der Meinung, dieses Luder soll wissen, was wir Katzen davon halten." Oscar stellte sich in Positur und setzte einen ordentlichen Strahl auf das Schälchen ab.

„Habe ich getroffen?"

„Perfekt, Oscar. Das hätte ich nicht besser machen können," lobte ich ihn.

„Also ich für meinen Teil habe genug gesehen, Laura. Hast du gesehen, wie angewidert unsere Drei das Futter begutachteten? Und sie haben es bestimmt nicht verschmäht, weil sie gerade vom Frühstück gekommen sind."

„Ich habe es auch gesehen. Oscar hat es sogar markiert. Anscheinend manipuliert die Frau mit irgendeinem Zusatz das Futter. Das ist niederträchtig und widerwärtig. Was kann man da machen, Sebastian?"

„Meiner Meinung nach nichts. Wenn du ihm die Wahrheit sagst, wird er dir nicht glauben."

„Dann werden wir Richie die nächste Zeit mit durchfüttern. Ich werde nicht zusehen, wie Richie immer dünner wird."

Meine Laura! Vor Stolz bekam ich eine Brust wie ein Truthahn. Wir setzten danach unseren Weg fort. Der Weg führte uns in den Wald und Sam konnte ein wenig freier laufen wie auf der Straße.

„Ist das eine Freude! Ich habe euch so lange nicht mehr gesehen. Lasst euch ein Küsschen geben." Warum passieren große Katastrophen immer ohne Vorwarnung?

Leila mit e i. Eine riesengroße blau-schwarze Dogge. Selbst Sam wirkte neben ihr wie ein Kaninchen vor der Einschulung. Es ist immer dasselbe. Bevor ich mich in Sicherheit und in Deckung bringen konnte, hatte mich Leilas Zunge, die ungefähr so groß ist, wie meine Decke auf meinem roten Sessel, gnadenlos abgeschleckt. Keiner von uns konnte entkommen. Danach sahen wir alle aus, als hätte uns Laura eine Elvis-Tolle frisiert.

„Irgendwann zahl ich dir das heim, Leila mit e i. Irgendwann jagen wir dich in den Schlamm und panieren dich anschließend mit Sand. Nein! Mir fällt etwas viel besseres ein. Ich werde dich teeren und anschließend federn! Das habe ich in einem Film gesehen. Das schwöre ich dir! Verdammt noch mal! Sag doch auch mal was, Sam," fauchte ich empört.

Sam ließ gerade die letzte Schmuseattacke von Leila mit e i über sich ergehen und jagte anschließend mit ihr über die Felder. Laura und Sebastian nutzten die Zeit, um sich mit dem Herrchen von Leila mit e i zu unterhalten.

Leila mit e i bellte zu uns herüber, wir sollten doch mitkommen, sie hätte etwas gefunden. Das würde doch bestimmt einen Riesenspaß machen, die gefundenen Gegenstände gemeinsam zu zerfleddern.

„Wo bleibt ihr denn? Habt ihr heute eine Spaßbremse eingebaut? Es sind tolle Menschensachen. Die darf ich Zuhause nicht mehr anrühren. Ich habe da mal so komische Papiere gegessen. Da war ich aber noch ziemlich klein. Das war vielleicht eine Aufregung Zuhause. Mein Herrchen sagte damals, dass er jetzt kein Auto mehr fahren könnte und dass er keinen Namen mehr besäße, bis diese sogenannten Dokumente wieder neu gemacht wären. Aber was ich heute gefunden habe, gehört meinem Herrchen ganz bestimmt nicht. Da ist ein ganz anderes Bild darauf. Vielleicht können wir sie dann gemeinsam zerfleddern und anschließend aufessen. Das wird ein Spaß."

Hellhörig geworden setzten wir uns in Bewegung, um uns die tollen Menschensachen anzusehen.

„Leila mit e i, warte auf uns. Können wir vorher einen Blick darauf werfen?"

An einem Baum lag eine wunderbare Hinterlassenschaft, die nicht tierischen Ursprungs war und Sam meinte, dass auch Menschen anscheinend ab und zu Gassi gehen müssten. Daneben lag eine schwarze aufgeklappte Börse. Der Inhalt sah schon reichlich mitgenommen aus, aber auch so konnten wir unschwer am Geruch erkennen, wer der Besitzer dieser Börse war.

„Sollen wir uns die Mahlzeit teilen?" Leila mit e i wedelte aus lauter Vorfreude mit dem Schwanz, dass die Blätter unter ihr nur so wegflogen. „Und wie es aussieht, ist das Ding aus Leder. Fast wie ein Schweineohr. Das ist super und es hält bestimmt länger."

„Leila mit e i, ich muss dir etwas wichtiges sagen. Kannst du mir wenigstens einen Moment zuhören? Lass die Zunge drin. Wie soll ich mich mit dir unterhalten, wenn ich halb in deinem unglaublich großen Maul verschwinde?" Ich versuchte mit beiden Pfoten ihre riesige Zunge abzuwehren.

Leile mit e i setzte sich tatsächlich hin. Selbst in diesem Zustand wirkte sie wie eine Festung.

„Du hast etwas sehr wichtiges gefunden."

„Das weiß ich, deshalb will ich es ja aufessen."

„Vielleicht könnten wir das kurz ausdiskutieren. Pass mal auf. Wir rufen unsere Menschen und dann kannst du sehen was passiert."

„Ich soll es nicht essen?"

„Wenn es keine Umstände macht."

Sam wandte wieder seinen berühmten von unten-nach-oben-Hundeblick an.

„Na schön, Sam. Aber ich esse es nur nicht, weil du so schöne Augen hast."

Ich hatte in der Zeit Laura und Sebastian aktiviert, mit mir zu kommen. Sebastian sah die Hinterlassenschaft und daneben die aufgeklappte Börse. Auf dem Führerschein, in der Börse, war unschwer das Konterfei von Armin Schummer zu erkennen.

„Das erklärt zumindest, wie die Börse verloren gehen konnte. Ich rufe Stefan an, das wird ihn bestimmt interessieren."

„Und dieser Stefan darf dann die Börse mitnehmen und sie gemütlich auf dem Sofa und vor dem Fernseher bei einem spannenden Krimi weich kauen? Also, ich finde das nicht in Ordnung," schimpfte Leila mit e i.

„Das ist Teil der Ermittlungsarbeit," erklärte ich wichtigtuerisch. „Für die Polizei ist diese Börse sehr wichtig und da du sie gefunden hast, bist du auch ein Teil davon."

„Ich bin ein Teil von was?"

„...Na ja...äh ich meine..."

„Was Laila mit a i dir auf diesem umständlichen Weg erklären will, ist folgendes," dankbar nickte ich der Namenlosen zu. Sie nahm noch einmal tief Luft und sagte sehr dramatisch und bedeutsam, „Willkommen in unserer geheimen Geheimorganisation!" meinte sie verschwörerisch.

„Geheime Geheimorganisation?" plapperte Leila mit e i nach. „Du meinst so geheim, dass unsere Herrchen und Frauchen nichts davon wissen? Ach was rede ich denn? Ich weiß ja selber nichts davon!"

„Du bist jetzt auch so was wie ein Hilfssheriff. Du weißt was das heißt?" Die Namenlose saß da, wie eine Reinkarnation einer ägyptischen Katzengöttin, so einen Stolz, Würde, und geheimnisvolle Aura strahlte sie aus.

„Du bist so klasse," gab ich neidvoll zu

„Halt um Himmelswillen die Klappe," zischte die Namenlose leise zu mir rüber, „und mach mir meinen Auftritt nicht kaputt." Dann hob sie den Kopf und fixierte Leila mit e i mit ihren faszinierenden Augen.

„Bist du bereit?"

„...Ja...Nein...kann sein...ach Quatsch, ich habe keinen blassen Schimmer,!" stammelte Leila mit e i.

„Du darfst mit niemandem darüber sprechen, was du hier gefunden hast."

„Auch nicht mit Herrchen?"

„Mit Herrchen schon, das geht. Aber nur das allernötigste. Du unterliegst der Schweigepflicht!"

„Und mit meinem Stoffteddy? Geht das auch?"

Die Namenlose sah ernst von einem zum anderen, das heißt sie versuchte ernst zu bleiben, denn in ihren Augen war ein verräterisches Glitzern zu sehen.

„Selbstverständlich. Aber du musst ihn zuerst vereidigen."

„Ich muss ihn ver...was?"

„Das heißt, er muss dir schwören, mit niemandem darüber zu reden. Leila mit e i, kriegst du das hin?"

„Ich denke schon. Mein Stoffteddy ist echt ein feiner Kerl. Aber jetzt habe ich keine Lust mehr auf diesen ernsten Kram. Los, komm Sam. Wer von uns ist zuerst an der Tanne?"

Leila mit e i fetzte mit einem Tempo über die angrenzende Wiese, dass die Grasballen nach hinten nur so wegflogen.

„Ich bin schneller als ihr lahmen Blindschleichen."

Sam und wir Katzen rannten hinter ihr her. Nach drei Runden hing uns allen vier die Zunge bis zum Boden herunter. Bei der letzten Runde sah ich etwas glitzern und verlangsamte mein Tempo. Neugierig lief ich darauf zu. Es war eine Flasche, eine leere Flasche die unverkennbar das Geruchsmodell Armins trug. Und daneben lag ein Schlüssel.

Leila`s Herrchen wollte nach Hause und rief lautstark ihren Namen. Und wie üblich reagierte sie erst beim siebenundzwanzigsten Mal, als ihm die Zunge aus dem Hals hing. Er befestigte die Leine und verabschiedete sich von uns.

„Also, ich habe es nicht vergessen," kläffte Leila mit e i begeistert.

„Dann ist ja alles klar," brüllte Oscar zurück.

Leila mit e i war mit ihrem Herrchen schon nicht mehr zu sehen, als wir sie immer noch laut kläffen hörten... „Herrchen weiß immer noch nichts! Aber der Teddy darf was wissen. Oder war es umgekehrt? Das ist ja alles so aufregend!"

„Was hast du denn da?" Sebastian kam mir entgegen. „Das ist ja ein Ding! Ich bin gespannt, ob das auch zu Armin gehört."

Stefan hatte sein Auto am Waldrand geparkt und war den Rest des Weges mit Jordi gelaufen.

„Feine Sache, dass ihr extra vorbeikommt," freute ich mich. „Wir hätten euch die Sachen auch gebracht. Aber Vorsicht. Ich weiß nicht, was darin war, aber es stinkt immer noch fürchterlich. Wie kann man so was freiwillig trinken."

Stefan kramte sein Handy heraus. „Ich dachte, es ist besser, wenn wir uns das selbst ansehen. Meine Familie hat mich zwar verflucht, von wegen ausgefallener Sonntagsausflug und so, aber ich mache es irgendwann wieder gut."

Stefan fotografierte die Standorte, auch von der Hinterlassenschaft, und machte sich einige Notizen. „Da hättest du jetzt eine wirklich exzellente DNA-Probe. Soll ich dir ein Tütchen geben, Stefan? Ich habe allerdings keinen Löffel dabei," feixte Jordi.

„Habe ich dir heute schon gesagt, dass du ein Blödmann bist? Nein? Dann wird es allerhöchste Zeit."

Dann packte Jordi die Börse mit einer Pinzette an und steckte sie in ein kleines Tütchen. Genauso verfuhr er mit der Flasche und dem Schlüssel. Flasche ganz große Tüte, Schlüssel, kleine Tüte.

„Da kann man mal sehen, wie interessant so ein Menschenhaufen sein kann," grinste Oscar.

„Nach so einer Flasche wüsste ich auch nicht mehr ob ich noch in der Welt bin, Stefan."

„Wenn ich mir die Richtung ansehe, in der diese Sachen gelegen haben, führen sie uns direkt in das Industriegebiet, wo Herr

Schummer morgens aufgewacht ist. Lass uns in dieses Industriegebiet fahren, Jordi. Vielleicht finden wir noch ein wichtiges Detail."

Stefan wollte gerade die Gummihandschuhe ausziehen, als er etwas unter dem Laub bemerkte. „Warte mal, da liegt noch was." Neugierig schob er das Laub an der Stelle zur Seite, wo vorher der Schlüssel gelegen hat. Unsere Hälse waren lang wie die einer Giraffe, um auch einen Blick in die Tüte zu erhaschen.

„Scheiße! Das hätte ich jetzt nicht erwartet."

In der Tüte lag ein Stück Seil und ein Messer.

*

Michelle saß am Frühstückstisch und glotzte ihre Tasse mit wunderbar duftendem Kaffee an, als sei sie ein Wesen aus einer anderen Welt. Heinrich saß wie immer auf ihrem Schoß und glotzte Michelle an, als sei sie ein Wesen aus einer anderen Welt. Michelle hatte Nadeshda von dem gestrigen Abend und der Heimfahrt erzählt. Sie erzählte das, als wäre sie nicht selbst dabei gewesen und hätte es nur von anderen gehört.

„Das ist alles ein bisschen viel für dich. Gestern Abend warst du nicht ansprechbar, aber sehr gut gelaunt. Wie geht es deinem Kopf heute Morgen?" fragte Nadeshda freundlich.

„Er fühlt sich an wie ein Luftballon voll Zuckerwatte. Wie sehen meine Augen aus?"

„Willst du die Wahrheit wissen?"

„Nein, aber sag´s mir trotzdem."

„Ich weiß nicht wie man das richtig sagt. Sie sehen aus wie Löcher in Schnee gepinkelt."

„Spitze."

„Musst du heute noch viel arbeiten?"

„Ich muss nur noch alles sortieren und den Ordner fertig machen. Ich kann es kaum glauben, aber ich habe es wirklich geschafft. Aber nur Dank dir, Nadeshda. Du hast mir den Rücken freigehalten, den Haushalt geführt, hast dich um mich gekümmert und ziemlich erfolgreich. Ich konnte gestern sogar einen über den Durst trinken."

Nadeshda wurde feuerrot wie ein gekochter Krebs.

„Ich habe zu danken, Michelle. Ihr seid alle sehr lieb zu mir. Ich weiß nicht womit ich das verdient habe."

Nadeshda fing an zu weinen.

„Aber was ist denn los? Habe ich etwas falsches gesagt?"

„Nein, nein, nein." Nadeshda schluchzte und schnäuzte sich anschließend in ein Taschentuch.

„Es geht schon wieder, Danke."

„Hast du Heimweh?"

„So etwas ähnliches."

„Willst du darüber sprechen? Vielleicht fühlst du dich dann besser?"

Nadeshda wischte sich über die Augen, „Das hat keinen Sinn, glaube mir! Ich bin selbst schuld!" Sie schnäuzte sich wieder ordentlich ihre Nase. „Soll ich uns Pelmenis machen? So richtig fett, mit saurer Sahne?"

„Das hört sich verdammt gut an."

„Ich will auch Pelmenis, mindestens drei. Was ist mit dir Mathilde. Soll ich auch welche für dich bestellen?"

„Das brauchst du nicht. Danke, Heinrich. Ich gehe sowieso mit Nadeshda in die Küche und koche diese Dinger mit ihr. Aber ihr Gemütszustand gefällt mir nicht. Manchmal telefoniert sie und dann lacht sie und ist glücklich. Aber danach fällt sie wieder in diese Traurigkeit."

Heinrich stand kurz von Michelles Schoß auf, aber nur um sich zu recken und zu strecken, dann drehte er sich dreimal um die eigene Achse und rollte sich wieder gemütlich zusammen. Michelle musste sich während dieses Vorgangs mit beiden Händen am Schreibtisch festhalten, sonst wären sie wohl samt Rollstuhl umgefallen.

„Weißt du, ob dieser Typ heute kommt? Was meinst du, Mathilde?"

„Was für ein Typ?"

„Na der Kerl von Michelle. Der, der bei unserem Anblick immer Schnappatmung bekommt."

„Ach so, der. Nein, ich glaube nicht. Dann wären wir zwei schon lange nach oben verbannt worden, und Nadeshda würde wie wild mit Staubsauger und Putztuch herumwedeln."

„Dann wird es ein schöner Sonntag."

Michelle saß wieder am Schreibtisch. Sie verglich die Arbeit nochmals mit den Eintragungen im Computer. Sie sicherte das Ganze auf einem Stick. Nach fünf Tassen Kaffee hatte sie ihre Arbeit beendet und legte sie in den dafür vorgesehenen Umschlag. Ihr schlug das Herz bis zum Hals. Sie zeichnete mit dem Finger ein vierblättriges unsichtbares Kleeblatt auf den Umschlag.

„Bring mir Glück!," flüsterte sie leise.

„Wenn das Glück bringt, lege ich meine Pfote auch darauf. Komm Mathilde, bring deine Pfote auch mit. Das ist wieder so ein Menschenritual. Sie legt anscheinend großen Wert darauf."

Mathilde sprang elegant auf den Schreibtisch und drückte mit Heinrich ihre Pfote fest auf den Umschlag.

„Wisst ihr eigentlich wie süß ihr seid?" Michelle knuddelte alle beide gleichzeitig.

„Selbstverständlich wissen wir das. Süß ist unser zweiter Vorname. Nicht wahr Mathilde?"

Danach legte sie den dicken Umschlag weg. Ihr Blick fiel auf einen Aktenordner auf dem Schreibtisch, der da nicht hingehörte. „Ach du meine Güte, Tommys Ordner. Den habe ich komplett vergessen. Der hätte nach oben zu Gisela und Waltraud gemusst. Wenn ich ihn schon mal hier habe, kann ich auch einen Blick hineinwerfen. Dann ist wenigstens klar, mit welchen Zahlen ich zu rechnen habe."

Sie schlug den Ordner auf und begann sich in die Zahlen zu vertiefen.

„Musst du jetzt lesen, Michelle? Das ist doch bestimmt nicht spannend." Heinrich sprang auf den Schreibtisch und legte sich quer über den Ordner. „Ich mache dir einen Vorschlag. Was hältst du davon? Wenn du schon unbedingt zählen willst, dann zähle doch meine Streifen. Ich wette du weißt nicht, wie viele ich habe."

„Nein, nein... du verrücktes Katerchen. Ich sollte mir unbedingt den Ordner ansehen. Ich muss mich mehr damit beschäftigen, meine Tanten haben genug zu tun." Sie schob, das heißt, sie versuchte Heinrich von dem Ordner wegzuschieben, als ihr Handy klingelte.

„Hallo?"

„Wie geht es dir?"

In ihrem Bauch war plötzlich eine Unruhe, als hätten sich alle Flugzeuge der Welt dort getroffen. Ihr Herz schlug bis zum Hals und darüber hinaus.

„Mir? ja...doch...so ziemlich seltsam, aber doch wieder gut, Willi."

„Seltsam und jetzt wieder gut.?"

„Nadeshda sagte, meine Augen sähen aus wie zwei Pisslöcher im Schnee oder so ähnlich." Wenn ich jetzt noch mehr so heiße Daten herausgebe, dachte Michelle bei sich, wird er mich für einen Zombie oder sonst was halten.

Sämtliche Flugzeuge in ihrem Bauch verwandelten sich plötzlich in Schmetterlinge und kribbelten sie bis in die Nase.

„Die Pisslöcher-im-Schnee-Augen stehen dir bestimmt gut." Sehr gut, lobte sich Willi in Gedanken, richtig gut. Im Komplimente machen warst du schon immer Spitze.

„Dann darf ich mich heute noch den ganzen Tag damit freuen," kicherte Michelle. „Weißt du eigentlich, was gestern Abend auf der Heimfahrt passiert ist?"

„Nein?"

„Es war wieder ein Seil auf der Straße gespannt. Hätte Sam das Seil nicht zuerst gefunden, dann wäre mit Sicherheit etwas schreckliches passiert."

Sekundenlanges Schweigen.

„Mach keinen Scheiß."

„Mit so was spaße ich nicht."

„Wurde jemand verletzt?...Wurdest du verletzt?"

„Nur meine Eitelkeit, sonst nichts. Außerdem hatte ich alle Anwesenden terrorisiert, weil ich aufs Klo musste." Ich will ihn zum Lachen bringen, stellte Michelle fest. Damit er sich keine Sorgen macht. Warum mache ich das, was ich gerade mache.

„War die Polizei da?"

„Ja, aber nicht dieser Choleriker, sondern die zwei Kommissare, die später gekommen sind. Bist du noch auf dem Gelände?"

„Ja, und weißt du wer noch bei mir ist? Richie. Ich soll dich herzlich grüßen. Er hat die ganze Nacht bei mir im Schlafsack gelegen und hat mich gewärmt."

„Ich kann das auch ganz gut..."

„Was kannst du gut?"

„Wärmen meine ich, ich kann auch ganz gut wärmen...meine ich." Kann es sein, dass ich total bescheuert bin, geistig umnachtet, oder was ist mit mir los, schimpfte Michelle in Gedanken mit sich.

„Die Pelmenis sind fertig, Michelle. Soll ich deine Tanten rufen, dass sie mitessen können?"

„Die Pelmenis sind fertig, sagt Nadeshda," maulte Heinrich von der Seite.

„Keine Ahnung was Pelmenis sind. Aber wenn sie fertig sind, sind sie fertig." Ich war schon mal intelligenter, dachte Willi bei sich. Wie soll da eine vernünftige Unterhaltung zustande kommen? Dann fasste er seinen ganzen Mut zusammen, holte tief Luft und fragte, „darf ich wieder anrufen?"

„Jetzt wird nicht mehr telefoniert und keine doofen Ordner mehr gelesen. Die Pelmenis sind fertig. Ich habe drei Stück bestellt," Heinrich stand vom Ordner auf und maunzte so laut er konnte ins Telefon, „und heiß sind sie am besten. Guten Tag."

„Ja, du darfst anrufen, wann du willst."

Willi war noch wie benommen von dem Anruf. „Pisslöcher im Schnee," grinste er und streichelte Richie über den Kopf.

Also wir Kater sind ja komplett bescheuert und überdreht, wenn wir verliebt sind, dachte Richie, aber gegen Menschen sind wir nahezu harmlos. Was der für einen Unsinn redet. Vielleicht ist es auch so eine Art Liebesspiel. Es kann sein, dass er ihr im Winter ein Herzchen in den Schnee pinkeln will und wenn er genug Vorrat hat, mit ihrem Namen. Nette Idee. Gefällt mir. Sollte ich mir merken.

Willi holte sich eine zweite Tasse Kaffee und setzte sich zu den anderen an den Tisch.

„Du hast einen neuen Freund gewonnen und er hat die gleiche Fellfarbe wie du," meinte Sonja „Was machst du jetzt, wenn du dein Zelt abbaust? Wir müssen doch alle wieder zurück in unser Leben."

„Ehrlich gesagt. Ich weiß es nicht. Heute den ganzen Tag über bleibe ich noch hier und morgen werde ich direkt nach der Arbeit hierher fahren und ihn füttern. Ich habe gestern erfahren, dass er ein Zuhause hat. Ich will da niemandem ins Handwerk pfuschen."

„Aber Katzen suchen sich ihre Menschen selbst aus," beharrte Sonja, „das kannst du gar nicht verhindern."

„Genau das ist mein Problem. Ich will es gar nicht verhindern, außerdem mag ich diesen roten Teufel. Bei ihm habe ich das Gefühl, dass ich mit ihm über alles quatschen kann. Klingt bescheuert, ich weiß."

„Wer sagt dir denn," mischte Robert sich ein, „dass wahre Freunde immer nur Menschen sind? Ergreife die Pfote, wenn sie dir gereicht wird."

Richie blieb vor Willis Zelt sitzen und hörte aufmerksam zu. Ekki saß neben Zorro auf Willis Motorrad.

„Ich muss dir was sagen, Boss."

„Ist es wichtig? Wie du siehst, muss ich den Überblick behalten. Sonst halte besser deine Klappe."

„Es geht um die Witterung, Boss."

„Du machst mich wahnsinnig. Was für eine scheiß Witterung?"

„Die von dem Unfall mit der jungen Frau, mit dem Gummikopf."

„Du meinst die, die gestern hier war und von der unser Willi so angetan ist?"

„Ja, Boss."

„Verfluchtnocheins! Was ist mit der Witterung? „

Die beiden wurden unterbrochen durch Marius Aufruf an Willi, ob das sein Pullover auf dem Fahrrad wäre. Willi ging zurück zum Zelt, um seinen Pullover zu suchen und konnte ihn nicht finden.

„Sieht so aus, als ob das meiner wäre. Aber wie kommt der dahin?" Willi blickte ratlos auf das Fahrrad.

„Ich habe dieselbe Witterung in der Nase, Boss, wie an jenem schrecklichen Morgen."

„Du meinst die Witterung des Seils, das die Polizei mitgenommen hat?"

„Ja."

„Was ist mit dir Richie? Dann müsstest du doch die gleiche

Witterung haben?"

„Ich kann es dir nicht sagen. Gestern, wie die vielen Leute hier waren, da war der Geruch präsent... aber jetzt... ich weiß es wirklich nicht."

„Oder willst du es nicht sagen, weil Willis Pullover auf dem Fahrrad liegt."

„Du meine Güte. Ich weiß es nicht. Aber es kann natürlich sein, dass sich mein Innerstes dagegen wehrt, meinen Freund zu denunzieren."

„Was ist dezunieren?"

„Verzinkt, verraten und ausgeliefert, Ekki. Das ist denunzieren."

„Das gefällt mir nicht. Wenn das mein Freund wäre, würde ich ihn auch nicht dezimieren, oder wie das heißt."

Wir hörten schon von weitem, wie unsere Kater sich unterhielten.

„Sie sprechen über Fahrräder, Pullover und Verrat. Weiß der Geier wie das alles zusammenhängt, Laila."

„Manchmal frage ich mich auch, ob ihnen der Gesprächsstoff ausgeht und sie den Krimi am Abend vorher vom Fernseher ausschlachten."

„Jetzt wartet doch mal ab," mahnte die Namenlose, „wir sind bald da, dann erfahren wir mehr."

Laura näherte sich den gestreiften Katzen. Sie legte ihnen ein paar Knusperherzen hin und redete beruhigend auf sie ein. Die gestreiften Katzen rührten die Herzen nicht an, sondern schauten nur auf uns.

„Was ist das für eine neue Masche? Will sie uns einfangen? Wir warten auf Armin, der kann am besten mit dem Kleinen umgehen."

Die gestreifte Katze würdigte das Futter mit keinem Blick.

„Er kann heute nicht kommen, aber das liegt nicht an ihm. Das könnt ihr mir glauben. Er hat die Aufgabe, den Kleinen zu behandeln an Laura weitergegeben, solange er verhindert ist."

Die gestreifte Katze stellte ihre Rückenhaare hoch und fauchte Laura an. Ich ging auf sie zu. „Das sind meine Menschen. Laura und Sebastian. Sie sind nur hier um zu helfen. Wenn du schlecht über sie redest, oder wohl möglich sogar anfasst, können wir gerne dort weitermachen, wo wir unterbrochen wurden. Hast du das verstanden?"

Vor und hinter uns herrschte für den Moment eine Grabesstille. Selbst Laura hatte sich zurückgezogen und wartete ab, was passiert. Der Kleine angelte sich mit der Pfote ein Knusperherz heran. In den nächsten Sekunden war nichts zu hören, außer dem lauten krachen das das Knusperherz verursachte, als es zwischen die Zähne des kleinen Katers kam.

„Na, also! Klappt doch alles bestens."

Laura beobachtete den kleinen Kater, wie er sich gierig das nächste Knusperherz einverleibte. Zorro bemerkte, wie der Kleine auf das Futter reagierte. „Wie du siehst, brauchst du dir keine Sorgen zu machen." Die gestreifte Katze wurde ein wenig entspannter. „Aber ich behalte die Menschen trotzdem im Auge. Wir haben einfach zu viel erlebt."

Als der kleine Kater satt war, begann Laura ihn vorsichtig mit der Salbe einzureiben. Nach anfänglichem, nur noch halbherzigem Fauchen, ließ er Laura gewähren und merkte, wie gut ihm die Behandlung tat. Sebastian verteilte das restliche Futter an die anderen gestreiften Katzen. Die Katze stand still und sah Sebastian direkt mit ihren wunderschönen, bernsteinfarbenen Augen an.

„Kann man euch trauen? Eure Augen sind ehrlich. Die lügen nie."

„Fang endlich an zu essen oder lass es bleiben," keifte ich eifersüchtig, aber nur weil ich sah, dass Sebastian von ihren Augen fasziniert war. Anschließend gesellten wir uns zu Willi und den Motorradfahrern, die noch da waren. Willi stand immer noch ratlos vor dem Fahrrad mit seinem Pullover.

„Ich verstehe das nicht. Wie kommt der da hin? Und wo kommt das verdammte Fahrrad her?"

„Das verstehe ich auch nicht," erwiderte Ingrid. „Heute Morgen, als ich wach geworden bin, lag es dahinten bei den Motorrädern. Ich habe mich noch umgesehen, ob ich seinen Besitzer finden kann, aber da war niemand."

„Vielleicht wollte jemand deinen Pullover klauen und wurde dabei gestört," warf Michael ein.

„Das kann ich kaum glauben. Das Ding ist über fünfzehn Jahre alt.

Ich habe ihn gestern Abend Michelle gegeben, weil sie gefroren hatte." Willi wirkte geistesabwesend. Neugierig sahen wir Katzen uns das Fahrrad aus der Nähe an. Es war ein ziemlich altes, ramponiertes Rad, wie alte Fahrräder eben aussehen. Wir wandten uns schon wieder gelangweilt ab. Sam wollte das Fahrrad auf alle Fälle markieren.

„Warte mal, Sam."

Überrascht drehten wir alle unsere Köpfe.

„Was ist los, Ekki."

„Boss, das stimmt was nicht."

„Was stimmt da nicht, du Gehirnakrobat."

„Willi hat seinen Pullover in der Hand, Boss."

„Das ist eine bemerkenswerte Feststellung, Ekki. Das hätten wir ohne dich nicht erkannt, dass Willi seinen Pullover in der Hand hält."

„Aber ohne Pullover ändert sich alles, Boss."

„Für dich ändert sich auch gleich alles, Ekki. Dein Bewusstsein nämlich. Wenn du nicht aufhörst zu nerven, gibt's was auf den Schädel. Dann hast du deine eigene Welt ganz für dich alleine, stundenlang."

„Das Fahrrad hat eine Witterung, die ich schon einmal gerochen habe, Boss."

„Lass dir verdammt nochmal nicht alles aus der Nase ziehen, du karierter, zusammengesetzter Patchworkkater."

*

„Hast du noch etwas gefunden?" Stefan hatte die Tüte mit dem Seil und dem Messer im Auto verstaut.

„Nein." Jordi hatte nochmals das Waldgebiet durchstreift. „Ich glaube das war es."

„Lass uns ins Industriegebiet fahren, dorthin, wo Armin auf der Parkbank eingeschlafen ist. Vielleicht erfahren wir dort mehr."

Stefan zog sein Handy aus der Gesäßtasche. „Meine Frau ist bestimmt stinksauer und fragt nach, wann ich endlich nach Hause komme." Aber es war keine Nachricht von seiner Frau. Sebastian hatte ihm ein Foto geschickt. Von einem alten Fahrrad und darunter geschrieben, ob er es sich vielleicht ansehen wollte. Stefan wählt umgehend Sebastians Nummer. „Warum in aller Welt soll ich mir am Sonntagnachmittag ein altes Fahrrad ansehen? Dafür haben wir doch unsere Streifenpolizisten." Stefan schüttelte mit dem Kopf. „Das hätte ich mir ja denken können. Wir sind gleich da."

„Mit dir hat man nichts als Ärger," schimpfte Zorro.
„Aber ich kann doch nichts dafür," verteidigte sich Ekki. „Und das Fahrrad will ich auch überhaupt nicht behalten. Aber es hat nun mal den gleichen Geruch wie das rote Eisending, was ich gefunden habe. Das hätte ich gerne behalten, und ..."
„Moment mal Ekki."
„Was ist denn Laila?"
„Der Geruch von dem Fahrrad kommt mir auch bekannt vor, aber warum? Ich hatte das rote Eisending doch überhaupt nicht gesehen." Das machte mich verrückt und ich ärgerte mich über alle Maßen.
Die Namenlose legte ihren Schwanz wie immer super elegant um ihre Pfötchen und meinte lakonisch, „das nennt man dann wohl Reizüberflutung."
„Was?"
„Na ja, zu viele Eindrücke auf einmal. Du weißt nicht mehr, was wohin gehört, Laila."
„Zum Teufel mit deinen dicken fetten Ausdrücken."
„Hoffentlich hast du mit der Reisverflutung nicht mein Seil vergessen, das die Polizei mitgenommen hat. Meinst du, du könntest es von ihnen zurückfordern, Laila?"
„Das ist es, Ekki," maunzte ich begeistert und drückte ihm einen dicken Schmatz auf sein Ohr.
„Wenn die Reisverflutung sich immer so bemerkbar macht, habe ich nichts dagegen," schnurrte Ekki glücklich.
„Ich hoffe nur, es ist nicht ansteckend," meinte Pirat argwöhnisch.
„Es reicht jetzt, Leute," knurrte Zorro. „Ich will auf der Stelle wissen, was hier los ist. Aber sofort!"
„Du hast vollkommen recht, Zorro. Ich sollte doch an dem Tag von

Michelles Unfall das Seil für Ekki sicherstellen. Richtig?"
„Richtig," riefen alle im Chor.
„Das Seil hatte die gleiche Witterung wie das Fahrrad. Deshalb kam es mir bekannt vor."
„Das ist toll. Laila. Und was machen wir mit der Information?" Man merkte Zorro an, dass es ihn nicht die Bohne interessierte.
„Das weiß ich auch nicht," entgegnete ich irritiert. „Ich stelle es lediglich nur fest."
Das rote Auto der Kommissare tauchte wieder in der Kurve auf.
„Du meine Güte," maulte Zorro, „die schon wieder. Haben die kein Zuhause?"
Die beiden stiegen aus dem Auto und kamen direkt auf uns zu. Sie ließen sich von Ingrid erklären, wie sie das Fahrrad gefunden hatte.
„Können sie sich erklären, wie der Pullover auf das Fahrrad kommt, Herr Neuhaus?" Stefan sah Willi neugierig an.
Richie maunzte aufgeregt, dass er und Willi die ganze Nacht zusammen im Schlafsack verbracht hatten. „Keine Sorge, Katerchen," Jordi streichelte dem aufgeregten Richie über den Kopf. „Wir wollen ihn doch nur was fragen."
„Ich habe meinen Pullover Michelle gegeben, weil sie anfing zu frieren. Mehr weiß ich im Moment auch nicht."
„Armin habt ihr auch mitgenommen," schimpfte Richie, „und ihn wolltet ihr auch nur was fragen. Dabei ist er ein guter Menschenfreund."
„Das sehe ich auch so," knurrte Zorro. „Was spielt ihr eigentlich für eine Rolle? Für uns Katzen habt ihr Stängchen. Aber den besten Freund denunzieren? Das kommt nicht in Frage. Nur mal so nebenbei...wir haben einen Motorradclub verjagt."
Die Kater setzten sich alle vor Richie und sahen die Kommissare erwartungsvoll an.
„Sieh dir das an, Laura. Die Katzengang hat sich komplett vor Willi versammelt."
„Nicht nur die, Sebastian. Unsere sitzen auch dabei. Laila hat anscheinend noch was mit dem Kommissar zu klären."
Wie recht du hast, Laura! Ich strich den Kommissaren um die Beine

und teilte ihnen immer wieder mit, dass ich den Geruch des Fahrrades kannte. Ich rannte immer wieder zu dem Fahrrad und dann zurück zu ihnen. Ekki meinte, „ich habe keine Ahnung was du da machst, aber ich mache mit."

„Was wollen sie uns mitteilen? Was meinst du Jordi? Ich will mich auf alle Fälle nicht vor so vielen Katzen blamieren."

„Vor den Katzen blamieren? Und die Menschen hier? Vor denen nicht?"

„Nö... Im Moment ist mir mehr daran gelegen, ihre ganz offensichtliche Nachricht richtig zu deuten. Wir nehmen das Fahrrad mit... und natürlich Willis Pullover."

„Und wie begründen wir das, Stefan? Indem wir ihnen erzählen, die kleine Laila und Ekki haben uns einen wichtigen Hinweis gegeben und hoffen, dass er richtig gedeutet wird?"

„Das stimmt, Jordi. Ich bin im Moment bei unserem Chef sowieso die Nummer eins in Sachen Scheiße bauen."

„Ich habe auch so gar keine Lust, einmal in der Woche bei unserem Psychologen zu sitzen, der dann herausfinden soll, warum wir auf Katzen fokussiert sind."

„Wir werden es damit begründen, dass das Fahrrad in der Nähe des Anschlages von gestern Abend gefunden wurde."

„Und ich fresse einen Besen samt Stiel, wenn das nicht die Wahrheit ist."

Die beiden Kommissare packten das Fahrrad mit Handschuhen an und schafften es in den Kofferraum ihres Autos. Dabei wurden sie sehr aufmerksam von den Katern beobachtet. Sie verabschiedeten sich von Laura und Sebastian und sprachen noch einmal mit Willi.

„Wenn dir...ich meine, ihnen noch etwas einfällt... nur bitte mit mir sprechen, ja?" Stefan gab ihm sein Karte.

„Von mir aus kann es beim Du bleiben, meinen Vornamen kennst du bereits."

„Danke, Willi. Mein Name ist Stefan. So, wir müssen jetzt aber los. Wir haben ein komplettes Auto mit Informationen, die wir so schnell wie möglich auswerten müssen." Stefan reichte Willi die Hand und Richie fing an zu knurren und fauchte.

Die anderen Kater knurrten und fauchten ebenfalls.

„Nein, keine Sorge...wir nehmen Willi nicht mit. Passt gut auf ihn auf."

„Worauf du dich verlassen kannst," knurrte Richie ihnen hinterher.

Sam hatte die ganze Zeit die Kater beobachtet, um nötigenfalls einschreiten zu können. Aber als er sah, dass die Katzen die Situation voll im Griff hatten, ließ er sich von Ingrid mit einem Butterbrot füttern.

Michael und Marius hatten ihre Sachen auf Motorrad und Roller verstaut. „Dann wollen wir mal," meinte Michael und zog sich den Helm über den Kopf. „Dieses Treffen werde ich so schnell nicht vergessen...mach es gut Willi...und lass dir von diesen ferngesteuerten Idioten von „Ironheart" nicht an die Karre pinkeln...denk daran, du bist nicht alleine!"

„Danke, Mann! Das kann ich jetzt gut gebrauchen!"

Dann fuhren auch die letzten Motorräder weg.

Laura und Sebastian machten sich mit Sam ebenfalls auf den Weg.

„Willst du wirklich nicht mitkommen, Willi?" versuchte Laura ihn zu überzeugen. „Helga hat wieder ihren Apfelkuchen gebacken und frisch aus dem Ofen ist er am besten."

„Das wäre wirklich verdammt Klasse, Laura. Aber ich will Richie nicht alleine lassen. Klingt blöd, ich weiß."

„Aber du musst doch morgen zur Arbeit. Was machst du dann?"

„Keine Ahnung. Ich gehe morgen früh von hier aus zur Arbeit und ich lasse mein Zelt stehen, damit Richie sieht, ich komme wieder. Ehrlich gesagt, ich weiß auch nicht weiter. Keine Ahnung, aber morgen ist ein neuer Tag, mit hoffentlich neuen Ideen."

*

Willi genoss mit Richie den späten Nachmittag. Zusammen beobachteten sie, wie der Nebel langsam von den Wiesen auf sie zu kroch. Zorro hatte es sich auf Willis Motorrad gemütlich gemacht. Ingrid hatte ihnen genügend Brot und Wurst zum Abendessen dagelassen.

Willi gab den gestreiften Katzen von dem Futter, das Laura mitgebracht hatte. Danach überlegte er zusammen mit Richie, auf welchem Platz man am besten eine kleine Holzhütte bauen könnte. So verbrachte man gemeinsam den Nachmittag und am Abend saßen er und Richie vor einem kleinen Lagerfeuer und sprachen über ihre Zukunft. „Ich komme morgen nach der Arbeit hierher, Richie. Und dann versuche ich, dir mein Zuhause zu zeigen. Du bist nicht dumm, gemeinsam schaffen wir das. Es ist ein gemütliches, kleines Ferienhaus, genug Platz für uns beide...aber das kannst nur du alleine entscheiden. Ich weiß ja nicht, wie loyal du zu deinem Menschen stehst und was er dir angetan hat. Das sind alles Sachen, die ich nicht weiß. Aber du wirst deine Entscheidung treffen. Wir Rocker treffen immer eine Entscheidung. Ich meine...wir haben das gleiche Fell, also dieselben Colours...so was verbindet."

„Ich habe meine Entscheidung getroffen, mein Freund! Wie du sagst, das gleiche, wie war das nochmal...Colour, verbindet!"

Sebastian rief am Abend, als es bereits dunkel war, noch einmal an.

„Mach dir keine Sorgen, es ist alles in Ordnung. Wir werden uns gleich in den Schlafsack verziehen. Wir sind schon groß, Sebastian, wir schaffen das."

*

Der Mensch im Unterholz wartete. Er hatte Zeit. Er beobachtete, wie Willi das Lagerfeuer löschte, in sein Zelt kroch, und den Reißverschluss zuzog. Dann wartete er, bis er annehmen konnte, dass Willi eingeschlafen war. „Was hat dich nur dazu bewogen, dich in mein Leben einzumischen? Du warst noch gar nicht an der Reihe."

Er schlich näher an das Grundstück heran und sondierte die Lage.

*

Richie lag eng angeschmiegt an Willis Brust und wärmte ihn. Zorro war mit den anderen Kater noch im Clubheim, um über den Tag zu quatschen und anschließend wollten sie nach Hause gehen.

Willi schlief tief und fest mit regelmäßigen Atemzügen und faselte irgendetwas von Michelle. Vor Richie spielten sich seltsame Traumbilder ab. Es war stets die gleiche Szene. Aber es dauerte etwas, bis sie sich klar kristallisierte. Immer deutlicher sah er einen Menschen auf das Zelt zu gehen. Immer wieder, wie in einer Endlosschleife. Der Mensch hatte einen Gegenstand in der Hand, den Richie nicht deuten konnte. Immer wieder dieselbe Szene. Richie konnte die Anwesenheit förmlich riechen...er war mit einem Schlag plötzlich hellwach. Er kletterte aus dem Schlafsack und wollte das Zelt verlassen. Aber der Reißverschluss war zu.

Es gab kein Entrinnen.

Er roch die Anwesenheit des anderen Menschen und hörte, wie er sich mit irgendetwas zu schaffen machte.

„Willi", maunzte er so laut er konnte. „Willi, wir müssen hier raus. Hörst du?"

Schlaftrunken rollte Willi sich auf die andere Seite und wollte Richie mit sich ziehen.

„Mir ist ein wenig kalt, auch wenn ich von Michelle geträumt habe. Komm in den Schlafsack und wärme mich wieder. Nun mach schon, die Nacht ist noch lang."

„Wir haben keine Zeit zu träumen, Willi! Du musst wach werden. Wir müssen das Zelt verlassen."

Richie trommelte mit seinen Pfoten auf Willis Gesicht herum.

„Wir müssen hier raus, verstehst du das denn nicht? Du musst wach werden."

Willi rieb sich mit beiden Händen über das Gesicht.

„Du meine Güte, Richie. Ich habe es kapiert. Du musst aufs Klo. Du solltest ein Bier weniger trinken, dann hältst du die Nacht auch durch."

„Mach auf, bitte, bitte!" maunzte Richie. Noch bevor Willi aus dem Schlafsack geklettert war, öffnete er den Reißverschluss, weil er meinte, dass Richie ein dringendes Geschäft zu erledigen hätte. Richie schoss nach draußen. Der Mensch war aber durch das typische Geräusch des Reißverschlusses gewarnt und verschwand im Unterholz, wobei der Nebel sein übriges tat, um seine Anwesenheit zu verbergen.

Richie streunte um das Zelt und hielt die Nase hoch erhoben. Er spürte wie der Geruch des Menschen sich weiter und weiter entfernte. Willi kam mit einer Taschenlampe aus dem Zelt gekrochen. „Na ja, wenn ich schon mal wach bin, dann kann ich auch eine Stange Wasser in die Ecke stellen, wie du Richie. Hast du das eben gehört, Richie? Ich meinte, dass es in unserer Nähe im Unterholz ziemlich geknackt hat. Aber was wundere ich mich. Wir stehen am Rande des Waldes, da werden schon öfter Tiere vorbei schauen."

Richie patrouillierte um das Zelt herum. Hinter dem Zelt lag eine Flasche und aus ihr strömte ein widerlicher Geruch.

Willi leuchtete mit der Taschenlampe das Gelände an. „Alles in Ordnung, Richie. Komm hauen wir uns noch ein paar Stunden hin. Es wird wirklich sehr kühl."

Aber Richie war durch nichts zu bewegen nochmal in das Zelt zu gehen.

„Schlaf, mein Freund. Ich passe hier auf dich auf."

„Du willst nicht mitkommen?" fragte Willi traurig. „Okay, ich habe lange gebraucht um zu merken, dass du raus musst. Tut mir wirklich leid. Kommt nicht wieder vor. Bist du morgen früh noch da oder ist das jetzt das Ende unserer Freundschaft."

„Es ist erst der Beginn unserer Freundschaft. Und jetzt schaff dich in den Schlafsack und träume von Michelle."

Willi kletterte wieder in sein Zelt. Aber bevor er den Reißverschluss ganz zumachte steckte er noch einmal seinen Kopf heraus.

„Man sieht sich, Richie."

„Alles klar."

Die gestreifte Katze kam aus dem Unterholz auf Richie zu.

„Magst du Gesellschaft? Ich nehme an, den Rest der Nacht wirst du damit verbringen, um auf deinen Menschenfreund aufzupassen."

„Danke, deine Gesellschaft ist mir sogar sehr angenehm. Ich nehme an, du hast den fremden Menschen auch gerochen?"

„Ja, und es ist nicht das erste Mal, dass ich diese Witterung aufnehme."

„Mir ist sie auch bekannt. Die zwei Motorradfahrer, der Mann und die junge Frau, die den schweren Unfall hatten, stimmts?"

„Ja."

„Dieser Mensch war heute Nacht hier, um Willi etwas anzutun."

„Bist du dir ganz sicher."

„Absolut! Er trug das Böse um sich wie einen Umhang."

„Dann werden wir beide heute Nacht aufpassen, dass dieser Mensch nicht in seine Nähe kommt."

„Aber was mache ich morgen? Er fährt Motorrad."

„Wir können nicht überall sein."

Den Rest der Nacht verbrachten sie mit philosophischen Gesprächen über Beziehungen zwischen Mensch und Katze. Ansonsten patrouillierten sie über das Gelände, um unliebsame Besucher von Willi fernzuhalten. Aber außer den normalen Geräuschen der Nacht, Mäuse im Untergrund oder der Schrei einer Eule, war nichts zu hören.

Aus dem Zelt kam am frühen Morgen ein piepender, klagender Ton.

„Scheiße! Wo ist der verdammte Wecker. Der Piepton macht mich wahnsinnig. Aah, das ist meine Uhr. So, und jetzt halt die Klappe. Ich bin wach. Eigentlich müsste man den Montagmorgen verbieten. Einfach ekelhaft. Und Kaffee kriege ich heute Morgen auch nicht."

Die gestreifte Katze stand auf und dehnte sich.

„Ich ziehe mich zurück, Richie. War angenehm mit dir die ganze Nacht zu plaudern. Wenn du willst, kann ich gleich eine Nachricht an dieses schwarze kleine Monster senden. Das scheint euch irgendwie wichtig zu sein."

„Das ist nett von dir," maunzte Richie. Die gestreifte Katze nickte ihm zu und verschwand im Clubheim.

Der Reißverschluss des Zeltes öffnete sich. Willi steckte seinen Kopf heraus. Seine feuerroten Haare und sein Bart standen nach allen Seiten ab, und seine Augen hatten noch nicht ihre ursprüngliche Größe. Suchend wandte er seinen Kopf nach links und rechts. Er wollte sich gerade enttäuscht zurückziehen um sich anzuziehen.

Richie kam hinter dem Zelt hervor und rieb sich mit seinen Wangen an Willis Bart. Wieder und wieder.

„Jetzt wird es Zeit für mich, Richie. Ich muss zur Arbeit. Das ist Quatsch. Zuerst muss ich aufstehen und pinkeln, sonst geht die Welt unter."

Willi kletterte in Unterhosen aus dem Zelt und stellte sich ans Gebüsch um sein Geschäft zu erledigen. Dann latschte er barfuß zurück ins Zelt um seine Sachen anzuziehen. Richie maunzte aufgeregt, als wollte er ihm etwas zeigen. Neugierig geworden lief Willi hinterher. Richie lief zu der Flasche, die hinter dem Zelt lag. Neugierig schaute Richie die Flasche an, die mit einer Flüssigkeit gefüllt war, als ihm der stechende Geruch von Benzin in die Nase drang. Dann sah er, dass aus der Flasche ein Lappen heraushing, der leicht angekohlt war.

„Das war es, was dich heute Nacht beunruhigt hat, mein Freund. Während ich geschlafen habe und dummes Zeug von mir gegeben habe, hast du den Ernst der Lage erkannt und auf mich aufgepasst. Und ich dachte, der Spritgestank kommt von meinem Motorrad, weil die Benzinleitung nicht ganz dicht ist."

„Dafür sind Freunde da. Was meinst du denn? Aber die Gefahr ist nicht vorüber. Das spüre ich."

„Ich muss jetzt zur Arbeit, mein Freund. Bist du heute Abend da? Dann komme ich zu Fuß. Wenn wir es dann gemeinsam schaffen, können wir in einer halben Stunde in deinem neuen Zuhause sein, wenn du willst. Ich werde nie vergessen, was du heute Nacht für mich getan hast."

„Auf mich kannst du dich verlassen."

„Ich werde diesen netten Kommissar anrufen, der soll sich das hier ansehen. Aber ich kann leider nicht warten."

Willi kletterte ins Zelt um seine Sachen anzuziehen. Richie inspizierte inzwischen den Platz um genau herauszufinden, wo sich der Mensch heute Nacht überall herumgetrieben hat. Am intensivsten war der Geruch an Willis Motorrad.

„Das gefällt mir nicht. Das gefällt mir ganz und gar nicht."

„Was gefällt dir nicht?"

„Zorro? Was machst du schon so früh hier?"

„Ich hatte irgendwie ein ungutes Gefühl. Auf dem Weg hierhin habe ich dem Kleinen eine Maus gefangen, habe dann aber noch eine erwischt. Magst du sie haben? Sie ist noch ganz warm."

„Später, Zorro. Danke."

Richie erzählte Zorro in knappen Sätzen was passiert war.

„Aber du bist immer noch beunruhigt."

„Richtig. Und hier am Motorrad ist der Geruch am stärksten." Zorro sprang mit einem Satz auf den Sitz. „Von hier oben aus kann man nichts sehen. Aber ich habe auch keine Ahnung von den Dingern."

Richie umrundete das Motorrad zum gefühlten hundertsten Mal.

„Es ist halt so ein komisches Gefühl, aber ich kann es nicht beschreiben. Weißt du Zorro, wenn du spürst, dass etwas nicht in Ordnung ist?"

„Aber du kannst nicht sagen wo und was."

Willi kam aus dem Zelt gekrochen und hatte seine Motorradkluft an. Er sah, dass Zorro auf seinem Motorrad saß.

„Aha, der Chef höchstpersönlich kommt vorbei. Es ist mir eine große Ehre. Würde Herr Zorro bitte absteigen, damit ich aufsteigen kann? Umso schneller bin ich heute Abend wieder hier." Willi stülpte den Helm über den Kopf und setzte sich auf sein Motorrad.

Richie und Zorro miauten was das Zeug hielt.

„Was ist denn bloß los mit euch? Ich komme doch wieder. Aber wenn ich mich in Zukunft ums Katzenfutter kümmern soll, müsst ihr mich schon fahren lassen. Ohne Arbeit kein Futter. Versteht ihr." Er steckte den Schlüssel ins Zündschloss und ließ das Motorrad an.

„Ist das ein fetter Sound. Was meint ihr?"

Richie schimpfte noch mehr über soviel Unvernunft. Willi bückte sich hinunter um Richie noch einmal beruhigend über den Kopf zu streicheln. Dabei fiel sein Blick auf den Bremssattel.

„Das kann doch nicht wahr sein! Das glaube ich jetzt nicht! Ich quatsche so einen Blödsinn. Natürlich glaube ich es und ich sehe es auch vor mir."

Am Bremssattel war die Leitung durchtrennt.

„Ich darf nicht daran denken, was hätte passieren können, wenn ich gefahren wäre. Aber wie konntest du das wissen, mein Freund? Jetzt muss ich zu Fuß zur Arbeit gehen. Wenn ich mich beeile, komme ich höchstens zehn Minuten zu spät. Meine Güte, was für ein Tag und er hat gerade erst begonnen. Ich rufe den Kommissar von unterwegs an. Vielleicht ist er ja schon aufgestanden. Könnt ihr beide mir sagen, wer auf uns Motorradfahrer so einen unbändigen Hass hat?"

Er legte den Helm ins Zelt und marschierte los.

„Zorro, ich werde Willi begleiten. Das ist doch alles ein bisschen viel für ihn."

*

Stefan saß mit seiner Frau und seinen Kindern am Frühstückstisch. Auf der Fensterbank lagen die Siamkatzen und lästerten über jeden, der an ihrem Fenster vorbeikam. „Der hätte am Wochenende auch mal sein Auto waschen und seinen bescheuerten, ungepflegten Kater gleich mitnehmen können."

„Sieh dir die mal an. Was die wieder für ein Gesicht macht. Hatte bestimmt wieder Zoff mit ihrem Mann, weil dem die Flasche mit Inhalt wieder mal lieber war, als ihre Anwesenheit."

„Hast du diesen dämlichen Vogel gesehen, der unverschämterweise die Brotkrümel wegfrisst, die unsere Kinder verloren haben. Woher will der wissen, ob unsere Kinder die nicht noch brauchen."

„Da muss ich dir recht geben. Wir werden ihn fragen."

Ihre blauen Augen funkelten.

Stefans Frau goss ihm noch Kaffee nach. „Hast du heute diesen unangenehmen Termin bei deinem Chef?"

„Das wäre nur halb so schlimm. Nein. Ich muss heute zum Chef von diesem Brandt. Und der Chef von seinem Chef ist auch da. Die wollen da ein ganz großes Ding daraus bauen. Ihm den Weg ins Nest ebnen, sozusagen."

„Ich möchte nicht mit dir tauschen. Noch nicht mal für eine Million."

„Danke für den Trost und die Unterstützung."

„So habe ich das nicht gemeint. Wenn ich nur daran denke wie du vorgeführt werden sollst, wird mir ganz schlecht."

„Du kennst mich doch, Schatz."

„Eben, weil ich dich kenne. Kuschen ist einfach nicht dein Ding."

„Ich habe mir ein paar Sätze zurechtgelegt. Die werde ich herunter rattern und damit hat sich die Sache erledigt. Mein Chef steht hinter mir."

Seine Frau wollte noch etwas entgegnen, wurde aber unterbrochen weil Stefans Handy sich meldete.

„Guten Morgen, Willi. Was ist denn los? Jetzt komm erst mal zur Ruhe. Bist du am laufen? Dann bleib doch bitte stehen, ich kann dich nur sehr schlecht verstehen...Was?! Bleib wo du bist. Ich bin in zehn Minuten bei dir. Keine Sorge, ich fahre dich zu deiner Arbeit. Das kriegen wir hin."

„Was ist denn los?" wollte seine Frau wissen.

„Einer von den Motorradfahrern blieb noch eine Nacht auf dem Gelände und heute Nacht hat jemand sein Motorrad manipuliert. Ich muss da sofort hin."

„Aber schaffst du das denn noch vor deinem Termin?"

„Das ist Polizeiarbeit. Die ist wichtiger als so ein Einlauf...ich meine Entschuldigung."

Stefan gab seiner Frau und den Kindern einen Abschiedskuss, eilte zum Auto und hatte schon wieder sein Telefon in der Hand. „Jordi, kannst du heute ausnahmsweise mit deinem eigenen Auto fahren?"

„Und mit deinem Termin mach es, wie wir mit dem Vogel," riefen ihm die Siamkatzen nach, „fang ihn und friss ihn auf, du kannst dich ja vorher noch bei ihm entschuldigen."

Stefan erklärte Jordi Willis Anruf.

„Keine Sorge, Stefan. Ich bin schon so gut wie unterwegs. Fährst du direkt zu deinem schönen Gespräch heute?"

„Nein, ich komme kurz vorbei."

Willi war inzwischen wieder zurückgekehrt und wartete bereits. Richie hatte keine Ahnung um was es jetzt gerade ging und setzte sich aufs Motorrad. Stefan brachte noch mehr Beamten mit, die das Motorrad untersuchen wollten. Richie fauchte, als sie in seine Nähe kamen.

„Das ist Willis Motorrad. Das fasst keiner mehr an. Habt ihr verstanden?" Zorro und die anderen Kater waren auch schon zur

Stelle, um Willis Motorrad zu beschützen.

„Stefan, Jordi. Könnt ihr bitte mal herkommen," rief einer der Beamten hilflos. „Ihr könnt doch gut mit Katzen. Diese Viecher lassen uns nicht ans Motorrad ran."

Stefan ging zielstrebig auf Zorro zu und sprach leise auf ihn ein. Er nahm ein paar Kaustängchen, die er mittlerweile immer in der Tasche hatte, legte sie ein paar Meter neben das Motorrad und wartete ab, was passiert.

„Also Leute, wenn Stefan garantiert, dass Willis Motorrad nichts passiert, dann lassen wir die Menschen hier ihren Abtastquatsch oder was auch immer, machen. Die Stängchen werden konfisziert und sind für den Kleinen. Alles klar?"

Die Kater verzogen sich und jeder nahm in seiner Schnauze ein Stängchen mit. Ekki nahm zwei davon. „Dann kann ich eins für mich behalten oder ein halbes. Ach was, ich gebe das zweite der gestreiften Katze, dann habe ich bei ihr einen Stein im Brett."

„Warum willst du bei ihr einen Stein im Brett haben?" fragte Pirat neugierig. „Und wo nimmst du ein Brett her."

„Das sagt mein Versorger immer dann, wenn er jemandem einen Gefallen getan hat, den er mag."

„Meine Fresse, Pirat. Er soll das Brett nehmen, das er vor seinem Kopf hat, da geht ordentlich was drauf, das kann ich euch sagen. Und einen Stein kann ich ihm auch noch besorgen, um seine Schädeldecke zu polieren. Ekki, wird das heute noch was?"

„Ja, Boss. Ich meine doch nur, dass das auch so eine Art Metapher ist und...."

„Ekki!"

„Ja, Boss?"

„Halt endlich die Klappe."

„Alles klar Boss."

Die Kater zogen sich in ihr Clubheim zurück, um dem kleinen Kater das Frühstück zu servieren. Aber seltsamerweise hatte jeder der Kater ein zweites Stängchen mitgenommen um sie, außer dem Kleinen, auch der gestreiften Katze zu kredenzen. Aus Höflichkeit bekamen die gestreiften Kater auch eins. Aber nur aus Höflichkeit.

Zorro beobachtete aus der Ferne, wie Richie sich verhielt. Er saß ziemlich ratlos zwischen Willi und dem Kommissar und hörte den beiden zu.

Willi hatte dem Kommissar alles erzählt und ließ dabei nicht außer acht, dass er ohne Richie höchstwahrscheinlich in ernsthafte Schwierigkeiten gekommen wäre.

„Könnte es sein, dass dein alter Motorradclub hinter dem Anschlag steckt?"

„Die waren echt wütend, das ist wahr. Aber ich glaube nicht, dass sie zu so einer hinterhältigen Aktion bereit wären. Sie haben große Fressen, insbesondere Curry, aber sie sind eigentlich geradeaus und direkt. Nein, ich kann es mir nicht vorstellen."

„Wir werden aber trotzdem bei ihnen vorstellig werden. Es könnte auch ein Neuzugang sein, der dir noch nicht so bekannt ist. Ich habe schon Pferde vor der Apotheke kotzen sehen."

„Ist das auch wieder so ein Metapherdings, das mit den kotzenden Pferden?" mischte Richie sich ein. „Ich merke schon...Ekkis Geschwätz färbt langsam ab."

„Alles klar! Aber jetzt muss ich schnellstens zu meiner Arbeit. Ich habe meinen Chef schon angerufen und er meinte, dass es halb so schlimm sei, wenn ich eine halbe Stunde später komme."

„Ich fahre dich sofort hin, Willi. Und wenn du willst kann ich kurz mit deinem Chef sprechen."

„Nein danke, Stefan. Das will ich alleine hinkriegen. Weißt du, ich habe den Job erst seit ein paar Monaten und fühle mich außerordentlich wohl dort. Ich will ihn nicht verlieren."

„Dann lass uns auch keine Zeit verlieren, Willi. Was machst du mit Richie?"

„Ich kann nur hoffen, dass er heute Abend noch da ist. Ich komme extra ohne Fahrzeug und vielleicht, wenn alles gut geht, kann ich ihn mit nach Hause lotsen. Ich habe mir neben dem Industriegebiet ein Wochenendhäuschen gekauft. Ist vielleicht eine halbe Stunde von hier."

„Mensch, das hört sich gut an. Hast du gehört, Richie?"

„Ich bin doch nicht blöd."

„Ich könnte ihn auch zur Arbeit fahren, Stefan. Dann kannst du deinen Termin pünktlich angehen."

„Nein danke, Jordi. Mir eilt es überhaupt nicht. Sollen sie doch warten. Schließlich bin ich im Dienst."

„Übertreibe es nicht, Stefan."

„Darf ich ehrlich sein? Ich habe Angst vor diesem sogenannten „Gespräch", eine riesengroße, alles beherrschende, Scheißangst, das ist alles. Deshalb suche ich Gründe, um es hinauszuschieben."

„Das kann ich nachvollziehen. Rufst du mich an, wenn du es überstanden hast?"

„Selbstverständlich."

Willi saß noch bei Richie. „Also, mein Freund. Bis heute Abend. Ich zähle auf dich, alles klar?"

„Ich bin hier, mein Freund und Bruder!"

Stefan fuhr mit Willi los. Als Willi ausstieg sagte er, „ich weiß nicht was für einen Termin du hast, aber du wirst das schon machen."

„Danke. Aber weißt du was mir wichtig ist? Ich wünsche mir, dass wir dieses Arschloch von heute Nacht finden."

Gedankenverloren und ziemlich langsam fuhr Stefan die Strecke zu seinem Büro. Er ließ Judas Priest die Krallen ausfahren und dröhnte sich ordentlich mit Metalsound die Ohren voll. Sein Handy vibrierte in seiner Hosentasche.

„Herr Wieland, wo bleiben sie denn?"

„Ich bin unterwegs, Chef. Aber ich musste einen Umweg machen...ich kann ihnen ..."

„Alles klar! Ich habe verstanden, Wieland. Aber jetzt wird es offiziell! Geben sie gefälligst Gas. Wenn sie bis spätestens neun Uhr hier sind, kann ich sie begleiten."

„Neun Uhr! Aber dann bin doch noch eine Stunde später als angegeben."

„Sollen sie doch warten. Schließlich sind wir im Dienst."

Sehr nervös betrat Stefan das Büro seines Chefs

„Wo waren sie denn heute Morgen? Was war denn so wichtig, dass ausgerechnet dieser Termin verschoben werden musste?"

„Die Motorradsache, sie erinnern sich? Heute Nacht wurde an Herrn

Neuhaus Motorrad etwas manipuliert. Wenn er gefahren wäre... nicht auszudenken was passiert wäre. Er hat mich direkt angerufen und ich bin umgehend hingefahren. Das ist alles. Ach, noch was. An seinem Zelt hat man eine Flasche mit Benzin gefunden, aus der ein Lappen heraushing. Der Lappen war angekohlt.

Wenn die hoch gegangen wäre, hätte das ganze Gelände unter Feuer gestanden."

„Alles klar. Ich verstehe. Herr Neuhaus hätte in der Nacht das Zelt verlassen und weil er auf dem Gelände kein Wasser zum löschen hatte, wäre er auf das Motorrad gestiegen, um Hilfe zu holen. Ganz schön clever, wenn es funktioniert hätte."

„Soweit habe ich noch gar nicht gedacht."

„Ich habe meine Hausaufgaben auch immer gemacht, Herr Wieland."

„Weiß unsere technische Abteilung schon etwas Neues?"

„Sie sollten öfter ihren Computer durchforsten und nicht immer nur Metal hören. Aber jetzt wird es Zeit. Gehen wir."

„Haben wir nicht noch Zeit für einen kleinen Kaffee?"

„Sie hassen doch unseren Kaffeeautomat."

„Wie die Pest. Aber diese Brühe, die laut Jordi nach einer Mischung von Kloreiniger und Zahntabletten schmeckt, würde ich doch noch diesem Gespräch, das jetzt folgt, vorziehen."

„Dieses Geschmackserlebnis können sie später genießen. Wir müssen hinauf in den vierten Stock. Bringen wir es hinter uns... gehen wir endlich."

Das Büro, in das sie sich hinbegeben mussten, befand sich im obersten Stockwerk. Stefan wollte den Fahrstuhl nicht benutzen und so kamen sie beide ziemlich atemlos oben an. Er klopfte an die Tür und trat ein. Vier Männer waren im Büro. Zwei saßen in ausladenden gemütlichen Sesseln und unterhielten sich leise. Die anderen zwei standen am Fenster und unterhielten sich ebenfalls. Bei ihrem Eintritt verstummte das Gespräch schlagartig. Der eine Herr im Sessel schaute demonstrativ auf seine Armbanduhr.

„Von Pünktlichkeit halten sie nicht viel, Herr..."

„Wieland. Mein Name ist Wieland. Und ich mache nur meine

Arbeit! Verbrechen passieren leider immer öfter während der Bürostunden. Ich..."

„Herr Wieland hat auf meine Weisung gehandelt. Selbst wenn er wollte, er konnte nicht anders."

„Aber Herr Rumpold, sie wussten doch auch von diesem Termin," regte der erste Herr im Sessel sich auf. Seine Gesichtsfarbe wechselte von leicht rosa ins rötliche. „Wir haben doch unsere Zeit auch nicht gestohlen."

„Wenn sie das so sehen, weiß ich überhaupt nicht, warum sie hier sind," gab Stefans Chef zu bedenken, „es genügt doch völlig, dass Herr Brandt mit seinem Chef und offensichtlich mit seinem Anwalt hier ist."

„Es ist meine freie Entscheidung hier zu sitzen. Als Beobachter sozusagen."

„Nur als Beobachter?"

Die Herren beobachteten sich gegenseitig wie Schakale, die ein verwundetes Tier umrunden und warten, bis es verendet.

„Je nachdem wie Situation, oder besser gesagt, Herr Wieland sich verhält, werden wir, also mein Sohn und ich, darauf bestehen müssen, dass Herr Wieland ernsthaft über die Konsequenzen seines Handelns und die Folgen nachdenken muss."

Stefans Chef, Herrn Rumpold, platzte der Kragen.

„Sie sind hier als Beobachter? Dann halten sie sich zurück... Ich mache sie darauf aufmerksam, dass das eine interne Angelegenheit ist...und wenn ich will..."

Brandts Chef erhob sich von seinem Sessel.

„Kommen wir endlich zum wesentlichen, meine Herren."

Rumpold ließ sich nicht beirren. „Wenn Herr Brandt Senior sich weiter einmischt, muss ich darauf bestehen, dass er das Büro verlässt! Nicht mehr und nicht weniger!"

Brandt kam auf Stefan zu und lächelte ein wenig schief. Es wirkte ziemlich hilflos.

„Du meine Güte, wenn ich auch nur geahnt hätte, was ich hier für eine Lawine lostrete, hätte ich mich wahrscheinlich anders entschieden."

„Aber deinen Anwalt hast du dabei."

„Das war die Idee meines Vaters. Das kannst du mir glauben. Mir kam das auch gleich ein bisschen dick aufgetragen vor."

Stefan musterte Brandt ganz genau. Wie muss ich dich einschätzen, schoss es ihm durch den Kopf. Ist das ehrlich? Oder strickst du mir hier ein Netz, aus dem ich so schnell nicht wieder herauskomme.

„Ich mag so etwas nicht, Kollegen anscheißen und so. Das ist wirklich das allerletzte!"

„Ich auch nicht, Stefan. Aber du musst zugeben, du hast mich vor den Leuten ganz schön blamiert. Ich soll die Außenspiegel meines Dienstautos putzen, zum Beispiel. Schau mich nicht so an, genau das hast du gesagt."

„Darf ich darauf hinweisen, dass mein Mandant in unflätiger Art und Weise..."

„Halten sie sich da raus! Niemand hat sie nach ihrer Meinung gefragt!"

„Ich muss doch sehr bitten..."

Brandt und Stefan musterten beide den Anwalt in seinem teuren, maßgeschneiderten Zwirn. Der Anwalt seinerseits schaute auf die gewichtigen Herren am Fenster. Einer von beiden zuckte mit den Schultern und bedeutete ihm, sich zurückzuziehen.

„Na ja, die waren schon ziemlich schmutzig...nein, alles Quatsch. War vielleicht doch nicht so die richtige Wortwahl. Du hast aber auch eine seltsame Art mit den Leuten zu kommunizieren. Du machst den Menschen Angst, wo du doch Informationen bekommen solltest. Wer hat dir das bloß beigebracht?" Während er das sagte, warf Stefan einen scheelen Blick auf seinen Vater und seinen Begleiter. „Daran solltest du, nein besser, musst du arbeiten!"

Brandts Lächeln wirkte auf einmal ein bisschen selbstsicherer.

Stefan reichte ihm die Hand.

„Tut mir leid, dass ich dich so zusammengeschissen habe. Aber das nächste Mal fragst du vorher...und versuch es mal mit ein bisschen Freundlichkeit!"

Brandt nahm die dargebotene Hand und drückte sie fest. Auf der Innenseite seines Unterarms bemerkte Stefan ein Tattoo. Er konnte einen kurzen Blick darauf werfen. Sieh mal einer an, dachte Stefan. Insgeheim doch ein kleiner Rocker.

„Da fehlt noch was," meinte der Chef des Chefs von Brandt.

Aufmunternd nickte sein Chef ihm zu.

„Ach so, ja. Ich möchte mich hiermit öffentlich und in aller Demut bei dir entschuldigen. War das gut so?"

„Du bist so bescheuert!" Brandt grinste, hielt immer noch seine Hand und klopfte ihm auf die Schulter. „Weißt du Stefan, eigentlich will ich nur so gut werden wie du."

„Dann strenge dich an."

*

Richie saß vor Willis Zelt und ließ sich die Ereignisse der Nacht noch einmal durch den Kopf gehen. Er verstand nicht, was heute Nacht und am Tag davor passiert war. Warum jemand so böse auf Willi war, dass er sogar seinen Tod in Kauf nahm. Richie spürte nur...nein, er wusste es ganz genau, dass Willi sein bester Freund war und nichts und niemand konnte sie mehr auseinander bringen.

Die Beamten machten sich an Willis Motorrad zu schaffen. Die Benzinflasche mit dem angesengten Lappen hatten sie ebenfalls sichergestellt.

Zorro und die anderen Kater waren auch noch da.

„Musst du Wache halten? Damit keiner das Zelt klaut."

„Irgendwie fühle ich mich schon für das Zelt verantwortlich, bis Willi heute Abend wiederkommt."

„Die Polizisten laufen doch wie Ameisen hier herum. Wer sollte da schon ein Zelt klauen, Richie? Komm, wir streunen ein wenig herum, die vielen Leute hier machen mich ganz verrückt."

„Könnt ihr in der Nähe bleiben? Aber selbstverständlich nur, wenn ihr Zeit habt." Richie fing vor Nervosität an mit seinen Pfoten zu teppern.

„Was ist denn los?" Ekki und die anderen sahen ihn fragend an.

„Ich habe noch etwas zu erledigen. Ich gehe noch ein einziges Mal zu meinem alten Zuhause. Nur noch ein einziges Mal. Dann nie wieder!"

„Wenn du deinem Versorger über seine tolle Freundin die Meinung geigen willst, dann tue es vom Balkon aus," warnte Pirat.

„Das ist richtig," fügte Robert hinzu. „Und mach nicht den Fehler, die Wohnung zu betreten. Dann haben sie Macht über dich."

„Das ist in Ordnung," Zorro sah Richie direkt in die Augen. „Du musst tun, was man als Kater tun muss! Keine Sorge, wir passen auf das Zelt auf. Sei nur pünktlich heute Abend wieder da."

„Ich wusste, ich kann mich auf euch verlassen." Richie nickte in die Runde und machte sich auf den Weg. „Solange dauert es nicht. Wenn die Sonne durch den Nebel kommt bin ich wieder da."

Die gestreifte Katze stand vor dem Clubhaus und sah ihm nach.

Es war ein seltsames Gefühl, den alten Weg zu seinem ehemaligen Zuhause einzuschlagen. Er dachte daran, wie sein Mensch sich früher um ihn gekümmert hatte und wie leicht er sich von der neuen Freundin hatte reinlegen lassen. Oder waren manche Menschen gegen Intrigen dieser Art einfach nicht imstande, diese zu durchschauen?

„Aber er hätte doch wenigstens fragen können, ob was mit dem Futter nicht stimmt. Und warum ich plötzlich nur noch auf dem Balkon essen darf? Wenn er es doch wenigstens versucht hätte."

So sprach Richie leise vor sich hin, während er der Straße, wo er vormals wohnte, immer näher kam.

Auf dem Balkon stand kein Futterschälchen mehr. Also hatte die Freundin ihre Schmierenkomödie aufgegeben. Warum sollte sie auch weitermachen? Das Ziel war schließlich erreicht. Auf dem Balkon stand ein Wäscheständer und daran hingen von seinem Mensch ein paar Shirts und eine grüne Bluse. „Das ist doch ihre Lieblingsbluse, die mein Mensch ihr für verdammt viel Geld kaufen musste. Jedenfalls hat er sich bei mir bitter über das teure Stück beschwert."

Richie sprang mit einem Satz auf den Balkon. Er schnupperte an der Bluse. Angewidert verdrehte er seinen Kopf. Er riss mit beiden Pfoten die Bluse von dem Ständer, dass die Wäscheklammern nur so durch die Gegend flogen. Dann zerkratzte Richie die Bluse, bis sie nur noch aus Fetzen bestand. Zufrieden besah Richie sich das Ergebnis und meinte, „so, das sieht gut aus. Jetzt werde ich das ganze noch markieren, damit sie genau wissen, wem sie das zu verdanken haben." Richie setzte einen vollen Strahl auf den grünen Haufen, bis er triefte. Und er hatte noch genug Material um die Balkontür und ihren Plastiksessel einzunässen.

Er nahm an, dass die beiden nicht da waren. Das war klar. Sie waren auf ihrer Arbeit. Sein ehemaliger Mensch müsste Frühschicht haben. Wo sie sich befand, hatte Richie keine Ahnung. Es war ihm auch vollkommen egal. Für ihn war die Sache jetzt erledigt. Eine tiefe Befriedigung erfasste ihn und er hielt einen Moment inne.

Das war ein Fehler.

Plötzlich wurde die Balkontür aufgerissen.

Im Pyjama seines ehemaligen Menschen stand die Freundin mit wutverzerrtem Gesicht vor dem Wäscheständer und zeigte mit dem Finger drohend auf Richie.

„Du verdammtes Miststück! Warte nur, das hast du nicht umsonst gemacht. Wenn ich dich kriege, bringe ich dich eigenhändig um. Das hätte ich schon früher tun sollen!"

Wutentbrannt stürzte sie auf den Balkon und versuchte Richie zu erwischen. Richie war überrascht, aber trotzdem immer noch schnell genug, um herunterzuspringen. Die Frau griff in den Blumentopf holte sich einen Kieselstein und warf ihn in seine Richtung...

Der Stein traf Richie am Kopf und er zuckte vor Schmerz zusammen. Vor seinen Augen tanzten feurige Kreise. Richie war benommen und er wollte sich auf die andere Seite der Straße retten, um wieder richtig zu sich zu kommen. Dort stand ein Auto. Darunter wollte er flüchten. Ihm war immer noch schwindlig und alles verschwamm vor seinen Augen...

Er nahm den Schatten viel zu spät wahr. Es ging alles sehr schnell. Der ankommende Wagen erfasste ihn, als er es fast schon geschafft hatte. Er spürte einen grausamen dumpfen Schmerz im Rücken. Danach wurde Richie unter das parkende Auto geschleudert und verlor das Bewusstsein.

Der Wagen fuhr ungehindert weiter. Wahrscheinlich hatte der Fahrer von dem Unglück, das gerade unter seinen Rädern passierte, nichts mitbekommen. Die Frau auf dem Balkon stand still da und hielt immer noch den nächsten Kiesel zum werfen in der Hand. „Wo hast du dich versteckt, du dreckiges Mistvieh? Hast du dich in Luft aufgelöst?" Sie ging nach vorne auf die Brüstung, um zu sehen, ob sie den Kater ausfindig machen konnte. Sie konnte ihn nirgendwo entdecken.

„Ich hoffe, dass du nun endlich die Schnauze voll hast. Lass dich hier nie wieder blicken."

Die Frau schritt angewidert über den zerrissenen grünen Stoff, ging in die Wohnung zurück und schloss zufrieden die Tür.

*

Ich beobachtete mit Oscar unsere Piraten im Teich um mich abzulenken, bevor wir uns auf den Weg machten. Die gestreifte Katze hatte mir eine Botschaft geschickt, über die Vorkommnisse der letzten Nacht, aber sie war undeutlich und nur schwer zu verstehen.

„Daran siehst du," meinte die Namenlose, „dass sie das doch ziemlich mitgenommen hat. Mehr als sie zugeben möchte."

„Meinst du, sie wäre an Richie mehr interessiert, als ihr lieb ist."

„Könnte sein. Richie ist doch ein hübscher Kater."

„Da wüsste ich doch gerne, wie ihre Brüder darüber denken. Weißt du was mir noch aufgefallen ist, Oscar? Unsere Piraten werden immer langsamer in ihren Bewegungen. Sie fressen auch nicht mehr so viel."

„Nicht mehr so viel fressen ist immer ein Fehler. Zuerst nimmt man ab. Dann wird man unaufmerksam und anschließend fallen dir die Haare aus. Also ich persönlich halte nichts davon. Mein Ding ist das nicht."

„Ich glaube, es hat was mit dem kommenden Winter zu tun," meinte die Namenlose, „sie werden jeden Tag träger und irgendwann siehst du die Fische überhaupt nicht mehr. Und im Frühling sind sie wieder da. Aber lasst uns jetzt gehen."

„Ich bin gespannt, was Richie uns alles so zu erzählen hat. Sein Leben steht im Moment regelrecht an einem Wendepunkt."

„Ja, das stimmt, Laila. Alles ändert sich für ihn."

Auf der Straße wehten bunte Blätter und drehten kleine Kreise. Der Nebel begann sich zu lichten und die Sonne suchte sich ihren Weg. Wir nahmen wie immer die Abkürzung durch die Gärten, und waren schon fast am Wald, als uns eine Botschaft erreichte. Wieder von der gestreiften Katze.

„Ich mache mir Sorgen um Richie."

Man konnte fühlen, wie beunruhigt sie war. Die Namenlose klinkte sich ein.

„Warum machst du dir Sorgen? Ihr habt die Nacht gut überstanden und vollkommen richtig reagiert."

„Das ist wahr. Deshalb mache ich mir keine Sorgen."

„Warum dann?"

„Richie wollte noch einmal zu seinem ehemaligen Zuhause gehen."

„Oh...nein!"

„Es dauert zu lange. Er sagte, wenn die Sonne durch den Nebel kommt, bin ich wieder da. Aber er ist noch nicht angekommen."

„Vielleicht hat er unterwegs eine Maus gefangen, „mischte ich mich ein, „er hatte ziemlich viel Kohldampf die letzte Zeit."

„Das glaube ich nicht. Dafür nahm er die Sache viel zu ernst. Richie lässt sich nicht von einer Maus abhalten."

„Wir wissen wo Richie gewohnt hat. Wir werden nachsehen."

Wir drehten um und rannten was das Zeug hält zu der Straße, in der Richies ehemaliger Wohnsitz lag. Die Frau stand auf dem Balkon. Sie hielt einen Stein in der Hand und schaute suchend umher. Sie schimpfte irgendetwas vom Balkon herunter. „Lass dich nie wieder blicken," brüllte sie, noch bevor sie in die Wohnung ging.

„Also, Richies Witterung liegt schwer in der Luft. Und wie es aussieht, hat er seine Wut an einem Kleidungsstück der Frau ausgelassen."

Die Nase der Namenlose versuchte die Moleküle zu ordnen.

„Hier ist aber noch etwas anderes."

„Ich rieche Blut!"

„Wie bitte, Laila?"
„Richies Blut."

*

Stefan ging zurück zu seinem Büro und rief als erstes seine Frau an.
„Ich habe es mir schlimmer vorgestellt. Ich kann den Typen noch nicht richtig einschätzen, aber vielleicht ist er doch nicht so ein übler Kerl. Soll ich dir was sagen? Er hat am Unterarm sogar ein Tattoo. Wer hätte das gedacht."
„Was denn für ein Tattoo?," wollte seine Frau neugierig wissen.
„Keine Ahnung, das konnte ich auf die Schnelle nicht sehen. Ist doch auch egal."
„Selbstverständlich. Ich bin nur froh, dass du es überstanden hast."
„Danke, mein Schatz. Ich habe dich sehr lieb."
„Ich dich auch. Bis später."
Er aktivierte seinen Computer und rief Jordi an.
„Alles überstanden, Jordi. Das ganze war halb so wild. Aber stell dir mal vor. Brandt wurde begleitet von zwei Chefs und einem Rechtsverdreher. Und wäre unser Chef nicht dabei gewesen, hätten sie mich ordentlich in die Pfanne gehauen. Unser Alter ist ein feiner Knochen, das muss ich schon sagen, ein mutiger, feiner Knochen."
„Was ist jetzt mit der Abmahnung? Ist die vom Tisch?"
„Muss ich noch fragen. Das habe ich vergessen."
„Das ist wieder mal typisch. Und wie verhielt sich Brandt?"
„Darüber muss ich noch nachdenken. Erzähle ich dir alles gleich. Gibt es etwas Neues?"
„Der Unfall von letzter Woche ist auch noch nicht vom Tisch. Ich habe hier einen Bericht unserer Rechtsmedizin. Der Mann ist noch an der Unfallstelle gestorben und auf Grund der Spekulationen habe ich angeordnet, dass die Leiche untersucht wird. Seine Verletzungen waren katastrophal, aber einige Verletzungen konnten nicht recht zugeordnet werden. Seine Leiche liegt noch immer in der Rechtsmedizin, bis das geklärt ist. Eine Zigarettenkippe wurde an der Unfallstelle auch sichergestellt."

„Unklare Verletzungen? Das höre ich nicht gerne. Dann müssen wir eben auf weitere Untersuchungsergebnisse warten. Was gibt es sonst noch?"

„Das Motorrad wurde manipuliert, aber das weißt du schon. Wenn wir Glück haben, finden wir auf der Flasche mit dem Benzin DNA Spuren. Man wird sehen. Kommst du noch vorbei oder schiebst du Bürodienst heute."

„Mal sehen. Was haben wir denn da?"

Stefan öffnete die Nachricht auf seinem Computer, die er von der technischen Abteilung erhalten hatte. Aber es gelang ihm erst beim dritten Mal.

„Dieser Computer macht mich wahnsinnig! Also...im Wald haben wir doch das nette Häufchen und die Börse gefunden und nicht weit davon entfernt die leere Schnapsflasche."

Stefan zog umständlich seine Brille an, damit er besser lesen konnte.

„Himmeldonnerwetter! Lass dir nicht alles aus der Nase ziehen."

„Also...folgendermaßen," fing Stefan wieder von vorne an.

„Häufchen, Börse und Schnapsflasche konnten eindeutig laut DNA-Untersuchung unserem Freund Armin zugeordnet werden."

„Und was ist mit der Tüte mit dem Seil und dem Messer."

„Jetzt wird's interessant, Jordi. Armins Spuren finden sich nur oben am Griff der Tüte."

„Nur am Griff der Tüte? Und der Rest? Wie soll man das denn verstehen?"

„Das Seil und das Messer waren total sauber. Aber weißt du was man gefunden hat?"

„Meine Nerven wahrscheinlich, mit einer Schaufel voll Geduld, weil du mich so auf die Folter spannst."

„Gummiabrieb. Der entsteht, wenn jemand Gummihandschuhe getragen hat, um keine Spuren zu hinterlassen."

„Das passt alles nicht zusammen. Da verstreut Armin seine DNA wie ein Karnevalsprinz beim Kamellen werfen...und dann plötzlich so eine Vorsicht."

„Hier ist noch eine Nachricht, Jordi! Kannst du dich noch an das rote Vorhängeschloss erinnern, das uns Ekki netterweise zur

Verfügung gestellt hat?"

„Klar."

„Sie haben auch da DNA-Spuren sichergestellt. Aber sie stimmen nicht mit Armins Spuren überein."

„Ja und? Das ist schon mal gut. Weiter?"

„Was hast du denn erwartet?"

„Name, Adresse, Telefonnummer, Blutgruppe, Geschlecht, Haarfarbe, welche Allergien und was ist der Lieblingsfilm des Trägers der DNA. Ist das zu viel verlangt?"

„Ich werde nachfragen."

„Da waren doch irgendwelche Buchstaben eingeritzt. Konnte unsere Abteilung die wieder sichtbar machen?"

„Ja...warte mal, ich vergrößere mal das Bild...so. Es sieht aus wie ein i...wie ein großes I. Der eine Buchstabe steht alleine und ein anderer ist ziemlich verschnörkelt angehängt. Könnte ein W sein..?"

„Ein Großes oder ein Kleines?"

„Das kann ich nicht erkennen. Ist doch auch scheißegal."

„Dann müssen wir nur noch herausfinden, was die beiden Buchstaben bedeuten."

„Riesenidee. Ingrid und Walter zum Beispiel."

„Oder Iris und Willi."

„Sagtest du Willi?"

„Das war jetzt Zufall."

*

Willi saß in der Frühstückspause mit seinen Arbeitskollegen zusammen und erzählte ihnen alles, was am Wochenende passiert war. Das mit Michelle behielt er aber für sich.

„Ganz schön viel Abenteuer," meinte Sascha und schüttelte den Kopf, „wenn man bedenkt, dass du dich eigentlich nur erholen wolltest."

„Aber das Beste kommt noch. Die ganze Nacht hat Richie, der rote Kater, auf mich aufgepasst. Ich weiß nicht wie es ausgegangen wäre, wenn er nicht da gewesen wäre. Er hat die Gefahr genau gespürt.

Unfassbar!"

„Das ist cool. Ich an deiner Stelle würde ihn mit nach Hause nehmen."

„Ja, das habe ich vor, Sascha. Nach Feierabend werde ich zu Fuß zu dem Grundstück gehen und ihn dazu überreden, mit mir zu kommen. Hoffentlich ist er dann noch da."

„Was hältst du davon, wenn ich dich in der Mittagspause mit dem Auto schnell hinfahre. Dann kannst du ihm etwas zu essen geben und die Wartezeit wird für ihn nicht so lange."

„Danke, Sascha. Gute Idee."

*

Ekki lief beunruhigt immer um das Clubheim herum. Der kleine gestreifte Kater sah ihm die ersten Runden zu und dann schloss er sich an und begleitete Ekki.

„Wo bleibt Richie nur? Wo bleibt er nur? Ich mache mir solche Sorgen. Irgendetwas stimmt hier nicht."

„Jawohl," plapperte der Kleine ihm nach. „Irgendetwas stimmt nicht."

„Ekki!"

„Ja, Boss."

„Du machst mich wahnsinnig. Hör auf, im Kreis herumzulaufen."

„Alles klar, Boss. Aber ich mache mir wirklich Sorgen."

„Ich kann für dich weiter im Kreis herumlaufen," meinte der kleine gestreifte Kater teilnahmsvoll.

Pirat konnte sich ein Grinsen nicht verkneifen.

„Ich gehe mit Robert die Strecke ab, die Richie heute Morgen gelaufen ist. Vielleicht kommt er uns schon entgegen."

Die gestreifte Katze sah zufrieden auf ihren kleinen Bruder. „Ich werde euch begleiten. Wenn wir Richie gefunden haben, kann ich eine Botschaft an Ekki senden. Das entspannt die Situation ein wenig."

*

Fieberhaft folgten wir der Spur, die Richie hinterlassen hatte.
„Wir müssen die Straße überqueren," meinte die Namenlose.
Das ist leichter gesagt als getan. Für mich jedenfalls. Ich habe vor Straßen und Autos, die darauf fahren, solche Angst, wie eine Gewitterfliege vor einem Regentropfen.
„Die Straße ist frei. Also los, komm jetzt Laila. Oscar und ich nehmen dich in die Mitte. Du hast jetzt keine Zeit für solche Sperenzchen!"
„Ist die Straße immer noch frei? Ich mache nämlich jetzt die Augen zu."
Endlich waren wir auf der anderen Seite. Hier war der Geruch am intensivsten. Oscar schaute unter dem parkenden Auto nach. Richie lag zusammengerollt hinter dem Reifen.
„Ich habe ihn gefunden... Das sieht nicht gut aus."
Die Namenlose versuchte Richie anzusprechen.
„Richie ist bewusstlos und er braucht Hilfe. „
„Was machen wir jetzt bloß?"
Wir schauten die Straße rauf und runter. Kein Mensch war zu sehen, der uns hätte helfen können. Gegenüber, in Richies ehemaligem Zuhause ging die Balkontür auf. Die Frau trug Gummihandschuhe und hatte eine Plastiktüte in der Hand. Sie raffte mit der einen Hand die Überreste der Bluse in die Tüte und verknotete sie angewidert. Für einen kurzen Moment trafen sich unsere Augen, als sie herunter auf die Straße blickte. In meinen lag so viel unverblümter Hass, dass sie einen Moment innehielt und dann irritiert ins Haus zurückging. Wir sandten Ekki und der gestreiften Katze eine Botschaft, dass wir Richie gefunden hätten.

*

Endlich war Mittagspause. Sascha fuhr mit Willi auf das Grundstück. Die Beamten waren inzwischen weg. Aber Richie war nirgendwo zu entdecken.
„Da habe ich mich wohl ein wenig zu früh gefreut." Willi legte traurig die mitgebrachten Wurststückchen vor das Zelt.

„Vielleicht hat er sich nur zurückgezogen, wegen der vielen Leute,“ versuchte Sascha ihn zu trösten.

„Meinst du?“

„Klar. Also, wenn ich Richie wäre, ich würde das genauso machen. Wir können noch ein wenig warten. Es ist ja noch Zeit.“

Zorro kam auf Willi zugelaufen. „Es ist etwas schreckliches passiert, Willi. Richie braucht Hilfe. Das kriegt er alleine nicht hin.“

Ekki kam ebenfalls angerannt und wuselte Willi um die Beine herum.

„Das hat was zu bedeuten, dass du genau jetzt hier bist. So wie es aussieht, bist du der einzige, der ihm helfen kann.“ Ratlos sah Willi dem Treiben der beiden Kater zu.

Sogar der kleine Kater fasste all seinen Mut zusammen und schrie Willi an.

„Richie braucht Hilfe. Stell dich nicht so dämlich an. Könnt ihr Menschen auch einmal etwas richtig machen?“

Ekki rannte ein Stück vor und kam wieder zurück. Er und Zorro wiederholten das mehrere Male

„Das soll wohl heißen, ich soll mitkommen.“

„Na, endlich. Jeder Dinosaurier denkt schneller,“ schimpfte Zorro.

„Es wurde auch Zeit.“

„Ich gehe mit den Katzen, Sascha. Ich weiß nicht, wo sie mich hinführen. Aber ich werde dich sofort anrufen, wenn es etwas Neues gibt. Wie viel Zeit haben wir noch ?“

„Fast eine Stunde.“

Willi folgte den Katern. Sie legten ein ordentliches Tempo vor und Willi hatte Mühe, mit ihnen Schritt zu halten. Nach circa zwanzig Minuten endete der Feldweg in einer Straße, die leicht bergab ging. Die Kater sprangen nur durch die Vorgärten und Willi musste aufpassen, dass er sie nicht aus den Augen verlor. Bei einem parkenden Auto fielen ihm schon die anderen drei Katzen auf.

„Hey, Laila! Was ist denn nur los?“ Laut miauend kamen sie schon auf ihn zu und liefen immer wieder unter das Auto.

„Willi, du hast eine schnelle Auffassungsgabe. Ekki hat dich schon angekündigt. Sieh dir das bloß an!,“ schrie Laila ihm zu.

Willi kniete sich von hinten unter das Auto und sah zuerst nur das viele Blut. Er richtete sich wieder auf und blickte suchend um sich.

„Sieh doch am Reifen nach. Mensch beeil dich doch, sonst ist alles zu spät!" miaute die Namenlose verzweifelt. Willi ging auf den Bürgersteig und schaute von der Seite noch einmal unter das Auto. Da sah er endlich Richie blutüberströmt liegen.

Er holte sein Handy heraus und rief Sascha an.

„Ich habe Richie gefunden. Er ist sehr schwer verletzt. Anscheinend wurde er von einem Auto angefahren. Haben wir noch Zeit ihn zum Tierarzt zu fahren?"

„Das Leben hat Vorrang! Die Zeit nehmen wir uns. Wo bist du?"

Willi erklärte Sascha den Weg und legte auf. Ganz vorsichtig zog er Richie unter dem Wagen hervor und wickelte ihn in seine Jacke.

Gegenüber in der Wohnung im ersten Stock öffnete sich die Balkontür, die Frau trat heraus und hantierte am Wäscheständer herum. Als wir die Frau sahen, schlug ihr unser ganzer Hass entgegen. Wir fauchten und spuckten was das Zeug hielt.

Sie stand nur da und hielt sich die Hand vor den Mund. Willi stand ratlos da mit Richie in den Armen und wartete auf Sascha.

„Hallo, mein Freund. Kannst du mich hören? Alles wird gut, das schwöre ich dir. Mach jetzt bloß keinen Scheiß. Hörst du?"

„Was stehst du hier herum? Richie braucht Hilfe von so einem Weißkittel. Jetzt tu doch was!," schimpfte ich.

Ein Auto fuhr ziemlich flott die Straße herauf und blieb genau vor Willi stehen. Vor Angst sprang ich die glatte Wand hoch und landete in der Hecke. Diese ekelhaften Fußgaskabinen waren wirklich nicht mein Ding. Willi stieg in das Auto ein und sie fuhren sofort los.

Die Frau stand immer noch auf dem Balkon.

*

Michelle saß in ihrem Arbeitszimmer. Vor sich hatte sie die Unterlagen von Tommy liegen. Es waren umfangreiche Papiere über die Auftragslage des laufenden Jahres. Sie war gespannt, wie die Firma während ihrer Abwesenheit gearbeitet hatte und wie sie sich entwickelt hatte. Wie immer hatte es sich Heinrich auf ihrem Schoß gemütlich gemacht. Er dachte nicht im mindesten daran, diesen Platz zu quittieren. Deshalb hatte es eben eine unschöne Geste mit Marcel gegeben, weil er vergessen hatte, sich anzukündigen. Normalerweise rief Marcel immer einen Tag vorher an, wenn er Michelle besuchen wollte. Heinrich und Mathilde wurden dann nach oben zu ihren Tanten gebracht. Anschließend brachten Nadeshda und Michelle die Wohnung auf Hochglanz und versuchten, so viele Katzenhaare wie möglich aus der Wohnung zu verbannen, damit Marcel es wenigstens ein paar Stunden aushalten konnte. Der Wochenenddienst und viel zu wenig Schlaf hingen ihm immer noch in den Knochen. Und dadurch hatte er es eben vergessen.

Vor lauter Husten und Niesen war keine Unterhaltung zustande gekommen. Den einzigen zusammenhängenden Satz, den Michelle wahrgenommen hatte war, „die verdammten Katzen scheinen dir wichtiger zu sein, als unsere Beziehung." Er wurde wieder von einem Niesanfall unterbrochen.

„Gesundheit!!"

„Was sagst du?"

„Gesundheit, habe ich gesagt."

„Wenn du mir die wirklich wünschen würdest, hätten die Katzen hier Hausverbot."

„Und wenn du noch weiter mit meiner Michelle schimpfst, werde ich aufstehen, mich vor dich stellen und mich mal so richtig ausschütteln." Heinrich setzte sich aufrecht hin, bereit zum Sprung, und sah Marcel bitter böse an.

Michelle hob hilflos die Hände. „Es tut mir leid, Marcel. Es ist auch für mich alles ein bisschen viel."

Marcel putzte sich ausgiebig die Nase.

„Was stimmt mit uns beiden nicht, Michelle?"

„Wie meinst du das?"

„Man hat jetzt zweimal hintereinander einen Anschlag auf dich verübt. Aber ich kann nicht sagen, dass du meine Nähe suchst."

„Du hast auch immer sehr viel zu tun."

„Lenke nicht ab. Wir versuchen ständig, uns aus dem Weg zu gehen.

Das ist doch nicht normal."

Marcel rieb sich mit dem Taschentuch über die Augen.

„Ich werde ein paar Tage fern bleiben. Vielleicht sehen wir dann klarer. Ich kann dir im Moment noch nicht mal einen Kuss geben, Dank diesem grauen fetten Monster hier."

„Wer ist hier fett? Also ich nicht. Mein ganzer Körper ist ein einziger Gourmettempel. So was geht nicht, wenn du eine Figur wie eine Spinne hast. Dann wirkt man wenig überzeugend," brüllte er Marcel nach, der bereits das Haus wieder verlassen hatte.

Michelle saß über ihren Akten und fing an, bitterlich zu weinen.

„Was soll ich bloß tun? Was mache ich nur? Kannst du mir das sagen, Heinrich?"

„Schieß ihn in den Wind. Ende der Durchsage."

*

Jordi war ins Büro zurückgekehrt und sah sich ebenfalls die Untersuchungsergebnisse der technischen Abteilung an. „Das ist wirklich verrückt. Das Schloss scheint mit dem ganzen Durcheinander überhaupt nichts zu tun zu haben. Was hat Armin mit dem Messer und dem Seil gemacht?"

„Hat er überhaupt etwas damit gemacht? Gibt es etwas Neues von dem tödlichen Unfall, der bei den Kilometerfressern war?"

„Nein. Es sind immer noch die ungeklärten Verletzungen. Da müssen wir noch warten. Danach sehen wir weiter. Haben wir eine ungefähre Uhrzeit, wann das Pärchen verunglückt ist?"

„Gegen Mitternacht war Herr Becker am Unfallort."

„Dann müssen wir herauskriegen, was Armin an diesem Abend gemacht hat. Damit werden wir anfangen."

„Das hat er doch schon gesagt. Es war der tragische Todestag seines Freundes und da hat er sich mit einer Flasche Schnaps weg geschüttet."

„Das hilft ihm nicht und uns nicht, Jordi. Ich habe außerdem das Gefühl, dass er sich schuldig fühlen möchte. Auch wenn Kollege Brandt die Metamorphose des netten Kollegen herauskehrt, aber trotzdem seinen normalen Dienstweg geht ohne durchzudrehen, ist Armin fällig. Wahrscheinlich würde ich an seiner Stelle genauso handeln."

„Du bist nicht an seiner Stelle. Und du würdest schon gar nicht so bekloppt handeln."

„Gib ihm etwas Zeit."

„Von mir aus kann er sich hundert Jahre Zeit lassen. Ich kann ihn nicht ausstehen, Stefan."

„Das kommt vielleicht noch. Aber jetzt etwas anderes. Der Anschlag heute Nacht auf Willi. Wir sollten uns mit diesem Curry unterhalten."

„Wer war das nochmal? Hilf mir auf die Sprünge, Stefan."

„Der Präsident dieser schrägen, stark hierarchisch geordneten Motorradgang."

„Ach so, ja...gute Idee. Aber Willi meinte doch, dass Curry zwar ein Idiot ist, sich aber niemals zu solch einer Handlung herablassen würde."

„Wie heißt das alte Sprichwort: Kontrolle ist gut, aber Vertrauen ist besser."

„Was?"

„Oder umgekehrt."

*

„Ich habe die Tierärztin angerufen. Sie wartet schon auf uns." Sascha parkte das Auto direkt vor der Praxis, Willi stieg aus und rannte mit Richie auf dem Arm in die Praxis.

Die Ärztin begann umgehend mit der Untersuchung.

„Ist das ihre Katze?"

„Ich hoffe es. Wir haben uns jetzt am Wochenende erst kennengelernt."

„Das heißt, sie wissen nicht, wem die Katze gehört?"

„Nein, im Prinzip nicht."

„Dann werden wir mal sehen ob er gechippt ist."

„Muss das jetzt sein? Richie braucht dringend Hilfe."

„Sie wissen wie er heißt?"

„Ja, ein Freund von mir kennt ihn...und weiß auch wo er wohnt. Bitte, Richie braucht Hilfe."

„Aber die bekommt er doch schon. In der Zeit, in der wir uns unterhalten haben, wurde bereits ein Röntgenbild gemacht und die Adresse des Besitzers haben wir auch schon."

Die Ärztin gab einer ihrer Mitarbeiterinnen die Telefonnummer.

„Rufen sie bitte diese Nummer an und sagen sie, dass wir ihre Katze gefunden haben."

Willi wurde es vor Aufregung und Angst um Richie ganz schlecht.

„Hören sie, wenn es um die Bezahlung geht...darum kümmere ich mich, verstehen sie? Wenn wir die Praxis verlassen, ist ihre Rechnung bezahlt."

„Darum geht es nicht. Es kann doch sein, dass sein alter Besitzer ihn schon lange sucht. Ich muss das tun. Es verpflichtet mich sogar. Dieser Chip ist der einzige Schutz vor professionellen Tierfängern, den unsere freilaufenden Katzen haben."

„Ja, das sehe ich ein." Willis Kopf sank mutlos nach unten.

Die Mitarbeiterin betrat wieder das Behandlungszimmer. „Ich konnte die Besitzer erreichen. Die Frau sagte, dass der Kater schon vor einiger Zeit hergegeben wurde und, dass er nicht mehr ihnen gehört."

„Konnte sie den Namen des neuen Besitzers sagen?"

„Nein, den hat sie angeblich vergessen."

„Was soll man dazu sagen? Wo sagen sie, haben sie die Katze gefunden?"

„Ich weiß nicht wie die Straße heißt. Ich bin nur vom Feldweg abgebogen und eine leicht abschüssige Straße heruntergelaufen. Nach ein paar hundert Metern lag er unter einem parkenden Auto."

„Ich weiß wo das ist," rief die Mitarbeiterin. „Meine Freundin wohnt auch dort in der Straße. Wenn mich nicht alles täuscht, ist das die Adresse, die auf dem Chip steht."

„Wie auch immer. Das wird mir alles zu viel. Klären wir das später. Jetzt ist der Kater an der Reihe. Ich bin froh, dass Mittagspause ist, so kann ich mich intensiv um ihn kümmern."

Bei dem Wort Mittagspause fiel Willi ein, dass er noch einen Job hatte. „Was glauben sie, wie lange dauert die Behandlung?"

Die Ärztin sah, dass Willi Arbeitskleidung trug. „Sie haben Mittagspause, richtig? Ich mache ihnen einen Vorschlag. Ich behandele ihn und er bleibt den Nachmittag über hier, weil er wahrscheinlich nicht transportfähig sein wird."

„Wird er wieder..."

„Ich gebe mir Mühe, denn ich verstehe was von meiner Arbeit."

„Soll ich schon mal was bezahlen?"

„Nein, nein. Das regeln wir später. Hinterlassen sie nur vorne an der Rezeption ihren Namen, Adresse und die Telefonnummer."

Willi verließ die Praxis und sah, dass Sascha noch auf dem Parkplatz stand. Er stieg ein und ließ traurig den Kopf hängen.

„Danke, dass du gewartet hast."

„Wo ist Richie? Was ist mit ihm?" fragte Sascha mit Panik in den Augen.

Willi sah den entsetzten Blick von Sascha. „Nein, nein. Richie lebt. Aber er ist immer noch bewusstlos. Er muss den Nachmittag über hier bleiben. Näheres erfahre ich später. Aber das ist nicht alles. Dort wo wir ihn gefunden haben, ist Richies Zuhause."

Sascha hatte den Wagen angelassen und fuhr zurück in die Werkstatt.

„Du musst zuerst mal den Nachmittag abwarten, dann sehen wir weiter."

*

Stefans Handy meldete sich.

„Hallo? Wer ist denn da? Cengis, sind sie es. Wie geht es ihnen? Schon wieder etwas besser, das freut mich. Was liegt an? Wissen sie was, wir kommen sie kurz besuchen, dann können wir besser sprechen. Alles klar. Bis gleich."

Stefan schaltete die Freisprechanlage aus.

„Bevor wir zu diesem Curry fahren, könnten wir noch auf einen Sprung im Krankenhaus vorbeisehen. Ich bin gespannt, was Cengis uns mitteilen will."

„Können wir machen, Stefan. Du, sag mal, wie heißt dieser Curry eigentlich richtig? Ich glaube nicht, dass seine Eltern ihn nach einem Gewürz benannt haben. Na ja, man weiß ja nie. Vielleicht heißen die Geschwister, Pfeffer, Salz und Maggi."

„Deine Kombinationsgabe ist wirklich sensationell. Das kommt bestimmt von den Zahnreinigungstabletten."

„Sag´ ich doch. Solltest du auch einmal probieren."

„Ich komme gelegentlich darauf zurück. Curry heißt im wahren Leben, Hademar Bankgruber."

„Dann wäre mir Curry auch lieber."

Auf der Krankenstation herrschte wie immer der übliche Wahnsinn.

„Ist dir eigentlich aufgefallen, dass das Pflegepersonal gar keinen normalen Gang mehr hat?"

„Wie meinst du das, Stefan?"

„Ich sehe die immer nur rennen, von einem Zimmer ins nächste."

„Das ist wahr. Viel zu wenig Leute, für viel zu viele Patienten. Daran kannst du sehen, wo die Zivilisation endet oder wo es zumindest sehr schwerfällt, sie aufrechtzuerhalten."

„Die Pharmakonzerne verdienen sich jedenfalls dumm und dämlich, und hier im Krankenhaus müssen sie um jede Packung Mull kämpfen. Das ist echt zum kotzen."

„Und wenn das Krankenhaus nicht wirtschaftlich arbeitet, also keinen Gewinn abwirft, wird es dicht gemacht. Das ist die brutale Wirklichkeit. Schau mal, da ist doch der Doktor, der Cengis und Daniela behandelt. Guten Tag, Herr Doktor...Doktor Wagner, richtig? Können wir sie kurz sprechen?"

„Selbstverständlich. Aber ich habe nicht viel Zeit."

Während er das sagte, vibrierte sein Pieper in der Brusttasche seines Arztkittels.

„Das ist uns auch klar. Wir wissen, dass sie viel Arbeit haben. Wie geht es Daniela, der Freundin von Cengis?"

„Ihr Halswirbel ist angebrochen."

„Scheiße."

„Ja, es ist schlimm. Aber wir konnten Reflexe an den unteren Gliedmaßen feststellen. Außerdem sind ihre Leber und Lunge stark gequetscht und ihr Becken ist gebrochen. Wir haben sie stark sediert, weil sie sonst die Schmerzen nicht aushalten würde. „

„Können wir sie kurz sprechen?“

„Auf gar keinen Fall! Tut mir leid. Ich muss jetzt wieder.“

„Besteht Lebensgefahr?“

„Nein, nein, im Moment nicht. Es können immer Komplikationen auftreten. Eine Thrombose zum Beispiel. Aber sie ist eine junge starke Frau. Alles was sie braucht, ist Zeit und nochmal Zeit.“

Er rannte den Gang entlang zum nächsten Zimmer und rief noch, „wir tun alles was in unseren Kräften steht.“

„Der Doktor steht ständig unter Stress. Wie der das wohl aushält?“

„Das frage ich mich auch.“

Sie betraten das Krankenzimmer von Cengis. Er hatte mittlerweile zwei Bettnachbarn und an seinem Bett saß ein Mann in den Fünfzigern.

„Hi, freut mich, dass ihr vorbeikommt. Darf ich euch vorstellen. Das ist Danielas Vater.“ Der Mann stand auf und begrüßte die Kommissare.

„Mein Name ist Bankgruber. Darf ich fragen ob sie in den Ermittlungen weitergekommen sind?“

„Bankgruber? Sind sie verwandt mit Hademar Bankgruber?“

„Ja, das ist mein Sohn, Hademar Junior. Er hat den gleichen Namen wie ich. Aber nur auf dem Papier. Er wird überall nur Curry genannt.“

„Wir verfolgen mehrere Spuren, aber sie müssen verstehen, dass wir über unsere Arbeit nicht sprechen dürfen.“

„Das kann ich verstehen. Aber sie werden denjenigen finden und dingfest machen. Versprechen sie mir das?“

„Auch wir sind daran interessiert, das können sie uns glauben.“

„Mein armes Mädchen. Ob sie jemals wieder ganz gesund wird?“

Stefan wiederholte einfach die letzten Sätze des Doktor´s. „Sie ist eine junge starke Frau. Alles was sie braucht ist Zeit...klingt vielleicht blöd...aber wenn sie spürt, dass sie geliebt wird, geht es bestimmt noch mal so schnell.“

„Ja, das wird sie,“ sagte der Mann, „da mache ich mir keine Sorgen. Ich muss jetzt gehen. Wenn ich meine Tochter besuche, komme ich selbstverständlich wieder."

„Bringst du mir wieder die tollen Waffeln von deiner Frau mit?"

„Meine Frau bringt sie höchstpersönlich mit. Sie wäre heute auch dabei gewesen, aber sie musste arbeiten."

Der Mann verließ das Zimmer.

„Es freut mich, dass die Familie ihrer Freundin zu ihnen hält."

„Mich auch, Stefan. Ich hatte Angst, dass sie mich für den Unfall verantwortlich machen würden. Ich weiß nicht...wäre ich der Vater von Daniela, keine Ahnung ob ich nicht anders reagiert hätte."

„Was ist mit ihrer Familie? Haben sie keine Angehörigen hier?"

„Meine Eltern sind in der Türkei auf Verwandtenbesuch. Ein Glück. Was glauben sie was hier los wäre? Meine Mutter würde mich so überversorgen, dass es für die komplette Station reichen würde. Und meinen Geschwistern habe ich unter „Todesstrafe" verboten, meinen Eltern Bescheid zu sagen. Sie sollen ihren Urlaub in Ruhe genießen... dann ich habe meine Ruhe."

„Das kann ich verstehen. Wir haben mit dem Doktor gesprochen. Deine Daniela braucht Zeit. Und sobald du aufstehen kannst, wirst du sie auch besuchen können."

„Dafür trainiere ich jeden Tag. Ich könnte mehr, aber sie haben keinen richtigen Physiotherapeuten."

„Ja, das ist echt Scheiße. Die Versorgung könnte besser sein. Aber warum hast du mich angerufen, Cengis?"

„Mir ist da noch etwas eingefallen, aber ich wollte nicht, dass Daniela´s Vater dabei ist."

„Alles klar."

„Wir waren doch auf diesem Rockkonzert..."

„Richtig, die Nitro Gods."

„Genau. Wisst ihr wer auch auf diesem Konzert war und uns den ganzen Abend finster beobachtet hatte."

„Machen sie es nicht so spannend, Cengis."

„Willi."

*

Das Auto war so schnell weg, schneller als ich Auto sagen konnte.

„Hoffentlich geht das gut," Oscar sah sehr skeptisch die Straße hinunter, wohin das Auto verschwunden war. „Willi ist nicht doof, der weiß was er tut," meinte die Namenlose. „Wir schicken jetzt eine Botschaft an Ekki, damit sie sich nicht mehr so viele Sorgen machen."

„Ich will weg hier," maulte ich, „hier sind mir zu viele Autos."

Gegenüber, auf der anderen Straßenseite fuhr ein Auto vor und blieb stehen. Ein Mann stieg aus und wollte gerade ins Haus gehen. Aus dem Nachbarhaus kam eine ältere Frau und sprach den Mann an.

„Das ist doch Richies ehemaliger Versorger," schnurrte die Namenlose leise. „Wir sollten lange Ohren machen. Es interessiert mich, was diese Frau ihm zu erzählen hat."

Wir drei saßen unter dem parkenden Auto und hatten die Ohren wie Satellitenschüsseln auf die beiden Menschen eingestellt.

„Ja, wenn ich es ihnen doch sage. Ich will ja niemanden beschuldigen, aber als ich aus dem Fenster sah, saß Richie unten auf der Straße und wurde von einem Stein getroffen."

„Aber wer sollte auf Richie einen Stein werfen?" entgegnete der Mann.

„Das weiß ich nicht und damit will ich auch nichts zu tun haben. Ich weiß nur, der Stein kam aus dem Haus, in dem sie wohnen. Ach ja, es ist schon so. Man kann sich seine Nachbarschaft leider nicht aussuchen."

„Okay, dann war das ebenso. Und was passierte dann weiter?"

„Zunächst einmal nichts. Dann fuhr ein Auto vorbei und der Kater war auch nicht mehr zu sehen. Aber eine halbe Stunde später kam ein junger Mann und, ach ja, da saßen hier drei Katzen und fingen lautstark an zu miauen. Wo soll das enden, wenn hier alles voller Katzen ist? Meine schönen Blumen. Richie war ja wohl schon einige Tage weg, da haben sich meine Blumen wieder wunderbar erholt. Und soll ich ihnen was sagen? Die Katze lag ausgerechnet unter meinem Auto und der junge Mann ist in ein anderes Auto gestiegen, und hat ihn mitgenommen. Hoffentlich hat sie mir den Lack nicht versaut."

„Danke."

„Man tut was man kann. Ich will nur keine Schwierigkeiten. Diese Katzen! Es müsste verboten werden, sie so öffentlich herumlaufen zu lassen. So, ich muss jetzt einkaufen."

Der Mann ging ins Haus. In der Wohnung im ersten Stock stand die Frau hinter dem Vorhang und hatte die ganze Szene beobachtet...

„Nein," schimpfte ich über die Straße, „bloß keine Schwierigkeiten. Du hättest uns helfen können! Aber nein! Du hast nur Angst um deine blöden Blumen und die noch blödere Fußgaskabine. Was seid ihr Menschen doch für widerliche Heuchler."

„Nicht alle," mahnte die Namenlose, „denk daran, Laila, nicht alle. Aber nichtsdestotrotz, werden wir hier ein Exempel statuieren."

„Wir werden was?"

„Also, wir werden die Blumen nach allen Regeln der Kunst düngen."

„Jawoll, aber so, dass die Brühe an der Wand herunterläuft."

„Sehr drastisch ausgedrückt, Laila. Trifft aber genau den Punkt."

„Ich glaube, du bist mir eine Erklärung schuldig," hörten wir den Mann aus der Wohnung brüllen.

*

Ja, hallo, Brandt hier. Sag mal Stefan, soll ich Armin Schummer noch einmal verhören...äh, ich meine befragen. Vielleicht ist ihm doch noch etwas eingefallen."

„Du könntest...."

Was soll ich? Die Verbindung war gerade sehr schlecht. Ich hab dich nicht verstanden."

„Du könntest in das Industriegebiet fahren, wo Schummer gefunden wurde."

„Warum?"

„Es könnte doch sein, dass ihn irgendjemand gesehen hat."

„Nachts?"

„Das weiß ich auch, Brandt, dass in der Nacht nicht so viele Leute unterwegs sind. Aber wir müssen es doch wenigstens versuchen."

„Alles klar, Stefan. Ich erledige das sofort. Du hörst von mir.“

„Was hast du vor, Stefan?“ Jordi wirkte ziemlich ratlos.

„Ich muss ihn doch beschäftigen. Und so sehe ich, ob er seinen Job ernst nimmt.“

„Sie fahren in die falsche Richtung.“

„Das ist doch das allerletzte. Ich habe doch die Adresse richtig in dem Scheißnavi eingegeben.“

„Bitte wenden.“

„Ach so, aber im Prinzip möchtest du Brandt nicht richtig einweihen.“

„Bitte wenden.“

„Noch nicht.“

Stefan kontrollierte noch einmal, ob die angegeben Adresse richtig war.

„So ein Mist! Ich hätte da vorne abbiegen müssen.“

„Sie fahren in die falsche Richtung.“

„Weißt du was ich mit Navis mache, die ständig, "sie fahren in die falsche Richtung sagen?“ Nein? Sie fliegen hochkant aus dem Fenster. Merke dir das!“

Stefan zündete sich eine Zigarette an. „Es ist schon eine verflixte Sache. Je mehr man in diesem Fall erfährt, umso verworrener wird sie.“

„Du meinst, dass Cengis Willi auf dem Konzert gesehen hat?“

„Natürlich. Das müssen wir unbedingt abklären. Heute noch. Aber jetzt ist erst mal der Herr Bankgruber an der Reihe.“

Ihr Navi steuerte sie diesmal punktgenau vor Bankgrubers Wohnung.

„Geht doch.“

Neben der Tür stand ein riesiges schwarzes Motorrad.

„Schau dir mal die breiten Reifen an. Wahnsinn.“

„Die sind so breit, da bleibt das Motorrad ohne Seitenständer stehen. Sieht echt klasse aus.“

Stefan und Jordi warteten an der Tür. Ein Mann in den dreißigern öffnete mit einer Hand die Tür. In der anderen Hand hielt er einen schmutzigen Lappen und rieb sich damit über die Hände. Er war mit

Stefan auf Augenhöhe und in seinen braunen Haaren waren schwarze Ölspuren zu sehen. Das gleiche Muster schwarzer Ölflecken zierte auch sein T-Shirt. Die Arme waren voll tätowiert.

„Guten Tag. Sind sie Herr Hademar Bankgruber? Ich bin Kommissar Wieland und das ist mein Kollege Montroig. Wir haben uns telefonisch angekündigt. Können wir sie kurz sprechen."

„Natürlich. Kommen sie herein."

Er führte sie ins Wohnzimmer. Auf dem Tisch war eine Plastikdecke ausgebreitet und darauf waren Motorteile und Werkzeug verteilt. Auf der Fensterbank stand eine Ölkanne, die schon fettige ölige Spuren auf dem Marmor hinterlassen hatte, zwischen einer schönen Blumendekor und einem Teddy. Daneben lagen Schrauben und weitere Werkzeuge.

„Das ist die Benzinpumpe und die Zündanlage einer neunhunderter GPZ. Ein schönes altes Maschinchen. Ich bin gerade dabei, sie wieder zusammenzubauen. Aber das Fußballspiel wollte ich auch nicht versäumen."

„Das macht Sinn," antwortete Stefan.

„Und die Freundin? Ist sie nicht sauer über dieses, sagen wir mal...Arrangement?"

„Doch natürlich ist sie sauer. Sie sagt, sie hätte ganz gerne eine Couch und einen Fernseher in der Werkstatt, damit sie einen Raum hat, in dem sie sich mit ihren Freundinnen treffen kann. Warum sind sie hier?"

„Können sie sich das nicht denken?"

„Unser Besuch bei diesem spießigen Verein?"

„Sonst fällt ihnen nichts ein?"

„Mir genügt das."

„Dann stelle ich die Frage anders. Was haben sie Sonntagabend gemacht?"

„Warum?"

„Würden sie bitte zuerst die Frage beantworten, dann helfen wir ihnen weiter."

„Am Sonntagabend habe ich hier mit meinen Kumpels abgehangen. So gegen zwei Uhr in der Nacht sind sie allerdings gegangen. Länger ging nicht. Wir haben alle einen Job und müssen früh raus."

„Und den Rest der Nacht? Haben sie dafür Zeugen?"

„Meine Freundin. Sie wird schon mitbekommen haben, dass ich zu ihr ins Bett gestiegen bin. Wollen sie mir nicht endlich sagen was los ist?"

„Willi Neuhaus befand sich am Sonntagabend noch auf dem Grundstück. Sein Motorrad wurde manipuliert. Außerdem wurde ein Brandsatz bei ihm gefunden, der zum Glück nicht gezündet hatte. Sie werden verstehen, dass wir uns die Alibis ihrer Clubmitglieder genau ansehen müssen. Sie haben das technische Know-how, um so etwas zu bewerkstelligen. Und von ihrer Motivation brauchen wir gar nicht erst zu sprechen."

„Was sagen sie? Das Motorrad manipuliert? Einen Brandsatz? Das ist nicht unser Ding. Ich bin jederzeit bereit, Willi die Fresse zu polieren. Ich wäre sogar bereit, ihn über die Klinge springen zu lassen...nach allem was dieser Idiot meiner Schwester angetan hat, steht sowieso noch eine Tracht Prügel aus. Aber heimlich, wie ein Feigling? Das könnt ihr vergessen! Vielleicht hat er das ganze selbst inszeniert. Dann wäre er fein raus. Für mich ist er immer noch die Nummer eins. Und es ist besser wenn er nicht in meine Nähe kommt."

„Es reicht jetzt. Ich musste das schon einmal sagen. Wir brauchen keine selbsternannte Schutztruppe. Wir machen unsere Arbeit." Jordi sah Bankgruber finster an.

„Sie werden mit ihrem gesamten Club bei uns vortanzen und dann werden wir ihre Alibis überprüfen. Haben sie mich verstanden?"

„Scheiße, ja."

Draußen auf dem Flur ging die Tür auf. Eine helle, sehr zufriedene Stimme klang durch den Raum.

„Curry, bist du da? Hast du das Wohnzimmer wieder aufgeräumt? Ich habe eine Überraschung für dich."

Hektisch wollte Curry die Plastikdecke mit den Ersatzteilen vom Tisch nehmen. Aber die Decke riss auseinander und die ölgetränkten Teile knallten lautstark auf den schönen chinesischen Seidenteppich. Der Teppich nahm dankbar das ganze Öl und Fett auf.

„Tor!" schrie der Sportmoderator aus dem Fernseher. „Das war das wohlverdiente zwei zu null. Haben sie diese Ballkombination gesehen. So was ist einmalig. Dieser Fußballer ist wirklich jeden Cent wert. Ach, ist das schade, die Kamera ist ausgefallen. Leider können wir ihnen dieses Tor jetzt nicht mehr zeigen, das wahrscheinlich in die Geschichte des Fußballsports eingeht. Vielleicht können sie den Moment im Internet noch einmal genießen. Nee, wirklich. Das war super."

Entgeistert starrten alle drei auf den Fernsehschirm.

„So ein Ärger" schimpfte Curry, „jetzt habe ich das Tor verpasst."

„Das ist wirklich zu blöd," stimmte ihm Jordi zu.

Eine junge bildhübsche Frau betrat das Wohnzimmer. Fassungslos zeigte sie mit der einen Hand auf die Bescherung im Wohnzimmer, in der anderen Hand hielt sie etwas fest umklammert.

„Wer sind sie?" fragte sie die Kommissare, sah aber dabei nur auf ihren chinesischen Seidenteppich.

Er hatte tapfer fast das ganze Öl und Fett aufgenommen, aber der Rest lief auf das wunderbare Laminat.

„Wir sind von der Polizei, aber wir wollten sowieso gerade gehen. Wir haben nur etwas nachgefragt. Aber wenn sie schon hier sind. Können sie bestätigen, dass Herr Bankgruber in der Nacht von Sonntag auf Montag zu Hause war?"

„Selbstverständlich kann ich das. Er hing mit seinen Kumpels ab. Sie wollten gemeinsam ein Fußballspiel ansehen. Sie müssen wissen, seine Kumpels gehen ihm über alles. Natürlich wurde auch wieder ein Kasten Bier leer gemacht. Ich glaube es war zwei Uhr als er besoffen zu mir ins Bett kam. Soll ich dir mal was sagen? Du kannst in Zukunft noch viel mehr Zeit mit deinen Kumpels verbringen." Die junge Frau fing an zu weinen.

„Du fühlst dich in diesem Chaos hier wohl. Ich kann und will so nicht mehr leben. Es reicht."

Sie warf achtlos das Stück Papier auf den Tisch, welches sie die ganze Zeit krampfhaft in der Hand gehalten hatte. Dann verließ sie die Wohnung und knallte ordentlich laut die Tür zu.

„Das hörte sich jetzt überhaupt nicht gut an," meinte Jordi.

„Misch dich nicht ein," brummte Curry. Er hob das Stück Papier auf, das seine Freundin wütend auf den Tisch geworfen hatte.
Es war ein Ultraschallbild.

*

Wir hatten mit Inbrunst und völliger Hingabe die Blumen „versorgt".
„Ich werde mich noch um die Fußmatte kümmern."
Oscar spazierte die zwei Stufen hoch bis zum Eingang und sah sich das ganze an. „Soll ich meinen Namen darauf pinkeln? Nein. Wisst ihr was ich mache? Ich pinkele Mamas Nichtnamen auf die Matte. Das kriegen die nie raus!"
„Auf die Idee, dass uns in der Nachbarschaft jemand beobachtet, kommst du wohl nicht?"
„Äh...so gesehen könntest du natürlich recht haben, Laila. Aber was solls. Die Unterschrift ist gefälscht. Ich kann es nicht mehr ändern."
„Wenn du mit deiner Buchführung fertig bist, könnten wir zu unseren Jungs gehen."
„Gute Idee, Mama."
„Lasst uns noch hinten in den Garten gehen. Ich hörte Mäuse wispern. Diese fette Beute müssen wir dieser bösen Menschenfrau doch nicht überlassen."
„Und was machen wir, wenn sie nach Hause kommt, Laila?"
„Dann regt sie sich soviel über ihre ruinierten Blumen und ihre Fußmatte auf, dass sie auf gar keinen Fall in den Garten geht."
„Das ist jetzt schon grenzwertig, Laila. Aber ich rieche die Mäuse auch und weil Richie der einzige Kater hier war, sind sie richtig gut gewachsen und gut genährt. Also, so ein Proteinschub mit abenteuerlichem Hintergrund...warum nicht."
„Ihr macht mich wahnsinnig. Warum habt ihr immer erst Freude, wenn Stunk im Hintergrund ist?" klagte Oscar.
„Du kriegst die Leber."
„Von meiner Maus auch."
„Ich mag keine Leber."

„Bist du dir ganz sicher?"

„Nein."

Wir sprangen über den Zaun in den Garten. Er war generalstabsmäßig angelegt. Wie mit dem Lineal gezogen. Wir befreiten noch ein paar Blumenzwiebeln aus ihrer Dunkelheit und legten noch eine Duftspur auf den dicken Kürbis und Umgebung. Aber das taten wir nicht aus Bosheit, oh nein, sondern nur, um die Mäuse aufzuscheuchen und unsicher zu machen. Oscar hatte mittlerweile auch das Jagdfieber gepackt und war mit Eifer dabei. Am Schluss hatten wir fünf, fette, wohlgenährte Mäuse erbeutet. Wir schnappten unsere Beute und trugen sie in den anderen Garten, um sie dort in aller Ruhe zu verspeisen.

„Bist du dir immer noch sicher, dass du keine Leber magst, Oscar."

„Was geht mich mein Geschwätz von vorhin an. Her damit."

„Von allen fünf Mäusen?"

„Von allen fünf Mäusen."

Während wir gemütlich in den Hecken unsere Mäuse verzehrten, hielt vor dem Haus ein Auto. Wir unterbrachen unsere Mahlzeit, um zu sehen, wer da aussteigen würde.

„Die keifende Nachbarsfrau kann es nicht sein. Ihr Auto hatte eine andere Farbe."

„Nein, aber es ist der Mann, mit dem die Frau sich unterhalten hat."

„Und seht mal," rief ich entsetzt, „was er aus dem Auto holt. Das ist doch Richie. Und seht mal wie er aussieht. Mit richtig dicken Verbänden."

*

Leise lief der Computer an. Wie üblich verschleierte die Person ihre Identität, bevor sie ins Netz ging. Ruhig und besonnen glitten die Finger über die Tastatur.

„Ah...da haben wir dich. Ich bin gespannt, was ich dir dieses mal abknöpfen kann."

Neugierig ging der Kopf ein Stück nach vorne.

„Intelligent bist du, das muss ich schon sagen. Aber ich komme dir immer näher!"

*

Willi rief kurz vor Feierabend wieder in der Tierarztpraxis an.
Man hatte ihm jedes mal freundlich Auskunft gegeben und gesagt,
dass Richie tief und fest schlafen würde. Aber nun erklärte eine
freundliche Mitarbeiterin, er solle bitte am Telefon bleiben, die Frau
Doktor wolle sich mit ihm unterhalten. Willi wurde es zunehmend
mulmig und das Telefon zitterte in seiner Hand.
„Herr Neuhaus?"
„Ja, ich bin hier."
Ich muss ihnen leider mitteilen..."
„Ist was mit Richie...?"
„Nein, nein. Herr Neuhaus. Richie geht es den Umständen
entsprechend gut. Der Beckenbruch wird gut heilen und die
Prellungen und Quetschungen ebenfalls."
„Geht es um Ihr Honorar? Ich komme sofort und werde das
begleichen. In zwanzig Minuten bin ich bei ihnen."
„Das weiß ich. Aber darum geht es mir nicht. Ich habe ein ganz
anderes Problem. Der Besitzer von Richie war hier und hat ihn
abgeholt. Ich konnte und durfte ihn nicht davon abhalten. Aber ich
habe ihm einige Fragen gestellt. Zum Beispiel, warum der Kater so
abgemagert war. Oder warum seine Freundin behauptet hatte, sie
hätten den Kater schon vor einiger Zeit hergegeben. Das sind alles
Ungereimtheiten, für die ich den Tierschutz hätte bemühen müssen.
Obwohl ich das nicht darf, fühlte ich mich verpflichtet, ihnen das
mitzuteilen."
„Was soll ich jetzt machen, Frau Doktor?"
„Ich weiß es auch nicht. Ich musste mich an die Vorschriften halten.
Das ist mir sehr schwergefallen. Sie können sich mit Richies Besitzer
in Verbindung setzen. Die Straße kennen sie und das Haus auch.
Mehr kann ich nicht für sie tun...und noch was."
„Ja, bitte?"
„Wenn sie ihn nicht gefunden hätten, wäre Richie mit Sicherheit

gestorben. Das Untergewicht zusammen mit dem Blutverlust wäre zu hoch gewesen."

„Ich will nur, das es ihm gut geht."

*

Armin schreckte hoch. Seit Tagen hatte er immer den gleichen Traum. Er lief durch einen Wald. Es war kühl und in seinem Traum war die Nacht sternenklar. Er schaute nach oben und entdeckte die Wega, die dieses Jahr besonders hell am Himmel stand. „Schade, dass du das nicht mit mir sehen kannst," murmelte er im Traum.

„Aber vielleicht bist du ja da oben und machst dich lächerlich über mich und meine irdischen Sorgen." Irgendetwas passierte neben ihm. Zuerst sah er, wie sich die Luft veränderte. Dann kristallisierte sich eine Form heraus, die immer mehr einem Menschen glich. Zunächst war sie noch transparent, aber dann bekam die Gestalt ein Gesicht und einen Körper. Erstaunt stellte Armin fest, dass sein Freund gemächlich neben ihm spazierte. „Was du für einen Blödsinn redest. Schau mich an. Mir geht es gut."

„Wo bist du jetzt?"

„Ist das wichtig?"

„Für mich schon."

„Heute Nacht bin ich bei dir, genügt das?"

„Mehr bekomme ich wahrscheinlich nicht."

„So sieht es aus. Du solltest wieder mehr unter Menschen gehen."

„Ich fühle mich eigentlich ganz wohl, so alleine. Na ja, mein Hund fehlt mir."

„Er hatte ein erfülltes und langes Leben. Gönne ihm seine Ruhe. Ein Gesellschaftstier warst du nie. Apropos, Tier. Der Winter steht vor der Tür. Die gestreiften Katzen könnten deine Hilfe gut gebrauchen."

Sein Freund spazierte neben ihm und hielt etwas in der Hand. Armin konnte im Nebel nicht genau erkennen, was er in der Hand hielt.

„Was schleppst du denn mitten in der Nacht mit dir herum."

„Eine Blume."

„Wo hast du sie her?"

„Die habe ich gefunden."

„Gefunden? Wo denn?"

„In meiner Erinnerung...in deiner Erinnerung? ich weiß es nicht mehr."

Nebel zog auf, sein Freund verblasste und war verschwunden.

*

Willi hatte Feierabend. Aber glücklich war er nicht. Im Gegenteil. Er war am Boden zerstört. Er hatte den Besitzer von Richie angerufen, und wollte bloß wissen wie es ihm geht.

„Es geht ihm den Umständen entsprechend gut und ich danke ihnen, dass sie ihn gefunden haben. Bin ich ihnen irgendetwas schuldig? Geld oder so."

„Nein, nein. Ich wollte wirklich nur wissen wie es ihm geht"

„Wie gesagt, den Umständen entsprechend gut...können wir das Gespräch beenden, ich habe leider keine Zeit mehr."

„Dürfte ich morgen noch einmal anrufen..."

„Ich glaube, das ist keine gute Idee. Richie braucht Zeit, um wieder gesund zu werden. Und ich habe einiges bei ihm nachzuholen."

„Das kann ich verstehen."

„Dann ist ja alles klar." Die Leitung war unterbrochen, der andere Teilnehmer hatte aufgelegt.

Er hockte auf der Bank im Waschraum der Werkstatt und hatte sich immer noch nicht umgezogen.

Sascha setzte sich neben ihn und steckte sich eine Zigarette an.

„Jetzt warte mal ab, Willi," versuchte er ihn zu beruhigen. „Zuerst muss Richie gesund werden. Es kann sein, dass er dann von alleine wieder zu dir zurückkommt."

„Selbst wenn es so wäre, Sascha. Wie soll das denn funktionieren? Soll ich die nächsten vier Wochen im Zelt wohnen?"

„Stimmt," pflichtete Sascha ihm bei. „Daran habe ich nicht gedacht. So ein Mist aber auch."

„Warum ist er bloß zu diesem Haus zurückgegangen? Wollte er vielleicht doch zurück?"

„Das sind viele Fragen, Willi, die wir wahrscheinlich nicht beantworten können. Aber wir können etwas anderes machen. Zuerst bauen wir dein Zelt ab, bevor es verrottet. Und später lässt du dich, natürlich nur sofern du Zeit hast, öfter, aber am besten jeden Tag auf dem Platz sehen."

Willi musste wider Willen grinsen.

„Du meinst, dass Richies Freunde ihm Bescheid sagen?"

Sascha grinste jetzt auch.

„So in der Art."

Willi zog sich um, verließ die Werkstatt und wollte gerade zu Sascha ins Auto einsteigen, als er von hinten angesprochen wurde.

„Hallo! Können wir dich kurz sprechen, Willi? Wir haben extra gewartet, bis niemand mehr in der Firma war, damit du keinen Ärger bekommst."

Willi sah erstaunt, dass die beiden Kommissare vor ihm standen.

„Mach nur," meinte Sascha, „Ich warte im Auto."

Stefan blies kleine Rauchkringel von seiner Zigarette in die Luft.

„Zunächst einmal, wo warst du vor zwei Wochen am Samstag, so zwischen achtzehn und zwanzig Uhr?"

„Vor zwei Wochen? An diesem Wochenende war ich bei meinem Freund. Er hat vor kurzem geheiratet und jetzt haben sie ein Baby bekommen. Ich bin erst Sonntagabend zurückgekommen. Warum fragt ihr? Teufel noch mal, war das nicht das Wochenende, an dem Andreas verunglückt ist?"

„Ja. Aber wenn du ein Alibi hast, dann hast du wenigstens in dieser Hinsicht keine Probleme mehr. Können wir den Freund anrufen.?

„Klar. Ich gebe euch sofort die Nummer. Ist noch was?"

„Wir waren in der Klinik und haben mit Cengis gesprochen."

„Wie geht es ihm und Daniela?"

„Mit Cengis geht es langsam aufwärts und Daniela ist immer noch im künstlichen Koma. Aber der Arzt sagt, sie ist stabil."

„Mist."

„Aber deswegen sind wir nicht hier, Willi."

„Nein?"

„Nein," ergänzte Jordi. „Es gibt da etwas, was dir Schwierigkeiten bereiten könnte..."

„Aber was denn? Habe ich nicht schon genug Ärger?" unterbrach Willi das Gespräch.

„Sollte man meinen. Aber ich denke, das können wir gleich klären. Cengis hat dich auf dem Konzert der Nitro Gods gesehen. Er sagte du hättest ihn und Daniela den ganzen Abend beobachtet."

Willi schaute zerknirscht zu den beiden Kommissaren.

„Ja, das ist leider wahr."

„Magst du Cengis nicht?"

„Doch, ich mag ihn. Genau genommen ist er ein feiner Kerl."

„Und warum hast du die beiden dann den ganzen Abend beobachtet?"

„Da war wohl noch so was wie Eifersucht und ich war natürlich sauer, weil er viel besser mit Daniela umgehen konnte als ich."

„Alles klar. Aber ich muss dir trotzdem eine unangenehme Frage stellen."

Willis Augen fingen an unruhig zu flackern.

Die Kommissare registrierten den Stimmungswechsel umgehend.

„Was hast du nach dem Konzert gemacht? Kannst du für die darauffolgenden, sagen wir...drei Stunden, Zeugen vorweisen? Cengis sagte außerdem, dass du so eine halbe Stunde vor dem Ende des Konzertes den Saal verlassen hast."

Willi fing an, die Verbundsteine auf dem Bürgersteig zu zählen.

„Sprich mit uns."

Nervös strich Willi sich durch seinen feuerroten Bart.

„Ich habe einen Anruf bekommen und daraufhin das Konzert sofort verlassen."

„Das ist doch gut. Und wo warst du dann?"

„Das kann ich beim besten Willen nicht sagen."

„Das ist nicht dein Ernst. Bist du dir eigentlich im klaren, was das bedeutet?"

„Dass ich noch mehr Stress habe?"

„Das kannst du laut sagen. Wenn du für diesen Zeitraum nicht nachweisen kannst wo du warst, gerätst du leider in den Kreis der Verdächtigen. Willst du das?"

„Ich kann es nicht ändern. Auf eine Schwierigkeit mehr oder weniger kommt es jetzt auch nicht mehr an. Sind wir fertig? Ich habe noch etwas vor."

„Überlege es dir noch einmal, Willi!" Stefan gab Willi eine Karte.

„Hier ist meine Handynummer. Ruf an, wenn du zu einer Lösung gekommen bist. Ich bin auch der Meinung, dass du Schwierigkeiten genug hast."

„Danke." Willi steckte die Karte achtlos in die Tasche.

„Ich weiß, was für mich davon abhängt. Aber ich sehe absolut keinen Ausweg. Scheiße!"

*

„Meinst du, man könnte irgendwie einen Blick in die Wohnung werfen?" Ich machte einen langen Hals, um mehr zu sehen, aber es hatte keinen Zweck. Der Balkon von Richies Wohnung war zu hoch.

„Sag mal, geht's noch? Hast du gesehen, was wir für ein Chaos angerichtet haben?" Oscar riss entsetzt die Augen auf.

„Wir müssen hier verschwinden und zwar schleunigst. Wenn dieser alte Drachen vom einkaufen zurückkommt, ist hier die Hölle los."

Wir hörten, dass in der Wohnung ordentlich die Fetzen flogen. Der Mann brüllte und schrie die Frau an und die schimpfte zurück.

„Ich muss Oscar recht geben, Laila. Wir müssen hier weg. Aber ich muss schon sagen...das ist keine gute Umgebung für Richie, um gesund zu werden."

Der Mann betrat den Balkon.

„Lass mich in Ruhe," brüllte er ins Wohnzimmer, „Ich muss nachdenken." Er zündete sich eine Zigarette an, nahm einen tiefen Zug und legte die Arme auf die Mauer.

Dann betrat die Frau den Balkon.

„Verschwinde!" zischte der Mann.

Sie nahm ihm die Zigarette aus der Hand und rauchte weiter. Mit der anderen Hand fing sie an, an seinem Ohrläppchen herumzuspielen.

„Lass das!"

Die Frau machte unbeirrt weiter und ihre Hand war nun im Nacken des Mannes und kraulte sanft in seinen Haaren.

„Du bist ein Miststück."

Sie steckte ihm die Zigarette in den Mund und bearbeitete mit der nun frei geworden Hand den Rest seines Körpers. Ich beobachtete nur, dass die Tür offen stand. So wie es aussah, waren die beiden noch beschäftigt.

„Oh nein, Laila! Das wirst du nicht tun," fauchte Oscar.

„Ich will doch nur wissen wie es Richie geht."

Ich sprang hinter den beiden mit einem Satz auf den Balkon und schlüpfte durch die Tür ins Wohnzimmer. Richie lag auf dem Boden in eine Wolldecke gehüllt. Ganz leise schlich ich an der Wand entlang und hielt dabei ständig die Balkontür im Auge.

„Du brauchst nicht zu schleichen, Laila."

„Ich dachte du schläfst, Richie. Wie geht es dir? Im Moment siehst du aus wie diese Mumie aus dem Gruselfilm."

„Danke, das baut mich auf."

„Ich weiß. Wo ist dein Körbchen?"

„Das hat die Madame schon entsorgt. Und weißt du was sie als erstes zu mir gesagt hat, als mich mein Versorger auf die Wolldecke gelegt hat?"

„Lass mich raten. Dass sie nett zu dir sein will, dass sie dich aufopferungsvoll pflegt und dafür sorgt, dass du das nächste Mal wirklich weg bist!"

„Genau das."

„Manche Menschen kann man einfach nicht verstehen. Was findet er bloß an ihr?"

„Ist das nicht offensichtlich?"

Der Mann stand immer noch auf dem Balkon und genoss die verschärften Streicheleinheiten der Frau.

„Kannst du dich bewegen, Richie?"

„Nicht so gut. Irgendetwas ist mit meinem Hinterteil. Ich kann noch nicht einmal aufstehen. Außerdem habe ich Kopfschmerzen. Sie hat mir einen Stein an den Kopf geworfen. Dadurch ist es überhaupt erst

zu diesem Unfall gekommen."
Der Hass auf diese Frau glühte in mir, ich glaube, dass ich von innen geleuchtet habe. Hass ist ein böses Feuer.
„Morgen geht es vielleicht besser."
„Ja, ganz bestimmt."
„Lass uns reingehen, Schatz. Da können wir es uns so richtig gemütlich machen," säuselte die Frau.
„Kannst du irgendwie Willi was ausrichten, Laila?"
„Das kriege ich hin."
„Dann sage ihm, dass er mein Freund ist. Und bei der ersten Gelegenheit komme ich zu ihm. Dann kann uns niemand mehr trennen."
Die Frau betrat das Wohnzimmer, erblickte mich und fing sofort an hysterisch zu schreien. Sie zog ihren Pantoffel aus und warf ihn hinter mir her. Er verfehlte mich nur knapp, aber die große Leuchtkugel neben dem Wohnzimmerschrank musste daran glauben und zerbrach in tausend Teile. Der Mann rannte hinterher und ich schlüpfte ihnen zwischen den Beinen durch auf den Balkon und sprang herunter. Aber ich hatte mir die Zeit genommen, die Frau schnell noch am Bein zu kratzen. Ihr hysterisches Geschrei verfolgte uns noch eine ganze Zeitlang.

*

„Was könnte dahinterstecken?"
Stefan lenkte das Auto gemächlich zurück auf die Landstraße. Sie wollten noch in ihr Büro fahren, um diesen ungeliebten Papierkram zu erledigen.
„Was könnte wo hinter stecken?"
„Na, bei Willi natürlich. Warum kann er nicht sagen wo er war?"
„Dann lass uns mal überlegen...wo geht man denn hin, was aber keiner wissen darf."
„Vielleicht zockt er."
„Meinst du, er war in einer illegalen Spielhölle oder so etwas in der Art?"

„Hm...das würde natürlich erklären, warum er unter Umständen vielleicht von zehn oder sogar mehreren Personen gesehen wurde, er aber keinen von denen als Zeugen gebrauchen kann."

„Klar! Weil keiner für ihn aussagen würde. Niemand will sich freiwillig ans Messer liefern."

„Soweit die Theorie."

„Aber Spieler, die ständig über ihre Verhältnisse leben, hinterlassen Spuren. Kumpels um Geld anpumpen, Konto überziehen, Wertsachen im Pfandhaus versetzen und so weiter."

„Das passt irgendwie alles nicht zu Willi."

„Das ist richtig. Aber wie oft haben wir entdeckt, dass manche Menschen eine Falltür unter sich haben, durch die sie regelmäßig in ein anderes Leben eintauchen?"

„Das ist leider auch wahr. Aber trotzdem... ich weiß nicht so recht."

„Er könnte auch in einem anderen Motorradclub gewesen sein. Zum Beispiel in einem, der mit seinem ehemaligen Club, den Ironhearts, nicht so gut klargekommen ist."

„Das sind alles gute Überlegungen, bringen uns aber nicht wirklich weiter."

In ihrem Büro warfen sie ihre Computer an.

„Haben wir alle ungeklärten Motorradunfälle hier auf dem Tisch?"

„Ich habe alles angefordert, Stefan. Und ich habe dafür gesorgt, dass dieser Brandt nichts davon erfährt, wie du es gewollt hast."

„Das ist gut. Vorläufig möchte ich ihn nur am Rande mitlaufen lassen, bevor er wieder mit Übereifer für Unruhe sorgt."

Stefan durchforstete den Computer und Jordi bearbeitete die vorhandenen Akten.

„Was suchen wir eigentlich, Stefan?"

„Ich könnte mir vorstellen, dass es einen gemeinsamen Nenner gibt. Etwas was sie alle gemeinsam haben."

„Du meinst, dass es gar keine zufälligen Unfälle sind?"

„Genau. Und den müssen wir finden!"

*

Willi saß schweigend neben Sascha im Auto. Sascha stellte keine Fragen, sondern sagte nur, „wenn du quatschen willst, dann sagst du Bescheid. Ich weiß, wir kennen uns noch nicht so lange. Aber ich wollte nur, dass du das weißt."

„Ich erkenne einen Freund, wenn ich ihn vor mir sehe. Danke, Kumpel."

Den Rest der Fahrt erledigten sie schweigend. Auf dem Grundstück sahen sie, dass das Zelt gut bewacht wurde. Zorro saß mit seinen Jungs vor dem Zelt und wachte mit Argusaugen darüber. Als Willi ausstieg, kam ihm Zorro schon entgegen.

„Wir haben auf deine komische „Mitnehmhütte" aufgepasst. Es sind ein paar Blätter darauf gefallen. Die Polizisten haben sich anständig benommen und nichts kaputt gemacht. Wie sollten sie auch? Wir haben sie sehr aufmerksam beobachtet."

„Siehst du Sascha? Das sind auch Freunde und der große Schwarze ist sogar der Chef der Bande."

„Ich sehe schon, du hast Verbindungen bis in die allerhöchsten Kreise. Also dann, guten Tag, Freunde."

*

Wir rannten was das Zeug hielt und steuerten direkt auf den Wald zu. Am Waldrand legten wir eine kleine Rast ein.

„Richie muss dort raus," ich musste nach Luft schnappen. „Es ist eine Katastrophe. Er ist dieser Frau auf Gedeih und Verderb ausgeliefert."

„Wie geht es ihm?"

„Schlecht, Oscar. Sehr schlecht. Er kann sich nicht bewegen. Er liegt auf einer Wolldecke, weil die Frau bereits sein Körbchen entsorgt hat."

„Was machen wir nur, was machen wir nur?" jammerte Oscar in einem fort.

„Wir sollen mit Willi sprechen."

„Und wie sollen wir das machen, Laila? Wir wissen doch nicht einmal wo er wohnt."

„Ich weiß, Oscar. Dann müssen wir es eben herausfinden."

„Zuerst einmal senden wir an Ekki eine Botschaft, damit der Club Bescheid weiß. Dann sehen wir weiter." Wie immer hatte die Namenlose alles im Blick. Kurze Zeit später kam eine Nachricht von Ekki.

„Willi hier. Kommt schnell."

Ich war erstaunt, dass Ekki die Nachricht so schnell verstanden und direkt reagiert hatte.

„Seid ihr am Clubhaus?" schickte ich zurück, nur um sicher zu gehen.

„Hä?"

„Ist egal, wartet auf uns. Willi aufhalten, um jeden Preis!"

„Willi aushalten? Was für ein Preis? Ich glaube nicht, dass Willi teuer ist."

Manchmal macht mich Ekki wahnsinnig.

Wir sahen aus der Ferne, dass Willi und ein anderer junger Mann das Zelt abgebaut hatten und es schon im Auto verstaut hatten. Der junge Mann bei Willi schloss den Kofferraum seines Autos und schaute nun ziemlich ratlos auf die Katzen.

Zorro saß mit den anderen Katern auf dem Schlafsack von Willi..

„Da kommt ihr ja endlich. Das war jetzt wirklich die einzige Methode um Willi hier festzuhalten. Aber was hat Ekki da für einen Stuss erzählt von Willi aushalten und, dass er nicht teuer ist."

„Ist egal, Zorro. Wir sind da. Das ist das wichtigste."

Wir begaben uns zu Willi und setzten uns zu ihm.

„Was wir dir jetzt sagen, ist sehr wichtig. Du musst uns genau zuhören."

„Sieh dir das an, Sascha. Das sind die Katzen meines alten Schulfreundes. Na, meine Kleine, leider habe ich heute keinen Helm dabei, wo du dich drin verkriechen kannst."

„Wir sind nicht die Katzen deines Schulfreundes, wir sind eine WG. Und dein blöder Helm geht mir komplett an der Kehrseite vorbei. Hör gefälligst zu, wenn wir dir was zu sagen haben und unterbrich uns nicht dauernd!" schimpfte ich.

„So kommen wir auch nicht weiter," meinte die Namenlose, „wir müssen uns etwas einfallen lassen."

„Seht ihr das rote Fellbüschel von Richie auf dem Schlafsack? Vielleicht lässt sich damit ja was anfangen."

„Gute Idee, Zorro. Also, alle runter vom Schlafsack," dirigierte ich die ganze Bande.

Willi wollte nach dem Schlafsack greifen, aber dann setzte ich mich darauf und lud ihn ein, sich neben mich zu setzen.

„Was seid ihr doch für verrückte Viecher." Willi hockte sich brav hin. Sascha rauchte derweil eine Zigarette und telefonierte.

„Richie geht es nicht gut. Aber er will leben. Mit dir leben! Hast du das verstanden?" maunzte ich ihn an.

„Er hat die Hölle auf Erden. Aber soll ich dir was sagen? Das steckt Richie alles weg. Und weißt du warum? Weil er zu dir will. Da mache ich mir überhaupt keine Sorgen. Er kriegt das auf alle Fälle hin!"

„Du solltest sachlich bleiben," mahnte die Namenlose. „Richie schwebt in großer Gefahr!"

Ich schob ihm das rote Fellbüschel vor seine großen Hände.

„Außerdem hat er gesagt, dass euch dann niemand mehr trennen kann. Kriegst du das in deiner Birne geregelt? Bist du ein wahrer Freund oder nur ein Freund der großen Worte?"

Für eine Moment war es so still, dass man sogar hören konnte, wie die Blätter fielen.

Sascha hatte sein Handy wieder in die Tasche gesteckt.

„Warum ist die kleine schwarze Katze so aufgeregt?"

„Ja. Und der große Muskelkater und die getigerte Katze ebenfalls."

„Meinst du er hält mich für dick, Mama?"

„Aber nein, er meint, du bist stark gebaut."

„Du kannst mich jetzt für absolut bescheuert halten, Willi, aber das sieht so aus, als ob die Katzen dir was mitteilen wollen."

„Dein Freund Sascha hat eine schnelle Auffassungsgabe, dann klappt das hoffentlich bei dir auch," schnurrte die Namenlose.

„Die kleine Schwarze hat mir dieses rote Fellbüschel zugeschoben. Das hat Richie verloren, als er am Samstag durch die Dornenhecke zu mir kam."

„Und, was schlussfolgern wir daraus, mein Freund?" Zorro stand direkt vor Willi und sah ihm stolz in die Augen.

„Ich werde jeden Tag hier sein. Nach der Arbeit und wenn es klappt in der Mittagspause. Ich werde auf ihn warten."

„Na also! Das wollte ich hören!" Zorro stand würdevoll, wie es sich für einen Chef gehört, vor Willi.

„Du bist einer von uns."

*

Michelle saß an ihrem Computer und versuchte eine Verbindung herzustellen. Aber alle Versuche schlugen fehl. Das Telefon teilte ihr auch schon seit einigen Tagen mit, dass sie es später noch einmal versuchen sollte.

„Ich verstehe das nicht," murmelte sie zu dem Computer.

„Ich könnte mir vorstellen, dass deine Mitarbeiterin mit einem hübschen jungen Mann unterwegs ist. Du hast mal gesagt, sie hätte früher auch nichts anbrennen lassen," meinte Heinrich, der wie immer auf Michelles Schoß saß.

„Sag mal, geht's noch?" schimpfte Mathilde. „Michelle macht sich große Sorgen. Siehst du das nicht?"

„Klar sehe ich das. Ich wollte sie doch nur ein wenig aufmuntern."

„Auf diese Art?"

„Warum nicht? Es wäre Michelle mit Sicherheit lieber, wenn ihre Mitarbeiterin in Sachen Liebe und Sex ordentlich...."

„Keine Details bitte."

„...unterwegs wäre, als diese Ungewissheit."

„So gesehen, könntest du recht haben."

„Sag ich doch."

Michelle gab es auf und begann die Akten zu studieren. Nach mehreren Seiten runzelte sie die Stirn.

„Mir würden die Zahlen auch nicht gefallen. Immer dasselbe. Es gibt Zahlen von eins bis neun, dann kommt eine Null und dann reihen sich die Zahlen nur noch sinnlos aneinander. Und damit vergeudest du viele Stunden. Aber nicht nur das. Ihr Menschen bringt es auch noch fertig, viele Blätter mit sinnlosen Zahlenreihen zu füllen. Und dann überlegt ihr stundenlang was sie bedeuten könnten." Heinrich schaute auf die vielen Seiten und schüttelte den Kopf.

Sie griff zu ihrem Handy und wollte anrufen. Aber irgendjemand war schneller als sie. Obwohl ihr die Zahlen auf dem Display im Moment nichts sagten, kamen sie ihr vertraut vor.

„Hallo?"

„Hast du Zeit?"

Warum machten sich ihre inneren Organe selbstständig? Ihr Herz raste und ihr Magen samt den restlichen Innereien schienen einen Tanz aufzuführen.

„Klar, Willi."

„Wie geht es dir so?"

„Ich komme klar. Wie geht es dir so? Ist Richie bei dir?"

„Er war bei mir, eine lange Geschichte..."

Willi verschwieg zunächst, was ihm auf dem Grundstück passiert ist. Aber die Angelegenheit mit Richie und wie er ihn nach dem Unfall gefunden hatte, erzählte er Michelle. Sekundenlanges Schweigen.

„Bist du noch da, Michelle? Warum ist er bloß zurückgegangen? Kannst du mir das erklären? Ich verstehe das nicht."

„Das weiß ich leider auch nicht. Aber ich könnte mir vorstellen, dass er einen Abschluss machen wollte. Ach, das ist alles Quatsch, Willi. Wir Menschen versuchen immer irgendetwas hineinzuinterpretieren."

„Vielleicht doch auch nicht. Sieh mal. Der Chef dieser Katzenbande, und dieser bunte Kater, haben mir den Weg zu Richie gezeigt. Niemand hätte ihn unter dem Auto gefunden! Aber es geht noch weiter. Die Kater samt ihrem Chef haben auf mein Zelt aufgepasst. Aber das ist noch nicht alles. Eine kleine schwarze Katze, ich glaube sie heißt Laila, saß auf meinem Schlafsack und hat mir ein rotes Fellbüschel von Richie zugeschoben. Was soll ich davon halten?"

„Das ist Lauras Katze. Aber sie ist selten alleine...meistens sind sie zu dritt."

„Ja, genau, das stimmt."

„Die waren doch auf dem Motorradtreffen dabei. Wenn es nicht zu bescheuert klingen würde, würde ich sagen, sie wollte dir eine Nachricht übermitteln."

„Darüber kann ich mit niemandem sprechen. Ich würde sagen, wenn ich es doch tun würde, hätte ich ziemlich viele Adressen von diesen Psychofuzzis."

„Kennen die sich mit Katzen aus, diese Psychodingsbums?" maulte Heinrich dazwischen.

„Das würde ich mir auch gut überlegen, wem ich das anvertraue."

„Ich habe aber noch mehr, über das ich mit niemandem sprechen kann."

„Mit mir auch nicht?"

„Nein."

„Dann lass es doch, Schwamm drüber und wir hören nie wieder was von dir!" bemerkte Heinrich trocken.

„Dann lass uns über die Sachen quatschen, über die du sprechen kannst."

„Du glaubst das mit den Katzen?"

„Selbstverständlich. Auf meinem Schoß sitzt auch so einer, der jedes Wort versteht."

„Soll ich aus dem Zimmer gehen, wenn es zu intim wird?" motzte Heinrich dazwischen.

„Ich habe ihn gehört. Grüß ihn von mir."

„Ich pfeife darauf," nuschelte Heinrich.

„Mach ich."

„Ich hab da noch was, über das ich sprechen möchte."

„...Ja?"

„Ich mag dich."

„Du meine Güte! Ein rolliges Männchen," knurrte Heinrich, „das können wir jetzt überhaupt nicht gebrauchen."

*

„Hier ist es." Stefan parkte das Auto vor der angegebenen Adresse. Er und Jordi stiegen aus. Vor dem Haus standen Motorräder. Von drinnen waren Stimmen zu hören. Es war eine ganz normale Kneipe mit einem Nebensaal. Ein Mann kam heraus und steckte sich eine Zigarette an.

„Entschuldigen sie bitte, ist das der Treffpunkt von den „Kilometerfressern?"

Der Angesprochene nickte kurz.

„Wir treffen uns hier einmal in der Woche. Seid ihr interessiert? Wir sind ein lockerer, gemütlicher Haufen. Geht ruhig hinein, wir fressen keinen."

„Danke." Stefan und Jordi zeigten ihre Ausweise und stellten sich vor.

„Wir hätten ein paar Fragen."

„Alles klar. Ihr kommt wegen Andreas. Das hat ja lange genug gedauert."

„Kannten sie ihn gut?"

„Das kann man so sagen. Wir sind zusammen aufgewachsen. Er wohnte früher zwei Häuser neben mir. Mein Name ist Helmut Leuchter."

„Dann ist das sicher sehr schlimm für sie. Können sie sich vorstellen, wer ihm so etwas antun wollte?"

„Ich kann mir überhaupt nicht vorstellen, dass Andreas mit irgendjemand über Kreuz war."

„Können sie uns erzählen was an jenem Abend vorging?"

„Selbstverständlich. Wir hatten unseren ganz normalen Clubabend und haben die Tour für das Wochenende durchgesprochen und geplant. Danach setzen wir uns normalerweise in den Biergarten und quatschen noch eine Runde. Aber an diesem Abend fühlte Andreas sich nicht wohl und wollte nach Hause..."

„Das heißt, er ist alleine nach Hause gefahren?"

„Ja."

„Wie haben sie von dem Unfall erfahren?"

„Er hatte seine Unterlagen von der Tour liegenlassen."

„Unterlagen?"

„Er war für diese Tour der Roadchief, hatte alles geplant. Welche Ziele wir anfahren, wo wir essen gehen und so weiter."

Vom Nebensaal rief jemand. „Meine Fresse! Wie lange dauert denn bei dir eine Zigarette, Helmut? Kommst du rein oder sollen wir alle raus kommen?" Helmut drehte den Kopf. „Ich bin gleich wieder da, Leute. Aber nicht alleine." Helmut zog an seiner Zigarette. „Wo waren wir stehengeblieben?"

„Die Unterlagen. Andreas hatte die Unterlagen vergessen."

„Das ist richtig. Daraufhin habe ich ihm auf seinem Handy eine Nachricht hinterlassen und gesagt, dass ich ihm die Unterlagen vorbeibringe."

„Konnten sie ihn telefonisch nicht mehr erreichen?"

„Nein. Das kam mir komisch vor. Ich hatte ein ungutes Gefühl und bin daraufhin mit zwei Freunden die Strecke abgefahren."

„Sagte ihnen ihr Gefühl, dass ihm etwas zugestoßen war?"

„Nein. Ich bin kein Hellseher. Er hatte sich den ganzen Abend über nicht wohl gefühlt und hatte auch Fieber. Deshalb dachte ich mir, es könnte ihm auf dem Motorrad ja auch übel geworden sein."

Helmuts Augen schauten an den Kommissaren vorbei, verloren sich in der Ferne und er hörte auf zu sprechen.

„Was passierte dann?" Einige Mitglieder des Clubs waren herausgekommen.

„Was ist denn....?"

Sie verstummten abrupt als sie sahen, dass Helmut die Tränen liefen.

„Wir haben ihn gefunden. Sein Motorrad lag auf der anderen Straßenseite. Er lag mitten auf der Straße und hielt die Hand an seinen stark blutenden Unterleib. Ich dachte er lebt noch, aber er war bereits tot... Wir konnten ihm nicht mehr helfen?"

„Wie ist es zu diesem Unfall gekommen? Was vermuten sie?"

„Wir haben ihm den Helm ausgezogen, wie man das so macht. Da dachten wir immer noch, vielleicht lebt er und ist nur bewusstlos ...und haben versucht, ihn zu reanimieren."

„Wir waren auf dieser Fahrt dabei." Ein Mann und eine Frau traten vor.

„Während der Krankenwagen und die Polizei kamen, habe ich mir das Motorrad angesehen," sagte die Frau und strich nervös eine widerspenstige Haarsträhne hinter die Ohren. „In der Kette hingen Reste eines Seils. Wir haben die Polizei darauf aufmerksam gemacht.

Der Polizeibeamte sagte daraufhin, dass er sich darum kümmert. Aber ich kann nicht verstehen, warum sie so lange gebraucht haben."

„Das ist wahr!"

„Sind wir Motorradfahrer denn Menschen zweiter Klasse?"

„Das ist mal wieder typisch." Der Unmut wuchs und mittlerweile stand der gesamte Club draußen auf der Straße. Jordi hob beschwichtigend seine Hände.

„Jetzt sind wir ja da! Und glauben sie mir, wir werden nicht mehr locker lassen. Denn sie sind nicht die einzigen, denen dieses Unglück passiert ist."

Darauf folgte ein betretenes Schweigen.

„Ich habe das Motorrad fotografiert."

„Wie bitte?" Jordi sah entgeistert die Frau an.

„Ich habe besonders von der Kette mit dem Seil mehrere Bilder gemacht. Wollen sie sie sehen?"

„Sehr gerne."

„Würden sie uns die Bilder auf mein Handy schicken?"

„Kein Thema. Aber die habt ihr doch schon."

„Doppelt genäht hält besser."

„Wenn ihr meint. Bei euch weiß die rechte Hand nicht was die linke tut. Gib mir deine Nummer."

Kopfschüttelnd griff die Frau nach ihrem Handy. Auf Jordis Handy erschienen nacheinander die Fotos.

„Danke. Habt ihr die Bilder ins Internet gesetzt?"

„Ja. Wir hielten es für eine gute Idee, da in der Presse kein Wort davon erwähnt wurde."

„Das wäre es dann für heute."

Stefan wandte sich schon zum gehen, da fiel ihm noch etwas ein.

„Habt ihr irgendetwas mit den Ironhearts` zu tun?"

„Du meinst diese bescheuerten Kuttenträger?"

„Ja."

„Die haben doch alle einen an der Klatsche. Na ja, nicht alle. Ein paar Typen sind ganz brauchbar."

„Ich meine, hattet ihr die letzte Zeit Meinungsverschiedenheiten? Ist es zu Auseinandersetzungen mit diesem Club gekommen?"

„Wie man's nimmt. Im Sommer waren wir auf einem Motorradtreffen. Es waren mehrere Clubs anwesend. Unter anderem auch die
Ìronhearts`. Wir saßen im großen Zelt am Tisch und klönten mit
anderen Clubs, wie das eben so ist. Dann kamen die Ìronhearts`. Es
ist immer dasselbe Prozedere. Bis die mal die Motorräder stehen
hatten...du meine Güte, was für ein Aufstand. Dann spazierten sie mit
großem Pomp ins Zelt. Ihr Präsident, ich glaube Curry heißt die
Pfeife, wandte sich an unser jüngstes Mitglied und brüllte ihn an, er
solle ihm gefälligst ein Bier holen. Daraufhin haben wir gesagt, wenn
er sich sein Bier nicht selbst holt, wird er wohl verdursten. Wie das
so geht, ein Wort gab das andere. Eine saublöde Situation. Der
Veranstalter des Treffens, die Black Tigers, meinte, wenn wir unsere
Streitigkeiten, wer wem Bier holt, nicht bereinigen, fliegen wir beide
raus, die Ìronhearts` und die Kilometerfresser. Daraufhin beruhigte
sich Curry und ließ sich dann von seinen Prospekts mit Bier
zuschütten. Als sie alle richtig besoffen waren, schworen sie uns,
diese Schmach zu rächen...echt, die sind so bescheuert."
„Könnten sie sich vorstellen, dass die Ìronhearts` bei Andreas Unfall
beteiligt waren?"
Alle starten Jordi entgeistert an.
„Darüber haben wir auch schon nachgedacht, keine Ahnung",
meldete sich die Frau wieder, „also ich weiß nicht, ob sie soweit
gehen würden."
„Obwohl," meinte der Mann, der neben ihr stand, „man kann
keinem hinter die Stirn sehen."
„Und schon gar nicht, wenn sie besoffen sind," meldete sich ein
anderer. „Da kannst du machen was du willst, du läufst ihnen immer
ins offene Messer."
„Kam es danach noch zu Reibereien?" wollte Stefan wissen.
„Nein. Wir gehen uns aus dem Weg. Eigentlich haben wir gar keine
gemeinsamen Berührungspunkte, außer unseren Motorrädern und
vielleicht einige Bekannte."
„Einige Bekannte?"
„Ja. Daniela zum Beispiel."
„Sie kennen Daniela? Dann wisst ihr auch sicher, was mit Daniela

und ihrem Freund passiert ist."

„Ja. Wir haben es in der Zeitung gelesen. Aber damit haben wir nichts zu tun."

„Das werden wir feststellen. Denn, wie war das noch? Man kann keinem hinter die Stirn sehen. Wen kannten sie noch?"

„Willi, er hat sich manchmal nicht unter Kontrolle, wenn er zu viel säuft, aber sonst...ein feiner Kerl."

„Woher kennen sie Daniela?"

„Sie war vor ein paar Jahren die Freundin von Andreas."

„Auge um Auge, Zahn um Zahn," flüsterte Helmut leise und sah zu, wie das Auto der Kommissare aus seinem Blickwinkel verschwand.

*

Richie hatte es sich unter dem Fernsehsessel einigermaßen gemütlich gemacht. Das war die einzige Stelle, wo die Frau so schnell keinen Zugriff auf ihn hatte. Er war stolz auf sich. Heute Morgen konnte er zum ersten Mal alleine das Katzenklo aufsuchen. Ansonsten wartete er immer bis sein Versorger von der Arbeit kam und ließ sich von ihm helfen. Von der Frau ließ er sich nicht anfassen. Er fauchte und kratzte wenn sie nur in seine Nähe kam. Er aß auch nur etwas, wenn er zusehen konnte, dass sein Versorger, das Futterschälchen auffüllte. Wenn sein Versorger da war, tat die Frau so, als ob er gar nicht da war. Wenn er mit ihr alleine war, schikanierte sie ihn, wo sie nur konnte. Manchmal touchierte sie ihn sogar absichtlich mit dem Staubsauger.

„Pass doch auf, wo du rumläufst."

Wenn er auf dem Weg zum Katzenklo humpelte, kam es schon mal vor, dass sie ihm einen „unabsichtlichen Fußtritt" verpasste.

„Ich kann meine Augen nicht überall haben. Schon gar nicht für solche kriechenden Kreaturen wie dich."

Aber er wollte gesund werden...so schnell wie möglich. Er wusste, irgendwo da draußen wartete ein Freund auf ihn. Und der brauchte ihn. Dafür lohnte es sich zu kämpfen. Sein Versorger hatte schon bald wieder das Interesse an ihm verloren und begnügt sich damit, ihm jeden Tag das Futter frisch hinzustellen. Immerhin. Wenn er von der Arbeit kam und sah, dass das Katzenklo benutzt war, sagte er lediglich: „Na also. Wer sagt es denn. Bald ist wieder alles wie früher."

Aber er fragte sich nicht, warum Richie sich nur unter dem Fernsehsessel aufhielt. Oder, wenn er am essen war und die Frau betrat das Zimmer, er seinen Futterplatz sofort verließ, um wieder unter den Sessel zu kriechen. Er hatte immer noch sehr starke Schmerzen, denn, wenn er aufstand brannte seine Hüfte und sein Rücken wie Feuer. Aber es wurde mit jedem Tag ein wenig besser. Zumindest redete er sich das ein. Richie konnte den Hass der Frau spüren wie dicke, schwarze Schleier, die ihn zu ersticken drohten. Wenn er nachts für kurze Zeit einschlief, umkreisten ihn ständig die Augen der Frau und sie kamen immer näher...

*

Wir marschierten in Richtung Wald. Mal nachsehen, ob mit Armins Häuschen noch alles in Ordnung war. Vorher wollten wir noch kurz nach Richie sehen. Aber die Balkontür war jetzt immer fest verschlossen. Oscar hatte eine fette Maus gefangen und wollte sie Richie zum Geschenk machen.

„Was können wir nur tun?" überlegte Oscar. „Wenn wir sie hier auf den Balkon legen, kommen andere Katzen und bedienen sich."

„Das ist nicht Sinn und Zweck der Sache. Wir werden uns etwas überlegen."

Die Namenlose sprang auf den Balkon und versuchte Richie zu sehen. Sie sah, dass Richie mit Angst geweiteten Augen unter dem Fernsehsessel kauerte.

„Hey, Richie! Wie geht es dir?"

„Ich kann mittlerweile alleine aufs Katzenklo."

„Das hört sich doch gut an. Wir haben ein Geschenk für dich"

„Passt bloß auf! Diese Frau ist im Haus. Wenn sie euch sieht, ist der Teufel los. Irgendwann geht sie zur Arbeit, aber ich weiß nicht

wann."
Ich lief derweil um das Haus herum. Das Schlafzimmerfenster stand offen. Eine gute Gelegenheit.
„Oscar, gib mir die Maus. Das wäre doch gelacht, wenn wir Richie nicht diese Mahlzeit kredenzen können."
„Du machst mich wahnsinnig, Laila! Weißt du wie gefährlich das ist."
„Gut, Oscar. Dann machen wir es uns ganz einfach. Du gehst an die Tür und klingelst. Dann fragst du höflich, ob du Richie die Maus überreichen darfst. Einen Versuch ist es zumindest wert."
„Wenn was passiert, wer darf dich dann wieder aus dem Schlamassel holen?"
„Was für eine Frage! Du natürlich, Oscar. Wer sonst?"
„Hoffentlich geht das gut," die Namenlose krauste die Stirn.
Ich gab ihm einen kleinen Schmatz auf die Wange, packte mir die Maus und sprang durch das offene Fenster. Die Frau kam aus dem Bad und war auf dem Weg in die Küche. Atemlos saß ich mit der Maus in der Schnauze und wartete, bis sie in der Küche war. Dann rannte ich geduckt und immer an der Wand entlang ins Wohnzimmer zu Richie.
„Also, wenn du nicht einen Sprung in deinem Katzenschädel hast, Laila. Wie kannst du dich so einer Gefahr aussetzen?"
Ich legte die Maus vor ihn hin.
„Ich freue mich auch dich zu sehen, Richie. Diese Maus hat Oscar extra für dich gefangen. Los, hau rein. Sieh dir an wie fett und gut genährt die ist...was glaubst du wie erst ihre Leber schmeckt?"
Er hangelte mit der Pfote nach der Maus und legte sie sich unter den Bauch.
„Ich werde sie später essen, wenn die Frau zur Arbeit ist. Ich habe immer noch große Probleme mit dem Aufstehen. Es reicht gerade so, dass ich das Katzenklo erreichen kann. Aber das mache ich alles erst, wenn sie auf der Arbeit ist. Ich versuche unsichtbar für sie zu sein. Wenn sie mich sieht, führt sie immer was im Schilde. Hier ein Tritt, da zieht sie mir eins mit dem Besen über..und so weiter. Ich bin hier nicht mehr sicher, Laila, ich muss so schnell wie möglich hier raus."

Vor Wut und Traurigkeit hätte ich der Frau gerne das hübsche Gesicht zerkratzt, aber das half Richie auch nicht weiter und hätte seine Situation nur noch verschlimmert.

„Dann genieße die Maus. Umso schneller wirst du gesund. Wie ich sehe, sind die Verbände auch schon ab. Aber mit deinem rasierten Schenkel erinnerst du mich irgendwie an ein rohes Brathähnchen."

„Weißt du eigentlich wie bescheuert du bist?"

„Klar weiß ich das," entgegnete ich und wusch ihm noch schnell die Ohren.

„Wir stehen mit Willi in Verbindung. Er wartet auf dich! Das solltest du wissen. Ach noch etwas....schöne Grüße von der gestreiften Katze soll ich dir ausrichten."

Ein leichtes Lächeln huschte kurz über Richies Gesicht.

„...Das ist wirklich nett...ich lasse sie auch grüßen.." Richie zuckte zusammen weil er ein Geräusch hörte. „Ich glaube du musst jetzt gehen. Sie kommt gleich aus der Küche, dann macht sie im Schlafzimmer das Fenster zu und nimmt im Wohnzimmer ihren Autoschlüssel, um zur Arbeit zu fahren."

„Alles klar. Mach ich, Richie. Aber wie du siehst, draußen tobt das Leben...du musst nur gesund werden. Wir helfen dir weiter. Ich komme morgen wieder vorbei."

Die Frau kam aus der Küche. In der Hand hielt sie ein Handy und quatschte irgendein sinnloses Zeug über Klamotten und betrat das Wohnzimmer.

„Ich denke, sie geht zuerst ins Schlafzimmer," fauchte ich.

„Manchmal ist sie eben unkoordiniert und unberechenbar," maunzte Richie leise.

„Ah, da liegt ja der Autoschlüssel. Aber das ist wunderbar, dass du anrufst. Dann können wir uns heute Nachmittag treffen. Ich hätte auch Lust, das neue Outlet Center zu sehen. Ob die Katze noch da ist? Ja, im Moment noch jedenfalls. Aber das kriege ich auch noch hin. Das ist eine Bestie, sage ich dir. Ich bin von oben bis unten zerkratzt. So ein Vieh gehört weg von der Bildfläche...für immer! Aber mir kommt da so eine Idee...übrigens es soll in diesem Outlet Center ein sensationelles Sushi Restaurant geben. Also Lust hätte ich schon, es auszuprobieren. Ob ich Zeit genug habe? Oh ja! Ach ich muss ja das Schlafzimmerfenster noch schließen. Also dann bis heute Nachmittag."

„Richie, ich habe keine Zeit mehr, bis morgen."

„Alles klar."

Die Frau griff nach dem Autoschlüssel.

Ich rannte los.

Ihr Handy piepte erneut. Ich war noch nie so froh ein Handy zu hören, wie in diesem Augenblick. Dadurch bekam ich die Zeit, die ich brauchte, um sozusagen, in letzter Sekunde aus dem Fenster zu springen. Ich landete auf dem Boden, da hörte ich, wie über mir das Fenster geschlossen wurde.

Richie atmete erleichtert auf, als Laila am Balkonfenster erschien und somit zeigte, dass ihre Flucht gelungen war.

Die Frau zog ihre Jacke an und verließ die Wohnung. Er hörte ganz genau wie die Tür ins Schloss fiel. Dann erst wandte er sich seiner Maus zu.

„Hat sie nicht gerade noch eine Tür geschlossen? Ach Quatsch. Ich glaube, ich höre jetzt schon Flöhe husten, wo keine sind. Richie, du hast genug Probleme. Widme dich endlich deinem Essen," rief er sich selber zur Ordnung. Zufrieden fing Richie an, die Maus zu zerlegen.

„Mmh...die Leber ist wirklich gut."

*

„Herr Schummer wird heute entlassen. Der Anwalt konnte glaubhaft darstellen, dass bei ihm keine Fluchtgefahr besteht. Was hältst du davon, wenn wir den Jungen nach Hause fahren?"

Stefan hielt die Entlassungspapiere in der Hand.

„Das ist klasse. In seinem eigenen Zuhause funktioniert auch sein Gedächtnis bestimmt besser, als in einer Zelle. Ich bin froh, dass er draußen ist. Mir war einfach nicht wohl dabei und richtig weiter gekommen sind wir auch nicht."

„Das ist alles richtig, Jordi. Aber wir wollten Herrn Schummer auch nur vor einem übereifrigen Polizeibeamten schützen."

„War es das wert, Stefan? Ich bin ganz durcheinander."

„Ich weiß. Es ist viel passiert. Wenn man die Motorradclubs mitzählt, haben wir jetzt vierundvierzig Verdächtige."

„Die ersten dürften langsam eintrudeln. Aber wir müssen dafür sorgen, dass sich die zwei Clubs nicht begegnen. Also aufpassen bei der Terminvorgabe."

„Das ist richtig. Hier sollten wir keine Fehler machen. Das sorgt nur für unnötigen Zündstoff."

„Habt ihr einen Moment Zeit?"

Kollege Brandt stand in der Tür und blieb wie angewurzelt stehen.

„Willst du die Tür aushängen, weil du so an ihr klebst? Mach die Tür zu und komm rein."

„Ich wusste nicht ob es euch recht ist, wenn ich einfach so..."

„...mit der Tür ins Haus falle," antwortete Stefan. „So, genug schlechte Kalauer für heute. Was gibt es denn.?"

„Darf ich mich setzen?"

„Sind wir hier in der Schule? Frag nicht so blöd."

Brandt nahm auf dem einzigen freien und ziemlich abgenutzten Stuhl Platz.

„Also...ich habe das komplette Industriegebiet wieder und wieder durchsucht, aber nichts gefunden, was uns weiterhelfen könnte. Außer die Parkbank, auf der Schummer angeblich geschlafen hat. Genau gegenüber der Parkbank, in einer Firma, saß ein Sicherheitsdienst, ich konnte nicht mit dem Mann selbst sprechen, aber es hat auch keiner was gesehen."

„Aber woher weißt du, dass der Sicherheitsdienst nichts bemerkt hat, wenn du mit dem Mann nicht gesprochen hast?"

„Weil alles, was sich in und vor der Firma tut, dokumentiert und gefilmt wird. Aber es wurde nichts aufgeschrieben."

„Also, gab es de facto keine Vorkommnisse."

„So sieht es aus."

„Alles klar. Du hast alles getan, was möglich ist. Mehr kann man nicht tun."

„Kann ich sonst noch was erledigen?"

„Wenn du so fragst, allerdings. Hast du das auch mit deinem Chef abgesprochen? Ich habe keinen Bock auf Stress."

„Klar, Stefan. Ich soll dir helfen, bis der Fall geklärt ist."

Jordi wandte sich ab, damit Brandt seine Grimasse nicht zu sehen bekam.

„Das hört sich gut an. Wir haben sehr viele Leute vorgeladen und müssen ihre Alibis überprüfen. Dabei könntest du uns helfen. Die Tatzeiten, der mittlerweile vier Anschläge, sind dir bekannt und wie man ein Gespräch mit den Personen führt, muss ich dir bestimmt nicht erklären. Mach es einfach besser, als beim letzten Mal, als wir uns auf der Landstraße getroffen hatten. Was wir wirklich brauchen sind Aussagen, wann und wo sich die Leute der Motorradclubs aufgehalten haben, als der tödliche Unfall passiert war. Da kommt es wirklich auf jede Kleinigkeit an!"

Brandt wurde rot im Gesicht wie ein alter Truthahn.

„...Keine Sorge,...das passiert mir nie wieder. Wann soll ich anfangen?"

„In einer Stunde kommen die ersten. Es sind Mitglieder von zwei Motorradclubs. Und ganz wichtig...es ist unbedingt zu vermeiden, dass die Clubs sich begegnen. Du darfst das nicht vergessen. Ist das in deinem Schädel angekommen?"

„Kriege ich hin."

„Super! Das freut mich. Dann holen wir uns jetzt einen Kaffee und begießen unsere Zusammenarbeit."

„Habe ich noch so viel Zeit?"

„Der Kaffee ist grausam, den schüttest du entweder auf ex hinunter, oder schüttest ihn weg. Es geht also schnell."

„Danke."

Am Kaffeeautomat hob Stefan seinen Becher und prostete Brandt zu.

„Vielleicht wird ja doch noch ein guter Kommissar aus dir."

„Ich gebe mir Mühe. Wo müsst ihr denn hin?"

„Wir sollen..."

„Wir sollen in die technische Abteilung kommen..." unterbrach Jordi das Gespräch, „wegen dem Motorrad, an dem herum manipuliert wurde."

„Okay. Also dann...bis später."

Brandt begab sich eine Etage tiefer. Hier waren die Büros, in denen die Vernehmungen stattfinden sollten.

„Warum hast du mich eben unterbrochen, Jordi?"

„Ich weiß auch nicht. Vielleicht will ich einfach nur nicht, dass er ständig weiß, was wir zu tun gedenken."

„Schon mal was von Teamarbeit gehört?"

„Das sagt ja genau der Richtige."

Stefan musste wider Willen grinsen.

„Dann lass uns unsere geheime Mission beginnen. Herr Schummer wartet schon auf uns."

*

Michelle saß wieder über den Unterlagen und versuchte sich zu konzentrieren.

„Ich mag dich," hat Willi gesagt. Es lag soviel Zärtlichkeit in diesen drei Worten. In Gedanken wiederholte sie die Worte immer wieder.

„Ich mag dich."

Dann hatte er aufgelegt.

Heinrich bemerkte natürlich, dass Michelle mit ihren Gedanken woanders war.

„Hey, schau mal auf deinen Schoß. Siehst du was da sitzt? Ein Kater, der schon seit Stunden keine Streicheleinheiten mehr bekommen hat. Wie stellst du dir das vor? Entweder du gibst mir jetzt augenblicklich die Zuneigung, die ich benötige oder ich muss ein Exempel statuieren."

„Aber wie soll sie denn arbeiten, wenn du sie ständig unterbrichst?" Mathilde sprang kopfschüttelnd auf das Sofa.

„Das ist mir doch egal. Ich bin hier der Herr im Haus. Und wenn jetzt nicht gleich geschmust wird, setze ich mich auf diese blöden Papiere und werde sie einpinkeln, aber ordentlich."

Es klingelte an der Tür.

„Ich gehe schon,“ rief Nadeshda und eilte mit Mathilde zur Tür, um nachzusehen wer da war.

Marcel stand da mit zwei großen Taschen.

„Hallo Nadeshda,“ sagte er freundlich, „wie geht es dir? Ich wollte nur...“ weiter kam er nicht. Der Rest des Satzes ging unter in einem fürchterlichen Niesanfall.

„Ach, entschuldige Marcel. Ich habe ganz vergessen, dass du uns nicht verträgst. Ich werde mich dezent zurückziehen.“ Mathilde schüttelte ihren buschigen Schwanz kerzengerade auf, dass die Haare nur so flogen und lief zurück ins Wohnzimmer.

„Das machen diese Mistviecher doch extra.“ Dankbar nahm er das Taschentuch von Nadeshda, rieb sich über die Augen und putzte sich ordentlich die Nase.

„Das glaube ich nicht.“

„Was glaubst du nicht, Nadeshda?“

„Dass die Katzen das extra machen. Also Mathilde will immer nur höflich und freundlich sein. Sie ist eine richtige Katzendame. Bei Heinrich bin ich mir da nicht so sicher. Aber du bist bestimmt nicht wegen den Katzen hier. Kann ich dir was helfen? Ich setzte die beiden Katzen auf den Balkon, dann kannst du dich wenigstens für ein paar Minuten mit Michelle unterhalten.“

Marcel schniefte ins Taschentuch.

„Ja, danke.“

„Ich hoffe, ihr findet wieder einen Weg zueinander.“

„Das glaube ich nicht, Nadeshda. Ich bin hier, um reinen Tisch zu machen.“

„Das tut mir sehr leid.“

„Du bist ein nettes Mädchen. Also gut, setze die Monster auf den Balkon und dann komme ich rein.“

Nadeshda nahm die Wolldecke vom Sofa, legte sie auf dem Balkon auf die Bank. „Kommt ihr Zwei. Ihr geht jetzt bitteschön für kurze Zeit raus. Frische Luft schadet euch nicht. Es dauert nicht lange und dann könnt ihr wieder euer Domizil beziehen.“

„Ich denke ja gar nicht daran.“ Heinrich krallte sich an Michelles Hose fest. „Ich habe den Herrn nicht gerufen. Er kann von mir aus von der Tür aus brüllen, was er will und Michelle kann dann zurück brüllen. Aber ich kann das auch für sie erledigen."

„Komm," maunzte Mathilde sanft, „lass die beiden sich unterhalten, es wird ein sehr trauriges Gespräch."

„Woher weißt du das?"

„Ich habe da was mitbekommen. Jetzt lass dich doch nicht solange bitten."

„Ich habe nur Niesattacken gehört. Ist ja schon gut, ich komme."

Mathilde machte es sich auf der Bank gemütlich. „Ach ist das schön, wenn einem die Sonne auf den Pelz scheint. Komm her, hier ist Platz für uns beide."

„Musste Nadeshda die Türe komplett zu machen? Wie sollen wir da hören, was da drinnen vor sich geht? Einfach unverantwortlich."

„Kommst du auch auf die Bank?"

„Nein, ich komme nicht auf die Bank, verdammt noch mal. Ich bleibe genau hier sitzen und er muss mir in die Fresse schauen. Und wenn er Michelle noch einmal zum weinen bringt, zerreiße ich ihn wie eine nasse Zeitung!"

„Ich habe deine letzten Sachen aus der Wohnung mitgebracht," tönte es von drinnen.

„Aha, das ist die Nieskapsel. Beachtlich, er konnte einen kompletten Satz aussprechen."

„Jetzt sei mal ruhig, Heinrich. Dann kriegen wir auch mit was Michelle antwortet."

„Dankeschön. Ich glaube wir sollten uns unterhalten, Marcel."

„Der Meinung bin ich auch." Marcel wurde unterbrochen, weil er wieder niesen musste.

„Machen wir es kurz. Ich kann mich hier nicht lange aufhalten."

„Von mir aus kannst du wieder gehen. Ich erklär Michelle schon den Rest."

„Jetzt halte doch endlich die Klappe, Heinrich. Es wird schließlich spannend."

„Ich kann mir nicht helfen, aber ich glaube, aus unserer Beziehung ist so ziemlich die Luft raus. Ich habe lange darüber nachgedacht. Aber einer von uns muss es endlich mal aussprechen...wir lieben uns

nicht mehr! Wir haben uns beide verändert."
Heinrich machte einen langen Hals, um zu sehen, wie Michelle reagierte.
„Was sagt Michelle?"
„Nichts, Mathilde. Sie nickt nur...warte mal, doch...jetzt sagt sie etwas."
„Es ist wohl so. Und man kann nichts dagegen tun. Vielleicht sind wir beide einfach nur erwachsen geworden. Ich weiß es auch nicht. Es ist in letzter Zeit so viel passiert."
„Mir passt es so gesehen zeitlich auch nicht in den Kram."
Sie sahen sich beide an und mussten grinsen.
„Wann ist das passiert?"
„Wie meinst du das, Marcel?"
„Wann haben wir aufgehört uns zu lieben? Ich kann es nicht fassen. Gerade jetzt! Ich komme mich so schäbig vor."
„Wie war das mit der Selbsterkenntnis?"
„Halt die Klappe, Heinrich," fauchte Mathilde.
„Du bist alles andere als schäbig, Marcel." Michelle sah Marcel versonnen an. „Ehrlich bist du und das ist gut so."
„Pass gut auf dich auf. Wenn es etwas Neues von der Polizei gibt, kannst du mich ja anrufen."
„Das werde ich machen, auf jeden Fall, Marcel."
„Also dann, mach´s gut. Man sieht sich. Was ist mit Nadeshda?"
„Was soll mit ihr sein? Was ist das für eine Frage? Nadeshda kann hier wohnen solange sie will."
„Ich dachte nur weil..." Marcel musste niesen.
„Weil du sie mitgebracht hast? Sie ist doch kein Möbelstück."
„Dann wäre ja alles gesagt."
„Da bin ich ausnahmsweise mal einer Meinung mit dir. Das war´s, adios Muchacho. Es war so schön, als du nicht da warst. Und ich werde dich nicht vermissen," maunzte Heinrich durch die geschlossene Tür.
„Die Taschen mit deinen Sachen stehen im Flur. Alles klar, ich gehe dann mal. Ich habe Nachtdienst."
„Mach´s gut Marcel."

*

Richie hatte seine Maus fast komplett aufgegessen. Den Rest legte er unter den Heizkörper. Eine kleine Blutspur zeigte ihm den Weg, wo er seine Restmaus deponiert hatte.

„Das sieht blöd aus. Da kann doch jeder sehen wo die Maus versteckt ist und sie klauen. Aber was solls. Ich kann es jetzt auch nicht mehr ändern. Mein Versorger und seine Tussi mögen ganz bestimmt kein Mausfleisch und ansonsten habe ich im Moment wenige Besucher, die auf die Maus scharf wären. Normalerweise esse ich Mäuse auch nicht im Wohnzimmer."

Danach probierte er, soweit sein Zustand es zuließ, ein wenig Fellpflege zu machen.

„Akrobatische Übungen funktionieren noch nicht so gut, aber zur Hälfte bin ich schon wieder sauber. Mit jedem Tag wird es wohl ein kleines bisschen besser werden."

Er wollte es sich gerade unter dem Sessel gemütlich machen, um ein wenig zu schlafen, als er auf dem Balkon eine Bewegung wahrgenommen hatte. Neugierig humpelte er zum Fenster um nachzusehen.

„Hallo? Ist da jemand? Laila, bist du das?"

Die gestreifte Katze saß hinter einem Stuhl und versuchte einen Blick ins Wohnzimmer zu erhaschen. Als sie Richies Gesicht an der Scheibe entdeckte, kam sie aus ihrer Deckung.

„Ich wollte nur wissen wie es dir geht."

„Dafür hast du den sicheren Wald verlassen und so einen weiten Weg gemacht?"

Richies Herz hüpfte ungewollt auf und nieder.

„Der Weg ist gar nicht so weit...also, ich meine, wenn man Katze ist und vier Pfoten hat. Dann geht es relativ schnell."

„...Ja...es hat was, wenn man vier Pfoten hat. Es soll doch tatsächlich Figuren geben, die nur zwei Pfoten...oder besser gesagt zwei Füße haben, die schneiden nicht so gut ab."

„Das ist wahr. Besonders wenn diese Zweifüßler mitten im Wald stehen und ohne ihr komisches Handy nicht mehr aus dem Wald herausfinden...wie geht es dir?"

„Wie sagt man so schön, den Umständen entsprechend gut. Vom Sessel zum Katzenklo ist immer noch ein Abenteuer und mein Bewegungsapparat will noch nicht so, wie ich es will. Aber das kommt noch."

„Willst du hierbleiben?"

„Nein! Auf gar keinen Fall. Sobald es mir besser geht, werde ich dieses Domizil verlassen.."

„Das wäre schön...dann könnten wir ja mal zusammen was unternehmen...oder hast du schon was anderes vor? Also...was ich eigentlich sagen will... ich meine...wenn du keine Zeit hast dann..."

„Ich werde Zeit haben und es wäre mir sehr recht, wenn wir zwei was unternehmen...Was hältst du davon? Ich sehe uns irgendwo auf einem Hügel, zwischen uns frisch erbeutete Mäuse, deren Blutduft uns verführerisch in die Nasen steigt...und wir genießen gemeinsam den Sonnenuntergang."

„Das hat was, an so was könnte ich mich gewöhnen. Mal so ganz ohne Familie..."

„Das ist richtig...auf dem Hügel, den ich meine, ist auch nur Platz für zwei...für uns zwei."

Richie und die Katze sahen sich durch die Glasscheibe an.

„Weißt du, dass du wunderschöne Augen hast?"

„Nein, Richie. Das weiß ich nicht. Ich kann sie leider selbst nicht sehen. Aber man hat es schon gesagt...so hin und wieder."

„Deine Augen haben die Farbe der Sonne."

Sie sahen sich weiter durch die Glasscheibe an.

„Ich muss dann mal wieder..."

„Geht klar."

„Ich freue mich schon auf unseren Ausflug, Richie."

„Ich kann es nicht erwarten gesund zu werden...und noch etwas, komm nicht wieder her. Es ist zu gefährlich für dich. Du bist keine Menschen gewöhnt und die, die hier wohnen schon gar nicht. Die Frau ist mehr als bösartig...ich traue ihr alles zu!"

„Sehe ich aus als ob ich mir was verbieten lassen würde?"

„Leider nein. Ich kenne noch so jemanden. Ich habe doch nur Angst, dass dir etwas passiert."

„Du hast Angst um mich? In deiner Situation? Dann werde ich doppelt so gut auf mich aufpassen. Also dann, ich mache mich wieder auf den Weg."

Sie schaute Richie noch einmal tief in die Augen und sprang herunter vom Balkon.

„Du hast wirklich schöne Augen," rief er ihr noch nach. „Davon werde ich heute Nacht träumen."

Er dachte gerade amüsiert daran wie es wäre, wenn seine Freunde dieses Gespräch mitbekommen hätten. Er schaute ihr nach, wie sie in großen eleganten Sätzen durch die Vorgärten sprang, bis sie aus seinem Blickfeld verschwand.

„Meine Freunde werden auch so ihre kleinen Geheimnisse haben," grinste er in sich hinein.

Er humpelte zurück zum Sessel, um dort weiterzumachen, wo er eben auf so wundervolle Weise unterbrochen wurde. Er nahm sich fest vor sofort einzuschlafen, um von wunderschönen goldenen Augen zu träumen. Als er endlich eine einigermaßen bequeme Stellung gefunden hatte, meldete sich bei ihm ein anderes Problem.

„Das darf doch nicht wahr sein. Ich kriege aber auch keine Ruhe. Das war bestimmt die Maus. Ich hätte doch nur die Hälfte essen sollen."

Er versuchte das Problem zu ignorieren und schloss die Augen, weil er endlich träumen wollte. Aber das Rumoren in seinem Darm wurde stärker.

„Nein, es nützt alles nichts. Da hilft auch keine Konzentration mehr...ich muss jetzt aufs Klo."

Er zog sich mühsam unter dem Sessel hervor und wollte humpelnd ins Bad gehen, wo sich sein Katzenklo befand.

Da traf ihn der Schlag! Die Tür zum Badezimmer war fest verschlossen!

„Das hast du geschickt eingefädelt, du Miststück. Ich habe mich also heute Morgen nicht geirrt. Du hast die Tür ganz bewusst geschlossen."

Er versuchte hochzuspringen um den Türgriff herunterzuziehen. In der Küche hatte das schon öfter funktioniert, wenn sein Versorger die Tür geschlossen hatte, damit er nicht an die Fleischpakete kam, die zum Grillen auf dem Balkon gedacht waren. Aber schon beim ersten Versuch, schrie er vor Schmerzen auf. Er hatte für einen Moment völlig vergessen, dass er ein Handicap hatte. Die Tür war und blieb verschlossen, und sein Problem pochte weiter an die Darmwand.

Er humpelte zurück ins Wohnzimmer. Neben dem großen Wohnzimmerfenster, hinter der großen Stehlampe, stand ein großer Gummibaum.

„Tut mir wahnsinnig leid, alter Freund. Aber kannst du mir ein wenig Platz machen? Ich muss jetzt Ballast abwerfen, ob ich will oder nicht."

Er brauchte einige Zeit bis wenigstens die Hälfte von ihm auf dem Blumentopf saß. Die andere Hälfte stand immer noch auf dem Boden. Aber er machte sich im Moment keine Gedanken darüber ob die Performance stimmte. Endlich konnte er sein Geschäft machen.

Mit Bestürzung stellte er fest, dass nicht alles in dem Blumentopf gelandet war. Er kratzte soviel Blumenerde heraus, wie nötig war, um seine Hinterlassenschaft zu verbergen.

„Tut mir leid, alter Freund, dass ich ein wenig von deinem Zuhause stehlen musste. Aber was soll ich machen?"

Doch letztendlich merkte er eine unglaubliche Erleichterung. Schläfrig humpelte er zurück zum Sessel, kroch darunter und schlief sofort ein. Und natürlich träumte er von goldenen Augen...

Aber die goldenen Augen entfernten sich immer weiter, weil die bösen Augen der Frau ihn wieder fixierten und ihm die Luft zum Atmen nahmen. Richie wurde von einem Schrei geweckt...er stellte irritiert fest, dass es sein eigener Schrei war, der ihn geweckt hatte, weil er im Traum keine Luft mehr bekam.

Stunden später wurde die Haustür geöffnet. Die Frau nahm den Schlüssel vom Türrahmen und sperrte das Bad wieder auf. Dann betrat sie das Wohnzimmer. Die Erde vom Gummibaum lag quer durch das ganze Wohnzimmer und ein eigentümlicher Geruch ließ keine Zweifel zu, was sich da abgespielt hatte.

„Wo bist du, du dreckiges, elendes Katzenvieh? Heute hast du mir wunderbar in die Hände gespielt. Ich muss überhaupt nichts mehr tun."

Suchend schaute sie sich im Wohnzimmer um und gewahrte die Blutspur vom Sessel bis zum Heizkörper. Angeekelt sah sie die letzten Reste der Maus, die von der Wärme des Heizkörpers ebenfalls eine strenge Duftnote abgaben.

„Das war dein letztes Bravourstück, du elendes Stinktier. Das hätte ich nicht besser machen können."

Die Haustür ging auf und der Mann betrat das Wohnzimmer.

„Was ist denn hier los? Was ist das wieder für eine Schreierei hier? Und warum riecht es hier wie auf einem Friedhof?"

„Dieser Kater hat seit dem Unfall einen Dachschaden. Sieh dir mal diese Schweinerei an. Muss das sein?" zeterte die Frau laut und hysterisch und zeigte mit spitzem Finger auf die schwarze Erde, die sich auf dem Laminat besonders gut hervorhob. „Aber das ist noch nicht alles. Schau mal neben den Sessel. Dieses Drecksvieh bringt uns Ungeziefer ins Haus. Wahrscheinlich ist schon alles verseucht. Also ich kann und will so nicht mehr leben. Du musst dich entscheiden. Diese bescheuerte, nicht mehr stubenreine Katze oder ich."

„Weißt du," wagte der Mann einen Einwurf, „Richie hat wenig Erfahrung im Umgang mit Katzentoiletten. Vielleicht lag es daran."

Richie lag vor Angst erstarrt unter dem Sessel. Er wagte es nicht einmal Luft zu holen, aus Angst man könnte es hören.

„Ich sage dir, er hat durch diesen Unfall einen Schaden erlitten. Ich sage dir, dass er nicht mehr stubenrein wird. Was weiß denn ich? Wahrscheinlich ist was mit seinen Nieren passiert. Heute war es der Blumentopf, morgen ist es das Sofa und übermorgen der Kochtopf oder das Bett. Irgendwann kann er nichts mehr halten und pinkelt den lieben langen Tag in die Wohnung. Kannst du dir diesen Gestank vorstellen? Wie soll das funktionieren? Wir sind beide berufstätig. Und ab und zu würde ich gerne einmal Freunde einladen."

Der Mann ließ erschöpft den Kopf sinken.

„Ich glaube du hast recht. Es geht wirklich nicht mehr. Ich werde ihn morgen im Tierheim abgeben."

„Ich bin der Meinung, dass es besser wäre, wenn du ihn abspritzen lassen würdest. Wer soll sich denn in seinem Zustand um ihn kümmern?

„Jetzt übertreibst du aber," meinte der Mann noch schwach. „Sei doch zufrieden, wenn ich ihn wegbringe."

„Dieses Vieh gehört weg."

So stritten die beiden weiter.

Richie beobachtete atemlos unter seinem Sessel, was um ihn herum geschah. Fassungslos hörte er der Frau zu, die immer noch dafür plädierte ihn umgehend zum „abspritzen" zu fahren.

Kopfschüttelnd wandte sich der Mann um und ging neben der Küche in die kleine Vorratskammer. Als er zurückkam, hatte er die Transportbox unter dem Arm, mit der er Richie immer zum Tierarzt gefahren hatte.

„Langsam wirst du vernünftig," säuselte die Frau. „Glaube mir, du tust der Katze nur einen Gefallen und ersparst ihr einen langen Leidensweg. Er kriegt eine kleine Spritze und schläft ein."

Die Angst saß Richie wie Feuer in den Gedärmen. Ihm wurde übel und Schwindel erfasste ihn.

*

Es war tiefe Nacht. Armin lief durch den Wald. Er war auf der Suche. Fieberhaft!

„Es muss doch hier irgendwo sein. Ich muss es finden." Die Wege wurden immer dunkler und enger. Die Sterne verschwanden und Nebel zog auf. Es wurde empfindlich kalt. Ein riesiger Uhu saß auf einem Ast und sah ihn ernst an.

„Wenn du doch nur sprechen könntest. Du könntest mir sagen wo es ist."

Der Uhu saß weiter auf seinem Ast, aber er schaute Armin nicht mehr an. Stattdessen schien er sich auf eine Stelle am Boden zu konzentrieren. Armin folgte dem Blick des Uhus und sah etwas

Rotes. Er konnte nicht erkennen was es war und als er aufblickte war der Uhu verschwunden.

Aus dem Nebel formierte sich eine Gestalt, die langsam auf ihn zukam. Es war sein Freund, aber er war nicht alleine. Armins Hund trabte zufrieden neben ihm her, und als er Armin erkannte, kam er auf ihn zu und leckte ihm die Hand.

Der Hund blieb plötzlich stehen, hob seine Pfote hoch und bellte. Sein Freund ging zu dem Hund und setzte sich neben ihn.

„Das hast du gut gemacht," lobte er ihn. Als er aufstand hielt er etwas in der Hand.

„Kannst du sie jetzt erkennen?", fragte er und hielt ihm eine Blume hin.

„Wieso steht sie mitten im Wald?" fragte Armin irritiert.

„Du bist nicht im Wald."

„Aber wo sollen wir denn sonst sein?"

„Wir sind in deiner Vergangenheit und in deinen Erinnerungen. Kannst du sehen was ich hier in der Hand halte?"

„Eine rote Blume, aber mehr kann ich nicht erkennen."

„Das ist doch schon mal was. Wir müssen jetzt gehen."

Sein Freund und sein Hund verschwanden langsam wieder in den Tiefen des Nebels.

„Und denk daran, die gestreiften Katzen brauchen immer noch deine Hilfe," hörte er seinen Freund noch rufen. „Der Winter steht vor der Tür. Wie lange willst du noch warten?"

„Herr Schummer? Hallo! Wach werden! Heute Morgen werden sie entlassen," rief der Justizvollzugsbeamte ihn an.

„Ihre Papiere sind schon fertig."

Armin hatte wie üblich, die ganze Nacht kein Auge zugemacht. Erst in den frühen Morgenstunden war er ein wenig eingeschlafen und hatte wieder so einen seltsamen Traum. Aber irgendwie tröstete es ihn, auch wenn es nur in seinem Traum war, dass sein Hund bei seinem Freund war.

„Jetzt seid ihr beide nicht mehr alleine," murmelte er schlaftrunken.

„...Was? Entlassen? Wieso?"

„Die genauen Gründe kenne ich nicht. Ich nehme an, ihr Rechtsanwalt hat gute Arbeit geleistet."

„Das wird es wohl sein."

„Ihr Empfangskomitee steht auch schon bereit, Herr Schummer."

„Empfangskomitee?"

„Ja, die beiden Kommissare, die sie auch hergebracht haben. So, haben sie alles? Der Rest, ihre Schlüssel und Börse, wird ihnen am Ausgang wieder ausgehändigt."

Mit zittrigen Knien stand Armin schließlich vor den beiden Kommissaren.

„Was machen wir jetzt?"

„Jetzt fahren wir sie erst einmal nach Hause, Herr Schummer. Haben sie schon gefrühstückt?"

Armin schüttelte nur mit dem Kopf.

„Dann werden wir das mal zuerst erledigen. Hat man sie gut behandelt?" wollte Jordi wissen.

„Sie haben mich in Ruhe gelassen. Mehr wollte ich nicht."

Sie fuhren aus dem Gefängniskomplex und schlugen die Richtung zur Innenstadt ein. Nach zehn Minuten Fahrt parkten sie vor einem Kiosk.

„Kommen sie, Herr Schummer. Hier gibt es die besten Croissants, die sie je in ihrem Leben gegessen haben und der Kaffee ist auch nicht zu verachten."

„Eigentlich wollte ich lieber nach Hause."

„Ihr Zuhause läuft ihnen nicht weg. Frühstücken sie mit uns, währenddessen können wir uns noch einmal mit ihnen unterhalten."

Armin nickte und dann stiegen sie alle aus.

„Ah..guten Morgen, meine Herren Kommissare. Croissants und Kaffee wie immer?"

„Guten Morgen, Frau Remberg. Genau das. Dreimal bitteschön."

Der Duft von frischem Kaffee stieg allen in die Nase und sogar Armin ließ es sich schmecken.

„Ich hatte einen seltsamen Traum," sagte er auf einmal.

„Ich träume seit ein paar Nächten immer dasselbe. Aber heute Nacht war es ein wenig anders."

Dann erzählte er ausführlich von seinem Freund und der roten Blume. Die Kommissare hörten ihm sehr aufmerksam zu.

„Das hört sich an, als würden sie in ihrer Erinnerung kramen. Die Blume. Ein Hinweis? Auf einen Ort? Oder eine Begebenheit?"

„Könnte es auch sein, dass ihr Freund mit dieser Erinnerung zu tun hat?" schloss sich Stefan Jordis Meinung an.

„Ich weiß es nicht."

„Kann es ein versteckter Hinweis sein auf die Nacht, in der ihnen das Alibi fehlt?"

„Das sind viele Fragen auf einmal. Verdammt nochmal! Ich kann überlegen wie ich will. Da fehlt jede Spur."

Er schlug sich mehrmals mit der Hand auf die Stirn.

„Da ist nichts, ich werde noch verrückt. Macht eure Arbeit! Wenn ich es war, müsst ihr mich überführen"

„Das da nichts ist, würde ich so nicht sagen. Ihr Unterbewusstsein ist bereits am arbeiten. Gemeinsam werden wir die Wahrheit ans Licht bringen."

Danach stiegen sie ins Auto und fuhren los. Sie ließen das Auto am Feldweg stehen und liefen den Rest zu Fuß.

Armin drehte eine Runde um das Haus, um nachzusehen ob alles in Ordnung war. Seine Kartoffelkiste war unberührt. Ein kleines Kaninchen hoppelte vor ihm her, um ihn zu begrüßen.

„Das ist der kleine Kerl, der vom Auto angefahren wurde."

Jordi und Stefan beobachteten Armin, wie er sein kleines Haus begutachtete.

„Hier scheint alles in Ordnung zu sein."

Armin betrat das Haus.

„Fehlt nichts?"

„Nein, es ist alles so wie ich es verlassen habe."

„Alles klar. Dann fahren wir jetzt wieder. Unsere Telefonnummer haben sie? Und denken sie daran, wenn sie sich erinnern, die kleinste Kleinigkeit kann uns weiterhelfen."

„Das werde ich nicht vergessen!"

Stefan und Jordi machten sich auf den Weg.

„Hast du gesehen wie das Kaninchen ihn begrüßt hat?"

„Klar, Jordi."

„Traust du so jemandem einen Mord zu?"

„Ich war noch nie so ratlos. Mein Instinkt will ihn in Schutz nehmen, aber..."

„Aber der Traum mit der Blume, Stefan. Das macht mich auch platt. Hat ihm irgendjemand von der Blume erzählt, die auf das weibliche Unfallopfer gelegt worden war?"

„Nein, das haben wir strengstens untersagt. Davon sollte nichts an die Öffentlichkeit gelangen ."

„Aber woher weiß Armin von der Blume?"

„Ich weiß was du meinst. Es könnte auch Täterwissen sein."

„Scheiße!"

*

Es freute mich, dass die Maus bei Richie so gut ankam. Aber die Angst in seinen Augen ließ mich nicht los. Wir rannten im Eiltempo zu Armins Haus und sahen gerade noch, wie unsere beiden Kommissare ins Auto stiegen. Oscar setzte zu einem gewaltigen Sprung an und landete ziemlich geräuschvoll auf der Motorhaube.

„Wenn das mal keine Delle gibt," grinste Jordi.

„Habt ihr Armin zurückgebracht?" maunzte ich. „Heißt das, er ist unschuldig?"

„Bei dem Unfall in der Nacht haben doch bestimmt irgendwo in der Nähe Katzen gesessen, die alles beobachtet haben."

Stefan war wieder ausgestiegen, um uns zu knuddeln.

„Sicher doch. Richie und die gestreiften Katzen haben den Unfall beobachtet. Aber die kannst du vergessen. Die mögen keine Menschen und würden nie eine Aussage machen. Außer Richie natürlich...aber der hat im Moment andere Probleme, das kann ich dir sagen," maunzte ich und lief immer wieder unter seiner Hand durch.

Oscar sprang von der Motorhaube des Autos herunter. Stefan fuhr leicht mit der Hand über die Haube um zu prüfen, ob sie eine Delle hatte.

„Komm schon, das ist ein gutes Auto und es war schließlich nicht das erste Mal.“

Da hatte Oscar recht. Vor einiger Zeit musste er mit Gewalt Stefans Auto abbremsen. Dieser mutige Sprung half damals unseren Kommissaren einen Fall zu lösen.

„Du solltest wirklich über eine Diät nachdenken, Oscar,“ murmelte Stefan. Die Haube zeigte eine leichte Einbuchtung nach unten.

„Ab morgen...vielleicht. Aber schau doch mal in deiner Tasche oder im Handschuhfach nach ob da eventuell ein oder zwei Kaustängchen herumliegen.“

„Oscar, du bist unmöglich,“ schimpfte die Namenlose. „Aber wenn schon, dann hätte ich gerne die mit dem Geschmack nach Lachs.“

Armin kam die Straße herunter gelaufen und hatte ein Tüte mit Trockenfutter bei sich.

„Wo wollen sie denn hin? Sie sind doch gerade erst nach Hause gekommen?“ fragte Stefan neugierig. „Entschuldigung. Das geht mich gar nichts an.“

Armin hielt das Futter hoch.

„In der Nähe wo das Motorradtreffen war, lungerten ein paar herrenlose Katzen herum. Ich wollte nachsehen, ob sie noch da sind. Der Kleinste von ihnen war verletzt. Ich muss unbedingt wissen, ob es ihm besser geht.“

Ich ging maunzend auf Armin zu.

„Es geht ihm besser. Meine Laura hat heilende Hände, so ähnlich wie du. Sie war jeden Tag bei ihm und hat ihn gepflegt.“

„Soweit ich weiß, hat das Frauchen von diesen drei Monstern die Pflege übernommen. Ich kenne sie gut. Man kann sich auf sie verlassen.“

„Habe ich etwas anderes gesagt, Stefan?“ maulte ich beleidigt zurück.

„Das ist gut. Sie hat auch bei mir einen denkbar guten Eindruck hinterlassen. Das hat es mir die letzten Tage ein wenig leichter gemacht.“ Armin verabschiedete sich und machte sich auf den Weg.

Jordi kramte im Handschuhfach und holte ein paar Stängchen heraus.

„Hier, für euch..drei verschieden Geschmacksrichtungen.“

„Mama, die hier ist mit Lachs.“

Ich hatte an den Stängchen dieses Mal keinen Gefallen. Irgendetwas rumorte in meinem Kopf und ich wusste verdammt noch mal nicht, was mich beunruhigte.

*

„Wo ist das Mistvieh?" kreischte die Frau durch das Wohnzimmer. „Verschwinde in die Küche. Ich mache das schon," fuhr der Mann sie laut an. „Ich habe seine Lieblingsleckerchen hier, denen konnte er noch nie widerstehen. Damit kriegen wir ihn!"

Richie saß unter dem Sessel und die Angst lähmte ihn zusehends. „Hey, wo bist du mein Freund? Schau mal was ich hier habe? Deine Lieblingsleckerchen. Du weißt doch, Richie, die gibt es nur bei besonderen Anlässen. Komm schon, wie in alten Zeiten."

Der Mann griff in seine Hosentasche, holte die Köstlichkeiten heraus und hielt sie in der offenen Hand. Er setzte ein Lächeln auf und sagte: „An deiner Stelle würde ich zuschlagen. Wer weiß wann es wieder so was leckeres gibt."
Irgendetwas an dem Tonfall ließ Richie aufhorchen. Ein frischer Luftzug wehte von der immer noch offenen Tür herein.
„Du weißt doch wie Weiber sind, alter Kumpel. Irgendwann wird sie sich schon wieder abregen. Komm genieße die Leckerchen und wir vergessen diesen ganzen Schlamassel."
Richie schöpfte ganz zart Hoffnung und kroch unter dem Sessel hervor. Er maunzte ganz leise.
„Ach, da bist du. Ganz schön clever, mein Freund. Eine blöde Situation für uns beide," sprach sein Versorger beruhigend auf ihn ein. „Komm zu mir, mein Junge..."
Langsam und mit unsicheren Schritten wankte Richie auf seinen Versorger zu.
„Es tut mir so unendlich leid."
Er blieb auf der Stelle stehen. Irgendetwas hatte sich an dem Tonfall geändert. Richie schaute seinem Versorger bewusst in die Augen.

„Ich werde dafür sorgen, dass du nicht lange leiden musst!"
Richie konnte plötzlich in den Augen seines Versorgers lesen, wie
Menschen in einer Zeitung.
„Du bist ein absoluter totaler Versager!" maunzte er leise.

*

„Könntet ihr euch bitte beeilen. Ihr geht mir auf die Nerven mit den
dämlichen Stängchen."
„Was hast du denn, Laila?"
„Was ich habe, Oscar? Wenn ich das wüsste. Ich muss viel an Richie
denken und habe ein komisches Gefühl im Bauch."
„So ein ziehendes, als ob die letzte Maus quer sitzt und sich einfach
nicht verdauen lassen will?"
„Genau, Oscar."
„Mir geht es auch nicht besser."
„Soll ich euch was sagen?" die Namenlose stand entschlossen auf
und ließ einen Rest von dem Stängchen achtlos fallen. „Es ist nicht
normal, dass wir alle drei das gleiche Gefühl haben. Ich denke, es ist
besser wenn wir nach Richie sehen."

*

Die Frau hielt die Transportbox griffbereit mit beiden Händen.
Vorher hatte sie die Tür geöffnet, damit es keine Schwierigkeiten
gab, den Kater hineinzuhieven. Richie knurrte mittlerweile
unverhohlen. Er hatte für seinen Versorger nur noch Verachtung
übrig. Er wollte nach ihm greifen, aber Richie kratzte mit beiden
Pfoten nach ihm und wollte zur Tür hinaus in die Freiheit. Die Frau
stellte sich breitbeinig davor und hielt die Box auf. Sie hatte seine
Lieblingsleckerchen in die Box gelegt.
„Als ob ich jetzt ans Essen denken könnte. Wie eine
Henkersmahlzeit! Du hast doch einen Sprung in der Schüssel."
Aber anscheinend hatten beide nicht mitbekommen, dass die
Wohnung noch offen stand. Richie versuchte an der Frau

vorbeizukommen und die rettende Tür zu erreichen.

„Das könnte dir so passen."

Das hübsche Gesicht der Frau war vor Wut verzerrt.

„Hier kommst du nur noch mit der Box heraus und dann...dann fährst du endlich in die ewigen Jagdgründe ein."

Der Mann und die Frau bückten sich gleichzeitig, um Richie gemeinsam zu greifen und in die Box zu hieven. Die Frau packte ihn im Genick und hob ihn hoch.

Richie brüllte vor Schmerz laut auf...er kratzte und schlug um sich trotz der rasenden Schmerzen.

„Ich habe nichts mehr zu verlieren," brüllte er. „Nichts mehr, nur noch mein Leben! Und das werde ich verteidigen! Und wenn es das letzte ist was ich tue."

Zur Hälfte saß er schon in der Box und vor Schmerz sah er nur noch feurige Kreise, dann wurde ihm wieder furchtbar übel. Der Mann half ordentlich mit und packte ihn grob an, um den Rest von Richie auch noch in die Box zu packen.

Halb wahnsinnig vor Schmerzen versuchte er, sich mit den Vorderpfoten entgegenzustemmen.

Er glaubte, seine Sinne spielten ihm einen fatalen Streich und er sah überall Katzen herumlaufen, die dem Mann und der Frau ordentlich zusetzten.

„Ich glaube, das ist das Ende," wimmerte er leise. „Ich kann auch nicht mehr. Die Schmerzen sind unerträglich, ich halte das nicht mehr aus. Ich wünschte, es wäre endlich vorbei."

Die Katzen waren immer noch da.

„Vielleicht seid ihr die Geister, die die Katzen ins Totenreich holen?" Die Frau schrie plötzlich auf. Die Transportbox fiel polternd auf den Boden. Dabei wurde Richie herausgeschleudert und lag vor Schmerzen zusammengekrümmt in der Ecke neben dem Eingang.

Ich kratzte die Frau blitzschnell am Bein und brüllte: „Richie, komm schnell. Wir haben nicht viel Zeit."

„Ihr wisst meinen Namen? Seltsame Geister seid ihr."

„Du meine Güte, das ist ja schlimmer als ich angenommen habe.

Wenn du leben willst, Richie, musst du jetzt laufen. Und wenn es noch so weh tut! Angeblich haben wir doch neun Leben...und du dokterst immer noch an deinem ersten herum...hast du das verstanden?"

In seinem, vom Schmerz vernebelten Verstand, dauerte es ein paar Sekunden länger bis er es begriffen hatte.

Wir hatten ziemlich Mühe die beiden Menschen auf Abstand zu Richie zu halten. Die Hose der Frau war zerrissen. Oscar stand knurrend vor dem Mann und bei der geringsten Bewegung setzte es was mit seiner riesigen Pfote. Die Namenlose stand fauchend vor der Frau und hielt sie in Schach.

„Lange werden wir die so nicht mehr festhalten können. Es wäre jetzt an der Zeit, dass Richie seinen Lebenswillen wieder findet."

Oscar rief auf einmal: „Hier hast du nichts mehr zu verlieren, Richie! Willi wartet auf dich! Soll das alles umsonst gewesen sein?"

„Neeeiiin..." gab Richie ganz leise zu Protokoll.

„Jemand muss doch auf Willi aufpassen..."

„Das wollte ich hören."

Oscar, die Namenlose und ich standen wie eine Festung vor Richie und verteilten Hiebe nach den Menschen. Der Mann hatte irgendwo einen Schirm erbeutet und kam uns jetzt bedrohlich nahe. Richie stand auf und schwankte. Seine Augen gaben die Welt verzerrt wieder. Alles war schief. Der Boden, die Wände...alles war seltsam schief.

„Es wird Zeit. Der Typ hat eine Waffe! Los, Richie, komm! Siehst du die Tür?"

„Warum ist sie so weit oben? Fast an der Decke?"

„An der Decke?" brüllte ich, „egal wo auch immer, raus jetzt!"

Der Mann holte aus und setzte zu einem Schlag mit seinem Schirm an...

Richie sammelte seine ganze Kraft und rannte durch die Tür.

„Renn in den Nachbargarten unter die Hecke. Da finden sie dich vorläufig nicht. Dann sehen wir weiter!"

Der Schlag mit dem Schirm verfehlte mich nur knapp. Aber bevor wir Reißaus nehmen konnten nahm Oscar sich die Zeit, die Transportbox zu markieren. Aber ordentlich. Und im Wohnzimmer befand sich nun ein kleiner See. Der Mann holte zum zweiten Schlag aus und machte einen Schritt nach vorne. Daraufhin rutschte er auf dem kleinen See aus und fiel der Länge nach hinein und verteilte ihn in der Wohnung.

„Das hätte ich nicht besser machen können," meinte Oscar, dann stürmten wir hinaus und direkt in den Garten des Nachbarn unter die Hecke. Wir mussten uns nur ruhig verhalten. Keine Bewegung und keinen Laut von uns geben. Von der Wohnung aus waren wir unter der dicht gewachsenen Hecke unmöglich zu erkennen, obwohl wir nur zwei Katzensprünge voneinander getrennt waren. Richie lag zusammengekrümmt zwischen uns und weinte ganz leise. Meine Wut und Hass auf diese Menschen wurde so groß, dass ich losstürmen wollte, um mit ihnen abzurechnen. Aber die Namenlose legte mir ihre Pfote auf den Rücken und schickte mir eine Botschaft.

„Jetzt nicht, Laila! Wenn ich mit meinen Vermutungen richtig liege, nehmen sie an, dass wir weggelaufen sind. Nach kurzer Zeit werden sie die Tür verschließen und wir können uns um Richie kümmern."

Die Namenlose hatte recht, wie immer. Die beiden liefen im Garten umher, schauten auch auf der Straße unter jedes Auto und gaben schließlich nach einer Weile die Suche auf. Kopfschüttelnd sah der Mann noch einmal in den Garten und betrat seine Wohnung.

„Weißt du jetzt, was ich meine?" hörten wir die Frau laut kreischen, „genau das wollte ich dir ersparen. Beim Tierarzt hätte er es einfacher haben können." Und etwas leiser, mehr zu sich selbst hörten wir sie sagen, „Jetzt kannst du von mir aus da draußen verrecken. Ich bin dich los. So oder so."

*

„Du hast viel Arbeit in deiner Firma."

„Das kannst du laut sagen!"

„Was stimmt denn in deinem Betrieb nicht?"

Michelle brütete über den Akten. Sie überprüfte die Zahlen der letzten Quartale.

„Meine Güte, wann sind denn die Umsätze so eingebrochen? Ich verstehe das nicht. Es gab soviel Arbeit und unsere Mitarbeiter mussten sogar Überstunden machen."

„Was meinst du?" rief Nadeshda aus der Küche.

„Ach, ich bin mit den Akten beschäftigt. Unsere Zahlen müssten viel besser sein. Aber ich weiß auch, dass die Teile, die wir für unser Programm benötigen, teurer geworden sind. Da scheinen sich alle Anlieferer einig zu sein."

„Du meinst, es steht nicht gut um eure Firma?"

„Das kann ich so noch nicht beurteilen. Ich muss mich erst durch den ganzen Schlamassel komplett durcharbeiten."

„Das hört sich nicht sehr spannend...aber nach viel Arbeit an."

„Du sagst es."

„Ich mache uns einen Kaffee. Kann ich mal mit dir sprechen...aber nur wenn du Zeit hast."

„Das ist voll langweilig," maulte Heinrich. „Was passiert eigentlich, wenn ich diese Akten vom Tisch fege? Hat sie dann wieder mehr Zeit für mich?" Heinrich richtete sich auf und wollte mit seinen Pfoten die Akten herunterwerfen. Aber sein Erfolg war mäßig. Es gelang ihm lediglich, mehrere Seiten zurückzublättern. „Ganz toll. Ich glaube ich muss mehr an meiner Kondition arbeiten."

Michelle drehte ihren Rollstuhl und schenkte Nadeshda ihre ganze Aufmerksamkeit.

„Natürlich kannst du mit mir sprechen. Ich habe immer Zeit für dich. Was ist denn los? Du wirkst die ganze Zeit schon so bedrückt. Hat es was mit der Arbeit zu tun? Du hast eine gute Ausbildung, nein, sogar zwei. Damit findest schon einen guten qualifizierten Job."

Nadeshda brachte aus der Küche zwei Tassen Kaffee mit. Dann nahm sie sich einen Stuhl und setzte sich neben Michelle. Mathilde registrierte das sofort und nahm auf Nadeshdas Schoß Platz.

„Auf diese Aussprache bin ich sehr gespannt."

„Was für eine Aussprache? Was gibt es denn bei den Mädchen

auszusprechen," pöbelte Heinrich dazwischen, „sie verstehen sich doch prächtig. Von mir aus könnte Nadeshda immer hier bleiben."

„Ich mag sie auch."

„Aber sie hätte einen Keks für uns mitbringen können."

„Daran siehst du, wie wichtig ihr dieses Gespräch ist, sonst hätte sie so etwas nie vergessen. Aber jetzt halten wir die Klappe."

Nadeshda seufzte laut und vernehmlich.

„Ich habe deine Freundschaft überhaupt nicht verdient." Sie fing leise an zu weinen. Nadeshda suchte vergeblich in ihrer Hosentasche nach einem Taschentuch.

Mathilde trocknete mit ihrem Pfötchen Nadeshdas Tränen.

Michelle reagierte entsetzt.

„Aber was ist denn los? Wie kommst du nur auf so etwas?"

„Doch, doch... ich habe sie nicht verdient," schluchzte Nadeshda herzergreifend.

„Na, komm schon. So schlimm wird es schon nicht sein," versuchte Michelle Nadeshda zu trösten.

„Bei den letzten Pfannkuchen hat sie bestimmt drei Stück mehr für sich gemacht und selbst gegessen. Die Vanillesauce war auch plötzlich alle. Und jetzt hat sie ein schlechtes Gewissen."

„Du denkst immer nur ans Essen. Unglaublich. Wahrscheinlich glaubst du auch noch, dass alle Leute immer nur wegen Essen Probleme haben, Heinrich."

„Was soll daran falsch sein? Mit gutem Essen ist alles gut, wie man so schön sagt und ohne..."

„...Und ohne Essen nicht so gut," unterbrach Mathilde seinen Redefluss. „Sehr geistreich, Heinrich. Wirklich sehr geistreich!"

„Ich muss dir was sagen, Michelle."

„Dann hörst du jetzt auf der Stelle auf zu weinen und erklärst mir deinen Kummer."

„Ich habe mich verliebt!"

„Donnerwetter!"

Die beiden Katzen und Michelle starrten Nadeshda an, als käme sie gerade vom Mars zurück.

„Das hat eindeutig nichts mit Pfannkuchen zu tun," erklärte

Heinrich. „In die kann man sich schlecht verlieben."

„Aber das ist doch wunderbar, Nadeshda. Warum weinst du deswegen?"

„Wenn ich dir das sage, wirst du mich hassen. Für alle Zeiten."

„Also los. Heraus damit"

„...Ich...ich...habe...mich in Marcel verliebt!"

„Du hast was?"

„Wie konnte denn das passieren? In diesen dünnen, unterernährten Stelzenvogel? Das wird ja richtig interessant," Heinrichs Hals wurde immer länger, um die beiden Mädchen besser in Augenschein nehmen zu können.

Mathilde hob abrufbereit ihre Pfote hoch, falls wieder einmal Tränen zu trocknen waren.

„Siehst du, jetzt hasst du mich. Ich habe es gewusst. Aber ich konnte so nicht mehr leben. Du bist so lieb und gut zu mir, du hast es nicht verdient, dass du...."

„Wann hast du dich in Marcel verliebt?"

„Das hört sich nicht gut an, Mathilde. Oje, was machen wir bloß, wenn die sich gegenseitig an die Gurgel gehen?"

Nadeshda spürte wie die Scham ihr Gesicht mit roter Farbe überzog wie eine Kuchenglasur.

„Schon vom ersten Tag an, als ich in der Klinik anfing."

„Super!"

„Ich kann doch auch nichts dafür."

Michelle verschränkte die Arme ineinander und sah Nadeshda in die Augen.

„Ich frage dich jetzt direkt und erwarte eine ehrliche Antwort. Hattet ihr was miteinander? Hast du mit ihm geschlafen?!"

„Das hört sich wirklich nicht gut an, Mathilde. Ich merke wie bei Michelle der Stresspegel erheblich steigt. Sollen wir in der Mitte des Wohnzimmers Platz machen?"

„Wozu denn das?" Mathilde zog unwillig ihre Brauen zusammen.

„Ich meine ja nur...falls die Damen miteinander kämpfen wollen. Der „Erste Hilfe Kasten" liegt übrigens im Bad unter dem Waschbecken, nur für den Fall der Fälle."

„Du tickst nicht mehr richtig," fauchte Mathilde gereizt.

Nadeshda schüttelte mit dem Kopf.

„Aber nein. Wie kommst du denn darauf, dass Marcel so etwas tun würde? Er ist doch überhaupt nicht der Typ für Affären."

„Da könntest du allerdings recht haben. Seine Risikobereitschaft und sein Spaßfaktor hält sich in Grenzen." Michelle fixierte Nadeshda mit ihren blauen Augen.

„Oh, je, das kenne ich von uns Katzen," maunzte Mathilde leise. „Zuerst werden die Rückenhaare gestellt, dann fixieren wir unseren Gegner, um ihm Angst zu machen, was Michelle augenscheinlich im Moment gerade tut, und dann..."

„Weiß er, dass du in ihn verliebt bist?"

„Was denkst du von mir? Nein, natürlich nicht. Er hat keine Ahnung."

Michelle sah Nadeshda lange an, die mittlerweile da saß, wie ein Häufchen Elend.

„Ich werde mir sofort eine Wohnung suchen."

„Schade," bemerkte Heinrich.

„Ich habe mich auch so an sie gewöhnt," stimmte ihm Mathilde zu.

„Vor allen Dingen an die Pfannkuchen," seufzte Heinrich. „Und erst die Vanillesauce, die werde ich am meisten vermissen. Mit den Kochkünsten von Michelle wird es hier wieder bescheidener zugehen. Da ist die Mikrowelle wieder Trumpf."

Michelle nahm eine etwas entspanntere Haltung an.

„Sehen wir das Ganze mal von der logistischen Seite."

„Wie bitte?"

Nadeshda saß immer noch mit ineinander verkrampften Händen da.

„Also, ich will mal so sagen...Marcel und ich haben unsere Beziehung sozusagen sauber beendet. Dieses Kapitel ist abgehakt. Aber Männer brauchen immer etwas länger, um eine Geschichte zu verdauen, als Frauen."

„Was willst du damit sagen, Michelle."

„Das würde uns auch brennend interessieren," maunzte Heinrich.

„Ganz einfach, gib ihm...na sagen wir, eine Woche Zeit..und dann..."

„Was ist dann?" Nadeshda's verkrampften Hände lösten sich wie von selbst und sie rieb sich die letzten Tränen aus den Augen.

Die Katzen reckten neugierig ihr Hälse, um bloß nichts zu verpassen.

„Meine Güte macht Michelle es aber spannend."

„Feuer frei, würde ich sagen."

„Soll Nadeshda Marcel erschießen?" Heinrich legte die Ohren nach hinten, um damit seine Missgunst auszudrücken. „Das erscheint sogar mir ein wenig drastisch!"

Nadeshda wirkte ratlos.

„Ich kann dir nicht so ganz folgen, Michelle. Ich verstehe die Redewendung nicht."

„Was ich sagen will ist folgendes. Warte eine Weile, bis er über alles nachgedacht und verdaut hat."

„Was soll ich dann tun?"

„Ist das so schwer? Du bist verdammt hübsch. Bring dich ins Spiel, wie man das als Frau so macht."

„Aha, Flirtalarm," quatschte Heinrich dazwischen.

„Aber bist du dir sicher, dass du ihn nicht mehr willst? Ihr wart schließlich so viele Jahre zusammen. Ihr habt euer halbes Leben zusammen verbracht. So was verbindet doch auch." Nadeshdas Hände suchten sich und wollten sich wieder ineinander verknoten.

„Ich bin mir absolut sicher. Wir waren seit dem Gymnasium zusammen. Aber das letzte Jahr war schon mehr oder weniger nur noch Gewohnheit. Wahrscheinlich habe ich deshalb auch so gerne ein halbes Jahr außerhalb gearbeitet."

„Also eigentlich ist es mir unbegreiflich, wie man sich in diese, dauernd schlecht gelaunte, und viel zu dünne, Nieskapsel verlieben kann. Und dann noch diese riesige Brille. Für eine Menschenfrau finde ich Nadeshda wirklich hübsch. Da gibt es doch bestimmt attraktivere Angebote."

„Davon verstehst du nichts, Heinrich. Wir Frauen fühlen viel intensiver als ihr Männer. Wir lieben mehr mit dem Herzen. Ihr Männer meistens mit den Augen."

„Sie muss ihn mit dem Herzen lieben. Wer findet schon einen Marabu mit Brille attraktiv?"

*

„Irgendwie bringt uns das alles nicht weiter."

„Es bringt uns nicht weiter, weil wir den Sinn noch nicht verstehen, Jordi. Wir müssen abwarten was das Unterbewusstsein von Herrn Schummer noch alles an die Oberfläche bringt. Er ist ja sehr kooperativ."

„Ich habe mehr so das Gefühl, dass wir ihn überzeugen sollen, dass er es nicht war."

„Diese Selbstschuldzuweisung geht mir aber allerdings auch auf die Nerven. Wenn er es nicht war, ermitteln wir in die falsche Richtung und der wahre Täter hat vollkommen freie Hand."

„Das stimmt. Aber seit Schummer in U-Haft saß, ist auch nichts nennenswertes mehr passiert."

„Und was ist mit Willi? Denk mal an die Nacht nach dem Motorradtreffen."

„Das ist auch wieder wahr. Aber da war Schummer außer Gefecht."

„Bei Willi müssen wir unterscheiden...ist er Opfer oder Täter? Er will nicht herausrücken, wo er in der Nacht des Unfalls gewesen ist."

„Und ganz unter uns...ich werde sonst mit niemandem darüber sprechen. Theoretisch könnte er sein Motorrad selbst manipuliert haben. Er hat die richtige Ausbildung und technisch käme er auch dafür in Frage."

„Je mehr wir uns in diesen Fall hineinknien, umso mehr Fragen treten auf."

„Was machst du da?"

Stefan hantierte an seinem Computer.

„Ich suche das Foto mit der Blume, welche auf dem Unfallopfer gelegen hat...aber nein...das Ding geht wieder mal nicht auf...dann probieren wir es einmal so....ah...da ist sie ja..."

„Warum?"

„Die Farbe interessiert mich."

„Deine Sorgen möchte ich haben."

„Die Blume ist weiß."

„Magst du keine weißen Blumen? Oder willst mir was durch die Blume mitteilen."

„Ja, du Schnarchnase! Ich will dir etwas mitteilen. Diese Blume ist weiß. Richtig?"

„Das haben wir beide soeben festgestellt. Richtig! Was ist denn nun die Quintessenz dieser Erkenntnis?"

Stefan nippte an seinem Kaffeebecher und verzog angewidert das Gesicht.

„Klingt vielleicht blöd, aber Schummer träumte von einer roten Blume. Er wurde sogar extra im Traum von seinem Freund darauf hingewiesen."

„Ganz toll. Ich höre uns schon, wie wir dem Chef erklären, dass wir Schummer zuerst für den Täter hielten, weil er von einem Blümchen träumt. Und kurz darauf erklären wir ihm, dass er nicht der Täter ist, weil er von einem roten Blümchen träumt. Ganz ehrlich Stefan. Diesen Gang machst du alleine."

„Ich weiß doch auch nicht was ich davon halten soll. Aber irgendetwas lässt mir keine Ruhe...diese rote Blume...und ich weiß nicht warum."

„Dann speichere es in deinem Oberstübchen. Wenn wir es gebrauchen können, kramst du es wieder heraus, Stefan."

Es klopfte und Brandt betrat das Büro.

„Stör ich?"

„Du störst nie," sagte Stefan.

„Kannst du mir auf deinem Computer die Ergebnisse der Spurensicherung von dem Anschlag auf Willi Neuhaus übermitteln? Mein Rechner spinnt wieder einmal. Immer das Gleiche."

„Hat das nicht Zeit, Jordi?"

„Nein, was weg ist, ist weg. Ich kenne mich doch. Nachher sind wir wieder unterwegs und dann habe ich es vergessen. Abends muss ich meinen Bericht machen...kann es aber nicht, weil wichtige Daten fehlen...anschließend muss ich zum Chef und hole mir einen unverdienten Einlauf, daraufhin kriege ich eine Abmahnung..."

„Ja, ja...du kriegst deine Daten bevor es zu deiner Entlassung kommt."

Kopfschüttelnd setzte Stefan sich vor den Computer.

„Was ist nur los mit dem Ding. Alles muss ich dreimal eingeben! So, alle Daten und Ergebnisse sind auf deinem Computer. Allerdings hast du jetzt keine Ausreden mehr. Das soll heißen: du musst deinen Bericht schreiben."

„Scheiße!"

„Du wolltest es so."

„Kann ich auch was sagen?"

„Aber selbstverständlich Kollege Brandt."

„Wir haben fast alle Aussagen von den Clubs aufgenommen."

„Und wie weit seid ihr?"

„Es war ein wenig kompliziert, da es um vier Anschläge ging."

„Das kann ich mir gut vorstellen," nickte Stefan.

„Bei beiden Clubs haben fast alle ein Alibi..."

Jordi horchte interessiert auf.

„Fast alle? Wer konnte denn keins nachweisen?"

„Die beiden Präsidenten der jeweiligen Clubs. Helmut Leuchter war mit seinem Kollegen zusammen, als sie Andreas Pilzner tot aufgefunden haben. Aber bei den „Kilometerfressern" wie auch bei den `Ironhearts` können sie bei den anderen Anschlägen nicht nachweisen, wo sie zu den verschieden Tatzeiten gewesen sind."

*

Wir wagten uns unter der Hecke nicht zu rühren. Richie lag noch immer zusammengekrümmt und weinte leise. Die Namenlose sah teilnahmsvoll auf ihn herab.

„Weinen ist gut. Das löst Verspannungen und der Schmerz weiß, wo er hingehen kann."

Vor Verzweiflung begann ich Richie die Ohren zu waschen. In meinem Kopf entstanden fürchterliche Bilder von dieser Frau mit ihrem hübschen Gesicht. In meiner Vision hatte sie kein Gesicht mehr, es war nur eine unkenntliche Fratze und ich hatte sie eigenpfötig so umgestaltet. In der Wohnung von Richies Versorger wurde wieder laut gestritten.

„Weißt du was mich an der ganzen Sache stört?" hörten wir den Mann brüllen. „Der Kater wurde erst seltsam, als du ins Haus kamst." „Was soll das heißen?" keifte sie zurück.

„Was das heißen soll?" brüllte er. „Hast du ihm das Futter verdorben oder nicht?"

„Was hat das damit zu tun, dass er nicht mehr stubenrein ist."

„Lenk nicht ab. Mir kommt es so vor, als hättest du die ganze Sache geschickt eingefädelt."

„Meinst du, ich hätte ihn unter das Auto gestoßen? Meinst du das wirklich?"

„Ich weiß bei dir nie, woran ich bin."

„Wenn du willst kann ich ja ausziehen..."

„Wäre vielleicht das Beste," entgegnete er unsicher.

„Wenn du das wirklich willst." Die Stimme der Frau hatte wieder diesen lockenden Unterton.

„Lass mich in Ruhe...du bist so...ich weiß gar nicht wie ich dich beschreiben soll...du denkst sehr viel an dich...nur an dich..."

„Oh...das ist nicht wahr. Im Moment denke ich sogar sehr viel an dich. Meinst du wirklich ich soll ausziehen? Oder meinst du...ich soll mich ausziehen?"

„Nein...davon habe ich nichts gesagt!" Der Mann seufzte laut.

„Du bist ein widerliches Miststück!"

„Ja, das ist wahr. Ich kann ziemlich durchtrieben und einfallsreich sein. Aber gerade das hat dir doch immer so gefallen."

Wir hörten das typische raschelnde Geräusch, wenn Klamotten auf den Boden fallen.

„Schau mal! Meine neuen Dessous. Ich wollte sie dir eigentlich erst heute Abend vorführen. Aber wo wir schon mal dabei sind, sie waren sündhaft teuer und ich bin gespannt, was du von ihnen hältst."

„...Nachher müssen wir uns aber um das Wohnzimmer kümmern..."

„Nachher ist eine gute Idee...Aber jetzt läuft ein anderer Film..."

„Was soll man davon halten?" schimpfte Oscar. „Sein Charakter ist ungefähr so sattelfest wie das Johannisbeergelee von Laura."

Wider Willen musste ich grinsen. Sogar Richie konnte sich ein kleines Grinsen nicht verkneifen. Das Grinsen und die Tränen ergaben zusammen einen seltsamen Kontrast, der unsere Herzen noch mehr berührte. Die Namenlose riss sich von dem traurigen Anblick los und schaute auf den Balkon. „Wie auch immer. Jetzt sind sie für die nächste Zeit beschäftigt."

Der Nachmittag war dem frühen Abend gewichen und es wurde bereits dunkel. Vom Wald her zogen dichte Nebelschwaden auf. Außerdem wurde es empfindlich kühl. Oscar wurde nervös.

„Was machen wir jetzt? Richie muss weg. Hier ist es viel zu gefährlich." Ich leckte Richie die Tränen weg.

„Kannst du dich wieder bewegen?"

„Ich werde es versuchen," maunzte er leise, dann, kurz darauf...

„Nein! Ich werde es nicht versuchen..."

Entsetzt starrten wir ihn an. Hatte ihn alles so sehr mitgenommen, dass er nun völlig entkräftet war? All die Schmerzen, der verzweifelte Kampf um die Freiheit, war das alles umsonst?

„Ich werde es tun! Packen wir es an, Freunde. Ich habe ein Date und Willi wartet schließlich auch auf mich."

*

Der kalte Kaffee schmeckte widerlich. Aber der Computer wollte just in diesem Augenblick nicht alleine gelassen werden. Sein Gegenüber starrte gebannt auf den Monitor. Die Zahlenreihen tanzten vor seinen Augen. Aber der Computer wollte die nächsten Zahlen einfach nicht preisgeben.

„Mir entkommst du nicht," flüsterte sein Gegenüber.

„Ich finde dich! Egal mit welchem Passwort du dich dieses Mal versteckt hast."

Mit geübten Händen arbeitete er wie besessen auf der Tastatur.

„Dein Schema ist gut. Verdammt gut sogar. Vielleicht sollte ich mich mit dir austauschen. Was könnten wir beide gemeinsam erreichen..."

*

Armin machte sich auf in den Wald. Er hatte ein wenig Katzenfutter mitgenommen und war auf der Suche nach den gestreiften Katzen.
Seine Annahme war richtig. Die drei Kater saßen vor der Hütte. Von der Katze war weit und breit nichts zu sehen. Der kleinste der Kater sah etwas erholt aus. Seine Prellungen waren ziemlich gut verheilt und außerdem hatte er ein klein wenig zugenommen.
Der Kater erkannte ihn und kam zögernd auf ihn zugelaufen.
„Na, wie geht es dir?" Armin setzte sich, um den Kleinen zu streicheln. Er tastete seinen Rücken ab und nickte zufrieden.
„Da hat Laura ja ganze Arbeit geleistet. Das sieht gut aus. Noch ein paar Tage dann bist du so gut wie neu."
Armin blickte sich suchend um.
„Wo ist eure Schwester? Ich kann sie nirgendwo sehen?"
Die gestreifte Katze strich durch das Unterholz und hatte eine Maus in der Schnauze. Sie legte die Maus vor den Kleinsten und wandte sich dann an Armin.
„Schön, dass du wieder da bist. Hast du deine Schwierigkeiten erledigt?"
Armin bot der Katze ein Leckerchen an. Sie nahm es dankbar auf und brachte es zu ihrem kleinen Bruder.
„Das brauchst du nicht, schöne Katze. Ich habe genug für euch alle dabei."
Armin fütterte alle Katzen und legte noch ein paar Leckerchen für die Katzengang hin.
„Was haltet ihr davon, wenn ihr mit zu mir kommt?"
Zorro und der Rest der Katzengang spazierten über das Grundstück auf ihr Clubheim zu.
Zufrieden registrierte Zorro, dass Armin wieder da war.
„Also, ich meine nur für den Winter, wenn ihr wollt. Ich kann mein kleines Haus gut heizen. Und es wäre doch einfacher für euch, den Winter bei mir zu verbringen, als hier draußen im Wald. Überlegt es euch. Und wenn euch im Frühling die Decke auf den Kopf fällt, könnt ihr von mir aus wieder losziehen."
„Boss?"
„Ja, Ekki."

„Warum soll den gestreiften Katzen die Decke auf den Kopf fallen?
Ist das nicht sehr gefährlich?"

„Das ist wieder eine Metapher, Ekki. Hast du das verstanden?"

„Nein."

„Das sagt man so, wenn einem die Räumlichkeiten zu eng werden.
Hast du das jetzt kapiert?"

„Ich weiß nicht so recht. Also wenn mir die Räumlichkeiten zu eng
werden und die mir dann auch noch auf den Kopf fallen, würde ich
da nicht mehr hingehen!"

„Ekki!"

„Ja, Boss?

„Halt die Klappe!"

Der kleine Kater sah erwartungsvoll zu seiner Schwester.

„Was hältst du davon?"

Sie schüttelte ratlos ihren hübschen Kopf.

„Ich weiß nicht was wir tun sollen. Was meinst du, Zorro? Ihr habt
uns hier aufgenommen und euch um den Kleinen gekümmert..."

„Keine falsche Dankbarkeit, Mädchen." Zorro setzte wieder sein
gewichtiges Bossgesicht auf und setzte sich in Pose.

„Das gehört sich so. Das war selbstverständlich. Oder seht ihr das
anders?"

„Auf gar keinen Fall," antwortete Pirat.

„Es hat irgendwie sogar Spaß gemacht," meinte Robert.

„Und bei uns fällt euch nicht die Decke auf den Kopf. Ich habe
gestern noch nachgesehen. Sie sitzt ziemlich fest," versicherte Ekki.

„Das war wieder mal sehr hilfreich Ekki und hilft unseren
gestreiften Freunden bestimmt weiter."

„Ich tue was ich kann, Boss."

„Das merkt man, Ekki."

Armin nahm ganz zart und sachte den kleinen Kater auf den Arm.
Der kleine Kater schmiegte sich in seinen Arm.

„Er fühlt sich so schön warm an."

Die gestreiften Katzen sahen erwartungsvoll Zorro an. Und Zorro
wusste, man erwartete von ihm eine wichtige Entscheidung.

„Aber man sollte auch wissen, dass man eine Gelegenheit manchmal am Schopf packen muss."

„Boss?"

„Es ist wieder eine Metapher, Ekki. Unterbrich mich jetzt nicht. Ich referiere gerade über ein wichtiges Thema."

„Soll ich die Klappe halten?"

„Ja...verdammt noch mal!! Wo war ich stehengeblieben...?"

„Du willst irgendjemanden am Schopf packen...oder so."

„Ach ja, danke Pirat. Also...ich mache euch einen Vorschlag."

Zorro unterbrach seine Rede und vergewisserte sich, dass ihm alle zuhörten. Sogar Armin hatte sich mit dem kleinen Kater auf den Boden gesetzt und sah erwartungsvoll Zorro an.

„Der Kleine braucht über den Winter Wärme und gutes Futter, um gesund zu werden und zu wachsen. Futter können wir ihm bieten, aber ob unser Clubheim warm genug ist, um den Winter zu überstehen...ist eine andere Sache. Ihr seid Freiheit gewöhnt und kennt euch mit Menschen nicht aus. Armin wohnt hier im Wald, weil er von Menschen genug hat. Also, was will ich damit sagen? Er liebt die Freiheit...genauso wie ihr. Das sind eigentlich gute Voraussetzungen. Außerdem hat er medizinische Kenntnisse, die dem kleinen Kater schon sehr gut geholfen haben. Geht mit ihm und probiert es aus. Wenn es nicht funktionieren sollte, kommt ihr zurück und wir sind für euch da. Das wäre doch gelacht."

Einen Moment lang sahen sich alle schweigend an. Der kleine Kater auf Armins Arm fing an zu schnurren.

„Das hört sich toll an. Ich wusste gar nicht mehr wie das geht," freute sich der Kleine.

„Dann lasst es uns anpacken," meinte einer der Gestreiften, „also ich meine dieses komische Schopfding da."

Armin stand auf, aber behielt den kleinen Kater noch im Arm.

„Ich habe keine Ahnung von was ihr gesprochen habt, aber es wird schon dunkel und ich denke wir versuchen es einfach mal. Wenn der Kleine bei mir auf dem Arm bleibt, schätze ich, dass das in Ordnung geht."

Armin setzte sich in Bewegung und die gestreiften Kater folgten ihm in gebührendem Abstand.

„Ich werde mit euch gehen.“
Pirat schickte sich an, die Kater zu begleiten.
„Aber nur, wenn es euch recht ist“
Die Katze blieb sitzen und ließ traurig den Kopf hängen.
„Ich muss noch warten und kann hier nicht weg. Was soll ich bloß tun?“
„Ich habe es mir gedacht!“ maulte der eine der Gestreiften. „Sie trauert dem roten Macker hinterher.“
„Das ist doch nicht zu fassen. Sind wir deine Familie oder nicht?“
„Ich habe euch nie im Stich gelassen,“ die Katze fing leise an zu weinen.
Zorro wurde es ziemlich ungemütlich.
„Das passt euch wohl nicht, dass ihr soziales Engagement über euren Horizont hinaus geht, was?!“
„Na, ja. So richtig passt es uns nicht in den Kram, dass da plötzlich ein Typ zwischen uns steht,“ bemerkte der Älteste.
„Ein ziemlich lädierter Typ, wie ich mitbekommen habe. Und man sollte doch meinen, dass sie mit uns Ärger genug hat,“ schickte der Zweite hinterher.
„Und was ist mit euch beiden, wenn ihr hübsche Katzen ausfindig macht? Denkt ihr dann auch aufopferungsbereit an eure Familie?“ schimpfte Zorro.
„Seid ihr dann auch so charakterfest wie ihr laut seid?“
Da stemmte sich der kleine Kater mit seinen Vorderpfoten auf Armins Arm und brüllte, „Dann sind meine Brüder tagelang weg und wir stehen dumm herum und müssen warten bis die Herrschaften wieder erscheinen und die nächsten zwei Tage völlig fertig sind.“
„Aber das ist doch etwas völlig anderes, das ist nun einmal unsere Natur,“ grummelte der Älteste.
„Natürlich, es ist immer was anderes. Bemerkt auch nur einer von euch, wie eure Schwester leidet?“ schimpfte Zorro weiter. „Sie fiebert um unseren Freund mit, an den ihr offensichtlich nicht einen Gedanken verschwendet.“
„Wenn du immer nur darauf programmiert bist, den nächsten Tag zu überleben, bleibt es nicht aus, dass man so denkt. Jeder hier draußen

ist dein Feind und will dir dein Essen wegnehmen," knurrte der Älteste.

„Das sind wir leider gewöhnt, nur wenn wir ordentlich aggressiv waren, hat uns keiner das Essen weggenommen," schob der Andere nach.

„Aber wie ihr in den letzten Tagen erfahren habt, geht es auch anders." Zorro baute sich vor den beiden auf wie eine schwarze und uneinnehmbare Trutzburg.

„Ja, das ist wahr. Ihr seid die Ersten gewesen, die etwas mit uns geteilt haben. Aber mal nur so unter uns, so eine handfeste Prügelei macht doch auch Spaß," meinte der Älteste.

„Dagegen ist nichts einzuwenden, sobald ihr etwas mehr auf den Rippen habt, kommen wir darauf zurück."

„Versprochen, Zorro."

„Darauf kannst du wetten."

Der Älteste drehte sich noch einmal um .

„Könnt ihr ein Auge auf sie werfen? Ich meine nur, wenn ihr Zeit habt."

„Regelt ihr mal euer neues Zuhause. Wir kümmern uns darum."

„Danke, Zorro. Für einen Hauskater bist du echt cool. Hätte ich nicht gedacht."

„Es reicht jetzt. Macht euch auf die Pfoten."

Armin blieb stehen und bemerkte sehr wohl, dass die Katze am Clubheim blieb.

„Es ist deine Entscheidung, kleine Katze. Wenn du soweit bist...kannst du nachkommen. Ich gehe dann jetzt...ich muss nach meinem Feuer im Haus sehen."

Armin konnte nicht ahnen, dass er sehr sorgfältig beobachtet wurde. Die Person verstaute ein Fernglas in ihrer Jacke und zog sich langsam, und für andere unsichtbar, aus dem Wald zurück.

*

„Herr Bankgruber! Sind sie zu Hause? Wir hätten da noch ein paar Fragen an sie. Sie sind nicht zu Hause? Wann können wir sie denn erreichen?" Stefan hielt in der einen Hand das Handy ans Ohr und mit der anderen arbeitete er an der Tastatur seines Computers.

„Aber selbstverständlich können sie auch vorbeikommen. Ja, wir warten. Alles klar...bis später."

Stefan gab an der Eingangskontrolle Bescheid, dass gleich Besuch für sie auftauchen würde.

„Wer sagt, dass wir Männer nicht auch Multitasking sind?"

„Was?"

„Du hast zwei Sachen gleichzeitig gemacht, Stefan. Telefoniert und am Computer gearbeitet. Angeblich können Männer doch so was nicht."

„Wenn es darum geht den besten Pizzaservice zu finden schon... sieh mal, heute haben die hier, wie heißen die noch gleich..ahh, Pizzeria Venetia, sogar alles im Angebot...und zwei Pizzabrötchen kriegst du noch gratis dazu."

„Aber sieh mal, deine Bestellung ist nicht durchgegangen."

„Was?"

„Nein. Dein Computer spinnt heute mal wieder. Ich übernehme die Bestellung."

„Willst du den Bankgruber zur Pizza einladen?"

„Sehe ich so aus?"

„Nicht wirklich."

„Aber sobald er weg ist, schlagen wir zu. Was hältst du davon?"

„Soll mir recht sein."

„Was macht eigentlich unser „Möchtegernkommissaranwärter"?

„Brandt hat nachgefragt, ob er sich alle Unfallstellen ansehen kann. Außerdem will er bei den „Kilometerfressern" nochmal wegen dem Alibi ihres Chefs recherchieren."

„Das hört sich richtig vernünftig an. Dann lass ihn mal arbeiten."

„Wenn du das sagst."

„Es hängt von unserer Beurteilung ab, ob der Chef ihn zulässt oder nicht. Sollen wir seine Zukunft ruinieren?"

„Ich will niemandes Zukunft ruinieren, Stefan. Aber Brandts Chef hat schon feste Pläne mit ihm. Da legt keiner Wert auf unser Urteil, das kannst du mir glauben."

„Wahrscheinlich hast du recht, Jordi. Aber du musst zugeben, er gibt sich wirklich Mühe."

„Klar! Er will ja was erreichen."

„Also...du bist der Meinung, er ist der Meinung, dass unsere Beurteilung wichtig ist."

„Soll ich dir was sagen? Diese Beurteilung und unsere Meinung über seine Meinung und die Meinung seines Chefs über uns, ach ja, und dann noch die Meinung seines Vaters und dessen Beurteilung über uns oder eher über dich...können mich mal kreuzweise am A..."

„Soll ich später wiederkommen?" Hademar Bankgruber, genannt „Curry", stand in der offenen Tür.

Ein junger uniformierter Polizist rannte abgehetzt an Bankgruber vorbei ins Büro.

„Entschuldigt, bitte. Ich konnte es nicht verhindern, dass der Herr euer Büro betritt. Tut mir leid."

„Du brauchst keinen Herzinfarkt zu kriegen, wir haben den Herrn erwartet."

Der junge Beamte verließ erleichtert das Büro, aber nicht ohne vorher einen kritischen Blick auf Curry, seine Tattoos und seinen Helm zu werfen.

„Schön, dass sie sich Zeit genommen haben, Herr Bankgruber."

„Das ist mir lieber, als dass sie wieder bei mir zu Hause auftauchen."

Stefan konnte ein kleines Grinsen nicht unterdrücken.

„Das stimmt. Das war ganz schlechtes Timing. Aber dafür können sie uns wirklich nicht verantwortlich machen."

„Komm endlich zum Thema. Ich habe noch etwas anderes zu tun."

„Das glaube ich gerne. Also lassen wir den Smalltalk. Wo waren sie am Tage des Unfalls von Cengis und Daniela? Und wo waren sie, als der Junge von den Kilometerfressern verunglückt ist.?"

„Das ist nicht euer Ernst! Ihr habt sie doch nicht mehr alle. Anscheinend wisst ihr nicht mehr weiter, dass ihr jetzt jeden verdächtigt, der ein Motorrad fährt. Ich würde doch meiner eigenen

Schwester nichts antun! Wie seid ihr denn drauf? Und den Jungen von den Kilometerfressern kenne ich gar nicht. Also...warum sollte ich ihm was antun?"

„Sagen sie es mir. Bei der Polizei gibt es auch Motorräder. Die konnten wir schon mal ausschließen. Aber wer sagt denn, dass sie ihrer Schwester was antun wollten? Sie könnten auch davon ausgegangen sein, dass Cengis alleine zu dieser Zeit unterwegs war. Der Täter hat nämlich ein Zeichen bei ihrer Schwester hinterlassen. Also wo waren sie, Herr Bankgruber? Interessant wäre es, wenn sie uns nachweisen könnten, wo sie zwischen dreiundzwanzig und vierundzwanzig Uhr gewesen sind. Und vielleicht überlegen sie noch genauer, wo sie eine Woche davor waren. So zwischen achtzehn und zwanzig Uhr."

„Eure Sorgen möchte ich haben. Ihr habt doch echt einen an der Klatsche. Welches Motiv sollte ich denn haben, zwei Menschen beinahe, und einen richtig, über die Klinge springen zu lassen? Vor zwei Wochen, das weiß ich noch ganz genau, war ich um diese Zeit bei meinen zukünftigen Schwiegereltern."

Jordi sah Curry ganz ruhig an, verschränkte die Arme ineinander, und entgegnete: „Das werden wir, sollte es nötig sein, herausfinden. Ich nehme an, ihre zukünftigen Schwiegereltern werden für sie aussagen?"

„Das hoffe ich doch!"

„Nun mal weiter. Ihre Sorgen werden ihre Sorgen, das können sie mir glauben. Und wenn sie meinen, wir hätten einen an der Klatsche, wäre ich an ihrer Stelle doppelt so vorsichtig. Man weiß ja nie wozu wir fähig sind. Also ich kann ihnen sagen, ich lese da manchmal Sachen..."

Curry warf einen Blick zu Jordi hinüber, als ob er vollends an seinem Geisteszustand zweifeln würde.

„Ich höre."

„Ich bin einfach so herumgefahren."

„Einfach, so? Mitten in der Nacht?"

„Darf ich das nicht?"

„Doch, selbstverständlich dürfen sie das. Wir brauchen nur

jemanden, der das Ganze bezeugt."

„Ich war alleine."

„Das ist ganz schlecht. Also das ist jetzt überhaupt nicht gut."

„Ich habe an diesem komischen Club, ich glaube der heißt „Dance Desaster" oder so ähnlich, angehalten."

„Ja, und weiter."

„Der Sicherheitsdienst hat mich nicht reingelassen."

„So was aber auch. Warum wollten sie denn unbedingt in diesen komischen Club?"

„Na, komm schon," hakte Stefan nach. „Raus jetzt mit der Sprache."

„...Ich habe meine Freundin gesucht. In diesen ätzenden Club geht sie manchmal mit ihren Freundinnen."

„Hatten sie Streit miteinander?"

„Das geht euch nichts an!" giftete Curry die beiden an.

„Können sie sich erinnern um welche Uhrzeit sie vor dem Club standen?"

„Keine Ahnung, kann so gegen Mitternacht gewesen sein."

„Hat sonst noch jemand diesen Vorfall beobachtet?"

„Könnte gut sein. Ich habe dem Sicherheitsdienst an der Tür Prügel angedroht. Laut und deutlich. Aber auf einmal tauchten da vier Kleiderschränke auf. Das war mir dann doch zu viel."

„Daraufhin haben sie sich sozusagen zurückgezogen."

„Das kann man so stehen lassen."

„Warum haben sie das nicht unserem Kollegen mitgeteilt? Sie hätten sich diesen Gang heute ersparen können."

„Ich mag ihn nicht."

„Wir werden das natürlich auf Herz und Nieren überprüfen. Wenn ihre Angaben stimmen, können sie zur Tatzeit nicht am Unfallort gewesen sein."

„Kann ich jetzt gehen?"

„Selbstverständlich."

Curry stand auf und nahm seinen Helm in die Hand.

„Ich wünsche ihnen für die Zukunft trotzdem alles Gute."

Er drehe sich an der Tür noch einmal um und wandte sich zu Stefan.

„Danke, Mann. Kann ich gut gebrauchen."

*

Mittlerweile war es finsterste Nacht. Aus dem Wald ertönte der Ruf einer Eule und schien uns mitzuteilen, dass es Zeit wurde von hier zu verschwinden. Der Mond stand weiß und kalt am Himmel. Nebel zog auf und schien Häuser und Straßen zu schlucken, wie ein großes Ungeheuer. Bald waren die Sterne verschwunden und der Mond war auch nur noch schemenhaft zu erkennen. Es wurde empfindlich kalt. Oscar warf einen Blick auf die Wohnung. Stille. Kein Licht. Nichts. Nicht einmal der Fernseher lief. Anscheinend waren die zwei nach der genauen Untersuchung der neuen Dessous eingeschlafen. Ich wusch zur Vorsicht Richie noch einmal seine Ohren. Man konnte nie wissen, wann er die nächste Schmuseeinheit bekommt. Die Namenlose kroch unter der Hecke hervor und streckte witternd ihre hübsche Nase nach oben.

„Wunderbar! Ich rieche keinen fremden Hund, der uns in die Quere kommen könnte, noch sonst irgendetwas störendes. Von da oben droht im Moment auch keine Gefahr. Jetzt wäre es günstig, wenn wir schon mal eine kleine Wegstrecke zurücklegen könnten."

Richie stand auf und versuchte seine Glieder ein wenig zu strecken. Er verzog vor Schmerzen sein Gesicht.

„Ich lasse die dämlichen Dehnübungen sein. Machen wir uns vom Acker!"

Oscar lief durch den Vorgarten und suchte eine Stelle im Zaun aus, die für Richie leichter zu bewältigen war und er nicht springen musste. Richie hatte Probleme und konnte die Stelle im Zaun nur sehr langsam passieren. Er brauchte ein klein wenig Ruhe bis sich der Schmerz wieder gelegt hatte. Das zeigte uns, dass wir sehr vorsichtig sein mussten, denn bei Fluchtgefahr war für ihn an wegrennen nicht zu denken. Das machte mich wütend. Ich rannte zurück, sprang auf den Balkon, auf dem ein Gartensessel stand. In dem Sessel lag eine Wolljacke. Der Gartensessel hatte eine Stoffauflage. Ich brauchte nicht einmal soviel Zeit wie ein Hund hustet, da hatte ich die Stoffauflage zerkratzt und hinterließ auf der

Jacke ein ordentliches Häufchen. So schön frei von unnötigem Ballast, konnte die Nacht jetzt kommen. Zufrieden sprang ich vom Balkon herunter. Richie hatte alles beobachtet und musste wider Willen grinsen.

„Den Stuhl hat sie neulich erst gekauft. Da kommt Freude auf, das kann ich dir sagen."

„Man tut was man kann," entgegnete ich boshaft. Oscar schüttelte nur mit dem Kopf.

„Wir wissen nicht, wie wir in der Nacht klar kommen sollen und ob wir unser Ziel erreichen, aber Laila macht mal wieder eine Lara Croft Nummer. Können wir uns jetzt endlich langsam aber sicher fortbewegen?"

„Von den nächsten Mäusen kriegst du wieder die Leber, Oscar!"

„Mit dir in Gesellschaft steht mir die Leber aller Mäuse auf Erden zu. Soviel Leber gibt es gar nicht, wie ich verdient hätte."

Richie setzte sich sehr langsam in Bewegung.

„Sagt mal, könnte einer der beiden anwesenden Damen eine Botschaft an die gestreifte Katze senden?"

„Du willst ihr sagen, dass du unterwegs bist?"

„Ja, Namenlose."

„Das ist schon lange erledigt."

„Aber woher weißt du..."

„Wir sind Katzen, schon vergessen? Wir kriegen eben mehr mit, als euch Katern lieb ist."

Schritt für Schritt kämpften wir uns mit Richie durch die Nacht. Nach einiger Zeit waren wir am Ende der Straße und konnten nun den Feldweg in den Wald einschlagen. Der Nebel hüllte uns ein und kein Mensch oder sonst ein Lebewesen war zu sehen. Richie musste wieder Pause machen. Wir suchten einen vernünftigen Platz im frisch gefallenen Laub des Waldes, nahmen ihn in die Mitte und wärmten ihn.

„So kommen wir nur langsam vorwärts," jammerte Richie. „Das dauert bestimmt die ganze Nacht."

„Ich weiß nicht wo das Problem ist," meinte die Namenlose. „In der Nacht werden wir von keinen Spaziergängern gestört, niemand sieht uns..."

„Das würde ich so nicht sagen!"

„Hä?"

Die gestreifte Katze tauchte schemenhaft aus dem Nebel auf. Richies Augen fingen an zu leuchten.

„Wo kommst du denn her?" freute er sich.

Ich bemerkte wieder einmal, wie die Eifersucht wie Lava durch meine Adern floss. Aber die Namenlose und ich hatten ihr selbst die Nachricht geschickt, dass Richie unterwegs war. Ich hielt mich also mit meinen üblichen Kommentaren zurück und versuchte an der Freude von Richie teilzuhaben. Die gestreifte Katze sah Richie tief in die Augen.

„Meine Sonnenaugen," schnurrte er leise.

Wenn ich das schon höre! Sonnenaugen! Ich fand, ihre Augen hatten die Farbe von ranziger Butter. Jetzt fing sie doch tatsächlich schamlos an, vor unseren Augen Richies Ohren zu waschen. Unverschämtheit! Wenn einer von den Jungs ein Wehwehchen hatte war ich es, die immer ihre Ohren wusch. Was mischt die sich da ein! Impertinente Person!

„Ganz ruhig, Laila!" schoss es mir plötzlich durch den Kopf.

„Meinst du nicht, er hat genug gelitten?" Die Namenlose schickte mir noch einen Gedankenimpuls hinterher und sah mich dabei beschwörend an. „Gönne ihm diese Freude, es wird ihm gut tun. Er muss doch noch die ganze Nacht arbeiten. Und wenn sie dabei ist, fällt es ihm vielleicht ein wenig leichter. Glaube mir das."

„Und du meinst, unsere Anwesenheit ist nicht genug?" giftete ich in Gedanken zurück. „Du meinst, es müssen unbedingt ihre ranzigen Butteraugen sein, damit er die Nacht schafft? Dann kann ich ja nach Hause gehen."

„Sei mal nicht so empfindlich. Wenn du zu deinem Mephisto, diesem heißblütigen, rassigen, schwarzen Kater gehst, wäre die Katergang die letzte, die du fragen würdest, ob du das darfst."

„Wenn ich zu Mephisto gehe frage ich niemanden!" schoss ich in Gedanken zurück.

So stritten wir still und ohne, dass die anderen es bemerkten eine ganze Weile weiter. Oscar lief als erster und sicherte die Strecke nach vorne ab. Wir liefen als letzte und sicherten die Strecke nach hinten ab. Unsere „Turteltauben" befanden sich in der Mitte. Richie humpelte stark, die gestreifte Katze ging ganz dicht neben ihm und erzählte ihm leise, dass Armin sich um ihre Familie kümmerte.

Plötzlich hob Oscar den Kopf und hielt die Nase in den Nebel. Sehen konnte man wenig, höchstens zwei Katzenlängen weit. Aber wittern konnte man eine Gefahr, wenn sie im Anzug war.

„Wir müssen den Weg verlassen...und zwar sofort."

„Was ist denn los?"

Die Namenlose und ich beendeten umgehend unser Duell und nahmen diesen typischen, scharfen Geruch, dieser seltsamen Waldbewohner, wahr.

Unser Pärchen humpelte ahnungslos in der Mitte und hatten nur Augen füreinander. Die gestreifte Katze humpelte doch tatsächlich aus Sympathie mit Richie neben ihm her. Meine Güte, wie kitschig. Wir hörten sie schon, bevor wir sie sahen.

„Richie, hör auf mit deinem Rumgezirpe. Schlagt euch in die Büsche! Und zwar sofort!"

Die gestreifte Katze hatte endlich die Situation erfasst und versuchte mit Richie im Gebüsch zu verschwinden. Wir drei stellten uns vor Richie und seine Gefährtin, um das Schlimmste zu verhindern.

Im dichten Nebel kamen sie aus dem Wald angerannt. Ein Rudel Wildschweine. Immer die Nase den Boden aufscharrend kamen sie in unseren Einzugsbereich. Das war jetzt wirklich das letzte, was wir brauchen konnten. Der Boss dieses Rudels war ein riesiger Keiler mit zwei Stoßzähnen, so groß wie Fleischerhaken. Er nahm unsere Witterung auf und reagierte natürlich, wie man als Keiler eben reagiert. Stinkig! Er scharrte mit den Vorderhufen und kam uns bedrohlich nahe. Seine Damen hinter ihm verhielten sich nicht besser. Ihre Kinder waren damit beschäftigt umherzuwuseln und miteinander zu spielen. Richie war immer noch damit beschäftigt, im Gebüsch zu verschwinden. Wir sahen die Geschwindigkeit, mit der der Keiler auf uns zu rannte. Der Abstand verminderte sich dramatisch. Das riesige Tier hielt unvermindert auf uns zu. Die bösen kleinen Augen des Keilers fixierten sich schon voller Vorfreude auf Richie. Die riesigen Stoßzähne waren mittlerweile so nah, dass wir jede einzelne Rille erkennen konnten...

„Jetzt reicht es! Ich habe so was von die Schnauze voll, das kannst du dir nicht vorstellen."

Anstatt weiter zu flüchten, sprang Oscar mit allen vier Beinen zugleich in die Luft und drehte sich dabei so, dass er genau vor Richie zum stehen kam. Er stellte sich quer, richtete seine Rückenhaare hoch, fauchte und brummte wie ein Löwe. Für kurze Zeit war der Keiler perplex und starrte Oscar entgeistert an. Diese kurze Zeit genügte, dass Richie endlich in die Büsche krabbeln konnte. Als wir Richie in Sicherheit wussten, setzten wir ebenfalls nach...mit einem dumpfen Schlag landeten wir alle in einer Grube. Als Letzter landete Oscar ziemlich unsanft auf dem Boden.

Der Keiler blickte unwillig zu uns in die Grube und gab einen markerschütternden Schrei von sich.

Oscar brüllte zurück wie sich das gehörte.

Die Wildschweindamen und ihre Kinder schauten über den Rand neugierig zu uns hinunter.

Die Mütter schoben ihre Kinder von der Grube weg, wahrscheinlich aus Angst, sie könnten zu uns herunterfallen und wir würden uns über die Kleinen hermachen und sie verzehren.

Nacheinander verloren die Wildschweindamen das Interesse an uns. Sie sammelten ihre Kinder ein und zogen weiter. Nur der Keiler stand noch da, betrachtete uns nach wir vor bedrohlich und grunzte laut durch die Nacht.

„Ich schätze," ließ die Namenlose uns wissen, „das müssen wir nur noch aussitzen. Ich bin gespannt, wer die besseren Nerven hat."

Der Keiler grunzte weiterhin blöde in die Grube.

Auf einmal hörten wir von Ferne eine seiner Wildschweindamen laut rufen. Es hörte sich an wie „kommst du endlich oder sollen wir alleine weiterziehen?"

Unschlüssig stand der Keiler weiterhin am Abgrund der Grube und zeigte uns seine tollen Hauer.

Die Wildschweindame rief wieder. Aber dieses Mal hörte es sich ziemlich ungehalten an.

„Wenn du jetzt nicht gehst, Kamerad, kriegst du ordentlich Stress,"
fauchte ich nach oben. „Dann suchen sich deine Damen einen
jungen, schnuckeligen Keiler aus, dessen Hauer noch nicht so
vergilbt sind wie deine."

Der Keiler warf noch einen letzten Blick auf uns, grunzte noch
einmal laut und böse und trollte sich anschließend davon. Wir hörten,
wie sich das Rudel langsam in den Wald zurückzog. Jetzt hatten wir
erst einmal Zeit uns umzuschauen, wo wir gelandet waren. Die
Grube war ziemlich tief, mindestens eine Menschenlänge.

„Ich würde sagen, dieses Loch hat uns unser Fell gerettet,"
murmelte Oscar.

„Das stimmt so nicht."

„Warum nicht, Laila?" wollte Oscar wissen.

„Dein unglaublicher Mut hat uns gerettet. Richie hätte es nicht
geschafft ohne deinen wahnsinnigen, aber genialen Einfall. Was
meinst du Richie?"

Richie gab keine Antwort und lag still auf der Seite.

*

Armin hatte den kleinen Kater immer noch auf dem Arm als sie bei
ihm Zuhause ankamen. Die gestreiften Kater waren ihm in
respektvoller Entfernung gefolgt. Pirat hatte sie bis zu dem kleinen
Haus begleitet. Es herrschte bereits tiefe Dunkelheit. Nebel zog auf
und die Bäume waren bald nur noch schemenhaft zu erkennen.
Armin ging ins Haus und legte den kleinen Kater auf sein
gemütliches warmes Bett. Er ließ die Tür offen stehen, um den
Katern die Möglichkeit zu geben, das Haus zu betreten. Armin
entfachte das Feuer in seinem Ofen und schon bald breitete sich eine
behagliche Wärme aus. Der kleine Kater lag ausgestreckt auf dem
Bett und meinte schläfrig zu seinen Brüdern, „kommt doch rein,
draußen ist es kalt und Armin hat es auf wunderbare Weise geschafft,
das Haus so warm zu bekommen, als ob hier drinnen eine Sonne
scheinen würde."

Die Kater standen in der offenen Türe und spürten die Wärme, die ihnen entgegen strahlte.

„Ihr habt jetzt alles was ihr braucht. Ich mache mich auf den Rückweg."

Der Ältere der beiden Kater wandte seinen Kopf zu Pirat.

„Das war echt nett von dir, dass du mitgekommen bist. Schau mal, wie unser kleiner Bruder vor Wonne die Glieder streckt. Ich glaube er ist sogar eingeschlafen."

„Dann geht doch zu ihm," meinte Pirat auffordernd. „Wie du siehst, seid ihr von Armin herzlich eingeladen."

„Wir waren noch nie in einem Haus. Was ist wenn er die Tür zumacht und wir nicht mehr herauskommen?"

„Warum sollte Armin so etwas tun?"

„Keine Ahnung. Aber wir haben mit Menschen so unsere Erfahrung. Unser Kleiner durfte das auch schon feststellen. Aber es war nicht die erste."

Obwohl Pirat lieber nach Hause gegangen wäre, hörte er dem Kater aufmerksam zu.

„Wir lebten am Rande eines großen Bauernhofes. Auf dem Bauernhof waren zahlreiche Kühe in den Ställen eingesperrt und nebenan war ein riesengroßer Stall mit Hühnern. Die waren auch alle eingesperrt. Ich habe in meinem ganzen Leben noch nie so viele traurige Augen gesehen. Den Kuhmüttern hat man kurz nach der Geburt die Kinder weggenommen. Die lebten dann in kleinen Plastikhäusern vor den Ställen und brüllten nach ihren Müttern. Aber in den Silos, wo das Futter für die Tiere lagerte, waren immer wahnsinnig viele Mäuse. Wir und unsere Mutter konnten immer genug fangen, um satt zu werden. Sie wollte nie, dass wir den Bauernhof betraten, weil sie verhindern wollte, dass wir dieses Leid sahen und keinen Kontakt zu den Menschen haben sollten. Sie sagte immer, wer Tiere so behandelt, dem ist nicht zu trauen. Vergesst das nie!

Eines Nachts verschaffte sich ein Marder Zugang zu den Hühnerställen. Du kannst dir nicht vorstellen, wie der da gewütet hat. Mein Bruder, meine Schwester und ich wurden von dem

Blutgeruch natürlich magisch angezogen und wollten nachsehen, was da los war. Der Jüngste war gerade von der Milch seiner Mama entwöhnt, lag aber noch Zuhause mit unserer Mutter in der Wohnhöhle. Die Hühner schrien und gackerten vor Panik, da sie aus ihren kleinen Käfigen nicht hinauskamen, und so wurden sie ein hilfloses Opfer des Marders. Der Bauer rannte über den Hof, brüllte herum und hielt so einen komischen Stock in der Hand. Sein großer Hund verfolgte fieberhaft die Spur des Marders. Aber der Marder, der das alles verursacht hatte, war natürlich längst über alle Berge. Da wurde der große Hund auf uns aufmerksam. Unsere Mutter erkannte natürlich sofort die Gefährlichkeit der Situation und machte sich auf die Suche nach uns. Sie fand uns hinter den Ställen und rief, wir sollen in den Wald verschwinden und den Kleinen mitnehmen. Sie wollte in der Zeit das Interesse des Hundes auf sich lenken und würde später nachkommen.

Der Ältere schluckte schwer und konnte nicht mehr weitersprechen. Der Jüngere setzte sich neben seinen Bruder und fuhr fort.

„Wir schleppten den Kleinen mit, der völlig ahnungslos war und immer wieder nach seiner Mutter rief. Wir sahen wie unsere Mutter vor dem Hund hin und her tänzelte, um seine Aufmerksamkeit zu erregen. Ich habe nie wieder eine mutigere Katze gesehen.“

Sein Bruder ließ den Kopf sinken und nickte zustimmend.

„Dann, mit einem Mal rannte sie auf den Wald zu, der riesige Hund hinter ihr her, und rief uns zu, dass sie die Situation im Griff habe, und wir uns bei der alten Eiche treffen wollten. Da gab es plötzlich einen lauten Knall, unsere Mutter fiel um und regte sich nicht mehr. Daraufhin stieß der Mensch einen Pfiff aus, der Hund hatte das Interesse an unserer Mutter verloren und lief zu seinem Herrn zurück. Wir dachten noch, dass unsere Mutter irgendeinen Trick angewandt hatte, um Bauer und Hund zu täuschen. Wir warteten eine Zeit ab, ob der Hund oder der Bauer sich wieder blicken lassen würden. Aber als eine Zeitlang nichts geschah, begaben wir uns zu der Stelle, an der unsere Mutter lag. Über ihrer Schulter klaffte ein tiefes Loch. Sie war tot.“

„Das ist eine schlimme Geschichte. Aber eure Mutter war wirklich sehr tapfer. Ihr könnt stolz auf sie sein."

Armin kam aus dem Haus und hatte ein Schälchen mit Katzenfutter in der Hand.

„Wenn ihr nicht reinkommen wollt, dann muss ich wohl rauskommen. Hier Jungs, euer Abendessen. Wenn es nicht reicht, kriegt ihr noch einen Nachschlag. Und wisst ihr was? Ich lasse heute Nacht ein Fenster offen, dann könnt ihr jederzeit rein und rausgehen, wie ihr wollt. Und wenn ihr für immer hierbleiben wollt, baue ich sogar eine Katzenklappe ein. Ich habe Talent für so etwas und wenn ihr wollt könnt ihr mir sogar dabei helfen. Na, wie wäre das?"

„Das ist doch mal ein vernünftiges Angebot," meinte Pirat.

„Allerdings, mit euren handwerklichen Fertigkeiten wird es wohl nicht so weit her sein," versuchte er die beiden Kater aufzumuntern.

„Überlegt es euch. Ich mache mich jetzt auf den Rückweg."

„Machen wir. Vielleicht kannst du auf dem Rückweg nach unserer Schwester sehen. Sie ist wie unsere Mutter und kennt keine Angst."

„Mach ich."

Pirat machte sich auf den Weg, seine Gestalt wurde bald vom Nebel umhüllt und war nach kurzer Zeit nicht mehr zu sehen.

Die beiden Kater machten gemeinsam das Futterschälchen leer und sprangen anschließend auf die Fensterbank, wo sie ihren schlafenden Bruder beobachten konnten. Armin hatte verstanden. Er schloss die Tür und öffnete das Fenster, damit die Kater jederzeit freien Zutritt hatten. Dann legte er sich auf den freien Teil seines Bettes und deckte sich sehr vorsichtig zu, um den Kleinen nicht zu stören. Die regelmäßigen Atemzüge des Katers beruhigten ihn und er schlief ein.

Er spazierte im Wald umher. Es war nicht mehr ganz so neblig. Hin und wieder konnte er sogar Sterne sehen. Der riesige Uhu saß wieder auf seinem Ast und zeigte mit seinem Kopf immer in dieselbe Richtung.

„Willst du mir etwas zeigen?"

Der Uhu hob seine Schwingen und flog langsam vor ihm her.

„Soll ich dir folgen?"

„Was soll er denn noch machen? Deutlicher geht's doch wirklich nicht."

Sein Freund war wieder neben ihm, sein Hund sprang begeistert an ihm hoch und freute sich, ihn wiederzusehen.

„Du siehst ja wieder aus wie früher, mein alter Freund. Hier quälen dich keine Schmerzen." Sein Freund hielt wieder die rote Blume in der Hand.

„Anscheinend magst du die Blume," meinte Armin.

„Du hast sie irgendwo gesehen und liegen lassen. Da habe ich sie mitgenommen. Es schien mir wichtig."

Der riesige Uhu flog ein Stück weiter und Armin und sein Freund folgten ihm.

„Was will er eigentlich von mir?"

„Der Uhu ist deine Erinnerung und er ist es leid, dass du den richtigen Weg nicht erkennen kannst. Er hilft dir. Du brauchst ihm nur zu folgen."

Der Uhu flog weiter vor ihnen her. Langsam lichtete sich der Wald. Eine Parkbank wurde sichtbar und Armin konnte fasziniert beobachten, dass er selbst auf der Bank saß. Vor der Bank manifestierte sich ein Gebäude. Ein graues Gebäude mit einer roten Schrift. Es kam ihm bekannt vor. Er konnte beobachten, wie er von der Bank aufstand und auf das Gebäude zuging. Die Bilder verschwommen und wurden undeutlich. Der Uhu stieß einen lauten Ruf aus und flog auf ein kleines Nebengebäude vor dem großen grauen Haus. Irritiert ließ Armin sich auf der Bank nieder. Sein Freund nahm neben ihm Platz und seine klugen Augen beobachteten ihn. Armin stellte fest, dass sein Freund eine Uniform trug. Eine schwarze Uniform.

„Warum läufst du in diesen Klamotten herum?"

„Die gehören mir nicht. Die gehören irgendwie in diesen Traum. Finde es heraus!"

*

Jordi und Stefan saßen vor ihren Computern. Jeder hatte eine Pizzaschachtel vor sich stehen und der Duft von den Pizzen erfüllte das ganze Büro.

„Ich verstehe das immer noch nicht. Es muss doch irgendeinen Sinn geben."

„Was? Was muss einen Sinn geben, Jordi?"

„Na, warum jemand auf solche Weise die Motorradfahrer von der Straße holt."

„Du meinst, es liegt ein System dahinter?"

„Ich meine, dass alle Opfer vielleicht irgendwo einen gemeinsamen Nenner haben. Es könnte doch sein, dass alle Unfallopfer etwas gemeinsam haben. Etwas was sie verbindet. Und das müssen wir herausfinden."

„Das sehe ich mittlerweile genauso. Es gibt da nur einen Haken."

„Welchen? Die Pizza ist wirklich gut."

„Die Unfallopfer kennen sich nicht. Keiner weiß von dem anderen. Bis auf dieses mysteriöse Treffen von den „Ironhearts" mit den „Kilometerfressern". Irgendwie klingt es nicht logisch, dass sie sich gegenseitig mit denselben schmutzigen Mitteln aus den Sätteln heben."

„So ganz stimmt das nicht, Stefan. Daniela war mit Willi befreundet und wie wir erfahren haben, auch mit dem Unfallopfer von den Kilometerfressern."

„Mit Andreas Pilzner. Da hätten wir vielleicht den gemeinsamen Nenner!"

„Gibt es etwas Neues von der Rechtsmedizin über Andreas Pilzner?"

„Es ist immer noch dasselbe, sie können sich diese seltsame Verletzung im Unterleib nicht erklären. Sie haben mit der KTU zusammen das Motorrad noch einmal überprüft, aber sie konnten nichts finden, was die Verletzung erklären könnte."

„Wir müssen noch einmal mit Willi sprechen. Hat er für den Tag mit dem Unfall von Pilzner ein Alibi?"

„Gut...Aber wie passt Armin dazu?"

„Keine Ahnung. Aber jetzt lass uns Schritt für Schritt vorgehen. Und dem Sprecher von den „Kilometerfressern" werden wir auch noch einmal auf den Zahn fühlen. Bei Andreas Pilzner ist der Sprecher, ich glaube Leuchter heißt er, natürlich aus dem Schneider. Aber er konnte auch nicht erklären, wo er bei dem Unfall von Daniela und Cengis war."

„Ich werde Brandt zu den „Kilometerfressern" schicken und wir kümmern uns um Willi. Kannst du mit deinem Computer noch einmal nachsehen, ob wir einige der Herrschaften schon bei uns führen? Das Ding hier spinnt schon wieder."

*

„Richie?"

Die gestreifte Katze saß neben Richie und wusch ihm in ihrer Verzweiflung die Ohren. Richie lag bewegungslos auf der Seite. Er hatte die Augen geschlossen und konnte uns nicht hören.

Ich stupste ihn zart mit der Pfote an, aber Richie reagierte nicht. Die Namenlose sah ihn sich genau an.

„Sein Herz schlägt und sein Atem geht schwach, aber er funktioniert...noch. Sein Verstand hat sozusagen einen Vorhang zugezogen. Es war zu viel, was ihm die letzte Zeit passiert ist. Seine Schmerzen waren ohnehin schon kaum zu ertragen und dann passierte das mit diesem dämlichen Absturz in diese Grube." Oscar sah sich in der Grube um. „Warum ist hier ein Loch?"

„Weil diese Grube von Menschen gemacht wurde," entgegnete ich, „sieh mal, da liegt sogar noch eines dieser komischen Menschenwerkzeuge." Ich deutete mit dem Kopf auf einen verrosteten Spaten. „Aber warum Menschen solche Sachen machen, weiß ich auch nicht."

„Wenn Richie das Bewusstsein nicht wiedererlangt, müssen wir Hilfe holen," meinte die gestreifte Katze.

„Selbst wenn er das Bewusstsein wiedererlangt, kommt er ohne Hilfe hier nicht mehr heraus." Oscar sah skeptisch auf den still liegenden Richie. „Wie kriegen wir dich hier heraus?"

„Einer von uns muss Hilfe holen."

„Das ist eine gute Idee, Laila. Und wer wird das sein?"

„Natürlich derjenige, der als erster oben ist," maunzte ich und setzte zu einem gewaltigen Sprung an.

Mein erster Versuch ging schief. Ich hing schon mit den Vorderpfoten am Rande der Grube, fand aber keinen Halt und landete wieder unsanft auf dem Boden. Ich setzte erneut an und legte noch mehr Kraft auf meine Hinterbeine. Und wieder krallten sich meine Vorderpfoten am Rande der Grube fest. Aber dieses mal fand ich eine Wurzel, an der ich mich festkrallen und heraus hieven konnte.

„Wo gehst du jetzt hin, Laila?" wollte Oscar wissen. „Nach Hause zu Laura und Sebastian?"

„Nein, das ist zu weit weg. Ich renne jetzt so schnell ich kann ins Clubheim, zu unseren Jungs. Ich melde mich bei euch."

„Ich sende Ekki eine Botschaft, dass du unterwegs bist," rief mit Tränen erstickter Stimme die gestreifte Katze.

„Beeil dich bitte," hörte ich die Namenlose rufen. „Sein Atem ist schwächer geworden. Ich weiß nicht, wie lange Richie noch durchhält!"

Ich rannte durch den weißen, milchigen, nebligen Gespensterwald. Der Mond war schon lange untergegangen, und es musste schon in den frühen Morgenstunden sein. Eine riesige Eule flog auf mich zu und drehte kurz über mir wieder ab, nachdem ich ein wütendes Fauchen hören ließ.

„Lass mich bloß in Ruhe. Ich habe überhaupt keine Zeit für Spielchen." Rehe standen auf der Lichtung und waren am frühstücken. Normalerweise schleicht man als Katze zwischen den Bäumen, um die Deckung zu gewährleisten. Aber das war mir jetzt alles piepschnurzegal und ich rannte die direkte Linie über die Lichtung. Die Rehe platzten aufgeregt auseinander und schimpften hinter mir her. Ich hatte Ekki zur Vorsicht auch noch eine Nachricht gesendet, denn normalerweise sind unsere Kater um diese Zeit bei ihren Versorgern im warmen Körbchen..

„Sein Atem wird immer schwächer," hallte eine Nachricht von der

Namenlosen in meinem Kopf.

„Er hat so tapfer um sein Leben gekämpft," schimpfte ich zurück, „er wird sich doch jetzt nicht von so einem blöden Loch unterkriegen lassen."

„Vielleicht war es ein Fehler, ihn aus dem Haus zu lotsen."

„Das ist doch alles Blödsinn, Namenlose! Wenn er geblieben wäre, hätte sein Versorger ihn gestern Abend noch weggebracht und ihn umbringen lassen. Er hatte doch gar keine andere Wahl."

„Das ist auch wieder wahr. Ich sehe nur, dass er Hilfe braucht. Und er kann nicht mehr lange warten, sonst war alles umsonst!"

In meinem Kopf rumorte es. Wie ein schwarzer Pfeil schoss ich durch den Wald und roch die Nähe des Clubheims, noch bevor ich es sehen konnte. Ekki kam mir schon entgegengelaufen.

„Wie geht es Richie?"

Seine riesigen Augen hingen fragend an mir.

„Nicht so gut. Er braucht Hilfe und zwar schnell. Ohne diese dämliche Grube hätte er es geschafft. Aber wegen diesen Wildschweinen, die durch den Wald rannten, mussten wir einen Unterschlupf suchen und haben dabei diese Grube übersehen. Aber das ist jetzt alles uninteressant. Richie hat das Bewusstsein verloren und wir können nichts dagegen tun."

„Bewusstsein verloren? Was ist das?"

„Das ist wie schlafen, Ekki. Aber es kann ihn keiner mehr aufwecken. Er reagiert auf nichts und sein Atem geht immer schwächer."

„Das hört sich an, als wäre Bewusstseinlos, so etwas ähnliches wie der Bruder vom Tod. Das macht mir Angst, Laila." Ekkis Augen füllten sich mit Tränen.

„Das wollen wir doch mal sehen," schallte Zorros Stimme herüber, „ob wir diesem Typ mit der Sense nicht ein Schnippchen schlagen können. Die Nacht ist vorbei und jeden Morgen, in der Mittagspause und abends kommt Willi vorbei, um nachzusehen, ob Richie da ist. Es würde mich sehr wundern, wenn er heute nicht kommen würde. Alles was wir tun müssen ist warten, damit..."

„Wir haben keine Zeit mehr, Zorro. Richie geht es sehr schlecht."

„Ich weiß aus welcher Richtung Willi immer kommt. Sein Freund Sascha fährt ihn mit dem Auto jeden Morgen bis zu ihrem Grundstück. Gehen wir ihnen entgegen, um die Angelegenheit ein wenig zu beschleunigen."

„Ich höre ein Auto," rief Robert.

„Das ist Saschas Auto. Ich erkenne den Motor wieder."

„Dann los!" brüllte Pirat. „Was hält uns noch?"

Der Nebel lichtete sich langsam und am Himmel versuchte die Sonne den restlichen Nebel zu vertreiben. Wir rannten auf dem Feldweg dem Auto entgegen...

Sascha fuhr vorsichtig wegen der schlechten Sicht.

„Vielleicht haben wir heute Glück."

„Ich habe gestern Abend bei seinem ehemaligen Besitzer angerufen. Der war vielleicht wütend."

„Warum Willi? Du wolltest doch nur wissen wie es ihm geht?"

„Der ist ziemlich schräg drauf. Als ich mich das erste Mal gemeldet habe, da hat er schon gesagt, ich soll nicht mehr anrufen. Aber gestern Abend...du meine Güte, war der sauer. Er hat so Sachen gebrüllt wie, wenn ich ihn kriege, lass ich ihn einschläfern. Daraufhin habe ich ihn gefragt, ob Richie weg ist und da hat er gemeint, ja, er wäre abgehauen, wo er ihn gerade zum Tierarzt bringen wollte, um das Problem Richie aus der Welt zu schaffen. Wenn ich ihn zuerst finden würde, dürfte ich ihn behalten. Wenn er ihn zuerst findet..."

„Was für ein Arschloch!"

„Was ist denn hier los?"

Zorro setzte zu einem gewaltigen Sprung an und saß auf der Motorhaube. Pirat, Robert und Ekki setzten nach.

Sascha brachte das Auto staunend zum Stehen und beide stiegen aus.

„Das glaubt mir doch kein Mensch!"

Ich lief umgehend zu Willi und setzte mich mit ihm auseinander. Die Namenlose meldete sich wieder.

„Hast du Hilfe gefunden? Richie wird immer schwächer. Wir wissen nicht mehr was wir tun sollen."

„Ich bringe Willi mit, so schnell ich kann."

„Beeilt euch!"

„Hast du gehört, Willi? Richie braucht deine Hilfe! Stell jetzt keine dummen Fragen und komm einfach mit." Ich strich ihm um die Beine lief vor und wieder zurück.

„Fahr in die Firma, Sascha. Auch wenn es sich blöd anhört, aber ich glaube, Laila will mir etwas zeigen."

„Das sehe ich auch so. Was soll ich dem Chef sagen?"

„Keine Ahnung. Vielleicht einfach die Wahrheit?"

„Weißt du was? Geh mit und ruf mich zwischendurch an. Dann überlegen wir gemeinsam."

„Das könnt ihr später verhackstückeln," schimpfte ich dazwischen, „los, Willi komm jetzt!"

Wir rannten vor und Willi folgte uns mit einem schnellen Tritt.

„Wir sind unterwegs," schickte ich der Namenlosen.

„Beeilt euch, Laila! Bitte, kommt so schnell wie möglich. Ich hatte die ganze Zeit Verbindung zu Richie. Aber er entgleitet mir zusehends!"

*

Jordi saß gemütlich mit Irene am Frühstückstisch. Sissi, das kleine, weiße Pudelchen von Irene, saß auf seinem Schoß. Aber nicht alleine. Auf dem anderen Bein von Jordi saß Medea, die schwarze, blinde Katze.

„Wann wollte deine Mama nochmal kommen?" fragte Jordi und biss herzhaft in sein Marmeladenbrötchen.

„In zwei Wochen wollte sie hier wieder für ein paar Tage Station machen." Irene rührte gedankenverloren in ihrem Kaffee.

„Aber ich glaube, dieses Mal kommt sie nicht nur wegen mir."

„Ach, nein? Wen sollte sie denn sonst aus Griechenland mit ihrem Wohnmobil besuchen wollen? Sie hat sogar, wenn ich das richtig verstanden habe, ihre archäologische Arbeit unterbrochen, um hierher zu kommen."

„Nein," stellte Irene fest, „ihre Arbeit hat sie beendet, aber es muss alles noch katalogisiert werden. Aber das kann sie von ihrem Computer aus."

„Alles klar."

„Ganz im Ernst, Jordi. Ich glaube, sie kommt auch ein kleines bisschen wegen unserem Herrn Altmeyer."

„Echt jetzt?"

„Echt jetzt?" äfften Sissi und Medea Jordi nach. „Das ist ja ein Ding."

„Warum eigentlich nicht. Ein wenig Zuneigung und Herzenswärme haben noch niemandem geschadet? Gerade wenn man so ein Einzelgänger wie Altmeyer ist. Wollte Melina Altmeyer im Sommer nicht zu einem mehrtägigen Ausflug einladen?"

„Ja, das ist richtig. Aber er wollte nicht weg...wegen den kleinen Kätzchen."

„Die brauchen ihn am allerwenigsten," maulte Sissi.

„Wir sind die Tanten und die Erzieherinnen von Paul und Gretchen," pflichtete Medea ihr bei.

„Er gibt ihnen nur das Essen. Alles was sie zum Leben brauchen lernen sie von uns."

„Das ist wahr, Medea. Und wenn es noch so gemütlich auf Jordis Schoß ist, müssen wir uns gleich wieder auf den Weg machen und auf unsere Racker aufpassen."

Ein Auto hielt vor dem Haus.

„Das ist bestimmt Stefan!" freute sich Sissi. „Ich hoffe, es ist noch genug Kaffee für ihn da."

„Ich bin zuerst an der Tür," meinte Medea, „dann knuddelt er mich zuerst."

„Das wollen wir doch mal sehen!" Sissi hechtete mit einem eleganten Sprung von Jordis Schoß und schoss zur Tür.

Sissi sprang an der Tür hoch und erreichte den Griff. Medea hörte, wie Sissi den Griff nach unten drückte und gemeinsam öffneten sie die Tür. Stefan kannte das Ritual bereits und war gewappnet. Zusammen sprangen sie an ihm hoch und auf seinen Arm.

„Du hast doch bestimmt noch Zeit für eine Tasse Kaffee. Nicht wahr Frauchen, wir haben doch Kaffee?" Stefan sagte guten Morgen und setzte die beiden Damen ab, dann schaute er auf seine Uhr.

„Ach komm schon, Stefan. Für einen Kaffee ist immer noch Zeit. Seit die Baustelle weg ist, sind wir doch schneller im Büro."

„Das ist auch wieder wahr, Jordi. Mich macht dieser Fall verrückt."

„Wie meinst du das, Stefan?"

„Wie meint er das? Vor allen Dingen welcher Fall?," bellte Sissi neugierig.

„Ich habe das Gefühl, dass wir die ganze Zeit im Kreis gehen, aber die Lösung liegt nicht außerhalb des Kreises sondern innen. Wir können sie nur nicht sehen."

„Wie kommst du darauf?"

„Du hast gestern was gesagt, was mich sehr nachdenklich gemacht hat."

„So, habe ich das? Anscheinend rede ich nicht nur Blödsinn. Kannst du mir den Gefallen tun und mir mitteilen, mit welchem Beitrag ich dich zum Nachdenken brachte?"

Stefan schlürfte genüsslich seinen Kaffee.

„Was ist, wenn Daniela der Dreh und Angelpunkt ist? Auch wenn sie wahrscheinlich selbst davon keine Ahnung hat."

„Du meinst es geht nur um sie?"

„Das ist nur eine Theorie, Jordi"

„Ich möchte mich ungern einmischen."

„Tust du aber, Frauchen," knurrte Sissi dazwischen.

Irene hielt ihr Marmeladenbrötchen hoch, als wäre dieses Brötchen der Schlüssel der Erkenntnis.

„Wenn Daniela der Dreh und Angelpunkt ist, meinst du verschmähte Liebe, Eifersucht, Rache und solche Sachen. Richtig, Stefan?"

„Ja, genau."

„Wie passt dann die Motorradfahrerin ins Bild? Soweit ich weiß, hat man doch sogar zweimal versucht sie umzubringen."

„Scheiße!"

„Doch nur alles Zufall, Stefan?"

„Wer sagt uns eigentlich, Jordi, dass bei dem Motorradtreffen Frau Kessler, also Michelle gemeint war?"

„Es wird Zeit, dass wir uns auf den Weg zur Arbeit machen."

„Alles klar, Jordi. Es ist noch ziemlich früh. Ich rufe Willi an ob er noch Zuhause ist. Ich will nicht, dass wir auf seinem Arbeitsplatz erscheinen. Er muss uns jetzt eine Erklärung abgeben, wo er zur fraglichen Zeit vor zwei Wochen war, als Andreas Pilzner verunglückte und, wohin er nach dem Konzert der Nitro Gods verschwunden war."

*

Zorro lief neben Willi her und munterte ihn auf.

„Komm, mein Freund! Nicht schlapp machen, wir haben es fast geschafft."

Willi hatte eine gute Kondition und konnte gut mit uns Katzen mithalten. Nur einmal musste er kurz stehen bleiben und ein paar Mal scharf nach Luft schnappen. Aber dann war er wieder voll dabei.

Oscar kam uns schon entgegengelaufen.

„Bin ich froh, dass ihr endlich hier seid. Meine Mama sagt, sie könne Richies Leben nur noch ganz schwach spüren. Sein Leben will sich schon anderen Sphären zuwenden. Sie sagt, er hat keine Kraft mehr. Komm Willi, ich zeige dir wo es lang geht."

Wir alle drängten ihn zu der Grube, aus der nur das leise Klagen der gestreiften Katze zu hören war.

Zuerst schaute Willi in die Grube, dann erkannte er sofort die Situation. Die Namenlose und die gestreifte Katze saßen links und rechts neben Richie. Er sah sich um und fand einen brauchbaren, großen, starken Ast.

Die gestreifte Katze fauchte und stellte ihre Rückenhaare hoch.

„Er will Richie mit dem Holz erschlagen. Die Menschen sind doch alle gleich. Aber ich werde ihn verteidigen!"

Die Namenlose stellte sich vor die andere Katze.

„Meinst du wirklich, Willi hätte den weiten Weg gemacht, um Richie zu erschlagen? Ich weiß, es fällt dir wegen deinen Erfahrungen schwer, Menschen zu vertrauen. Aber wir haben keine Zeit mehr. Du spürst es doch auch. Richie zieht sich immer weiter zurück. Lass Willi helfen."

Die gestreifte Katze sah zu Richie, der leblos da lag, dann sah sie der Namenlose in die Augen.

„Gut, ich vertraue dir, aber den Menschen werde ich im Auge behalten."

„So, diesen Ast werde ich hier an dem Innenrand der Grube abstellen. Wisst ihr, ich bin zwar schnell in der Grube, aber im Gegensatz zu euch nicht mehr so schnell draußen."

Er klemmte den Ast auf dem Boden der Grube fest.

„Willi, mach es nicht so spannend mit dem Stöckchen...weißt du..."

„Ekki?"

„Ja, Boss?"

„Halt die Klappe!"

Willi kletterte vorsichtig an dem dicken Ast in die Grube. Die gestreifte Katze fauchte.

„Ich tue Richie nichts. Keine Sorge, Kätzchen. Ich will ihm nur helfen. Siehst du, meine Hand streichelt ihn nur, sonst nichts."

Das Fauchen wurde leiser.

„Wir haben getan was wir konnten," sprach die Namenlose sehr leise. „Jetzt liegt es an dir, mein Freund."

Willi zog seinen Schal aus, legte ihn sanft unter Richie. Dann hob er ihn mit dem Schal an und band sich den Schal um die Schulter. Dann kletterte er sehr vorsichtig aus der Grube.

Wir umringten ihn und wollten alle nach Richie sehen.

„Und jetzt müssen wir schleunigst zu unserer Tierärztin. Ich werde sie von unterwegs anrufen, ob sie so früh schon da ist."

Irgendetwas klingelte nervig.

Willi war schon wieder mit Riesenschritten auf dem Rückweg. Er holte sein Handy aus der Gesäßtasche und brüllte hinein, „Verdammt noch mal, ich habe es eilig. Ein Auto könnte ich brauchen, zur Tierärztin. Hast du verstanden? Wer stört eigentlich, um diese Zeit?"

„Kommissar Wieland hier. Wir hätten nur eine einzige Frage an dich. Weißt du..."

„Bei allem Verständnis für deine Arbeit. Ich habe wirklich im Moment keine Zeit."

„Bist du schon auf der Arbeit?"

„Ich habe doch gesagt, dass ich auf dem Weg zur Tierärztin bin. Ich kann nicht lange quatschen und muss schnell machen, dass ich aus dem Wald herauskomme und mir ein Taxi schnappen kann. Mein Freund hier braucht dringend Hilfe."

„Wo genau bist du? Wir holen dich ab."

„Ich habe doch gesagt, ich habe keine Zeit."

„Wir fahren dich zur Tierärztin"

„Warum sagst du das nicht gleich? Ich bin bald auf der Höhe von unserem Grundstück."

„Alles klar. Wir kommen dir entgegen."

„Schaltet das Blaulicht ein, dann seid ihr schneller. War nur ein schlechter Witz. Beeilt euch! Danke."

Willi hatte bereits wieder eine neue Nummer in seinem Handy gewählt.

„Guten Morgen, Frau Doktor. Sind sie da? Richie geht es überhaupt nicht gut, ich habe ihn mitten im Wald in einer Grube gefunden. Er lebt, aber er ist bewusstlos. Ich mache mir große Sorgen...und noch etwas...ich gebe ihn nicht mehr her, egal was noch passieren sollte."

„Bringen sie ihn sofort her. Ich werde alles bereit machen."

„Willi," sagte ich anerkennend zu ihm, „du bist ein richtiger Problemlöser."

Das uns wohlbekannte Auto unserer Kommissare kam uns auf dem Feldweg entgegengezuckelt.

Willi öffnete die hintere Wagentür und stieg mit Richie auf den Armen ein.

Stefan öffnete das Fenster.

„Habt ihr Willi gezeigt, wo Richie ist? Na, klar! Wer sonst? Wir haben jetzt keine Zeit, aber wir machen das bei euch wieder gut, das versprechen wir."

Stefan schloss das Fenster, fuhr das Auto rückwärts bis zu dem Grundstück, wendete und fuhr los.

„Du schaffst das, Richie!" rief ich hinterher.

Das Auto beschleunigte und wirbelte Staub auf. Mit bangen Herzen sahen wir ihnen nach, bis das Auto im Morgennebel verschwand.

„Zu blöd, dass so ein starker Nebel ist. Dadurch kommen wir nicht so schnell vorwärts wie ich möchte," schimpfte Stefan. Sie wechselten kaum ein Wort miteinander. Willi blickte nur ängstlich auf Richie, der ziemlich schlaff und entkräftet in seinem Arm ruhte. „Mach jetzt bloß nicht schlapp, mein Freund. Wir kriegen das hin! Hörst du?"

Jordi schaute mitfühlend zu Willi. „Wir sind sofort da."

Mit quietschenden Bremsen hielt der Wagen vor der Tierarztpraxis. Willi stieg aus und rannte förmlich auf die Praxis zu. Die Assistentin winkte ihn bereits durch einen Hintereingang. „Kommen sie! Wir haben alles vorbereitet. Die Ärztin wartet schon."

Willi verschwand mit Richie in der Praxis und die Assistentin schloss die Tür.

„Was machen wir jetzt?" Ratlos blickte Jordi auf die geschlossene Tür. „Sollen wir warten bis Willi wieder herauskommt? Haben wir denn soviel Zeit?"

„Unser Dienst hat offiziell noch gar nicht angefangen. Also soviel zur Zeit. Es ist praktisch immer noch Freizeit was wir hier machen... na ja...fast. Wir werden hier warten und Willi diese wichtige Frage stellen. Außerdem möchte ich wissen wie es Richie geht, das interessiert mich wirklich."

„Seltsamerweise interessiert mich das auch...verdammt nochmal... Willi soll endlich die Schnauze los machen wo er war, wenn er ein vernünftiges Alibi hat, spart er sich doch ein Menge Scherereien."

„Vielleicht ist er sich dessen überhaupt nicht bewusst."

„Kann sein. Aber jetzt mal was anderes. Glaubst du, dass Willi Probleme mit seinem Chef bekommt? Er müsste doch jetzt auf der Arbeit sein?"

„Das ist eine gute Frage. Aber da siehst du seinen Charakter. Er lässt den Kater nicht im Stich und wenn es ihn vielleicht den Arbeitsplatz kostet."

„Vielleicht manchmal ein bisschen zu viel Charakter."

„Wie meinst du das, Jordi?"

„Er will nicht sagen, wo er nach dem Konzert war. Also läuft er Gefahr, sich direkt in Teufels Küche zu begeben."

„Wir werden uns intensiv mit ihm unterhalten...Ah, da geht die Tür auf... schau mal Willi kommt heraus."

„Er hat Richie nicht dabei."

„Scheiße."

Willi stieg hinten ins Auto ein und sprach kein Wort.

„Wenn du willst, können wir dich zu deinem Arbeitsplatz fahren, sonst kommst du viel zu spät."

Willi nickte nur.

„Ist alles in Ordnung?" wagte Jordi leise zu fragen. „Was ist denn mit Richie?"

Stefan startete das Auto und fuhr los.

Willi gab keine Antwort. Er hielt den Kopf gesenkt und eine Träne lief ihm über die Wangen.

Jordi wollte noch etwas sagen, aber Stefan gab ihm ein Zeichen und so herrschte Schweigen im Auto, das nur unterbrochen wurde vom gelegentlichen schniefen und Nase putzen.

Etwas entfernt von der Werkstatt parkte Stefan das Auto am Bürgersteig.

Mitfühlend drehten sich Stefan und Jordi auf den Vordersitzen zu Willi hin.

„Du hast alles versucht, Willi. Mehr konntest du nicht tun!"

Willi hielt seinen Kopf mit den Händen und atmete tief durch.

„Er wird es schaffen," sagte er ganz leise.

„Er wird es tatsächlich schaffen...Richies Kreislauf war zusammengebrochen. Er hatte sich wahrscheinlich in der Nacht zu viel angestrengt, um aus diesem verhassten Haus zu entkommen. Die Ärztin hatte ganz schön was zu tun, um ihn, wie hat sie noch gleich gesagt, zu „stabilisieren". Ich bin wirklich kein Weichei, das könnt ihr mir glauben. Aber das war alles ein bisschen viel die letzte Zeit. Jetzt muss er halt noch mal eine Binde um den Bauch tragen, weil sein Beckenbruch wieder angerissen ist. Seine Milz muss sich auch noch ein wenig erholen. Aber das heilt wieder. Er ist sehr erschöpft und bekommt Infusionen, aber heute Abend nach der Schicht darf ich ihn mit nach Hause nehmen."

Willi holte tief Luft und schloss kurz die Augen.

„Aber wisst ihr was das Beste ist?"

Erwartungsvoll schauten ihn die Kommissare an.

„Die Ärztin hat mit dem ehemaligen Besitzer telefoniert und hat ihm klar gemacht, dass Richie für immer zu mir gehört, und sie hat ihn sogar ein Schriftstück aufsetzen lassen. Jetzt habe ich es schwarz auf weiß, niemand kann uns mehr trennen."

„Das freut mich für dich, Willi. Dann sorge auch dafür, dass du bei ihm bleiben kannst."

Entgeistert schaute Willi Stefan an.

„Wie meinst du das?"

„Wo warst du nach dem Konzert, Willi? Wohin bist du, eine halbe Stunde bevor das Konzert zu Ende war, verschwunden? Du musst uns jetzt die Wahrheit sagen! Und komm uns nicht mehr mit Ausflüchten! Bist du dir eigentlich im Klaren, in welcher Situation du dich befindest? Mach es uns doch nicht so schwer!"

Willi drehte den Schal mit dem er Richie zur Ärztin getragen hatte, zu einem Klumpen.

„Scheiße...ich muss nachdenken."

Sein Handy klingelte.

„Ich bin gleich da, Martin. Ja, es hat alles geklappt. Richie ist beim Arzt, es ist noch einmal gut gegangen. Was sagst du, Radlager gefressen? Bremsscheibe gerissen? Und der Bremssattel hat sich auch verabschiedet...Dann muss eine neue Achse eingebaut werden, ist klar...Wenn wir die Achse heute noch besorgen können, was sagst du...ist schon bestellt... prima, und wenn Sascha mir dann noch hilft, ist sie heute Abend eingebaut."

Willi schaute fassungslos auf sein Handy. „Das war mein Chef. Ich muss gar nichts erklären und nicht lügen. Sascha hat ihm alles erzählt...feiner Kerl."

Sein Blick verlor sich und auf seiner Stirn bildeten sich zwei steile Falten. Er schüttelte fast unmerklich mit dem Kopf und schaute aus dem Fenster auf einen fernen, imaginären Punkt.

„Bevor das Konzert zu Ende war, bin ich auf der Landstraße stadtauswärts gefahren, wisst ihr, dort wo das neue Naherholungsgebiet ist, weil da in der Nacht die einzige Tankstelle ist, die noch offen hat. Ich habe mein Motorrad vollgetankt und mir am Kaffeeautomat einen Kaffee gezogen. Vielleicht hilft das ja weiter, aber mehr kann ich wirklich nicht sagen."

„Hast du die Rechnung noch?," wollte Stefan wissen.

„Nein, die habe ich weggeworfen."

„Hast du mit Kreditkarte bezahlt?"

„Nein, ich habe in bar bezahlt. Das war vielleicht eine Aktion kann ich euch sagen..."

„Warum?"

„Weil der Tankwart gerade abgeschlossen hatte und nach Hause gefahren war. Ich konnte seine Rücklichter von seinem Auto noch sehen. Mir stand nur noch dieser dämliche Tankautomat zur Verfügung und der wollte zunächst mein Bargeld nicht. Einfach zum kotzen...nach einer Weile hat es dann doch funktioniert und ich konnte weiterfahren."

„War noch jemand an der Tankstelle? Hast du eventuell einen Zeugen?"

„Nein. Da war keine Menschenseele. War vielleicht besser so. Wegen dem scheiß Tankautomat habe ich geflucht wie ein Kesselflicker."

„Vielleicht wäre es besser gewesen, wenn jemand deine prosaischen Auswüchse mitbekommen hätte. Aber das ist ja schon mal besser als nichts."

Stefan runzelte die Stirn und klappte sein Notizbuch zu. „Wir werden sehen, was wir mit dieser Information anfangen können."

„Ich glaube, ich muss dann mal...die Achse wartet..." Willi stieg aus, aber bevor er die Türe schloss, drehte er sich noch einmal um und kratzte sich etwas hilflos an seinem roten Bart.

„Danke für eure Hilfe. Ich weiß nicht ob Richie es ohne euch geschafft hätte..."

„Nicht der Rede wert. De nada," antwortete Jordi.

Willi stieg aus und beeilte sich, in die Werkstatt zu kommen.

„Was meinst du, Jordi? Hat er die Wahrheit gesagt? Oder ist das eine Schutzbehauptung?"

„Wir werden es überprüfen. Was wir glauben ist unwichtig und hilft uns nicht weiter.“

*

Heinrich war sehr schlecht gelaunt. Michelle hatte den ganzen Morgen nicht einmal ein paar Minuten Zeit für ihn. Obwohl er alles, aber auch wirklich alles probiert hatte, damit sie sich um ihn kümmert, anstatt um die blöden Papiere. Sogar den Dauerschreiber hatte er ihr immer wieder vom Schreibtisch geworfen. Aber als sie ihn zum x-ten Mal wieder aufheben musste, was mit einem riesigen Gipsbein und einem fetten Kater auf dem Schoß wirklich keinen Spaß macht, hat sie nur gesagt, „wenn das noch einmal passiert, gehst du hinauf zu Gisela und Waltraud. Es ist sehr wichtig, was ich hier mache. Es könnte sein, dass unsere Zukunft davon abhängt, das musst du doch verstehen?“

Das ärgerte ihn dermaßen, aber zugleich fühlte er auch die Angst von Michelle und, dass er im Moment nicht viel helfen konnte. Das fand er richtig doof.

Mathilde hatte mit ihrem neuen Ball gespielt, die Fransen am Vorhang im Wohnzimmer gezählt, draußen die Vögel beobachtet, ein zusammengeknülltes Stück Papier gefunden und durch die Gegend geworfen und jetzt machte sie ausgiebige Fellpflege.

„Michelle hat Sorgen, und du nervst nur herum! Du gehst mir auf die Nerven, kannst du nicht mal für fünf Minuten Ruhe geben?“

„Ich bemerkte auch, dass Michelle Sorgen hat. Das muss irgendwie mit ihrem komischen Firmendings da zusammenhängen. Aber ich mache trotzdem was aus meinem Leben, im Gegensatz zu dir. Du gehst immer mehr in die Breite und siehst mittlerweile aus wie das Sofakissen, wenn ihr nebeneinander liegt kann man euch schon nicht mehr unterscheiden.“

„Doch kann man. Mein IQ ist deutlich höher, als der des Sofakissens. Los, probier es aus. Frag das Sofakissen was und dann mich, du wirst sehen dass...“

Heinrichs Redeschwall wurde unterbrochen, weil Michelles Handy piepte und vibrierte.

„Ich hasse diese Dinger. Die mischen sich überall ein,“ maulte Heinrich.

Michelle legte die Papiere zur Seite und hob das Handy auf. Es war eine Nachricht auf dem Messenger. Sie las sie durch und ein Lächeln stahl sich auf ihr Gesicht.

„Kriegen wir auch was mit, was dieses blöde Ding dir schreibt? Was schafft dieses Ding, was ich nicht geschafft habe?“

„Was hat das Ding denn geschafft, Heinrich?“

„Es hat Michelle zum lachen gebracht. Das ärgert mich.“

Unvermittelt legte Michelle das Telefon hin, drückte Heinrich ganz fest an sich und gab ihm einen dicken Schmatz.

„Ich liebe diese Dinger,“ maunzte Heinrich leise und hielt den Kopf weiter hoch, damit sie ihn noch mehr knuddeln konnte.

„Opportunist!“

„Nur wenn es nötig ist, Mathilde.“

„Kann ich kurz hereinkommen?“ klang es vom Flur.

„Aber selbstverständlich, Waltraud. Seit wann musst du fragen?“

„Ich wollte mit Nadeshda einkaufen gehen, natürlich nur, wenn sie Zeit hat.“ Waltraud sah sich liebevoll im Wohnzimmer um.

„Also man sieht schon Nadeshda´s ordnende Hand. Aufräumen ist ja leider nicht so unser Ding. Das chaotische hast du von mir, frag mal Gisela. Bei deiner Mama war auch immer alles picobello.“

„Da ist was dran, Waltraud.“

„Sag mal, dieser bescheuerte Kater, liegt der immer noch den ganzen Tag auf deinem Schoß? Man sollte ihm sagen, dass er Beine hat.“

„Das mit dem bescheuerten Kater habe ich gehört,“ grollte Heinrich beleidigt dazwischen.

„Was ist eigentlich mit Marcel?,“ fragte Waltraud vorsichtig. „Es geht mich zwar nichts an und ich mag ihn auch nicht besonders, aber wenn du seinetwegen leidest, dann leide ich auch mit dir. Ich dachte mir nur, ich habe ihn seit ein paar Tagen nicht mehr gesehen...ach was rede ich denn da...wie ich schon gesagt habe...es geht mich nichts an. Du musst mir nicht antworten. Verzeih' kleiner Spatz.“

„Dann antworte ich für Michelle...Marcel ist durch," schnurrte Heinrich zufrieden.

„Nein, nein, das ist in Ordnung. Ich bin sogar froh, dass du fragst. Marcel hat Schluss gemacht. Es war die richtige Entscheidung. Wir haben uns gegenseitig ausgesprochen, da war wohl mehr, was uns trennte...nicht nur die Essgewohnheiten. Ich schätze, irgendwann ist unsere Liebe eingeschlafen."

„Deshalb vertiefst du dich so in die Arbeit. Alles klar. Darf ich Gisela davon erzählen?"

„Selbstverständlich."

„Wenn du zu Gisela hoch gehst, könntest du mir mein Lieblingsspielzeug mitbringen? Ich glaube, das würde Michelle gefallen und Gisela wäre froh, weil sie nicht mehr ständig darüber stolpert."

„Wenn du dich so besser fühlst, dann soll es mir auch recht sein...aber du solltest wirklich diesen bescheuerten Kater ab und zu mal auf den Boden setzten...du meine Güte, er kriegt sonst noch Kreislaufprobleme."

„Ich berühre den Boden nur, wenn es etwas zu essen gibt und wenn ich aufs Klo muss! Mir genügt das."

„Ach lass ihn doch. Wenn er Spaß daran hat. Aber mal was ganz anderes. Es ist gut, dass du da bist, Waltraud."

Michelle nahm einige Einstellungen am Computer vor und rief die Seite auf, auf der die Buchungsunterlagen gespeichert waren. Dann nahm sie einen Aktenordner und blätterte einige Seiten durch, bis sie die gewünschte Seite vor sich hatte. Waltraud nahm sich einen Stuhl und setzte sich erwartungsvoll neben Michelle an den Computer.

„Siehst du diesen fünfstelligen Betrag hier?"

„Wo jetzt? Im Ordner oder auf dem Computer?"

„Zuerst auf dem Computer."

„Klar sehe ich den. Was ist damit?"

„Hier in den Akten taucht der gleiche Betrag wieder auf. Siehst du das?"

„Ich sehe ihn, aber verstehe nicht."

„Er wurde abgebucht, da muss ich noch prüfen, was mit dem Geld bezahlt wurde. Dann taucht der Betrag als Gutschrift von einer Firma wieder auf, um zugleich wieder auf einem andern Firmenkonto als Lastschrift zu erscheinen."

„Was willst du damit ausdrücken, mein Schatz? Haben wir Geld verloren oder wie muss ich das verstehen?"

„Das weiß ich eben nicht. Dieser Betrag wechselt drei bis vier Mal die Position, das macht mir Kopfzerbrechen."

„Das klärt sich auf. Wenn das Geld da ist, ist es doch nicht so tragisch."

„Ich muss es erst einmal finden. Denn es ist auf deinem Computer gespeichert worden."

„Was?"

„Ja, Waltraud. Vor circa sechs Wochen."

Man konnte sehen, wie angestrengt Waltraud nachdachte, da sich ihre Stirn in Falten legte.

„Richtig, da war doch was. Unser Buchhalter hatte Urlaub und damit das Quartal pünktlich fertig wird, habe ich die Daten für das Finanzamt zusammengetragen und schon einmal vorgearbeitet. Wie du weißt, sieht es bei uns im Moment nicht so rosig aus und Schulden beim Finanzamt können wir uns nicht leisten. Daher hielt ich es für eine gute Idee."

„Das klärt so manches. Danke, Waltraud."

„Ich bin sehr froh, dass du wieder da bist, mein Schatz. Du siehst, es ist bitter nötig. Du musst jetzt den Mist ausbaden, den ich angerichtet habe. Unser Buchhalter hat mich auch ausgeschimpft."

„Prima, dann kann ich mir meine Tirade ja sparen. Aber wenn ich jetzt die Ursache kenne, werde ich das alles wieder hinbiegen... irgendwie!"

„Wenn es eine schafft, dann du!"

Waltraud drückte die Hand ihrer Nichte ganz fest.

„Ich habe ein richtig schlechtes Gewissen, weißt du das? Vielleicht wäre es besser gewesen die Firma zuzumachen. Du hast studiert und wärst in jeder Firma willkommen, dann würdest du letztendlich auch viel mehr Geld verdienen."

„Würdest du bitte aufhören, ihr solche Flausen in den Kopf zu setzen," schimpfte Heinrich laut los.

„Sie ist genau dort, wo sie meiner Meinung nach hingehört. In diesen Stuhl und ich auf ihrem Schoß!"

Das brauchst du nicht, Tantchen. Mein Entschluss war sorgfältig überdacht und ich bereue nichts. Meine Eltern sollen nicht umsonst gestorben sein...das wollen wir doch mal sehen! Oder?"

*

Stefan und Jordi saßen wieder in ihrem Büro. Stefan hatte auf seinem Computer eine Landkarte heruntergeladen und suchte nach der Tankstelle, an der Willi angeblich in jener Nacht getankt hatte. Stefan rief bei der Tankstelle an, doch der Mitarbeiter antwortete, dass ihm nichts bekannt sei und es in der Nacht keine besonderen Vorkommnisse gegeben hätte.

„Haben sie ein Überwachungskamera?"

„Stimmt, haben wir. Aber ich glaube, die speichert die Videos immer nur ein paar Tage lang. Wenn keine besonderen Vorkommnisse waren, also ein Überfall oder ähnliches, werden die Aufzeichnungen gelöscht. Aber ich bin mir nicht sicher."

„Was heißt, ein paar Tage," wollte Stefan wissen.

„Das ist eine gute Frage. Ich bin noch nicht so lange dabei. Ich glaube vierzehn Tage, aber genau weiß ich das nicht. Da müssen sie meinen Chef fragen, aber der ist im Moment nicht da."

„Wann ist ihr Chef denn wieder da? Wissen sie, es wäre sehr wichtig für uns."

„Ich gebe ihnen seine Handynummer. Würde ihnen das weiterhelfen?"

„Ja, danke."

Stefan rief umgehend die Nummer an, aber es meldete sich nur die Mailbox.

„Mist! Da kommen wir nicht weiter, Jordi."

„Wir bleiben dran, Stefan...warte mal...mein Handy klingelt."

Stefans Blick ruhte auf Jordi.

„Guten Morgen Doktor Wagner. Was sagen sie? Frau Bankgruber ist

aufgewacht? Wie geht es ihr?
Mensch, das freut mich außerordentlich. Meinen sie wir können ihr ein paar Fragen stellen? Es dauert ganz bestimmt nicht lange. Okay? Danke. Wir machen uns sofort auf den Weg."
In der Klinik kam ihnen Doktor Wagner schon entgegen.
„Wir haben sie soweit aus dem künstlichen Koma herausgeholt. Ihre Heilung schreitet gut voran, aber sie bekommt immer noch starke Schmerzmittel. Stellen sie ihre Fragen. Aber bitte nicht zu lange, Frau Bankgruber ist immer noch ziemlich schwach. Sie liegt nicht mehr auf der Intensivstation, sondern hier im Zimmer hundertvierundzwanzig."
„Wird sie wieder laufen können? Wird sie ihr altes Leben überhaupt wieder aufnehmen können,?" wollte Jordi wissen.
„Das wissen wir erst in ein paar Tagen. Aber ich beobachte ihre Heilung und sehe welche Fortschritte sie macht...aber wir müssen abwarten. Kleine Schritte, verstehen sie?"
„Herr Doktor, können sie bitte auf die einhundertzwei kommen," rief eine Krankenschwester. „Kammerflimmern!"
„Bin unterwegs," rief der Doktor zur Schwester und zu den Beamten meinte er, „tut mir leid, aber sie sehen ja was hier los ist."
Dann rannte er der Schwester hinterher.
Stefan und Jordi betraten leise das Zimmer.
Curry saß am Bett und hielt Danielas Hand. Ganz unüblich grinste Curry die beiden Beamten schief an.
„Sie ist wieder da! Ist das nicht schön?"
„Was hast du denn gedacht," äußerte sich eine zarte Mädchenstimme aus dem Bett. „So leicht kriegt man mich nicht kaputt."
Danielas Kopf war fest durch eine Schiene mit dem Körper verbunden. Aus einem zarten Gesicht blickten zwei riesengroße schwarze Augen auf ihren Bruder.
„Können wir ihre Schwester kurz alleine sprechen? Dauert nicht lange. Ehrlich."
Curry ließ die Hand seiner Schwester nicht los.
„Die Jungs machen doch nur ihre Arbeit, Curry!" Daniela sah ihrem Bruder tief in die Augen. Curry stand langsam auf.

„Was wollt ihr eigentlich von ihr? Ich weiß wer der Täter ist. Habt ihr ihn endlich verhaftet?"

„Wen sollen sie verhaften?" wollte Daniela wissen.

„Das weißt du genau! Willi, das Arschloch! Wenn ihr ihn nicht kriegt, knöpfe ich ihn mir vor! Darauf könnt ihr euch verlassen."

Wütend stand Curry auf und verließ das Zimmer.

An Daniela gewandt fragte Stefan, „sind sie auch der Meinung, dass Willi ihnen und Cengis das angetan hat?"

„Ich weiß es ehrlich gesagt nicht. Als ich mit ihm Schluss gemacht hatte, ist er vollkommen durchgedreht. Hat sich im Schlafzimmer eingeschlossen und gesoffen. Dann ist er herausgekommen, und hat alles kurz und klein geschlagen...ich bin dann zu meinem Bruder geflüchtet."

„Hat Herr Neuhaus jemals Hand an sie gelegt? War er öfter gewalttätig?" wollte Jordi wissen.

„Nein, niemals. Als er seinen Job verloren hatte, hing er öfter mit schrägen Leuten ab, die ich überhaupt nicht mochte. Ich will gar nicht wissen, mit was diese Typen ihr Geld verdient haben." Daniela musste einen Moment innehalten. Das Sprechen fiel ihr noch ziemlich schwer.

„Sollen wir morgen wieder kommen?"

Daniela versuchte zu lächeln. „Geht schon."

„Sie sind sehr tapfer."

„Als er mit diesen Typen zusammenhing, war er fast jeden Abend besoffen. Dann war er allerdings unberechenbar. Ich habe nie ausgelotet, wie weit er gehen würde, sondern habe immer beizeiten die Wohnung verlassen. Irgendwann reichte es mir und ich habe die Reißleine gezogen. Ein paar Monate später haben Cengis und ich uns verliebt. Seitdem sind wir zusammen. Als wir an besagtem Abend auf dem Konzert waren, hat mich fast der Schlag getroffen. Willi stand in einer Ecke herum und achtete überhaupt nicht auf das Konzert. Den ganzen Abend warf er nur böse, hasserfüllte Blicke zu Cengis und mir herüber...ich bekam eine Gänsehaut nach der anderen."

„Könnten sie sich vorstellen, dass Willi zu so einem Anschlag fähig wäre?"

„Ob er wirklich zu so was fähig wäre? Wenn Willi komplett ausrastet, kann man ihm alles zutrauen..."

Daniela hielt kurz inne und fuhr weiter fort. „Was wäre mit uns passiert, wenn der Mann mit seinem Hund uns nicht gefunden hätte...wer weiß...ich bin so ratlos"

Daniela fing an zu weinen.

„Nur noch eine Frage. Gibt es sonst noch jemanden in ihrem Bekanntenkreis, der ihnen so etwas antun würde. Vielleicht jemand aus einem anderen Motorradclub oder ein abgewiesener Verehrer?"

„Nein, im Moment fällt mir niemand ein...ich bin ziemlich müde."

„Das reicht für heute. Wir melden uns wieder Frau Bankgruber. Wir wünschen ihnen gute Besserung."

„Danke. Können sie Cengis Bescheid sagen. Ich würde ihn gerne sehen."

„Machen wir."

Stefan sah, dass auf dem Tisch ein wunderschöner Strauß roter Rosen stand.

„Wow! Sind das schöne Blumen. So was schönes zu sehen tut doch bestimmt gut."

Daniela seufzte tief .

„Ja, das stimmt. Sie sind sehr schön."

„Na, sehen sie. Alles wird wieder gut. Wie sie sehen, denkt Cengis auch viel an sie."

Stefan und Jordi hatten schon fast das Zimmer verlassen.

„Die Rosen sind nicht von Cengis. Ich habe keine Ahnung von wem der Strauß ist."

*

„Wie kriegen wir eigentlich heraus, wie es Richie geht?"

„Im Moment überhaupt nicht, Ekki."

„Das macht mich fertig, Boss."

„Jetzt müssen wir etwas beweisen, was wir Katzen eigentlich nicht so drauf haben?"

„Was meinst du Boss? Autofahren oder am Computer spielen? In beiden Sachen bin nicht so richtig gut. Mein Versorger saß am Computer, da fiel mir ein Witz ein, den ich ihm erzählen wollte. Ich nahm die Abkürzung über den Tisch, lief über die Tastatur und habe seinen Kaffee darüber geschüttet. Der Kaffee war heiß und ich habe mir mein Pfötchen verbrannt...und soll ich...“

„Halt die Klappe, Ekki.“

„Ja, Boss.“

„Ich kann mich noch gut daran erinnern. Du hast die darauffolgende Nacht hier im Clubheim verbracht, weil dein Versorger lauter nette Sachen mit dir anstellen wollte.“

Ekki nickte verständnisvoll und die anderen Kater grinsten sich ins Fell.

„Nein, Leute. Es geht um etwas ganz anderes. Vertrauen.“

„Vertrauen? Verzeih Boss, aber das fällt mir im Moment sehr schwer,“ knurrte Robert.

„Richies ehemaliger Versorger und seine widerliche Tussi haben ihn richtig in die Katzenkacke geritten.“

„Das ist richtig,“ stimmte Zorro ihm zu. „Aber Willi und die komischen Polizistenheinis haben ihm geholfen. Ich glaube nicht, dass sie uns enttäuschen werden.“

„Meinst du wirklich?“ Pirat blickte ebenfalls skeptisch.

Ich schüttelte missbilligend den Kopf.

„Willi mag Richie. Ich glaube auch, dass wir uns auf ihn verlassen können. Er hat Himmel und Hölle in Bewegung gesetzt, um Richie zu helfen.“

„Das glaube ich auch, Laila,“ Zorro nickte kurz.

„Ich weiß wo sein Häuschen steht, da werden wir einfach auf ihn warten. Dann werden wir ja sehen, ob er sich um Richie kümmert.“

„Das ist eine gute Idee.“

Die anderen Kater maunzten ihre Zustimmung und machten sich auf den Weg.

„Wir gehen kurz bei Armin vorbei,“ rief die Namenlose ihnen zu, „und sehen nach, ob mit seinen neuen Mitbewohnern alles gut geht.“

Der kleinste der drei Kater hatte die Nacht bei Armin gut überstanden und fühlte sich schon viel besser. Er kam uns entgegen, und plapperte munter drauf los. „Meine Brüder haben die ganze Nacht auf der Fensterbank gelegen und auf mich aufgepasst. Aber ich glaube, Armin ist wirklich in Ordnung. Frühstück haben wir auch schon bekommen." Armin fegte vor seinem Haus die Blätter zusammen.

„So viel Besuch hatte ich die letzten Jahre nicht mehr. Oder kommt ihr nur, um mich zu kontrollieren? Wie auch immer. Wie ihr seht, geht es dem kleinen Kater gut. Seine Brüder sind auf die Jagd gegangen. Und die Madame wollte wahrscheinlich auf Richie warten...keine Ahnung. Sie wird sich melden, wenn es soweit ist."

Einer der beiden Kater trat aus dem Gebüsch und hatte eine Maus in der Schnauze. Er legte die Maus Armin vor die Füße. „Hier, für dich. Ich dachte, wenn wir schon hier wohnen dürfen, dann kann es nicht schaden, wenn wir uns an den Futterkosten beteiligen."

Armin hob gerührt die Maus auf.

„Das ist wirklich sehr nett von dir. Ich weiß gar nicht mehr, wann mir das letzte Mal etwas geschenkt wurde."

„Nicht der Rede wert," schnurrte der Kater, „kannst du öfter haben, wenn du auf Maus stehst."

„Die Leber musst du zuerst essen," maunzte ich, „das ist absolut das beste."

„Hier scheint alles in Ordnung zu sein," wähnte die Namenlose, „wir kommen jetzt öfter vorbei." „Ja, hier ist alles in Ordnung," schnurrte der große Kater, „aber ich wüsste doch gern, was dieser komische Typ da will."

„Was für ein Typ?"

„Da schleicht öfter einer um das Gelände, Laila. Aber er will nicht gesehen werden...also, er will nicht, dass Armin ihn sieht."

*

„Es ist nicht zu fassen!" grollte Jordi, „sollte Willi wirklich zu so einer Tat fähig sein...rücksichtslos und heimtückisch ein Seil über die

Straße spannen und in aller Seelenruhe abwarten was passiert? Das würde heißen, dass er das ganze geplant hätte, mit all den fürchterlichen Folgen. Das heißt, er hätte fest damit gerechnet, dass es Tote gibt."

„So sieht es aus. Kannst du mir sagen, wie das alles zusammenpasst? Er hat dafür gesorgt, dass der rote Kater zum Tierarzt kommt und somit seinen Arbeitsplatz beinahe zur Disposition gestellt. Das passt doch alles nicht zusammen."

„Vielleicht doch, Stefan. Wenn er bei der Seilaktion besoffen war..."

„Du meinst, so ein ähnliches Problem wie Armin? Also, ich weiß nicht so recht. Aber egal, das müsste man dann doch auf dem Überwachungsvideo sehen. Ich meine, wenn Willi alkoholisiert ist, bewegt und artikuliert er sich anders, als wenn er nüchtern wäre."

„Wenn er denn wirklich an der Tankstelle war."

Stefan wählte wieder die Nummer von dem Tankstellenbetreiber.

„Scheiße! Schon wieder die Mailbox! Es ist zum verzweifeln."

„Wenn der Herr nicht ans Telefon geht, fahren wir eben zu ihm nach Hause. Übrigens, was macht eigentlich unser werter Kollege Brandt? Der muss doch auch für irgendetwas gut sein."

Stefan nickte zustimmend und wählte Brandts Nummer.

„Wie weit bist du denn mit deinen Ermittlungen? Bist du mit Helmut Leuchter weitergekommen? Der hatte doch angeblich kein Alibi."

„So richtig wollte er mit der Sprache nicht herauskommen," antwortete Brandt. „Aber ich habe ihn weichgeklopft."

„Wie bitte?"

„Nur symbolisch, keine Angst. Er war bei einem anderen Motorradclub zu Gast und er wollte auf keinen Fall, dass seine Leute davon erfahren."

„Warum nicht?"

„Das hat er mir leider nicht erzählt."

„Hast du das Alibi überprüft?"

„Ich bin gerade dabei."

„Alles klar. Gib uns Bescheid, wenn du was weißt."

*

Armin sortierte hinter dem Haus sein Feuerholz und schichtete es an der Wand seines Häuschen zu ordentlichen Reihen zusammen. Der kleine Kater schaute ihm von der Fensterbank aus zu.

„Das sieht schön aus. Aber wofür ist das gut? Das kann man doch auf gar keinen Fall essen. Was machst du damit?"

Zufrieden betrachtete Armin nach der Arbeit sein Werk. Bis unter das Dach hatte er das Holz gestapelt. „Den ganzen Sommer über habe ich gesammelt. Das dürfte jetzt für den Winter reichen. Da werden wir es schön warm und gemütlich haben," Armin wandte sich zu dem kleinen Kater auf der Fensterbank, „natürlich vorausgesetzt, ihr wollt bleiben."

„Die Chancen stehen gut, Armin. Meine Schwester hat sich fürchterlich verknallt. Das passt meinen großen Brüdern überhaupt nicht... die hatten es lieber mit... warte mal...wie sagten sie immer... one Neit Ständs oder so ähnlich. Wir werden sehen. Also, ich hätte nichts dagegen, den Winter hier zu verbringen...und dann vielleicht noch den Frühling hinterher."

„So, mein kleiner Freund. Ich drehe noch eine kleine Runde. Vielleicht finde ich noch ein paar Pilze."

Armin packte seine Tasche und stiefelte los. Er ging tiefer in den Wald hinein und wollte zu einer ganz bestimmten Stelle, wo er im vorigen Jahr reiche Beute an Pfifferlingen gefunden hatte. Er verspürte ein seltsames Kribbeln im Nacken. Armin hatte das Gefühl, dass er beobachtet wurde. Er blieb stehen und wandte seinen Blick suchend durch den Wald.

„Das ist aber nett, dass du mich begleitest."

Der kleine Kater war ihm in angemessenem Abstand gefolgt.

„Es ist besser, wenn ich ein Auge auf dich werfe. Du lebst zwar in der Natur wie wir, aber ich glaube, dass dein Instinkt noch nicht so weit ist, wie er sein sollte. Besser, ist besser!"

Gemeinsam stapften sie in den tiefen Wald hinein. Armin erklärte dem kleinen Kater jeden Baum und jeden Strauch mit Namen. Der kleine Kater hörte aufmerksam zu und beobachtete während des

Laufens aufmerksam den Wald. Er kannte zwar nicht die Namen der Bäume und der Kräuter, und was da sonst noch im Wald wuchs, aber die Geräusche des Waldes konnte er genau zuordnen. Hasen raschelten im Laub, er hörte wie Rehe in einiger Entfernung Gras zupften, hörte den Specht am Baumstamm klopfen und wie die Mäuse in seiner Nähe in ihre Bauten krochen.

Da war noch ein Geräusch...irgendetwas streifte durch die Hecken. Und immer wenn sie stehen blieben, weil Armin ihm wieder eine Pflanze erklärte, verstummte es. Er konnte es im Moment nicht einsortieren. Es gehörte jedenfalls nicht in einen Wald. Er spitzte aufmerksam seine kleinen Öhrchen und rückte ein wenig näher an Armin heran. Nebel kam auf und es wurde empfindlich kalt. Die Sonne verschwand hinter großen Nebelbänken und die Sicht wurde immer schlechter. Wie aus dem Nichts tauchte plötzlich ein großer Steinwall auf. Armin drehte sich zu dem kleinen Kater und erklärte ihm wichtigtuerisch, „die Kelten haben diesen Steinwall erbaut, vor über zweitausendfünfhundert Jahren. Beeindruckend, was?"

„Kelten? Was sind das für Tiere? Ich habe noch nie von denen gehört. Sind das vielleicht die Eidechsen, die darin wohnen? Wie konnten die so was großes bauen? Ich finde das total bescheuert!"

„Der Nebel wird stärker, kleiner Kater. Ich glaube es ist besser, wenn wir nach Hause gehen."

„Das glaube ich auch. Nach Hause ist ein schönes Wort, das gefällt mir." Das Katerchen vernahm oberhalb des Steinwalls wieder ein seltsames Geräusch.

„Das gefällt mir nicht! Das gefällt mir ganz und gar nicht!"

Armin ging weiter auf den Steinwall zu. „Komm mit, Katerchen. Ich muss dir etwas zeigen. Hier gab es früher Feuersalamander. So etwas hast du bestimmt noch nicht gesehen."

„Lass uns nach Hause gehen. Ich glaube das ist besser," miaute das Katerchen und blieb einfach sitzen. Armin lief natürlich weiter.

„Komm schon! Dann kannst du heute Abend bei deinen Geschwistern angeben, was du gesehen hast."

Der Instinkt des Katerchen war auf allerhöchste Alarmstufe gestellt.

„Tut mir leid, Armin. Aber ich kann nicht anders." Er sprang auf

Armin zu, biss ihm herzhaft in die Wade und setzte noch einen ordentlichen Schlag mit seinen Krallen hinterher. Dann lief er zurück in den Wald und blieb stehen, um Armin zu beobachten.

„Bist du von allen guten Geistern verlassen?" Armin ging wütend auf den kleinen Kater los und rieb sich über seine schmerzende Wade. „Es hätte doch gereicht, wenn du einfach nicht mitgekommen wärst, außerdem bin ich dir..."

Krachend und polternd fielen mehrere große, schwere Steine den Abhang hinunter. Der letzte Stein rollte bis vor seine Füße.

Das Katerchen saß sicher hinter einem Baumstamm und zitterte wie Espenlaub. Armin sah auf den Stein hinunter, der bis zu seinen Füßen gerollt war. Sein Herz schlug ihm bis zum Hals und er zitterte ebenfalls. Er setzte sich neben das Katerchen und musste erst einmal abwarten, bis sich sein Herzschlag wieder einigermaßen normalisiert hatte.

„Woher hast du das gewusst, mein kleiner Freund? Ich kann es nicht fassen. Wäre ich stehengeblieben, hätte ich die ganze Ladung abbekommen. Ohne dich wäre ich womöglich schwer verletzt oder sogar tot!" Armin streckte ganz langsam und vorsichtig seine Hand nach dem Katerchen aus. „ Darf ich dich jetzt wieder anfassen?"

Der kleine Kater zitterte immer noch und ließ ein leises Knurren ertönen. Er hörte, wie sich auf der anderen Seite des Walls Steine bewegten. Seine Öhrchen waren aufmerksam aufgerichtet. Er blickte nur stur in die Richtung, aus der die Geräusche kamen. Er gab Armin noch keine Antwort, sondern wartete ab. Er sondierte, dass sich die Geräusche entfernten. Erst jetzt wandte er sich Armin zu.

„Ich glaube im Moment ist keine Gefahr mehr. Jetzt darfst du mich wieder anfassen. Aber das musst du verstehen, wenn ich am arbeiten bin, lasse ich mich von nichts und niemand abhalten. Eine einzige Unaufmerksamkeit hatte mich einmal beinahe das Leben gekostet. Aber heute war jemand hinter dir her. Dieser „Jemand" wollte nicht, dass das gut für dich ausgeht."

Um Armin das verständlich zu machen fing er an, laut zu schnurren. Armins Herz beruhigte sich allmählich und er konnte wieder normal Luft holen.

„Ich denke wir sollten jetzt nach Hause gehen, wir zwei. Was meinst du?"

*

Richie hatte einen scheußlichen Traum. Immer wieder kam die Freundin seines Versorgers in seinen Traum und quälte ihn mit riesengroßen Nadeln. „Siehst du wie die Nadeln immer größer werden?" verhöhnte sie ihn. „Und sie tun fürchterlich weh, nicht wahr?" Richie wand sich hin und her, um den Nadeln zu entgehen.

„Die größte Nadel wird das letzte sein, was du in diesem Leben zu spüren bekommst. Fahr endlich zur Hölle!" Das irre Lachen der Frau hallte noch in seinen Ohren, als er klagend und mit starken Schmerzen erwachte.

„Wir müssen die Dosis des Beruhigungsmittels erhöhen. Die Wunden sind so signifikant, dass der Kater die Stiche spürt, mit denen ich seine Wunden nähen muss."

Die Ärztin verabreichte ihm das Beruhigungsmittel und beobachtete wie er wieder einschlief. Danach konnte sie mit ihrer Behandlung fortfahren.

*

„So wie es aussieht, hat Curry zur Tatzeit ein Alibi. Der Auftritt vor der Diskothek, als er seine Freundin suchte, haben mindestens zehn Leute verfolgt, Stefan."

„Warum sollte er auch seine Schwester umhauen? Macht nicht wirklich Sinn." Stefan saß vor seinem Computer und las noch einmal die Protokolle der Zeugen durch.

„Aber ich traue ihm durchaus zu, dass er Willi eine Falle gebaut hat. Ich erinnere nur an das manipulierte Motorrad."

„Das stimmt. Sein Hass auf Willi lässt ihn komplett aus dem Ruder laufen. Das ist schon nicht mehr normal."

„Wir werden ihn im Auge behalten, Stefan."

Stefan schaltete seinen Computer aus. „Machst du Feierabend?"

„Nein, Jordi. Ich habe nur das Ding da ausgeschaltet. Stell dir mal vor, als ich eben auf dem Klo war, hat mich der Betreiber der Tankstelle angerufen. Weil ein Mitarbeiter ausgefallen ist, macht er heute Dienst und steht uns netterweise für unsere Fragen zur Verfügung."

„Und was hat er gesagt, dass er auf gefühlte fünfhundert zweiundzwanzig Anrufe nicht reagiert hat?"

„Du kennst doch die Ausreden. Er hätte das falsche Handy dabei gehabt. Ist doch auch egal. Lass uns direkt hinfahren und sehen, was wir herausfinden können."

Beim Verlassen des Büros kam ihnen Brandt entgegen.

„Gut, dass ich euch treffe. Habt ihr eine Minute?"

„Aber wirklich nur eine Minute. Um was geht es?" Stefan sah nervös auf seine Uhr.

„Ich kann auch später vorbeikommen, wenn ihr keine Zeit habt."

„Blödsinn! Spuck schon aus!"

Dirk Brandt räusperte sich nervös. „Also es geht um diesen Leuchter."

„Was für ein Leuchter?" murmelte Jordi geistesabwesend. „Wenn dir eine Lampe im Büro fehlt sind wir nicht die richtige Adresse. Da musst du ins Magazin gehen und..."

Brandt rollte übertrieben mit den Augen. „Es geht nicht um eine Lampe, lieber Kollege."

„Um was dann?"

„Helmut Leuchter."

„Ach so. Was ist mit ihm?"

„Er war doch angeblich an jenem Abend, als der Unfall von Herrn Yildirim und Frau Bankgruber passierte, bei einem Motorradclub, von dem seine Leute nichts wissen durften."

„Ja und weiter," knurrte Stefan ungeduldig, „lass dir nicht jedes einzelne Wort aus der Nase ziehen."

„Ihr unterbrecht mich ja dauernd. Wie soll ich da einen klaren Satz zusammen kriegen."

Stefan würgte eine Antwort hinunter und sagte nur, „gut, schieß los."

„Ich war gestern Abend in besagtem Motorradclub. Die nennen sich übrigens „schwarze Schatten". Und genau so sehen sie auch aus. Und soll ich euch was sagen?"

„Ja, bitte. Tu uns den Gefallen."

Dirk funkelte Jordi böse an.

„Die sagen, sie kennen keinen Helmut Leuchter."

„Was?"

„Der ganze Club hält eindeutig zusammen und sie bleiben bei der Aussage, dass sie Helmut Leuchter nicht kennen und er ihre Räumlichkeiten auf gar keinen Fall betreten hätte."

*

Laura und Sebastian machten sich auf den Weg. Sie waren beide mit Anhang, also wir Katzen und Sam, bei Michelle eingeladen, den Nachmittag gemeinsam zu verbringen. Sam freute sich unbändig. Er meinte, er wäre noch nie, außer bei uns natürlich, zu Kaffee und Kuchen eingeladen worden. Er lief in den Garten und packte ein besonders großes Stück Holz und knabberte es schön zurecht, bis er mit der Formgebung zufrieden war. Dann zeigte er das wunderschön zerbissene Holz Laura und Sebastian.

„Das sieht toll aus, Sam," meinte Laura, „aber würdest du es jetzt bitte für später hinlegen, damit wir endlich gehen können?"

„Ich glaube, Sam möchte das Holz mitnehmen," rief Helga vom Nachbargarten aus. Sam beantwortete diesen Satz mit einem zufriedenen „Wuff" und meinte, sein Frauchen hätte den Knochen mal wieder auf den Kopf getroffen.

„Was willst du denn damit?" fragte ich neugierig. Sam meinte, wenn man irgendwo das erste Mal eingeladen sei, dann gehört es zum guten Ton ein Gastgeschenk mitzubringen. Umso größer wird vielleicht die Portion von der Vanillesauce. Man konnte ja nie wissen.

„Damit machst du mit Sicherheit einen guten Eindruck!" Die Namenlose bestaunte das Holz. „Es glänzt so schön von deiner Spucke. Das kommt bestimmt gut an."

„Kurz bevor wir ankommen kann ich ja auch mal drauf spucken," meinte Oscar schon voller Vorfreude. „Meint ihr, Mathilde gefällt das Holz auch?" Seine Augen bekamen wieder diesen berühmten Schleier, wenn er an eine schöne Frau dachte. Ich bedachte ihn mit einem alles vernichtenden Blick, aber Oscar schaute weiterhin verträumt in die Ferne.

Sam saß vor Laura mit seinem berühmten bittenden Blick und mit seinem triefenden Holz in der Schnauze.

„Du meine Güte, Laura! Dann lass ihn doch das Holz mitnehmen. Es scheint ihm sehr wichtig zu sein."

„Auf deine Verantwortung, Sebastian. Ich wollte eigentlich einen gemütlichen Nachmittag, aber Michelle hat darauf bestanden, die ganze Gesellschaft mitzubringen."

„Was soll das denn schon wieder?," maunzte ich beleidigt. „Wir wissen wie man sich auf internationalem Parkett bewegt. Ich bin nur mal gespannt, ob dieser fette zugestopfte Kater unseren Besuch zu würdigen weiß."

Sam lief wie immer ohne Leine und wir neben ihm her. Wir kamen an dem Haus vorbei, das bis vor kurzem das Zuhause von Richie war.

„Schade! Heute hängt keine Wäsche auf dem Balkon. Dann hätte ich sie wieder parfümiert. Aber da steht das Auto dieser ekelhaften Person. Ich erkenne es am Geruch. Das ist besser als nichts," freute ich mich. Sam lenkte Laura und Sebastian ab, indem er sie ständig fragte, ob das Holz noch schön genug für den Besuch sei und wir Katzen setzten überall am Auto unsere Marken ab. Oscar traute sich sogar auf die Motorhaube und nässte ordentlich die Scheibe ein. Er konnte gerade noch rechtzeitig verschwinden, denn einen Augenblick später öffnete sich die Tür und besagte Frau kam aus dem Haus. Aber als sie an ihrem Auto war, waren wir schon von der Bildfläche verschwunden. Und weil unsere Ohren so gut sind, außer die unserer Menschen natürlich, hörten wir sie noch eine ziemliche Zeitlang fluchen.

Der Spaziergang war sehr erholsam und Laura und Sebastian hatten keine Arbeit mit uns. Kann ja sein, dass wir ziemliche Chaoten sind, aber wenn wir auf der Straße laufen, wo Autos fahren, geht es nur mit Vorsicht und Disziplin. Ich mag dieses Wort nicht. Aber auf der Straße geht es nicht anders. Die Straße mit ihren verdammten Autos, hätte unserem Freund Richie beinahe das Leben gekostet.

Endlich waren wir da. Waltraud hatte ihr Motorradgespann vor der Garage abgestellt und arbeitete daran. „Ja, das freut mich aber. Ihr werdet schon sehnlichst erwartet."

Sebastian lief neugierig um das Gespann herum. „Ich habe die Auspuffanlage abgebaut." erläuterte Waltraud „Das mache ich einmal im Jahr, weil sich in der Krümmung des Auspuffs immer Kondenswasser sammelt. Macht man das nicht, rostet er durch und dann wird es teuer." Sie drehte sich um und brüllte in die Garage, „Gisela! wird das heute noch was? wie lange brauchst du denn, um ein Auspuffrohr zu polieren?"

„Wenn du nicht aufhörst zu motzen, wickele ich dir das Rohr um den Hals, dann kannst du deinen dämlichen Motorradmist alleine machen!"

„Seit wann gebrauchst du solche Ausdrücke? Du fluchst? Langsam wirst du erwachsen. Das gefällt mir! Wir verstehen uns immer besser," freute sich Waltraud.

Sebastian, Sam und Oscar bestaunten gemeinsam die fachmännische Arbeit von Waltraud und ihrer Schwester.

Nadeshda stand mittlerweile in der Tür.

„Würdet ihr bitte hereinkommen. Die Pfannkuchen werden kalt."

Das ließen wir uns natürlich nicht zweimal sagen.

„Wir kommen später dazu," rief Waltraud, „ich muss das hier erst fertigmachen."

„Der Tag hat so schön begonnen," hörten wir aus dem Wohnzimmer. „Aber das war es dann wohl für heute. Ich denke, ich werde mich in mich selbst zurückziehen!"

Der riesige, fette, graugestreifte Kater lag auf Michelles Schoß und fauchte uns böse an.

Sam blieb mit seinem riesengroßen Holzstück ratlos im Eingang stehen. Ein wenig fürchtete er sich vor Heinrich.

„Wenn du meinem Freund Angst machst, kriegst du es mit mir persönlich zu tun. Hast du mich verstanden?," fauchte ich böse

zurück, „mach das, was du eben vorgeschlagen hast."
„Was habe ich denn vorgeschlagen?"
„Du wolltest dich in dich selbst zurückziehen," entgegnete ich. „Das möchte ich sehen! Wenn man von außen aussieht, wie ein zu groß geratener schimmeliger Pudding, wäre es wahrscheinlich von Vorteil, wenn man ihn von innen sieht!"
Michelle setzte den beleidigten Kater auf das Sofa und rollte Sam mit ihrem Rollstuhl entgegen.
Langsam und zögernd betrat Sam die Wohnung und legte Michelle das riesige Holzstück auf ihren Schoß. Gerührt betrachtete Michelle den kiloschweren Holzklotz auf ihrem Schoß.
„Vielen Dank, mein Freund. Dieses Geschenk wird einen schönen Ehrenplatz bekommen. Das verspreche ich dir!"
„Wie wäre es mit dem Katzenklo?" schlug Heinrich hoffnungsvoll vor. Mirko saß im Wohnzimmer und hatte einen Laptop vor sich stehen. Er wollte das Laptop zuklappen, aber Michelle sagte, „du kennst die beiden ja von dem Motorradtreffen. Die sind in Ordnung."
„Alles klar, Michelle."
„Probleme mit dem Computer?" fragte Sebastian.
„Wenn ich das wüsste? Ich arbeite ihre komplette Dateien aus. Irgendetwas stimmt nicht. Aber ich komme noch nicht dahinter was es ist."
„Ach so! Es geht um Firmendaten. Die gehen mich nichts an. Entschuldigung! Da werde ich mal auf Abstand gehen."
„Vollkommener Blödsinn, Sebastian," schimpfte Michelle. „Die Firma schrieb gute Umsatzzahlen, aber auf unserem Konto sind entweder Beträge, die nirgendwo auftauchen oder Gutschriften werden vermisst. Das Geld wandert durch alle Konten. Es ist total verrückt. Unsere Buchhaltung hat immer sauber gearbeitet. Meine Tante meint, dass sie Schuld daran hätte, weil, beim letzten Quartal hatte der Buchhalter Urlaub und sie wollte ihm entgegenarbeiten damit, wenn er aus dem Urlaub kommt, nicht mehr soviel Arbeit hat. Da hat ihrer Meinung nach der Computer gesponnen und anstatt fachmännische Hilfe zu holen, wollte sie ihn reparieren wie ihr Motorrad. Deswegen sitzt sie auch jetzt draußen schuldbewusst vor

der Garage und hantiert an ihrem Motorrad herum, anstatt hier bei uns am Kaffeetisch zu sitzen."

„Probleme können wir später noch erörtern," schnurrte geheimnisvoll und zart Mathilde und betrat majestätisch den Raum, außerdem betrachtete sie Sam mit unverhohlener Neugier.

„Donnerwetter," entfuhr es Sebastian. „Ist das eine schöne Katze! Ihr Fell ist weiß wie Schnee."

Sebastian, Sam und Oscar glotzten meiner Meinung nach ziemlich blöde und viel zu lange Mathilde an.

Sebastian setzte sich hin, um Mathilde zu streicheln, aber die Namenlose und ich kamen ihm zuvor und setzten uns unmissverständlich auf seinen Schoß und machten ihn so handlungsunfähig.

„In dieser Stellung könnt ihr sitzenbleiben," kommentierte Heinrich, „wer nicht am Tisch sitzt, bekommt auch nichts. Da sind wir ziemlich schnell fertig!"

„Du bist wirklich der allerletzte Gastgeber," schimpfte Mathilde.

„Ich lade nie jemanden ein," motzte Heinrich.

„Und warum nicht?" wollte Oscar wissen.

„Du meine Güte, ist das so schwer? Weil ich dann teilen muss. Das ist nicht gerade meine Stärke."

Die Namenlose sah Heinrich direkt in die Augen. „Ich stelle fest, dass du entwaffnend ehrlich bist."

„Äh...ja, kann sein. Ich habe keine Ahnung."

Heinrich blickte verunsichert in die Runde.

„Alles klar! Wie geht es jetzt weiter? Was ist mit diesem roten Ungeheuer? Bringt der immer sein eigenes Feuerholz mit?"

„Nur wenn er jemanden mag," warf ich ein. „Wenn du dir Mühe gibst, kriegst du das nächste Mal ein Geschenk mitgebracht."

„Soll ich mich jetzt freuen, Laila?" Demonstrativ fing er an seine Öhrchen zu putzen. Dann hielt er plötzlich inne und schaute mich böse an.

„Mit welchem Recht nennst du mich eigentlich einen runden, fetten, armseligen, trotteligen, leicht schimmeligen, gestreiften Käsekuchen?"

Alle starrten Heinrich an.

„Was ist? Was habe ich denn jetzt schon wieder falsches gesagt?"

„Laila hat von bestimmten Kuchensorten nichts erwähnt," meinte die Namenlose.

Heinrichs Blick wurde immer verzweifelter.

„Macht keinen Scheiß Leute! Ich habe es doch ganz deutlich gehört."

Aber alle anderen blieben dabei, dass keiner was gesagt hätte.

„Das hat man davon, wenn man jede Hinz und Kunzkatze samt Anhang ins Haus lässt." Heinrichs Gesichtszüge entglitten ihm zusehends.

„Ich habe es gedacht, Heinrich! Es war ein Gedanke! Verstehst du? Nicht ausgesprochen. Jackpot! Du kannst Botschaften empfangen."

Wir ließen uns die Pfannkuchen mit Vanillesauce schmecken. Heinrich war immer noch so entgeistert, dass er nicht mitbekam, wie sich Sam langsam seinen Pfannkuchen mit der Pfote auf seinen Teller zog und genüsslich verspeiste.

*

Willi lenkte sich in der Werkstatt ab, indem er arbeitete wie besessen. Die Achse war zur Mittagszeit schon eingebaut und er konnte ab dann wieder andere Arbeiten übernehmen. Er hatte schon zweimal in der Tierarztpraxis angerufen und beim zweiten Mal hatte die Ärztin ihm erklärt, dass alle Wunden neu genäht waren und er ihn gegen Abend, wenn die Praxis geschlossen wird, abholen kann.

„Allerdings braucht der Kater die nächsten Tage unbedingt Ruhe. Können sie dafür garantieren? Sonst lassen wir ihn lieber noch ein oder zwei Tage hier."

„Nein, nein!" versicherte Willi. „Das kriege ich hin. Ich kann sogar zu Fuß in der Mittagspause nach Richie sehen und ihn füttern oder was sonst so anfällt."

„Er muss regelmäßig seine Medizin bekommen. Besonders die Schmerzmittel. Können sie das versprechen?" Die Ärztin wollte es genau wissen und sicher sein, ob sie Richie in diesem Zustand entlassen konnte.

„Sie haben mein Wort darauf. Ich werde doch meinen besten Freund nicht im Stich lassen!"

Der Nachmittag verging wie im Fluge. Sascha machte mit ihm gemeinsam Feierabend und dann fuhren sie zusammen mit dem Wagen von Sascha zur Praxis.

Richie lag in einer Transportbox und wurde so ganz langsam wach.

„Die Transportbox können sie bei Gelegenheit zurückbringen. Es wäre von Vorteil, wenn sie sich auch so eine anschaffen. Es macht es für uns und das Tier leichter."

Willi hob vorsichtig die Box hoch. „Hey, mein Freund! Wie geht es dir? Das schlimmste hast du überstanden. Jetzt kommt der angenehme Teil des Lebens."

Der Kater maunzte ein ganz leises „Hey, mein Freund! Ging mir nie besser. Ist das schön dich zu sehen."

„Was ist mit seinem Vorbesitzer?" Während er das sagte umklammerte Willi die Box. „Muss ich da immer noch Angst haben, dass er mir Richie wegnimmt?"

„Der kann froh sein, wenn ich keine Anzeige wegen Tierquälerei mache. Ich denke, der wird sie ab sofort in Ruhe lassen. Genau genommen müsste der Vorbesitzer die nicht unbeträchtlichen Arztkosten bezahlen."

„Nein, nein, nein!, wehrte Willi ab „Ich habe genug dabei. Ich denke Richie und ich wollen mit diesem Typen nichts mehr zu tun haben."

„So isses!" maunzte Richie müde dazwischen.

Auf der Fahrt zu seinem neuen Zuhause schlief Richie immer wieder ein. Sascha und Willi unterhielten sich darüber, wie gut die Arbeit heute in der Werkstatt funktioniert hatte.

Als sie den Sandweg zu Willis Häuschen hochfuhren staunten sie nicht schlecht. Die komplette Katergang saß auf der Mauer und erwartete sie schon.

„Es wird auch Zeit," knurrte Zorro. „Wir sitzen hier schon den halben Nachmittag!"

Willi stellte vorsichtig die Box auf dem Boden ab, damit die Kater Richie gebührend begrüßen konnten. Die Kater drängten sich um die

Box und jeder wollte der erste sein, um zu sehen, wie es Richie geht.

„Du siehst echt Scheiße aus!" meinte Pirat trocken. Aber das eine Auge, das er noch besaß, hatte dabei ein verräterisches Glitzern.

„Mein Versorger hat von seiner Frau eine Puppe bekommen. Die sieht so ähnlich aus wie du," kommentierte Ekki weiter.

„Wie ich?" seufzte Richie leise.

„Ja, wenn ich es dir doch sage. Die Puppe besteht nur aus so komischen alten, zusammengefügten Lappen und hat ganz viele Nadeln."

„Ich sehe aus wie eine Voodoo Puppe? Das habe ich mal im Fernsehen gesehen. Das kann ja nur besser werden." Richie musste grinsen, aber dabei fingen seine neuen Nähte an zu schmerzen. Robert runzelte die Augenbrauen. „Na ja, dein Fell sieht wirklich aus, als wäre es von einem gruseligen Kostümverleih. Das hat die Ärztin sehr schlecht zusammengenäht."

Zorro schüttelte seinen dicken, massigen Kopf und fing an, sich hinter dem Ohr zu kratzen.

„Es ist vollkommen egal wie er aussieht. Du warst vorher schon ein Unikat. Aber mit diesen Narben wirst du der absolute Star sein, na ja vielleicht. Auf die Wirkung kommt es an. Wenn du wieder gesund bist, werden wir der Ärztin eine komplette Ladung Mäuse schicken, auch wenn du im Moment aussiehst, wie einer von „Nightmare von der Elfenstraße oder so ähnlich.".

Staunend sahen Sascha und Willi dem Treiben zu.

„Jungs, ich glaube das reicht für heute." Sanft hob Willi die Box hoch, um sie in das Häuschen zu tragen.

„Richie muss noch viel schlafen und seine Medikamente bekommen."

„Boss?"

„Ja, Ekki?"

„Was sind Medikimente?"

„Das ist so eine komische Art Futter, das ekelhaft schmeckt, wir Katzen nicht mögen, uns aber wahrscheinlich gesund macht!"

„Ist dieses widerliche Biofutter, was ich nicht mag, dann auch Medizin? Das würde ja heißen...."

„Ekki!"

„Ja,Boss?"

„Halt die Klappe!"

Willi und Sascha gingen mit Richie in das Haus.

„Macht's gut, Freunde," maunzte Richie leise, bevor sich die Tür schloss, „ich habe mich sehr gefreut, dass ihr da wart. Solche Kumpels kann man für kein Geld der Welt kaufen."

Verlegen kratzten die Kater mit ihren Vorderpfoten sinnlose Muster ins Gras.

„Mach, dass du wieder aussiehst wie ein Kater, aber ein bisschen dalli, wenn ich bitten darf," murmelte Zorro.

Während die Kater sich entfernten, hörte er noch wie Ekki fragte:

„Boss?"

„Was?"

„Kannst du mir sagen was ein Unikat ist?"

„Das bedeutet einzigartig. Auf eine gewisse Art und Weise ist jeder von uns ein Unikat. Schau in den Spiegel!"

„Aber da sehe ich doch zwei, mich und den im Spiegel."

Aus der Ferne hörte Richie noch wie Zorro mehr oder weniger verzweifelt rief: „Niemand auf der Welt schafft es so wie du, mich zu überfordern. Frag mich morgen noch mal. Oder besser noch, erst übermorgen. Weißt du was? Wie wäre es mit nächster Woche."

Dann war es endlich still.

Richie warf noch einen letzten Blick aus seiner Box. Hoffnungsvoll suchte er nach zwei wunderschönen Augen, die wie zwei kleine Sonnen aussehen...aber er konnte sie nirgendwo entdecken.

Enttäuscht und müde ließ er den Kopf sinken.

*

Jordi und Stefan hielten an der Tankstelle an.

„Jetzt bin ich mal gespannt, was dabei herauskommt, Stefan."

Eine junge Frau stand an der Kasse und sah ihnen lächelnd entgegen.

„Was kann ich für sie tun?"

Stefan stellte sich und seinen Kollegen vor .

„Wir müssten ihren Chef sprechen. Er hat mit uns telefoniert."

„Mein Chef wollte gerade wegfahren. Einen Moment, ich sehe mal nach."

Jordi spürte, wie sich seine Haare im Nacken sträubten.

Vor der Tankstelle stieg ein Mann in ein super teures Auto.

„Das ist er," rief die junge Dame. „Wenn sie sich beeilen, kriegen sie ihn noch ein."

„Jetzt habe ich aber die Schnauze voll! Verdammt noch mal!"

Jordi rannte aus der Tankstelle und brüllte, „Hallo, Herr Berger, warten sie einen Moment!"

„Für wen halten sie sich denn, dass ich darauf auch nur reagieren würde?," meinte der Angesprochene hochmütig und wollte den Anlasser betätigen.

Jordi zeigte seinen Dienstausweis.

„Wir können die Angelegenheit auch gerne in unserem Büro erledigen. Ich meine so mit Vorladung und so. Und wenn sie dann nicht erscheinen, kommen die netten Kollegen in Uniform und bringen sie in einem total schicken Auto zu uns. Reicht das jetzt?"

Irritiert stieg der Mann aus dem Auto.

„Ich habe wirklich keine Zeit. Um was geht es denn überhaupt? Und müssen sie so laut sein? Denken sie doch an meinen Ruf!"

„Was glauben sie, was wir mit unserer Zeit so anstellen könnten, wenn wir Leuten wie ihnen nicht so nachlaufen müssten."

Jordi war immer noch böse.

„Kommen wir endlich zur Sache," Stefan ging auf den Mann zu.

„Seit mehreren Tagen versuchen wir sie vergeblich zu erreichen. Gestern haben sie mich angerufen und mir mitgeteilt, dass sie heute an der Tankstelle sind, weil ein Mitarbeiter ausgefallen ist. Habe ich das richtig verstanden?"

Der Mann sah jetzt mittlerweile ziemlich zerknirscht aus.

„Das habe ich total vergessen. Ja, das ist richtig. Ich bin nicht unbedingt ein guter Logistiker. Ich habe in einer halben Stunde einen Termin auf der Bank. Da möchte ich pünktlich sein. Es hängt viel für mich davon ab."

„Das mag ja alles einen Sinn haben. Aber auch wir leben nicht davon, dass wir Wundertüten öffnen und erwarten, dass das Ergebnis dann vor uns liegt."

„Alles klar. Wie kann ich ihnen helfen."

„Es geht um letzte Samstagnacht so zwischen dreiundzwanzig Uhr bis Mitternacht. Können sie uns sagen, wer da Dienst hatte? Und gibt es die Videobänder noch, wenn sie welche gemacht haben?"

„Kommen sie mit ins Büro. Ich muss nur kurz in der Bank anrufen."

„Selbstverständlich."

Der Mann verschwand um die Ecke, dann hörten die Kommissare ihn gedämpft sprechen.

„So, meine Herren. Ich habe eine halbe Stunde mehr Zeit für sie. Gehen wir in mein Büro."

Das Büro war in der oberen Etage. Es war voll mit Bildschirmen, die die Tankstelle überwachten.

„Letzten Samstag sagen sie?" der Mann kramte in seinen Personalakten.

„Da haben wir ihn ja." Er hielt nur ein Schreiben in der Hand.

„Dieser Mann war nur an diesem Wochenende da. Ich hatte kein Personal und da hatte ich ihn nur für dieses Wochenende angemietet, sozusagen. Das ist ganz schön teuer, das kann ich ihnen sagen. Aber um zweiundzwanzig Uhr dreißig wird bei uns Feierabend gemacht. Ab dann kann man nur noch mit Karte oder Bargeld an den Automaten zahlen, um an den Zapfsäulen zu tanken. Das ist einfach sicherer müssen sie wissen."

„Können wir trotzdem die Anschrift des Mannes haben?"

„Ich drucke sie ihnen aus."

„Danke. Jetzt würden wir gerne noch die Überwachungsvideos mitnehmen, wenn es ihnen nichts ausmacht. Es würde jetzt zu lange dauern sie auszulesen."

„Hoffentlich sind sie alle da. Manchmal geht das Ding und manchmal eben nicht."

„Wie meinen sie das?"

„Na ja. Die Überwachungsanlage. Ich habe das ziemlich lange schleifen lassen, aber solange nichts passiert, dachte ich, ist es nicht so wichtig."

„Wir werden nachsehen."

„Können sie mir sagen, um was es eigentlich geht?"

„Es gibt da einen Mann, für den es sehr wichtig ist, dass er für diese Zeit ein Alibi und einen Zeugen hat."

„Wenn er nach zweiundzwanzig Uhr getankt hat, haben wir doch den Beleg. Die meisten tanken dann mit einer Kreditkarte. Das würde das ganze enorm erleichtern."

„Unser Mann sagt, er habe bar bezahlt und hätte noch Stress mit dem Automaten gehabt."

„Ich habe verstanden. Stress mit dem Automaten kann ganz gut sein. Manchmal haben die Automaten Probleme die Geldscheine zu erkennen. Aber viele Leute tanken nicht mit Bargeld."

Berger bediente die Tastatur des Computers.

„Also...mal sehen. Sechzehn mal wurde bis vierundzwanzig Uhr mit Kreditkarte bezahlt...und fünfmal in bar. Dreimal ungefähr die Menge die ein Motorrad benötigen würde, also so zwischen fünfzehn und zwanzig Liter."

„Danke! Wir werden sehen, was wir damit anfangen können. Die Videobänder geben hoffentlich mehr her."

„Wir bringen die Bänder nach der Durchsicht wieder zurück."

Herr Berger hörte ihnen schon nicht mehr zu und war bereits wieder am telefonieren.

*

Cengis öffnete das schön verpackte Paket. Ein verführerischer Duft stieg ihm in die Nase.

„Baklava! Das kommt jetzt genau richtig. Das will ich nicht alleine essen! Aber ein kleines Stück kann ich doch schon mal probieren." Genussvoll steckte er sich ein ziemlich großes Stück in den Mund. „Das schmeckt wunderbar. Aber ich muss sagen, kleine Schwester, du hast noch nie Baklava gekauft. Es ist gut, aber dein selbstgemachtes ist zehn, ach was rede ich, hundert mal besser. Aber ich will mich nicht beklagen. Du hast an mich gedacht und unseren

Eltern nichts gesagt. Das vergesse ich dir nie!"
Er griff nach seinem Handy und wollte sich bei seiner Schwester
bedanken, aber sie war nicht zu erreichen. Daraufhin schrieb er ihr
eine Nachricht, wie sehr er sich gefreut hat. Er erhob sich von seinem
Bett, ergriff seine Krücken und klemmte sich das Paket unter den
Arm.
Voller Vorfreude ging er zielstrebig, soweit es die Krücken zuließen,
in die Abteilung wo Daniela lag. Daniela lag bewegungslos im Bett.
Ihr Kopf war immer noch in diesem seltsamen Gestell verankert,
aber bei seinem Eintritt lächelte sie. Dieses Lächeln verzauberte ihn,
sodass ihm ganz warm ums Herz wurde.
„Hallo, mein Liebling!," sagte er zärtlich. „Wie geht es dir?"
„Könnte nicht besser sein, mein Schatz. Der Arzt war gerade da.
Wenn ich Glück habe, kommt morgen diese dämliche Kopfschiene,
oder was das auch immer ist, weg. Es geht jeden Tag ein kleines
Stückchen vorwärts."
Er sah Daniela zärtlich an.
„Ich werde dir jetzt fünfhundert sechsunddreißig Küsse geben."
„Was? So viele! Warum, Herr Yildirim?"
Er bedeckte ihr Gesicht mit zarten Küsschen.
„Weil heute der letzte Tag ist, wo du dich nicht mehr wehren
kannst."
„Das ist wirklich das allerletzte. Aber du weißt, ich arbeite in der
Buchhaltung und ich glaube so dreihundert vierundsiebzig fehlen
noch. Was trägst du da unter dem Arm spazieren?"
Zerstreut betrachtete er das Paket.
„Meine Schwester hat mir Baklava geschickt. Wir hätten doch einen
Grund zum Feiern? Meinst du nicht auch? Magst du? Schmeckt
hervorragend."
Cengis öffnete das Paket und stellte es auf ihren kleinen
Beistellschrank.
„Weißt du was? Zum feiern braucht man auch zwei Tassen Tee. Ich
gehe uns zwei Tassen Tee besorgen. Was hältst du davon?"
„Denk daran, ich brauche eine Schnabeltasse. Ich kann ohne
Schnabeltasse wahrscheinlich nicht mehr leben. Verdammt gute

Erfindung, diese Dinger."

„Alles klar. Ich werde uns zwei Schnabeltassen mit Tee besorgen."

„Warum zwei, du verrückter Kerl?"

„Weil wir ab jetzt alles gemeinsam machen und mit Schnabeltassen fangen wir an."

„Du hast sie nicht mehr alle."

„Tut mir leid...dafür ist es jetzt zu spät...du hast mich ein Leben lang an der Backe."

Er stand auf, griff sich seine Krücken, um zur Tür zu gehen. Ihm wurde plötzlich schwindelig.

„Du musst dich wieder hinsetzen, Cengis. Das ist bestimmt der Kreislauf. Atme ruhig durch bis in den Bauch. Du wirst sehen, dann ist es gleich besser."

Cengis setzte sich wieder und atmete tief durch.

„Du hast recht. Es geht schon wieder besser. Wir brauchen beide einen Tee! Schleunigst!"

„Und vor allen Dingen in Schnabeltassen!"

„So sieht es aus, Daniela!"

Cengis erhob sich wieder.

„Ja, jetzt ist es besser."

Er öffnete mit einer Hand die Tür.

„Bin gleich wieder da."

Ein Stich ging durch seinen Magen und nahm ihm fast die Luft zum atmen. Er stöhnte vor Schmerz auf.

„Was ist mit dir, Cengis?"

„Ich weiß es nicht, Daniela. Ich habe solche Schmerzen. Mir wird schon wieder so schwindelig."

Ihm fiel die Krücke aus der Hand und er konnte sich nicht mehr auf den Beinen halten.

„Daniela," flüsterte er leise und seine Augen sahen verzweifelt zu ihr, „was ist mit mir los?"

Er nahm ihr Gesicht nur noch als ein unwirkliche, verzerrte Maske war. Er fühlte wie ihm der Boden immer näher kam oder war es doch die Decke. Er konnte die Dimensionen nicht mehr unterscheiden. Cengis fühlte sich plötzlich körperlos und das einzige was er noch wahrnahm, war Daniela´s lauter, gellender Schrei.

Daniela musste hilflos zusehen, wie Cengis bewusstlos zusammenbrach.

*

Jordi und Stefan waren wieder auf dem Weg ins Büro. Auf der Rückbank lagen die Videobänder. „Kannst du mir sagen, wann wir das machen sollen? Der Chef möchte einen Zwischenbericht sehen, und wir sind keinen Deut weiter."

„Wir müssen uns den Leuchter nochmal vornehmen, Jordi."

„Und was ist mit dem Zwischenbericht?"

„Wie der Namen schon sagt, der wird irgendwo in meinem Hirn zwischen gelagert. Für so einen Blödsinn haben wir jetzt wirklich keine Zeit."

Im Büro mussten sie erst einmal herumfragen, ob noch irgendwer einen Videorecorder hatte, um die Bänder abzuspielen.

„In welchem Jahrhundert lebt ihr denn?," witzelte ein Kollege. „Hat euch niemand gesagt, dass mittlerweile eine zwei auf unserem Datum steht?"

„Was für eine zwei?" maulte Jordi unzufrieden.

„Zweitausend neunzehn, zweitausend zwanzig, zweitausend einundzwanzig, und so geht es immer weiter. Das Ding da, was ihr wollt ist noch neunzehnhundert fünfundachtzig. Da müsst ihr ins Museum!"

„Ich gehe jetzt in den Keller zum Lachen, daneben ist die Asservatenkammer. Mal sehen, ob sich da was findet," entschied Jordi.

„Vielleicht findest du in der Kammer des Schreckens noch ein „Ed vom Schleck", oder noch besser eine Muschel mit Himbeergeschmack... du kannst mir was davon mitbringen!"

„Ich denke nicht daran! Selber essen macht fett!"

Nach einer Weile kehrte er aus der Asservatenkammer zurück. Er war beladen mit einem riesigen Gerät.

„Kann mir mal jemand die Tür öffnen?" brüllte Jordi über den Gang.

Dirk Brandt saß bei Stefan im Büro, sprang dienstfertig auf, um ihm zu Hilfe zu eilen.

„Meine Fresse! Was ist das? Das Ding ist größer als meine Mikrowelle."

„Das ist das Ding aus einer anderen Welt," erläuterte Jordi. „Mit so was haben wir früher unsere Filme angeschaut. Und da wir nicht viele Videos hatten, schauten wir immer dieselben an. Wenn du Glück hattest, konntest du mit einem Kollegen tauschen."

„Echt jetzt?"

Dirk starrte gebannt auf das riesige Ding auf dem Schreibtisch.

„Hast du heute schon was vor?"

Skeptisch blickte Dirk zu Stefan hinüber.

„Nun ja...ich wollte das Alibi von Bankgruber überprüfen...ich meine es steht immer noch im Raum, dass er das Motorrad von Willi Neuhaus manipuliert haben könnte. Andererseits könnte Neuhaus auch selbst an seinem Motorrad herumgeschraubt haben, um den Verdacht von sich abzulenken, und...bei diesem Helmut Leuchter bin ich auch noch nicht weiter gekommen!"

„Dann ist diese Aufgabe sehr wichtig, die jetzt auf dich zukommt. Hier liegen jede Menge Bänder. Es geht nur um vergangenen Samstagabend. Die Bänder sind nicht sortiert. Aber wenn man sie anlaufen lässt, erscheint das Datum, hoffen wir zumindest. Der Chef war nicht einmal sicher, ob die Kameras jeden Tag aufgenommen haben. Diese Gehirnakrobaten haben vergessen, die Videobänder zeitlich zu markieren. Diese überaus wertvolle Aufgabe kommt jetzt auf dich zu, mein Freund."

Mit zusammengezogenen Augenbrauen betrachtete Dirk das riesige Monster.

„Dafür brauche ich bestimmt eine zweitägige Schulung."

„Du bist ein fittes Kerlchen...das kriegst du schon hin."

„Nach was suche ich eigentlich?"

„Diese Frage ist überaus korrekt! Willi Neuhaus sagt, dass er an der Tankstelle zwischen dreiundzwanzig Uhr und Mitternacht vorigen Samstag sein Motorrad betankt hat. Wenn es darüber Videoaufzeichnungen gibt, dass er tatsächlich da war, ist Neuhaus

aus dem Schneider. Das gilt es festzustellen."

„Habt ihr ein Bild von ihm?"

Jordi suchte in seinem Handy nach einem Foto. „Hier habe ich eins. Das habe ich gemacht, als ich sein Motorrad fotografiert habe und da ist er mit drauf. Kann man, glaube ich ganz gut erkennen. Ich schick es dir rüber."

„Muss ich mit dem Ungeheuer in mein Büro oder kann ich das von hier aus erledigen? Ich frage nur, weil ich mitbekommen habe, was für einen Spaß du dabei hattest, als du mit dem Gerät durch die Etage wandern musstest."

Stefan konnte ein Grinsen nicht unterdrücken.

„Nein! Du kannst hier in unserem Büro bleiben. Die vielen Videos müsstest du dann auch zu deinem Büro schleppen. Das kostet alles viel zu viel Zeit. Wir erklären dir jetzt diese Höllenmaschine und dann kannst du deine Arbeit machen. Also...du nimmst die Videokassette und schiebst sie hier hinein...dann drückst du auf diesen Schalter...die anderen erkläre ich dir gleich."

„Meine Güte ist das ein Ding, dieser Schalter. Der hat ja die Größe eines Backsteins! Wart ihr früher blind oder hattet ihr Flossen wie Hulk?"

„Das war der Vorteil, man konnte den Recorder bedienen, auch wenn man blind war."

„Das muss ich jetzt nicht verstehen?"

Jordi fuhr fort, Dirk das Gerät zu erklären.

„So, ich denke du bist soweit. Hast du alles verstanden?"

„Jawohl! Ich werde die Briketts in den Ofen schieben, die Backsteine nacheinander drücken und sehen was dabei heraus kommt."

Jordi rollte mit den Augen nach oben. Dann verließen die beiden Kommissare das Büro und überließen Dirk seinem Schicksal. Als sie fast draußen waren, hörten sie ihn rufen, „Was ist eigentlich eine Muschel mit Himbeergeschmack?"

*

Das Körbchen von Richie war innen an der Balkontür. Er konnte die ganze Veranda und den dahinterliegenden Wald erkennen. Neben der Balkontür stand das Katzenklo, direkt für ihn erreichbar. Willi hatte ihm etwas Futter und frisches Wasser hingestellt, aber Richie war im Moment nicht in der Lage, etwas zu sich zu nehmen. Er schlief immer wieder ein und hatte dann fürchterliche Alpträume, in denen er das Geschehene immer wieder erlebte.

„Träume," sagte Richie sich immer wieder, „es sind nur Träume." Immer wenn er wach wurde, saß Willi in seiner Nähe und beobachtete ihn.

„Hey, mein Freund! Du bist zu Hause. Wie sieht es aus? Meinst du, du könntest dich hier wohlfühlen? Vielleicht müssen wir noch ein paar Möbel umstellen. Aber jetzt werde erst einmal in aller Ruhe gesund."

Zum ersten Mal schaute Richie sich in seinem neuen Zuhause um. Ihm gefiel was er sah. Eine alte durchgesessene, dunkelgrüne Couch und einen ebenso alten, grauen, vielleicht ehemals schwarzen Sessel. Perfekt zum abhängen und schmusen. Einen riesigen Fernseher und eine kleine gemütliche Küche. Die einzige verschlossene Tür verbarg wahrscheinlich das Schlafzimmer. Richie maunzte zufrieden und schnurrte laut, damit Willi verstand, dass für ihn alles in Ordnung war.

Später, als Willi zu Bett ging lag Richie noch lange wach in seinem Körbchen und starrte in die Nacht hinaus. Hatte er da nicht ein Geräusch gehört? Er versuchte sich aufzurichten und horchte noch einmal intensiv in die Nacht. Da!.. Da war es wieder. Er stellte seine Ohren kerzengerade auf. Irgendwas oder irgendjemand schlich auf der Terrasse herum. Sein Herz schlug vor Aufregung bis in den Hals. Der Mond überflutete die Terrasse mit seinem silbernen Licht und von der Wiese begann der Nebel aufzuziehen, wie ein bedrohliches weißes Monster aus der Vergangenheit.

„Ich werde meinen Freund Willi beschützen," dachte Richie, „das bin ich ihm schuldig."

Wieder hörte er ein Geräusch... Er versuchte sich aufrecht hinzusetzen, sodass es aussah, als wäre er jederzeit kampfbereit. Eine

Wolke setzte sich kurzzeitig vor den Mond und tauchte die Gegend in ein gespenstisches Dunkel. Nur der Nebel waberte undurchsichtig umher und Richie hatte den Eindruck, dass der Nebel eine eigene Leuchtkraft besaß und er rückte immer näher.

Richies Sinne waren geschärft, trotz der vielen Medikamente die er bekommen hatte...

Die Wolke hatte anscheinend genug von der Dunkelheit und zog weiter in die Nacht. Gleisendes silbernes Mondlicht floss über die Terrasse und wurde reflektiert von zwei markanten Punkten...sie erinnerten ihn an kleine Sonnen. Er widmet seine komplette Aufmerksamkeit diesen markanten Punkten... Zwei kleine Sonnen?... Mitten in der Nacht?

„Hallo," flüsterten die kleinen Sonnen, „wie geht es dir?"

Richies Herz schlug immer noch wie tausend Trommeln, aber dieses Mal vor Freude.

Die gestreifte Katze saß vor der Tür und schnurrte ihn leise an.

„Jetzt wo du da bist, geht es mir perfekt," maunzte Richie.

*

Stefan und Jordi standen an der Tür von Helmut Leuchters Wohnung. Sie hörten, wie sich der Schlüssel im Schloss drehte und dann öffnete sich die Tür. Leuchter stand da mit total strubbeligen Haaren und in einer Pyjamahose.

„Haben wir sie geweckt?"

Leuchter zog die Pyjamahose höher und gähnte ausgiebig.

„Ja, das habt ihr."

„Es ist bereits Mittag," entgegnete Jordi. „Außerdem haben wir uns telefonisch angekündigt."

„ Das habe ich total vergessen. Ich habe Nachtschicht. Dann muss man halt das Schlafen auf den Tag verlegen."

„Das nächste Mal fragen wir vorher, was sie für eine Schicht haben."

„Gute Idee," brummte Leuchter schlecht gelaunt. „Kommen sie herein." Leuchter schlurfte auf seinen Pantoffeln in die Küche und schaltete die Kaffeemaschine an.

„Können sie sich vorstellen warum wir hier sind?" Jordi und Stefan nahmen auf den ihnen angebotenen Küchenstühlen Platz.

„Nä!"

„Dann wollen wir mal ein wenig nachhelfen."

Leuchter goss sich einen Kaffee ein.

„Auch einen?"

Die Kommissare verneinten.

„Sie haben bei unserem Kollegen ausgesagt, dass sie an jenem besagten Samstagabend, so zwischen dreiundzwanzig und vierundzwanzig Uhr bei einem anderen Motorradclub zu Gast waren."

Leuchter stand auf und stellte die Kanne zurück in die Maschine.

„Richtig. Und wo ist jetzt das Problem?" Vorsichtig schlürfte er einen heißen Schluck Kaffee.

„Wir haben ihre Aussage natürlich überprüft."

„Mann, macht ihr das spannend."

„Dieser Motorradclub heißt doch 'Black Shadows'. Richtig?"

„Ja, Mann."

„Ich meine ja nur für den Fall, dass wir uns mit dem falschen Club in Verbindung gesetzt haben. Also, der gesamte Club, mit besagtem Namen, kann sich nicht an sie erinnern und gibt vor, sie nicht zu kennen!"

Leuchter stellte die Tasse ab und setzte sich hin.

„Mist, verdammter!"

„So kann man es auch ausdrücken. Was sollen wir davon halten?"

„Davon habt ihr nicht den leisesten Schimmer!" murmelte Leuchter in seine Tasse.

„Dann klären sie uns bitte auf und lassen sie uns an dieser Erleuchtung teilhaben." Stefan wurde ungeduldig und gereizt.

„Ich weiß nicht, welchen Stein ich ins rollen bringe, wenn ich immer noch sage, dass ich bei den 'Black Shadows' war."

„Sagen wir es mal so," half Jordi sehr freundlich weiter. „Wenn sie nicht plausibel erklären können, wo sie am Samstag zu gegebener Zeit waren, haben sie ein Problem. Dann bringen sie nicht nur einen

Stein ins rollen, sondern eine ganze Lawine und die rollt nur über sie."

Leuchter schob die Tasse auf der Tischplatte von einer Hand zur anderen. Ein nervtötendes Geräusch.

„Also, wo waren sie am Samstagabend?"

Die Tasse wanderte auf dem Tisch weiter hin und her.

„Kann ich die Aussage verweigern?"

„Klar können sie das. Allerdings müssten sie dann mit einer weiteren Vorladung rechnen und es könnte sein, dass der Staatsanwalt sich meldet."

„Ihr gebt nicht auf! Richtig?"

„Richtig!"

Die Tasse beendete ihre begrenzte Reise auf dem Tisch und stand nun still.

„Ich kann es nur wiederholen. Ich war bei diesen Jungs."

„Das hatten wir schon," meinte Jordi trocken. „Sagen wir es einmal so...das bringt uns nicht wirklich weiter."

„Und ich nehme an, wenn wir wieder nachfragen, bekommen wir dieselbe Antwort," ergänzte Stefan.

„Ich befürchte, ja."

„Das ist toll! Gefällt mir richtig gut. Wenn ihre Aussage stimmt, dann können sie uns sicher sagen, warum ein kompletter Club eine Falschaussage macht und sich damit womöglich selbst in Bedrängnis bringt?"

„Weil niemand davon wissen darf."

„Was ist denn das schon wieder für eine Geschichte? Sind diese 'Black Shadows' so etwas wie Illuminaten oder Freimaurer oder sonst irgendein konspirativer Scheiß?"

Leuchter sah irritiert die beiden Kommissare an.

„Nein!"

„Warum dann diese Geheimnistuerei?"

Leuchter fühlte sich sichtlich unwohl. Er rutschte unruhig auf seinem Stuhl hin und her, und die Tasse begann wieder ihre Wanderung auf dem Tisch.

„Sie müssen mit uns zusammenarbeiten, wenn sie aus dieser

Nummer wieder herauskommen wollen. Versetzen sie sich mal in unsere Lage. Wenn sie nicht richtig nachweisen können, wo sie zum fraglichen Zeitpunkt waren, rücken sie in den Kreis der Verdächtigen!" Stefan rückte seinen Stuhl näher an den Tisch. Die Tasse wanderte weiter von Leuchters rechter Hand in die Linke.

„Ist ihnen das eigentlich klar?"

Die Tasse stand still.

„Ich will den Club wechseln."

„Club wechseln?"

„Ja, Mann!"

„Sind sie in ihrem Verein nicht mehr zufrieden?"

„Doch schon...aber..."

Die Tasse begann wieder mit ihrer Wanderung.

„Könnten sie bitte diese verdammte scheiß Tasse stehen lassen?" In Gedanken sah Stefan, wie er das hässliche grüne Ding mit dem mittlerweile kalten Kaffee, in der Hand hatte, und durch das geschlossene Fenster warf.

„Die machen wenigsten was."

„Wer macht was?" fragte Stefan suspekt.

„Na, die Shadows eben. Die kümmern sich."

„Wie darf ich das verstehen?"

„Ihr wisst nichts. Gar nichts. Aber dumme Fragen stellen, darin seid ihr großartig. Die kümmern sich eben. Sie passen auf. Und arbeiten dort weiter, wo ihr nicht weiterkommt!"

„Es reicht jetzt. Ich habe von diesen selbsternannten Schützern so dermaßen die Nase voll, das können sie sich nicht vorstellen. Sie können zum fraglichen Zeitpunkt nicht nachweisen wo sie waren. Wir schon. Und wenn sie uns jetzt die nächsten neunzig Sekunden keine plausible Erklärung geben können, haben sie das neues Problem. Ich hoffe wir haben uns verstanden." Stefan spürte, wie sich seine Nackenhaare aufstellten.

Leuchter trank einen Schluck von seinem mittlerweile kalten Kaffee und verzog das Gesicht.

„Ihr habt euren eigenen Kosmos. Es kann sein, dass ihr darin ganz gut seid. Aber was wirklich auf der Straße passiert, davon habt ihr keine Ahnung. Die Shadows stellen Nachforschungen an.“

„Was für Nachforschungen?“

„Was es mit diesen Anschlägen auf uns Motorradfahrer auf sich hat. Im Internet haben sie zum Beispiel Rundrufe gestartet, wer was gesehen hat.“

„Wieder so eine selbsternannte Rettungstruppe, die meint, alles besser als die Polizei zu können. Aber ich weiß nicht, was das mit ihrer Situation zu tun hat, Herr Leuchter?“

„Die Shadows nehmen nicht jeden auf. Man muss eine harte Prüfung durchlaufen, wenn man Mitglied werden möchte.“

„Wer es braucht ! Aber mal davon abgesehen. Hier geht es nicht um irgendwelche Rituale. Wenn sie nichts damit zu tun haben, kostet uns das alles sehr wertvolle Zeit, die wir hier verplempern.“

„Ich habe eigentlich nur mit dem Präsidenten gesprochen, mit sonst niemandem. Und der kann nicht anders, als das Gespräch geheimzuhalten.“

„Weil so die Regeln sind?“

„Genau so!“

„Und sie haben nicht den Eindruck, dass das ganze Verhalten ziemlich bescheuert ist?“

„Was soll ich machen?“ Leuchter rieb die Tasse jetzt zwischen seinen Händen. Stefan spürte ein unbändiges Verlangen nach einer Zigarette.

„Wir werden uns diesen seltsamen Club vornehmen,“...Leuchter wollte müde mit einer Hand protestieren... „ob ihnen das passt oder nicht.“

Als Jordi und Stefan schon fast zur Türe draußen waren bemerkte Leuchter noch: „die haben sogar ein Kopfgeld ausgesetzt...da passiert wenigstens was!“

Stefan wollte gerade etwas erwidern, als sich sein Handy meldete.

„Das hört sich nicht gut an. Und es gibt keinen Zweifel? Wir sind schon unterwegs.“

Stefan wandte sich an Leuchter. „Das Thema ist leider noch nicht abgeschlossen. Sie hören noch von uns.“

Aus Erfahrung wusste Jordi, dass er über das Telefonat keine

Information erhalten würde, bis er mit Stefan alleine war. Sie stiegen beide ins Fahrzeug und Stefan fuhr zügig los.

„Wir müssen ins Krankenhaus, Jordi! Cengis ist zusammengebrochen. Der Arzt konnte noch nicht klar sagen, was ihm fehlt. Aber im Moment ist es ernst. Und solange er nicht weiß was ihm fehlt, kann er auch nur die Symptome behandeln. Das sieht nicht gut aus!"

*

Der kleine Kater wich nicht mehr von Armins Seite. Armin freute sich über die Zuneigung des Kleinen und genoss die Aufmerksamkeit sehr. Er hatte ja keine Ahnung, dass diese Zuneigung auch zugleich ein Schutz für ihn war. Als seine Brüder nach Hause kamen, erzählte ihnen der kleine Kater was vorgefallen war.

„Da streicht schon seit ein paar Tagen irgendwer im Gebüsch herum," meinte der Ältere der Kater.

„Womöglich ist es ein und dieselbe Person, was meinst du? konntest du Witterung aufnehmen?"

„Ja, ich glaube schon."

„Wir werden auf der Hut sein müssen."

*

Laura und Helga waren dabei, den riesigen Kürbis zu verarbeiten. Die ehemals gemütliche Küche glich einem Chaos. Überall standen Töpfe und Einmachgläser, Messer, Gabel und Gewürze herum. Ich stolperte über Kürbisschalen und Oscar klaute sich ein Stück von dem geschälten Kürbis. Er stellte fest, dass Kürbis buchstäblich nach nichts schmeckte. „Wozu machen die sich die ganze Arbeit? Jetzt kommt der Kürbis auf den Ofen und dann schmeckt er nach heißem nichts."

Überall in der Küche roch es ekelhaft sauer. „Das muss diese komische Brühe in dem Topf sein," kommentierte Oscar. Laura und Helga beförderten die geschnittenen Kürbisstücke in riesige, große, phantastisch aussehende Einmachgläser und schütteten anschließend diese widerlich sauer stinkende Brühe darüber.

„Wunderbar!" schimpfte Oscar. „Vorher hätte man den Kürbis vielleicht noch mit Thunfisch verfeinern können...aber jetzt taugt er höchstens noch, um Ungeziefer fernzuhalten."

Um dem Geruch zu entkommen, zwängte ich mich in eines der gemütlich aussehenden Einmachgläser und konnte die Welt durch das dicke Glas nur noch verschwommen sehen. Laura sah durch das Glas aus wie ein Breitmaulfrosch und Helga erinnerte mich irgendwie an eine Raupe. Oscar hatte sich das nächste Stück Kürbis geklaut, bevor er mit der sauren Brühe verunreinigt wurde und warf noch ein Stück unauffällig zu Sam. Er kaute bedächtig und meinte, die gelben Dinger erinnerten ihn vom Geschmack her an das Innere der Klopapierrolle, aber vielleicht könnte man es mit ein wenig Mayonnaise aufpeppen. Sam sah durch das Einmachglas aus wie ein chinesischer Drache...das machte mir Angst und ich hatte genug von meinem gläsernen Pavillon...dann versuchte ich mich wieder daraus zu befreien.

Das war nicht so einfach. Mein Kopf und meine Beine waren im Einmachglas, aber mein Hintern thronte auf dem Glas wie ein schwarzer Wischmopp. Mein Schwanz schlug vor Aufregung ständig hin und her. Dadurch war meine Bewegungsfreiheit ziemlich eingeschränkt. In diesem verdammten Glas war einfach nichts, woran ich mich festhalten konnte. Nach ein paar hilflosen Versuchen klagte ich aus vollem Hals über mein Missgeschick.

Oscar und Sam wollten mir zu Hilfe eilen und warfen dabei zwei große, volle Schüsseln, mit fertig geschnittenem Kürbis um. Die Schüsseln polterten gegen mein Einmachglas...die Schüsseln und das Einmachglas samt eingemachter Katze stürzten vom Tisch. Ich nahm das ganze Geschehen wie unter Zeitlupe wahr und sah die seltsam verzerrten Gesichter von Oscar und Sam als ich zu Boden trudelte. Das Einmachglas und die Schüsseln zerbarsten mit ordentlichem Lärm, wie sich das gehört.

Laura und Helga schrien gleichzeitig und der Kürbis und die Glasscherben verteilten sich in der kompletten Küche.

Der Schlag war ordentlich und ich war noch ziemlich benommen.
Vom heutigen Tag an fand ich dann „Kürbiseinkochenderdanndoch-
nichtschmeckt" doof.
Unsere Damen fingen ziemlich lautstark an zu jammern. Aber nicht
um mich! Die zwei Damen kümmerten sich überhaupt nicht darum,
ob ich diesen fürchterlichen Sturz überlebt hatte. Ich könnte mir doch
bei diesem Absturz sämtliche Knochen gebrochen haben. Ich blieb
für kurze Zeit auf dem Boden liegen und stellte mich tot.
Und wie reagierten die beiden Damen?
Sie beklagten beide den Verlust der schönen, alten, noch von der
Oma geschenkten Glasschüsseln und des Einmachglases, als wären
es gute Freunde gewesen.
Für mich verschwendeten sie keinen einzigen Blick. Und vor allen
Dingen ärgerten sie sich, dass ein großer Teil des geschnittenen
Kürbises in der kompletten Küche verteilt lag.
Dermaßen desillusioniert inszenierte ich meine Wiederauferstehung.
Dabei stand mir die Essigflasche im Weg und da ich noch ein wenig
benommen und wütend war, warf ich sie einfach um. Der beißende,
saure Geruch des Essigs, der sich in der Küche verbreitete, stieg mir
in die Nase und ich bekam leichte Panik. Mir wurde übel.
„Ich brauche frische Luft!"
Ich stakste zwischen Scherben und Kürbisstreifen dem Ausgang der
Küche zu und freute mich halbwegs, dass ich unverletzt geblieben
war.
„Das bringt das Fass zum überlaufen,!" kreischte Laura leicht
hysterisch.
„Was für ein Fass? Siehst du hier irgendwo ein Fass?" fragte Oscar
ratlos.
Sam meinte, er sähe auch kein Fass, aber er rieche Stress hundert
Meter gegen den Wind und der Stressfaktor läge im Moment, auf
einer Skala von eins bis zehn, so mindestens bei zwölf, daher wollte
er vorschlagen den Garten aufzusuchen, bevor unsere Damen richtig
überlegen könnten, was sie mit uns zu tun gedachten.
„Wo ist dieser kleine, schwarze Satansbraten?" Lauras Stimme hörte
sich wirklich nicht gut an. Schrill und verdammt laut. Ihre Stimme

erinnerte mich an die Kreissäge von Sebastian.

„Ich denke hier wäre mal Hausarrest angesagt...so für zwei Stunden...mindestens, bis wir die Sauerei wieder beseitigt haben." Laura hob eine Scherbe vom Boden auf und schnitt sich in den Finger. Blut tropfte auf den Boden.

„Mir kommt da eine viel bessere Idee! Ich werde meinen Fleischwolf holen und diesen schwarzen Satansbraten verarbeiten... das dürfte bei ihrer Größe schnell erledigt sein!"

Erschöpft ließ Laura sich mitten in dem Durcheinander von Glas, Blut, Essig, Kürbis, Kürbisschalen, Dill, und was es sich sonst noch so auf dem Küchenboden gemütlich gemacht hatte, nieder.

„Warum hat alle Welt normale Katzen...? Nur wir nicht?"

Ich fragte Sam, ob es auch Stresspegel dreizehn gab und dann rannten wir durch die, zum Glück, offene Küchentür in den Garten. Ich versteckte mich auf dem Kirschbaum und wartete was passiert. Oscar hatte sich im Schilf hinter dem Teich verborgen. Als Sam merkte, dass die Wut der Damen auf ihn nicht so groß war, wie auf uns, blieb er auf der Terrasse stehen. Er sah, dass wir vorerst in Sicherheit waren und bot den beiden Damen seine Hilfe an.

„Vorsicht, Sam!," rief Laura, „nicht in die Glasscheiben treten. Ich weiß, dass du uns helfen willst, aber die Gefahr, dass du dich verletzt, ist einfach zu groß." Suchend sah Laura sich im Garten um. Ganz kurz streiften ihre riesengroßen, schwarzen Augen meinen Blick, aber ich bezweifele, ob sie mich wirklich gesehen hat. Ich spürte, dass sie gerade in ihrem Gehirn mehrere Tötungsabsichten und Foltermethoden durchspielte, daher hielt ich mich vornehm zurück.

Sam meinte, wir sollten uns für ein paar Stunden zurückziehen, er würde die Situation für uns klären.

„Was meinst du, Oscar?" maunzte ich vom Baum.

„Ich denke, das ist eine gute Idee," maunzte Oscar leise zurück, „im Moment ist Laura unberechenbar und ich würde es nicht wagen auch nur in ihre Nähe zu kommen. Ich bin froh, dass Helga und Sam bei ihr sind. Kommt! Lasst uns abhauen."

Zugleich rannten wir los und sprangen mit einem eleganten Sprung über den Gartenzaun, und im Nacken konnte ich förmlich Lauras riesengroße, schwarze Augen fühlen.

Wir schlugen die Richtung zu Armins Haus ein. Die Sonne schien, der Tag war noch jung, aber der Nebel machte sich bereits bemerkbar und zog wie ein lebendes Wesen von den Wiesen auf den Wald zu. Das Wetter war ideal zum Jagen und wir fingen uns jeder eine Maus als kleinen Imbiss.

Wir suchten uns ein schöne, geschützte Stelle, wo wir in aller Ruhe essen konnten. Neben einem Baum war eine kleine Mulde und die sah wunderbar gemütlich aus. Von hier konnten wir unseren Imbiss verzehren, alles rundum beobachten, aber uns konnte niemand sehen. Die Sonne war am Himmel nur als eine weiße, wabernde Scheibe erkennbar. Der Nebel hüllte uns ein und machte uns unsichtbar. Ein Rabe saß im Baum und wurde durch unser geräuschvolles Schmatzen geweckt. Er gähnte, streckte die Federn und ließ seinen Blick neugierig umherwandern. Als er uns bemerkte, war er mit einem Schlag hellwach.

„Vergiss es!" fauchte ich nach oben. Der Rabe ärgerte sich, schüttelte mit dem Kopf und flog mit einem krächzenden Klagelaut davon.

Perfekt!

„Gilt der Vertrag noch mit der Leber?"

„Ich fürchte ja, Oscar. Ich habe sie schon fein säuberlich heraus filetiert."

Bei unserem letzten Abenteuer musste ich Oscar das Versprechen geben, dass ich ihm das ganze Jahr die Leber abtrete.

Ein Geräusch ließ uns zusammenfahren. Grobe Schritte liefen laut durch das Unterholz. Wir legten uns unsere Mäuse unter den Bauch und duckten uns noch tiefer in die Mulde.

„Kann man denn nirgendwo mehr in Ruhe seine Mahlzeit einnehmen? Egal wer oder was es ist," schimpfte Oscar, „meine Maus kriegt er nicht."

Die Schritte kamen näher.

„Das hört sich nach einem Mensch an," flüsterte ich.

„Warum läuft der querfeldein durch den Wald? Menschen benutzen doch diese sinnlosen Wege."

„Das verstehe ich auch nicht, Laila, da sie doch ohne diese Wege niemals den Ausgang des Waldes finden würden."

Die Schritte kamen näher. Wir versteckten unsere Mäuse in der Mulde und liefen in das Dickicht hinein, um uns zu verbergen. Aber zugleich waren wir neugierig. „Ich könnte mir vorstellen, dass es Armin ist."

„Seit wann läuft Armin wie ein lauter Tolpatsch durch den Wald, Oscar? Armin ist einer von uns. Er kann sich genau so lautlos bewegen wie wir, na ja fast."

Die Silhouette des Menschen wurde langsam sichtbar. In einiger Entfernung konnten wir sehen, wie er durch den Wald stolperte. Wir versteckten uns hinter einer Hecke und warteten bis er vorbeigegangen war.

„Ich würde gerne mal wissen, was der hier will."

„Mir ist egal, was der will. Ich gehe mir endlich meine Maus holen und werde sie genüsslich aufessen."

„Wo du recht hast, hast du recht," pflichtete ich ihm bei. „Nach unserem kleinen Imbiss machten wir uns wieder auf den Weg. Die Spur des Menschen schien mit uns mitzulaufen. Sie endete erst, als wir das Häuschen von Armin schon sehen konnten.

Später bei Armin konnten wir feststellen, dass die Kater zufrieden mit dem Abkommen von Armin lebten. Sie wollten den Winter auf alle Fälle hier verbringen. Im nächsten Frühjahr werde man dann weitersehen.

„Wir haben einen Mann im Wald getroffen. Er lief irgendwie unkoordiniert, als hätte er sich verlaufen. Seine Spur führt fast bis zu eurem Haus. Ihr habt doch schon mal erzählt, da würde sich einer herumtreiben!"

Der kleine Kater erschrak über alle Maßen. Er erzählte was sich bei dem Steinwall zugetragen hatte.

„Der wollte Armin ein Leid zufügen, ...er wollte ihm etwas Böses,... ich habe es genau gespürt. Wenn es derselbe ist, müssen wir alle wahnsinnig aufpassen."

„Warum sollte der Mann Armin umbringen wollen?" sinnierte

Oscar. „Das macht doch keinen Sinn."

„Meinst du ich lüge?," brüllte der kleine Kater aufgeregt. „Du warst nicht dabei! Ich habe das Böse gesehen...wie einen schwarzen Schatten!"

„Jetzt reg' dich doch nicht so auf," versuchte ich ihn zu beruhigen. „Niemand sagt, dass du lügst. Oscar hat einfach nur laut nachgedacht."

„Genau! Jawohl! Nur laut nachgedacht. Verstehen tue ich es trotzdem nicht!" grummelte Oscar unzufrieden.

Der älteste der Kater nickte. „Wir haben euch doch gesagt, dass seit Tagen hier ein Typ herumlungert. Wenn es derselbe ist, der Armin an den Kragen wollte, ist wirklich Vorsicht geboten!"

Armin sortierte Kartoffeln in seine Kiste.

„Ihr könnt zufrieden sein. Eure neuen Freunde bleiben und wenn ich Glück habe sogar für immer. Stellt euch mal vor, dieser kleine Kerl hat mir, mit aller Wahrscheinlichkeit, das Leben gerettet. Wenn er nicht gewesen wäre..." Er streichelte mich gedankenverloren zwischen den Ohren und sprach weiter.

„Alles könnte so schön sein. Warum kann ich mich nicht erinnern, was ich in dieser verdammten Nacht gemacht habe? Mein verstorbener Freund und mein Hund kommen mir in der Nacht, wenn ich träume, zu Hilfe, aber es reicht nicht. Durch die verdammte Flasche Schnaps kann ich mich nicht erinnern. Es ist alles weg." Er schaute mich fragend an.

„Bin ich ein Killer? Was meinst du?"

„Ich weiß nicht, was in euch Menschen vorgeht. Manche von euch töten für Geld, das würden wir Katzen nie tun. Oder aus Eifersucht, das würden wir Katzen auch..."

„Oh doch," unterbrach mich Oskar. „Du würdest! Manchmal bist du so eifersüchtig, ich würde mal so sagen, da fehlte schon oft nicht viel und du hättest dem Objekt deiner Begierde den Hals umgedreht!"

„Das ist jetzt aber nicht nett von dir," maunzte ich beleidigt.

„Ein großer Uhu saß auf dem Baum und flog vor mir her. Der Uhu wäre meine Erinnerung, sagte mein Freund, und hielt eine Blume in der Hand. Eine rote Blume, dann sagte er, ich solle in meiner

Erinnerung nachforschen." Armin schlug sich immer wieder mit der Hand an die Stirn.

„Es ist zum verrückt werden. Es ist wie eine Mauer, die mich umgibt. Und nichts kann sie zum Einsturz bringen. Beim letzten Traum hatte er eine seltsame Uniform an...eine schwarze."

Wir setzten uns alle vor Armin und sahen ihm tief in die Augen.

„Dein Freund will dich an etwas erinnern...es ist da...du musst es nur suchen," maunzte ihm der gestreifte Kater ins Ohr.

„Die schwarze Uniform, das ist doch schon so etwas...wie erinnern," meinte Oscar. „Vielleicht zeigt dir der Uhu, wo du die Uniform gesehen hast."

Fasziniert streichelte Armin uns nacheinander.

„Es ist, als würdet ihr jedes Wort verstehen."

„Hältst du uns für blöd?" maulte ich dazwischen. „Natürlich können wir dich verstehen. Im Gegensatz zu euch Menschen. Wir haben das miauen erfunden, um mit euch Menschen zu kommunizieren. Bei uns Katzen läuft das nämlich auf einer viel höheren, intelligenteren Stufe."

„Toll!" schimpfte der älteste Kater. „Es hilft uns bestimmt weiter, wenn du ihm klar machen willst, dass er ein Depp ist."

„Ich glaube nicht, dass das ihre Absicht war."

Die Namenlose hatte es wieder einmal fertiggebracht, sich lautlos anzunähern. Jetzt saß sie schön und majestätisch, den Schwanz elegant um ihre zierlichen Vorderpfötchen gelegt, auf der Fensterbank von Armins Häuschen und ließ sich bewundern. Fassungslos starrte ich sie an.

„Wie macht sie das bloß?" dachte ich bei mir. Die Kater und Armin glotzten die Namenlose an und im Moment sagte keiner etwas.

„Dafür hast du Humor," funkte es in meinem Hirn. Die Botschaft kam von der Namenlosen. „Der fehlt mir zuweilen manchmal."

„Vielleicht hilft es, wenn ich die ganze Strecke noch einmal abgehe, die ich in jener Nacht zurückgelegt habe. Ich brauche nur der Strecke zu folgen, wo meine Geldbörse und die Schnapsflasche gefunden wurden."

„Und dein Häufchen," korrigierte Oscar ihn, „das du nicht vergraben hast. Du hast es einfach so in der Gegend herumliegen lassen."

„Es ist noch genug Zeit," meinte die Namenlose, „lassen wir es angehen." Auffordernd setzte sie sich vor Armin hin.

*

Stefan und Jordi begaben sich im Höchsttempo in Richtung Krankenhaus. Auf der Intensivstation warteten sie auf den Doktor. Der Doktor kam ihnen im Laufschritt entgegen. „Kommen sie kurz in mein Büro. Sie müssen verstehen, ich habe nicht viel Zeit. Außerdem möchte ich nicht, dass diese Information in falsche Hälse kommt."

„Selbstverständlich"

Der Doktor öffnete in seinem Büro ein Fenster, holte tief Luft und drehte sich anschließend den Kommissaren zu .

„Herr Yildirim besuchte seine Freundin, die junge Frau Bankgruber sie wissen ja..., auf ihrer Station. Als er das Zimmer verlassen wollte, brach er zusammen. Wir haben ihn sofort auf die Intensivstation gelegt, um seinen Kreislauf zu stabilisieren. Wir wussten zunächst nicht, was ihm denn fehlen könnte. Herr Yildirim erlangte zwischenzeitlich das Bewusstsein wieder und klagte über starke Bauchschmerzen. Wir haben mehrere Untersuchungen gemacht...und haben jetzt erste Ergebnisse."

Gespannt warteten Stefan und Jordi weiter auf die Ausführungen des Doktors. Er schaltete den Computer ein und zeigte ihnen die Ergebnisse von den Blutwerten.

„Sehen sie hier. Dieser Wert hier ist enorm hoch..."

„Und was heißt das im Klartext Herr Doktor?"

„Das heißt, dass Herr Yildirim aller Wahrscheinlichkeit nach vergiftet wurde."

„Was?"

„Seine Nieren, ach was rede ich, seine kompletten inneren Organe sind in Mitleidenschaft gezogen worden."

„Er wurde hier im Krankenhaus vergiftet?"

„Ja!" entgegnete der Doktor Jordi. „Daran besteht kein Zweifel.

Obwohl,... wenn ich mir das so überlege...er hatte sich relativ gut mit den Krücken vorwärts bewegen können. Es kann also schon sein, dass er für kurze Zeit das Krankenhaus verlassen hatte. Wir haben ihm den Magen ausgepumpt und die Rechtsmediziner informiert. Die Untersuchungen sind schon in vollem Gange."

„Wie geht es Yildirim?" wollte Stefan wissen. „Können wir mir ihm sprechen?"

„Auf gar keinen Fall. Im Moment sind wir froh, wenn wir ihn stabil halten können."

„Wird Yildirim überleben?"

„Wenn wir das Gift kennen, wissen wir mehr. Dann wissen wir, was wir bekämpfen müssen. Die Vergiftungszentrale ist selbstverständlich auch eingeschaltet. Ich habe Angst, dass die Nieren versagen. Dann können wir nichts mehr tun. Das wäre im Moment leider alles."

„Danke, Doktor. Können wir mit Frau Bankgruber sprechen?"

„Ich denke schon. Sie hat zwar etwas zur Beruhigung bekommen, aber sie ist durchaus ansprechbar."

Stefan klopfte leise an die Tür und betrat das Zimmer. Daniela lag auf ihrem Bett, ihren Kopf noch immer mit der Schiene verbunden. Sie weinte. Die Tränen liefen ungehindert über ihr Gesicht und tropften auf das Kopfkissen.

„Darf ich?"

Jordi hatte ein Papiertaschentuch in der Hand und tupfte sorgfältig ihre Tränen ab.

„Wir haben gerade mit dem Arzt gesprochen. Cengis bekommt jede Hilfe, die nötig ist."

Daniela schluchzte von neuem und die Tränen begannen wieder zu fließen.

„Wird er es schaffen?" fragte sie, und ihre Stimme war ganz zart und zerbrechlich.

„Die Ärzte tun was sie können. Es sind gute Ärzte...er ist hier in guten Händen."

„Das war keine Antwort auf meine Frage."

Stefan merkte, dass sie auf eine Sackgasse zusteuerten und

versuchten, das Thema zu wechseln.

„Erzählen sie uns doch was passierte, als Cengis sie besuchte."

Jordi trocknete weiterhin die Tränen von Daniela.

„Er war so glücklich! Morgen sollen meine Schienen am Kopf entfernt werden und das wollten wir ein wenig feiern. Er hatte Baklava von seiner Schwester mitgebracht und wollte ..."

„Moment mal bitte, Baklava? Was ist Baklava?" unterbrach Jordi.

„Baklava ist eine türkische süße Spezialität. Schmeckt sehr gut."

„Alles klar. Bitte erzählen sie weiter."

Daniela fuhr mit Tränen erstickter Stimme fort.

„Er stellte das Baklava auf den Tisch und wollte uns zwei Tassen Tee dazu holen."

„Bitte entschuldigen sie, wenn ich sie schon wieder unterbreche. Hier auf den Tisch sagen sie?"

„Ja. Dort stand es bis vor einer Stunde noch."

„Und wieso ist es jetzt weg?"

„Da kam ein Mann, so ungefähr in meinem Alter und sagte, er müsse das Baklava mitnehmen."

„Warum?"

„Er sagte, es müsse untersucht werden. Er werde die nötigen Schritte dafür einleiten."

„Vor einer Stunde sagen sie?"

„Ich weiß nicht genau wie lange es her ist. Er war vielleicht fünf Minuten nach dem Zusammenbruch von Cengis hier."

„Fünf Minuten sagen sie?"

„Ja. So ungefähr."

„Wie sah der Mann aus. Haben sie ihn vorher schon einmal gesehen?"

„Zuerst dachte ich, ich hätte ihn schon einmal gesehen. Seine Augen! Und da war noch etwas, aber ich kann mich beim besten Willen nicht mehr daran erinnern."

„Welche Farbe hatten seine Augen?" unterbrach Jordi. „Überlegen sie gut. Die kleinste Kleinigkeit ist wichtig und kann uns weiterhelfen."

„Ich glaube dunkel...ja die Augen waren dunkel."

„Was heißt dunkel? Dunkelbraun oder war es mehr ein dunkles Blau oder ein dunkles Grün?"

„Ich weiß es nicht mehr...alles was ich weiß ist, dass sie dunkel waren."

„Und er kam ihnen bekannt vor?"

Daniela grübelte lange nach. „Nein. Da habe ich mich bestimmt geirrt. Er trug nämlich Operationskleidung und hatte die grüne Mütze tief in die Stirn gezogen, zusätzlich trug er noch eine Maske."

„Können sie sich noch erinnern wie groß der Mann war, Frau Bankgruber?"

„Ungefähr ihre Größe."

Stefan und Jordi hatten es plötzlich sehr eilig.

„Cengis ist stark. Er wird es ganz bestimmt schaffen! So leicht lässt er sich nicht unterkriegen."

„Wir melden uns wieder bei ihnen. Werden sie gesund, damit machen sie Cengis die größte Freude!"

Draußen auf dem Gang hatte Stefan schon das Handy in der Hand. Er telefonierte mit seinem Chef, Herrn Rumpold.

„Wir müssen Polizeischutz für Frau Bankgruber und Cengis Yildirim beantragen." Er erzählte Rumpold in Kürze was vorgefallen war. Rumpold versprach, sich darum zu kümmern.

„Kann ich Brandt kurz sprechen?"

„Er hat das Büro kurz verlassen. Auf dem Handy ist er bestimmt zu erreichen. Wie macht er sich denn so?"

„Er entwickelt sich, erstaunlicherweise."

„Das freut mich und spart uns eine Menge Ärger. Über den Polizeischutz spreche ich mit dem Staatsanwalt. Den treffe ich heute Mittag sowieso. Ich melde mich, Stefan."

Jordi schüttelte mit dem Kopf.

„Fünf Minuten nachdem Cengis zusammengebrochen war, kam schon einer, um diesen dämlichen Kuchen abzuholen. Das konnte doch hier im Krankenhaus keiner wissen, dass es Gift war."

„Richtig! Außer dem, der es verabreicht hat!"

*

Willi saß gedankenverloren auf der Holzbank vor der Werkstatt. Sein Chef hatte gefragt, ob er in der Mittagspause ein paar Minuten für ihn erübrigen könnte, es würde auch nicht lange dauern.

Sascha setzte sich neben ihn, packte ein belegtes Brot aus und gab Willi die Hälfte. Willi zögerte.

„Na, komm schon, Alter. Du fällst mir sonst vom Fleisch. Das geht gar nicht!"

Daraufhin nahm Willi dankbar das Brot an und biss herzhaft hinein. Aber Sascha spürte, dass irgendetwas nicht stimmte.

„Probleme?"

„Kann sein. Ich weiß nicht."

„Geht es ein bisschen genauer?"

„Der Chef will mich sprechen."

„Warum?"

„Das frage ich mich auch. Vielleicht ist es wegen Richie."

„Richie?"

„Na ja. Ich bin wegen Richie dreimal zu spät zur Arbeit gekommen. Außerdem habe ich dich noch mit hineingezogen. Ich könnte mir vorstellen, dass er mich darauf ansprechen wird."

„Also zu mir hat er kein Wort gesagt. Im Gegenteil. Er fand es gut, dass wir die Achse so schnell eingebaut hatten und der Kunde seinen LKW nachmittags wieder abholen konnte."

„Da gibt es ja noch etwas."

„Was denn noch? Ich wüsste sonst nichts mehr."

„Ich habe für Samstagabend kein Alibi."

„Kein Alibi? Wozu brauchst du ein Alibi? Und für was bitte schön?"

„Na wegen dem Pärchen, das da verunglückt ist."

„Die spinnen doch, die Polizisten."

„Nein! Eigentlich nicht. Zwei feine Kerle."

„Wo ist dann das Problem?"

„Ich kann nicht sagen, wo ich zu diesem Zeitpunkt war."

„Warum nicht? Hast du was mit dem Unfall zu tun?"

„Ja und Nein. Ich war vor Cengis mit dem Mädel zusammen."

„Vorher ist Vergangenheit. Dann ist das doch jetzt eine ganz andere Geschichte."

„Na ja, mein Abgang war nicht so ruhmreich... mit saufen, Wohnung verwüsten und so weiter."

„Alles klar! Dann fällst du genau in das Beuteschema der Polizei! Aber du brauchst doch nur zu sagen wo du wirklich warst, und der Käse ist gegessen."

„Es geht einfach nicht, das ist sehr kompliziert."

„Ich habe verstanden...ach herrje...du meinst, dass sie sich beim Chef gemeldet haben, um dich ein wenig unter Druck zu setzen? Aber du sagtest doch, es wären feine Kerle."

„Ich weiß gar nichts mehr. In meinem Kopf dreht sich alles."

Der Chef kam aus der Werkhalle.

„Willi? Kommst du bitte? Es dauert auch nicht lange."

Willi stand auf und lief mit hängendem Kopf zum Büro.

„Ich warte hier," rief Sascha ihm nach.

Im Büro setzte sein Chef sich hinter seinen Schreibtisch und bot ihm an, Platz zu nehmen. Willi setzte sich ungemütlich kerzengerade hin.

„Wie geht es Richie?"

Willis Herz schlug ihm bis zum Hals und er bekam feuchte Hände.

„Es geht ihm besser. Jeden Tag ein wenig mehr. Er hatte zahlreiche Wunden, die genäht werden mussten und sein Becken ist angebrochen. Aber wie gesagt, es geht ihm jeden Tag ein bisschen besser. Chef, es tut mir sehr..."

„Das freut mich," unterbrach er Willi. „Aber kannst du dir vorstellen, warum du hier bist?"

„...Äh ...nein?"

„Das habe ich mir gedacht. Ich hoffe, dass es dem Kater in Zukunft besser geht, damit du dich wieder auf deine Arbeit konzentrieren kannst..."

„....Jo, Chef."

„Ich habe deinen unbefristeten Arbeitsvertrag hier. Lies ihn durch, ob alles in Ordnung ist."

*

Es war eine seltsame ungewöhnliche Gesellschaft, die sich hier im Wald tummelte. Ein Mann und sechs Katzen, die nach irgendetwas suchten, was in einer Erinnerung weiterhelfen könnte.

An einer Stelle verharrten wir Katzen und warteten darauf, ob sich in Armins Gedächtnis etwas regte. Ratlos betrachtete er den Baum, den wir so interessant fanden.

„Na? Wie sieht's aus?" maunzte Oscar ihm zu. „Dämmert dir was?"

„Beim besten Willen! Ich komm nicht drauf. Es macht doch alles keinen Sinn!"

„Sagen wir mal so," schnurrte die Namenlose, „du fühltest dich hinterher ungeheuer erleichtert, könnte ich mir zumindest vorstellen."

„Es sah aus, wie eine runde Pyramide," meinte Oscar hilfreich, „unten ein stabiler Kreis und nach oben immer schmaler. Wie ein Kunstwerk!"

Als zusätzliche Hilfe begann der kleine gestreifte Kater am Rande des Geschehens ein wenig zu scharren, wie es Katzen tun, wenn sie ihr Geschäft erledigt haben.

Angestrengt und fasziniert beobachtete Armin, wie der kleine Kater die Blätter und Erde zusammenscharte als wollte er...

Da war sie, die Erinnerung, zumindest für diesen einen Augenblick.

Er sah alles glasklar vor sich. Es war eine sternenklare Nacht und es war das erste Mal in diesem Herbst richtig kalt. Er sah sich, wie er den letzten Schluck Schnaps aus der Flasche zu sich nahm und die Flasche achtlos fallen ließ. Torkelnd hält er sich an dem Baum fest und versuchte mit der anderen Hand den Gürtel zu lösen. Nach dem gefühlten hundertsten Male gelingt es ihm endlich und er kann sich mit beiden Händen am Baum festhalten und sein Werk vollenden...

„Ich kann mich erinnern," freute sich Armin. „Endlich bringe ich Licht ins Dunkel."

Aber sein Gesicht verfinsterte sich trotzdem.

„Ich bin gespannt, was die Erinnerung sonst noch so ans Tageslicht bringt, meine Freunde. Ich bin gespannt wo uns das hinführt. Oder soll ich so sagen...ob ich mich selbst entlarve..."

„Was meint er damit?" Das kleine Katerchen sah angstvoll zu Armin auf. „Müssen wir uns Sorgen machen?"

„Ich weiß auch nicht so recht, was er damit meint," die Namenlose versuchte aus Armins Gesichtsausdruck mehr herauszulesen, als er an Worten wiedergab.

„Mir scheint, er fühlt sich für irgendetwas schuldig."

„Ihr scheint den Weg zu kennen, meine Katzenfreunde. Gehen wir weiter. Egal wo es hinführt. Ich habe mein Telefon dabei. Wenn ich mich selbst überführe, kann ich sofort die Kommissare anrufen! Dann hätte ich es wenigstens hinter mir!"

Jetzt dämmerte es mir endlich.

„Diese fürchterlichen Sachen, mit den Motorrädern und den Seilen. Unsere Kommissare sind deswegen den ganzen Tag unterwegs und haben kaum noch Zeit für uns."

„Willst du das denn wirklich wissen?" Der kleine Kater bekam feuchte Augen. „Was passiert dann mit uns? Haben wir wieder einmal kein zu Hause?"

Die Namenlose wusch ihm sanft die Öhrchen.

„Du siehst, dass Armin ein ehrlicher und aufrechter Charakter ist. Je eher er die Wahrheit über sich erfährt, um so besser. Er kann so nicht weiterleben und wir helfen ihm dabei. Alles andere kommt später. Außerdem habt ihr neue Freunde, nämlich uns...und wir haben bis jetzt noch immer eine Lösung gefunden. Auch wenn es schwerfällt, du musst an deine Zukunft glauben."

Die Namenlose nahm die Spur wieder auf und alle folgten ihr.

Wir näherten uns dem Industriegebiet. Mittlerweile war es später Nachmittag und die Sonne stand blutrot am Himmel.

„Hier wollte ich ein paar Haelsträucher ausgraben," Armin kratzte sich nachdenklich am Kopf. „Ich wollte sie hinter dem Haus einpflanzen, so in etwa wie einen Zaun. Und da es bei mir viele Eichhörnchen gibt, hätten sie von den Nüssen profitiert. Da ich aber manchmal eine Allergie gegen Haselsträucher habe, habe ich mir sogar Gummihandschuhe mitgenommen und ein Seil, zum zusammenbinden der Sträucher. Da die Haselnusssträucher noch alle stehen, war ich wohl nicht so erfolgreich. Allerdings wollte ich das auch eigentlich am nächsten Tag machen, wenn ich wieder nüchtern war."

„Warum müsst ihr Menschen immer alles verändern,?" maulte ich.
„Die dämlichen Eichhörnchen sollen sich ihre Nüsse doch selbst suchen." Insgeheim hegte ich immer noch einen Groll, weil mir schon einmal ein Eichhörnchen entwischt war.

Ein großes, graues Gebäude kam in Sichtweite.

„Das kommt mir irgendwie bekannt vor..." Armin starrte auf das Gebäude und dachte angestrengt nach.

„Gehen wir weiter."

Wir gelangten an den Waldrand und erreichten einen Feldweg. Das Gelände war etwas abschüssig.

Unten am Hang verlief eine Straße, auf der reger Verkehr herrschte. Die vielen Autos machten mir Angst und ich blieb dicht neben Oscar.

Plötzlich blieb Armin abrupt stehen.

„Was ist denn los?" wollte das kleine Katerchen wissen.

Armin blieb weiterhin auf der Stelle stehen. Vor ihm befand sich eine Bank. Eine ganz normale Parkbank.

„Hier habe ich im Traum mit meinem Freund gesessen. Aber er hatte so eine schwarze Uniform an. Ich kann mich daran erinnern hier gesessen zu haben, aber ich weiß nicht, was es mit dieser schwarzen Uniform auf sich hat."

Gegenüber bei dem grauen Gebäude mit der roten, leuchtenden Werbung kam Bewegung auf. Ein schwarzer, schwerer Lastkraftwagen wollte das Gelände verlassen. Aber eine Schranke hinderte ihn daran. Ein Mann mit langen Haaren stieg aus und hatte in der einen Hand Papiere dabei. Er begab sich zu dem kleinen angebauten Gebäude und blieb vor einem Fenster stehen. Der Mann hinter dem Schalter öffnete und nahm die Papiere entgegen. „Einen schönen LKW haben sie da. Und der Name kann sich auch sehen lassen.."Heavy Metal Trans". Sie können schon einsteigen. Ich öffne ihnen die Schranke. Die Automatik ist leider defekt, aber ich werde sie ihnen von Hand öffnen."

„Danke"

Der Mann stieg ein und warf den Motor seines LKW's an.

Der Pförtner kam aus seinem kleinen Anbau und steckte an der

Schranke einen Schlüssel ein. Die Schranke öffnete sich automatisch und der LKW konnte das Gelände verlassen.

„Einen kleinen Moment noch!"

Eine Frau mit langen, schwarzen Haaren und zahlreichen Tattoos an dem Armen stieg aus dem LKW.

„Hier ist noch der Schlüssel zur Fahrerdusche. Vielen Dank noch mal!"

Dann stieg sie wieder ein und der LKW fuhr los.

Fassungslos sah Armin von der Bank dem Geschehen zu.

„Was ist denn daran so faszinierend?" Ratlos beobachtete ich, wie das stinkende große Auto ...und falls sich wieder irgendjemand darüber aufregt, bei mir stinken alle großen Autos, weil ich Angst vor ihnen habe... auf die Straße rollte und von dannen fuhr.

„Der Pförtner trägt genau dieselbe Uniform, wie mein Freund in meinem Traum."

*

„Ich gehe davon aus, dass du wieder einmal keine Zeit für uns arme, geplagte und gequälte Katzen hast."

Heinrich räkelte sich extraordinär auf Michelles Schoß, sodass seine Beine und die Vorderpfoten fast auf dem Boden waren.

„Jetzt siehst du aber wirklich aus, wie ein alter von Motten zerfressener Teppich!"

Wütend fauchte Heinrich Mathilde an.

„Es kann nicht jeder so fehlerfrei schön sein wie du. Dafür habe ich Hirn und Verstand!"

„Es ist nur seltsam," konterte Mathilde, „dass das außer dir niemand weiß...das mit dem Hirn meine ich."

„Dafür kann ich Botschaften versenden und du nicht," fauchte Heinrich zurück.

„Sagen wir mal so...du hast in deinem Kopf die Anlagen dafür, weißt aber nicht, wie man sie benutzt."

„Blöde Katze!"

„Blöder Kater!"

„Jetzt hört mal Leute!" schaltete Michelle sich in das Fauchen der beiden Katzen ein. „Meine Arbeit am Computer ist sehr wichtig! Wenn ihr nicht auf der Stelle aufhört zu streiten, schicke ich euch hinauf zu Tante Gisela. Dann könnt ihr euch zwei Stunden lang Vorträge über die Gesundheit und Effektivität irgendeines fleischfreien Müslis für Katzen einer ganz bestimmten Region in der Schweiz anhören, die angeblich lebensverlängernd wirkt! Und das wäre wirklich schade, denn soweit ich das mitbekommen habe, wollte Nadeshda heute Abend Lasagne machen. Also, ihr habt die Wahl...esoterisches, Bewusstsein förderndes, geschmackloses Essen, wobei man als Katze angeblich doppelt so viele Lebensjahre bekommt; allerdings frage ich mich, wozu bei so einem langweiligen Leben...? Oder die alles umfassende Orgie mit Sauce Béchamel, Käse und Kochschinken von den Schnurrbarthaarspitzen bis zu den Ohren! Eure Entscheidung!"

„Ich hasse Müsli... mit oder ohne fleischlosem Fleisch. Sollen wir Ball spielen?"

„Ich weiß nicht mehr wie man das macht, Mathilde. Allerdings bin auch ich an Müsli relativ wenig interessiert. Das schmeckte damals schon wie das Streu in unserem Katzenklo."

Heinrich schüttelte sich bei der bloßen Erinnerung daran, als er sich von Gisela überreden ließ, dieses widerliche Zeug aus der Schweiz zu probieren.

Mathilde sah ihn entsetzt an.

„Du weißt wie Katzenstreu schmeckt?"

„Meine Güte, Mathilde! Ich war noch jung. Das sind eben Erfahrungswerte die man so macht. Spielen wir von mir aus mit dem Ball. Wirf das Ding rüber."

„Dafür musst du von Michelles Schoß aufstehen. Sonst funktioniert das nicht."

„Das ist nicht dein Ernst?"

„Oh doch! Mein voller Ernst!"

„Ich nenne so was Nötigung!"

„Müsli oder Lasagne?!"

Mit einem eleganten Sprung, den man Heinrich niemals zugetraut hätte, sprang er von Michelles Schoß und positionierte sich im Wohnzimmer.

„Geht doch!" triumphierte Mathilde und schlug den Ball in Heinrichs Richtung. Er schlug gelangweilt den Ball zurück.

„Der nächste Ball kommt schneller."

Ehe er sich versah, waren Mathilde und er im Spiel vertieft.

Zufrieden beobachtete Michelle die beiden, wie sie den Ball durch das Wohnzimmer scheuchten und wandte sich wieder ihrer Arbeit zu.

„Ich komme einfach nicht weiter. Die Zahlen stimmen vorne und hinten nicht. Da habe ich noch mehrere Tage zu tun. Waltraud, Waltraud, da hast du uns ein nettes Geschenk gemacht. Ich schätze, da muss Tommy noch ein paar Sitzungen mit mir machen."

Sie probierte wieder und wieder eine Verbindung zu der afrikanischen Firma zu bekommen.

Nadeshda stürmte zur Tür herein. Sie war vollgepackt mit mehreren Taschen Lebensmitteln und stellte sie in der Küche ab. Sie sang mit voller Kehle irgendein russisches Lied, rannte ins Wohnzimmer hob Mathilde hoch, herzte und küsste sie, bis sie keine Luft mehr bekam. Als nächster kam der völlig überraschte Heinrich an die Reihe.

„Mit dir hat man wirklich was im Arm, aber ich bin ja nicht schwach. Komm her du Knuddelmonster!"

Heinrich genoss die Streicheleinheiten und schnurrte so laut wie Waltrauds Motorrad.

„Wie mir scheint, geht es dir gut!"

„Über alle Maßen, Michelle."

„Darf ich fragen warum?"

„Natürlich darfst du fragen...aber du kriegst keine Antwort!"

Die Katzen und Michelle sahen Nadeshda sprachlos und mit offenen Mündern an.

„Reingelegt!" Nadeshda stand da und strahlte über das ganze Gesicht.

„Ich habe heute Morgen eine Mail bekommen. Hier lies mal...ich bin so aufgeregt und glücklich..."

Plötzlich fing Nadeshda an zu weinen und reichte Michelle ihr Handy.

„Sie weint, weil sie glücklich ist? Wie ist die denn drauf?" Heinrich wirkte unsicher.

„Da weiß man ja gar nicht wie man sich verhalten soll."

„Ist doch egal. Trösten geht immer," meinte Mathilde. Nadeshda saß auf dem Sofa und die Katzen streichelten ihre Wangen.

Michelle las die Mitteilung.

„Das ist ja phantastisch. Eine Stelle als Physiotherapeutin. Zumindest mal für sechs Monate. Das ist besser als nichts. Das freut mich sehr für dich. Das ist doch mal ein Anfang."

„Weißt du wer mein Chef ist?"

„Lass mich raten...Marcel?"

„Ja!!!!"

„Dann wünsche ich dir alles Gute! Du machst das schon!"

„Danke! Ich muss jetzt in die Küche...das wird die weltbeste Lasagne heute Abend, das verspreche ich euch!" Nadeshda verschwand in der Küche, natürlich verfolgt von Mathilde, und fing geräuschvoll an, mit Küchenutensilien zu hantieren.

Michelle wollte sich gerade wieder ihrer Arbeit zuwenden, als ihr Blick auf ihr Handy fiel. Eine Nachricht.

„Ich habe versucht dich anzurufen...ich versuche es später noch einmal. Nur ganz kurz...Richie ist bei mir zu Hause und in der Firma habe ich meinen festen Arbeitsvertrag bekommen. Melde mich ...Willi."

Michelle drückte das Handy fest an sich. Sie antwortete:

„Das freut mich wahnsinnig für Dich! Warte auf Deinen Anruf!"

*

„Irgendjemand muss ihn doch gesehen haben!"

Jordi stand im Flur der Krankenstation und hatte die Hände in den Hosentaschen zu Fäusten geballt.

„Der oder die, egal wer auch immer, macht doch mit uns was er will."

„Auf jeden Fall ist uns diese Person immer einen Schritt voraus."

„Ich rufe trotzdem in der Rechtsmedizin an, Stefan...kann ja sein, dass wir uns irren und der Fund wurde wirklich abgegeben."

Stefan blickte skeptisch.

„Ich probiere es trotzdem."

Jordi nahm sein Handy und sprach mit der Abteilung der Rechtsmedizin.

„Nein! Bei uns wurde nichts abgegeben. Aber wir haben den Mageninhalt schon bekommen und erste Untersuchungen durchgeführt."

„Spann mich nicht auf die Folter, Junge! Gibt es etwas Neues?"

„Es steht noch nicht hundertprozentig fest...und ich weiß gar nicht ob ich schon was sagen darf...!"

„Ich stehe hier und habe mein Handy in der Hand. Darauf ist eine Kickbox App. Die beherrsche ich mittlerweile perfekt. Damit werde ich dich eigenhändig erschlagen, wenn du nicht sofort die Schnauze los machst!"

„Ist ja schon gut. In dem Mageninhalt wurden wahrscheinlich Cumerin Derivate gefunden,"

„Cum...was?"

„Auf deutsch gesagt. Herr Yildirim hat mit höchster Wahrscheinlichkeit Rattengift zu sich genommen. Die Vergiftungszentrale kam zu den gleichen Ergebnissen wie wir, nur ihre Tests sind moderater und schneller als unsere."

„Wissen die Ärzte hier im Krankenhaus schon Bescheid?"

„Selbstverständlich!"

„Danke!"

„Die Androhung, mir Gewalt mit deinem Handy anzutun, kostet dich was!"

„Hä?"

„Eine Runde irisches Bier! Ist das klar?"

„Geht klar! Aber so was von!! Bis später dann!"

„Wir müssen nochmal mit einem Doktor reden, Jordi. Kannst du mal nachsehen, ob du einen Doktor findest, der kurz für uns Zeit hat? Ich versuche in der Zeit Brandt zu erreichen. Er kann die Aussage von Daniela aufnehmen und ihre Beschreibung durch den Computer jagen...vielleicht ergibt sich ja was."

„Und was machen wir dann?"

„Da gibt es immer noch Leuchter und sein Alibi. Wenn es stimmt, werden wir die sogenannten Nachtschatten mal unter Druck setzen müssen. Wir dürfen das Ziel nicht aus den Augen verlieren!"

„Willi und Bankgruber dürfen wir auch nicht vergessen...ebenso wie Armin. Wir müssen herausfinden, wo sich unsere Teilnehmer auf dieser Playliste heute Morgen befunden haben."

Jordi machte sich auf den Weg, einen Doktor zu suchen.

„Wo bist du denn Dirk? Das Telefon am Schreibtisch klingelt sich einen Wolf."

„Ach weißt du, Stefan, die lieben Arbeitskollegen haben mich dazu verdammt, diese höllisch guten Croissants von Frau Remberg zu besorgen."

„Sind die irre? Nur weil du neu in unserer Abteilung bist, darfst du dich nicht zum Kuli degradieren lassen!"

„Wieso nicht? Es ist doch ohnehin Mittagspause. Außerdem bin ich schon wieder auf dem Rückweg. Magst du auch ein Croissant?"

„Aber hallo. Ich hätte gerne gehabt, dass du die Aussage von Daniela Bankgruber aufnimmst. Aber das würde jetzt zu lange dauern. Ich werde das selber erledigen."

„Was ist denn passiert?"

„Das erzählen wir dir später. Wie weit bist du mit den Auswertungen der Videos?"

„Die sind alle komplett durcheinander. Ich habe sie erst mal sortiert. Kannst du dir das vorstellen? Die waren in der Tankstelle noch zu dämlich, die Zeit richtig einzustellen."

„Da muss ich dir leider zustimmen. Der Betreiber scheint nicht die hellste Kerze auf der Torte zu sein. Dann hast du ja genug zu tun!"

„Stefan! Komm!," rief Jordi aufgeregt. „Ich habe einen Arzt gefunden."

Stefan legte auf und lief mit Jordi in das Büro, in dem der Doktor schon wartete.

„Ah...der Doktor Wagner. Was gibt es Neues?"

„Herr Yildirim bekam eine ordentliche Dosis Cumerin Derivate verabreicht."

„Aha! Rattengift!", antwortete Jordi spontan.

„Sie kennen sich aus?"

„Nein! Natürlich nicht. Ich habe mit unseren Rechtsmedizinern gesprochen."

„Dieses Gift gelangt in den Blutkreislauf und hemmt die Blutgerinnung. Es hängt mit der Leber zusammen. Es treten Blutungen auf, die nicht mehr zu stoppen sind...der Patient kann daran sterben!"

Stefan und Jordi wechselten die Farbe.

„W...wie schlimm ist es bei Herrn Yildirim?"

Der Doktor verharrte kurz, räusperte sich dann und fuhr fort.

„Das klingt jetzt total bescheuert. Herr Yildirim hat zum Glück einen empfindlichen Magen. Er hat sofort reagiert. Normalerweise dauert es Stunden, bis erste Vergiftungserscheinungen auftreten. Wir konnten sofort Hilfsmaßnahmen einleiten, wie...Magen auspumpen, Infusionen und so weiter...das würde jetzt zu weit führen, ihnen das alles zu erläutern."

„Wird Yildirim den Anschlag überleben?"

Der Doktor zuckte mit den Schultern.

„Wir müssen abwarten, wie viel Zellenstruktur von dem Gift zerstört wurde. Sein Blut wird dauernd untersucht und wir müssen natürlich darauf acht geben, dass seine inneren Organe nicht versagen! In ein paar Stunden...spätestens morgen, können wir sagen, ob die Infusionen angeschlagen haben."

*

Richie lag gemütlich in seinem Körbchen. Es ging ihm jeden Tag ein wenig besser. Willi hatte ihm an der Haustür eine phantastische Katzenklappe eingearbeitet. Als er sich wieder besser bewegen konnte und zum ersten Mal durch die Katzenklappe in die freie Natur gelangen konnte und sein Geschäft draußen erledigen konnte, war er unendlich glücklich. Dieses Katzenklo war ihm immer noch suspekt...aber es war trotzdem eine große Hilfe, als er sich nicht bewegen konnte. Er stellte sich vor, wenn Willi krank werden würde und müsste sein Klo ins Wohnzimmer stellen. Nein, das würde Willi niemals tun! Richie versuchte seine Morgentoilette besonders gründlich zu machen, weil er so gut wie möglich aussehen wollte. Es gab da noch so einige Stellen seines Körpers, zum Beispiel sein gebrochenes Becken, das es ihm noch nicht ermöglichte, alles perfekt instand zu halten. An diesen Stellen stand sein Fell wild und zerzaust ab und wollte nicht so recht zu dem Gesamtbild passen.

Er war mit seiner Morgentoilette fast fertig, als er ein Geräusch hörte. Richie freute sich. Er richtete noch schnell seinen Schnurrbart aus und wollte gerade durch die Katzenklappe nach draußen gehen. Er dachte es wäre die gestreifte Katze gewesen. Er hatte schon auf sie gewartet. Er prüfte noch einmal ob der Schnurrbart richtig saß und lief durch die Katzenklappe auf die gemütliche Terrasse.

Aber die gestreifte Katze war nicht da.

Enttäuscht ließ er seinen Blick kreisen, ob er sie vielleicht übersehen hat. Aber er konnte sie nirgendwo entdecken.

Aber hinter dem Haus vernahm er wieder ein leises Rascheln... Richie erinnerte sich daran, wenn Willi aus der Metzgerei leckere Wurst mitbrachte und auspackte, war es das gleiche Geräusch.

Aber der, der die Geräusche machte, roch ganz und gar nicht nach Willi. Voller Panik humpelte Richie wieder durch die Katzenklappe nach innen. Ihm war plötzlich schlecht vor Angst und die Angst kroch wie eine ekelhafte, eiskalte Schlange seinen Rücken entlang, so dass er sich unter den alten Sessel verkroch.

„Das ist bestimmt mein alter Versorger, der er es mir jetzt heimzahlen will," maunzte er hilflos unter dem Sessel.

„Aber hier bin ich sicher. Hier kann mir nichts passieren. Willi sperrt jeden Morgen sicher die Haustür ab und durch die Katzenklappe kann ein Mensch nicht hereinkommen." Richie zögerte. Sein Herz schlug wie ein Trommelwirbel.

„Jedenfalls hoffe ich das."

„Aber was ist, wenn es nicht mein alter Versorger ist?" Richie hielt schnüffelnd seine Nase in die Luft. „Nein...das ist ein anderer Geruch."

Der Mensch war bemüht keine Geräusche zu machen. Aber Richie hörte trotzdem die leisen Schritte hinter dem Haus.

„Wer sich so anschleicht, kann keine lauteren Absichten haben und will nicht gesehen werden." Dann schienen sie zu verharren. Der Mensch blieb anscheinend hinter dem Haus stehen. Richie hielt unter seinem Sessel den Atem an.

„Es könnte ein Einbrecher sein." Richie hatte zwar Angst, aber dass jemand sein neues Heim zerstören könnte, gefiel ihm überhaupt nicht. „Wozu bin ich da? Wem habe ich das neue Heim zu verdanken? Das sind viele Fragen auf einmal, auf die es nur eine Antwort gibt!" Richie kroch leise unter seinem Sessel hervor und versuchte, einen Blick auf die Terrasse zu erspähen.

„Ich werde das tun, was ein guter Freund tun muss!"

Hinter der Terrasse, am Waldrand stand der Nebel wie eine unheilvolle Wand, hinter der die größten Geheimnisse der Welt verborgen zu sein schienen. Zumindest kam es ihm so vor.

Die Schritte näherten sich der Treppe.

„Hier wohnt mein Freund Willi und ich! Egal wer du bist, du hast hier nichts zu suchen. Freunde von Willi kommen direkt die Treppe hoch und schleichen nicht erst hinter dem Haus herum."

Wild entschlossen marschierte er humpelnd, aber mit erhobenem Kopf durch die Katzenklappe nach draußen.

Die Schritte verharrten.

„Egal wer du bist, verpiss dich!" knurrte Richie jetzt sehr laut.

Die Schritt wurden unschlüssig. Richie spürte die Unsicherheit des Menschen und wagte sich vor bis an die Treppe.

„Ich sage es noch einmal, in großen Buchstaben für dich Mensch: VERPISS DICH! Sonst mache ich dir Beine." Richie stellte sich quer, damit er noch größer und gefährlicher aussah.

„Hoffentlich sieht der Mensch nicht, dass ich das linke Hinterbein nicht bis auf den Boden stellen kann. Meine Fresse! Sattelfest sieht anders aus!"

Der Mensch kam um die Ecke und stand jetzt unten vor der Treppe. Er trug einen dunklen Kapuzenpulli und sein Gesicht war nicht zu sehen. In der Hand trug er das Paket, dass das Rascheln verursacht hatte. Er wollte die Treppe betreten. Das war zu viel.

Richie vergaß seine Schmerzen, er vergaß, dass er eigentlich nur auf drei Beinen stand, fauchte und sprang den Menschen an. Aber der Mensch hatte anscheinend damit gerechnet und wehrte Richie mit behandschuhten Händen ab, ohne das Paket zu verlieren. Richie wurde an seiner großen Bauchwunde getroffen und fiel auf die Seite. Der Mensch wollte nach Richie treten und Richie versuchte zur Seite auszuweichen. Vor Schmerzen sah Richie bunte Feuerkreise und um ihn herum drehte sich alles.

„Es tut mir Leid, Willi! Ich habe alles probiert." Er war wehrlos, bewegungsunfähig, konnte nichts mehr tun und schloss die Augen...

Plötzlich schoss von der Seite irgendetwas gestreiftes, blitzschnell auf, sprang dem Mensch auf die Brust und war wieder verschwunden.

Der Mensch hielt einen Moment irritiert inne. Da kam das gestreifte etwas von der anderen Seite, sprang ihm dieses mal an den Hals und war schon wieder verschwunden.

Dann kam der gestreifte Schatten wieder und sprang ihm von hinten in den Rücken.

Dermaßen attackiert fürchtete der Mensch um sein Leben, ließ das Paket fallen, rannte in den Wald hinein und war in wenigen Augenblicken im dichten Nebel versunken.

Richie lag immer noch auf der Seite und wartete bis der Schmerz etwas abgeklungen war.

„Was machst du denn für Sachen...?" Die gestreifte Katze kam elegant die Treppe hoch spaziert. „Du bist noch lange nicht soweit, dass du dich auf so ein Duell einlassen kannst."

Trotz des rasenden Schmerzes sah er glücklich in ihre Sonnenaugen.

„Ich fürchte, da hast du recht. Zuerst war ich auch vernünftig und habe mich unter dem Sessel verkrochen, weil ich dachte, dass es mein alter Versorger war. Aber dann habe ich herausgefunden, dass dem nicht so war, und hatte jetzt mehr Angst, dass er in mein neues Zuhause einbrechen wollte."

„Lass mich mal deinen Bauch ansehen, ob die Wunde wieder aufgebrochen ist. Du meine Güte, bei dem Leben das du führst,

musst du eines deiner neun Leben nur für die Heilung einschieben."
Richie musste wider Willen grinsen und legte sich brav auf die Seite.
„Du hattest Glück. Die Ärztin hat gute Arbeit gemacht. Es ist alles
noch dort wo es hingehört. Die Fäden außen und die Därme innen."
„Darf ich dich zum Frühstück einladen?"
„Sehr gerne. Hast du die leckeren Thunfischcrispis?"
„Eine Riesenportion sogar."
„Was wollte dieser Mensch eigentlich?"
„Einbrechen anscheinend nicht. So wie es aussieht, wollte er etwas
bringen. Das Päckchen liegt noch unter der Treppe!"

*

„Wir müssen unsere üblichen Verdächtigen überprüfen, ob sie ein
Alibi haben. Am besten fangen wir mir Leuchter an...der hat uns
sowieso noch einiges zu erklären."
„Was für eine Augenfarbe hat Leuchter? Weißt du das?"
„Woher soll ich das wissen? Warum fragst du, Jordi."
„Frau Bankgruber hat doch gesagt, dass der Kuchen von einem
Mann abgeholt wurde, der dunkle Augen hat. Richtig?"
„Richtig. Das schränkt natürlich den Täterkreis ungemein ein. Was
sollen wir mit dieser Information anfangen?"
„Ist dir eigentlich klar, dass Frau Bankgruber bis jetzt die einzige
Person ist, die überhaupt Angaben zum Täter machen kann und wenn
es nur dunkle Augen sind?."
„Das stimmt. Und sie hat gesagt, dass er ungefähr in ihrem Alter
ist."
„Heißt das jetzt, dass wir alle Verdächtigen ausschließen können, die
keine dunklen Augen haben?"
„Frag mich doch was leichteres. Für heute Morgen vielleicht ja. "
„Schwebt Frau Bankgruber jetzt in Lebensgefahr?"
„Scheiße! Ich muss noch mal mit unserm Chef sprechen. Das geht ja
über normalen Polizeischutz hinaus. Wie konnten wir nur so dämlich
sein. Die beiden müssen verlegt werden und wir beide sind die
einzigen, die zu ihnen dürfen. Sonst darf niemand erfahren, in

welchen Zimmern sie untergebracht sind."

Doktor Wagner war sofort einverstanden und leitete alles weitere ein.

„Und vergessen sie nicht. Wir sind die einzigen, die zu Frau Bankgruber und Herrn Yildirim dürfen! Ohne Ausnahme. Auch keine Familie. Es geht nicht anders!"

Erschöpft verließen sie die Klinik.

Stefan versuchte Leuchter anzurufen, aber er war nicht erreichbar.

„Sollen wir Feierabend machen?"

„Ich probiere noch, ob Willi zu erreichen ist, Jordi. Anschließend können wir nach Hause fahren."

Willi war zu Hause.

„Was sollen wir machen, Jordi? Soll ich dich nach Hause fahren?"

„Ich weiß was du willst. Lass uns zu Willi fahren. Vielleicht ist er heute gesprächiger. Und wir können sehen wie es Richie geht. Solange dauert das auch nicht. Irenes Mama kommt heute wieder für ein paar Wochen mit ihrem Wohnmobil. Dann wird sie mich so schnell nicht vermissen!"

Man merkte, dass der Herbst im Anzug war. Es wurde mittlerweile viel früher dunkel und die ersten Blätter wehten über die Straßen. Von den Feldern zog wieder dicker Nebel auf und behinderte die Sicht erheblich. Sie erreichten die Ferienhaussiedlung, in der Willi wohnte. Sein Häuschen stand ziemlich abseits am Waldrand.

„Schön hier," murmelte Jordi.

„Gefällt mir auch. Da, wo Willis Haus steht, kann man kein anderes danebensetzen. Unverbaubar nennt man das."

„Ja, das sehe ich auch so."

Sie parkten vor dem Häuschen und stiegen aus. Der Nebel hatte sich noch mehr verdichtet.

„Hoffentlich finden wir später wieder hier heraus. Es sind keine zehn Meter Sichtweite."

„Wir sind noch immer irgendwie nach Hause gekommen," beruhigte Stefan seinen Kollegen.

Willi öffnete die Tür und Richie kam ihnen entgegen gehumpelt.

„Hey, mein Freund. Das sieht ja schon wieder bestens aus. Wo kann man dich denn streicheln? Am besten lassen wir dich noch ein paar

Tage in Ruhe." Stefan griff in seine Jackentasche und holte ein Kaustängchen heraus.

„Ich nehme an, essen kannst du schon wieder."

„Ich könnte noch eins brauchen," maunzte Richie. „Ich kriege nämlich hin und wieder Besuch."

Richie nahm das Stängchen in die Schnauze, legte es neben die Haustür, kam zurück, und sah ihn wieder erwartungsvoll an.

„Du willst noch eins?" fragte Stefan.

„Jo!" maunzte Richie.

Willi kratzte sich verlegen am Kinn. „Er bekommt Damenbesuch. Scheint eine herrenlose Katze zu sein...sie ist sehr hübsch. Ich habe ihm schon gesagt, wenn er will, kann sie bei uns einziehen. Platz ist genug."

„Ach wenn das so einfach wäre..." maunzte Richie. „Die hat ihre Familie am Hacken und sie will frei sein. Ich glaube nicht, dass sie ihre Familie wegen mir aufgeben wird."

„Wir freuen uns, dass es Richie wieder besser geht, aber deswegen sind wir nicht hier. Wir haben immer noch ein Riesenproblem mit deinem Alibi, Willi."

„Ihr habt doch gesagt, dass ihr Videos von der Tankstelle habt. Habt ihr nichts gefunden?"

„Nein! Bis jetzt sind sie noch nicht richtig ausgewertet."

„Mist!"

„Willst du uns nicht sagen wo du warst. Wir würden deine Aussage mit der größten Diskretion behandeln. Das kannst du uns glauben."

Willis verzweifelter Gesichtsausdruck sprach Bände.

„Ich kann beim besten Willen nicht...Es geht nicht."

Stefan schüttelte mit dem Kopf.

„Gibt es etwas anderes, was uns weiterhelfen könnte?"

„Nein. Es bleibt nur die Tankstelle."

Richie humpelte an ihnen vorbei die Stufen hinunter. Er lief unter die Treppe und zerrte das Päckchen hervor, das der fremde Mensch zurückgelassen hatte.

„Was hast du denn da gefunden?"

Neugierig hob Jordi das Paket auf. Es war in Papier eingepackt.

Jordi packte es aus und staunte nicht schlecht.

Richie sah ihn erwartungsvoll an.

„Was ist das?"wollte Stefan wissen.

„Wo kommt das denn her?" Ratlos starrte Willi auf das Paket.

Jordi langte in seine Jackentasche und zog sich Handschuhe an.

„Wenn mich nicht alles täuscht, ist das eine angebrochen Packung mit Rattengift."

*

Heinrich lag faul auf dem Sofa. Die Lasagne war phantastisch. Die Gewürze waren richtig abgestimmt und die Sauce in der Lasagne war eine Offenbarung. In seinem Schnurrbart war noch ein wenig von dem opulenten Abendessen. Er hatte elegant daran herum geputzt. Er wollte dieses wunderbare Aroma solange als möglich um seine Nase wehen lassen.

„Könnte mir bitte schön mal irgendjemand, der gerade da ist, meinen Bauch kraulen? Meine Verdauung ist anschließend viel effektiver."

„Soweit man Lasagne geschwängerte, mit Knoblauch Fahne parfümierte Fürze, als effektiv bezeichnen kann!"

„Das ist der Odem der Feinschmecker! Du bist voll gemein, Mathilde! Weist du das?"

Schmollend rappelt er sich auf, um nachzusehen, ob Nadeshda oder Michelle eventuell Zeit hätten, seinen überstrapazierten Bauch zu streicheln. Aber Nadeshda und Michelle waren dabei die Küche wieder zu säubern.

„Das ist so was von unnötig. Wenn ich die Teller ablecken dürfte, wie ich es ohnehin schon heimlich tue, kann die kleinste Eintagesfliege nichts mehr finden. Ich bin ohnehin besser als die Spültypen von Villabajo und Villariba!"

„Heinrich kommst du mal? Bitte!"

Normalerweise ließ er sich von Mathilde mindestens dreimal bitten...aber dieses Mal hörte es sich so an, als ob es ihr wirklich wichtig war. Umgehend drehte er um und stolzierte durch das

Wohnzimmer in den Flur.

„Wo bist du denn?" maunzte er.

„Sei nicht so laut! Musst du immer durch die Gegend brüllen?" Irritiert hielt er inne.

Mathilde saß im Flur und starrte den Eingang zur Kellertreppe an.

„Ist das jetzt ein neuer Sport? Wir hypnotisieren die Kellertreppe?"

„Kannst du einfach nur mal die Klappe halten? Ist das irgendwie möglich? Sperre deine überfütterten Ohren auf."

Also setzte er sich brav neben Mathilde, sperrte seine Ohren auf, und horchte. Zuerst vernahm er nichts. Er wollte schon schlecht gelaunt lospoltern, dass ihm durch diesen Blödsinn die besten Streicheleinheiten seines Lebens verlustig gingen...aber auf einmal wurde er auch hellhörig.

Irgendetwas raschelte im Keller.

„Was für eine Überraschung! Eine Maus! Das hätte ich nicht gedacht, dass so etwas in einem alten, mit Möbeln und allerlei Krimskrams zugestopften Keller passieren kann. Nein, so was aber auch!" Enttäuscht wollte er dem ganzen den Rücken zudrehen um nachzusehen, ob er nicht doch noch ein paar Streicheleinheiten einheimsen konnte.

„Hör doch mal genauer hin." Mathildes feines, hübsch geschnittenes Gesicht konzentrierte sich noch mehr.

„Soll ich vielleicht noch Alter, Geschlecht und den Namen der Maus erraten? Wie wäre es..."

„Himmel, Donnerwetter noch eins! Hör richtig zu!" unterbrach ihn Mathilde mit leisem fauchen. „Das ist definitiv keine Maus! Das ist nicht einmal ein Tier. Es sei denn, die Mäuse haben neuerdings Werkzeuge dabei."

„Was?" Jetzt spitzte auch Heinrich entsetzt die Ohren.

„Das wird Waltraud sein, die hantiert doch immer mit Werkzeugen für ihren bescheuerten Feuerstuhl herum," versuchte er Mathilde zu beruhigen.

„Nein! Waltraud ist oben. Du hörst doch wie sie wieder mit ihrer Schwester zankt, welchen Film sie sehen wollen."

Mathilde hatte recht. Es war nicht zu überhören. Die beiden Damen zankten sich, dass die Fetzen nur so flogen. „Du mit deiner rosarot gefärbten Pilcher! Das ist echt zum kotzen." „Ach, nein! Aber dein total beklopptes Testosteronkino, a la Tripple X, in dem man sich neunzig Minuten gegenseitig auf das Maul haut, soll besser sein?"

„Bei deiner Pilcher brauchen sie neunzig Minuten, um endlich zusammen ins Bett zu kommen. Anders gesehen, wenn die Menschheit immer so lange bräuchte, um sich fortzupflanzen, wie in den Pilcher Filmen, wäre uns vielleicht viel Ärger erspart geblieben!"

Die Katzen wussten aus Erfahrung, dass die beiden Schwestern sich irgendwann, irgendwie einigen würden und konzentrierten sich wieder auf die Geräusche aus dem Keller.

„Was machen wir jetzt?"

„Unsere Mädchen warnen, was sonst?"

Die beiden machten kehrt und wollten schnurstracks zur Küche laufen, als ihnen Nadeshda schon entgegenkam.

„Gut, dass du da bist," schnurrte Mathilde, „wir müssen dir unbedingt was erzählen. Weißt du..."

„Na, ihr zwei? Das Abendessen hat euch wohl geschmeckt. Ich habe gleich Zeit für euch." Nadeshda war frisch geduscht und sie hatte einen riesigen Handtuchturban um den Kopf. Sie trug Michelles dicke, gemütliche, uralte Strickjacke und hatte einen Wäschekorb unterm Arm.

„Ich bringe nur noch die Schmutzwäsche nach unten. Bin gleich wieder da."

Entsetzt wollten Mathilde und Heinrich ihr den Weg versperren.

„Du kannst da nicht runtergehen," maunzten beide aufgeregt. „Nicht jetzt!"

Mathilde hörte weitere Geräusche aus dem Keller.

Nadeshda streichelte die Katzen, ließ sich aber von ihrem Vorhaben nicht abhalten. Sie griff an das Schlüsselbrett, nahm den Kellerschlüssel von der Wand und sperrte die Tür auf.

Beschwörend saßen die beiden Katzen vor ihr, miauten was das Zeug hielt, und versuchten weiterhin sie daran zu hindern, den Keller zu betreten.

„Also, ich muss schon sagen. Ihr habt ein seltsames Verhalten, so kenne ich euch gar nicht. Wisst ihr was? Ihr kommt einfach mit. Wir stellen gemeinsam die Wäsche ab und dann haben wir Feierabend für heute."

Nadeshda klemmte den Korb fester unter den Arm und machte sich auf den Weg.

„Muss ich mit in den Keller?" maulte Heinrich.

„Willst du sie wirklich alleine gehen lassen?" schimpfte Mathilde.

„Ich hätte nicht gedacht, dass du so ein Feigling bist!" Mathilde wandte sich wütend von ihm ab und folgte Nadeshda die Treppe hinunter.

„Ich, ein Feigling?" entrüstet hob Heinrich seinen dicken Kopf.

„Ich habe soviel Mut," versuchte er sein rasendes Herz zu beruhigen, „ich könnte in jedem Actionfilm, den Stuntkater spielen, wenn man mich nur ließe!"

Er hoffte, dass seine Stimme selbstsicherer klang, als er es war und folgte den beiden die Treppe hinunter. Mathilde lief hinter Nadeshda her und Heinrich hoffte inbrünstig, dass sie seine Angst nicht riechen konnte. Nadeshda betätigte den Lichtschalter und schlug den Weg zur Waschmaschine ein. Zielstrebig mit dem Wäschekorb unter dem Arm durchquerte sie den Keller. Aufmerksam verfolgten die Katzen Nadeshdas Weg.

Heinrich und Mathilde spürten, dass etwas im Keller war, was nicht hierher gehörte.

„Hier ist eine Person mehr, als anwesend sein sollten," knurrte Heinrich leise. Die Ecke, in der die Waschmaschine stand, war nicht so gut ausgeleuchtet. Neben der Waschmaschine war ein dunkler Schatten. Der Schatten versuchte sich vor Nadeshdas Blick gänzlich hinter der Waschmaschine zu verstecken. Sie hatte ihn noch nicht wahrgenommen und trällerte leise ein Lied vor sich hin.

„Soll ich nicht doch noch die Wäsche machen?" Sie stand da mit dem Korb in der Hand und überlegte.

„Die läuft heute Nacht, keiner muss sich darum kümmern," antwortete sie sich selbst, „und was weg ist, ist weg. Dann habe ich morgen mehr Zeit für etwas anderes. "

Heinrich spürte die Gefahr, die von diesem Schatten für Nadeshda ausging und wusste auch, dass sie diesen Schatten immer noch nicht registriert hatte...

Er reagierte.

Er stellte sich vor Nadeshda und hinderte sie daran, weiterzugehen. Nadeshda musste innehalten, um nicht zu stürzen...

„Was ist denn mit dir los? Ist dir die Lasagne zu Kopf gestiegen? Habe ich anstatt Gewürze womöglich Katzenminze hineingetan?"

Sie stellte den Wäschekorb auf dem Boden ab. Heinrich stellte sich schützend hinter sie.

In diesem Moment bewegte sich der schwarze Schatten. Er sprang nach vorne, wurde dabei von Heinrich behindert, der sich ihm in den Weg stellte und ihm mit den Krallen in die Waden hieb. Aber der Schatten schaffte es trotzdem noch, wenn auch mit verringerter Kraft, Nadeshda mit einem Gegenstand auf den Kopf zu schlagen. Nadeshda fiel auf die Seite und ihr wurde schwarz vor Augen.

„Ich kümmere mich um Nadeshda!," maunzte Mathilde, „jag' du den Schatten aus dem Haus, Heinrich!"

Der Schatten rannte quer durch den Keller auf den Ausgang zu. Heinrich hatte keine Angst mehr....ein überwältigendes Gefühl übermannte ihn und es war etwas völlig Neues..."Jagdinstinkt"... dann setzte er ihm hinterher. Er erwischte den Schatten und schlug nach ihm. Aber der Schatten konnte sich befreien und floh durch die offene Tür in den Garten. Heinrich rannte ihm nach und blieb entsetzt mitten im Garten stehen. Er hatte noch nie das Haus verlassen! Es war das erste Mal und sein Herz schlug ihm vor Anspannung bis zum Hals.

Durch den Nebel war der Apfelbaum im Garten nur schemenhaft zu erkennen. Der Gartenzaun war überhaupt nicht mehr zu erkennen und er konnte nur eine weiße Nebelwand sehen.

Er spürte nach wie vor die Anwesenheit des Schattens. Plötzlich brach der Schatten neben ihm aus, rannte in Riesensätzen durch den Garten und sprang behände über das Gartentor. Heinrich konnte hören, wie sich die Schritte entfernten.

Er blieb noch eine Weile stehen, um sicher zu sein, dann kehrte er zurück.

Er wollte das Ganze am liebsten erst einmal sacken lassen...darüber nachdenken was passiert war, und wollte Mathilde mitteilen, dass er alleine und ohne fremde Hilfe im Garten war.

Aber als er im Keller ankam, saß Mathilde vor der immer noch bewegungsunfähigen Nadeshda, leckte ihr übers Gesicht und weinte.

„Flennen hilft auch nicht weiter!" schimpfte Heinrich. Er schaute sich Nadeshda an, schmuste ganz nah an ihrer Wange und spürte dabei ihre regelmäßigen Atemzüge. Er wusste nicht warum, aber als er das sah, war er irgendwie beruhigt.

„Bleib du bei Nadeshda. Ich gehe Michelle rufen!"

„Aber Michelle sitzt doch im Rollstuhl!"

„Wenn sie aufs Klo geht muss sie den Rollstuhl auch verlassen! Und lass weiter deine raue Zunge über das Gesicht gleiten, das scheint ihr gutzutun. Aber hör auf zu heulen. Was soll denn Nadeshda von dir denken, wenn sie wach wird?"

„Ich gebe mir Mühe!" schluchzte Mathilde.

Heinrich stürmte die Treppen hinauf, wie noch nie in seinem Leben. Er rannte über den Flur und brüllte nach Michelle.

„Michelle! Wo treibst du dich herum? Verdammt noch mal! Gib Antwort wenn ich nach dir rufe!!" schimpfte er lauthals. „Muss man denn hier alles selber machen? Wo bist du?"

Da tönte es laut aus dem Bad. „Was ist denn das für ein Geschrei? Die Lasagne war doch wohl groß genug." Michelle öffnete langsam die Tür. „Du hast soviel bekommen, Heinrich, du bekommst noch nicht mal ein..."

„A...ah du sitzt auf dem Klo! Das kommt gerade recht! Putz deinen Hintern ab und hebe dir deinen Kommentar über meine Diät für später auf! Komm mit mir in den Keller. Da wird deine Hilfe benötigt...und leg endlich diese dämliche Zahnbürste weg, das stinkt widerlich. Ihr Frauen seid wirklich Multitalente. Ihr kombiniert das Eine mit dem anderen!"

Michelle blieb zögerlich mit der Zahnbürste in der Hand und Schaum um den Mund auf der Toilette sitzen. Fassungslos und staunend sah sie auf den jetzt mittlerweile fuchsteufelswilden Kater.

„Das kann doch nicht wahr sein. Komm endlich aus dem Quark! Und von mir aus nimm die Zahnbürste mit."

Heinrich miaute mittlerweile nicht mehr, er brüllte aus Leibeskräften und rannte immer wieder zu der Kellertreppe hin. Dann warf er die Krücken um, die ständig im Bad standen, und auf ihrem Schoß landeten

Endlich hatte Michelle kapiert. Sie stützte sich auf die Krücken und folgte ihm so gut es eben ging. Nach jeder Stufe musste sie eine kurze Pause einlegen und warten bis der Schmerz verebbte.

„Unglaublich! Es ist nicht zu fassen," schimpfte er den ganzen Weg die Kellertreppe hinunter. „Jetzt hast du schon zwei zusätzliche Beine und kommst trotzdem kaum von der Stelle! Und so was hält sich für die Krone der Schöpfung. Ihr müsst noch viel von den Felidae lernen."

Zielstrebig lief Heinrich vor ihr her. Vor der Waschmaschine vernahm sie ein leises Wimmern. Michelle sah Nadeshda auf dem Boden liegen. Entsetzt stellte sie fest, dass das Wimmern und Nadeshda ein und dieselbe Person war.

Nadeshda lag noch auf der Seite, aber sie kam langsam wieder zu sich. Mathilde leckte ihr immer noch über die Wangen.

„Was ist passiert, Nadeshda?" Ratlos beugte sich Michelle über sie.

„Wenn ich das wüsste," jammerte Nadeshda. Sie war immer noch benommen und rote Schlieren tanzten vor ihren Augen. „Ich musste...den Wäschekorb auf den Boden stellen ...aber warum...?" Angestrengt, soweit sie es schon vermochte, dachte Nadeshda nach.

„Jetzt fällt es mir wieder ein...wegen Heinrich. Er stellte sich mir immer wieder in den Weg...auch Mathilde war so seltsam, sie wollten nicht, dass ich den Keller betrete."

„Bist du wegen Heinrich gestürzt?" fragte Michelle.

„Da hört sich doch alles auf," schimpfte Heinrich, „da muss ich in aller Form und aufs höchste dagegen protestieren! Wenn das hier überstanden ist, bekommt ihr beide Unterricht in Überlebenshilfe!"

„Nein...," fieberhaft versuchte Nadeshda ihre Gedanken zu ordnen. „Jetzt fällt es mir wieder ein...ich wurde niedergeschlagen!"

Die Angst griff plötzlich nach den Mädchen, wie ein Ungeheuer aus

Eis. Michelle fühlte, wie die eisige Kälte der Angst langsam ihren Nacken hinaufkroch...

„In unserem eigenen Haus, Nadeshda. Es ist nicht zu fassen. Wir müssen die Polizei anrufen... und du musst ins Krankenhaus."

„Ich will nicht ins Krankenhaus."

„Ich sehe mal nach ob ich Marcel erwischen kann...ich glaube er hat Nachtdienst."

„Die Kopfschmerzen sind doch stärker als ich dachte! Ich muss unbedingt ins Krankenhaus."

*

Armin lief durch den Wald. Der Nebel lichtete sich und es wurde sternenklar. Ein riesiger Komet streifte über den samtenen Nachthimmel. Über ihm wurde der Komet langsamer und verharrte eine Zeit. Der riesige Uhu umkreiste seinen Kopf und ließ sich auf einem Ast nieder. Gespannt schien der Vogel den Kometen zu beobachten und nickte ihm zu, das gleiche zu tun.

Der Komet veränderte sich...er blieb stehen und wurde in der Mitte durchsichtig, sodass die Sterne hindurchschienen. Er veränderte sich ein weiteres Mal und wurde zu einem gigantischen Feuerring.

Im Inneren des Kometen konnte er plötzlich so etwas wie eine Landschaft entdecken. Er stellte fest, dass es das Industriegebiet war, in dem er mittags noch mit den Katzen war. Er sah sich selbst auf der Parkbank sitzen. Aber etwas stimmte nicht. Fieberhaft dachte er nach...richtig, die Zeit stimmte nicht. Es war eine andere Zeit. Er hörte sich selbst quatschen und war entsetzt.

Er hörte sich, wie er die Worte unnötig in die Länge zog und lange überlegen musste bevor er antworten konnte. ...Antworten konnte?

Wem oder was antwortete er?

Angestrengt schaute er sich das Bild im Kometen genauer an. Saß da noch jemand bei ihm auf der Bank? Oder führte er tiefschürfende Selbstgespräche?

Der Uhu schaute nach oben und sandte einen schaurigen, beeindruckenden Ruf in den Nachthimmel. Der Feuerring sank noch ein wenig tiefer und das Bild wurde klarer.

Tatsächlich...mittlerweile konnte er Einzelheiten erkennen. Neben ihm saß ein Mann. Er konnte sehen, wie sich der Mann auf der Bank sehr angeregt mit ihm unterhielt.

„Nein, nein, nein! Rory Gallagher ist der beste Bluesmusiker, den es je gegeben hat. Das kannst du mir glauben. Seine Gitarrenriffs und Moves sind die besten!"

„Hm...mag ja sein," hörte er sich reden, wie man halt so spricht, mit einer Flasche Schnaps im Kopf, „aber ich persönlich...finde Gary Moore besser. Ich habe ihn schon sweimaal life gesehen. Ich sssage dir, ssowaas vergiss... du niich so schnell. Sch...schade dassa nich meeehr daaa iss."

„Die besten sterben jung," pflichtete ihm der andere bei.

Armin deutete auf die Uniform des Mannes.

„Sach ma, ist in dem Verein da viel Geld zu verdienen?"

„Nein! Es reicht gerade zum Überleben."

„Warum machsn du dann so'n Scheiß? Und überhaupt...warum sitztn du nich da unten, in deinm kleinn Käfig?"

„Du wolltest dich doch unbedingt mit mir unterhalten und in die Pförtnerloge rein. Das ist verboten. Also sitze ich jetzt hier mit dir auf der Bank."

„Dass iss doch ganz beschimmt auch vaboden. Meinse nich?"

„Was?"

„Mit mia auffa Bank sitzen. Odda nich?"

„Das ist auch verboten. Ist mir aber egal. Mir wurde gekündigt."

Das Bild verschlechterte sich und wurde wieder undeutlich. Der Komet wurde wieder dichter und dichter bis er wieder seine alte Form hatte. Er nahm seinen alten Kurs wieder auf, raste weiter in den sternenklaren Nachthimmel und verschwand bald aus seinem Blick.

Der Uhu ließ seine riesigen, klugen Auge noch eine Weile auf Armin gerichtet. Dann nickte er ihm zu, breitete seine beeindruckenden Schwingen aus und kreise eine Runde über Armin, bevor er wieder majestätisch in den Tiefen des Waldes verschwand. Zwei Schatten manifestierten sich und kamen auf ihn zu. Es waren sein Freund mit seinem Hund. Der Hund begrüßte Armin freudig und leckte ihm über seine Hände.

„Ich stelle fest, du brauchst gar keine Leine mehr."

„Ich habe noch nie eine Leine gebraucht, Armin. Dein Hund ist frei und kann hingehen, wohin er möchte. Aber der Uhu lässt sich richtig was einfallen, um dir die Erinnerung nahe zu bringen, das muss ich schon sagen. Ich hoffe er konnte dir helfen."

Sein Freund hatte wieder diese seltsame rote Blume in der Hand. Aber sie hatte sich verändert. Wenn sie vorher die Einfachheit einer Mohnblume hatte, so bekam sie jetzt die Perfektion einer Rose.

„Kannst du mir nicht sagen, was es mit dieser Blume auf sich hat? Willst du sie verschenken? Soll ich deiner Frau Blumen schenken."

„Nein, nein! Das ist nicht mein Problem. Ich kann sie nicht verschenken. Es scheint, dass mein Schicksal irgendwie mit dieser Blume zusammenhängt. Hilf mir, Armin."

Sein Freund hielt ihm die Blume hin, aber sein Bild und das seines Hundes verblassten, wurde durchsichtig und war bald verschwunden.

*

„Hast du was von dem Rattengift gegessen?" Besorgt und vorsichtig nahm Willi Richie auf den Arm und untersuchte ihn.

„Was denkst du eigentlich von mir? Ich bin doch nicht blöd!"

„Oder hat deine Freundin davon gegessen? Wenn ja, musst du uns zeigen, wo sie ist, damit wir ihr helfen können."

„Die erst recht nicht."

„Wir müssen das Rattengift mitnehmen." Jordi hatte einen Kunststoffbeutel in der Hand und beförderte das Rattengift hinein.

„Damit bin ich sehr einverstanden. Ich hoffe ihr findet denjenigen, der das hier deponiert hat. Ich werde auch beim Verwalter dieser Siedlung vorsprechen. Das geht auf gar keinen Fall." Willi wurde wütend.

„Wir müssen das Rattengift auch aus einem anderen Grund mitnehmen."

„Was denn noch?"

Willi setzte Richie vorsichtig wieder auf dem Boden ab, steckte die

Hände in die Hosentaschen und wartete.

„Heute Morgen wurde im Krankenhaus ein Giftanschlag auf Cengis verübt."

„Ihr redet Blödsinn, oder?" Willi fuhr sich mit der Hand durch den Bart. Dann sah er die beiden lange an.

„Ist Cengis was passiert? Wie geht es ihm?"

„Die Ärzte tun was sie können. Als wir die Klinik verlassen haben, sah es noch nicht allzu gut aus."

„Wer tut Cengis so was an? Und vor allen Dingen...warum?"

Stefan nickte nur, sagte aber nichts. „Ihr versucht mir klarzumachen, dass dieses Rattengift dasselbe ist, wie aus dem Krankenhaus. Oder sehe ich das falsch?"

„Das wissen wir natürlich nicht. Aber du musst zugeben, Willi, es ist schon ein seltsamer Umstand, es ausgerechnet hier und heute zu finden."

„Reden wir nicht lange um den heißen Brei herum. Müsst ihr mich mitnehmen?"

„Im Prinzip ja....aber warte mal. Ich habe da eine Idee! Du musst mit uns kommen, aber nicht ins Büro." Richie fing kläglich an zu miauen.

„Ich bin schuld daran, dass du jetzt mit den beiden mitgehen musst. Die stecken dich ins Gefängnis und dann sehen wir uns nie wieder. Wenn ich das gewusst hätte, hätte ich dieses Zeug im Wald vergraben."

„Hast du jemanden, der nach dem Kater sehen kann...nur für den Fall, dass du heute Abend nicht nach Hause kommst!"

Willi telefonierte kurz mit Sebastian. Sebastian versprach, sich um den Kater zu kümmern.

„Was ist denn los?" wollte Sebastian wissen. Willi konnte nicht sprechen und reichte wortlos das Handy an Stefan weiter. Stefan übernahm das Gespräch und erläuterte kurz Sebastian was er wissen durfte.

„Eigentlich dürfte ich dir nichts sagen...laufende Ermittlungen, du weißt schon. Wir haben hier bei Willi Rattengift gefunden. Und ausgerechnet heute Mittag wurde auf eine Person ein Anschlag mit

Rattengift verübt. Jetzt liegt es an uns festzustellen, inwiefern Willi da mit drin hängt."

„Nie im Leben würde Willi so etwas tun! Nie im Leben! Dafür lege ich meine Hand ins Feuer!"

„Das glaube ich dir unbesehen, Sebastian. Wir müssen trotzdem das Gift sicherstellen. Man darf eines nicht vergessen...es kann die Tatwaffe sein. Es kann sein, dass jemand ihm die Schuld für diesen Vorfall heute Mittag in die Schuhe schieben will. Das wissen wir nicht. Aber nichtsdestotrotz, lass uns unsere Arbeit machen. Wir werden Licht ins Dunkel bringen...das verspreche ich dir," er drehte seinen Kopf, sodass er Willi direkt ansprechen konnte, „und dir Willi. Vertraue uns, wir kriegen das hin."

Willi stieg in das rote Auto und ließ einen fassungslosen Richie zurück.

„Ich wollte doch nur helfen."

*

„Das ist nicht die Richtung zur Polizei," stellte Willi fest. „Wohin fahren wir denn?" Der Nebel hüllte die Landschaft wie weiße Watte ein. Stefan hatte nur eine geringe Sichtweite und kam deshalb nur langsam voran. Die Lichter der entgegenkommenden Fahrzeuge wirkten wie Kerzen und waren erst im letzten Moment zu sehen.

„Wir fahren ins Krankenhaus."

„Sonst geht es euch noch gut. Glaubt ihr ich wäre bekloppt oder so was?"

„Nein, Willi. Das glauben wir natürlich nicht."

„Wollt ihr mir nicht sagen um was es geht und was ihr vorhabt."

„Lass dich überraschen, Willi. Wir sind selbst gespannt, was dabei herauskommt." Stefan wandte sich zu Jordi, „Hast du mit der Klinik gesprochen?"

„Ja. Doktor Wagner hat Nachtdienst. Er wartet auf uns."

„Kann ich eine Zigarette haben, Stefan?"

„Du rauchst doch gar nicht, Willi."

„Gut. Dann gib mir einen Kaffee."

Stefan reichte wortlos die Zigaretten auf die Rückbank zu Willi.

Willi fiel ein, dass Michelle auf seinen Anruf wartete...schweren Herzens steckte er sich eine Zigarette an und nahm einen ordentlichen tiefen Lungenzug. Der Hustenanfall, der darauf folgte, war lauter als „Enter de Sandman" von Metallica, welches gerade im Auto tönte.

Stefan fuhr an den Straßenrand und öffnete alle Fenster, damit Willi wieder normal Luft holen konnte. Nach ein paar Minuten hatte sich sein Zustand wieder normalisiert und Willi konnte wieder normal atmen.

„Ist wohl schon länger her, dass du geraucht hast."

„Merkt man das?" schnaufte Willi.

„Du kriegst deinen Kaffee...hinterher."

Am Haupteingang des Krankenhauses war es ruhig und außer dem Nachtportier war niemand zu sehen. Auf der anderen Seite, an der Notaufnahme, sah es dagegen anders aus. Ein Krankenwagen fuhr vor und zwei Mann luden eine junge Frau aus. „Ich kann selbst gehen. Bitte, bemühen sie sich nicht. Ich kriege das hin."

„Das ist leider verboten. Sie müssen entweder in den Rollstuhl oder auf die Trage. Tut mir leid. Es geht nicht anders." Die Rettungssanitäter waren gnadenlos und hievten die junge Frau in den Rollstuhl.

Die Kommissare hatten von Doktor Wagner die Anweisung erhalten, sich direkt in der Notaufnahme zu melden.

Willi stand ratlos dabei und wartete ab, was weiterhin passierte. Die Kommissare hatten ihm mit keinem Wort gesagt, weshalb man ihn zu dieser späten Stunde in das Krankenhaus brachte...

Er beobachtete, wie die junge, sehr attraktive Frau mit ihrem wallenden Blondhaar unter Protest auf den Rollstuhl verfrachtet wurde.

Die Tür des Krankenwagens war immer noch auf.

„Jetzt wartet doch. Du meine Güte. Ich komme doch schon. Sie ist meine Freundin! Ich will sie begleiten."

„Schreien sie doch nicht so. Seien sie froh, dass wir sie überhaupt mitgenommen haben. Streng genommen ist das nämlich verboten, aber..."

„Ihr konntet meinem Charme nicht widerstehen, das war es doch, oder?"

„Eigentlich haben wir zugestimmt, weil sie uns zugetextet haben und noch mehr Text hätten wir nicht mehr verkraftet," stöhnte der Rettungssanitäter.

„Michelle?"

Willi ließ die beiden Kommissare stehen und rannte auf Michelle zu.

„Was machst du hier? Ist dir was passiert? Bist du verletzt?"

„Nein. Mir geht es gut. Aber kannst du mir sagen, was du hier machst?"

Er suchte den Blick ihrer unglaublich blauen Augen. Es war seit dem Motorradtreffen das erste Mal, dass sie sich wiedersahen. Er vergaß alles um sich herum und wünschte sich, dass die Zeit still stehen möge. Der Wunsch, sie einfach in den Arm zu nehmen, wurde so übermächtig groß, dass er...

„Ich dachte, sie wollten ihre Freundin begleiten. Unglaublich! Jetzt steht sie hier und glotzt den Typ an, als hätte sie sonst noch nie einen Menschen gesehen. Nicht zu fassen! Eben hatten sie es noch so eilig."

Dermaßen brutal wieder ins reale Leben gerückt, rollte Michelle mit ihrem Rollstuhl in die Notaufnahme, wo der Rettungssanitäter schon ungeduldig wartete.

„Ich melde mich," rief sie noch bevor die Tür zuging und der Sanitäter kopfschüttelnd mit dem Rollstuhl von Nadeshda, mit Michelle im Schlepptau, endlich die Notaufnahme betrat.

„Das ist mal wieder eine von diesen berühmten Nächten," stöhnte Jordi. „Ich habe Zuhause angerufen, dass es später wird. Aber soll ich dir was sagen?"

„Nur zu," ermunterte ihn Stefan.

„Irene und ihre Mama haben überhaupt nicht wahrgenommen, wie spät es mittlerweile ist. Aber, dass die Flasche mit Retsina Wein leer ist, das haben sie zur Kenntnis genommen und die nächste Flasche aufgemacht."

„Dann brauchst du dir darüber keine Sorgen mehr zu machen. Wie du siehst, können die ganz gut selbst für Unterhaltung sorgen. Ich habe einen Anruf von der Zentrale bekommen. Wenn das mit Willi erledigt ist, haben wir hier noch mehr Arbeit. Lass uns jetzt die Sache mit Willi regeln. In der Zwischenzeit sind die beiden Mädchen aus der Notaufnahme draußen... ich erzähle dir alles auf dem Weg in die Station."

„Wo ist Willi?"

„Er steht vor der Notaufnahme und glotzt die Tür an."

„Er sieht aus, als ob wir ihn an die Hand nehmen müssen."

Daniela lag in ihrem Bett und starrte die Decke an. So viel Zeit, um nachzudenken, hatte sie die letzten Jahre nicht mehr. Von Cengis gab es immer noch nichts Neues. Das einzige was der Doktor ihr mitteilte war, dass sich sein Zustand nicht verschlechtert hatte. Sie wandte ihre Augen nach rechts, um einen Blick aus dem Fenster zu erhaschen. Aber außer Nebel war nichts zu sehen. Man hatte sie schon wieder umquartiert, was mit einer Schiene um den Kopf keine Freude war. Sie verstand diese Welt nicht mehr.

Jemand klopfte leise und sachte an die Tür.

Daniela drehte mit Mühe wieder den Kopf zurück, sodass sie sehen konnte, wer hereinkam.

Ein Mann betrat das Zimmer und suchte verzweifelt den Lichtschalter. Er konnte ihn nicht finden.

Daniela hatte immer einen eigenen Schalter direkt neben sich auf der Bettdecke liegen und betätigte ihn.

Die Lampen leuchteten auf und tauchten alles in taghelles Licht.

„Was willst du hier?" schrie Daniela den Mann an. „Du bist so ziemlich das letzte, auf das ich gewartet habe. Und was soll diese lächerliche Verkleidung? Hast du sie noch alle?"

Stefan und Jordi betraten das Krankenzimmer.

„Sie haben den Mann sofort erkannt, Frau Hofer?"

„Ja."

„Ist das der Mann, der den Kuchen abgeholt hat?"

„Was?"

Daniela starrte entgeistert auf die beiden Kommissare.

„Ihr habt sie doch alle miteinander nicht mehr alle. Wie sollte man Willi nicht erkennen? Dieses Riesenbaby! Er ist mindestens einen Kopf größer, als derjenige, der den Kuchen abgeholt hat."

Daniela sah sich Willi genauer an. Er stand da mit einem Operationskittel, der ihm mindestens zwei Nummern zu klein war, hatte eine grüne Mütze auf dem Kopf und trug noch eine Gesichtsmaske, unter der sein feuerroter Bart sehr schwer zu verbergen war. Seine Tattoos kamen unter dem Operationskittel gut zur Geltung.

„Nimm endlich die Maske ab, du Riesenhörnchen!"

Verlegen nahm Willi die Maske ab und sah irritiert in die Runde.

„Du hattest keine Ahnung, was sie mit dir vorhatten? Habe ich recht?"

Willi nickte nur. „Ich habe immer noch keine Ahnung, warum ich hier bin. Es geht um einen Kuchen, haben sie gesagt."

„Wenn ich jetzt gesagt hätte, dass du es warst, der den Kuchen abgeholt hat, dann hättest du ein handfestes Problem."

Willi zuckte nur mit den Schultern.

„Ich weiß immer noch nicht, was überhaupt passiert ist. Bei mir hat Rattengift gelegen....und die Kommissare müssen untersuchen ob das Rattengift...ich verstehe das alles nicht. Die Jungs machen auch nur ihre Arbeit."

Daniela starrte entsetzt die Kommissare an.

„Willi soll Cengis vergiftet haben?"

„Es ist schon spät," unterbrach Jordi. „also sie bleiben dabei, dass Willi nicht der Mann ist, der den Kuchen abgeholt hat."

„Aber ja, doch. Willi wirft ab und zu gerne mal einen Wohnzimmerschrank an die Wand, wenn sein Alkoholpegel stimmt. Aber er hat mich nie angefasst und ich bin mir mittlerweile absolut sicher, er würde mir nie etwas zu Leide tun. Ich glaube nicht, dass er was mit Cengis Zustand zu tun hat."

Doktor Wagner betrat leise das Zimmer.

„Kann ich bitte Frau Bankgruber unter vier Augen sprechen?"

„Unsere Arbeit ist ohnehin erledigt. Können sie uns sagen, wo sich Frau Semjenkowa befindet?"

Bei der Erwähnung des Namens lief Doktor Wagner feuerrot an.

„Selbstverständlich, Kommissar Wieland. Sie sitzt immer noch in der Notaufnahme und wir wollten sie für eine Nacht zur Beobachtung hierbehalten. Aber Frau Semjenkowa sieht das leider anders."

Die Kommissare verließen das Zimmer. Bevor Willi hinausging, sagte er noch leise zu Daniela,

„Ich habe keinen blassen Schimmer was hier abgeht, Daniela. Ich wünsche Cengis alles Gute, das kannst du mir glauben."

Der Doktor wartete, bis die Leute das Zimmer verlassen hatten.

„Frau Bankgruber, ich habe soeben wieder die Blutwerte aus dem Labor bekommen. Seine Werte sind jetzt schon seit mehr als vier Stunden stabil. Das heißt, wir haben gute Chancen, dass unsere Therapie anschlägt."

Stefan und Jordi betraten die Notaufnahme mit Willi im Schlepptau. Michelle und Nadeshda saßen im Warteraum neben anderen Patienten.

„Wir müssen uns ein Taxi rufen. Ich weiß nicht, wie wir sonst nach Hause kommen sollen," nörgelte Michelle. „Du bist dir wirklich sicher, dass du nicht hierbleiben willst, obwohl Marcel Nachtdienst hat?"

Bei der Erwähnung des Namens lief Nadeshda puterrot an.

„N...nein. Ich will mit dir nach Hause. Er soll mich nie wieder so sehen."

Dabei zeigte sie mit ihrer Hand auf ihre verheulten roten Augen.

„Das ist selbstverständlich ein starkes Argument," meinte Michelle.

„Das kann ich so gelten lassen."

„Können wir euch ein paar Fragen stellen oder sollen wir morgen bei euch Zuhause vorbei kommen?"

„Wir sind keine Weicheier, Herr Kommissar. Oder was meinst du, Michelle?"

Michelle hatte nur Augen für Willi.

„Michelle?"

„Ich sagte, dass wir keine Weicheier sind und der Herr Kommissar uns ein paar Fragen stellen darf."

„Äh...ja...klar."

„Wir kennen uns ja bereits Frau Kessler, das ist mein Kollege Montroig. Was genau ist denn passiert?"

Der Reihe nach erzählten die beiden Mädchen den Hergang der letzten Stunden. Entsetzt hörte Willi zu, was die beiden zu erzählen hatten.

„Es war so ein schöner Abend. Die Lasagne war gut geraten. Ich dachte, dieser verrückte Kater springt vor Freude in die Auflaufform. Nach dem Abendessen bin ich noch unter die Dusche gegangen und zog mir schnell die Strickjacke von Michelle über, weil ich die Schmutzwäsche in den Keller bringen wollte, und..."

„Einen Moment bitte," unterbrach Jordi." Sie haben eine Jacke von Frau Kessler angezogen?"

„Ja. Habt ihr Männer ein Problem damit?"

„Nein, natürlich nicht. Die Spurensicherung muss in den Keller, Stefan.!" Und zu Nadeshda gewandt sagte er: „aber es kann sein, dass nicht sie gemeint waren, sondern, dass der Einbrecher Frau Kessler im Visier hatte."

*

Richie saß bis tief in die Nacht immer noch fassungslos auf der Terrasse. Die gestreifte Katze hatte gewartet, bis die Kommissare mit Willi im Auto weggefahren waren. Sie rannte die Stufen hoch und setzte sich neben ihn. Keiner von beiden sprach. Sie starrten in die neblige Nacht hinein, als wäre von dort eine Antwort zu erfahren. Aus dem Nebel tauchte auf einmal ein flackerndes Licht auf. Erst wirkte es wie eine Kerze, aber als es näher kam, entpuppte es sich als Fahrradlampe. Die Katzen vernahmen plötzlich ein lautes Knacken. Äste zerbrachen...die Katzen spürten Gefahr und instinktiv floh die gestreifte Katze hinter die Terrasse an die Hauswand, um nicht gesehen zu werden und, um notfalls reagieren zu können.

Richie blieb genau da sitzen, wo er war. Die Katze beobachtete, wie das Fahrrad immer näherkam, um schließlich vor Richie stehen zu bleiben.

„Komm her!" mahnte die Katze leise. „Wer weiß, wer das schon wieder ist. Komm, Richie, hier bist du sicher." Aber Richie blieb sitzen.

Der Mann auf dem Fahrrad stieg ab und kam die Treppe hoch.

„Hey, Richie! Willst du nicht lieber ins Haus gehen? Ich habe dir noch ein kleines Nachtessen mitgebracht. Ich habe extra was ganz besonderes dabei! Aber sag mal, bei euch ist nachts ganz schön was los. Beinahe hätte ich irgendein Vieh überfahren. Fast vor eurer Haustüre."

Der Mann war groß und schlaksig und als er seine Mütze abzog, standen wie üblich seine blonden Locken nach allen Richtungen ab.

„Wie bei einer Pusteblume," dachte Richie bei sich.

„Den kenne ich doch!" dachte die Katze.

„Du kannst ruhig herauskommen," maunzte Richie leise zur Katze hinüber, „das ist Sebastian. Ein guter Freund. Ein richtig guter Freund."

Die Katze bewegte sich sehr, sehr vorsichtig nach vorne. „Ja, das ist Sebastian. Ich erkenne ihn. Als Armin verhindert war, haben er und seine Frau sich um unseren Kleinen gekümmert."

Aber da war noch etwas...

„Willst du nicht lieber ins Haus gehen, Richie? Oh...wer kommt denn da? Deine charmante Freundin solltest du natürlich mitnehmen. Das Nachtessen reicht für zwei. Das wäre ein wunderbares Candlelight-Dinner. Was haltet ihr zwei davon?"

„Das ist sehr nett von dir Sebastian. Aber dafür haben wir keine Zeit."

„Warum bist du so unhöflich zu meinem Freund?"

„Ich bin nicht unhöflich, ich bin besorgt. Der Mensch, der das Rattengift hier deponiert hat, ist immer noch oder besser, wieder hier."

Die Augen von Richie wurden groß und größer.

„Dann sollten wir mit Sebastian ins Haus gehen. Aber ich weiß nicht, wie er reinkommen soll. Nur die Katzenklappe ist offen."

„Dann werden wir hier zusammensitzen und auf ihn aufpassen.

Freunde wachsen schließlich nicht auf Bäumen!"
Sebastian ließ sich auf der Treppe nieder und telefonierte mit Laura.
Richie humpelte zu ihm und nahm neben ihm Platz. Die gestreifte
Katze setzte sich auf die andere Seite.

„Ich komme nicht ins Haus hinein. Ist aber auch egal, Richie und
seine Freundin, so scheint es zumindest, passen auf mich auf...und
jetzt rate mal, wer da gerade die Treppe hoch geschlichen kommt.
Ich wusste doch, dass ich nirgendwo alleine hingehen kann. Ich
warte, bis Stefan oder Willi sich melden und dann komme ich nach
Hause."

Was soll man denn machen, wenn sich Sebastian mitten in der Nacht
auf's Fahrrad schwingt und losfährt? Trotz dem Nebel fuhr er, meiner
Meinung nach, viel zu schnell und wir hatten ganz schön zu tun, um
in seiner Spur zu bleiben, zumal wir keine Straßen benutzen. Ich war
dankbar für die Botschaft meiner einstigen Erzfeindin, dass wir, nur
falls wir zufällig in der Nähe wären, doch bei Willi vorbeikommen
könnten.

„Was bildest du dir eigentlich ein?" schimpfte ich laut los. „Zu
dieser Zeit, mitten in der Nacht, alleine mit dem Fahrrad unterwegs
zu sein?"
Ich schimpfte den ganzen Weg die Treppe hinauf.
„Unverantwortlich so was. Ohne uns bist du hilflos! Auch wenn es
ein netter Zug von dir ist, auf Richie aufzupassen!...Guten Abend
übrigens, Leute!"
Die Katze nickte uns unmerklich zu und schickte eine weitere
Botschaft.
„Du hattest deinen grandiosen Auftritt. Aber könntest du jetzt bitte
die Klappe halten...wir müssen aufpassen...hier ist ein Mensch, der
böses im Schilde führt!"

*

Nachdem Nadeshda und Michelle im Krankenwagen weggefahren
wurden, war die Polizei noch da und machte ihre Arbeit. Gisela

kochte Kaffee für die Polizisten und Waltraud löcherte die Polizisten mit Fragen.

„So geht das nicht!," schimpfte Gisela. „Wie sollen denn die Leute ihre Arbeit machen, wenn du sie immer wieder mit deiner Fragerei unterbrichst."

„Ich will doch nur wissen, was passiert ist."

„Deshalb untersuchen sie den Keller. Das nennt man Spurensicherung."

„Ich weiß, dass das Spurensicherung heißt...ich habe auch schon den einen oder anderen „Tatort" am Sonntagabend gesehen." Heinrich hockte auf der Waschmaschine und sah sich die Ecke an, in der der Schatten gesessen hat. Neben der Waschmaschine stand ein Eimer mit Wäscheklammern auf dem Boden .

„Könnte jemand dafür sorgen, dass dieser Kater hier verschwindet?" Der Beamte blickte scheel zu Heinrich hinüber. Der reagierte prompt und fauchte ihn an, dass dem Beamten vor Schreck die Kamera zu Boden fiel.

„Ich schätze, die dürfte im Eimer sein. Ja, ich weiß, das Leben ist hart. Aber nur mal so zum allgemeinen Verständnis: Das ist mein Haus und meine Waschmaschine. Hast du mich verstanden? Ich bleibe hier sitzen solange es mir gefällt." Er schlug nach der ausgestreckten Hand des Beamten.

„Wage es nicht mich anzufassen, wenn du den nächsten Tag heil erleben willst!"

Der Beamte zuckte erschrocken zurück.

„Könnte sich bitte, bitte, bitte, jemand dafür interessieren, diesen Kater von der Waschmaschine zu befördern...Ich werde dieses Vieh im Leben nicht anfassen! So aggressiv wie der ist, gehört der in einen Zoo."

Heinrich interessierte sich herzlich wenig für die Ausführungen des Polizeibeamten. Stattdessen interessiert er sich mehr und mehr für den Eimer mit den Wäscheklammern. Da war etwas, was nicht in diesen Eimer gehörte. Er war schließlich nur für die Klammern …

Heinrich sprang zur außerordentlichen Erleichterung des Polizisten von der Waschmaschine und schaute sich den Eimer genauer an.

„Gutes Kätzchen," lobte der Polizist, „jetzt nur noch die Treppe hinauf und wir sind wieder Freunde."

„Du hast doch nicht mehr alle Knusperherzen in der Tüte. Geh mir aus dem Weg." Heinrich langte in den Eimer und holte einen Gegenstand heraus, dort nichts zu suchen hatte. Es sah aus, wie die Schlüsseldinger, die die Menschen ständig bei sich trugen.

„Was hast du denn da gefunden?"

„Nichts, was dich etwas angehen würde!," fauchte Heinrich den Polizisten an und ließ die komischen Dinger wieder in den Eimer fallen. „Das gehört diesem Schatten, der genau da gesessen hat, wo du jetzt deinen breiten Hintern stehen hast."

„Kann mir mal jemand helfen? verdammt noch mal! So wie es aussieht, hat dieser durchgeknallte Kater was gefunden."

„Wo ist das Problem? Tüte es ein und bring es einfach mit. Du Weichei!," schimpfte sein Kollege. „Es ist nur eine Katze, kein Säbelzahntiger!"

Heinrich saß vor dem Eimer und spuckte Gift und Galle.

„Ich bin mir da nicht mehr so sicher," wimmerte der Polizist.

Sein Kollege tauchte jetzt ebenfalls neben der Waschmaschine auf und besah sich das Desaster.

„Ich könnte ihm meine Pistole zeigen."

„Pistole zeigen?""

„Ich dachte nur... vielleicht macht es Eindruck."

„Ich bin nur noch von Idioten umgeben."

Gisela stand oben auf der Kellertreppe mit der Kaffeekanne in der Hand.

„Möchten die Herren noch Kaffee. Eben frisch aufgebrüht. Heinrich, was ist denn mit dir los?"

Gisela stellte die Kanne ab und eilte die Kellertreppe hinunter. Mathilde hinterher.

„Sehen sie mal. Der Kater hat was in dem Eimer gefunden. Aber er lässt uns nicht nachsehen, was es ist. Ach du meine Güte! Da kommt noch so ein Prachtexemplar. Wenn die auch so gewalttätig drauf ist, kriegen wir noch eine Menge Spaß."

„Was ist denn das für ein Benehmen, Heinrich?" schimpfte Gisela.

„Die Polizisten müssen doch ihre Arbeit machen. Was soll das denn?"

„Die gehen mir auf die Nerven und behindern mich in meiner Arbeit. Ich habe was gefunden, das dem seltsamen Schatten gehört. So was riecht man."

„Das ist wahr, Gisela," bestätigte Mathilde. „Ich rieche es auch. Das gehört keinem hier im Haus."

„Komm Heinrich, lassen wir die Polizisten tun, was sie tun müssen."

Gisela streichelte Heinrich und die Polizisten staunten über die wundersame Wandlung vom Säbelzahntiger zu einer übergewichtigen, schnurrenden Katze.

„Sehen sie sich bitte mal an, was der Kater gefunden hat, " bemerkte der Polizist, aber nicht ohne den Kater aus den Augen zu lassen.

„Nur nicht anfassen bitte."

„Waltraud, kommst du mal in den Keller? Heinrich hat was gefunden."

„Was soll der schon gefunden haben, Gisela? Eine tote Maus?"

„Du bist wahrlich eine große Hilfe," knurrte Heinrich aufgebracht dazwischen.

Die Polizisten gingen vorsichtshalber wieder auf Abstand. Waltraud spähte in den Eimer mit den Wäscheklammern.

„Das sind irgendwelche Schlüssel."

„Könnten diese Schlüssel einem von ihrer Familie gehören?" fragte der Polizist ohne Heinrich auch nur für eine Sekunde aus den Augen zu lassen. Waltraud sah sich die Schlüssel genauer an.

„Also, mir gehören die nicht. Was ist mit dir Gisela?"

Gisela schaute ebenfalls auf die Schlüssel und schüttelte mit dem Kopf.

„Nein. Mir auch nicht. Was sind das überhaupt für Schlüssel? Aber wir müssen Michelle und Nadeshda noch fragen. Es kann sein, dass sie einem von ihnen gehören...ich meine, das würde nahe liegen, weil sie im Eimer mit den Klammern liegen. Man lässt ja gerne ab und zu was in den Hosen stecken und wenn man Wäsche macht, macht man die Hosentaschen leer."

„Das gehört nicht unseren Mädchen!" Heinrich fing wieder an wütend zu knurren und stellte seine Rückenhaare auf.

„Aber dann ist es doch gut, wenn es aus dem Haus kommt, Heinrich. Gib diesem Typ da dieses ekelhafte Ding mit. Ich will diesen Geruch nicht hier im Haus haben."

„Meinst du wirklich, Mathilde?"

„Jawohl! Weg damit!"

Mit Staunen nahmen die Polizisten zur Kenntnis, wie die fast schneeweiße Katze den riesigen Kater beruhigte. Aber die Polizisten wagten erst die Schlüssel einzupacken, nachdem Heinrich den Platz verlassen hatte und sich mit Mathilde auf die Kellertreppe setzte.

Nach der ganzen Aufregung saßen Mathilde und Heinrich mit Waltraud und Gisela im Wohnzimmer.

„Du, Heinrich?"

„Ja, Mathilde."

„Ich muss dir was sagen."

„Heraus damit."

„Du warst unglaublich mutig!"

„Erzähl keinen Scheiß!"

„Doch, das war schon mehr als mutig."

„Ich habe nicht nachgedacht und nur gehandelt. Also, wenn das mutig ist..."

„Ich möchte nicht wissen, was mit Nadeshda passiert wäre, wenn du nicht gehandelt hättest. Womöglich wären ihre Verletzungen schlimmer gewesen...oder noch schlimmeres..." Mathilde fing wieder an zu weinen.

„Es ist ja alles gut gegangen." Verlegen begann er, Mathilde die Tränen mit seiner Zunge abzuwischen.

Waltrauds Handy klingelte

„Erzähl mein Schatz. Ist Nadeshda schwer verletzt? Wie lange muss sie denn bleiben? Ihr kommt gleich nach Hause. Das ist schön. Nadeshda muss nicht bleiben? Ahhh...Nadeshda will nicht bleiben. Das erklärst du mir später...alles klar. Ich komme euch abholen. Was, ihr seid schon auf dem Weg nach Hause? So so, der nette Kommissar bringt euch nach Hause...und Willi ist dabei...!"

„Das ist doch der Willi, der immer am Telefon nervt, besonders wenn es Pelmenis gibt."

„Ja, ich gehe davon aus, Heinrich."

„Ich mag ihn nicht, Mathilde."

„Wie weit bist du mit dem Botschaften versenden?"

„Keine Ahnung. Ich habe es nie richtig probiert. Einmal habe ich mir ganz intensiv eine Lachsplatte gewünscht...aber es ist keiner vorbeigekommen und hat mir diesen Wunsch erfüllt."

„Das verwechselst du mit dem Pizzaservice. Probier doch mal, diese Geschichte an Laila zu schicken."

„Warum in aller Welt sollte ich so etwas tun?"

„Weil sie klug ist und viele Leute kennt. Man kann nie wissen."

*

Sebastian hatte sich wegen der Kälte die Mütze über die Ohren gezogen und telefonierte leise wieder mit Laura.

„Morgen ist Sebastian mit Sicherheit erkältet. Selber schuld! Was mischt er sich auch in unsere Angelegenheiten ein? Wie Sebastian sehen kann, können wir uns gegenseitig helfen. Aber ich weiß wirklich nicht, was Richie an dieser aufgeblasenen, gestreiften Pute findet," flüsterte ich eifersüchtig zur Namenlosen.

„Soll ich dir ihre Vorzüge anpreisen? Außer, dass sie sehr hübsch ist, fallen mir noch mindestens hundert Gründe ein, warum Richie sie ganz toll findet," maunzte Oscar und warf einen verstohlenen Blick zu der Katze hinüber, die von ihm keine Notiz nahm und nur Augen für Richie hatte. Aber trotzdem entging ihr nichts.

„Meine Güte," besänftigte mich die Namenlose." Man muss auch gönnen können! Aber wir sind nicht hier, um Eifersuchtsdramen nach zuspielen, sondern um aufzupassen, dass unseren Schützlingen nichts passiert. Vielleicht denkst du mal darüber nach, wie mutig noch vor ein paar Stunden diese aufgeblasene, gestreifte Pute war."

Richie hatte uns während des Wartens, die Geschichte mit dem

Rattengift und dem fremden Mann erzählt und, wie heroisch sie sich ins Spiel gebracht hatte.

Sie hatte recht.

Wie immer.

Ich kochte wieder vor Wut, weil sie recht hatte, warf aber trotzdem der gestreiften Katze einen versöhnlichen Blick zu. Auch wenn mich das unglaublich viel Mühe gekostet hat.

Auf einmal tauchten aus dem Nebel zwei Lichter auf, die immer größer wurden. Wir schlossen aus Vorsicht eine dichten Ring um Sebastian und Richie. Die Lichter kamen vor Richies Haus zum Stillstand. Es war das Auto der Kommissare. Die Türen gingen auf und Richie humpelte die Treppe hinunter, um als erster am Auto zu sein. Willi stieg aus und nahm zunächst ganz vorsichtig Richie in den Arm.

„Ich bin so unglaublich glücklich, mein Freund!"

Sebastian ließ Willi mit seinem Freund alleine und begab sich zu den Kommissaren.

„Unser Verdacht hat sich nicht bestätigt. Darüber ist keiner froher als wir!"

„Mir scheint, Willi kann sich noch ein wenig mehr freuen, als ihr," meinte Sebastian lakonisch.

„Da steckt doch mit Sicherheit eine Frau dahinter!" Ich legte den Kopf schief und sah mir Willi genau an. Richie hatte seine Wange an Willis Hals gelegt und genoss die Zuwendung.

Die gestreifte Katze wollte sich dezent zurückziehen, um nicht weiter zu stören. Sie sah in die Runde, nickte fast unmerklich und wollte sich wieder in die Nacht zurückziehen.

Angriffslustig ging ich auf sie zu.

„Jetzt ziehst du den Schwanz ein, was?"

„Wie meinst du das?" erwiderte sie irritiert. „Ich will bloß nicht stören. Das ist alles."

„Das ist Blödsinn. Die zwei brauchen dich. Der Große und der Kleine. Zwei Kerle ohne eine vernünftige Frau. Was soll das werden?" Sie musste wider Willen grinsen.

„Du bist unmöglich weißt du das?"

„Selbstverständlich!"
Willi kam die Stufen herauf und sah die gestreifte Katze.
„Komm Mädchen. Bleib die Nacht bei uns. Ich mache den Fernseher an und dann sehen wir uns irgendeinen Blödsinn an. Ich meine es ernst."
Die gestreifte Katze sah unsicher uns und dann Richie an.
„Willst du diesen Augenblick nicht lieber mit Willi alleine verbringen?"
„Ich mische mich ungern ein, aber wenn du nicht endlich in die Gänge kommst, werden wir dir nachhelfen! Hast du das verstanden?" fauchte ich mittlerweile böse.
Willi setzte Richie sanft auf dem Boden ab und schloss die Türe auf.
„Es wäre schön, wenn wir uns gemeinsam irgendeinen Blödsinn im Fernsehen anglotzen...aber ich warne dich. Willi hat einen grausamen Geschmack...er liebt uralte Westernfilm."
Sie warf einen kurzen Blick zu uns herüber und grinste verlegen.
„Ab heute liebe ich Westernfilme."
„Die sind der Knaller!" rief Oscar, „aber schwarz weiß müssen sie sein."
Sebastian griff in seine Tasche. „Hier habe ich noch eine Kleinigkeit. Aber ich muss sie jetzt leider teilen, sonst brauche ich keinen Fuß mehr nach Hause zu setzen."
Er verteilte gerecht die Knusperherzen.
„So, Leute. Ich muss jetzt nach Hause. Ich habe Frühschicht." Sebastian wollte auf das Fahrrad steigen und losfahren.
„Kommt nicht in die Tüte! Wir fahren dich selbstverständlich nach Hause."
„Und was mache ich mit dem Fahrrad, Stefan?"
„In diesem Kofferraum waren heute Abend ein Rollstuhl und im Auto zwei Damen und eine davon hatte ein Gipsbein. Und nicht zu vergessen...Willi, der auch ein wenig Platz brauchte! In jeder Verkehrskontrolle wären wir aufgelaufen!"
Willi grapschte sich Sebastian und drückte ihn, dass man seine Lungenflügel pfeifen hörte.
„Das vergesse ich dir nicht so schnell!"

„Für dich immer, mein Freund," krächzte Sebastian.

Stefan wendete sein Auto, weil er das Licht von Willis Haus gut gebrauchen konnte, um das Fahrrad einzuladen.

„Aber warte mal. Das geht noch besser!" Willi betätigte einen Schalter und eine fünfhundert Watt starke Lampe machte alles taghell.

„Wenn ich an meinem Motorrad arbeite, ist das eine große Hilfe."

Unter der Treppe blitzte nur ganz kurz etwas helles im Licht der Lampe auf. Von den Menschen hatte das niemand bemerkt. Neugierig marschierten Oscar und ich die Treppe hinunter, um zu sehen, was da im Licht glitzerte. Oscar beförderte mit seinen Pfoten das Glitzerding unter der Treppe hervor und miaute kurz auf.

„Das Glitzerding hat mich gebissen!"

Entsetzt ließ er das Ding wieder fallen. Wütend darüber, dass das Ding meinen Freund verletzt hatte, versetzte ich dem Ding einen herzhaften Schlag und es rutschte Stefan vor die Füße.

„Was habt ihr denn da gefunden?"

„Ich will damit nichts mehr zu tun haben," schimpfte Oscar.

„Meine Fresse! Das ist ein ordentliches Messer, Stefan," staunte Jordi. „Gehört das dir, Willi?"

„Ach du liebe Güte, nein. Was soll ich denn mit so einem Prügel anfangen?"

*

Willi hatte auch uns eingeladen, nachdem die Kommissare mit Sebastian weggefahren waren, an seiner Westernfilmparty teilzunehmen. Er stellte eine leckere Schale mit Trockenfutter für uns hin und machte sich selbst eine Flasche Bier auf.

Zunächst einmal sah ich mir Oscars Pfote an und stellte fest, dass er einen winzigen, kaum erkennbaren Schnitt hatte. Aber wir alle wissen, was sich gehört, haben Oscar für seinen Mut gelobt und für seine Verletzung ordentlich bedauert.

Ich leckte ihm die Wunde und nach meiner fachmännischen Behandlung war sie kaum noch zu sehen. Er prüfte, ob er wieder richtig auftreten konnte.

„Perfekt! Die Pfote ist wieder wie neu!"

Danach saßen wir noch ein paar Anstandsminuten im Wohnzimmer und glotzten fassungslos auf den Fernseher, in dem pausenlos nur geschossen und gestorben wurde. Das nennt man also Unterhaltung... Richie und die gestreifte Katze saßen eng aneinander geschmiegt auf Willis Schoß und schienen den Film zu genießen.

Die Namenlose gähnte, dass man ihren Mageninhalt erkennen konnte.

„Ich glaube, wir müssen dann mal. War schön hier."

Ich stand auf und streckte mich, dass meine Krallen voll ausfuhren.

„Du brauchst nicht aufzustehen, Willi. Wir gehen durch die Katzenklappe."

„Man sieht sich," rief Oscar, der als letzter durch die Klappe schreiten wollte. Es passierte das, was meistens passiert. Oscar klemmte in der Klappe fest und Willi musste Starthilfe geben.

„Das letzte Knusperherz war zu viel," grinste ich.

„Blöd lachen! Das habe ich gerne! Zweimal werde ich an einem Abend verletzt. Nicht zu fassen. Ich gehe mir eine Maus fangen."

„Und wo soll die, bitte schön, in deinem Magen noch hin?"

„Das weiß ich auch nicht, Laila! Aber die Leber geht immer. Hört auf zu lachen und kommt endlich."

Wir liefen über das Gelände der Ferienhäuser. Mit den Mäusen ist das so eine Sache. Ist alles aufgeräumt und ordentlich, kann es sein, dass für Mäuse kein Platz mehr ist. Auf dem ganzen Platz war nichts zu finden. Aber in jedem dritten Haus fing ein Köter an zu kläffen. Lichter gingen an und Leute in Bademänteln und Schlafanzügen standen vor ihren Häusern und glotzen in den Nebel.

„Da!" kreischte eine Frau plötzlich in den Nebel. „Wilde Katzen...! Ich habe es doch geahnt, morgen werde ich umgehend dem Förster Bescheid sagen. Das wollen wir doch einmal sehen, ob wir dieser Plage nicht Herr werden!!"

Wir verließen schleunigst diesen ungemütlichen Ort und rannten auf das offene Feld. Wir setzten uns unter einen Holunderbusch und überlegten, was wir noch so unternehmen konnten.

„Große Geschichte! Kommen du musst!... fertig...!"

Die Namenlose sah mich an.

„Was für ein Künstler ist denn hier am Werk? Hast du die Botschaft auch bekommen?"

Ein wenig später kam noch eine.

„Nicht jetzt! Schlafen!"

„Wer ist das denn? Selbst Ekki kann mittlerweile besser Botschaften versenden," grübelte ich.

„Schlafen ist nicht! Blöde Weiber quatschen zu viel!"

„Heinrich...bist du das?" fragte die Namenlose.

„Yep! Hundert Punkte du hast."

„Warum drückst du dich wie Joda von Starwars aus?"

„Sortieren Worte noch nicht ich kann. Scheiß egal mir das ist."

Heinrich sandte uns eine Nachricht? Das war neu. Auch wenn er beim letzten Mal etwas zugänglicher war als sonst, überraschte es mich trotzdem. Heute war ich erfreut, dass wir Armin weiterhelfen konnten. Wenn er seine eigenen Gespenster in den Griff bekam, war das besser für ihn und seine neuen Mitbewohner. Wenn man auf der Suche nach sich selbst ist, kann man schon mal das eine oder andere Wunder erleben. Ich freute mich auch aufrichtig für Richie. Willi war gut für ihn. Sie waren schon vom äußerlichen füreinander geschaffen, schließlich haben beide dieses feuerrote, faszinierende Fell...Ja, schon gut, liebe Leser! Ich habe verstanden...schweren Herzens gönne ich ihm auch die Freundin!"

*

Dirk saß immer noch vor dem riesigen Videorekorder.

„Das ist eine Arbeit...so was bescheuertes. Was sind das nur für Helden. Da bin ich noch Tage dran."

„Guten Morgen, über wen oder was schimpfst du denn so?," wollte Stefan wissen, der gerade das Büro betreten hatte.

„Diese geistigen Tiefflieger von der Tankstelle haben es fertig gebracht, die Kassetten völlig durcheinander aufzubewahren. Ich finde Septembervideos neben denen von Januar und so weiter. Es sind sogar welche vom Vorjahr dabei. Von wegen, die werden nur kurze Zeit gespeichert. Da hat ein Dämlack jeden Tag ein neues Video eingelegt, bis anscheinend keine mehr da waren."

„Das heißt, du hast noch gar keine von Oktober und November?"

„Nur die letzten zwei Tage. Aber die sind ja nicht relevant. Die, mit dem Datum das wir brauchen, liegen hoffentlich noch in der Wundertüte."

Dirk zeigte genervt auf die leider immer noch stattliche Ansammlung von Videos in der Kiste.

„Spielfilme habe ich auch schon gefunden. Alles aus den achtziger Jahren. Was damals halt so Mode war...Karate Filme mit Bruce Lee...was war da noch? Da war noch was im Angebot...Ach ja, Eis am Stiel Filme und zwei hammerharte Pornos. Wahrlich, ich sage euch, alles komplett durcheinander."

„Da hattest du natürlich was zu tun, um die alle durchzusehen."

„Aber selbstverständlich, Stefan. Ich mache meine Arbeit immer sehr gründlich!"

„Sind sie gut?"

„Was?"

„Die Pornos."

„Interessante Techniken. Dagegen wirkt das Kamasutra wie eine Pilates Übung."

„Kamasutra? Pilates? Wie passt das denn zusammen?" Jordi betrat das Büro, warf seine Jacke über den Stuhl und setzte sich hin. „Ich dachte immer, Kamasutra wäre so etwas wie Yoga mit Schattenboxen und Bodenturnen gemischt...ich kann mich aber auch irren!"

„Das erklären wir dir später, Jordi... mit den Bienen und den Blümchen fangen wir an. Aber jetzt im Ernst. Ich vergeude meine Zeit natürlich nicht nur mit Videos ansehen und habe mir noch einmal alle Alibis unserer Kandidaten angesehen. Nach wie vor können Leuchter, Bankgruber und der Neuhaus nicht nachweisen, wo sie an jenem Abend zur fraglichen Zeit waren."

„Ich dachte, dass Bankgruber ein Alibi hätte. Er hat doch Stunk an dieser Diskothek oder Club, wie man heute sagt, gemacht. Er war auf der Suche nach seiner Freundin. Der Besitzer konnte sich noch gut daran erinnern."

„Das ist wahr Stefan," fuhr Dirk fort, „ich habe nochmal nachgefragt. Er war sich nicht mehr sicher darüber, ob es nicht doch eine Stunde später war."

„Was ist das denn für eine Aussage? Es gibt doch Videoaufzeichnungen."

„Das ist alles richtig. Aber sie wissen nicht, ob die Videoaufzeichnungen noch auf Sommerzeit oder schon Winterzeit aufgezeichnet haben."

„Wir haben es nur noch mit Intelligenzbestien zu tun."

„Dann werden wir wieder und wieder nachfragen."

„Wenn du willst, kümmere ich mich darum, Stefan."

Jordi warf Dirk einen scheelen Blick zu und schaltete seinen Computer an.

„Gibt es schon etwas Neues von gestern Abend?"

„Was war denn gestern Abend?"

Jordi erzählte Dirk in Stichpunkten was vorgefallen war. Dass sie Willi spät abends mit ins Krankenhaus geschleift haben, behielt er für sich. Für diese Aktion hatten sie vom Chef keine Rückendeckung bekommen, weil sie ihn nicht darüber informiert hatten und Stefan hatte ihn erst heute Morgen eingeweiht. Als sie Willi danach nach Hause fuhren, hatten sie außerdem noch etwas sehr ungewöhnliches gefunden. Ein riesiges Messer. Das wollte er persönlich im Labor vorbeibringen. Das Rattengift war bereits seit gestern Abend im Labor. Dirk stand auf und wollte das Büro verlassen.

„Ich sehe die zwei Polizeibeamten, die gestern Abend Dienst hatten an dem Kaffeeautomaten stehen. Ich rufe sie mal kurz herein. Bis der Bericht von den beiden kommt, dauert zu lange."

„Gute Idee."

Als das Büro leer war, fragte Jordi schnell, „Was hat Rumpold gesagt?"

„Zuerst, dass wir beide die größten Arschlöcher aller Zeiten sind, aber als er das Ergebnis hörte und was wir noch in der Nacht bei Willi gefunden haben, sagte er wörtlich, ich wusste dass ich mich auf meine Leute verlassen kann. Außerdem..."

Stefan verstummte abrupt, als die Tür aufging und Dirk mit den beiden Beamten hereinkam.

Sie ließen sich haarklein alles erzählen.

„Mit dem Schlüssel, das könnte interessant sein. Und die Mädchen kennen diese Schlüssel auch nicht?"

„Nein, wir haben heute Morgen nachgefragt."

„Gute Arbeit, Jungs. Wir werden noch einmal bei den Mädchen vorbeifahren. Vielleicht hängt das ganze mit Michelles Unfall zusammen. Wir werden sehen."

„Äh...wenn ihr dort hinfährt...solltet ihr auf der Hut sein!"

„Warum?"

„Ich habe in meinem ganzen Leben noch nie so einen aggressiven Kater gesehen. In meinem ganzen Leben noch nicht!"

Stefans Handy klingelte. Es war ein ziemlich aufgebrachter Beamter der Kriminaltechnischen Untersuchung kurz KTU.

„Könnt ihr mir mal sagen, warum ihr die Berichte nicht lest? Ihr gebt Sachen ab, als wären wir ein Fundbüro, brüllt dann herum, das ihr die Ergebnisse am liebsten vorgestern haben wollt und dann sehe ich auf dem Computer, dass ihr sie immer noch nicht gelesen habt. Eine Unverschämtheit!"

„Mea Culpa, mein Freund! Ich bekenne mich schuldig. War ein langer Tag gestern. Aber du hast natürlich vollkommen recht. Ich sehe mir den Bericht sofort an. Habt ihr was relevantes entdeckt?"

„Das kann man wohl sagen. Auf der Flasche, mit dem angekohlten Lappen, haben wir einen Fingerabdruck gefunden. Ebenso an dem Motorrad. Es wurde manipuliert, daran besteht kein Zweifel."

„Gibt es schon etwas Neues mit dem Rattengift?"

„Ich wusste, dass du das fragst. Die Untersuchungen laufen noch. Falls es dein überstrapazierter Tagesablauf erlaubt, kannst du mich heute Nachmittag anrufen. Und sage deinem Compagnon Jose..."

„Er heißt Jordi!"

„Von mir aus auch Jordi, dass er uns immer noch eine Runde irisches Bier schuldet. Du darfst dich gerne anschließen!"

„Das hört sich nach einem richtig guten Abend an. Wir bringen euch noch selbst was vorbei."

„Im Dienst pflegen wir nicht zu saufen."

„Nein, kein irisches Bier. Wir haben was gefunden. An derselben Stelle wo das Rattengift lag."

„Und warum bringst du deinen Fund erst jetzt? Ich gehe schon mal ein paar Pints Bier vorbestellen."

„Weil wir es gestern Nacht erst gefunden haben."

„Ja, ja! Ausreden hat jeder."

Stefan nahm sich den Bericht der KTU vor. Er fischte sich den Fingerabdruck heraus und gab ihn im Computer in der Datei ein.

„Mal sehen, ob was dabei herauskommt. Vielleicht bist du ja kein Unbekannter." Stefan war immer noch beeindruckt davon, dass der Computer in kürzester Zeit abertausende von Fingerabdrücken vergleichen konnte. Nach ein paar Minuten stellte der Computer fest, dass es eine Übereinstimmung gab.

„Jordi, wirf die Jacke über. Wir müssen los!"

*

Als Armin am nächsten Morgen wach wurde, hatte er seinen Traum noch lebhaft in Erinnerung. Nein, es war kein Traum. Mehr und mehr wurde ihm bewusst, dass es seine Erinnerung war.

Glücklich über diesen Umstand bereitete er das Frühstück für sich und die Katzen zu.

Zu seiner großen Freude stellte er fest, dass die gestreifte Katze neben dem Haus bei den Katern saß. Aber sie sah nicht aus, als ob sie in den letzten Tagen gehungert hätte.

Sehr aufmerksam wurde er von den Katzen beobachtet, wie er das Frühstück zurecht machte. Leicht grinsend stellte er fest, dass die Kater die Katze anfauchten. Es wirkte auf ihn, als ob sie sie wegen ihres Alleingangs zurechtweisen würden.

„Kannst du mir sagen, wo du die letzte Zeit gewesen bist?" fuhr der älteste Kater seine Schwester an.

„Wo soll sie schon gewesen sein?" antwortete der andere gestreifte Kater anstelle seiner Schwester. „Bei ihrem halbtoten, mit Spuren von Autoreifen quer über den Bauch gezeichneten, vermaledeiten, roten Kater."

„Denkst du auch ab und zu mal an uns?" fauchte der Älteste wieder.

„Ich meine, wenn du nicht gerade auf Liebestour unterwegs bist."

„Ich sehe das auch so," pflichtet der andere ihm bei. „Du wirst sehen, sobald es diesem Mistkater nämlich wieder besser geht, hat er wieder eine andere Herzensdame, die ihm nicht nur ihr Herz schenkt...er darf ihr dann so nahe kommen, dass er ihre Härchen zwischen den Ohren zählen kann...wenn du weißt was ich meine!"

„Es freut mich, dass ihr so vorausschauend seid. Wie immer habt ihr alle eure Fragen gestellt und selbst beantwortet. Dann brauche ich ja nichts mehr zu sagen. Ihr wisst ohnehin besser Bescheid als ich ."

Die gestreifte Katze wurde richtig sauer und setzte sich neben Armin auf die Bank, den es außerordentlich freute.

„Die meinen es nicht so." Der Kleinste saß mittlerweile bei Armin auf dem Schoß und ließ sich von ihm mit kleinen Käsestückchen füttern.

Liebevoll sah sie ihn an und bemerkte, dass seine Verletzungen fast vollkommen verheilt waren. Aber noch mehr freute es sie, dass der kleine Kater zumindest ein Zuhause gefunden hatte. Bei ihren großen Brüdern dagegen konnte man nie wissen, ob sie nach dem Winter nicht doch wieder die Freiheit vorzogen.

Der kleine Kater schluckte genussvoll ein Käsestückchen hinunter und leckte sich über seine kleine Schnauze, damit nichts von dem kostbaren Käse verlorenging. „Die haben sich Sorgen um dich gemacht. Nur einer von den beiden hat geschlafen und der andere hat Wache gehalten, damit sie sofort sehen, wenn du kommst. Sie sind es einfach nicht gewohnt, selbst Entscheidungen zu treffen. Du warst immer so was wie das Familienoberhaupt. Als Mama nicht mehr da war, hast du praktisch ihren Posten übernommen. Sie können sich nur schwer damit abfinden, dass du irgendwann weggehst, um eine eigene Familie zu gründen."

Zärtlich sah sie ihren kleinen Bruder an, der mittlerweile wieder ein neues Käsestückchen von Armin bekam.

„Du bist so viel klüger als sie. Wie ist das nur möglich?"

„Davon verstehe ich nichts. Ich weiß nur, dass ich Armin mag. Und irgendwie gelingt es mir, direkt in sein Herz zu schauen, aber ich glaube, umgekehrt ist es genauso. Weißt du, bei uns ist in den letzten Tagen sehr viel passiert und ich glaube, das hat mich Armin noch näher gebracht."

Der kleine Kater erzählte alles. Von dem mysteriösen Waldspaziergang, bei dem Armin fast den Tod gefunden hätte und Armins Tour in den Wald auf der Suche nach sich selbst.

„Das war interessant. Diese Wohnungskatzen waren auch dabei. Die sind unglaublich. Das hättest du sehen sollen. Sie wussten genau in welche Richtung Armin in dieser Nacht, die ihm so wichtig war, gelaufen ist."

„Ja, ja...und allen voran mit Sicherheit die kleine, freche Schwarze!"

„Das trifft den Punkt genau. Aber erzähl mal, wie geht es Richie in seinem neuen Zuhause."

Die gestreifte Katze erzählte von dem Rattengift, dem Messer, und wie die Kommissare Willi mitgenommen und wieder gebracht hatten. Von dem Kampf mit dem Mann erwähnte sie nichts. Sie wollte nicht, dass sich ihre Brüder noch mehr Sorgen machten. Gedankenverloren schaute sie in den Wald hinein und dachte noch an diesen wunderschönen Abend...

Es dauerte etwas, bis die gestreifte Katze wieder im „Hier und Jetzt" war. Wann hatte dieser fremde, schwarze Schatten das Messer verloren...?

Hatte es ihnen beiden das Leben gerettet, dass er sein Messer verloren hatte?

*

Der Monitor flimmerte. Es war mitten in der Nacht. Die Person hob die Tasse hoch und nahm einen tiefen Schluck. Angewidert verzog die Person das Gesicht.

„Schon wieder den Zucker vergessen."

Sie gab ihre Daten ein und wartete. Nichts passierte. Die Person wiederholte die komplette Prozedur auf ein Neues und starrte

weiterhin auf den Monitor. Endlich erschienen auf dem Monitor die Daten, auf die sie so lange gewartet hatte.
Aber es gab Schwierigkeiten...

*

Jordi und Stefan hielten vor der Fabrik an. Sie stiegen aus und sprachen mit dem Pförtner.
Der Pförtner telefonierte und leitete sie anschließend weiter.
Sie saßen in einem Aufenthaltsraum und warteten.
Die Tür ging auf und ein Mann betrat unwillig das Zimmer.
„Guten Morgen, Herr Bankguber! Nehmen sie Platz!" forderte Stefan ihn auf.
„Habt ihr sie noch alle?" schimpfte Curry, „Ihr taucht auf meinem Arbeitsplatz auf, als wäre ich ein Schwerverbrecher? Ich habe eurem Spezi, diesem Brandt, oder wie der heißt, doch schon alles gesagt, zum wiederholten Male. Was wollt ihr eigentlich noch von mir? Kümmert euch lieber um Willi, diesen dreckigen Bastard. Ihr habt den Falschen vor euch. Dem Willi traue ich nur soweit, wie ich mein Motorrad werfen kann!"
„Was glauben sie, warum wir sie direkt auf ihrem Arbeitsplatz aufsuchen. Das machen wir nicht, wenn wir nur ein paar Fragen hätten."
„Ich weiß es nicht!" giftete Curry Stefan an. „Keine Ahnung. Aus irgendeinem mir unbekannten Grund wollt ihr mir was am Zeug flicken. Ihr habt euch sozusagen auf mich eingeschossen! Was soll das?"
„Können sie mir für die Nacht von Sonntag auf Montagmorgen ein Alibi nachweisen? Das würde mich jetzt wirklich neugierig machen ob sie das hinkriegen. Und kommen sie mir nicht mehr mit ihrer Freundin...die hat ihre Aussage nämlich zurückgezogen und hat gesagt, dass sie die ganze Nacht nicht Zuhause waren!"
Currys Gesichtszüge entglitten ihm ins Ungewisse und er wurde kalkweiß.
„Wir haben unseren üblichen Sonntagsausflug gemacht...und waren

noch kurz im Krankenhaus."

„Wir reden von Sonntagnacht."

„Wir sind danach in unser Clubheim gefahren und haben die Kästen Bier, und was sonst noch so an Spirituosen herumlag, aus gesoffen."

„Wunderbar! Dann können sie ja genug Zeugen vorweisen, die bestätigen können, wo sie um die fragliche Zeit waren."

„Nicht wirklich?"

„Was heißt, nicht wirklich."

„Die meisten mussten früh raus, wegen der Arbeit und so."

„Was heißt das jetzt! Ein wenig genauer bitte!"

„Es war nur noch ein Kumpel da, der hatte sich aber auch irgendwann verabschiedet. Keine Ahnung wann das war. Ich wollte nicht nach Hause. Der Unfall mit meiner Schwester und Cengis, steckte mir immer noch in den Knochen. Außerdem hatte ich wieder einmal Stress mit meiner Freundin....wollen sie mir nicht endlich sagen, um was es geht?"

„Wir haben Spuren gefunden. Unmissverständliche Spuren. Einen Fingerabdruck."

„Einen Fingerabdruck? Wo denn um Himmelswillen?"

Curry wurde zusehends nervöser und fing an, seine Hände zu kneten.

„An Willis Motorrad. Aber das ist noch nicht alles. Sein Motorrad wurde manipuliert, das wissen sie. Die Bremssträ.nge waren durchgeschnitten. Außerdem haben wir eine Flasche mit einer brennbaren Flüssigkeit gefunden, mit einem angekohlten Lappen daran. Sie wissen wie man so was nennt. Einen Molotowcocktail. An dieser Flasche haben wir ebenfalls Spuren gefunden."

„Ich glaube, ich brauche einen Anwalt. Ab jetzt sage ich ohne Anwalt kein Wort mehr."

„Das ist eine gute Idee. Da sie kein glaubhaftes Alibi nachweisen können, müssen wir sie leider festnehmen. Sie wissen ja, alles was sie sagen..."

„Hör auf mit dem blöden Geschwätz...ich weiß Bescheid. Was nützt es, wenn ich euch sage, dass ich damit nichts zu tun habe?"

„Die Fakten sprechen leider für sich."

„Was für Fakten? Da will mich jemand reinlegen. Da kommt für mich nur Willi in Frage. Nehmt den mal in die Mangel. Ich kann nicht fassen, zu was der alles in der Lage ist!"

*

Armin deckte den Tisch ab und brachte die Lebensmittel ins Haus. Der kleine Kater lief immer hinter ihm her und fragte ihn tausend Sachen. Er sprang auf die Fensterbank und beobachtete den kleinen Hasen, der hinter dem Haus frei herumlief. „Darf man den jagen? Oder muss er noch wachsen, damit er für alle reicht? Sag uns Bescheid, wenn du ihn essen möchtest." Seine Augen wurden groß und die Pupillen wurden schwarz vor Jagdlust. „Meine Brüder und ich erledigen das für dich!"

Armin sah wie der kleine Kater versuchte, sich auf der Fensterbank unsichtbar zu machen, damit er ungestört den Hasen beobachten konnte.

„Nein! Das kannst du vergessen. Dieser Hase wird nicht gejagt! Ihr Geier werdet ihm kein Haar krümmen." Armin nahm den kleinen Kerl auf den Arm und schmuste mit ihm. „Das gilt auch für euch da draußen. Habt ihr verstanden?"

„Ja, Mann. Was regst du dich so auf?" entgegnete einer der Kater.

„Verstehen kann ich das nicht. Der Wald ist voll von diesen Dingern. Selbst wenn wir ihn essen würden, könnten wir dir für den nächsten Abend wieder einen lebendes Exemplar hinsetzten."

„Genau!" erwiderte sein großer Bruder. „Ich schätze, du würdest den Unterschied noch nicht einmal bemerken."

„Hört endlich auf mit diesem Blödsinn. Armin liebt diesen Hasen." Die gestreift Katze schüttelte ärgerlich mit dem Kopf. „Er liebt sogar seine Spinnen, die diese kunstvollen Netze an seinem Fenster bauen, denen hat er sogar Namen gegeben. Die eine heißt Elfriede und die andere Käthe! Er hat Respekt vor jeglicher Art des Lebens. Das ist nicht unbedingt üblich bei seiner Spezies, wie wir leidvoll feststellen mussten. Lassen wir ihn seinen Hasen lieben...und nicht nur das, sorgen wir doch dafür, dass dem Hasen nichts passiert!"

„Du meinst, wir dürfen Jagd auf die machen, die dem Hasen ans Fell wollen?"

Die gestreifte Katze dachte nach.

„Ich glaube, das hört sich gut an." Sie nickte. „Ja, so können wir es machen. Dann profitiert jeder davon."

„Sieh mal, Armin hat die dicke Jacke und den viel zu langen Schal angezogen. Das heißt, er fährt mit dem Fahrrad weg und wir können ihn nicht begleiten."

Nach der letzten Nacht hatte Armin sich entschlossen zur Polizei zu gehen. Er hatte Kommissar Wieland angerufen, aber nur die Mailbox erwischt.

„Hallo, Schummer hier. Mir ist letzte Nacht was eingefallen. Ich mache mich auf den Weg zu eurem Büro. Einer wird schon da sein, der meine Aussage aufnehmen kann."

Über Nacht war es empfindlich kalt geworden. Die Bäume verloren ihre Blätter und waren fast kahl. Der Himmel war mittlerweile so grau wie der Nebel, der immer noch in den Bäumen hing und nicht weichen wollte. Im Wald streifte die Füchsin mit ihren Jungen herum und hatte das leckere Aroma des Hasen von Armin in der Nase. Durch den Wald wurde die Witterung der Füchse zu den Katzen geweht.

„Wenn wir den Hasen nicht essen dürfen, darf niemand ihn essen! Tut uns furchtbar leid, aber wenn ihr auch nur in die Nähe kommt, gibt es Stress!"

Armin ließ wieder ein Fenster offen, damit die Katzen jederzeit hinein konnten. Fröstelnd zog er sich seine Mütze über, zog den Schal enger um den Hals, und holte sein Fahrrad aus dem Verschlag.

„Ich muss etwas dringendes erledigen! Ich fahre zur Polizei und mache noch ein paar Besorgungen. Ich denke, am Nachmittag bin ich wieder da. Passt mir bitte auf das Haus auf. Ich bringe genug Lebensmittel und Katzenfutter mit, damit wir es die nächste Zeit wieder aushalten."

„Auf das Haus aufpassen?" maulte einer der großen Kater. „Wir sind doch keine Hütehunde!"

Der kleine Kater setzte sich auf die Fensterbank.

„Ich passe auf. Auch wenn ich kein Hütehund bin."

„Das sehe ich auch so," pflichtete die Katze ihm bei. „Dadurch fällt uns kein Zacken aus der Krone. Aber wenn die Herren sich dafür zu schade sind?"

Die „Herren" hörten schon nicht mehr zu, weil die Füchsin mit ihren Jungen dem kleinen Hasen gefährlich nahe kam...

Armin stellte das Fahrrad vor dem Polizeigebäude ab und ging hinein. Ein seltsames, beklemmendes Gefühl beschlich ihn. War das Angst, die sich da plötzlich in seinem Inneren breit machte? Auf der Hinfahrt war er noch voller Zuversicht gewesen, aber mit jedem Meter, mit dem er dem Polizeigebäude näher kam, schwand sein Mut. Er spürte, wie seine Handflächen feucht wurden und zugleich eine innere Kälte ihn frieren ließ, obwohl sich auf seiner Stirn kleine Schweißperlen zeigten.

Er dachte an die Katzen in seinem Haus.

„Was sollen die bloß von mir denken? Das ich keinen Arsch in der Hose habe?"

Der kleine Kater hatte ihn beobachtet, bis er aus seinem Sichtfeld verschwunden war.

„Machs gut", schien er zu sagen." Ich bin hier wenn du mich brauchst."

Der Gedanke machte ihm Mut und er meldete sich am Schalter.

Der freundliche Polizist rief im Büro der Kommissare an.

„Die Kommissare Wieland und Montroig sind leider nicht da. Aber Polizeimeister Brandt ist da und kann ihre Aussage aufnehmen. Die zweite Etage hoch und dann wenden sie sich nach links. An der dritten Tür ist das Büro von den Kommissaren."

Bei der Erwähnung des bloßen Namens bekam Armin starkes Herzklopfen und die vorhandenen Schweißperlen bekamen neue Freunde.

„Ist alles in Ordnung?"

Der Polizist hatte den Dauerschreiber zur Seite gelegt und war aufgestanden.

„Ja, ja...es geht mir gut. Danke."

„Alles klar..."

Armin stand vor dem Büro, nahm einen tiefen Atemzug und betrat das Büro.

Brandt saß vor einem Videorekorder, holte eine Kassette heraus und trug etwas in ein Buch ein.

„Guten Morgen, Herr Schummer. Nehmen sie bitte Platz. Ich habe gleich Zeit für sie."

„Sie sind sehr freundlich zu mir. Wenn ich an unsere letzte Unterhaltung denke..."

„Das tut mir leid. Da bin ich wohl etwas über das Ziel hinausgeschossen. Ich bin ziemlich neu hier und wollte mir keine Fehler erlauben. Ich bin da in so manches Fettnäpfchen getreten. Tut mir echt leid! Ehrlich!"

Brandt hielt ihm die Hand hin.

Etwas zögerlich erwiderte Armin den Händedruck. Mit einem zerknirschten Grinsen saß ihm Brandt gegenüber. Er trug einen eleganten, mit Sicherheit teuren, Herrenseidenschal, der gut mit seinem Pullover harmonierte. Armin wurde es ein wenig leichter ums Herz, die Schweißperlen bekamen keine neuen Freunde mehr und verflüchtigten sich als Dunst. Er hatte das Gefühl, dass das Lächeln des Polizeibeamten offen und ehrlich war.

„Ich möchte eine Aussage machen."

„Nur heraus damit. Ich bin ganz Ohr."

Armin erzählte Brandt nichts von seinem Traum, sondern nur, an was er sich noch von dieser Nacht erinnern konnte. Besonders, dass er die halbe Nacht mit dem Pförtner auf der Bank gesessen hatte. Er erklärte auch, dass er das Seil und die Handschuhe dabei hatte, um Haselsträucher auszugraben.

„Das ist doch mal was!" Brandt hatte die Aussage aufgenommen.

„Damit können wir arbeiten. Das sieht doch schon ganz anders aus. Das letzte Mal erklärten sie nur, dass sie auf der Parkbank wach wurden und nach Hause gegangen sind. Sie müssen zugeben, das war schon seltsam. In der Firma, die der Bank gegenübersteht, hatte auch keiner was gesehen, was die Beweislast weiter erschwerte. Wenn sie aber jetzt sagen, sie hätten mit dem Mann die halbe Nacht auf der Bank gesessen..."

Brandt tippte die Aussage von Armin im Computer ein.

„Also liegt es jetzt daran, wie schnell wir den Mann ausfindig machen können."

„Wir haben über Bluesmusiker gesprochen. Das heißt, er hat gesprochen...ich hatte Probleme mich richtig auszudrücken."

„Bluesmusiker?"

„Rory Gallagher gegen Gary Moore... Ich bin Moore Fan."

„Nicht ganz meine Richtung. Ich mag mehr Dancefloor und Trance. Rave find ich auch ganz in Ordnung"

„Das ist doch vollkommen normal. Sie sind ja auch ein paar Jahre jünger als ich."

„Das kann sein. Vielleicht läuft unsere Musikrichtung in ein paar Jahren parallel. Dann sitzen wir in einer Kneipe und können darüber diskutieren."

„Hört sich gut an."

„Aber das ist jetzt alles nicht so wichtig. Sehen sie! Sie können sich sogar an die Unterhaltung erinnern. Ich habe ihre Aussage aufgenommen und werde mich unverzüglich darum kümmern, dass wir diesen Mann finden."

„Dann kann ich jetzt gehen?"

„Selbstverständlich. Nun kommt alles... wie es kommen muss!"

Draußen vor dem Gebäude musste Armin sich vor Aufregung auf die Stufen setzen.

Es lief doch alles zufriedenstellend. Warum war er dann trotzdem so aufgelöst?

„Der Stress löst sich auf, die Probleme werden weniger, ich bin kein Mörder, aber trotzdem..." dachte er bei sich. „Ich verstehe es nicht! Aber vielleicht ist es der gleiche Zustand, wie wenn man vor Freude weinen muss."

Sein Herzschlag beruhigt sich und er machte sich auf den Weg zum Supermarkt, schließlich wurde er ja erwartet und es wurde ihm ein wenig leichter ums Herz.

*

Daniela lag in ihrem Bett. Man hatte ihr die Schiene abgenommen und sie hatte das Gefühl, jede Bewegung neu erlernen zu müssen. Der Halswirbel war sehr gut verheilt. Sie war stolz auf sich.
Doktor Wagner kam herein und hatte Papiere in der Hand.
„Ich habe wieder neue Ergebnisse über ihren Freund. Die Blutwerte bleiben stabil und sie werden sogar noch besser. Wenn Herr Yildirim so weitermacht, kann er bald wieder auf die normale Station zurück."
Danielas Herz machte vor Freude einen Sprung.
„Wann kann ich ihn sehen?"
„Ihr seid beide nicht gerade das, was man mobil nennt. Aber ich habe da eine Idee. Haben sie ein Handy?"
„Klar. In der Schublade."
„Einen Moment bitte."
Doktor Wagner verließ kurz das Zimmer und kam gleich darauf wieder zurück.
„Wir werden jetzt die Nummer von Cengis wählen und eine Schwester steht schon bereit, um den Anruf entgegenzunehmen. Er kann heute noch nicht sein Handy selbst halten. Aber so könnt ihr euch wenigstens via Telefon sehen. Mehr kann ich im Moment nicht tun. Wenn mein Chef sieht, was ich jetzt mache, könnte es sein, dass er vor Wut kocht...also habe ich ihnen nur das Handy vom Boden aufgehoben. Alles klar?"
„Ähm...wieso kocht ihr Chef?"
„Weil es nicht effektiv ist, was ich hier mache und man damit kein Geld verdienen kann."
„Scheiß Chef...Entschuldigung!"
„Keine Ursache!"
Doktor Wagner wählte Cengis Nummer und hielt das Telefon über das Antlitz von Daniela.
„Hey Habibi!"
Das Gesicht von Cengis war sehr blass. Aber als er Danielas Gesicht ohne die Schienen sah, lächelte er.

Daniela musste sich zwingen, nicht zu weinen.
„Hallo mein Liebling." Es lag so viel Zärtlichkeit in der Stimme.

„Du schuldest mir noch fünfhundert siebenunddreißig Küsschen."
Der Doktor ließ die beiden eine Weile miteinander reden, dann merkte er, dass Cengis müde wurde und beendete das Gespräch.

„Das war sehr nett von ihnen, Herr Doktor. Danke!"

Doktor Wagner wurde ganz verlegen.

Ein Pfleger kam ins Zimmer gestürzt.

„Können sie bitte kommen? Notfall! Verdacht auf Herzinfarkt, soeben mit dem Hubschrauber gelandet. Was sollen wir mit den Rosen machen?"

„Was für Rosen?"

„Ein Riesenstrauß Rosen wurde wieder für Frau Hofer abgegeben."

„Wieder?"

„Von wem sind die Rosen?" fragte Daniela neugierig.

„Keine Ahnung. Ist kein Zettel dran." Der Pfleger zuckte ungeduldig mit den Schultern und zeigte auf seine Uhr.

„Doktor, kommen sie."

„Bin schon unterwegs. Die Blumen dürfen auf gar keinen Fall in das Zimmer von Frau Bankgruber. Stellen sie die Blumen in den Flur."

*

Die Kommissare stiegen mit Curry ins Auto. Seine Arbeitskollegen und Kolleginnen verfolgten am Fenster jeden ihrer Schritte.

„Das musste ja mal so kommen!" mutmaßte einer der Kollegen und biss dabei herzhaft in sein Brötchen. „Das kann ja nur die Polizei sein. Es ist gut, dass von denen wieder einer weniger auf der Straße ist."

„In den Kreisen, in denen der sich bewegt, bleibt das nicht aus, es ist immer das gleiche!" antwortete der Kollege neben ihm und trank mit einem Zug den Kakao aus. „Hoffentlich geht er die nächste Zeit in den Bunker."

„Jetzt haltet mal eure große Klappe! Ihr wisst überhaupt nicht um was es hier geht und fällt schon ein Urteil. Das ist wieder mal typisch! Woher wisst ihr übrigens, dass das hier wirklich die Polizei ist?"

Die Kollegin war stinksauer.

„Der Pförtner ist mein Freund und hat mich sofort angerufen, als die Polizisten gekommen sind. Aber du weißt besser Bescheid?" meinte der Kollege mit dem halben Brötchen im Mund.

„Nein, natürlich nicht. Ich mutmaße nur nicht! Und einen Kollegen direkt in Grund und Boden zu reden, ist so ziemlich das allerletzte. Und wie es scheint, hast du diese Information der halben Firma zukommen lassen!"

„Die haben immer was am Kerbholz...Gewalt, Drogen, Prostitution und was weiß ich nicht noch alles." Der Kollege steckte die leere Flasche in seine Hosentasche, weil ihm der Weg zum Abfalleimer zu weit war, er aber nicht versäumen wollte, wie Curry weggefahren wurde.

Die Kollegin stierte wütend zum Fenster hinaus

„Ihr solltet euch zuerst einmal informieren, welche Clubs mit Drogen und Prostitution zu tun haben und welche nur zusammen sein und Spaß haben wollen. Aber die Herren wissen ja alles besser und haben den Stab über Curry schon gebrochen!"

Der Mann mit dem halben Brötchen stopfte sich die andere Hälfte auch noch komplett in den Mund und begann, sich sehr undeutlich zu artikulieren. Mayonnaise und Ketchup versuchten links und rechts vom Brötchen zu entkommen.

„Das sagt genau die Richtige...du fährst doch auch so einen Krachmacher und gibst dich mit solchen Typen ab. Du bist nicht viel besser als die da.."

Sein fett verschmierter Zeigefinger wies auf Curry, der mittlerweile in dem roten Auto der Kommissare saß.

„Meine Meinung ist, alle, die beim Motorradfahren die Hände fast auf Augenhöhe wie in Easy Rider haben, sind verdächtig!"

Er sah sich Beifalls heischend um, einige, aber nicht alle Kollegen nickten zustimmend.

„Ihr habt voll einen an der Klatsche," schimpfte die Kollegin und schüttelte mit dem Kopf.

„Und dir möchte ich eines sagen," sie betrachtete den Kollegen, der immer noch damit beschäftigt war, das halbe Brötchen in seinem Mund zu zerkleinern, „bevor du dir ein Urteil über Menschen bildest, die du nicht richtig kennst, solltest du erst einmal lernen, wie man eine Mahlzeit richtig einnimmt. Mein Sohn ist zwei Jahre alt und kann es besser als du... übrigens, dir läuft da was an der Backe herunter und tropft auf dein Shirt! Meine Güte! Es würde mich brennend interessieren, wer dir morgens die Schuhe bindet! Schönen Tag noch!"

Curry sagte auf der kompletten Fahrt nicht ein einziges Wort. Er saß auf der Rückbank und stierte nur den Boden des Autos an. Stefan holte sein Handy heraus und hört seine Mailbox ab.

„Mist!"

„Was ist denn los, Stefan?"

„Armin war ausgerechnet heute Morgen im Büro, um eine Aussage zu machen."

„Na und? Unser werter Kollege Brandt ist doch da. Er ist ja immer noch mit den Videos beschäftigt. Er wird doch in der Lage gewesen sein, die Aussage von Armin aufzunehmen."

„Das ist auch wieder wahr."

„Du weißt, ich war am Anfang sehr skeptisch was Dirk angeht. Aber die letzte Zeit musste sogar ich zugeben, dass er sich wirklich angestrengt hat und gute Arbeit abliefert."

„Ich habe Probleme damit, Arbeit zu delegieren."

„Hast du nicht, mit mir kannst du ja auch zusammenarbeiten. Und wenn es doch so sein sollte, dann lernst du es eben. Auf alle Fälle. Ich sage mal so...einen guten Kollegen, der uns die Bälle zuwirft, könnten wir gut gebrauchen."

„Ich kann bei Rumpold mal vorsprechen...hört sich gut an!"

Als sie auf das Gelände der Polizei fuhren sahen sie, wie Armin gerade mit seinem Fahrrad das Gelände verließ.

„Wir kommen noch einmal vorbei," rief Jordi durch das geöffnete Fenster, aber er war sich nicht sicher, ob Armin es gehört hatte.

Curry saß noch immer auf der Rückbank im Auto und wartete teilnahmslos, was alles auf ihn zu kam. Zwei Polizisten näherten sich dem Auto der Kommissare, um Curry in Empfang zu nehmen.

Jordi wollte die Tür öffnen, um Curry herauszulassen. Plötzlich wurde die Tür mit Gewalt von innen aufgestoßen, Jordi stürzte zu Boden. Die Polizisten, die kurz mit Stefan gesprochen hatten, konnten nicht verhindern, dass Curry ausstieg und Reißaus nahm.

Stefan setzte ihm nach, nahm die Verfolgung auf, und rannte so schnell er konnte Curry in die Straße hinterher, in die er abgebogen war.

Jordi war blitzschnell wieder aufgestanden und rannte genau in die entgegengesetzte Richtung, überstieg eine Mauer und wartete dort, bis Curry an der Ecke auftauchte. Er wollte zurückrennen, um einen anderen Fluchtweg zu suchen, aber da kam ihm Stefan schon entgegen.

„Lass den Blödsinn!" Stefan hatte das Gefühl, seine Lungenflügel wollten sich ein neues Zuhause suchen. Sein Atem hört sich pfeifend an und sein Herz schlug wie bei einem Kolibri. Curry stand da und hatte ebenfalls Mühe wieder zu Atem zu kommen.

„Hör auf damit, Curry!" brüllte jetzt Jordi unmissverständlich. „Zwinge uns nicht, von der Waffe Gebrauch zu machen. Was soll das denn?"

Curry griff sich verzweifelt in die Haare.

„Was soll ich denn tun? Mir kann niemand mehr helfen. Ich habe nichts mit Willis Motorrad zu tun. Das war ich nicht. Wenn ich könnte, würde ich Willi eigenhändig den Hals umdrehen. In meinen Gedanken habe ich ihn schon hundert Mal über die Klinge springen lassen. Aber mit dem Motorrad habe ich nichts zu tun."

Den letzten Satz brüllte er laut heraus und dann sackte er auf der Straße zusammen. Mittlerweile waren die uniformierten Polizisten auch angekommen und Curry ließ sich widerstandslos festnehmen.

„Übrigens, das war eine gute Aktion eben," lobt Stefan Jordi.

„Ja, es hat was, wenn man den Stadtplan im Kopf hat. Wohin Curry gelaufen ist wusste ich nicht, aber du bist die nächste Straße rechts abgebogen. Da wusste ich Bescheid. Ich musste nur über die Mauer und konnte in aller Seelenruhe abwarten bis Curry um die Ecke kam. Ich sage nur... „Sackgasse!"

„Aber hättest du diese Idee nicht gehabt, wäre ihm die Flucht beinahe geglückt. Mir ging nämlich zusehends die Luft aus und er hätte entkommen können.“

„Aber was hältst du davon, dass er permanent behauptet, nichts damit zu tun zu haben?“

„Das kann reine Verzweiflung sein, weil sein Konzept zusammengebrochen ist und er festgestellt hat, dass das gewünschte Ergebnis, also ich meine, Willi ausschalten, nicht funktioniert hat. Aber zugleich irritiert es mich auch, dass er anscheinend keine Probleme damit hätte, Willi rigoros den Hals umzudrehen. Ich verstehe das nicht!“

„Wo kommt dieser unbändige Hass her?“

*

„Nadeshda geschlagen wurde in Keller.“

Die Namenlose und ich starrten uns an. Oscar beobachtete, dass unsere Augen größer wurden und fragte neugierig, „was ist denn los?“

„Von wem?“ sendete ich zurück. „Ist sie verletzt?“

„Kein Hellseher ich bin, aber Beule groß wie zweiter Kopf.“

„Können wir uns irgendwo treffen?“ sendete die Namenlose zurück, „bei euch im Garten zum Beispiel?“

„Haus zu ist. Wohnungskatzen, rausgehen nie, nie nie!“

„Dann kommen wir eben morgen vorbei. Für heute scheint die Gefahr gebannt zu sein.“

„Okay! Weiber bekloppt! Total! Trotz Beule beide glücklich! Vielleicht war Katzenminze in Lasagne!“

Wir beschlossen unseren Besuch auf morgen zu verlegen und überlegten, was man mit der angefangenen Nacht so alles anstellen könnte. Wir näherten uns dem Clubheim unserer Kater. Robert patrouillierte wie immer um das Gelände, um unliebsame Eindringlinge fernzuhalten. Der einäugige Pirat und Zorro debattierten darüber, welche Jagdtechnik sich am besten für Schlangen eignete.

„Eure Nerven möchte ich haben,“ maulte Ekki. „Schlangen! Welche vernünftige Katze will Schlangen fangen? Ich dagegen habe ein hammerhartes Problem!"

„Was solltest du denn für ein hammerhartes Problem haben?" spöttelte Zorro. „Du streitest ja schon mit deinem Versorger, wenn er die falsche Pizza bestellt."

„Mein Versorger ist sauer auf mich und hat gesagt, dass ich Stubenarrest bekomme...zwei Tage darf ich nicht raus, hat er gesagt. Zwei Tage! Könnt ihr euch das vorstellen? Zwei Tage unfreiwillig auf das Katzenklo! Das hält kein Kater dieser Welt aus."

„Zwei Tage Arrest?" mischte ich mich ein. „Dann hast du aber richtig was verbockt!"

„Verstehen kann ich es immer noch nicht. Mein Versorger hat genau die richtige Pizza bestellt...die mit den richtig dicken Thunfisch Stückchen".

„Dann war doch alles in Ordnung?" warf Pirat ein.

„Ja, das dachte ich auch. Mein Versorger stellte die Pizza im Wohnzimmer ab. Seine Frau war nicht da und wir wollten uns einen gemütlichen Herrenabend mit Fußball und so machen."

„Komm endlich auf den Punkt, Ekki" schimpfte Zorro.

Missmutig starrte Ekki zu Zorro hinüber.

„Ja, doch! Das Telefon klingelte und mein Versorger quatschte die ganze Zeit nur sinnloses Zeug. Bundesligaergebnisse und so einen Kram. Das ging so weit, dass er am Schluss mit seinem Freund die Weltmeisterschaft von neunzehnhundert vierundfünfzig und das berühmte Tor von neunzehnhundert sechsundsechzig im Wembleystadion durchhechelte. Das Aroma des Thunfisches stieg mir mehr und mehr in die Nase. Ich nahm aber auch wahr, dass der Thunfisch immer mehr an Temperatur und Aroma verlor. Das konnte ich nicht mitansehen und habe den kompletten Thunfisch kunstvoll heraus gegessen, aber ohne die Pizza wirklich zu beschädigen. Da ich sowieso immer den Löwenanteil des Thunfischs bekomme dachte ich, vollkommen in seinem Interesse gehandelt zu haben. Aber nein! Mein Versorger rastete komplett aus und wollte mich ins Bad sperren! Zwei Tage lang! Könnt ihr euch das vorstellen! Wenn er mich nicht beobachtet hätte, wie ich das letzte Stückchen heruntergeholt habe, er hätte noch nicht einmal bemerkt, dass der Thunfisch fehlt."

„Manchmal wissen die Versorger eben nicht, was sie an uns haben," entgegnete ich mitfühlend. „Das ist hart!"

„Zum Glück war das Wohnzimmerfenster offen und ich konnte türmen. Jetzt bleibe ich zwei Tage weg, solange wie mein Arrest dauern würde. Ich denke, dann ist seine Wut verraucht und ich kann wieder nach Hause."

Ich hatte genug vom herumsitzen und wollte wieder hinaus in die neblige Nacht. Die Welt musste von diesen unvorsichtigen Mäusen befreit werden.

„Ich komme mit," bot sich Ekki an.

„Wir kommen alle mit," meinte Zorro. „Dann machen wir eine Ringfahndung nach den Mäusen."

„Wo soll ich jetzt einen Ring herbekommen?" maulte Ekki.

„Ekki!"

„Ja, Boss?"

„Halt die Klappe."

Gemeinsam marschierten wir lautlos in die Nacht. Was für ein Abenteuer! Unsere Ringfahndung uferte aus und wir erlösten so einige Mäuse von ihrem irdischen, elenden Dasein. Wir hatten unsere Jagd so ausgedehnt, dass wir fast bei Heinrich und Mathilde gelandet waren.

„Ich habe gehört, Mathilde soll sehr hübsch sein," verkündete Pirat. „Ich werde eine weitere Maus nur für sie fangen und ihr auf die Fensterbank legen."

„Wenn man auf blond und farblos steht!" knurrte ich dazwischen.

„Dem schließe ich mich an, von mir kriegt sie auch eine Maus."

„Das gefällt mir, Boss. Ich werde ihr auch eine fangen!"

Oscar warf sich in die Brust und wollte sich auch enthusiastisch zu Wort melden.

„Und was ist mir dir?", funkelte ich hinterhältig, böse und eifersüchtig Oscar an. „Willst du dem blonden Vamp etwa auch eine Maus schenken...?

Oscar sank etwas in sich selbst zusammen.

„Weißt du, wenn von meiner Maus, die ich in der nächsten Zeit fangen werde, was übrig bleiben sollte, aber auch nur dann, könnte ich doch den Rest...ich meine ja nur, bevor man es wegwirft...wäre schade darum...doch auch auf die Fensterbank legen!"

„Mit oder ohne Leber?" knurrte ich drohend.

„O...ohne selbstverständlich," bemühte er sich beizupflichten.

Wütend machte ich mich auf die Jagd. Die Namenlose schickte mir eine Botschaft.

„Weißt du Laila, wenn Männer flirten setzt meistens ihr komplettes Hirn aus. Passen wir gemeinsam auf, dass sie diese Nacht unbeschadet überstehen. Sonst rennen sie vor jedes Auto und erkennen keine Gefahr!"

Das entschädigte mich ein wenig und ich hatte wieder Freude an der Jagd. Wir waren mittlerweile im Garten von Heinrich und Mathilde. Anscheinend waren wir nicht so leise, wie wir dachten, denn Mathilde saß am Fenster und beobachtete uns. Sechs Mäuse lagen mittlerweile auf der Außenseite des Fensters.

Zorro sah Mathilde hinter der Scheibe sitzen.

„Meine Verehrung, Mademoiselle! Sie sind bezaubernd. Sie sind in Wahrheit noch viel hübscher, als mir erzählt wurde. Wir haben ihnen hier ein paar Geschenke deponiert. Lassen sie sich die Mäuse gut schmecken und ich hoffe, wir lernen uns irgendwann einmal näher kennen."

Habe ich das richtig gehört?...er sagt doch tatsächlich „Sie" zu ihr!

„Mach dich vom Acker!" tönte es auf einmal aus dem Wohnzimmer. „Wir haben eure billigen, mit Pestiziden versauten Mäuse nicht nötig."

Die Fensterscheibe klirrte empfindlich, weil Heinrich mit einem gewaltigen Sprung auf die Fensterbank gesprungen war.

„Auf so was wie euch habe ich gerade gewartet. Das müssen...."

„Laila!" brüllte Ekki auf einmal dazwischen. „Laila! Komm her! Ich muss dir was zeigen. Viel mehr, ich muss dir was riechen!"

Neugierig lief ich zu Ekki, der vor der Kellertür saß und seine Nase schnüffelnd wie ein Hund über den Boden kreisen ließ.

„Was ist denn?"

Er gab keine Antwort und schnüffelte weiter am Boden entlang. Ich tat es ihm gleich. Mein Jakobsorgan sortierte die Gerüche in der Luft und am Boden.

„Diese Witterung hatten wir schon einmal in der Nase, Ekki."

„Das rote Ding und das komische Seil aus dem Wald, bei Michelles Unfall mit ihrem seltsamen Zweirad!"

*

Stefan und Jordi sahen nachdenklich, wie Curry von den Polizisten abgeführt wurde. Stefan rief seinen Chef an.

„Gute Arbeit von euch beiden, dann kann ich morgen endlich eine Pressekonferenz geben und der Öffentlichkeit einen Täter präsentieren!"

„Nicht so schnell, Chef!"

„Was jetzt?"

„Da sind noch ein paar Ungereimtheiten."

„Welche Ungereimtheiten? Ihr habt doch die Fingerabdrücke, das manipulierte Motorrad und letztendlich dieser unspektakuläre Fluchtversuch. Was braucht ihr denn noch?"

„Ich weiß es nicht, Chef."

„Sie wissen es nicht? Also wirklich, das ist alles was ihnen einfällt. Ich gebe morgen die Pressekonferenz und wenn sie weiterhin motzen, müssen sie bei der Konferenz dabei sein."

„Ich hasse das. Ich kann diese Presseheinis nicht ausstehen. Geben sie uns zwei Tage...maximal zwei Tage!"

„Warum sollte ich das tun?"

„Weil sie mir und Jordi immer vertrauen. Es ist ein Bauchgefühl, ein Instinkt. Ich kann es nicht in Worte fassen."

„Zwei Tage!!!"

*

„Kommt mal alle her! Das ist sehr wichtig," brüllte ich aus Leibeskräften.

„Du weißt schon, dass du es nicht mit alten, tauben, Tattergreisen zu tun hast, wie dem grauen Monstrum da oben?" schimpfte Pirat zurück.

„Das habe ich gehört!" motzte Heinrich hinter der Scheibe.

„Was hat das graue Monstrum gesagt?" miaute Zorro in die Nacht.

„Das er es gehört hat," antwortete ich verzweifelt.

„Was hat er denn gehört?" Ekkis Blick sprach Bände.

Vereinzelt gingen in den Häusern ringsum ein paar Lichter an.

„Könntet ihr euch bitte beeilen? Ekki hat euch was wichtiges mitzuteilen. Aber wenn ich die Lichter um uns herum sehe, schätze ich, dass wir nicht mehr viel Zeit haben."

„Wieso haben wir nicht mehr viel Zeit?" meinte Robert. „Es ist noch nicht einmal hell, und..."

„Verdammt noch mal...verzieht euch ihr dämlichen Viecher!" schimpfte es plötzlich viel lauter, als wir uns jemals unterhalten haben, von einem der Fenster mit Licht, wobei ein Pantoffel hinterher flog und um ein Haar Ekki getroffen hätte .

„Da hört sich doch alles auf!" brüllte Zorro zornig.

„Jawoll," brüllte ich mit Begeisterung mit. „Und ich habe mir dein Gesicht gemerkt! Das ist gar nicht gut für dich! Überhaupt nicht gut!"

Ein weiteres Licht ging an und das zugehörige Fenster öffnete sich.

„Hast du sie noch alle? Um diese Zeit in der Gegend herumzubrüllen. Ich habe Frühschicht, du Mastochse!"

Der Nachbar mit dem Pantoffel antwortete Stande pete.

„Das sagt genau der Richtige! Wer schreit denn immer vor dem Haus herum, wenn angeblich sein Parkplatz besetzt ist? Immer du!"

Der Mastochsenrufer meldete sich umgehend.

„Und du? Was ist mit dir? Du kannst überhaupt nicht fahren! Kein Stück. Du fährst nicht, du irrst auf der Straße herum. Es wäre besser für die Umwelt und für uns alle gewesen, wenn du bei deinem Kettcar geblieben wärst."

„Also die Nachbarn hätten wir im Moment beschäftigt, Freunde,"

maunzte ich. „Jetzt lasst uns unsere Arbeit machen.“
„Um was ging es noch gleich, Laila?“
„Es geht darum eine Spur aufzunehmen, die unser Ekki feinsinnig, wie er nun mal ist, hier gewittert hat, Zorro. Ihr könnt euch erinnern, dass Ekki ein Seil und so ein seltsames rotes Ding gefunden hat.“
„Können wir,“ echoten alle.
„Diese Spur ist hier vor Michelles Haus. Es interessiert uns doch alle brennend, wie diese Spur aus dem Wald hierher kommt!“
„So richtig brennend eigentlich nicht.“
„Halt die Klappe, Robert und nimm endlich eine Nase voll von der Spur. Das machen wir jetzt alle! Verstanden?!“
„Jo, Boss!“ tönt es gleichmäßig.
Ein weiteres Fenster öffnete sich.
Eine tiefe, voll tönende Bassstimme dröhnte melodisch durch die Nacht: „Wenn ihr zwei Vollidioten nicht auf der Stelle die Fenster schließt, euch ins Bett legt und umgehend wieder einschlaft, dann sorge ich dafür, dass ihr eure Nachtruhe einnimmt. Und wenn dein Pantoffel eine Katze getroffen hat mein Freund, werde ich dich morgen früh persönlich damit füttern! Meine linke Faust fragt gerade die rechte Faust ob sie Zeit hat!“

*

„Wenn Curry sich als Täter erweist, dann können wir uns doch weitere Ermittlungsarbeiten sparen.“
„Mag sein, Dirk. Aber wir gehen lieber auf Nummer sicher und werden trotzdem unsere Fühler weiter ausfahren.“ Dirk sortierte seine Videos von einer Ecke in die andere.
„Herr Schummer war hier und hat eine Aussage gemacht.“
Dirk schob ihm den Monitor zu, damit Stefan die Aussage lesen konnte.
„Hört sich gut an. Klingt glaubwürdig. Hast du nochmal in der Firma nachgefragt?“
„Ja. Schon vorige Woche. Die Security teilte mir mit, dass auf den Videoaufzeichnungen nichts und niemand zu erkennen wäre. Man

sieht nur das Firmengelände. Außerdem kann man schon gar nicht sehen, wie der Pförtner das Gelände verlässt, um angeblich bei Herrn Schummer auf der Bank zu sitzen."

„So ein Mist!"

„Das sehe ich auch so, Stefan."

„Was ist mit diesem Leuchter und seinem seltsamen Nichtalibi?" warf Jordi ein.

„Diese „Black Shadows" oder wie diese Nachtschattengewächse heißen, bleiben dabei, dass Leuchter zu diesem Zeitpunkt nicht bei ihnen war."

„Bleib dran, Dirk. Ich weiß was das heißt. Aussage gegen Aussage. Aber einer von dieser Gesellschaft lügt! Ich will verdammt noch mal wissen, warum!"

„Alles klar, Stefan. Ich kümmere mich darum!"

„Fahr zu diesen bescheuerten Schattenkriegern hin. Versuch sie in die Enge zu treiben. Es muss doch herauszukriegen sein, warum die sich so anstellen!"

„Ich mache mich sofort auf den Weg."

„Nur ganz kurz noch. Bist du mit den Videos von der Tankstelle weitergekommen?"

„Nein. Tut mir leid. Das ist Chaos pur. Ich habe mittlerweile erst ein halbes Jahr sortiert. Das dauert noch."

Dirk nahm seine Jacke und verließ das Büro und Dennis von der KTU kam herein. Er hatte mehrere Papiere in der Hand.

„Ich habe da noch was für euch. Bei dem Überfall in dem Haus von Frau Kessler, bei dem diese junge Frau verletzt wurde, ist doch ein Schlüssel gefunden worden."

„Ja, richtig."

„Das ist ein Schlüssel von einem Schließfach. Es waren Katzenhaare daran. Aber das ist ja nichts Neues bei euch. Meine Leute sind dabei herauszufinden, von wo der Schlüssel stammt. Wir sagen euch sofort Bescheid, wenn wir was wissen."

„Danke."

„Ich habe noch mehr Info für euch. Wir konnten zusammen mit der Rechtsmedizin die Untersuchungen zu dem Rattengift abschließen.

Das Gift, welches bei Cengis im Magen gefunden wurde, und das Rattengift, das ihr bei Willi gefunden habt, übrigens mit seltsamen Haaren, ist identisch."

„Donnerwetter! Das nenne ich eine Punktlandung? Wie habt ihr das herausbekommen?"

„Wir haben das Rattengift natürlich auf seine Bestandteile hin untersucht. Beide Proben waren gleich. Aber was uns letztendlich überzeugt hat war, dass es dieses Rattengift in dieser Zusammensetzung in Deutschland nicht gibt. Es ist sogar wegen einiger Wirkstoffe in Deutschland verboten. Das Gift kommt aus Frankreich."

„Und was sind das für seltsamen Haare?"

„Dazu kommen wir gleich. Ihr habt doch diesen Messerprügel gefunden. Das heißt, eigentlich haben ihn die Katzen gefunden, wenn ich mich nicht irre."

„Jetzt bin ich von den Socken? Woher weißt du das?"

„Da staunst du was? Das Messer hat es uns erzählt."

Stefan und Jordi schauten Dennis so intelligent an, wie ein Meter Feldweg.

„Wir haben winzige Blutspuren gefunden, gepaart mit Haaren, die der Gruppe der Felidae zuzuordnen sind, dieselben wie an dem Rattengift. Außerdem wäre es bei euch beiden nicht das erste Mal, dass bei euren Funden Katzen beteiligt sind."

„Das ist eine wichtige Erkenntnis," grinste Stefan, und was hast du sonst noch so herausfinden können?"

„Dieses Messer ist Teil einer Fallschirmausrüstung. Es dient dazu, im Notfall die Reißleine durchzuschneiden oder so ähnlich, genau weiß ich das gar nicht. Aber da war noch etwas!"

„Du machst es wieder sehr spannend, Dennis."

„Ich will mir eben mein irisches Bier verdienen. An diesem Messer waren noch andere Blutspuren..."

„Ich drehe dir auf der Stelle den Hals um, wenn du nicht weiter redest! Dann kannst du dein irisches Bier in Form von Infusionen genießen!"

Dennis genoss es sichtlich, dass er bei seinen Kollegen so eine

Aufmerksamkeit hatte.

„Die Blutspuren sind menschlich...und ich habe das Blutbild sofort in unsere Datei gegeben. Und jetzt ratet mal, wem sie gehören?"

„Die nächsten werden deine sein. Ein Massaker wird das, das sage ich dir, von unvorstellbaren Ausmaßen!" Stefan hatte vor Aufregung und Anspannung seinen teuren Kuli durchgebrochen und die Tinte lief ihm über die Hand.

„Das Blut gehört zu dem Unfallopfer, das vor zwei Wochen als erster verunglückte und noch am Unfallort verstorben ist. Ich werde mir die Leiche noch einmal genauer ansehen. Ich denke ich weiß jetzt, wie es zu der seltsamen Verletzung im Unterleib kommen konnte. Ach übrigens...ihr erinnert euch an die Zigarettenkippe? Wir konnten die DNA sicherstellen."

*

Armin war gespannt, ob die Katzen noch an seinem Haus auf ihn warteten. Nach der Polizei musste er noch in eine Apotheke und auf dem Bürgeramt hatte er noch ein wichtiges Schriftstück abzugeben.
Dieses Schriftstück wollte er unbedingt persönlich abgeben. Schließlich war mit diesem Stück Papier endlich gesichert, dass er in seinem Haus bleiben durfte. Anschließend war er noch in einem Supermarkt. Seine Fahrradtaschen waren voll mit Lebensmittel und vor sich auf der Fahrradstange hatte er noch einen Korb befestigt, der voll war mit Leckereien für die Katzen.

„Das ist ja wohl das mindeste, was ich verlangen kann...dass sie auf das Haus aufpassen, wenn ich nicht da bin." Er radelte über den Feldweg und musste leicht schnaufen, weil es ein wenig bergan ging. Je näher er seinem Haus kam, umso unsicherer wurde er. Mittlerweile war es Nachmittag. Der Nebel hatte sich verzogen, aber die Sonne wollte nicht scheinen. Ungemütlicher Wind kam auf und die Wolken am Himmel wurden dick und grau. Es wurde kühler und Armin zog seine Mütze noch weiter ins Gesicht, aber der Wind fuhr ihm trotzdem kalt in die Glieder.

„Aber warum sollten sie sich so verhalten? Es sind Katzen, keine

Hunde. Sie wurden in Freiheit geboren und mussten sich bis jetzt jeden Tag durchkämpfen. Nichts wurde ihnen geschenkt. Wenn sie zurück in die Freiheit wollen, dann ist das richtig und ich habe kein recht, es anzuzweifeln!"

Er bog vom Feldweg ab und befuhr den schmalen Weg, der bis zu seinem Haus führte. Er war in allerlei negative Gedanken versunken...

„Willst du mich überfahren?"

Überrascht hob Armin den Kopf. Er war so vertieft gewesen, dass er kaum auf die Straße blickte und blieb erstaunt stehen.

„Wo warst du denn so lange? Wir haben uns schon Sorgen gemacht." Der kleine Kater stand mitten auf dem Weg. Er schaute mit seinen klugen Augen Armin an. „Wenn du in Zukunft so weiterfährst, kann es sein, dass du einen schweren Unfall baust. Ich hätte schließlich auch ein Auto sein können." Über soviel Unverständnis schüttelte der kleine Kater seinen Kopf, lief neben das Fahrrad und sprang mit einem Satz auf den Korb mit den Leckereien. Ungläubig streichelte Armin dem kleinen Kater über den Kopf und drückte ihn fest an sich.

„Da bin ich ja genau richtig gelandet. Meine Brüder und meine Schwester werden Augen machen."

Armin wollte absteigen und den Rest des Weges das Fahrrad schieben.

„Bitte nicht. Fahr mit mir. Ich will auch wissen wie das ist, wenn einem der Wind durch das Fell streicht, die Welt vorbeizieht und man selber stillsitzt."

Armin stieg verwundert wieder auf das Fahrrad und radelte langsam und vorsichtig wieder an.

„Das ist ein Wunder, Armin! Die Bäume, die Gräser, die Wolken, alles bewegt sich und ich sitze hier mit dir auf dem Fahrrad. Das ist so wunderschön!," maunzte der kleine Kater zufrieden mit sich und der Welt.

Vor dem Haus saßen die anderen gestreiften Kater und die Katze.

„Ihr habt tatsächlich auf mich gewartet."

Armin stieg von seinem Fahrrad ab und packte seine Taschen aus.

„Was denkst du denn?" tönte der älteste Kater. „Wir Kater halten, was wir versprechen."

„Ich bin doch kein Hütehund hast du gesagt," korrigierte ihn der andere Kater.

„Was interessiert mich mein Geschwätz von heute Morgen!"
Neugierig liefen alle Katzen hinter dem Korb mit den Leckereien her.

„Was haltet ihr davon, wenn wir heute Abend ein paar Forellen grillen? Ich habe genug mitgebracht, die reichen für uns alle."
Armin packte die Forellen aus und die Hälse der Katzen wurden immer länger.

„Anscheinend habe ich euren Geschmack getroffen. Dann werden wir uns nicht mehr lange mit Formalitäten aufhalten. Ich räume die Lebensmittel weg und dann geht es los."

*

„Es will mir einfach nicht in den Kopf, dass wir bei Armin und Willi so auf der Stelle treten. Was Armin uns da erzählt hat, klingt so abenteuerlich, dass es schon wieder wahr sein könnte. So eine Geschichte denkt man sich doch nicht so einfach aus. Ich rufe noch mal in der Security Firma an."
Der Mann konnte nichts anderes berichten. „Warten sie... ich gehe nochmal das Band durch... sie können es auch gerne selbst ansehen, wenn sie wollen, ...nein ...hier ist nichts zu sehen ...nur der Eingangsbereich, der still daliegt... ist ja auch kein Wunder, es ist mitten in der Nacht."

„Wer hatte denn in der Nacht Dienst? Können wir mit dem Mann sprechen. Es wurde uns mitgeteilt, dass er Urlaub hatte. Vielleicht weiß der etwas."

„Darüber kann ich leider nichts sagen. Ich verbinde sie mit unserer Personalabteilung."
Stefan wartete geduldig, bis sich eine Dame meldete.

„Wann sagen sie? Einen Moment bitte..."

Stefan vernahm wie die Dame die Tastatur des Computers bearbeitete.

„Ja...hier habe ich den Mann...!"

„Können wir ihn sprechen?"

„Bei uns leider nicht mehr. Er wurde von uns gekündigt. Wenn sie wollen, kann ich ihnen seine Anschrift geben."

Jordi hatte seinen Kopf auf eine Hand gestützt, mit der anderen las er die Aussage noch einmal von Armin durch.

„Er hat tatsächlich die Wahrheit gesagt."

„Wie meinst du das?"

„Du stehst voll auf der Leitung, mein lieber Freund. Armin hat ausgesagt, steht hier, dass der Mann bei ihm auf der Parkbank gesessen hat, weil ihm gekündigt wurde."

„Wir rufen den Typen an, besser ist, wir fahren bei ihm vorbei."

Der Mann war zunächst wenig erfreut darüber, dass sich die Polizei bei ihm meldete, aber als er hörte, um was es ging, taute er auf.

„Können wir vorbeikommen. Von ihrer Aussage hängt viel ab. Wir machen es kurz."

Der Mann wohnte in einem Hochhaus am Rande der Stadt. Im zweiundzwanzigsten Stock fanden sie seinen Namen.

„Der Kerl war total besoffen und wollte unbedingt in die Pförtnerloge rein und sich mit mir über Musik unterhalten. Der Kerl war einfach da, keine Ahnung aus welcher Ecke er auftauchte. Aber er war penetrant und gab nicht auf...mit der Zeit hatte ich den Eindruck, er würde wieder klarer im Kopf und von Musik schien er auch tatsächlich Ahnung zu haben..."

„Wie ging es dann weiter?" bohrte Jordi nach. „Warum ist davon auf den Videoaufnahmen nichts zu sehen?"

„Hier kommt mein Problem. Wenn ich euch sage, wie ich das gemacht habe, bekomme ich Schwierigkeiten. Können wir es nicht einfach so stehenlassen? Ich würde den Mann sofort wieder erkennen."

„Sie müssen uns schon erklären, wie es ihnen gelungen ist, mit Herrn Schummer auf der Parkbank zu sitzen ohne, dass das auf dem Video zu sehen ist."

Der Mann zögerte.

„Wenn ich euch das sage, komme ich in Teufels Küche."

„Und was ist, wenn ich ihnen sage, dass die Teufels Küche es gar nicht erst erfährt?"

„Wie wollen sie das denn machen?"

„Indem sie ihre Aussage als Privatperson machen. Von dem Video und ihrer Firma wird nichts erwähnt."

„Die Firma erfährt nichts davon?"

„Das kriegen wir hin."

„Über ein Jahr haben sie mich hingehalten...über ein Jahr keinen vernünftigen Arbeitsvertrag, einen miesen Stundenlohn und so weiter...in drei Monaten sehen wir weiter, wurde mir immer gesagt."

„Wir wissen, auf welche Kosten diese gewissenlosen Firmen arbeiten, um einen Haufen Geld zu verdienen!"

„Das war so ein netter Kerl...was hatte ich denn noch zu verlieren. Man hatte mir eine Woche vorher gekündigt...ich habe das Video von der Nacht davor neu eingespielt und habe mich mit ihm auf die Parkbank gesetzt. Ich hatte von dort auch den kompletten Eingangsbereich im Auge. Wir haben darüber debattiert, welcher Bluesmusiker besser ist, Rory Gallagher oder Gary Moore."

„Wie haben sie das gemacht? Die Aufnahmen sind doch alle codiert, damit niemand sie manipulieren kann."

„Sie erwarten nicht wirklich, dass ich ihnen darauf eine Antwort gebe."

„Jeder hat so seine Geheimnisse. Was halten sie von Johnny Winter?"

„Exzellenter Musiker!"

*

Armin häufte kleine Stöckchen mit größeren Hölzern übereinander und zündete sie an. Bald schon loderte ein helles Feuer in die Nacht. Von dem Feuer strahlte eine wohltuende Wärme aus. Voller Ehrfurcht und Respekt saßen die Katzen auf Abstand und beobachteten, wie Armin das Abendessen zubereitete.

„Das ist der helle Wahnsinn!," der älteste Kater war begeistert. „Armin kann Feuer machen. Wenn das nicht cool ist weiß ich auch nicht weiter."

Armin zog die Forellen auf lange dünne Stöckchen und steckte sie anschließend im Kreis um das Feuer. So bekamen sie die Wärme des Feuers zum garen ohne zu verbrennen. In die Asche legte er noch Kartoffeln hinein.

Die Katze wollte noch mit ihren Brüdern und Armin das Abendessen genießen und anschließend zu Richie gehen.

Es war ein schönes friedliches Bild. Sie alle zusammen bei einer gemeinsamen Mahlzeit und weit und breit drohte keine Gefahr...

Das kleine Kaninchen schreckte plötzlich auf und zog sich in seinen sicheren Bau hinter Armins Haus zurück.

Der älteste Kater bemerkte das und drehte eine Runde um das Haus.

„Wo willst du hin?" Armin hatte die Forellen von ihren Stöcken befreit. „Das Essen ist fertig."

Er legte die Forellen auf einen Teller und entfernte die Gräten. Danach machte er für jeden eine Portion Fisch fertig. Auf seinen Teller legte er noch eine Kartoffel dazu.

Der Älteste hielt witternd die Nase in den Wind, doch der Geruch des guten Essens drang in seine Nase und er konnte nichts anderes mehr wahrnehmen.

In ihrem ganzen Leben hatten die Katzen so etwas Gutes noch nicht gegessen.

„Ich will von deiner Kartoffel probieren," maunzte der kleine Kater auf Armins Schoß.

Armin gab ihm ein Stück und der Kleine kaute es lange und bedächtig.

„Es muss was dran sein, wenn du es magst. Ich werde jeden Tag ein kleines Stück Kartoffel mit dir essen. Irgendwann werde ich es herausfinden."

Armin freute es, dass die Katzen ihre Teller leergegessen hatten. Jetzt saßen sie alle friedlich um das Feuer und putzten sich.

Das Feuer brannte herunter, die Flammen wurden kleiner und Armin spürte wie die Kälte langsam seinen Rücken hoch kroch. Die letzten

Flammen fanden noch ein kleines Stück Holz, fraßen es gierig auf, aber dann erloschen auch sie, was die Katzen außerordentlich bedauerten.

„Ich mache meinen Ofen an, dann haben wir es drinnen gemütlich und mollig warm."

„Aber in deinem Ofen ist das Feuer eingesperrt, das ist schade," maulte der Kleinste.

Die Katze wollte sich nach diesem opulenten Mahl auf den Weg zu Richie machen. Sie wollte ihm unbedingt von diesem phantastischen Essen erzählen, aber vorher setzte sie sich noch einmal vor das Haus, um sich ein letztes Mal zu putzen und hübsch zu machen. Sie beobachtete, dass das Kaninchen nur mit seinem Köpfchen und angstvollen Augen aus dem Bau sah. Nachts stromerte es normalerweise immer um das Haus herum.

Die Kater saßen aufmerksam vor dem Haus und versuchten mit ihren Augen die Nacht zu durchdringen.

„Spürst du es auch?"

Sie nickte und beschloss die Botschaft abzusetzen, dass sie diese Nacht hier bei Armin bleiben würde, wobei sie hoffte, dass irgendeine kluge Katze sie Richie überbringen würde.

Sie würde es später Richie erklären, dieses seltsame Gefühl...als wären um das Haus schwarze, undurchsichtige Gespinste, wie schwarze Tücher, die das Haus immer enger umschlossen.

*

Stefan klopfte auf der Tastatur seines Computers herum. „Was ist denn jetzt schon wieder los? Ich dachte, dieser Kasten wäre repariert worden."

Der Computer warf entzückende Regenbogen und lila Punkte auf den Schirm, aber mehr war nicht herauszuholen.

„Das Ding macht mich wahnsinnig. Was mach ich jetzt?"

„Das klären wir später. Solange Dirk weg ist, können wir uns vielleicht um die Videos von der Tankstelle kümmern."

„Dazu habe ich keine Lust. Das ist eine Aufgabe für jemanden der

Vater und Mutter erschlagen hat, Jordi.“

„Auch gut. Weißt du was, Stefan. Du könntest doch noch einmal mit Curry sprechen, derweil kümmere ich mich um die Videobänder. Ich will Dirk nichts unterstellen, denn er gibt sich wirklich Mühe, aber er ist nicht der schnellste, das hast du doch auch gemerkt. Wir unterstützen ihn nur bei seiner Arbeit und hauen ihn nicht in die Pfanne.“

Das überzeugte Stefan.

„So habe ich das noch gar nicht gesehen. Aber es stimmt. Wir werden ihm erklären, wie man effektiver arbeitet,“ anschließend öffnete er die Tür und brüllte lautstark aus dem Büro, damit seine neugierigen Kollegen sehr gut mithören konnten. „Und vor allen Dingen darf er sich in Zukunft nicht mehr von jedem zur Frau Remberg schicken lassen, auch wenn ihre Croissants noch so gut sind!“

Die Kollegen zogen sich betroffen hinter ihre Bildschirme zurück.

„Es tut mir so schrecklich leid, dass ich dich alleine mit diesen Videos lassen muss. Verplempere nicht so viel Zeit mit den Pornos.“

„Ich rufe dich an, wenn es interessant wird.“

„Da fällt mir noch was ein. Könntest du bitte Armin anrufen und ihm sagen, dass seine Aussage bestätigt wurde? Wir fahren selbstverständlich noch bei ihm vorbei, um persönlich mit ihm zu sprechen. Ich dachte, dann ist dieser fürchterliche Druck weg!“

„Mach ich.“

Stefan begab sich in das andere Gebäude, in welchem sich die Arrestzellen befanden.

Curry saß still in der Ecke und stierte vor sich hin.

„Fällt ihnen noch irgendetwas ein? Die kleinste Kleinigkeit könnte wichtig sein, was zu ihrer Entlastung beitragen könnte. Denk nach! Verdammt noch mal!“

„Ich werde Vater, wussten sie das?“

„Das ist doch wunderbar und etwas sehr schönes, ich würde sagen...so ziemlich das wichtigste Ereignis im Leben eines Menschen!“

„Aber nicht für mich!“

„Wollen sie das Kind nicht? Oder anders gesagt: stört sie ein Kind?"

„Ganz und gar nicht. Aber meine Freundin hat die Reißleine gezogen. Sie ist mit den Nerven fertig.Wundert sie das? Ich kann es ihr nicht einmal verübeln."

„Vielleicht können sie noch einmal mit ihr sprechen?"

„Das glaube ich nicht. Sie hat mit mir abgeschlossen. Und jetzt sitze ich im Bau fest, wegen versuchten Mordes oder so ähnlich...das trägt nicht unbedingt dazu bei, dass sich unsere Situation verbessert."

Curry saß auf der Liege und zog die Beine an. Er nahm den Schneidersitz ein und stützte seinen Kopf mit den Händen ab.

„Was ist das eigentlich für eine Flasche, die ich da angeblich benutzt haben soll? Eine Bierflasche, eine Whiskyflasche, eine Wasserflasche, eine Milchflasche. Ich verstehe das alles nicht!"

Currys Hände zeigten anklagend nach draußen, irgendwo hinter die Mauern.

„Ich bin nach wie vor der Meinung, dass Willi da selber mit drin hängt."

„Können sie mir einen Grund sagen, warum Willi so was tun würde?"

„Um mir eins auszuwischen. Warum denn sonst? Wir mochten uns nie besonders. Meine Schwester hat sich gegen meinen Rat mit ihm eingelassen. Sie sehen ja was dabei herausgekommen ist. "

„Und wie soll er das gemacht haben?"

„Das weiß ich doch nicht. Aber das kommt nicht nur von mir. Einer eurer Polizisten war auch der Meinung, dass man Willi im Auge haben sollte."

„Welcher Polizist hat das gesagt?"

„Das weiß ich nicht mehr. Vielleicht ihr Kollege mit dem spanischen Namen..."

„Denken sie noch einmal gründlich über alles nach. Ich habe gehört ihr Anwalt kommt gleich. Er kann sich bei uns melden, wegen der Akteneinsicht."

Nachdenklich ließ Stefan einen völlig verstörten Curry zurück und begab sich zur Abteilung der kriminaltechnischen Untersuchung.

„Dennis, ist diese Flasche noch hier?"

„Welche meinst du? Die meisten von den Flaschen sitzen in der oberen Etage, neben den Großraumbüros. Wenn du die Beweisstücke im Fall Bankgruber meinst, die liegen hier bei mir."

Dennis griff in den Schrank und holte zwei Tüten heraus. In der einen Tüte befand sich der angekohlte unscheinbare Lappen. In der zweiten Tüte war die Flasche. Es war eine Wasserflasche mit einem Viertelliter Fassungsvermögen. Ein bunter Werbeaufdruck sollte zeigen, dass dieses Produkt etwas ganz besonderes war.

Ratlos stand er da mit der Flasche in der Hand.

„So intelligent habe ich auch aus der Wäsche geschaut, als ich die Flasche zum ersten Mal gesehen habe."

„Bitte hilf mir, Dennis. Es ist heute nicht das erste Mal, dass ich auf dem Schlauch stehe."

„Na ja, ich sag mal so. Man hat doch Stil, oder? Wenn ein Rocker einen anderen Rocker in die ewigen Jagdgründe befördern möchte, hätte man doch zumindest eine Whiskyflasche a la Jack Daniels oder Jim Beam erwarten können. Oder sehe ich das falsch? Aber nein! Stattdessen eine Wasserflasche...und dann auch noch Bio!"

„Ich mache ein Foto von der Flasche!"

„Wenn dich das glücklich macht, aber wenn du eine willst, bei uns in der Kantine gibt es die gleichen."

„Noch was," rief Dennis ihm nach. „Das hätte ich beinahe vergessen. Du erinnerst dich an die Kippe, die wir bei dem tödlichen Unfall sicher gestellt haben?"

„Ja, natürlich. Was ist damit?"

„Die DNA ist uns bekannt. Es gab vor Jahren einen Fall...hör mal kurz zu, ich muss da etwas ausholen..."

„Das ist wirklich sehr interessant!"

Mit dem Foto im Handy begab sich Stefan wieder in das Gebäude mit den Arrestzellen.

Currys Anwalt war ebenfalls da.

Stefan zeigte Curry das Bild.

„Was ist das? Ist das die Flasche mit dem Lappen? Die kenne ich nicht. In unserem Clubheim gibt es so was albernes nicht."

Stefan nickte und steckte das Handy wieder ein.

Jordi nahm sich die Videos von der Tankstelle vor. Die Kassetten waren ziemlich durcheinander, aber nach einiger Zeit hatte er die Pornos und die alten Spielfilme heraus sortiert und konnte sich nun um die restlichen kümmern. Er konnte feststellen, dass bis zum August diesen Jahres alle Kassetten, sauber und ordentlich von Dirk sortiert waren. Er hielt sich mit dem umständlichen sortieren gar nicht erst auf, sondern spielte sie nacheinander ab.

Er nahm irgendeine Kassette aus dem restlichen unordentlichen Haufen und ließ sie ablaufen. Falsches Datum. Die nächste Kassette. Falsches Datum. Die nächste Kassette.

Stefan rief ihn zwischendurch an.

„Kannst du mal im Computer nachsehen, wann die Flasche untersucht wurde?"

„Ich nehme doch an, am selben Morgen, als sie gefunden wurden."

„Kannst du trotzdem nachsehen?"

„Warte...dein Computer funktioniert wieder mal nicht. Dirk hat seinen noch eingeschaltet...ich kann doch mit seinem Computer arbeiten...so...da haben wir die KTU..."

„Könntest du dich beeilen?"

„Warum? Musst du aufs Klo?"

„Jetzt wo du es sagst."

„Die Flasche wurde erst zwei Tage später untersucht."

„Das kann schon mal passieren, wenn viel Arbeit ist."

Jordi nahm die nächste Kassette. Falsches Datum. Die nächste Kassette. Falsches Datum.

Auf dem Tisch lagen uralte Werbeprospekte.

„Die kann man doch wegwerfen. So viel Platz haben wir hier auf dem Tisch auch nicht."

Unter den Werbeprospekten war eine Zeitschrift.

„Der Gleiter." Ein dickes Heft mit allem was man so brauchen konnte, wenn man Fallschirm springen als Hobby hatte. Dirk hatte erklärt, er hätte mit der Zeitschrift recherchiert, ob das Messer, das bei Willi gefunden wurde, diesem Sport zuzuordnen war. Das war ziemlich clever, fand Jordi. Er legte das Heft weg und legte die nächste Kassette ein.

Falsches Datum.....

„Verdammt. Beinahe hätte ich Armin vergessen."

Auf Armins Handy war die Mailbox eingeschaltet.

„Entwarnung für dich. Der Mann von der Security hat deine Aussage bestätigt. Du kannst jetzt aufatmen."

*

„Dennis bist du noch da?"

„Nein? Ich bin nicht mehr da. Wie du hörst sitze ich bereits in meinem Auto und bin auf dem Weg nach Hause. Sobald dieses Gespräch beendet ist, werde ich das Diensthandy ausschalten!"

„Nur eine Frage. Warum wurden die Flasche und der Lappen erst zwei Tage später untersucht?"

„Wieso zwei Tage später? Das verstehe ich nicht. An dem Tag, als sie bei uns abgegeben wurden, haben wir sie untersucht."

„Die Flasche wurde doch am Montag abgegeben."

„Nein. Da bin ich mir absolut sicher. Bei mir kamen die Flasche und der Lappen erst am Mittwoch an. Das kannst du auf dem Eingangsprotokoll nachlesen. Du solltest dich mit dem Beamten in Verbindung setzen, der die Sachen abgegeben hatte."

Stefan zog sich einen Kaffee und setzte sich auf den Stuhl neben dem Automaten. Dennis war alles andere als ein Depp. Stefan war sich sicher, dass er das Eingangsprotokoll nicht zu kontrollieren brauchte. Er war ein guter, zuverlässiger Mitarbeiter mit einem bissigen Humor. Er begab sich zur Einsatzzentrale.

„Kannst du herausfinden, wer am Montagmorgen Dienst hatte und zu den Motorradfahrern gefahren ist?"

„Weißt du noch wo das war?"

„Im Wiesenthal heißt das, glaube ich."

„Da haben wir sie. Das waren die Kollegen Bertram und Salzer. Die haben aber Feierabend. Wenn du Glück hast, kannst du sie noch in der Umkleidekabine erwischen!"

„Danke."

Stefan rannte los. „Bertram und Salzer! Seid ihr noch hier?," brüllte er in der Umkleidekabine.

Bertram kam aus der Dusche und hatte eine Sporttasche über der Schulter.

„Was ist denn los? Brennt es? Oder hast du dein Duschgel vergessen?"

„Bin ich froh, dass du noch da bist."

„Aber nicht mehr lange."

„Das habe ich heute schon einmal gehört. Du warst mit deinem Kollegen am Montagmorgen im Wiesenthal?"

„Ja."

„Du und dein Kollege habt auch die Flasche mit dem Lappen sichergestellt."

„Das ist korrekt."

„Und wann habt ihr sie abgegeben?"

„Direkt nachdem die Arbeiten beendet waren...lass mich überlegen, vielleicht eine Stunde später."

„Länger auf keinen Fall? Ihr habt die Sachen nirgendwo zwischengelagert? Bei der vielen Arbeit die ihr habt, würde es mich nicht wundern."

„Was denkst du von uns? Ich selbst habe das Eingangsprotokoll unterschrieben. Willst du uns nicht sagen was los ist?"

„Die Untersuchungen fanden erst am Mittwoch statt."

„Dann nimm dir Dennis zur Brust. Ich muss jetzt los. Keine Ahnung wie lange der braucht, um eine Bierflasche zu untersuchen."

„Sagtest du gerade Bierflasche?"

„Ja, ich sagte laut und deutlich Bierflasche! Wo ist dein Problem, Mann?"

Wütend griff der Polizist zu seinem Handy.

„Hier, sieh dir die Aufnahmen an. Eine ganz normale Bierflasche ...nur, dass sie mit Benzin gefüllt war und ein Lappen drin war."

*

Jordi nahm gelangweilt, ohne hinzusehen, die nächste Kassette.

Er schob die Prospekte unachtsam zur Seite. Sie fielen in eine der

Kisten mit den Videos. Genervt stellte Jordi fest, dass er eine Kassette aus der Kiste genommen hatte, die schon sortiert war und wollte sie wieder herausnehmen...die riesige Maschine kannte er doch...der Fahrer des Motorrades hatte Schwierigkeiten, seine Maschine zu tanken. Der Automat wollte das Bargeld nicht annehmen. Der Fahrer fluchte. Man konnte ihn nicht verstehen, da das Video keinen Ton hatte, aber die Gesten genügten um festzustellen, dass er stinksauer war. Danach zog sich der Mann einen Kaffee...das Datum stimmte, die Uhrzeit stimmte ebenfalls. Jordi nahm die Kassette heraus, steckte sie in eine Tüte und legte sie auf Stefans Schreibtisch.

„Die Pornos haben dir anscheinend den Verstand benebelt, mein Freund! Das gibt einen ordentlichen Tadel von Stefan! Da kannst du dich schon einmal warm anziehen, Dirk!" Jordi wollte Dirks Nummer wählen, aber erreichte nur die Mailbox.

„Wie weit bist du mit Leuchter und diesen dämlichen Schattenkriegern gekommen? Melde dich mal...übrigens, ich habe die Kassette gefunden."

Jordi wollte zurück an seinen Schreibtisch, zog den Stuhl vor und wollte sich hinsetzen...auf dem Boden glitzerte etwas...Jordi hob es auf und betrachtete das Ding. Es war eine kleine Figur, wie aus einem japanischen Anime-Film. Achtlos legte er es auf die Seite. Er rief Stefan an.

„Unser Freund Willi ist sauber. Ich habe soeben die richtige Kassette gefunden."

„Wunderbar. Das freut mich aufrichtig. Ich bin gleich bei dir."

Stefan betrat das Büro und zeigte Jordi die Bilder.

„Das ist die Flasche, die hier untersucht wurde."

„Diese Flasche bekommst du in unserer Kantine auch."

„Seltsam! Dennis sagte genau das gleiche."

„Aber sieh her! Das ist die Flasche, die der Kollege Bertram aufgenommen hat."

„Ich kann davon ausgehen, dass diese Flasche verschwunden ist?"

„So sieht es aus."

Jordi nahm das Foto der Wasserflasche in Augenschein. Auf dem

Etikett der Flasche war eine Nummer zu sehen.

„Wer beliefert uns mit den Getränken?"

„Ich glaube er heißt Armbrust oder so ähnlich. Was willst du von ihm?"

Jordi hatte über das Internet die Nummer herausgefunden.

„Hoffentlich ist noch jemand im Büro."

„Getränkevertrieb Armbrust," antwortete eine freundliche Dame.

„Was kann ich für sie tun?"

„Guten Abend. Hier ist Kommissar Montroig. Ich habe hier eine Wasserflasche der Marke „gesund und Aktiv" vor mir und darauf steht eine Nummer. Kann man anhand dieser Nummer feststellen, wohin diese Flasche ausgeliefert wurde?"

„Das ist ein Preisausschreiben. Aber die Nummern werden erst nächste Woche per Los ermittelt. Da müssen sie sich noch ein wenig gedulden."

„Nein, nein. Ich bin nicht an dem Gewinn interessiert. Mich interessiert wirklich nur, welche Flaschen wohin geliefert wurden."

„Können sie mir die Nummer durchsagen?"

„Klar! eins, sieben, fünf, acht, null, zwei, fünf, acht." Geduldig wartete Jordi am Telefon.

„Diese Charge wurde zu ihnen geschickt."

„Zu mir?"

„Nein. Nicht zu ihnen persönlich. Zu ihrer Kantine!"

*

Die Nachbarschaft beruhigte sich so langsam wieder.

Gisela, Waltraud und die beiden Mädchen hatten von den Geschehnissen draußen im Garten fast nichts bemerkt. Gisela öffnete die Balkontüre.

„Ich lasse für ein paar Minuten Luft herein."

Heinrich und Mathilde nutzten die Gelegenheit, um auf den Balkon zu gehen.

„Was ist denn mit euch los? Ich kenne euch nicht wieder. Ihr geht freiwillig an die frische Luft?" Gisela staunte nicht schlecht.

„Das muss ich den anderen erzählen, das glaubt mir kein Mensch." Gisela ging zurück in die Küche, wo Waltraud und die Mädchen bei einem gemütlichen Kakao saßen.

„Seid ihr noch da?" maunzte Mathilde leise in die Nacht, denn im Gegensatz zu uns hatte sie keine Lust, die Nachbarschaft wieder aufzuwecken.

Nacheinander nahmen wir alle auf dem Balkon Platz.

„Donnerwetter! Sieben Stück auf einen Streich. Hoffentlich ist der Balkon nicht überlastet," meinte Heinrich.

„Wenn du und Oscar alleine auf dem Balkon sitzen, ist der schon überlastet. Ihr wiegt doch mindestens so viel, wie fünf normale Katzen," konterte Pirat.

„Wenn ihr wieder mit Streit anfangt, gehe ich nach Hause!"

Mathilde fing an zu weinen. „Es sind schreckliche Dinge passiert...und ihr habt immer nur eure Männersachen im Kopf..."

„Aber, aber, ...wer wird denn gleich weinen, wenn man so hübsch ist," schmeichelte Zorro. „Aus so schönen Augen sollten keine Tränen fließen, Mademoiselle. Wir versprechen dir, es gibt keinen Grund mehr, dass du dich über uns beschweren kannst. Nicht wahr Jungs?"

Die Jungs nickten und malten mit ihren Pfoten sinnlose Muster auf den Boden. Oscar wollte mit seinen Pfoten auch Malereien anfangen, aber ich sah ihn nur giftig und bitterböse an, da blieb er normal sitzen. Heinrich erzählte uns, was an diesem Abend vorgefallen war. Wir hörten aufmerksam zu und unterbrachen ihn nicht.

„Du hast etwas vergessen!"

„Was denn, Mathilde?"

„Du hast diesen bösen Menschen aus dem Haus gejagt. Du bist ihm bis in den Garten gefolgt."

„Alle Achtung!" warf ich ein. „Das war sehr mutig von dir."

„Verarschen kann ich mich ganz gut selbst."

„Nein, Heinrich! Das meine ich ernst. Du bist eine reine Wohnungskatze und würdest freiwillig nie rausgehen. Das war eine große Leistung."

„Du meinst das wirklich ernst."

„Selbstverständlich! Du hast deinen eigenen Angstdämon überwunden, um Nadeshda zu beschützen."

Die Namenlose nickte zustimmend und griff den Faden wieder auf.

„Wir haben die Spur dieses Menschen gefunden, wir wissen nicht, wer es ist, aber wir kennen sie bereits. Wo euer Mädchen den Unfall hatte, haben wir die Spur ebenfalls gerochen. Kommt sie euch auch bekannt vor?"

„Das wissen wir ehrlich gesagt nicht so genau. Hier sind in letzter Zeit mehr Menschen ein und ausgegangen, als wir vorher in unserem ganzen Leben gesehen haben. Aber wir arbeiten daran."

„Es ist wie es ist. Ihr habt eine wichtige Aufgabe," argumentierte die Namenlose. „Die Menschen, die ihr liebt, habt ihr beschützt und heute Abend hat das vortrefflich funktioniert. Für einen Anfänger waren deine Nachrichten sehr gut...übrigens hast du eine interessante Ausdrucksweise, Heinrich."

„Ich kriege es anders noch nicht hin."

„Jetzt wird es empfindlich kalt. Kommt rein ihr beiden sonst erkältet ihr euch noch!"

Gisela stand im Wohnzimmer, sie fröstelte, und zog die Weste übereinander.

„Was haben wir denn hier für eine Versammlung? Wenn es den Damen und Herren nichts ausmacht würde ich vorschlagen, das Meeting auf morgen zu verlegen? Geht das? „

„Ja, geht schnell hinein," frotzelte Pirat, „sonst kriegt ihr ein Schnüpfchen und braucht ein Kamillendampfbädchen."

„Oder ihr müsst euch rektal Fieber messen lassen," ergänzte Robert.

„Da kommt Freude auf."

„Und wenn ihr nicht sofort verschwindet," konterte Heinrich, „verpasse ich euch höchst persönlich einen Einlauf!"

„Touché, mein Freund," rief Zorro.

Wir waren schon wieder im Garten und wollten gerade über den Zaun springen, als Heinrich uns noch nachrief, „in meinem Kopf ist eine Nachricht. Aber die ist nicht von mir."

„Was sagt sie die Nachricht?"

„Ich kann Richie nicht besuchen! Können Armin nicht alleine

lassen. Kann jemand Richie Bescheid sagen, dass ich nicht kommen kann?"

Mittlerweile formte sich auch in meinem Verstand die Nachricht. Bei der Namenlose und Ekki ebenfalls.

„Das übernehmen wir." Zorro winkte seine Leute zu sich. „Wir gehen zu Richie und richten ihm aus, dass sein Herzblatt nicht erscheinen wird. Ich denke, er kann anschließend Freunde und ein paar Streicheleinheiten gebrauchen." Zorro senkte den Kopf und sah uns nachdenklich an.

„Ihr solltet nachsehen was da los ist. Ich habe von dem Vorfall am Steinwall gehört. Wir bleiben in Verbindung. Hast du das gehört, du dämlicher, karierter Telefonkater? Scheuche die Fürze aus deinem Schädel, damit du immer auf Empfang stehst."

Die Kater entfernten sich in die Nacht.

„Boss?"

„Was!?"

„Wie soll ich die Fürze rauskriegen? Ich weiß nicht einmal wie sie reingekommen sind?"

„Ekki!"

„Ja, Boss?"

„Halt die Klappe!"

*

„Das ist ein Ding. Die Flasche ist aus unserer Kantine!"

Jordi hatte immer noch das Handy in der Hand.

„Kannst du mir sagen, was das zu bedeuten hat, Stefan?"

„Mir wäre erheblich wohler, wenn ich das wüsste."

„Wenn man eine Spur verfolgt, dann ist es meistens so, dass man ein gescheites Täterprofil hat. Daran kann man sich halten. Aber hier?"

Stefan griff sich den Stapel mit den Werbeanzeigen und sah die kleine Anime-Figur auf dem Tisch liegen. Neugierig nahm er die kleine Figur in die Hand. Die Figur war so eine Mischung eines Drachen und eines Löwen.

„Wo hast du die her?"

„Die gehört mir nicht. Sie lag unter dem Schreibtisch."
Stefan spielte mit der Figur, als sich plötzlich der obere Teil löste.
„Das ist ein USB-Stick. Meine Tochter hat so einen ähnlichen."
Er nahm den Stick und steckte ihn in den Computer.
„Das Ding funktioniert wieder mal nicht. Schau mal Jordi, ob dein Computer funktioniert!"
Jordi nahm den Stick und steckte ihn ein.
„Du solltest dem Chef erzählen, dass du demnächst deinen Computer von Zuhause mitbringst...vielleicht ändert sich dann etwas..."
Gespannt starrten Jordi und Stefan auf den Monitor...
„Scheiße! Wir müssen los... hoffentlich können wir noch das schlimmste verhindern."
„Ich versuche Armin anzurufen. Hoffentlich hat er die Mailbox ausgeschaltet!"

*

Die Nacht war sternenklar. Es war kalt. Auf den Grashalmen war der erste Raureif zu sehen. Armin zog sich die Mütze tiefer ins Gesicht.
Verwundert stand er vor seinem Haus, er spürte die Kälte und zog sich den riesigen Schal noch enger um den Hals. Aber ihm war immer noch kalt und er spürte, dass diese Kälte nicht mit einem Schal besiegt werden konnte.
Es war Angst...
Die Angst kroch durch seinen Körper wie eine Schlange aus Eis, die sich in seinen Gedärmen einnistete. Armin konnte es nicht verstehen...er war doch frei, seine Unschuld war bewiesen.
Der Wald war anders als sonst. Die Bäume wirkten größer und wuchtiger. Die Sterne blitzten durch die blattlosen Bäume hindurch und es schien, als würden sie Armin direkt erreichen. Es sah aus, als würden die Bäume vor Armin ehrfurchtsvoll zurückweichen und Platz machen.
Verwundert stellte Armin fest, dass die gestreifte Katze neben ihm herlief.

„Warum hast du das warme Haus verlassen?"
Die Katze schaute ihn mit ihren klugen Augen an.
„Du solltest heute Nacht nicht alleine sein!" schienen ihre Augen zu sagen.
Armin lief tiefer in den Wald hinein. Die Sterne über ihm leuchteten hell und klar. Ein Stern wurde immer heller und größer. Er sank tiefer herab, er wurde zusehends blasser und erlosch schließlich ganz. Ihm wuchsen plötzlich Flügel und zwei riesige Augen mit einer Hakennase beherrschten das Gesicht...
„Du bist es, mein Freund! Mir scheint, du liebst dramatische Auftritte!"
Der riesige Uhu kreiste elegant über seinem Kopf und setzte sich auf einen Ast. Aber nicht mehr oben im Geäst, in dem Armin ständig zu ihm aufsehen musste, sondern er landete auf einem Baumstumpf, ihm direkt gegenüber. Der Uhu erspähte die Katze und nickte ihr zu.
„Ihr kennt euch?"
„Nein!" schien die Katze zu erwidern. „Aber es freut mich ihn kennenzulernen."
Die Schatten der Bäume veränderten sich. Zwei Schatten wurden zu Silhouetten. Ein aufrecht gehender Mann schälte sich aus der einen Silhouette heraus, aus der anderen formte sich ein Hund.
Sein Freund mit seinem Hund...
„Genau so ist es," dachte Armin. „Es ist jetzt sein Hund und sein Gefährte."
Sein Freund kam mit dem Hund auf Armin zu. Neugierig beschnupperte der Hund die Katze und wedelte mit seinem Schwanz.
„Es ist schön, dass wir die Katzendame auch mal kennenlernen dürfen. Danke, dass du sie mitgebracht hast, Armin!"
„Sie ist von alleine mitgekommen. Und ehrlich gesagt, weiß ich nicht, wie sie das fertiggebracht hat."
„Ich bin hier, das genügt doch."
„Hast du das gehört, Armin? Sie ist eine kluge Katze."
Sein Freund hatte wieder die Blume in der Hand und in der anderen Hand ein Stück Papier.
Die Rose hatte sich, entgegen zum letzten Mal, als er sie zu Gesicht

bekommen hatte, wieder verändert. Ihre roten Blütenblätter waren perfekt. Das Rot war so intensiv, dass es fast in den Augen schmerzte und die Schattierungen waren in weiß und rosa gehalten. Der Stiel der Blüte war in ebenmäßigen Grün- und Brauntönen mit perfekten Dornen. Die Blätter waren so gestaltet, dass man sogar die dunkleren Adern sehen konnte.

Die Blume war plötzlich aus der Hand seines Freundes verschwunden...

„Wo ist sie hin? Ich will sie noch einmal sehen?"

Erstaunt schaute er seine leeren Hände an.

Dabei fiel sein Blick auf seinen Unterarm. Irgendetwas leuchtete auf seinem Arm. Er schob seinen Pullover nach oben...da war sie...die perfekte Rose.

„Sieh dir das an!" rief sein Freund und hielt ihm den Unterarm entgegen. „Hast du so etwas schönes schon einmal gesehen?"

„Ja," antwortete Armin. „Ich habe so etwas schon einmal gesehen, da bin ich sicher. Ich weiß genau wo sie hingehört..."

Der Uhu flog von dem Baumstumpf auf und kreiste wieder über ihren Köpfen. Er sandte einen schaurigen Ruf in den sternenübersäten Nachthimmel. Mehrere Sterne bildeten einen Kreis und drehten sich immer schneller und schneller, bis in ihrer Mitte ein Bild entstand.

„Kannst du mir den Uhu mal ausleihen?" Sein Freund starrte fasziniert auf das Himmelsspektakel.

Auf dem Bild waren Wiesen und Wälder zu sehen. Das Bild drehte sich und zeigte ein Ausflugslokal. Zwei Motorräder fuhren auf den Parkplatz und nahmen ihren Platz neben anderen Maschinen ein. Die Fahrer stiegen ab, zogen ihre Helme aus und betraten das Lokal.

„Meine Güte! Waren das schöne Maschinen," kommentierte sein Freund, „meine schnurrte wie ein Kätzchen." Er warf einen Blick auf Armins gestreifte Begleitung, „wenn der Vergleich gestattet ist, meine Schöne!"

„Das ist wohl wahr," bestätigte Armin.

Er konnte sehen, wie sie beide gut gelaunt das Lokal betraten. An der Theke standen zwei Männer herum.

„Sollen das Motorräder sein?" rief einer der Männer ihnen hinterher.

„Die erinnern mich mehr an Kirmesbuden,"

„Lieber eine Kirmesbude, als ein Plastikbecher!" konterte sein Freund.

Sie ließen die Männer stehen, betraten den Speisesaal und bestellten ihr Essen. Armin und sein Freund sahen wie die riesigen Steaks serviert wurden, und konnten sich selbst dabei beobachten, wie ihnen das Essen geschmeckt hat. Sein Freund stand nach dem Essen auf, um zur Toilette zu gehen. Einer der Gäste fing wieder an, Stunk zu machen, und seinen Freund zu beschimpfen und zu beleidigen.

Sie konnten sehen, wie Armins Freund ebenfalls streitlustig darauf einging, und sich mit einem der beiden Männern anlegte. Armin stand auf und begab sich auch an die Theke, weil er die Rechnung bezahlen wollte, dabei sah er, dass einer der beiden Männer ein Tattoo auf dem Unterarm hatte...das Gesicht des Mannes war nicht zu erkennen.

Die letzten Gäste hatten inzwischen das Lokal wegen den Kontrahenten verlassen.

Staunend wollte sein Freund neben ihm, das Tattoo auf seinem Arm betrachten...es war verschwunden...gemeinsam blickten sie wieder zu den kreisenden Sternen auf...

Armin bezahlte die Zeche und schimpfte, dass es deutlich an der Theke zu hören war, „hört endlich auf mit diesem Kindergeburtstag, das ist doch zum kotzen!!"

Beim Verlassen des Lokals stieß er seinen Freund sanft in die Seite, „komm endlich!...es war ein schöner Tag!...lass uns nach Hause fahren."

Der Mann kümmerte sich nicht darum und stänkerte weiter. Dem Kamerad des Mannes wurde das ganze sinnlose Streitgespräch auch zu viel und hielt seinen Freund ebenfalls an, den Streit zu beenden.

„Da wartet bestimmt die Alte auf ihn. Und die hält er schön unter Verschluss, damit sie niemand sieht! Was anderes findet er sowieso nicht! So wie der aussieht. Bei deiner Fresse hat wohl eine Mumie Pate gestanden. Und diese Schüssel kann man ja wohl auch nicht als Motorrad bezeichnen. Treffender wäre vielleicht..." er überlegte kurz,.. "wie wäre es mit Gurke...ja, das passt."

„Da wirst du dich wundern, über diese Gurke!" konterte sein Freund. „Deine Freundin hatte ich auch schon im Bett. Und ich habe sie vorher mit meiner Gurke abgeholt, ja, das ist wahr...aber es ist nicht die einzige Gurke, die ich mitgebracht habe."

„Wenn das wahr ist, werde ich dich umbringen."

Der Mann drehte seinen Kopf...und endlich konnte Armin sehen, wen er vor sich hatte, nach so vielen Jahren...ein seltsames Funkeln in den Augen des Mannes machte ihm Angst...

„Niemand außer mir rührt meine Freundin an!"

Armin saß bereits auf seinem Motorrad..

Endlich kam sein Freund, bestieg seine Maschine und sie fuhren los.

„Ich krieg dich! Ich erwische dich, denn ich habe die Möglichkeiten dazu. Du kannst mir nicht entkommen, egal wo du dich befindest. Dann bist du fällig," brüllte der Typ hinter ihnen her.

Nach ein paar Kilometern blieb sein Freund am Straßenrand stehen.

„Ich muss das klären...ich kenne doch seine Freundin genauso wenig wie ihn, die bekommt jetzt jede Menge Scherereien, nur durch mich! Ich kann das nicht auf mir sitzen lassen...ich muss das klären!"

Er wendete das Motorrad mit der langen Gabel auf der Straße und fuhr zurück.

Armin beobachtete sich, wie er die Zeit am Straßenrand verplemperte, weil im Handy irgendeine unwichtige Nachricht war, die er unbedingt lesen wollte.

Sein Freund ließ bei dieser Szene traurig den Kopf hängen und der Hund leckte ihm über die Hand, um ihn zu trösten. Die Katze wurde unruhig. Die Sterne kreisten langsamer, das Bild wurde unklarer.

Endlich warf er seine Maschine an und fuhr seinem Freund hinterher.

„Mach was!" brüllte Armin den Uhu an und das Bild wurde wieder klarer. Er konnte sehen, wie er das Ausflugslokal erreichte. Es war geschlossen....nur das Motorrad seines Freundes stand auf dem Platz.

Er hörte sich, wie er über seinen Freund rief, „wo bist du? mach endlich deine Schnauze los!! Bin ich froh, wenn wir wieder Zuhause sind!"

Er vernahm ein leises Stöhnen.

Sein Freund lag zusammengekrümmt neben seinem Motorrad.
„Was ist los mit dir? was machst du für einen Scheiß? komm, steh auf, wir fahren nach Hause."
Sein Freund wollte antworten, aber als er sprechen wollte, lief ihm ein großer Schwall Blut aus dem Mund. Armin rief die Polizei und den Krankenwagen.
Sein Freund lag in seinem Arm. Er winkte mit der Hand, dass Armin näher kommen sollte. Armin beugte den Kopf dicht über das Gesicht seines Freundes...
Das Bild wurde wieder undeutlich. Die Sterne wurden langsamer, verließen den Kreis und nahmen ihren Platz am Nachthimmel wieder ein. Der Uhu flog über ihre Köpfe und zog sich in die Tiefe der Nacht zurück.
„Wir müssen zurück!"
„Die Katze hat recht, Armin! Das Rätsel der Blume ist gelöst."
„Werden wir uns wieder sehen?"
„Du bist in Gefahr! In deiner Welt kann ich dir nicht helfen!"
Die Katze drängte zum Aufbruch. „Du hast keine Zeit mehr!"

*

Obwohl es draußen richtig ungemütlich wurde, hatte der älteste der gestreiften Kater auf der Bank vor dem Haus Platz genommen. Es wehte ein eiskalter Ostwind und kündigte den nahenden Winter an. Die Wolken am Himmel hingen tief und schienen nur darauf zu warten, ihre schwere Last loszuwerden. Vor dem Haus sammelten sich die Blätter, die die Bäume verloren hatten. Zeitweise schien die Mondsichel durch die Wolken und erhellte für kurze Zeit das Haus. Die anderen Katzen wollten ihm Gesellschaft leisten.
„Geht ins Haus zurück. Ihr müsst euch um Armin kümmern. Er wird eure Hilfe brauchen."
„Aber du bist alleine hier draußen!" beharrte sein Bruder.
„Sobald ich was höre, gebe ich euch Bescheid!"
Widerwillig gingen die Katzen wieder ins Haus. Der Älteste vernahm hinter dem Haus ein Geräusch. Ein Ast knackte leise...seine

Geschwister hörten auch wie der Ast knackte und wollten wieder zu ihm.

„Ihr bleibt drin, wie abgesprochen."

Der kleine Kater fing vor Angst an zu zittern. Ganz nah, spürte er das Böse...viel zu nah..

Der Älteste wollte nachsehen, ob der kleine Hase in Sicherheit war. Er schlich sich lautlos um das Haus. Auf dem Kaninchenbau lag ein Büschel Gras. Da wusste er, dass der kleine Kerl in seiner Höhle in Sicherheit war. „Ich passe auf einen kleinen Hasen auf," frotzelte er zu sich selbst.

„Wenn das die alten Kameraden von früher wüssten. So was haben wir früher zum Frühstück verzehrt."

Im Wald knackte ein weiterer Ast. Kaum merklich. Für einen Menschen nicht wahrnehmbar. Aber für ihn. Er hielt seine Nase in den eiskalten Wind. Nein...er war sich absolut sicher, die Füchsin mit ihren Jungen war es nicht. Er spürte jetzt die gefährliche Präsenz dieser Witterung und er kannte sie. Die Katzen saßen innen am Fenster.

„Komm herein!" maunzte der Kleinste. „Das ist zu gefährlich! Komm bitte herein!"

„Ich komme sofort"

Der Kater wollte seinen Weg fortsetzen, als er auf der anderen Seite des Hauses unter den Tannen ein weiteres Geräusch wahrnahm. Er schlich sich im Schatten des Hauses entlang. Er vernahm unter den Tannen eine Bewegung...

„Bleib da weg!," sagte weinend der kleine Kater.

„Keine Angst! Ich bin sofort bei euch!"

Der Älteste hatte fast die Tannen erreicht, als unverhofft die Wolken aufrissen und der Mond alles kurz in helles Licht tauchte. Der Älteste versuchte schnell im nächstgelegenen Baum Deckung zu finden...die Bewegung unter den Tannen wurde stärker und ein Mann trat aus dem Schatten heraus. Er hatte einen Gegenstand in der Hand. Der Kater konnte nicht erkennen, um was es sich handelte. Der Mann versuchte in das Haus einzudringen...

Der Älteste sprang ihn bedenkenlos von der Seite an und versuchte, die Augen des Mannes zu erreichen. Er spürte in seinem Bauch einen unvorstellbaren Schmerz! Er fiel auf den Boden und wollte sich in Sicherheit bringen.

Entsetzt rannte der andere gestreifte Kater durch das Fenster nach draußen.

„Du bleibst drinnen. Du musst unsere Schwester und Armin beschützen. Versprichst du mir das?"

Der Älteste hatte es fast geschafft, im Schatten des Hauses zu verschwinden. Aber der Mann ließ nicht locker, er trat nach dem Kater und hieb noch einmal mit dem Gegenstand in der Hand nach ihm. Entsetzt sah er, dass der Mann ein großes Messer in der Hand hatte. Es war seltsam, die letzten Stiche spürte er zwar noch, aber sie verursachten ihm keine Schmerzen mehr. Er fühlte, wie seine Lebenskraft immer mehr verloren ging. Auf einmal konnte er seinen eigenen Körper sehen und, dass die Blutlache immer größer wurde. Seine Wahrnehmung wurde undeutlicher. Die Umrisse vor seinem Gesicht verschwommen zusehends.

Den letzten Stich verspürte der Älteste nicht mehr.

Für einen Moment, wurde der Himmel klar und eine Sternschnuppe zog majestätisch über den Himmel.

Der Älteste lag regungslos am Boden. Der Mann ließ endlich von ihm ab und wurde umgehend von dem anderen jüngeren Kater attackiert. Aber dieser Kater kannte nun die Gefahr und konnte dem Messer geschickt ausweichen.

Der Kleinste saß hinter dem Fenster und weinte hemmungslos.

Die Katze saß neben Armin und rief.

„Du musst zurückkommen. Sonst müssen wir alle sterben!"

*

Der Nachthimmel war wolkenverhangen. Der ungemütliche Wind pfiff aus allen Ecken und Kanten.

„Ich sollte mir ein zweites Fell anziehen." Oscar schauderte und stellte seine Ohren nach hinten, weil es ihm nicht gefiel, dass er den eiskalten Wind bis auf die Haut spüren konnte.

Wir liefen über die Wiesen auf den Wald zu, wo sich das Haus von Armin befand. Die Namenlose und ich schickten eine Botschaft nach der anderen. Aber es kam keine Antwort zurück.

Wir verfielen in einen Laufschritt, den wir sonst nur drauf hatten, wenn Zorro zu einer Party geladen hatte. Auf den ersten Blick war nichts außergewöhnliches zu erkennen. Aber wir konnten einen untrüglichen Geruch ausmachen, der uns warnte.

Intensiver Blutgeruch! Wir schlichen uns langsam näher.

Wir fanden den ältesten Kater regungslos neben dem Haus. Er lag in einer großen Blutlache und seine Augen starrten leer in den Himmel. Oscar fing an zu weinen.

„Wer macht so etwas? Wer hat ihm das angetan?"

„Sei still!" zischte die Namenlose plötzlich. Im Haus hörte man den kleinen Kater weinen... Auf der Vorderseite des Hauses wurde es sehr laut.

„Komm nur ruhig in meine Nähe...ich steche dich genau so ab, wie die andere Katze!"

Plötzlich ging die Tür auf und der Mann stand im Licht.

„Es reicht! Du bringst niemand mehr um!"

Armin stand in der Tür und hatte einen Schürhaken in der Hand.

„Hier und heute ist Schluss. Jeder muss sich seiner Verantwortung stellen. Du auch!"

„Ich habe nichts mehr zu verlieren," brüllte der Mann. „Ich kann nicht mehr zurück. Ich habe nur darauf gewartet, dass du dich erinnerst. Deshalb wollte ich dich vorher aus dem Verkehr ziehen. Aber mit deinem Schürhaken machst du mir keine Angst."

Der Mann griff in die Jackentasche und zog ein metallenes Ding heraus, was im Licht verräterisch glänzte.

„Ich erkenne das Ding!" rief die Namenlose. „Das ist eine Schusswaffe!"

Der Mann hob die Waffe an...und ich sprang ohne lange nachzudenken. Ich krallte mich am Arm fest und ließ mich anschließend fallen. Der Arm schnellte nach oben und ein ohrenbetäubender Knall peitschte durch die Nacht. Einen Moment lang war der Mann irritiert, dann wollte er die Waffe ein zweites Mal auf Armin richten. Oscar wollte ihm ins Bein beißen, erwischte aber nur ein Hosenbein.

Auf dem Waldweg wurden Lichter sichtbar. Zuerst nur zwei, dann konnte man sehen, dass es mehrere Wagen waren mit Blaulichter auf dem Dach. Der Mann schlug mit der Waffe nach den Katzen. Oscar ließ von der Hose ab und rannte zu seiner Mutter.

„Leg diesen lächerlichen Schürhaken weg. Sonst ist die nächste Katze dran! Das schwöre ich dir."

Der Mann hielt drohend das Eisending auf Armin gerichtet.

„Los leg das Ding weg und komm her."

Armin wusste nicht was er tun sollte und behielt weiter den Haken in der Hand. Der kleine Kater saß entsetzt neben seinem toten Bruder und weinte hemmungslos.

„Geh zu Laila," rief die Katze, „bring dich in Sicherheit!"

Aber bevor der Kleine reagieren konnte, schnappte der Mann nach ihm. Er packte ihn blitzschnell im Genick und zielte mit der Waffe auf den Kater.

„Wie du willst! Deine Entscheidung!"

Armin ließ entsetzt den Haken fallen.

„So ist es schon viel besser!"

Er dirigierte ihn mit der Waffe aus dem Haus. Er warf den kleinen Kater ins Gebüsch und zielte mit beiden Händen auf Armin.

Die Lichter kamen immer näher und blieben an dem Haus stehen. Das rote Auto blieb stehen, Stefan und Jordi stiegen aus und hatten ihre Waffen im Anschlag.

„Gib auf, Dirk! Es ist vorbei!"

Dirk hatte immer noch die Waffe auf Armin gerichtet.

„Ich kann mich wieder erinnern!"

Armin brüllte diesen Satz in die Nacht.

„Du warst es, der meinen Freund zusammengeschlagen hat. Du warst es, der ihn so zugerichtet und getötet hat. Und weißt du warum er zurückgekommen ist?"

„Nein! Ich weiß es nicht! Ich habe ihm keine Gelegenheit mehr gegeben zu antworten! Ich habe direkt Nägel mit Köpfen gemacht!"

„Er wollte nicht, dass deine Freundin unnötige Schwierigkeiten bekommt. Er wollte dir klar machen, dass er deine Freundin überhaupt nicht kennt. Ebenso wenig wie dich!"

Dirk hielt nach wie vor die Waffe auf Armin gerichtet, aber seine Hände zitterten. Mittlerweile waren die anderen Einsatzfahrzeuge auch angekommen und die Polizisten nahmen Stellung auf.

Es begann zu regnen. Zuerst nur einige Tropfen, aber nach kurzer Zeit fiel der Regen wie ein dichter Vorhang.

„Weißt du was seine letzten Worte waren? „Er hat ein rote Rose mit einem Namen tätowiert und der Name war...Daniela!" Dann ist er gestorben. Verflucht sollst du sein! Bis ans Ende aller Tage!"

Für einen Moment war es still...ganz still. Nur der Regen rauschte vom Himmel, als wollte er den Schmutz dieser Welt abwaschen.

Plötzlich kam aus dem Gebüsch eine blitzschnelle, kaum wahrnehmbare Bewegung, etwas unglaublich schnelles, schwarzes, dann ein Sprung...

Vom Schmerz übermannt fasste sich Dirk mit einer Hand ins Genick und die Waffe zeigte für Sekundenbruchteile nach oben...

Stefan und Jordi nutzten diese kleine Chance, warfen Dirk zu Boden und überwältigen ihn.

Jordi nahm die Waffe von Dirk an sich.

Die Polizisten nahmen Dirk in die Mitte, zogen ihm Handschellen an und setzten ihn in einen Einsatzwagen.

Stefan legte den Arm um Armin.

„Die Gefahr ist vorbei! Als du dich erinnern konntest, mit wem du auf der Parkbank gesessen hast, wusste Dirk, dass er in Zugzwang war. Er wusste, dass es nur noch eine Frage der Zeit war, bis du dich wieder an die letzte Fahrt mit deinem Freund erinnern konntest. Er musste reagieren!"

Armin nickte traurig.

„Aber wieso seid ihr hier? Ich hatte doch noch keine Gelegenheit mit euch darüber zu sprechen?"

„Dirk führte so etwas wie ein Videotagebuch. Er muss es aus seiner Jacke verloren haben, einen Stick...darin beschrieb er genau, dass es Zeit wurde, dich aus der Welt zu schaffen...er hat schon einmal probiert, dich umzubringen."

„Schon einmal?"

„Ja! Bei dem Steinwall. Die Felslawine. Kannst du dich erinnern? Er hat alles bis ins kleinste beschrieben!"

Vor allen Dingen konnte er sich an das seltsame Gebaren des kleinen Katers erinnern und wie er dich von diesem Ort fernhalten wollte.

„Zorro?"

Ich lief auf das Gebüsch zu, in welchem ich die Bewegung wahrgenommen hatte.

Der schwarze Kater saß da und reinigte seine starken Vorderpfoten.

„Das ist ekelhaft. Der Typ ist ekelhaft. Das Blut dieses Ungeheuers ist ekelhaft. Ich bin gespannt wie lange ich putzen muss, bis dieser ekelhafte Gestank weg ist."

„Halt die Klappe!"

Zorro hörte auf zu putzen, hielt aber weiterhin die Pfote hoch.

„Du bist so mutig!"

„Geschenkt."

„Komm mit. Stefan und Jordi wollen sich bestimmt bei dir bedanken!"

„Die gehen mir auf den Geist. Diese uniformierten Heinis dahinten mit ihren bunten, schreienden Autos, noch viel mehr! Ich schnappe mir meine Gang und dann gehen wir nach Hause! Ekki hat mitbekommen, dass ihr immer wieder probiert habt, die gestreifte Katze zu erreichen. Du weißt, normalerweise ist Ekki so blöd wie eine Teichpumpe, aber dieses Mal hat er gemeint, dass es besser wäre, wenn wir vor Ort sind!"

„Die gestreiften Katzen könnten deine Fürsprache brauchen."

„Warum? Was ist denn los? Es ist doch alles geregelt!"

„Sieh dir das bitte selber an!"

Der Regen hatte etwas nach gelassen.

Armin, die gestreifte Katze und ihre zwei Brüder saßen um den toten Kater und weinten bitterlich. Die Blutlache, in der der Kater lag, wirkte wie ein Tuch, dass ihn umschlungen hielt. Seine Augen wirkten jetzt friedlich. Leise und lautlos kamen Zorro, Robert, Pirat, und Ekki angeschlichen und setzten sich dazu.

Stefan und Jordi beobachteten alles mit Abstand und wollten nicht stören. Stefan wollte ein paar Kaustängchen herausholen, aber er überlegte es sich anders und steckte sie in die Tasche zurück.

Auch mir und Oscar liefen hemmungslos die Tränen. Die Namenlose saß bei dem kleinsten Kater und wusch ihm die Öhrchen.

Die Polizisten unterhielten sich noch kurz mit den Kommissaren. Dann stiegen sie in ihre Wagen und fuhren mit Dirk davon.

Der Regen wurde noch dünner und hörte schließlich ganz auf. Die Wolkendecke riss auf und die Mondsichel leuchtet am Himmel.

Auf dem Feldweg nahm ich eine Bewegung wahr...so ähnlich wie die einer Katze...aber hier stimmte etwas nicht...die Bewegungen wirkten holprig und unsicher. Außerdem fluchte das Lebewesen, wie ein Kesselflicker.

Die Stimme kam mir irgendwie bekannt vor... „Richie?"

Er humpelte auf mich zu, nickte nur und humpelte weiter zur gestreiften Katze. Er sah den toten Kater und setzte sich, ohne ein Maunzen zu äußern, zu der gestreiften Katze und rieb seine Wange an ihrer.

Nach einer Weile stand Armin auf, nahm einen Spaten und hob eine Grube aus. Die Grube befand sich unmittelbar neben dem Grab seines Hundes.

Er ging ins Haus und kam mit einer kleinen Decke zurück.

„Das war seine Lieblingsdecke," ließ der kleinste Kater verlauten und weinte noch mehr.

Armin wollte den toten Kater damit einwickeln, aber er war am Ende seiner Kraft angekommen...er sank in sich zusammen und ließ die Decke fallen.

Stefan hob die Decke auf und legte sie auf den Boden. Dann hob er den Kater behutsam auf, und wickelte ihn vorsichtig in die Decke. Anschließend legte er ihn sanft in die Grube und schaufelte langsam und bedächtig das Grab zu.

Zorro setzte sich aufrecht vor das Grab, er hob stolz seinen Kopf und legte seine Pfote auf die frisch aufgeworfene Erde.

„Ruhe sanft, mein Freund! Du hast deine Familie mutig verteidigt! Es erfüllt uns alle mit Stolz, jemanden wie dich kennengelernt zu haben. Nur durch die Niedertracht eines Menschen liegst du hier und wir müssen dich betrauern! Aber dein Tod soll nicht umsonst gewesen sein! Deine Familie und Armin, ihr gehört zusammen, wenn ich das so sagen darf, auch wenn es mich nicht das geringste angeht! Wir werden dich nie vergessen und werden deine Geschichte immer weitererzählen und unsere Kinder werden sie ihren Kindern erzählen."

Wir Katzen legten nacheinander alle unsere Pfote auf das Grab und zogen uns anschließend still zurück. Nur Richie blieb bei den gestreiften Katzen sitzen.

„Wir sollten Willi anrufen, dass Richie hier ist. Ich könnte mir vorstellen, dass er ihn sucht. Wer konnte denn ahnen, dass er es mit seinen Verletzungen bis hierhin schafft?"

Jordi beobachtete, wie liebevoll sich Richie um die gestreifte Katze bemühte.

„Er liebt.... Stefan! Das ist das ganze Geheimnis. Dafür geht er jedes Risiko ein!"

*

Der Beamte sperrte die Tür von Currys Zelle auf.

„Sie sind frei, Herr Bankgruber."

„Was?"

Curry saß auf der Liege und starrte Stefan verständnislos an.

„Sie können gehen. Ich habe hier den Bescheid des Untersuchungsrichters. Sie sind frei und können nach Hause gehen."

„Aha"! Curry blieb auf der Liege sitzen und nahm den Schneidersitz ein.

„Wollen sie denn nicht nach Hause?"

„Warum soll ich denn nach Hause gehen? Wenn euch wieder was einfällt, sitze ich ohnehin wieder hier."

„Wissen sie eigentlich, dass sie mich auf die richtige Idee gebracht haben?"

„Ich? Das wird ja immer besser."

„Ganz genau. Sie haben nachgefragt mit welcher Flasche sie den

Molotow Cocktail gebaut haben.“

„Habe ich das?“

„Es hat sich herausgestellt, dass alle Beweise gefälscht waren.“

„Aber warum? Das verstehe ich nicht. Dann hatte ich doch recht. Willi hatte was damit zu tun. Richtig?“

„Nein! Willi hat damit eben so wenig zu tun wie sie.“

„Jetzt verstehe ich gar nichts mehr.“

„Er wollte sie benutzen, damit sie Willi erledigen.“

„Wer ist er? Ich lasse mich doch von niemandem benutzen!“

„Unser Kollege Brandt!“

„Was? Ein Bulle? Und dann noch dieser unsympathische Knochen? Zur Hölle mit ihm!“

„Da wünsche ich ihn auch hin. Aber wir werden uns mit dem Gefängnis begnügen müssen. Sie können wirklich nach Hause gehen. Sie sind voll rehabilitiert. Ich habe auch auf ihrem Arbeitsplatz angerufen. Sie haben mir versprochen, dass es keine Konsequenzen für sie haben wird.“

„Wenn ihr Scheiße baut, finde ich es nur in Ordnung, wenn ihr sie wieder ausbügelt!“

Stefan zuckte mit den Schultern.

„Mag sein. So, jetzt raus mit ihnen. Das Leben wartet auf sie!“

Curry verließ die Zelle. Am Ausgang des Gefängnistraktes wurden ihm seine persönlichen Sachen ausgehändigt. Er nahm sein Handy, und schaltete es ein.

„Haben sie zufällig die Nummer eines Taxiunternehmens im Kopf?“

„Nein!“

„Scheiße!“

„Die brauchen sie nicht:“

„Soll ich nach Hause laufen?“

„Nein. Das müssen sie nicht.“

„Ihr habt doch alle einen an der Klatsche!“

Widerwillig ließ er sich von Stefan bis an den Eingang begleiten. Ein Summton zeigte an, dass die Tür jetzt offen war. Curry ging hinaus auf die Straße und sah, wer da auf ihn wartete.

In der Wartespur stand ein Auto, was ihm bekannt vorkam. Eine

brünette bildschöne Frau stieg aus.
„Steig ein, du unverbesserlicher Chaot! Wir müssen reden!"

*

Stefan und Jordi hatten viel zu tun. Sie mussten ihre Berichte fertig machen und wussten im Prinzip nicht, wo sie anfangen sollten.
Eine Frau öffnet schwungvoll die Tür und betrat das Büro.
„Wo ist Herr Brandt? Können sie mir das sagen? Er hat mittlerweile drei Sitzungen ausfallen lassen. Die ersten Male habe ich mich noch vertrösten lassen, wegen wichtiger Polizeiarbeit und so. Aber jetzt ist Schluss! Das können sie ihm sagen. Wenn er heute nach Dienstschluss nicht in meinem Büro erscheint, werde ich Meldung machen müssen. Und dieses Mal kann sein Chef machen was er will! Es interessiert mich nicht mehr."
„Sind sie Frau Mertens, die Polizeipsychologin?"
Die Frau nickte.
„Nehmen sie Platz. Wir müssen ihnen was erklären."
Stefan erzählte was vorgefallen war und spielte anschließend den Stick ab. In dem Stick hat er minutiös jedes Verbrechen angekündigt, und sich selbst dabei gefilmt. Es war auch ein großer Monolog darauf, wie er Armin zu beseitigen gedachte, wenn es ihm nicht gelingen würde, Armin mit gefälschten Beweisen, wie bei Curry, zu überführen.
Nach einer halben Stunde, saß die Psychiaterin immer noch da mit offenem Mund.
„Ich habe seinem Vater gesagt, dass er eine tickende Zeitbombe ist. Aber ich dachte wirklich nicht, dass er soweit gehen würde!"
„Er wollte jeden Freund von Daniela beseitigen. Auch die, aus ihrer Vergangenheit. Wie Herrn Pilzner. Er war vor Jahren mit Daniela zusammen. Er war das erste Opfer. Als nächstes sollte Cengis an der Reihe sein, aber Daniela war dabei und wurde, ebenso wie Cengis, schwer verletzt. Deshalb fand man bei Daniela eine weiße Blume. Er war auch immer der erste an der Unfallstelle und konnte Beweismittel verschwinden lassen. Aber Cengis ging es wieder

besser und da probierte er es wieder erneut. Dieses Mal mit Rattengift. Die andere Hälfte deponierte er bei Willi Neuhaus und wollte Willi damit sozusagen aus dem Verkehr ziehen. Aber dort machte er einen entscheidenden Fehler. Er verlor ein Messer. Auf diesem Messer waren Blutspuren. Es stellte sich heraus, dass diese Blutspuren von Andreas Pilzner waren. Er hatte den Anschlag mit dem Seil überlebt und Herr Brandt hat ihm mit diesem Messer den Todesstoß versetzt."

Frau Mertens saß wortlos auf ihrem Stuhl.

„Dirk Brandt hat ein Doppelleben geführt. Eine Katastrophe."

„Aber das ist noch nicht alles. Vor vier Jahren hatte er sich auf einer Motorradfahrt in einem Ausflugslokal mit dem Freund von Herrn Schummer angelegt. Ich will jetzt nicht näher darauf eingehen. Dazu kommen wir später. Brandt hatte diesen Mann zusammengeschlagen und so verletzt, dass der Mann noch vor Ort starb. Aber vorher konnte er sich noch wehren und es wurden Hautfetzen und Blutspuren gefunden. Damals konnte der Täter, trotz der sichergestellten Blutspur, nicht ermittelt werden. Diese Blutspur und die DNA konnten inzwischen Brandt zugeordnet werden."

*

Michelle und Nadeshda waren überglücklich. Kommissar Wieland hatte sie angerufen und ihnen mitgeteilt, dass der Täter gefasst war. Waltraud war ganz aus dem Häuschen.

„Dann wollen wir doch mal sehen, ob die Ersatzteile alle da sind. Schließlich soll dein roter Renner wieder einsatzfähig sein, wenn dein Bein richtig repariert ist. Aber habe ich das richtig gehört? Dieser Polizeibeamte ist der Täter?"

„Ja, ja. Man kann keinem hinter die Stirn sehen!"

„So ähnlich wie bei dir, Gisela!"

„Ich bin eben nicht so leicht gestrickt wie du, Waltraud!"

„Ich muss aber auch nicht über sieben Ecken herausfinden, ob mir zum Beispiel etwas schmeckt!

Bei dir sind das jedes Mal physikalische Herausforderungen...ob du nur etwas isst oder dich bewegst. Immer dasselbe!"

„Und du bist die reinste Biotonne. Wenn ich sehe, was du alles in dich rein stopfst...total unvernünftig! Ich gehe mit in die Garage und werde mir die Ersatzteile ganz genau ansehen. An Michelles Motorrad will ich, das alles richtig gemacht wird."

„Was soll das jetzt wieder heißen?" antwortete Waltraud streitlustig.

„Traust du mir das nicht zu?"

Waltraud hob die Kiste auf, die morgens mit einem Paketservice geliefert wurde.

„Dann komm eben mit, Gisela. Ich habe mir neues Werkzeug bestellt. Es ist aus Edelstahl. Da geht dir das Herz auf!"

„Aber die Endabnahme lassen wir Robert machen!"

„Mit dem habe ich schon lange gesprochen, liebe Gisela!"

Beide Tanten verließen die Wohnung und machten sich auf den Weg in die Garage.

Heinrich und Mathilde saßen auf der Fensterbank und betrachteten die Mäuse auf der anderen Seite des Fensters.

„Wenn Besuch kommt, könnten wir sagen, dass es unsere Beute ist."

„Wir sollen lügen, Heinrich?"

„Was heißt denn da lügen? Wir schmücken das Ganze bloß ein bisschen aus."

„Wenn du meinst! Aber ich bin nicht so gut darin. Was hältst du davon, dass der Täter gefasst ist, der unserer heißgeliebten Michelle das angetan hat?"

„Es ist immer gut, wenn so einer geschnappt wird und von der Bildfläche verschwindet. Ich mache mir mehr Sorgen, wenn sie wieder auf dieses rote Ding da steigt."

„Da verlasse ich mich ganz auf Waltraud! Motorräder wieder ganz machen, das kann sie wirklich! Besser als kochen!"

„Außer Nadeshda kann keiner von unseren Mädchen mit Lebensmitteln umgehen. Egal ob Gisela, Waltraud oder Michelle gekocht haben, es ist immer grausam!...Da war mir das billigste Katzenfutter vom allerletzten Discounter lieber."

*

Cengis saß im Rollstuhl neben seiner geliebten Daniela. Für eine Viertelstunde hatte der Doktor ihm erlaubt das Bett zu verlassen. Die Medikamente schlugen gut an und er fühlte sich deutlich besser.

„Wie blass du geworden bist." Zärtlich streichelte er über ihr Gesicht.

„Aber es macht dich noch hübscher.!"

Kommissar Wieland betrat das Zimmer.

„Störe ich? Ich habe mich angemeldet. Ich bin auch gleich wieder weg."

„Nein, nein! Kommen sie nur. Sie haben gesagt, dass sie eine gute Neuigkeiten für uns haben."

Stefan nahm sich einen Stuhl und setzte sich zu Daniela und Cengis.

„Ich kann ihnen die erfreuliche Mitteilung machen, dass wir den Täter gefasst haben."

Daniela fing an zu weinen. Hilflos streichelte Cengis Daniela über das Gesicht. Stefan reichte Cengis ein Taschentuch und dankbar wischte er Daniela die Tränen ab.

„Entschuldigung," schluchzte sie.

„Ich kann sie verstehen. Es war für uns alle eine schreckliche Zeit. Aber wir haben den Täter gefunden. Es war unser Kollege Brandt, der diese Anschläge auf sie verübt hat."

„Ihr Kollege? Ich verstehe das nicht? Kannst du mir die Nase putzen, Cengis?"

„Es ging bei diesen Anschlägen immer nur um sie, Frau Bankgruber!"

„Um mich?"

„Ja. Er behauptet, sie seien seine große Liebe. Und er wollte den Weg frei machen, also seine Nebenbuhler ausschalten, damit sie ihn endlich wahrnehmen."

„Ich verstehe das nicht. Wer ist der Kerl?"

Stefan zeigte ein Foto von Dirk Brandt.

„Kennen sie diesen Mann?"

Daniela schaute sekundenlang auf das Bild.

„Ich glaube, er war in meiner Schule eine Klasse über mir...aber ich habe nie ein Wort mit ihm gesprochen...ich wusste nicht einmal wie er heißt."

„Können sie sich an den Tag erinnern, als Cengis vergiftet wurde, und eine Stunde später der vergiftete Kuchen entwendet wurde?"

„Ja, und an den Mann, der ihn mitgenommen hatte...seine Augen ..."

*

Es war so entsetzlich traurig. Aber zugleich hat Zorro dem ältesten Kater, der sein Leben bei diesem Kampf verloren hat, seine Würde wiedergegeben.

Richie war den weiten Weg gelaufen, um seiner Freundin und ihrer Familie beizustehen. Als er sah, was ihrer Familie schreckliches angetan wurde, konnte er nur sein Herz und seine Zuneigung schenken.

Stefan rief Willi an und teilte ihm mit, was gerade passiert war und das Richie hier sei. „Sollen wir ihn zu dir bringen?"

„Nein! Er soll den weiten Weg nicht umsonst gemacht haben! Ich habe Vertrauen zu ihm. Er kann ruhig die Nacht bei Armin und den Katzen bleiben. Er soll selbst entscheiden, wann er zurückkommen möchte."

Armin saß mit den Katzen noch lange um das Grab. Wir blieben noch eine Zeitlang bei ihnen und Armin war dankbar, dass er unsere Wärme spüren konnte. Der kleine Kater weinte immer noch still in sich hinein. Armin wollte den Kleinen auf seinen Schoß setzen, aber als er sah, dass Richie, die gestreifte Katze und der Kater sich um den Kleinen kümmerten, ließ er ihn in der Obhut der Katzen.

Der Morgen graute und der Tau auf den Gräsern verwandelte sich in Raureif. Armin und die Katzen haben sich endlich in ihr warmes Häuschen zurückgezogen. Der kleine Kater wollte noch am Grab seines großen Bruders sitzen bleiben. Aber Richie konnte ihn davon überzeugen, dass Armin und seine Geschwister unbedingt auf seine „Hilfe" angewiesen waren. Er warf noch einen letzten Blick auf das Grab und dann ging er mit Richie zusammen ins Haus.

„Das war ja eine Nacht." Zorro dehnte sich und krallte die Vorderpfoten in den Boden.

„Ich glaube, eine Mütze voll Schlaf tut uns allen gut...jetzt wo die Gefahr vorbei ist."

„Gehen wir in unser Clubheim oder sollen wir nach Hause gehen, uns Frühstück servieren lassen, und anschließend jeder in sein gemütliches, warmes, komfortables, duftendes Körbchen gehen?"

Pirat rieb sich über sein blindes Auge und gähnte, dass ihm die Kiefermuskeln schmerzten.

„Hauen wir uns ein paar Stunden hin," meinte Ekki. „Ich kann schon gar nicht mehr richtig zuhören und weiß schon bald nicht mehr wie ich heiße."

„Wenn es danach geht, dann solltest du dir ein Hörgerät anschaffen, wie die Menschen," gähnte Robert Ekki entgegen.

„Und vielleicht noch ein wenig mehr Hirn," ergänzte Pirat.

„Wie meint ihr das?"

„Ist egal, Ekki! Geh für ein paar Stunden nach Hause. Wir können das Risiko nicht eingehen, dass du nicht mehr weißt wie du heißt. Du bist der einzige Telefonkater, den wir haben."

„Ja, Boss!"

„Kommt sonst nichts mehr von dir?"

„Nein, Boss!"

„Dann halt jetzt die Klappe!"

„Ja, Boss!"

Langsam graute der Morgen. Die Kater machten sich auf den Weg und waren schon bald aus unserem Blickfeld verschwunden.

Nach dieser schrecklichen Nacht zog ein wunderbares Morgenrot am Himmel auf. Flammend rot erschien die Sonne und es sah aus als ob der Himmel brennt. Wir saßen auf der Bank vor Armins Haus und registrierten, wie in dem Haus langsam Ruhe einkehrte.

*

Nadeshda war in ihrem Zimmer. Sie toupierte mit einem Stielkamm ihre blonde Mähne auf. Als sie mit dem Kamm die Beule berührte verzog sie schmerzhaft das Gesicht.

„Was machst du denn da?" Mathilde saß auf Nadeshdas Bett und beobachtete gespannt, was sie so alles mit einem Kamm anstellen konnte.

„Warum kämmst du dein Fell gegen den Strich?" Mathilde verfolgte die Bewegungen des Stielkamms und ihr Köpfchen ging genau wie der Stielkamm immer rauf und wieder runter.

Nadeshda verteilte anschließend ihre übrige Mähne und kämmte sie in Form.

„Jetzt weiß ich warum du das machst! Dein Fell sieht noch üppiger aus, als es ohnehin schon ist und man kann die Beule nicht mehr sehen. Du willst als Weibchen so gut aussehen wie möglich. Machst du dich für Marcel so hübsch? Das würde mich brennend interessieren!"

Nadeshda zog nacheinander sieben Kleider, mehrere Blusen und verschiedene Röcke an und wieder aus, und entschied sich am Schluss für ein rotes Shirt und eine enge, gut sitzende Jeans.

Selbstkritisch betrachtete sie sich im Spiegel.

Mathilde war begeistert.

„In dem roten Shirt kommt dein schönes, blondes Fell besonders gut zur Geltung." Ihre Zustimmung tat sie durch besonderes lautes schnurren kund.

„Gefällt dir das? Was meinst du? Kann ich so gehen? Oder soll ich doch nicht besser....

„Du bist perfekt!," unterbrach Heinrich ihren Redeschwall. „Viel zu schön für diese Nieskapsel! Ich kann es nicht begreifen. Du und Michelle...ihr habt doch mich! Das genügt doch. Wozu braucht ihr diese zweibeinigen Krawallmacher? Kannst du mir das erklären, Mathilde?"

„Es gibt Bereiche, da genügt eben ein Kater nicht mehr."

„Welche meinst du? Ich sehe mir alle ihre Filme an...sogar die unerträglichsten Liebesschnulzen, esse alles, was sie kochen..und das ist, außer wenn Nadeshda kocht, wirklich eine Herausforderung, und ich versuche, mich mit ihnen sogar über Politik und Kultur zu unterhalten."

„Weißt du, es gibt da etwas zwischen den Lebewesen, das funktioniert eben nur, wenn beide Lebewesen gleich sind. Also Mensch zu Mensch, Katze zu Kater, und so weiter."

„Du willst mir mitteilen, dass Nadeshda mit dieser unerträglichen Nieskapsel Sex haben will? Der ist doch so hässlich, da fällt mir nur immer wieder ein, dass es vielleicht besser wäre, wenn man ihn kastrieren lassen würde. Kannst du dir vorstellen, was sie für hässliche Kinder von ihm bekommt. So was will doch keiner sehen!"

„Jetzt verderbe Nadeshda nicht diesen Tag, Heinrich. Sie liebt ihn! Was willst du da machen?"

„Man sollte Nadeshda zu einem Arzt schicken. So einer der in den Kopf guckt ob noch alles normal ist."

„Du meinst also, dass Michelle Nadeshda zu so einem Kopfarzt fahren sollte?"

„Keine gute Idee! Michelle ist doch auch nicht besser. Die hat es doch mit dem Pelmenistörer, der Typ, der immer anruft, wenn das Essen fertig ist."

„So ist nun mal die Welt."

Das Telefon läutete.

„Kessler."

„Guten Morgen Frau Kessler. Steuerberater Walle hier. Können sie mir sagen, wann ihre Quartalsabrechnung fertig ist? Wir brauchen die Zahlen, damit wir die Daten online übermitteln können."

„Ich sitze seit zwei Wochen daran. Meinte Tante wollte helfen und hat dabei alle Daten und Zahlungen durcheinander geworfen. Geschäftliches aufs Privatkonto eingezahlt und umgekehrt. Wie sie das fertiggebracht hat, konnte sie mir leider nicht mitteilen. Ich möchte sie aber auch nicht unnötig quälen. Sie fühlt sich auch so schon mehr als schuldig."

„Geben sie uns Bescheid, wenn wir helfen können. Was ist mit ihrem Afrikaprojekt? Da fehlen uns die kompletten Zahlen. So weit ich weiß, sind sie mit ihrem Privatvermögen eingestiegen."

„Privatvermögen ist gut. Das war alles was ich hatte."

„Wissen ihre Tanten davon?"

„Von dem Afrikaprojekt wissen sie selbstverständlich..."

„Aber ihre Tanten haben keine Ahnung, wo das Geld herkommt? Sehe ich das richtig?"

„Ja. Und so soll es auch bleiben. Ich habe leider im Moment keine Verbindung zu meinem Projekt. Ein Unwetter hat großen Schaden angerichtet. Erst nächste Woche soll die Internetverbindung fertig sein...bis dahin muss ich mich halt in Geduld üben."

„Hoffentlich nimmt das ein gutes Ende. Wissen sie was ich meine ist folgendes...ein Prepaid-Handy würde wahrscheinlich auch in Afrika zur Verfügung stehen und man könnte sie mit den nötigen Informationen versorgen. Unsere Kanzlei arbeitet schon über fünfundzwanzig Jahre mit ihrer Firma zusammen. Rufen sie uns an, wenn sie Hilfe brauchen und machen sie sich nicht so viele Gedanken um die Arbeitseinheiten, da werden wir uns schon einig. Wie geht es ihnen sonst? Konnten sie sich nach ihrem Unfall richtig erholen?"

Michelle erzählte in Stichpunkten was vorgefallen war.

„Das ist entsetzlich...aber zugleich muss man froh darüber sein, dass diese Bedrohung aus der Welt ist. Ich wünsche ihnen alles Gute für die Zukunft. Und wie gesagt...rufen sie an, wenn sie Hilfe brauchen."

Heinrich und Mathilde war das Gespräch zu langweilig und sie begaben sich wieder ins Wohnzimmer. Draußen war es kalt, aber die Sonne schien. Mathilde setzte sich vor die Balkontür und maunzte.

„Du willst raus?"

Nadeshda öffnet die Tür und ließ frische, kalte Luft ins Zimmer. Mathilde lief auf den Balkon und die Sonne reflektierte die Strahlen auf ihrem weißen Fell.

„Du leuchtest, wie die weißen Dinger da am Himmel. Pass auf, dass du nicht davonfliegst."

Mathilde musste lachen. „Komm doch auch heraus. Es ist wunderschön. Und man kann ganz toll die Vögel beobachten, auch solche, die nicht jeden Tag zu sehen sind." Heinrich schüttelte sich.

„Kann ich in der Küche auch. Besonders gerne beobachte ich durch ein ganz besonderes Fenster die seltene Art der Grillhähnchen. Ich soll freiwillig an die frische Luft? Ich war gestern erst draußen. Das nimmt ja Ausmaße an, da könnte man fast schon von Leistungssport sprechen."

Mathilde ließ sich von Heinrich nicht beeindrucken und genoss die Sonne. Nadeshda füllte zwei neue Futterschälchen auf und stellte sie auf den Balkon.

„Ich muss leider gleich weg. Ich habe euch hier und in der Küche Futter hingestellt. Michelle hat heute sehr viel zu tun und da kann es sein, dass sie vergisst euch zu füttern. Aber das dürfte bis heute Abend ausreichend sein."

„Was sind denn das für neue Methoden? Ich habe überhaupt keinen Bock auf Picknick! Wo kommen wir denn da hin?" schimpfte Heinrich laut.

Nadeshda hatte ihre Jacke angezogen und dann drei Schals an und wieder ausgezogen.

„Nimm meinen neuen Schal," rief Michelle von ihrem Arbeitszimmer aus. „Der passt gut zu deinem Shirt."

Nadeshda wickelte sich den wunderschönen, bunt gemusterten Schal um, und sah unsicher in den Spiegel. Michelle warf einen Blick aus ihrem Arbeitszimmer auf Nadeshda. „Du siehst perfekt aus. Ich wünsche dir alles Gute!"

„Ich bin sehr nervös!"

„Du machst das schon, Nadeshda! Lass alles auf dich zukommen!"

Nadeshda ging aus dem Haus und Michelle wandte sich wieder ihrer Arbeit zu.

Heinrich saß alleine im Wohnzimmer und langweilte sich fürchterlich. Mathildes schönes Köpfchen schnellte in die Höhe.

„Was für eine Freude, Heinrich! Wir bekommen Besuch."

„Wer stört?" maulte Heinrich, aber weil er sehr neugierig war, betrat er trotzdem den Balkon und setzte sich in das warme gemütliche Katzenkörbchen, welches Nadeshda noch herausgestellt hatte.

Ich konnte Heinrich schon von weitem hören und insgeheim verfluchte ich mich, dass wir nicht, wie jede normale Katze, nach Hause gegangen waren.

„Schön euch zu sehen." Mathilde freute sich wirklich aufrichtig.

„Kommt herauf. Wir haben sogar etwas zu essen."
„Gibt Heinrich freiwillig davon etwas ab?"
„Bin ich ein Zombie, Laila? Für wen hältst du mich? Die Futterschälchen sind neu und frisch aufgefüllt. Kommt herauf, frühstückt, und dann könnt ihr erzählen, was in der Nacht passiert ist."
Wir sprangen auf den Balkon und der Duft des ausgezeichneten Futters stieg uns in die Nase.
Mathilde wartete, bis wir uns gemütlich hingesetzt hatten und fragte dann neugierig, „hängt es mit dem Anruf zusammen, den Michelle bekommen hat? Sie erwähnte, dass man den Menschen gefasst hat, der die Motorradfahrer auf dem Gewissen hat."
Oscar wollte gerade anfangen zu essen, aber bei der Erinnerung an die letzte Nacht ließ er den Kopf sinken und fing an zu weinen.
Heinrich nahm neben Oscar Platz.
„Was ist passiert, mein Freund, dass ein so großer Kerl wie du anfängt zu weinen?"
Die Namenlose erzählte, was in der vergangenen Nacht passiert war. Zwischendurch hörte sie immer wieder auf, um Oscars Ohren zu waschen. Ich knüpfte an ihre Erzählungen an und ergänzte.
Heinrich schüttelte seinen dicken Kopf. „Was für eine Katastrophe! Warum gibt es solche Menschen?"
Mathildes Blick wandte sich von Oscar ab und verlor sich in der Ferne.
„Es ist gut, dass er geschnappt worden ist. Dann brauchen wir um unsere Mädchen keine Angst mehr zu haben. Sein Geruch war doch bestimmt identisch mit der Witterung, die wir hier gefunden haben?"

*

Stefan betrat mit Jordi im Gefängnistrakt das Verhörzimmer.
Dirk saß vollkommen teilnahmslos am Tisch und hatte ein Wasser vor sich stehen. Seine Hände waren mit Handschellen gesichert. Ein Beamter stand lässig an der Wand und begrüßte die Kommissare.
„Guten Morgen, die Herren!"

„Sparen wir uns die unnötigen Floskeln."

Stefan las ihm nacheinander alle Verbrechen vor, denen er beschuldigt wurde. Er fing damit an, dass Dirk die Beweise gegen Curry und Willi gefälscht hatte.

„Ja, da habe ich Fehler gemacht. Wer sieht sich schon nach einer erfolgreichen Beweisaufnahme noch mal die Sachen aus der Asservatenkammer an?"

Dirk rieb sich die Hände soweit, das mit den Handschellen möglich war. „Richtig. Niemand!" gab er sich selbst zur Antwort. „Und mit dem Messer, das war schon doof! Das muss ich zugeben."

Stefan las weiter vor.

„Ja, ja, ja. Das ist alles richtig. Den Pilzner habe ich über die Klinge springen lassen...und das im wahrsten Sinne des Wortes...." Er grinste über sein makabres Wortspiel.

„Cengis muss einen guten Schutzengel haben. Selbst mein zweiter Versuch ging daneben." Er schüttelte verständnislos den Kopf. „Ich hätte mich mehr anstrengen sollen."

Plötzlich liefen ihm Tränen an den Wangen herunter. „Aber dass ich meine Daniela verletzt, ja sogar beinahe umgebracht habe, das kann ich mir nicht verzeihen!"

Mit irrem Blick sah er die Kommissare an. „Ich muss für diese böse Tat ins Gefängnis, unbedingt! Hat Daniela sich über die Rosen gefreut? Es waren die teuersten, die ich für Geld bekommen konnte."

„Was ist mit den Anschlägen auf Frau Kessler?"

„Was für Anschläge?"

„Stell dich nicht so an," Stefan merkte wie er langsam wütend wurde. „Der Anschlag auf dem asphaltierten Waldweg. Da hast du doch auch ein Seil gespannt. Und dann der Anschlag nachts, nach dem Motorradtreffen, das warst du doch auch!"

Dirk legte den Kopf schief und sah grinsend die beiden Kommissare an. „Zu dem Anschlag auf dem Motorradtreffen stehe ich. Ja, das war ich," brüstete er sich.

„Willi wollte an dem Abend noch irgendwo hinfahren, hat es dann aber anscheinend vergessen...sonst hätte das hundertprozentig funktioniert. Ich weiß was ich kann!"

„Und was ist mit dem Anschlag, bei dem die junge Frau schwerverletzt wurde?"

„War gut gemacht, muss ich zugeben. Der, der diesen Anschlag gemacht hat, muss genau studiert haben, wie ich arbeite. Aber damit habe ich nichts zu tun!"

*

Ich wiederholte in meinen Gedanken den letzten Satz von Mathilde, „...der Geruch war doch bestimmt der gleiche, wie die Witterung bei uns."

Oscar hatte sich wieder etwas beruhigt und bediente sich an der leckeren Futterbar.

„Ich bin mir da nicht so sicher," kaute er mit vollem Mund.

„Die Ereignisse heute Nacht sind derart eskaliert, dass wir daran überhaupt nicht gedacht haben," gab die Namenlose zu.

„Hier draußen gibt es leider nichts mehr zu holen. Es hat heute Nacht stark geregnet."

„Das ist leider wahr, Heinrich!"

„Ich muss aufs Klo!"

„Willst du jeden teilnehmen lassen, dass deine Verdauung funktioniert?"

„Nicht jeden! Aber euch. Ich habe immer noch diesen Geruch in der Nase. Ich dachte mir, ich kann das angenehme mit dem nützlichen verbinden. Zuerst dachte ich, die Witterung kommt von der Kellertreppe hoch..."

Heinrich entfuhr ein eleganter, melodischer Furz.

„Also diese Witterung schreit eindeutig nach Verdauungsregelung."

Ich musste wider Willen lachen.

„Du solltest das Problem in den nächsten Minuten lösen. Sonst riechen wir alle schwarz!"

„...Wo war ich stehengeblieben?" Heinrichs Bauch schien ein Eigenleben zu führen und schickte einen weiteren stinkenden Boten in die Welt.

„Ach ja, an der Kellertreppe." Heinrich spazierte gemütlich durch das Wohnzimmer. Aber er musste sich dann doch beeilen, weil sein inneres Ich nicht mehr mitspielen wollte und endlich zu seinem recht kommen wollte.

„Ich wusste es!" triumphierte er aus dem Badezimmer.

„Er hat anscheinend eine kindliche Freude an seiner Hinterlassenschaft," entschuldigte sich Mathilde.

Heinrich strotzte nur so von Selbstbewusstsein und hatte seinen Schwanz eindrucksvoll steil aufgerichtet, als er von seiner erfolgreichen Mission zurückkam.

„Jetzt bin ich mir absolut sicher."

„Jetzt ist er völlig von der Rolle," maunzte Oscar leise.

„Können wir erfahren, wessen du so sicher bist?" wollte die Namenlose einfühlsam wissen.

„Die Witterung kommt nicht nur aus dem Keller. Es hat etwas gedauert, bis ich alle Gerüche sondiert und sortiert hatte. Wie ihr wisst, hatten Mathilde und ich nie viel mit anderen Menschen zu tun. Wir hatten immer nur unsere Tanten um uns. Aber jetzt, mit unseren Mädchen, die wir beide außerordentlich gerne haben, kommt Leben ins Haus."

„Was willst du uns mitteilen?" meine Neugier steigerte sich zunehmend.

„Ich konnte im Wohnzimmer den gleichen Geruch verifizieren, der auch aus dem Keller von dem Einbrecher stammt."

Die Namenlose starrte ihn entgeistert an.

„Aber das hättet ihr doch gemerkt, wenn ein Fremder in eurem Wohnzimmer ist. Dank eurer Spürnase ist der Einbrecher nicht weiter als in den Keller gekommen!"

Die Augen der Namenlosen hefteten sich nacheinander auf jeden von uns.

„Wisst ihr was das heißt? Der Einbrecher hat sich frei in eurer Wohnung bewegen können."

„Das geht sogar noch weiter," ergänzte ich. „Wenn der Einbrecher sich hier ungestört bewegen konnte, dann ist er Michelle kein Unbekannter. Sie kennt ihn."

*

Stefan war mit den Nerven völlig am Ende. Dirk hatte alles zugegeben. Alles, was man ihm vorgeworfen hatte. Aber bei dem Anschlag auf Frau Kessler blieb er dabei, nichts damit zu tun zu haben.

„Es nützt uns nichts die Flinte ins Korn zu werfen. Fangen wir in diesem Fall also wieder bei Null an."

„Du hast recht. Setzen wir uns mal mit ihren Freunden in Verbindung. Fangen wir doch mit ihrem Doktor an."

Marcel war im Aufenthaltsraum für Ärzte und ihm gegenüber saß Nadeshda. Der Arbeitsvertrag war schon lange mit der Personalverwaltung abgehakt. Marcel hatte Feierabend. Eigentlich wollte er mit Nadeshda lieber schick essen gehen, aber er wusste nicht so recht, wie er das anstellen sollte. Sekundenlang schwiegen sie sich an.

„Also ich hätte jetzt Zeit."

„D..das freut mich, Nadeshda. Zufällig geht es mir ä...ähnlich, also was ich damit sagen will..."

„Ich kenne da einen Italiener...seine Spaghetti sollen sensationell sein. Was hältst du davon?"

Erleichtert antwortete er. „Was wollen wir noch hier? Lass uns gehen!"

In seiner Tasche vibrierte sein Handy.

„Das passt mal wieder großartig zusammen," dachte er, „Wagner."

„Kommissar Wieland hier. Wir müssen uns unterhalten. Haben sie kurz Zeit?"

„Aber wirklich nur kurz. Ich warte hier auf sie."

Nach zwanzig Minuten waren die Kommissare bei ihnen im Aufenthaltsraum.

„Können wir sie alleine sprechen?"

Wortlos und sauer stand Marcel auf und ging auf den Flur.

„Was wollen sie? Ich habe seit einer halben Stunde Feierabend!"

„Brandt hat alle Anschläge zugegeben. Nur mit dem Anschlag auf Frau Kessler will er nichts zu tun haben. Das heißt für uns, der Täter läuft immer noch frei herum und Frau Kessler ist nach wie vor in Gefahr."

„Was hat das mit mir zu tun?"

„Wahrscheinlich nichts. Aber wir müssen jetzt mit Hochdruck arbeiten und alle Personen ausloten, die sich im Umfeld von Frau Kessler aufhalten."

„Wir haben uns schon vor einiger Zeit getrennt."

„Das hat damit nichts zu tun. Sagen sie uns, wo sie zur Zeit des Anschlages waren. Damit helfen sie uns wirklich weiter."

„Ich hatte Frühdienst und war durch Zufall immer noch in der Klinik, als Michelle schwerverletzt ankam. Abends hatte ich dann wieder Nachtdienst! Das können sie jederzeit überprüfen."

„Danke für ihr Verständnis."

„Es hält sich in Grenzen, das Verständnis. Aber wenn wir gerade dabei sind. Ein ehemaliger Studienkollege schleicht jetzt öfters bei Michelle herum. Ich glaube...er heißt Mirko, den Nachnamen weiß ich nicht. Sehen sie dem mal auf die Finger! Kann ich jetzt gehen?"

*

„Was machen wir jetzt?"

Heinrich war mehr als nervös. Er trippelte mit seinen Pfoten, die die eindrucksvolle Größe von mittleren Frikadellen hatten, auf den Futterschälchen herum. Das Trockenfutter sprang munter heraus und verteilte sich über den Boden.

„Also dafür ist es wirklich zu schade," meinte Oscar und mampfte den Balkon wieder sauber.

„Wenn ich nur daran denke, dass dieses Objekt hier in der Wohnung ein- und ausgegangen ist, wird mir ganz schlecht!"

„Aufpassen!" maunzte ich. „Wir müssen aufpassen! Tag und Nacht!"

„Das ist sehr nett von euch. Aber müsst ihr nicht zwischendurch mal nach Hause? So wie jede normale Katze?"

„Ach weißt du Mathilde, das sehen unsere Menschen nicht so eng. Sie kennen uns genau. Wir waren auch jetzt schon zwei Tage nicht zu Hause...“

„Das ist faszinierend, Laila! Ihr habt Menschen und seid trotzdem frei. Wie cool ist das denn?“

Die Namenlose putzte sich nach dem Frühstück ihre Nase. Als ihr etwas einfiel hob sie die Pfote hoch.

„Schichtdienst wäre eine Idee. So wie unsere Menschen in ihrer Firma. Dann ist immer einer von euch da und kann auf die Mädchen aufpassen.“

„Schaffen wir das alleine?“

„Wer hat gesagt, dass ihr alleine seid, Mathilde.“

*

„Stimmt die Adresse?“

„Ich gehe doch schwer davon aus. Unsere Kollegen wissen schon was sie tun“

Jordi betätigte die Klingel. Sie mussten eine Zeitlang warten, dann wurde die Tür geöffnet.

Eine schöne Frau mit schulterlangen, roten Haaren und eleganter Garderobe öffnete die Tür.

„Guten Tag. Können wir mit Herrn Mirco Sendlinger sprechen?“

Die Kommissare zeigten ihre Ausweise.

„Mein Mann ist leider nicht da. Kann ich etwas für sie tun? Ich bin Rafaela Bastionada.“

„Können sie uns sagen, wo sich ihr Mann zurzeit befindet? Es ist sehr wichtig.“

„Das weiß ich leider auch nicht. Er hatte heute Morgen einen wichtigen Termin bei dieser neuen Firma im Industriegebiet. Es ist nur eine von seinen Arbeitsplätzen. Er ist auf mehreren Baustellen auf selbstständiger Basis tätig.

„Können sie uns die Adressen der Firmen besorgen? Es wäre wirklich sehr wichtig!“

„Ich sehe in seinem Terminkalender nach. Was ist denn los? Muss ich mir Sorgen machen?"

„Das wird sich noch herausstellen!"

„Ich bin nur kurz nach Hause gekommen, um mich wieder mit frischer Wäsche zu versorgen. Ich bin Modedesignerin und viel unterwegs. Ich habe ihm eine Nachricht geschickt, dass ich für ungefähr zwei Stunden Zuhause bin...aber er hat sie noch nicht gelesen und auf seinem Handy läuft nur die Mailbox."

*

Michelle brütete wieder über ihrer Arbeit. Nadeshda war schon seit heute Morgen weg und hatte sich noch nicht gemeldet. Einmal kam eine Nachricht...es war nur ein rotes Herz zu sehen. Das deutete sie als ein gutes Zeichen. Ihre Tanten waren ebenfalls aus dem Haus. Sie sind in die Firma gefahren, um verschiedene Angelegenheiten zu regeln. Sie war völlig ungestört. Abgesehen von den Katzen. Die benahmen sich sehr seltsam. Noch bis gestern regte sich Heinrich fürchterlich auf, wenn nur für kurze Zeit die Balkontüre geöffnet wurde, um frische Luft hereinzulassen. Als Michelle anfing zu frösteln und die Tür wieder verschließen wollte, saß Heinrich dick und breit davor.

„Das geht jetzt nicht, die Tür muss offen bleiben, ihr Menschen seid selbst schuld, dass ihr kein wärmendes Fell habt. Zieh dir noch zwei Jacken übereinander.... oder noch besser, zieh dich in deine Kaschemme mit dem Computer zurück."

Irritiert drehte Michelle mit ihrem Rollstuhl um, griff sich die Post, die ihre Tante auf den Tisch gelegt hatte, und fuhr wieder ins Arbeitszimmer. Mathilde hatte vorsichtshalber ein Spielzeug an der Tür zum Arbeitszimmer ausgelegt, damit sie sich nicht schließen ließ. Michelle gab nach dem dritten Versuch auf und kümmerte sich wieder um ihren Computer. Sie packte sich außerdem den Schreibtisch noch voll mit Akten und begann, diese Stück für Stück abzuarbeiten. Es läutete. Michelle reagierte zunächst nicht darauf, weil sie es gewöhnt war, dass Nadeshda immer zuerst da war. Das Läuten ließ nicht nach und da wurde Michelle bewusst, dass sie alleine war.

„Ich komme schon! Aber egal wer es ist. Ich habe nicht viel Zeit!"
Ärgerlich darüber, dass sie ihre Arbeit unterbrechen musste, fuhr sie
in den Flur und sah nach wer so penetrant störte.

„Ach, du bist es! Da habe ich wohl eben Blödsinn verzapft! Du
kommst wie gerufen!"

*

„Sollen wir zu dieser Firma hinfahren?"

„Gib Gas!"

Ungeduldig warteten Jordi und Stefan auf den Baustellenleiter.

„Herr Sendlinger? Ja, der war heute Morgen schon ziemlich früh
hier. Aber er ist seit einer Stunde wieder weg. Tut mir leid!"

Sebastian wählte die Handynummer.

„Hier ist Mirko. Das heißt hier ist nicht Mirko. Was sie hier hören ist
nur eine Konserve meiner Stimme. Hinterlassen sie eine Nachricht
oder auch nicht. Nach dem Piepton haben sie die Chance!"

„Wieland hier. Wir kennen uns bereits. Melden sie sich bitte bei uns
im Kommissariat. Es ist wirklich wichtig."

„Wie viele Firmen haben wir noch?" stöhnte Jordi.

„Sieben!"

„Das ist nicht zu schaffen!"

*

„Du kommst genau richtig! Ich bin mit den Nerven am Ende. Meine
Tante scheint doch mehr angerichtet zu haben, als wir uns vorstellen
können! Ich wollte die Bilanzen durchgehen...aber es hat keinen
Zweck. Ich kann die einzelnen Quartale nicht mehr
zusammenbringen. Ich werde noch verrückt!"

„Keine Sorge! Jetzt bin ich ja da! Das wäre doch gelacht."

„Hast du genügend Zeit mitgebracht?"

„Aber hallo!"

„Dann können wir sofort loslegen!"

„Ich bin dabei!"

Als es klingelte rannte Heinrich in den Flur und versteckte sich hinter der grässlichen Bodenvase mit den künstlichen Sonnenblumen.

„Warum versteckst du dich?"

„Weil ich beobachten möchte, wer um diese Zeit zu Besuch kommt, Laila!"

„Wir sind Katzen! Schon vergessen? Für die Menschen sind wir nur Katzen und sonst nichts!"

„Auch wieder wahr. Außerdem ist es mein Haus."

„So gefällst du mir schon besser!"

Der Besucher ging mit Michelle ins Arbeitszimmer.

Heinrich und Mathilde starrten ihm nach.

„Das ist der dazugehörige Mann zu der Witterung! Was machen wir jetzt bloß?"

Die Namenlose schlich elegant durch das Wohnzimmer und beobachtete Michelle und ihren Besucher. „Wir machen das, was wir immer tun! Wir passen gut auf Michelle auf!"

Beide nahmen im Arbeitszimmer vor dem Computer Platz und begannen mit ihrer Arbeit.

„Ich verstehe das nicht. Ich komme immer wieder zu dem Ergebnis, dass auf unseren Konten mindestens zweihunderttausend Euro fehlen."

„Spitze!"

„Wie du siehst, werden wir nicht arbeitslos!"

„Ich fürchte nicht!"

Mathilde spazierte durch das Wohnzimmer ins Arbeitszimmer und legte sich in den Sessel. Sie putzte sich gründlich und hatte dabei Michelle im Auge.

„Das wird zu viel für einen Arbeitstag. Weißt du was? Gib mir alle Unterlagen mit und ich kann sie über das Wochenende in Ordnung bringen!"

„Aber du hast doch eben noch gesagt, dass du Zeit hast."

Michelle griff nach dem Handy weil ihr eine Nachricht geschickt worden war. Es war eine Sprachnachricht.

„Mirco hier. Ich habe nicht viel Zeit. Gib deine Unterlagen nicht heraus. Auch nicht deinem Buchhalter. Deine Konten und dein Computer wurden gehackt! Ich melde mich! Und geh nächstens verdammt noch mal ans Telefon!!!!"

Michelle starrte auf ihr Handy. Sie hatte den Klingelton auf leise gestellt, damit sie in Ruhe arbeiten konnte. Mirco hatte mindestens zehnmal angerufen.

„Ich sage es noch einmal! Gib mir die Akten mit und das Thema ist bis Montag erledigt!"

Uns fiel sofort auf, dass sich der Umgangston geändert hatte. Aber nicht nur uns.

„Thommy? Was ist los mit dir?"

„Ich habe keine Zeit mehr für diese Spielchen. Gib mir die Akten und zwar sofort! Ich werde sie dir am Montag zurückbringen!"

„Aber was soll das denn? Was ist denn das für ein Ton? Wie viele Jahre arbeitest du schon für uns? Das werde ich nicht tun! Ich muss doch herausfinden..."

Michelle verstummte und hielt sich entsetzt die Hand vor den Mund.

„Du warst es, der mir nach dem Leben getrachtet hat! Wie musst du mich hassen! Dann warst du es auch, der Nadeshda im Keller überfallen hat!" Sie wollte nach ihrem Handy greifen, aber Tommy war schneller. Er griff das Telefon, warf es auf den Boden und trat mehrmals darauf. Es knirschte und die Einzelteile flogen durch das Zimmer.

„Gute Frage! Wie lange arbeite ich für eure desolate Firma? Über fünfzehn Jahre. Für ein lächerliches Gehalt. Ich musste zusehen, wie ihr meine gute Arbeitskraft verschwendet und in sinnlose Projekte gesteckt habt. Tausende von Euro in die Welt gepustet. Vollkommen sinnlos! Das wollte ich ändern! Natürlich zu meinen Gunsten! Und richtig! Ich hasse dich! Dich sollte es treffen! Du arrogante, eingebildete Kuh!"

Er griff in seiner Jacke in eine Tasche und zog sich dünne Gummihandschuhe über. Anschließend griff er in eine andere Tasche und zog ein dünnes Drahtseil heraus.

„Eine Woche hättest du nur im Krankenhaus bleiben müssen, dann wäre alles erledigt gewesen!"

Er kam Michelle mit dem Drahtseil in der Hand gefährlich nahe.

„Damit werde ich jetzt ein wenig nachhelfen! Auf mich fällt kein Verdacht, sondern auf den Killer, der die Motorradfahrer erledigte."

„Wie willst du das anstellen? Ich sitze immer noch im Rollstuhl!" Einen kurzen Augenblick schien der Buchhalter verunsichert.

„Stimmt! Daran habe ich nicht gedacht. Aber darüber soll sich die Polizei den Kopf zerbrechen, wenn sie dich im Wald finden."

Michelles Herz raste vor Angst. Sie konnte in Tommys Augen die eiskalte, endgültige Entschlossenheit sehen, ihrem Leben ein Ende zu machen. Er kam mit dem Drahtseil immer näher. Michelle wollte ausweichen, stand aber bald mit ihrem Rollstuhl an der Wand.

„Wenn du stillhältst, hast du es schneller hinter dir...glaub mir, das ist besser für uns alle!"

Tommy spannte das Seil und war nur noch einen Schritt von Michelle entfernt.

„Was bildest du dir ein?" Heinrich richtete sein Hinterteil aus und setzte zu einem gewaltigen Sprung an.

„Du magersüchtiger, geltungsbedürftiger, pickeliger, größenwahnsinniger Verschnitt von einem Mann! Du erinnerst mich mehr an das Katzengras auf der Fensterbank, als an einen Kerl! Unser Mädchen anfallen!! Na, dir werde ich helfen!"

Mit einem Satz sprang Heinrich in die Kniekehlen des Mannes...die Namenlose und ich bissen ihm jeweils sehr schmerzhaft in die Hände, sodass er das Drahtseil loslassen musste. Oscar sprang ihm in den Nacken und brachte ihn damit endgültig zu Fall. Der Buchhalter schlug um sich und wollte sein Heil in der Flucht suchen...er rannte durch das Wohnzimmer und wollte über den Balkon flüchten.

„Probiere es nicht einmal! Ich würde an deiner Stelle noch nicht mal im Traum daran denken!"

Plötzlich war die Sicht des Buchhalters versperrt, weil etwas schwarzes, großes in seinem Gesicht landete. Der Buchhalter war verwirrt. Damit hatte er nicht gerechnet. Ekki stieß eines der Futterschälchen um. Der Buchhalter rutschte auf dem Trockenfutter aus, stolperte...rappelte sich wieder auf und wollte über die Mauer flüchten, aber Robert und Pirat hinderten ihn daran, den Balkon zu verlassen. Wir anderen sorgten dafür, dass er das Wohnzimmer nicht mehr betreten konnte.

Er war unser Gefangener!

Vor der Tür blieb ein Auto mit quietschenden Bremsen stehen.

Michelle hatte ihre Fassung wiedergefunden fuhr mit dem Rollstuhl zur Tür und öffnete.

„Ist alles in Ordnung? Sie sehen so blass aus!"

Die Kommissare standen in der Tür und in ihrer Begleitung befand sich Mirko.

„Wenn dein Buchhalter kommt, darfst du ihn auf keinen Fall in die Wohnung lassen! In eurem Keller wurde doch so ein seltsamer Schlüssel gefunden. Er gehört zu einem Schließfach und in dem Schließfach war eine Tasche mit Geld! Hast du gehört? Er steckt höchstwahrscheinlich hinter dem Anschlag! Er hat dein Konto und, vor allen Dingen, deinen Computer gehackt. Wenn er kommt, will er mit Sicherheit die Akten des letzten Quartals haben, damit er sie frisieren kann. Ich glaube er ahnt, dass du ihm bald auf die Schliche kommst. Das macht ihn gefährlich!" Michelle fing an zu weinen.

„Aber Mädchen was ist denn los?"

Sie drehte den Rollstuhl um und fuhr wortlos ins Wohnzimmer. Dort konnten die Kommissare und Mirko sehen, wie neun Katzen einen Menschen, dem die nackte Todesangst aus den Augen strahlte, auf dem Balkon in ihrer Mitte in Schach hielten,.

„Meine Sheriffs! Gute Arbeit Jungs und Mädels!"

„Spar dir den blöden Kommentar und seid das nächste Mal ein bisschen schneller!" maulte Heinrich.

„Der Meinung schließe ich mich voll an," fauchte Zorro.

„Ich mich auch...also was ich eigentlich sagen will, ist folgendes..."

„Ekki!"

„Ja, Boss?"

„Halt die Klappe!"

Stefan verpasste dem Buchhalter Handschellen und übergab ihn den Polizeibeamten.

Michelle fuhr in ihr Arbeitszimmer und zeigte auf den Draht, der immer noch auf dem Boden lag.

„Seht euch das an! Er wollte mich damit umbringen! Was hätte ich nur ohne die Katzen gemacht?"

„Er hat über Jahre Geld aus eurer Firma herausgezogen. Sein System war sicher, solange du dich nicht darum gekümmert hast. Deine Tanten haben sich voll auf ihn verlassen, weil sie mit der Buchführung doch ziemlich überfordert waren. Er hat immer riesige Summen hin und her überwiesen, bis sie schließlich in seiner Tasche landeten, dadurch stand eure Firma, trotz voller Auftragsbücher, am Rande der Insolvenz."

„Hat er auch etwas mit dem Afrikaprojekt zu tun, Mirko?"

„Ja, klar. Dafür habe ich die längste Zeit gebraucht. Alles Geld, das du nach Afrika überwiesen hast, hat er abgefangen und umgeleitet."

Michelle schüttelte traurig ihren Kopf.

„Das dürfte eine seiner leichtesten Übungen gewesen sein. Er hatte schließlich Prokura in unserer Firma!"

„Die afrikanische Firma hatte sich auf Grund eurer Anweisung nur noch an ihn gerichtet."

„Ich habe keine Anweisungen gegeben."

„Nein...du nicht, aber deine Tanten!"

„Ich habe Afrika schon wochenlang nicht mehr erreicht."

„Er hat die Handys stillgelegt und neue Nummern ausgegeben. Die Leute in Afrika haben seit geraumer Zeit keinen Lohn mehr erhalten und daraufhin gekündigt."

„Wann hast du das alles herausgefunden, Mirko?"

„Letzte Nacht! Da wurde mir klar, dass nur er in Frage kam. Ich hatte schon länger den Verdacht...das erste Mal, als er am Wochenende bei dir auf der Matte erschienen war. Er wohnte bei seiner Mutter und hatte ihren Computer benutzt. Sein Rechner taucht nirgendwo auf, nahezu genial! Aber ich konnte nichts beweisen. Allerdings hatte ich nicht die geringste Ahnung, dass er etwas mit den Anschlägen zu tun hatte."

„Der Buchhalter wusste von ihren Tanten, welche Route sie an diesem Tage fahren würden...er brauchte nur zu warten! Wir haben so ein rotes Vorhängeschloss bei ihrem Unfall gefunden," ergänzte Stefan. „Und das Seil konnten wir auch sicherstellen. Der Schlüssel für das Schließfach trug die gleiche DNA, wie die auf dem Seil."

„Laila!"
„Was ist los, Zorro?"
„Wir machen uns vom Acker. Die Menschen gehen mir unendlich auf die Nerven mit ihrem Gesabbere und ihrer Hinterherschwafelei!"
Die Kater sprangen mit eleganten Sprüngen in den Garten. Ekki wollte noch schnell ein wenig von dem verschütteten Trockenfutter probieren.
„Wird das heute noch was?" donnerte Zorro durch den Garten.
Ekki schaufelte sich noch einmal seine Schnauze voll.
„If komme fon!"
„Dieser dämliche, karierte Telefonkater bringt mich noch um den Verstand!"

*

Ingrid und Sonja stellten die leckeren Salate auf die bereits aufgestellten Tische. Michael und Marius waren damit beschäftigt den Grill anzuwerfen.
„Was für eine bekloppte, kranke Idee an Halloween zu grillen!"
Ingrid zog ihren Schal enger um den Hals.
„Es gibt keine falsche Jahreszeit," kommentierte Michael. „Es gibt nur falsche Klamotten!"
„Die Sprüche kenne ich zur genüge." Missmutig zog sich Ingrid mollig warme Handschuhe an.
„So ist es schon viel besser."
Sie hatten auf ihrem Gelände ein großes Zelt aufgebaut und vor dem

Zelt brannte ein schönes großes Lagerfeuer. Sie hatten sich wirklich Mühe gegeben. Robert und die anderen bauten die restlichen Tische und Sitzbänke auf. Neben dem Eingang des Zeltes hing ein schauriges Skelett. Über dem Eingang hing ein furchteinflößender Geist, der von Zeit zu Zeit ein schauriges Lachen von sich gab. Um das Zelt hatte man diverse Kürbisse verteilt und Fackeln aufgestellt. Es war wirklich sehr stimmungsvoll. Das Wetter war kalt. Aber die Nacht versprach sternenklar zu werden. Die Motorräder standen schön aufgereiht neben dem Zelt. Wir waren gespannt. Noch nie hatte ich Halloween gefeiert. Wolfgang und Helga war es zu kalt, und sie wollten lieber Zuhause bleiben. Aber sie erlaubten, dass Sam uns begleitete. Sam war glücklich, dass er dieses Fest mit uns feiern durfte und kam mit seiner Leine und einem stinkenden Schweineohr zu uns herüber.

„Dann kann ja nichts mehr schief gehen," meinte Sebastian. „Sam hat klugerweise schon für Proviant gesorgt!"
Laura hatte sich kuschelig warm eingepackt. Dann zogen wir los. Von weitem waren schon die Fackeln und die von innen beleuchteten Kürbisse zu erkennen. Mir graute ein wenig vor den seltsamen weißen Gestalten vor dem Zelt und ich fauchte sie vorsichtshalber bitterböse an. Michelle saß in ihrem Rollstuhl und dicht neben ihr, auf einem kleinen, unbequemen Hocker, saß Willi und hatte ihre Hand fest umschlungen. Richie humpelte uns entgegen und begrüßte uns. Dicht an seiner Seite war die gestreifte Katze
„Habt ihr so etwas verrücktes schon einmal gesehen? Ich sage euch, die haben hier alle einen an der Waffel. Aber ich finde es gut."
Willi holte für sich und Michelle ein Bier und quatschte noch ein wenig mit den Kollegen. Auf dem Weg zurück zu Michelle, humpelte Richie neben ihm her.
„Sieh sie dir an, Richie. Ich habe so eine süße Traumfrau gefunden!"
Richie spitzte die Ohren. „Bedrückt dich etwas? Los heraus damit!"
„Wenn ich bedenke wie ich früher gelebt habe. Ich hatte durch meinen katastrophalen Lebenswandel extrem viel Stress mit Daniela..."
„Und weiter mein Freund?"

„Currys Lebensstil war auch nicht gerade das, was man vorbildlich nennen könnte..."

„Ich höre dir zu."

„Dadurch hing seine Freundin auch öfter mal in den Seilen, verstehst du, was ich meine, Richie?"

„Klar!"

„Wir haben und gegenseitig getröstet!"

„Wahrscheinlich so mit allem drum und dran! Und alles was schön müde macht."

„An dem besagten Abend, für den ich kein Alibi nachweisen konnte, war ich mit ihr zusammen. Da hat sie mir gesagt, dass sie ein Baby von Curry erwartet und wir uns nicht mehr treffen können...das konnte ich doch der Polizei unmöglich mitteilen!"

„Ich weiß, warum du mein bester Freund bist!"

Danach schlenderten sie entspannt zu Michelle zurück. Waltraud und Gisela waren auch mit ihrem Gespann da. Stefan und Jordi waren ebenfalls mit ihren Damen anwesend. Mit Jordi und Irene war auch Sissi, das winzige Pudelmädchen mitgekommen, und wie immer, plapperte sie munter vor sich hin, und dröhnte uns den Kopf voll, mit ihren Erziehungsmethoden bei den kleinen Katzen.

Armin war mit dem Fahrrad da und wir sahen erstaunt, dass der kleine Kater vorne bei ihm im Körbchen saß. Der gestreifte Kater lief neben her und setzte sich mit Armin und dem Kleinen still neben uns. Vom Grill stieg ein verführerischer Duft auf.
Mehrere schwere Motorräder kamen den Feldweg heraufgefahren und fuhren auf den Platz. Die Fahrer zogen ihre Helme aus und stiegen ab.
Zorro war mit seinen Kumpels gerade angekommen.

„Ich habe mich so auf dieses Fest gefreut. Müssen diese Krawallmacher ausgerechnet jetzt vorbeikommen und uns die Laune verderben? Aber denen werde ich die Suppe versalzen! Jeder, der hier sitzt und ein Fell hat, nimmt sich ein Motorrad vor und besetzt es mit seinem Hintern. Ich betone, jeder...der hier sitzt. Also auch die Damen und Herren, die nicht unserem Club angehören. Ist das klar? Habe ich mich deutlich genug ausgedrückt?"

Richie setzte sich vor Willis Motorrad und maunzte. Er schaffte es noch nicht alleine...und Willi half ihm, auf der Maschine Platz zu nehmen. Die gestreifte Katze setzte sich natürlich stolz neben ihren Richie.

„Schicker Sozius," meinte Willi.

Zorro nahm auf der Maschine des Motorradfahrers Platz, der als erster das Gelände befahren hatte.

Ich nahm auf Ingrids Motorrad Platz und die Namenlose hatte sich das Motorrad von Sonja ausgesucht. Oscar thronte auf dem Gespann von Waltraud und Sam setzte sich in den Beiwagen.

Sissi sprang ebenfalls auf ein Motorrad, nahm besitzergreifend Platz und knurrte jeden an, der in ihre Nähe kam. Sogar die gestreiften Kater suchten sich ein Motorrad aus, nachdem Zorro ihnen aufmunternd zugenickt hatte. „Schließlich kann ich schon Fahrrad fahren," meinte der kleine Kater altklug.

Curry nahm erstaunt zur Kenntnis, dass ein großer, starker, schwarzer Kater auf seiner Maschine Platz genommen hatte. Er hörte, wie einer leise sagte: „das ist der Chef dieser Katzengang!"

Die anderen Kater hatten sich auf alle Motorräder verteilt.

Ekki wusste nicht, für welche Maschine er sich entscheiden sollte.

„Nehme ich die rote Maschine? Oder soll ich mich doch lieber für die Schwarze entscheiden? An der Schwarzen ist allerdings der Sitz noch warm und..."

„Hast du schon wieder ein Autoritätsproblem? Ich gebe dir noch genau drei Sekunden," brüllte Zorro wütend, „wenn du dann nicht auf irgendeinem scheiß Motorrad sitzt, wird deine nächste Sitzgelegenheit eine Tragbahre in die Tierklinik sein. Es ist nicht zu fassen."

„Ich nehme die Schwarze!"

„Geht doch!"

Eine eigentümliche Ruhe trat ein und außer dem prasselnden Feuer war nichts zu hören. Zorro schaute sich um, ob ihm alle Aufmerksamkeit gewidmet wurde, dann setzte er sich stolz und aufrecht hin.

„Bevor hier wieder einmal sinnlos gestritten und gezankt wird, will ich euch noch folgendes sagen; schlimme Dinge sind passiert. Menschen und Tiere wurden sinnlos verletzt und getötet. Wir haben einen neuen Kameraden gefunden und auf tragische Weise durch einen Menschen verloren!

Ein anderer Freund von uns hat nicht nur sein Zuhause durch Infamie und Falschheit, sondern auch beinahe sein Leben durch einen Menschen verloren. Aber ein guter Mann und Freund, aus eurer Mitte, hat für sein Leben gekämpft und ihm ein neues Heim und lebenslange Freundschaft gegeben. Auch wenn der Verbrecher, der an dem Unglück vieler Menschen und dem Tod unseres pelzigen Freundes Schuld hat, gefasst wurde, habt ihr Menschen euch auch gegenseitig schwer mit Worten verletzt! Ich bin der Meinung es reicht!

Wenn wir uns verstehen, haben wir entschieden mehr voneinander, als wenn wir uns bekriegen. Aber wenn ihr trotzdem streiten wollt, dann macht das unter euch aus. Wir stehen euch dann allerdings nicht mehr zur Verfügung. Dann könnt ihr in Zukunft euren Kram alleine regeln. Es ist eure Entscheidung!"

Die Menschen glotzten Zorro fassungslos und voller Respekt an. Aber auch, wenn sie seine Ansprache natürlich nicht Wort für Wort verstehen konnten, wurde ihnen der Sinn doch klar.

Curry ging auf Willi zu ... Richie richtete sich kerzengerade auf und stellte seine Rückenhaare hoch ... Willi kam ihm ein Stück entgegen, nahm die ihm angebotene Hand und drückte sie heftig.

„Na also!" knurrte Zorro. „Das wollte ich sehen!"

„Ich werde Vater!" teilte Curry Willi mit und zeigte auf seine bildhübsche Freundin.

„Das arme Baby!"

„Du bist und bleibst auf immer ein Arsch!"

„Willst du ein Bier?"

„Yep!"

Das Eis war gebrochen. Es wurde ein schönes Fest. Ich werde von nun an jedes Jahr Halloween mit Freunden feiern. Dann lasse ich auch in Zukunft das Gemüse und diese vertrackte Herbstdekoration im Garten in Ruhe....

Versprochen....

Sagen wir so...ich gebe mir Mühe...mal sehen...

Ein fettes Danke an Ingrid Naß und Robert Derouet. Mit ihrer Hilfe habe ich Sachen entdeckt, die ich nicht für möglich gehalten hätte.

Ein weiterer Dank gilt Ulrich Höfer. Seine wertvolle Unterstützung, und sein umfassendes Wissen habe ich sehr zu schätzen gelernt.

Die Welt braucht mehr Menschen wie euch, die mit solchen Chaoten wie mir klar kommen.
Ich mag euch!

An meinen Herzensmann...
Hab dich lieb! Auch wenn ich dir wieder graue Haare wachsen lasse!

www.hoefer.camera

Weitere Bücher der KriMIAUtorin

Elvy Jansen

Elvy Jansen

Roter Sessel,

schwarze Katze

344 Seiten

ISBN-13:9783740744373

Eine kleine, schwarze, streunende Katze sucht sich ein Zuhause. In Laura und Sebastian findet sie die Menschen mit denen sie ihr Leben verbringen möchte, und wird auf den Namen Laila getauft.

Sie lebt sich schnell ein und lernt die Tiere in der Nachbarschaft kennen. Eine große rote Bordeauxdogge wird ihr bester Freund und eigentlich könnte alles gut sein...

Doch eine Bande teurer Edelkater möchte das Revier von Laila und ihren Freunden erobern. Laila und ihre Freunde fürchten sich in ihrem eigenen Revier zu Tode. Warum?

Als Laila eine grausam entstellte Katzenleiche findet spitzt sich die Situation dramatisch zu. Und das ist erst der Anfang...

Laila begibt sich mit ihrer Gang auf Spurensuche. Mit Schlagfertigkeit, Witz und scharfen Krallen gelingt es ihr fast immer aus gefährlichen Situationen zu entkommen.
Fast immer!

Elvy Jansen

Schwarze Katze...

und der Mordsommer

244 Seiten

ISBN-13:9783740743697

In diesem Fall hat Laila, die kleine freche schwarze Katze, das Heft fest in ihrer Pfote. Ohne sie und ihre Gang wären Kommissar Wieland und sein Kollege Montroig völlig hilflos.

Der Nachbar von Laila wird brutal in seinem Haus zusammen geschlagen und schwer verletzt.

Aber es kommt noch schlimmer.

Ein junger Mann wird eiskalt ermordet!

Und eine Spedition scheint eine zentrale Rolle zu spielen.

Mit viel Witz und Humor wird hier ein bis zum Schluss spannender Kriminalfall zu Papier gebracht

Elvy Jansen

Schwarze Katze...

und die Wahrheit

hinter dem Spiegel

312 Seiten

ISBN-13:9783740753399

Es ist bitter kalt und mitten in der Nacht, als Laila und ihre „Gang" einen schrecklichen Fund machen.

An einem Baum hängt ein Mensch...und er ist tot. War es Selbstmord?

Die Kommissare Stefan Wieland und Jordi Montroig können noch nicht ahnen, dass sie dieses Mal vor einem Fall mit ungeahnten Ausmaßen stehen...

Die Katzen lernen auf ihren Streifzügen Achim kennen. Er hat eine eigene Werkstatt.

Astrid, die Nachbarin von Achim, trauert immer noch um ihren verstorbenen Mann. Aber es scheint, als hätte er ein Geheimnis mit ins Grab genommen.

In Achims Werkstatt ereignet sich eine Katastrophe! Die Situation eskaliert!

Elvy Jansen

Schwarze Katze...

und die tödlichen Schatten

der Vergangenheit

660 Seiten

ISBN-13:9783740768133

Ein rätselhafter brutaler Banküberfall, bei dem zwei Menschen ihren Tod finden.

Laila, die kleine schwarze Katze, findet mit ihrer „Gang" in einer Sandgrube eine Leiche.

Eine Katze wird auf sehr dramatische Weise Zeugin eines Verbrechens. Sie verliert ihr Zuhause und wird obdachlos. Aber das richtig Böse lauert in ihrer Vergangenheit und lässt sie nicht mehr los!

Kommissar Wieland und sein Kollege Montroig werden mit Verbrechen konfrontiert, die weit über die Grenzen ihrer kleinen Stadt hinaus gehen. Aber auch hier werden sie tatkräftig von ihren „Undercoveragenten" unterstützt.

Wie immer hilft man sich mit äußerst bissigem schwarzen Humor gewürzt, selbstverständlich gegenseitig.

Elvy Jansen

Schwarze Katze...

und die Erinnerung aus

dem Jenseits

588 Seiten

ISBN-13:9783740784461

Mehrere junge bildhübsche Frauen werden auf bestialische Art und Weise umgebracht und auf einem Grab eines alten Friedhofes deponiert. Man weiß nichts über ihre Identität und in der Kleinstadt sind sie völlig unbekannt.

Immer wieder taucht eine junge Frau namens Josefine auf, die anscheinend genau in das „Beuteschema" der Morde passt. Ist ihr Leben auch in Gefahr?

Kommissar Wieland und sein Kollege Montroig tauchen tief in die Vergangenheit ein, um dem Wesen des Verbrechens näher zu kommen.

Laila, die mittlerweile wohl bekannte, schwarze, kleine, freche Katze und ihre durchgeknallte „Gang" werden in diesem Fall mehr oder weniger freiwillig involviert.

Es ist nicht ungefährlich und dieser Fall verlangt von ihnen große Opfer...

Historischer Krimi

Elvy Jansen

Adriana die Fuhrfrau

und der Tod in Purpur

492 Seiten

ISBN-13:9783740713348

Adriana zieht mit ihrem Ochsenkarren quer durch das fränkische Reich zur Zeit Karls des Großen. Sie handelt mit Waren, die sie einkauft und mit Gewinn wieder verkauft.

Sie trifft sich mit ihrem Vater in einer Herberge in Thionville. Auf dem Weg nach Hause finden sie die grausam entstellte Leiche eines guten Freundes der ebenfalls ein Fuhrmann war, mit dem sie den Abend zuvor noch gemeinsam verbracht hatten. Das Opfer ist fast bis zur Unkenntlichkeit verstümmelt.

In seinem Mund steckt ein edles, feines, purpurfarbenes Tuch.

Aber es bleibt nicht bei diesem Mord!

Adriana gerät in ein fürchterliches Komplott aus Lügen und Verrat, das sich bis in die höchsten Kreise des Kaisers zieht. Sie weiß nicht mehr wem sie noch trauen kann.

Historischer Krimi

Elvy Jansen

Adriana die Fuhrfrau 2

Blut ist die Farbe des

Goldes

476 Seiten

ISBN-13:9783740714307

Im Reich Karls des Großen werden Kutschen überfallen. Sie transportieren Tributzahlungen aus den eroberten Länder nach Aachen an den kaiserlichen Hof.

Die Täter hinterlassen eine entsetzliche Spur von Tod und Verwüstung. Sie entkommen unerkannt.

Es bleibt ein Rätsel.

Als der unvorstellbar große Awarenschatz das fränkische Reich durchqueren muss, ist allerhöchste Alarmstufe geboten.

Wem kann der Kaiser noch trauen?

Adriana, Aumoury und Alexander werden um Hilfe gebeten, diese Überfälle zu untersuchen, da sie sich als Fuhrleute ständig auf den Straßen des Reiches aufhalten.

Wie viel sind Menschenleben angesichts von Gold noch wert?

Mystery Krimi

Elvy Jansen

Jo und die Metamorphosen

324 Seiten

ISBN-13:9783740726010

Jo hat wieder einmal ihren Job bei einer renommierten Zeitung voll an die Wand gefahren! Jetzt sitzt sie da, ohne Arbeit in einer fremden Stadt und ist nicht mehr in der Lage das überteuerte Appartement zu bezahlen.

Da erreicht sie die Nachricht, dass sie von ihrer Großtante irgendwo im tiefsten Südwesten Deutschlands eine alte Immobilie geerbt hat. Da ihr sonst keine Optionen offen stehen, bezieht sie das alte Haus.

Probleme bekommt sie mit einem Mitbewohner, der schon einige Zeit illegal in diesem Haus wohnt, offenbar noch mit dem Einverständnis ihrer Erbtante. Aber etwas stimmt nicht mit ihm! Keiner in dem Ort hat ihn je zu Gesicht bekommen, oder weiß etwas von seiner Existenz. Geht von ihm eine Bedrohung aus?

Jo sucht sich derweil einen neuen Job als Journalistin. Bald fällt ihr auf, dass in dem kleinen Ort viele Menschen als vermisst gelten und nie wieder auftauchen. Ein Toter taucht am Fluss auf.

Neu

Elvy Jansen
Schwarze Katze...
und das Paradoxon
der Rache
372 Seiten
ISBN-13:9783759742506

In einer neuen Firma wird ein unbekannter Mann ermordet. Nichts deutet darauf hin, wie er das Gebäude betreten hat. Auch gibt es kein Motiv für diesen Mord.

Es bleibt rätselhaft. Zudem steht Kommissar Wieland gewaltig unter Stress und das nicht nur beruflich.

Laila und die Katzengang nehmen in ihrem „Clubheim" eine obdachlose Frau auf. Sie wird von einem Mann in einem schwarzen Anzug verfolgt!
Können sie verhindern, dass der Frau ein Leid geschieht?

Aber das ist noch lange nicht alles, in was die Katzen mit involviert werden. Sie sind sogenannte „Ohrenzeugen" als ein Mord geschieht, den sie nicht verhindern können.